한국 현대시와 종교

- 기독교 편 -

신규호

국학자료원

국립중앙도서관 출판시도서목록(CIP)

한국 현대시와 종교 / 신규호 지음. -- 서울 : 국학자료원, 2003
    p. ;   cm

ISBN 89-541-0110-0 93810 : ₩27000

811.609-KDC4
895.714-DDC21   CIP2003001023

한국 현대시와 종교

- 기독교 편 -

머 리 말

유구한 역사를 이끌어 오면서 인류가 문화를 창조할 수 있었던 것은 인간만이 지니고 있는 '언어'라는 의사 소통 수단이 있었기 때문이었다. 인간이 느끼고 생각하는 오묘한 세계는 언어로 표현할 수밖에 없었고, 그 표현 방법을 개발함으로써 인식의 지평을 넓히는 데 주도적 역할을 담당한 것이 바로 언어 예술인 '문학'이었다. 문학적 표현을 통하여 인간은 세련된 느낌과 생각을 발전시켜 왔으며, 문화란 바로 그 언어 표현의 세계, 그것 이상일 수 없었다. 인간은 '언어적 동물'인 것이다.

태고부터 자연의 위력에 압도되어 그 앞에 엎드려 경배하기 시작한 인류는 원시시대의 시인인 제사장이 신탁을 받아 전하는 '신의 언어'로써 종교 문화를 창조하기 시작했다. 그것이 인류 문화의 출발이었다. 종교의 핵심인 '신의 언어'는 처음부터 주로 운문으로 이루어졌으니, 그 까닭은 리듬이 있는 운문이야말로 산문보다 암기가 잘 되기 때문이었다. 종이가 없었거나 있었어도 아주 귀하던 옛날, 문자가 있어도 기록하기 어려웠기 때문에 옛사람들은 주로 운문인 '시가'에 의존하여 문학을 영위하게 된 것이다.

그러므로, 문학과 종교, 특히 시가문학과 종교는 수천 년 동안 인류 문화를 창조해 온 주체가 되어 왔다고 할 수 있으니, 오늘날 양자의 관계에 대한 규명은 문학 연구에 있어 필수불가결의 요청이라 하지 않을 수 없는 것이다. 그럼에도 불구하고 우리의 경우 한국의 시가문학과 종교와의 관계에 대한 연구는 체계 있게 이루어진 것이 별로 없는 형편이다.

예로부터 한반도에 유입되어 와서 주도적으로 우리 민족의 문화를 창조해 온 고등 종교로는 삼국 시대 및 통일신라시대와 고려시대의 종교였던 불교와 조선조의 유교, 그리고 근대에 들어온 기독교가 그 대표적인 예라고 할 수 있다. 그 중에서 필자는 한국의 근대 문화를 여는 데 주도적 역할을 담당함으로써 현재 명실공히 이 땅의 주류 종교가 된 기독교와 우리의 시가 문학과의 관계에 대해 고찰해 봄으로써, 이 방면 연구의 단초를 열고자 한다.

바라건대, 앞으로 개화 이후의 우리 시가 문학과 불교, 또는 유교와의 관계에 대한 의미 있는 연구가 이루어져서 체계를 갖춘 "한국 현대시와 종교"라는, 명실상부한 방대한 전집물이 나올 날을 기대한다.

미리 밝혀 둘 것은 본 저서에서는 문학적 입장에서, 교리상 약간의 차이가 있음에도 불구하고 그 뿌리가 같다고 볼 수 있는 구교인 캐토릭과 개신교를 넓은 의미에서의 '기독교'로 통칭하여 연구의 대상으로 삼았다는 점이다.

아울러, 본서의 내용상 한국 기독교 시문학에 관한 원론적 연구인 제3부를 제1부로 편집하여야 마땅하나, 일반적으로 친숙한 시인론을 앞세워서 이론 위주의 난삽한 인상을 피하고자 하였다.

자료의 방대함과 논란의 여지가 많은 문학과 종교의 관계를 연구함에 있어 필자의 조천한 지식으로 인한 잘못이 없지 않을 것으로 사료되어, 강호 제현의 충고와 질책 있으시기를 바란다.

어려운 사정에도 불구하고 출판을 맡아 주신 국학자료원의 정찬용 사장님과, 까다로운 작업을 맡아 수고해 주신 편집부 여러분께 깊이 감사를 드린다.

2003년 8월 저자

차 례

제1부

한국 현대시인과 기독교

1. 시인 이용도론

(1) 서 론

문학은 반드시 작가, 시인의 치밀하게 계획되어진 의도에 의해서만 창작된다는 생각이 오늘날 보편화 되어 있다. 마찬가지로 계획되어진 의도 없이 생활 체험 속에서 표현된 자연발생적인 문학은 19세기 이전의 과거에만 있을 수 있는 것이고, 오늘날에는 존재할 수 없다는 생각도 은연 중에 일반화 된 것 같다.

문학 작품은 문학을 하겠다는 신념을 가진 전문적인 작가, 시인에 의해서만 규격화 된 장르에 따라 생산되는 것이라는 고정된 선입관이 우리를 지배하고 있는 것이다.

그러나, 결론부터 말해서 이러한 생각은 잘못된 것이라 할 수 있다. 문화의 모든 분야가 아무리 세분화 되고 전문화 된 현대라 하더라도, 전문인인 문인에 의해서만 문학 작품이 생산된다고는 볼 수 없기 때문이다. 어느 시대를 막론하고 자타가 공히 작가·시인이라고 생각하지 않았던 무명인에 의해서도 문학작품은 생산될 수 있는 것이며, 앞으로도 영원히 그렇게 될 것이라는 것을 인정하지 않으면 안 된다. 형식화 되고 고정된 장르에 따라 의도적으로 창작된 것만이 문학작품이라는 오늘날의 편협한 문학관은 문학의 본질을 깨닫지 못하는 소치에서 비롯된 단견에 불과한 것이며, 문학의 긴 과거와 미래를 회고하고 전망해 볼 때, 자타가 공히 깨닫지 못하고 있는 무명의 작가·시인이 오늘날에도 여전히 세상에 알려지지 않은 채 독창적인 훌륭한 작품을 어디에선가 창작하고 있다는 사실을 깨달아야 한다. 특히 문학사가나 문학연구가들은 이 점을 명심해야 할 것이다. 왜냐하면 이미 알려진 문인들을 중심으로 한 문단 중심의 문학연구란 어느 시대 어느 경우나 편견을 면치 못했기 때문이며, 진실을 꿰뚫어 보는 뛰어난 문학 연구가들에 의하여서만 역사 속에 파묻힌 無名의 작가·시인이 발굴되어 세상의 빛을 보게 된 사례가 흔했던 것이 사실이고, 그로 말미암아 한 나라, 한 시대의 문학사는 내용이 보다 풍성해지고 견실해질 수 있었기 때문이기도 하다.

이러한 사실은 '세계의 문학사'가 널리 웅변으로 말해 주고 있다.

문학의 본질이 본디 보편성과 특수성을 동시에 지니는 것이며, 문학의 존재 의미가 일시적 가치에 근거한다기보다 영원성에 토대를 둔다는 점에서 볼 때, 당대에 알려지지 않은 작가·시인에 의한 작품의 생산은 어느 시대나 존재한다고 보아 마땅하다. 진정한 작품이 지니고 있는 문학의 독창성, 개별성, 참신성은 당대에 흔히 무시당하거나 배척당하기 쉬운 것이 사실이므로, 그러한 위대성을 지닌 작품일수록 당대보다는 후대에 발굴되어 빛을 보게 되는 경우가 비일비재하다.

과거에 비해서 매스 미디어가 엄청나게 발달된 오늘이라 하더라도 정도의 차이는 있을지언정 이러한 사정은 마찬가지이다. 하물며 지금부터 반세기 이전인 1920년대 내지 1930년대의 한국문학사를 기술할 때, 당시 한 줌도 안 되는 문단 중심의 문학사 기술이란 그것이 얼마나 빈약하고 편협한 내용이 될 것이며, 그 결과 몇 그루 나무만 보고 숲을 보지 못하는 큰 오류를 범하게 될 것이라는 것은 너무도 분명한 사실이다.

그런 까닭에 문학사 연구에 필수적인 것이 자료의 발굴이라고 아니할 수 없다. 문학 연구가는 모름지기 숨어 있는 자료를 발굴해 내는 데 심혈을 기울여야 한다. 흔히 숨어 있는 자료 속에 훌륭한 작품이 비장되어 있기 때문이기도 하지만, 그것보다도 한 시대의 문학사 기술이 보다 더 완벽을 기하려면 작품의 발굴 작업이 필수적이기 때문이다.

1920년대 말엽부터 1930년대 초엽까지 일기장과 서간문 속에 피를 토하듯 기도시를 써서 남긴 이용도 시인의 경우가 그 좋은 본보기인 것이다. 본고에서 필자는 필자가 발굴한 이용도 시인의 신앙시 작품을 토대로 그의 시가 지니고 있는 기독교시로서의 가치와 그것의 문학적 특성을 함께 고찰해 봄으로써 1930년을 전후한 한국시문학사에 새로운 장을 마련해 보고자 한다. 열렬한 신비주의적 부흥목회자로서 한국기독교사의 한 페이지를 차지하고 있는 이용도는, 그가 스스로 시인이라는 사실을 자각하지 못한 가운데 그의 신앙일기와 서간문 속에 주옥같은 기도시를 남김으로써, 결과적으로 한국기독교 시문학사에 중요한 위치를 확보하게 된 시인이다. 그는 진정한 의미에서의 한국적인 기도시를 독창적으로 개척한 시인이기도 하다. 따라서 개척자로서의 그의 기도시는 일견 형식이 잘 정제되지 못한 듯한 인상을 주는 것도 사실이다. 하지만, 이 점은 시에 있어서의 기교주의를 배격하고 극단적인 내용주의를 주장했던 그의 문학관을 참고해 볼 때 당연한 결과라고 아니할 수 없다. 본고에서 처음으로 그가 소개되는 관계로 시인으로서의 그의 이름은 물론 우리에게 아직 생소한 것이 사실이다. 따라서 본격적인 작품론에 앞서 그의 생애부터 먼저 개략적으로 살펴본다.

(2) 생애와 작품

1) 이용도의 생애[1]

가. 출생과 성장

이용도 시인은 나라의 운명이 백척간두에 서 있던 구한말인 1901년 4월 6일, 황해도 금천군 서천면 시변리에서 이덕흥(李德興)의 세째 아들로 태어났다. 어려서는 몸이 약해 잔병이 많았으며, 신경이 과민한 편이라 울기를 잘했다는 점 외에는 다른 아이들과 다름이 없었다.

시변리 공립 보통학교에 입학하면서부터 병약하던 몸이 건강해지고 머리도 총명해져서 교사들의 사랑을 받게 되는 등 출중한 아이로 드러나기 시작하였다.

용도의 가정환경은 불우했다. 애주가인 그의 아버지는 독실한 기독교 신자였던 그의 어머니를 심히 학대하였기 때문에 가정은 편할 날이 없었다. 그의 어머니는 견디다 못해 자살하려 한 적도 있었지만, 신앙의 힘으로 어려움을 극복하고, 자녀들을 위하여 항상 기도에 힘썼다.

이러한 어머니의 영향을 받아 신앙에 눈 뜬 용도 소년은 13세 되던 해에는 예배당 종각에 올라가 밤새 기도를 올리는 등 신앙심 깊은 어린이가 되었다. 용도 소년이 다니던 시변리 공립보통학교 교장(木材)은 기독교 가정의 아동들을 구박하였지만, 이에 굴하지 않고 일본인 교장에 맞서서 학교에 퇴학원을 내려 하자 목촌 교장도 용도 소년에게만은 예외로 압박을 하지 않게 되었다.

---

[1] 이 내용은 변종호 편저 『이용도 목사전』을 참고한 것임.

용도 소년은 젖이 모자란 어린 누이동생 순례를 젖동냥으로 도맡아 기르는 한편, 병약한 어머니를 도와 집안일을 열심히 돕는 모범 학생이기도 했다. 손재주가 뛰어난 그는 무엇이든지 망치를 들고 잘 고쳤으며, 인내심이 강해서 무슨 일이든 착수하면 끝장을 내는 성미였다. 어린 용도는 언변도 뛰어났다. 윤치호, 이상재, 양주삼 선생 등이 그의 비상한 언변을 보고 감탄했을 정도였다. 어린 신자로서 그는 어른들의 칭송을 받고 자랐다.

나. 중학 시절의 독립운동

보통학교를 졸업한 용도는 16세 되던 해 고향을 떠나 개성에 있는 한영서원 (송도 고등보통학교 전신으로 오늘의 중등과정에 해당하는 학교)에 입학했다. 학비를 스스로 벌어서 조달하였으며, 중학 재학 중 9년간 (독립운동으로 인해 3∼4차 복역하는 등 4년제 학교를 9년 만에 마쳤다.)은 가난으로 인한 고통과 눈물의 연속이었다. 학교 수업시간 틈틈이 노동을 하는 등 객지에 와 있는 고학생으로서 늘 배가 고팠으나 그는 그런 티를 전혀 보이지 않았다. 중학 재학 중이었던 1919년 3월, 개성시민이 독립만세를 부를 때 이용도도 그 인파 속에 있었다.

이로 인해 일본 경찰에 체포되어 최초로 약 2개월간 투옥 당했다. 그 후 1920년 2월 11일 소위 '기원절 사건'으로 다시 체포되어 6개월간 복역하였고 , 이듬해 12월 성탄절날 불온문서 사건에 연루되어 6개월간 또 복역했다.

그러나 이용도의 항일투쟁은 계속되었다. 1922년 가을에 '태평양회의 사건'으로 다시 체포되어 2년 징역 언도를 받고 서대문 형무소에서 복역하였다. 학교장 왓슨씨는 이용도의 독립운동을 만류하였으나, 이 무렵의 청년 학도 이용도는 어느 누구도 그의 굳은 독립정신과 애국정열을 꺾을 수 없는 열성적인 독립운동가였다.

그의 투쟁 행동은 민첩하고, 계획이 매우 주도면밀하여 그를 취조한 경찰이나 법관 등이 모두 놀랄 정도였다. 또한 그는 애국적 웅변가였으며, 일경에 체포되었을 때도 그 당당한 품격과 언변으로 오히려 상대방을 감동시켰다.

그는 언제나 자기 혼자 죄를 뒤집어쓰려 했다. 당시 개성 경찰서장이 그의 이러한 태도에 감심해서 그를 아깝게 생각하였고, 그에게 검사가 구형을 내리며 울 정도였다. 서대문형무소에서의 생활도 성실하였다. 감방 동료 중, 한 사형수의 얼음 박인 두 손을 자기 배에 품어 녹여주기도 하고, 배고파하는 죄수들에게 자기 밥을 다 내주고 자신은 고요히 기도만 하는 경우가 많았다.

다. 신학교 시절의 신앙과 문예 활동

1924년 서대문형무소에서 2년간의 네 번째 복역을 마치고 나온 이용도는 한영서원 교장의 주선으로 서울에 있는 감리교 계통인 협성신학교 (감리교 신학대학 전신)영문과에 입학하였다. 애국심에 불타며 독립운동에만 열중하던 이용도에게는 오직 나라와 겨레를 일제의 탄압으로부터 구하는 것이 전부라고 생각되었다. 자기 한 목숨을 바쳐서라도 조국과 민족의 독립을 이루는 것만이 자기가 할 일이요, 하나님의 지상명령이라고 믿고 있었다. 그러나, 그의 독립운동을 위험시한 교장을 비롯한 주위 사람들의 강권에 못 이겨 결국 상경하여 신학교에 입학하게 된 것이다.

반 강제로 신학생이 된 이용도는 영문과에 입학하여 신학보다는 시, 소설 등의 문학서적이나 사상 서적 등에 심취했고, 이런 방면의 이론이나 논쟁을 즐기는 등 과격한 언동을 일삼기도 하였지만, 점차로 마음이 안정되면서 유년 주일학교 사업에 힘쓰기 시작하였다. 이 때부터 그는 시, 노래, 연극 등 문예활동에 몰두하였고 '心鳥'라는 아호로 동요와 동화를 창작하고 아동극, 아동설교에 힘쓰면서 가극의 주연을 맡기도 하였다. 함께 '삼리(三李)형제'라 불리었던 신학과의 이호빈, 이환신, 그리고 이용도는 현저동 셋방에서 자취를 하며, 우정을 키웠다.

　1925년 겨울, 신학교 생활 2학년 2학기가 끝나갈 무렵, 영양실조로 몸이 쇠약해진 그에게 사형선고나 다름없는 폐결핵 3기의 진단이 나왔다. 그리하여 이환신의 권유로 환신의 고향인 평남(江東)에 그와 함께 요양하러 갔다. 어느 날 그곳 시골 작은 교회에서 부흥회 인도 부탁을 받고 아무 경험도 없는 두 학생은 당황하였으나, 사양할 도리가 없어 그 집회를 맡아 인도하기로 하였다.

　이 부흥회에서 기적이 일어났다. 폐결핵 3기 환자인 이용도는 찬송가를 부르다가 울기 시작하였다. 기도도 설교도 모두 울음범벅이었다. 모든 회중도 따라 울었다. 그가 무슨 말을 꺼내든지 청중은 감동, 감격, 통곡하였다. 약을 먹으며 몸을 돌보라는 의사의 지시 따위는 까마득히 잊어버린 채 열에 들뜬 상태로 일주일간의 부흥집회를 인도하고 나니, 새 힘이 용솟음쳤다.

　그로부터 한 달 동안 근방의 교회에 찾아다니며 설교를 하고 서울로 건강한 모습이 되어 돌아왔다.

　평남(江東)행 이후 이용도는 딴 사람이 되었다. 그는 계속해서 아동을 상대로 동요와 동화, 무용지도에 더욱 몰두하였고, 아동뿐만 아니라 신학생과 일반 신도를 상대로 점차 그 활동의 폭을 넓혔다. 그는 재학 중 많은 아동극의 극본과 동요를 썼고, 가극, 동요곡을 작곡하였으며, 성극 등에 직접 출연하거나 연출을 맡았다. 이 무렵 「공주와 꽃팔이」, 「봄바람」 등의 가극과 「애굽의 이스라엘」 등의 성극이 그가 출연하였거나 연출하였던 작품이었다. 1927년 겨울, 협성신학교 학생회 주최로 성탄절을 기해 상연한 성극 「십자가를 지는 이들」은 이용도의 창작이었으며, 이 극의 주연도 그가 맡아 관중들을 울렸다. 십자가를 지고 고난에 찬 모습으로 무덤을 향해 가는 그의 연기가 너무도 진지하였기 때문이었다. 신학교 학생시절 마지막 성탄절에 그가 창작하고 그가 주연을 맡았던 이 극의 내용은 그대로 그의 고난에 찬 미래에 대한 예언이 되었다.

1928년 1월 28일 이용도는 협성신학교 제 14회 졸업식에서 졸업장을 받았다. 이용도의 신학교 4년간을 요약한다면 첫째, 독립사상과 신앙 사이에서 고민하고 방황하던 초기 사상적 갈등의 시기와, 둘째, 유년학교를 담당하며 동요와 성극 등에 몰두하면서 뛰어난 재질을 발휘했던 중기의 예능활동기와, 세째, 폐결핵 진단 이후 신앙에 몰두했던 말기 신앙의 시기가 그것이다. 신학교 졸업 후 그의 전 생애를 지배했던 뜨거운 신앙생활은 이 세 시기의 과정을 거쳐서 성숙된 세계라는 사실을 인식하여야 한다. 객지에 와 있는 가난한 고학생으로서의 극심한 고생이라든지, 그를 흠모하고 유혹하였던 이성과의 관계 때문에 겪은 한 때의 번민 등도 물론 이용도의 인간적 면모를 이해하는 데 있어 빼놓을 수 없는 일면이다.

라. 말년의 신앙생활

1928년 1월 협성신학교를 졸업한 뒤 강원도 통천에 전도사로 첫 부임한 이후 1933년 10월, 33세로 작고하기까지 약 6년 동안이 그의 말년에 해당된다. 이 기간의 이용도에게는 '무차별의 사랑'으로 말미암아 받는 '십자가 위의 고통'으로 표현되는 소위 '그리스도적 신비주의'[2]로 일관된 기도중심의 뜨거운 신앙과 부흥집회를 통한 전도활동이 생활의 전부였다. 그의 신앙의 특색인 '그리스도적 신비주의'는, 전술한 바와 같이 신학교 시절에 그가 폐결핵 치료 차 학교친구 이환신의 고향인 평남 강동으로 내려가 그곳 교회에서 부흥회를 집회했을 때부터 시작되었다. 그때 '말이 아닌' 울음으로 설교를 대신했던 감동적인 첫 설교 체험에 이미 그의 신비주의적 신앙요소가 깃들여 있었다. 뿐만 아니라, 그 후 신학교생활 마지막 성탄절에 「십자가를

---

2) 민경배, 「이용도의 신비주의에 대한 형태론적 연구」, 변종호 편저, 『이용도목사 관계 문헌집』, 1982, p.25.

지는 이들」이란 그의 창작 성극에서 그가 '고난 받는 그리스도'의 모습을
자처하고 예수 그리스도의 역할을 맡아 주연으로 출연했던 감격적인 장면에
도 그것은 깃들여 있었다.

1928년 1월29일 전도사로 처음 부임해 간 강원도 통천교회에서 그는
박재봉이란 청년신자를 만났고, 청년에게 자극을 받아 기도중심의 신앙을
체득하게 된다.3) 그해 7월에 목사 안수를 받은 그는 기도에 더욱 열중해서
'주님께 미쳐서' '주님께 다 맡기어' '세상사람이 아니게 사는 것'4)을 표방
하기 시작했다. 살과 피가 없고 영혼이 고갈된 신조에만 고착하는 형식적인
기성 교회에 대한 반역으로5) 그의 신앙은 불붙은 것이다.

확실히 이용도는 '反'은 아니지만 '非'종교개혁적이었다.6) 그는 '언(言)
을 버리고 행(行)에 살자'7)고 주장했다. 그리고 신약과 구약의 번역이 다
불만족함을 느꼈다.8) 그는 이 시대에 베드로나 바울이나 마리아와 같은 일
을 할 사람은 얼마든지 있으나, 예수 자신의 일을 할 사람은 누구냐고 묻는
다. 그것은 곧 '예수의 형틀을 받아 예수의 일을 할 자'9)가 생겨나야 하겠다
는 것이다. 이용도 자신이 자기를 두고 이런 말을 한 것은 재론할 여지도
없다.10) 고난 받는 예수와 자기 자신을 동일시한 것이다. 그는 이 신비주의
적 열정과 당시 '형체만 남은 앙상한' 교회에의 불신으로 해서 시무 목사직
을 사임하고, 기회 있을 때마다 어디든지 가서 주의 밀씀을 전하는 선교의
길에 나서기도 했다. 그가 가는 곳마다 신도들이 열광했다. 그것은 한국

---

3) 변종호 편저, 『이용도 목사전』, pp. 25-26.
4) 상게서, pp.18-28.
5) 민경배, 「이용도의 신비주의 연구」, 변종호 편저, 『이용도목사관계 문헌집』, p. 45.
6) 상게서, p. 46.
7) 변종호 편, 『이용도목사 서간집』, p. 3.
8) 상게서, p. 104.
9) 상게서, p. 233.
10) 민경배, 전게서, 참조.

기독교사상 초유의 대성공이었다. 그는 이때부터 '시무언(是無言)'이란 말을 자주 쓰며, (그것이 그의 아호가 됐다) 不立文字의 신비경을 찬양했다.[11] 그의 일기문이나 서간문에 기록된 수많은 기도시의 내용은 바로 그의 이와 같은 '不立文字'의 신비적 세계를 토대로 해서 창작된 것이다. 교회는 이용도의 전국에 걸친 순회부흥회를 곱게 보지 않았다. 그는 경성지방회의 지시에 불복하고 결별을 고했다. 그의 이와 같은 행동에 대한 제재는 일차적으로 장로회에서 왔다. 그것도 단권 주석 간행 문제로 벌써 그 보수성을 시위하기 시작한 황해도의 장노회가 앞장섰다. 이 노회는 1931년 8월 12일 이용도를 처분하기로 결의하고 노회 구역내에 대한 금족령을 내렸다. 이어 다음 해 10월17일에는 평양노회가 入足금지령을 내리고, 경북지방 감리회는 그에 대한 사문위원회를 구성하였다. 이에 그의 교우 중에는 '새 교회'를 세우자는 이들도 있었다.[12] 그러나 그는 비록 자기가 비판하고 공격하는 교회이지만, 거기서 살다가 죽겠노라고 몇 번이고 이런 유혹을 거부했다. 그러나 직접적인 이용도 불신의 계기는 당시 교회로부터 몰리고 있던 신령주의파인 원산의 한준명을 그가 옹호한 데서 나타나기 시작하였다. 이용도는 '무차별의 사랑'을 표방하고 '신앙의 차이가 다소 있는 한준명은 고사하고 도적이나 창부나 살인강도라 할지라도 그 손을 잡고 눈물을 흘릴 것이며, 세상이 버린 사람, 세상에서 쫓겨나거나 몰리는 사람을 받아 들여 그와 함께 눈물을 흘리면서라도 함께 살고자 한다.'고 했다.[13] 이로 인해 교단은 그에게 등을 돌렸다.

1933년 초, 해주에서 소수의 사람들 앞에서 설교를 하다가 과격한 청년들에게 폭행을 당한 것이 그가 공식석상에 섰던 마지막 기회였다. 그는 그

---

11) 상게서, p. 47.
12) 상게서, p. 48.
13) 전기, p. 198. cf, p. 207.

후부터 기도에만 더욱 열중하고, 또 그리스도의 환상도 가끔 보면서 자기는 그리스도와 같이 세상에서 고난에 살다가 십자가와 같은 아픔을 겪고 마침내 그렇게 죽을 것이라고 믿고 있었다.

1933년 봄, 중부연회(中部年會)에서 휴직처분을 당한 이용도는 원산에 가서 정양을 하며 지내다가, 그해 10월 2일 파란 많은 33세의 생애를 마쳤다.14)

2) 문헌고찰 및 작품현황

이용도 시인이 남긴 서간문, 일기문, 희곡작품, 수필문, 설교문 등 개인 저작물은 전적으로 변종호 목사 개인의 노력과 성의에 의하여 그 자료가 수집, 보존, 출판되어 전해지게 되었다.15) 이제까지 나온 이용도 시인의 문헌으로는 변종호가 편찬한 것이 대부분으로, 그 중 변종호 개인 저술인『이용도목사전기』등을 제외하고, 필자가 보기에 이용도 시인이 직접 쓴 각종 글들 가운데 문학작품 (주로 기도시)으로서의 가치가 있다고 판단되는 자료가 실려 있는 문헌만 소개해 보면 다음과 같다.

가. 이용도 목사 서간집

이 책의 초판은 본디 2책으로 변종호에 의해 1934년 6월11일 간행되었다. 초판본 제 1권 제 1판에는 편자의 서문인 '이용도목사서간집 출판에 임하여'가 앞머리에 붙어 있고, 책의 내용은 연대순으로 1930년도부터 1933년도에 이르기까지 90통의 서간을 순서대로 편찬했으며, 말미에 이용도 시인이 교우들로부터 받은 서간문 300여 통 중 13편을 정선해서 '동지들의 편지'란 제목하에 싣고 있다.

---

14) 민경배, 전게서, p. 48.
15) 1934년에 발간된『이용도목사 서간집』으로부터 시작해서 1986년에 이르기까지 모두 10권의 편, 저작물을 간행하였다.

그 후 다시 자료를 보충해서 1982년 5월 31일 서울의 성광문화사에서 증보판을 내었는데, 여기에는 모두 123편의 서간문(이용도의 편지 110편과, 그가 교우들로부터 받은 편지 13편)이 실려 있다. 그 체재를 살펴보면, 4·6판 세로짜기 총313면으로, 겉표지에 '변종호편저 이용도목사서간집(全)'이라 되어 있다.

목차 앞에 역시 '이용도목사서간집 출판에 임하여' (서간집 초판의 서문)란 편자의 서문이 있는 바, 그 중에 밝힌 편집원칙 중 몇 항을 참고삼아 아래에 옮겨 보겠다.

> 1.(전략) 아직도 본편 이상으로 많을 각처에 산재한 서간을 다 모으지 못한 불만, 내 생활이 너무 골몰하여 이끝 저끝에 조루가 많은 것 등 참으로 안타까움도 많고 아수함(필자주 : 아쉬워 함)도 많습니다.
> 1. 편법은 년대순에 의하였읍니다.
> 1. 권말에 부록한 『받은 편지 중에서』는 이 목사님의 당시의 생활상과 이 목사님에 대한 그때의 인심의 동향 또는 신앙생활에 이익이 될만한 편지를, 받은 편지 약 3백통 중에서 선출한 것입니다.

이 글로 미루어보건대, 이용도 시인이 그의 교우, 친지, 가족들에게 남긴 서간문이 다수 전국에 흩어져 있었던 것을 그의 사후, 편자가 가능한 한 이들을 두루 수집하여 『이용도목사서간집』을 발간해 냈음을 알 수 있다. 남북한 각지는 물론 멀리 만주 땅에 이르기까지 그를 초청하는 교회마다 순회하며, 부흥전도에 힘쓰면서 주고받았던 이용도 시인의 서간문을 개개인마다 각 곳으로 찾아다니며 수집한다는 것은 보통 힘든 일이 아니었을 것이니, 자료수집에 따른 이런 고생과 역경을 편자는 그의 서문 중에서 다음과 같이 표현해 놓고있다.

> 1933년 10월 4일 죠(朝)에 의외의 부보에 접하고 호곡체읍하다가 공부도

무엇도 다 집어던지고 비상시 금융술로 노비를 변통하여 가지고 서거의 지
(地) 원산으로 급히 달려가 흙냄새 새로운 고인의 유택을 야반12시에 찾아가
서 애통대곡하던 그 시로부터, 나의 심중에는 『이제는…하여야겠구나!』하는
각오와 결심이 생긴바 있었으니, 아마도 이 순간이 고인의 서간 기타를 수집
하려는 염원 발동의 최초의 순간이리라고 믿습니다. (중략) 그러면서 틈이
있을 때마다 방학 때마다 있음직한 지소와 인물을 찾아, 사리원, 평양, 안주,
해주, 원산 등지를 수삼차 왕래하면서 이 사람을 직접 방문하며 저 사람에게
간접으로 애원하는 등 별 고심 별 구걸을 다 해 가며 수집한 것이 여기에
실린 90통의 서간입니다. (중략) 매일 5, 6시간 이상씩 학교에 출석하며 한
달 동안에 6백장 이상의 사진 인화를 하고(필자주:편자 변종호는 학생시절에
고학으로 사진업을 했다) 11만자 이상의 원고를 쓰는 것은 쉬운 일이 아니었
습니다. '수면 3시간, 일어나 글쓰기 시작할 때 2시30분, 일찍 깨어진 것이
무한히 기쁘다'(4월 19일) 이 일기의 일절로서도 지난 날의 나의 생활이 짐작
될 줄 압니다.

그런데 특기할 만한 것은 이 서간집 속에 이용도의 시 작품 40여 편이
포함되어 있다는 점이다. (그 중에는 그의 일기문에 있는 작품과 일부 중복되
는 것도 있다.) 이용도 시인은 이처럼 그의 기도시를 편지나 일기 속에 써서
남겼으니, 그런 관계로 그의 기도시가 오늘날까지 발견되지 못한 채 세상의
빛을 못 보고 망각 속에 묻혀 있게 된 것이다.

나. 이용도 목사의 일기

이 책 초판 역시 이용도 시인의 문헌편찬과 그 신학적 연구에 일생을
바치다시피 한 변종호에 의하여 편집, 발간되었다.

초판은 1956년 9월12일 서울의 신생관에서 발행해 냈다. 책의 체재는
4·6판 세로짜기로 총 251면의 부피이다. 편자는 책 머리말에서, 그가 이용
도 일기의 원본을 오랜 세월 보관해 오다가 6.25동란 때 그 일부(1928년도의
일기 전부)가 일실되었으며, 이용도 목사가 작고한 지 33주년을 맞아 이

책을 엮어 발간하게 되었다고 밝히고 있다.

편집 순서는, 편자의 머리말 다음에 '그의 신앙, 그의 기원'이란 제목으로 편자가 이용도의 글 중에서 그의 신앙과 사상을 잘 나타내 보여준다고 생각하는 글들을 일부 가려내어 인용해 놓고 있으며, 그 다음에 이어 1927년도부터 시작해서 1933년도까지의 일기가 연대순, 날짜순으로 엮어져 있다. (일실된 1928년도분의 일기만 빠져 있음.)

수년 전 이 일기책을 통독하고 나서 필자는 그 가운데 상당량의 훌륭한 기도시가 내포되어 있음을 발견하였다. 그리고 그 일부를 선정해서 이미 필자가 엮어 낸 『한국인의 聖詩』(1986년 한국문연 발행)에 소개한 바 있다.16) 필자가 이 일기문 중에서 가려낸 기도시만 해도 무려 백여 편으로, 서간집에 실린 작품과 함께 그 작품의 양이나 질로 미루어 이용도 시인은 한국 기독교 시문학사에서 한 시대를 대표할 만하다고 할 수 있으며, 뿐만 아니라 한국 시문학사에서도 한 위치를 차지할 만한 시인이라고 단언할 수 있다고 본다.

그의 작품은 대부분 기교보다는 내용위주의 '기도시'였으니, 이용도는 당시의 문단에서 첨예하게 대립되었던 문학의 형식과 내용에 대한 논쟁 중17), 후자의 영향을 받은 것으로 판단된다.

당시 일본을 거쳐 들어온 서구 사회주의 사상의 유행으로 문단에도 소위 프로문학파가 형성되고, 이에 반하여 민족문학파와 절충파가 생겨서 사상적으로 첨예하게 대립하였으며, 1931년 만주사변을 전후해서는 프로문학파가 해체되고 문학의 예술성을 중시하는 시문학파의 순수서정시운동이 전개되는 등, 급격한 변화가 이 기간에 일어났다. 소위 문학에 있어서 '내용과 형식에 관한 논쟁'18)이 벌어지는 등 문학이론이 무성했던 것도 이때였다.

---

16) 신규호편저, 『한국인의 聖詩』(한국문연, 1986), pp. 348-379에 수록.
17) 백 철, 『국문학전사』(공저, 신구문화사, 1960),

이러한 사상적 격동기를 겪으면서 우리 문학의 현대적 성격이 이 시기를 중심으로 점차 성숙되어 갔던 것이다. 문학에 있어서 사상을 중시하는 일군의 유파와 표현 형식을 중시하는 기교파 간의 이론 투쟁은 당시 우리 문단의 한 큰 센세이션을 불러 일으켰다. 이러한 문단적 배경이 이용도시인에게 영향을 끼쳤을 것은 쉽게 짐작할 수 있는 것이다.

한편, 교회사적으로 말한다면, 이 시기는 신앙부흥의 침체기였다고 할 수 있다. 김인서는 당시 한국 교회의 쇠퇴와 부패를 지적하면서 혁명 내지 부흥운동의 필요성을 다음과 같이 안타깝게 호소하고 있다.

> 교회가 혁명 又 부흥운동에 의하여 전진 又 성장한 것은 역사의 과정이다. 생명체인 교회가 쇠기에 들되, 부흥의 소리가 들리지 아니하고 기한 부패에 타락하되 혁명의 旗발이 일지 아니하면 病이거나 死이다. 今日의 敎會는 亡하는 靈魂을 향하여 곡하지도 아니하고 生命의 기쁨을, 어디 춤추지도 아니하니 我 朝鮮敎會는 자느냐? 病들었느냐? 불러도 대답이 없고 외쳐도 일어나지 아니하니 我 朝鮮敎會는 자는 것이다. 病든 것이다. 建設의 初代 에서 날뛰어야 할 朝鮮敎會는 어느새 벌써 잠이 드는가, 어린아이같이 충만한 生命力에 時時刻刻으로 成長할 朝鮮敎會는 어찌 그리도 死를 向한 老人처럼 無氣力한가. 愛我朝鮮敎會는 이 精的 狀態에서 革命의 手術을 받으려는가 復興의 治療를 받으려는가.[19]

송길섭은 이 시기의 이용도의 입장을 다음과 같이 설명하고 있다.

> 이용도가 진단한 1930년을 전후한 한국교회는 치명적으로 병든 교회였다고 보았다. 1920년대 중반부터 기울기 시작한 內的인 갈등 속에서 허덕이고 있던 때였다. 어떤 종류의 변화나 개혁을 절실히 요구하고 있던 때였다. 이런 二重의 內的, 外的인 도전 속에 교회는 자체의 생존을 위하여 몸부림치던

---

18) 전게서, pp. 368-369.
19) 김인서, 『신앙생활』,제3.4권, (신앙생활사, 1934), p. 3.

때였다. 이런 교회에 그는 부름을 받고 몸담아 일을 하였고, 따라서 이런 병든 교회를 그는 그렇게 미치도록 사랑하였고, 그의 젊은 생명을 이 교회를 위하여 바치기로 작정 한 것이다.[20]

다. 희곡 작품

변종호가 1975년 9원2일에 발간해 낸 『이용도목사저술집』가운데에 문학 작품으로서는 희곡이 4편 수록되어 있다. 그 중에서 「춘풍」, 「공주와 꽃팔이」는 이용도가 1927년 협성신학교 재학시에 창작한 것이고, 「애굽의 이스라엘」, 「믿음으로 사는 화공」은 그가 신학교를 졸업하고 처음으로 교회를 담임 목회하던 1928년에 창작한 작품이다. 이 작품들은 모두 '성극'으로 교회에서 성탄절 등에 직접 그에 의해 창작되어 연출, 상연되었던 것들이다. 이로 미루어 이용도의 타고난 문예적 자질과, 문학에 대한 학창시절부터의 깊은 관심을 엿볼 수 있다.

「春風」은 단막의 가극으로 그 대본이 1927년 『아이생활』 4월호에 발표되었고, 「공주와꽃팔이」는 진 2막의 기극으로 역시 1927년 『아이생활』 5, 6월호에 발표되었으며, 「애굽의 이스라엘」은 모두 3장으로 된 단막 크리스마스 성극으로 1928년 『아이생활』11월호에 발표된 바 있다.

「믿음으로 사는 화공(靴工)」은 역시 1928년 『아이생활』 12월호에 발표되었던 작품이다.

---

20) 송길섭, 「한국교회의 개혁자, 이용도」, 『이용도목사 관계문헌집』, p. 202.

(3) 이용도의 시세계

1) 시대적 배경

시인 이용도가 문학적으로나 신앙적으로 활동한 시기는 1920년대 후반부터 1930년대 초반까지의 6~7년간이라고 할 수 있다. 기도시가 실려 있는 일기나 서간문 등 현존하는 그의 대부분의 글이 쓰여졌던 것도 이 시기요, 그가 부흥목회에 삶의 전부를 바쳤던 시기도 이때이기 때문이다.

이 시기는 한 마디로 말해서 우리 사회가 3·1운동 후 일제의 갖은 압제에 신음하면서도 제한된 범위 내에서나마 문화적으로 민족적 역량을 키워 나가려고 몸부림치던 때라고 할 수 있다.

먼저, 사회문화적인 면에서 이 시기의 특징을 말한다면, 사상의 일대 혼란기였다고 할 수 있다. 백 철은 그것을 다음과 같이 문학사적 입장에서 기술하고 있다.

신경향파문학은 1925年代에 「프로」文學으로 조직과 명칭이 바뀌어서 그 후 7, 8년 동안 문단의 패권을 쥐었다. 이 동안에는 거의 다른 派의 文學은 大勢가 되지 않았다. 다만 그 중에서 정면 大陣을 한 것은 民族主義派의 문학이오, 그밖에 「아나키즘」文學, 그리고는 이 동안에 극히 斷片的으로 「다다이즘」「쓔르리아리즘」등의 소개를 위한 詩篇의 시험이 있을 정도다. 그러나 1931년경에 와서 「프로」文學이 退場하면서부터 우리 文學史上에는 現代的一大 轉換期가 왔다. 우선 「프로」文學의 轉換이 오고 同時에 不安文學의 時代가 온 사실이다. (중략)또한 이것과 함께 우리 나라에서는 이 무렵 前期의 政治性文學에 反動하여 純藝術派的인 문학운동이 일어났다.

1919년 3·1운동이 일어나자 외국인 선교사들은 교회를 독립운동의 거점으로 삼으려는 한국인 신자들과 이를 저지하려는 일제 당국 사이에서 난처한 곤경에 빠져 교회가 정치로부터 손을 떼야 한다는 명분을 내걸고 선교 일선으로부터 뒷자리로 물러나 앉았다. 따라서 이 시기의 한국교회는 폭풍우 속을 저 혼자 걸어야 하는 이제 갓 걷기 시작한 어린애와 같았다.[21] 이것은 곧 한국교회가 선교역사의 한 전환점에 이르러 불가피하게 자체 교회사의 자립적 주체의식에로 일보 전진하는 필연성에 처하게 되었음을 뜻한다. 다시 말하면, 외국인(선교사)중심의 宣敎史가 한국인 중심의 敎會史로 전환하던 때라고 할 수 있는 것이다.[22]

이용도 시인이 문단과 교회의 이러한 정황 속에서 고뇌하며 그의 짧은 생애를 영위하였다는 것은, 문학과 신앙이라는 두 영역에 걸친 그의 활동의 특징을 필연적으로 신비주의적 경향으로 빠져들게 하였다. 그는 '한국교회' 최초의 실험자로서 문학과 신앙 양자를 의식적으로 구별하지 않고 열정을 통하여 하나의 세계로 결합시키려고 혼신의 정열을 불태웠던 것이다. 이는 우발적인 것이 아니었고, 당시 사상적으로 내용이 빈약했던 한국문학에 대해서는 신앙이란 영양제의 필요성을, 그리고, 교조만이 냉랭한 한국교회에 대해서는 주체성과 문학적 열정이라는 수혈의 필요성을 그가 자각했기 때문이다. 이 양자의 상호 결합으로 생명력을 잃은 한국인의 혼을 구원할 수 있다고 그는 믿었으며, 그 믿음에 따라 그의 신비주의적 기도시는 탄생하게 되었다고 할 수 있는 것이다.

---

21) 민경배, 전게서, p. 16.
22) 상게서, p. 39.

2) '나타나는' 시와 '나타냄을 받는' 시

가. 그의 생명시관(生命詩觀)

이용도가 시에 대해서 평소 깊은 애정과 관심을 가졌었다는 사실은 그의 글이 잘 입증해 보여 주고 있다.

그는 그의 일기문 가운데에 그가 좋아하는 타골의 「기탄자리」나 국내 시인의 시 등을 옮겨 적어 놓기도 하였으며[23], 때로 그 자신이 시를 쓴다고 의식하고 제목을 단 작품을 지어 기록해 놓는 등[24] 시에 관한 관심을 표명해 놓고 있다. 그러나, 무엇보다도 그의 일기문이나 서간문의 대부분이 다름 아닌 기도시로 이루어져 있음이 시인으로서의 그의 타고난 자질을 명백하게 보여 준다고 하겠다.

그러면, 왜 그는 그의 수많은 기도시를 제목을 붙인 독립된 작품으로 지어 남겨 놓지 않고, 일기나 서간문 속에 써서 삽입해 놓았을까. 이 의문에 대한 해답은 역시 그의 글 가운데에서 찾아 볼 수밖에 없다.

이용도의 시에 대한 견해는 그가 1931년 11월 중순 변종호에게 보낸 서간문 속에 다음과 같이 나타나 있다.

> 시를 지으려는 노력을 그만두고 주를 섬기고 진리를 사랑함에 미치라. 그리고 네가 일찍 그 시재(詩才)를 천(天)께 바쳤으면 너에게 진리를 주어 시로 짜서 바치라 할 것이었나니라. 주께서 받아 주께 드리는 그것만이 참된 생명 있는 시(詩)였으니, 주는 곧 진리요 생명이요 인간의 받을 바 도(道) 이었음이라. 진리와 생명과 正道를 떠난 시의 無用. 아! 구역나는 것이었노라!
> 원컨대 너는 시인이라기보다 진리의 파지자(把持者), 예수의 숭배자, 천적

(天的) 광인만 되라.

　그 후에 너의 너됨이 시에 나타나든지 사진술에 나타나든지 그것은 문제삼을 것이 아니었느니라.

　　본래청광종무개(本來淸狂.終無改)
　　야월철창곡차가(夜月鐵窓哭且歌)

　이 시가 아름다운 것이 아니라, 이렇듯 나타낸 그 영의 광증이 기묘한 것이 아닌가!

　하여간 미치자! 크게 미치자! 그 후에 쓰게 되면 쓰고, 부르짖게 되면 부르짖고, 침묵하게 되면 돌같이 고요할 것이요! 어쨌든 진리에 미치는 깃만이 우리의 급선무였나니, 무엇을 나타내려고 함은 이 허영이었나니라. 생명은 나타나는 것이지 나타냄을 받는 것이 아니었나니라.[25]

　이 글에 강조되어 있는 바와 같이 그의 詩觀의 핵심은 '생명있는 시', 곧, '신앙을 토대로 한 생명시관'이었다. 억지로 '무엇을 나타내려고 함' 다시 말해서 인위적이고 조작적인 기교위주의 시가 생명력을 잃은 몰골로 세상에 횡행하는 것에 대해 그는 '구역질'을 느꼈으며, 시의 참모습인 '생명시'는 하늘과 교통함으로써 하늘로부터 내려오는 신앙과 기도의 위대한 힘을 타고 '나타나는 것'이지, 인간의 인위적 기교에 의해서는 결코 태어나지 않는다는 것이 그의 '생명시관'의 골자였다.

　기교위주의 형식주의시보다도 생명력 있는 내용을 중시하는 그의 이러한 내용주의적 시관은 그로 하여금 인위적이고 의도적인 시 작품의 창작을 멀리하게 하고, 열렬한 기도 속에 자연발생적으로 탄생하는 시를 쓰게 하였다. 이것은 그의 신비주의적 신앙과도 관계가 깊은 것으로, 기도를 통해 지어지는 시를 참된 생명력 있는 시로 본, 신앙을 토대로 한 그의 '생명시관'에

---

25) 변종호편, 『이용도 서간집』, pp. 117-118.

근거하고 있는 것이다. 그의 이러한 시관은 단순한 낭만적 영감주의 (Inspirationism)와도 다른 것으로 1930년 전후의 우리 시단에 나타난 조잡한 사상시나 기교위주의 시들을 비판하고 그 한계를 근본적으로 초극하고자 한 데서 비롯된 것이라고 본다.

본디 영감주의(靈感主義)에는, 詩神에 의해 詩想이 시인에게 주어진다고 본 고대 희랍적 영감론이나, 삼위일체의 하나인 聖靈에 의해 기도를 타고 시상이 태어난다는 기독교적 영감설, 그리고 선천적으로 타고난 시인의 천재성에 의해 시상이 태어난다고 본 초기 낭만주의적 영감설, 또는 시인 개인의 무의식이나 그의 집단무의식(collective unconsciousness) 으로부터 시상이 떠오른다고 하는 심리학적 영감설 등이 있는 바,26) 이 가운데 기독교적 영감설이 이용도 시인의 시관과 깊은 관련이 있는 것이 사실이다. 그러나, 앞에 인용한 글을 자세히 분석해 보면 그의 시관의 핵심이 기독교적 영감설에 있다기보다는 보편적으로 시가 총체적인 '생명력'을 지닌 것이어야 한다는 점에 있음을 알 수 있다.

이용도에게는 시상의 근원이 어디에서 비롯되느냐 하는 것보다는, 근본적으로 시가 생명력을 지니고 있느냐, 없느냐 하는 점이 더 중요했다. 여기서 시의 생명력이란 독자의 마음을 움직여 신앙적으로 감동시킴으로써 그 영혼을 구원할 수 있는 시가 지닌 호소력이라고 할 수 있다. 왜냐하면, 앞에 인용한 글에서 그가 누누히 강조하고 있는 진리니, 正道니, 하는 것이 그것을 입증해 준다고 볼 수 있기 때문이다.

이용도의 시관이 이와 같았으므로, 그는 '시를 지으려고' 의도적으로 기교를 부리지 않았으며, 그의 일기나 서간문 가운데에 '기도하는 심정'으로 기록하게 된 것이다. 그에게는 이미 시의 作法이나 유행적인 기교 따위는 안중에 없었으며, 오로지 신앙을 토대로 '진리와 생명과 正道'를 담은 '생명

---

26) 이상섭, 『문학비평용어사전』(민음사, 1976), pp. 205-207 참조.

이 넘치는 시'를 쓰려고만 했다. 그것이 시가 될 것이라는 자각조차 하지 않은 상태에서 '모든 것을 하늘에 맡기고' 쓴 것이 그의 기도시인 것이다. 그 결과 그의 시의 대부분은 거의 산문형식으로 나타났다.

나. 그의 신앙시관(信仰詩觀)

이용도가 주장한 '생명을 타고 나타나는 시'라는 것은 '신앙 속에 태어나는 기도시'라는 말과 표리의 관계를 가진다. 그는, 시인이란 '절대자(主)로부터 진리와 생명과 道를 받아 그것을 다시 진리요, 생명이요, 道인 절대자(主)에게 바치는' 행위자로 간주하고 있다. 그렇기 때문에 그는 시인이 되려면 무엇을 지으려고 노력하기 전에 영육을 진리와 생명과 道인 절대자(主)에 바쳐서, '진리에 미치는 자' '天的狂人'이 되어야 한다고 주장한 것이다. 따라서 이용도에게는 시가 곧 기도요, 기도가 곧 시라고 믿어졌다. 그에게 있어 시와 기도, 시와 신앙은 분리될 수 없는 하나였고, 그 결과 참된 기도를 기록하면 그것이 곧 생명있는 시가 된다고 본 것이다.

그는 일기나 편지를 쓰다가도 기도, 곧 시가 나오면 그것을 그대로 그 가운데 기록해 놓았다. 이것이 그의 기도시의 특징인 것이요, 이러한 신앙시관이 그로 하여금 파격적인 독창적 산문형식의 많은 기도시를 일기나 편지 가운데 기록하게 하였다고 할 수 있다. 참고로 그의 서간과 일기 한 편씩을 아래에 인용하여 그러한 정황을 살펴보겠다.

<朴晶水氏에게 >
나는 오늘 종일 단련을 받고 풀이죽어 돌아왔읍니다. 욕을 당하고 구박을 당하였읍니다. 나의마음은 상하였고 나의 눈은 젖었읍니다. (중략)
<내가 종일 욕을 당하매 저녁에는 주께서 나를 위로하시나이다. 사람이 있어 나를 욕하고 또 사람이 있어 나를 칭찬하나이다. 주여, 내가 알았나이다. 주를 욕하는 자는 나도 욕하고 주를 기리는 사람은 나도 기림을! > (하략)[27]

1월 26일

　오전 2시반경에 성전에 나가서 기도하였읍니다. <주여, 저희는 냉랭하옵
니다. 불철저하옵니다. 이 微溫的 신앙, 편복적 신앙을 어느 때까지나 용납해
두시려려나이까. 벌써 吐해내시었나이까. 저희들의 이 중간상태는 실로 가증한
것이었나이다. 주님은 과연 철저하시사 글자 그대로이시오, 뜨거우시사 불,
그것이었나이다. 그런고로 미온적 인물은 주님께 합당치 않았고, 중간적 인물
은 주의 미워하시는 바이었나이다. 오, 주여, 나를 긍휼히 여기시옵소서. 나는
주에게서 토해 버림을 당할까 두렵사옵니다. 주께서는 진리 그것이오매, 솔직
그대로이시오, 그 곧고 날카로움은 칼,-좌우에 날선 칼, 같았고, 입을 봉하시매
돌 그것이었나이다. 곧, 산 돌이었나이다. 匠人들―무엇을 만든다, 건설한다
하는 그 사람들이 이리 굴리고 저리 굴리면 이리저리 굴러 말이 없으셨으나,
살으신 돌이라 무엇이든지 그 위에나 그 아래나 떨어져 부딪히기만하면 부서
지고 마는 것이었나이다. 오, 주여, 내가 입을 열 때에는 좌우에 날선 칼이
되게 하시고, 봉한 때에는 돌, 그것이 되게 하여 주옵소서. 주님은 입을 열매
칼이요, 봉하매 산 돌이었나이다. 열건 봉하건 그저 철저하신 것만은 참 철저
하셨지요>(하략)28)　(< >표: 필자)

　위에 인용한 서간문이나 일기문은 그 가운데 기도시를 내포하고 있는
한 예에 불과하다. 그의 모든 산문 가운데에는 이처럼 산문 형식의 기도시-
신앙시가 거의 빠짐없이 포함되어 있다. 시인이 되려고 노력하기보다 진리
의 把持者가 먼저 되어야 한다고 주장한 그, 참 생명은 나타나는 것이지
나타냄을 받는 것이 아니라고 한 그의 시관에 따라 그는 참되고 열렬한
신앙에 몰두했고, 그 결과 기도를 통해 나타나는 생명시를 아무런 詩作法이
나 표현기법에 구애됨이 없이 그의 글 도처에 남겨 놓게 되었다. 그 결과
그는 그가 믿었던 대로 스스로 시인이 되려고 꾀하지 않았지만, 결국 훌륭한

---

27) 서간집, p.26(1930년 봄, 朴晶水에게 보낸 편지에서 인용) < >는 필자가 기도시
　　부분임을 표한 것임.
28) 일기, pp. 138(1931년 1월 26일의 일기에서 인용)

시인의 모습으로 역사 앞에 그 존재를 나타내게 된 것이다.

다. 산문형태의 기도시

이용도의 시가 대부분 산문형식으로 쓰여졌음은 전술한 바와 같다. 그렇게 된 이유는 주로 두 가지 측면에서 살펴 볼 수 있겠다.

첫째는 이용도 자신에 내재하는 내적 요인, 곧, 그의 독특한 독자적 시관 때문이며, 둘째는 외부적인 요인, 다시 말해서 그가 애독했던 타골의 시와 성서의 영향 때문이라고 생각된다.

前者의 이유로는, 앞에서 언급한 바대로 무엇보다도 그가 자연발생적으로 '나타나는 시'를 참된 시로 보고, 인위적으로 '나타냄을 받는 시'를 거짓된 것으로 보았던 관계로, 그의 내부에서 솟아 나오는 기도의 내용을 그대로 표현하다보니 자연히 기성화 된 시형을 따를 수 없게 되었다고 보기 때문이다. 그의 기도시가 지니고 있는 장점인 순박성, 진실성, 신앙적 경건성, 독창성 등, 생명력 넘치는 주제의식에도 불구하고, 현대적 안목에서 비판할 수도 있는 시작법상의 기교부족이 그의 시의 한 단점으로 지적될 수 있음도 이 때문이다. 바꿔 말해서, 그의 생명시관, 신앙중심의 시관이 그의 시로 하여금 평면적인 산문형식을 띠게 하였고, 결과적으로 예술작품으로서 기교적 완벽성을 갖춘다기 보다는 소박성과 단순성을 지니게 하였다고 일차적으로 단정할 수 있다.

그러나, 이러한 내부적 요인만이 이용도시의 특징을 결정지었다고 볼 수는 없다. 학창시절부터 그가 문학에 깊은 관심을 갖고 있었으며, (그는 신학교에서 영문학을 전공했다.) 특히 시에 대하여 남다른 독자적 시관까지 가지고 있었다면, 그렇게 되기까지 국내외의 많은 시를 읽었을 것이고, 그 가운데 그가 좋아했던 시인도 있었을 것이며, 그에 따라 자연히 그 시인의 영향도 받았을 것임에 틀림없다.

그와 아울러 목회자로서 그가 수 십 번도 더 읽었을 성서가 그의 시에
직접, 간접으로 영향을 끼쳤을 것도 확실하다. 특히 그가 애송했던 시편이나
아가 등은 그의 기도시에 다대한 영향을 끼쳤다.

이용도의 시를 '산문형태의 기도시'로 특징짓게 한 내적 요인에 대해서는
이미 앞에서 논술한 바 있으므로, 여기서는 그 외적 요인에 대해서만 살펴보
고자 한다. 먼저, 타골의 시와 이용도시의 상관관계부터 알아본다.

가) 타골시의 영향

타골의 시와 이용도의 시가 그 주제나 형태상 유사성을 지니고 있음은
피상적으로만 확인되는 것이 아니다. 1932녈 6월 8일자의 일기에 이용도는
타골의 장편 산문시 「기탄자리」 중 1연부터 10연까지를 번역문 그대로 길게
옮겨 적어 놓고 있다.[29]

이는 평소에 그가 얼마나 타골의 시에 심취되어 있었는지를 단적으로
입증해 보여주는 자료가 된다.[30] 이 번역시 「기탄자리」와 그의 기도시를
상호 비교해 보면, 그것들이 지니고 있는 신비주의적인 내용이나 산문형식
이라는 공통의 유사성이 확인된다.

> 나의 주여, 나는 당신께서는 어떻게 노래하시는지 모릅니다. 나는 잠자코
> 듣고 멍하니 놀랄 뿐입니다.
> 당신의 음악의 빛이 이 세계를 밝게 하옵고, 당신의 음악에서 나오는 생명의
> 입김이 하늘에서 하늘로 달려 가오며, 당신의 음악의 거룩한 물결이 바위같이
> 굳은 모든 장애물을 뚫고 기운차게 흘러갑니다.[31]
>
> — '기탄자리' 제 3연의 일부 —

---

29) 『이용도 목사의 일기』, pp. 211-215.
30) 일기 중에 기탄자리를 옮겨 적은 것은 1932년도의 일이나, 그 이전에도 이용도가
   타골의 시를 애송했을 것은 거의 분명한 사실이다.
31) 일기, p. 212에서 재인용.

주여, 나는 갑니다. 당신에게 끌리워 나는 갑니다. 가면은 어떻게 하라실지 그 의향을 나는 모릅니다. 그저 그냥 끄을려 갈 뿐이옵니다. 간 후에는 당신의 계획대로 하시겠지요. 다만 그 계획에 고요히 순종하려고 가옵니다.[32]

- 이용도의 기도시 '주여, 나는 갑니다.'-

당신의 발등상이 여기올시다. 그래서 당신은 가장 빈하고, 가장 천하고, 가장 의지없는 자들이 사는 곳에 발을 놓으십니다. 내가 허리를 굽혀 당신께 절하려 하오나 당신의 발이 저 가장 빈하고, 천하고, 가장 의지없는 자들 속에 놓였사오매 내 절이 그 밑에까지 미치지를 못하옵니다.[33]

- '기탄자리' 제 10연의 일부

苦, 貧, 卑, 이것이 나의 생활이 되게 하기 위하여 특별한 각오를 주심, 감사하옵니다. 성실함은 나의 스승이니이다. 나는 그의 길을 예비하겠나이다. 나는 그의 신들메를 풀기도 감당치 못하겠나이다.

苦는 나의 선생, 貧은 나의 애첩, 卑는 나의 궁전, 자연을 나의 애인의 집으로 하고, 나는 거기서 주님으로 더불어 살리로다.[34]

-이용도의 기도시 '苦, 貧, 卑'-

두 시인의 시가 모두 '당신'(主 님: 절대자, 창조주)을 대상으로 한 '나'(서정적 자아, 시인자신)의 고백과 기원의 표현임이 확인된다. 다시 말해서 두 시인의 시가 다 기본적으로 기도의 형식을 빌고 있다는 것이다. 이에 따라 그 형식은 산문시로 나타난다. 아울러, 경어체 서술형 종결어미의 사용과 함께, 산문적 기도시가 지니는 경건성, 신성성 등이 공통으로 내재해 있다. 타골은 본디 '어떤 기성품의 말을 빌어' 시를 쓰지 않았으며, 시 창작 과정에서 철저하게 모방형식을 따르는 습성을 피함으로써, 현대의 어느 시인보다도 '소박한 표현' 속에서 가장 신비롭고 오묘한 영혼의 음악과 위대한 철학

---

32) 일기, p. 57.
33) 일기, p.215에서 재인용.
34) 일기, p. 81.

이 담긴 세계를 이룩한 시인이다.[35] 또한 종교시인 「기탄자리」(Gitanjali:헌시)는 하늘에 바치는 사람의 시로서, 인간과 신의 융화, 화합과 인간정신의 위대한 승화의 결정체라고 흔히 일컬어진다.[36]

이렇게 볼 때 이용도의 기도시는 그 표현형식과 주제 양면에서 타골의 시와 매우 유사한 동질성을 지니고 있다고 말할 수 있다. 타골과 같이 이용도도 기성적 시어의 모방과는 거리가 멀었으며, 모방형식을 극히 혐오한 것은 앞에서 이미 언급한 바와 같다. 아울러, 그가 타골의 기탄자리를 지극히 애송하여 일기에 옮겨 적기까지 한 사실로 미루어, 이용도의 기도시 형식에 타골시의 영향이 없지 않았을 것임은 쉽게 추측할 수 있는 것이며, 또 위에서 비교해 본 바대로 그 점이 실제 확인되고 있는 것이다.

나) 성서의 영향

기독교적인 신앙시관을 토대로 생명이 넘치는 기도시를 썼던 이용도의 시에 신·구약성서가 절대적인 영향을 끼쳤음은 물론이다. 여기서 성서라 함은 우리말로 번역된 한글성서를 가리키며, 그것이 주제나 형식 양면에서 그의 시와 구체적으로 어떤 상관성을 지니고 있는지 살펴보아야 양자의 관계가 확실히 파악될 것이다. 그 가운데 주제나 내용 면에 관해서는 다음 장에서 상세히 다룰 것이므로, 본 장에서는 주로 그 형태적 상관성에 대해서만 고찰해 보도록 한다.

우선 문체면에서, 신·구약 한글성서의 문장이 지니고 있는 만연체, 우유체, 화려체적 성격이 이용도 시의 문장에도 그대로 나타나 있다는 점을 지적할 수 있다. 그의 詩文이 비교적 호흡이 길고 부드러우며 수식어가 많은 점이 바로 그것을 증명해 준다. 본디 기도적 문장이 지니는 신에 대한 경건함

---

35) 柳玲, 『타골選集』(을유문화사, 1962), pp. 3-4. 참조
36) 상게서.

의 표현이나 간절한 소망과 고백 따위가 그러한 문체를 요청하기 때문이기
도 하다. 특히 성서 가운데에서도 기도시의 전형이라고 할만한 구약성서
「시편」의 문체와 비교해 볼 때, 이 점이 두드러지게 나타난다. 현대시의
문체가 호흡이 짧고 간결하며 수식어가 거의 없는 것을 특징으로 삼는 것과
는 대조를 이룬다고 하겠다.

> 여호와여 내가 주께 부르짖으오니 나의 반석이여 내게 귀를 막지 마소서
> 주께서 내게 잠잠하시면 내가 무덤에 내려가는 자와 같을까 하나이다 내가
> 주의 성소를 향하여 나의 손을 들고 주께 부르짖을 때에 나의 간구하는 소리
> 를 들으소서
>
> — 시편 28장 1절~2절

> 여호와여 어느 때까지 나를 잊으시고/ 어느 때까지 나를 돌아보시지 않겠나
> 이까// 어느 때까지 나의 원수로 자존케 하며/ 어느 때까지 나의 맘으로 근심케
> 하겠나이까// 여호와여 나의 하나님이여 나의 하나님이여/ 내 눈을 열으사
> 죽음의 잠을 자지 말게 하옵시고/ 내 등에 채찍을 얹으사 음부에 머무르지
> 말게 하옵소서.[37]
>
> — 이용도 '나의 시편' 1연~3연

한편, 이용도의 기도시 중에는 기도자 자신이 아닌 절대자 (시인에게 계시
를 내려 주는 성령)가 시 속의 서정적 자아로 등장하는 경우도 많다. 이런
유형의 시는 위엄과 권위를 중시하는 성서의 문체 (「시편」을 제외한)와 직결
된다. 이는 시인에게 임재하는 성령의 소리가 다음과 같이 시인의 붓을 빌어
그대로 서술된 형태다.

---

37) 상게서, p. 211.

세상이 너를 버린다 하여 너는 슬퍼하나뇨. 그러면 너는 세상의 환영을
받아 거기서 영생을 얻을 줄로 생각하느냐.

— 시 '주의 음성' 제 2연

너희가 많이 뿌릴지라도 수확함이 적으며, 먹을지라도 배부르지 못하며,
마실지라도 흡족하지 못하며, 입어도 따뜻하지 못하며, 일꾼이 삯을 받아도
그것을 구멍뚫린 전대에 넣음이 되리라.

— 시 '너희가 많이 뿌릴지라도' 제 1연

기도에 몰입해서 신비적 무아의 경지에 빠질 때 시인의 존재는 사라지게
되고 성령이 직접적으로 시속의 서정적 자아가 되어 言術(언술)하게 된다.
이 때 시인 자신은 단지 그것을 전달하기만 하는 중보적 역할만 담당한다.
이는 이용도의 시가 지니고 있는 신비주의적 경향의 하나로, 다분히 한국적
샤마니즘의 성격을 지니고 있는 요소인 것이다. 이러한 샤만적 언표는 종종
신탁(神托)이 아닌 시인 자신의 개인적 진술이 되어 나타나기도 한다. 시인
이 샤만적 기능을 담당함으로써 주술적 요소가 단순한 시인으로서의 개인에
게까지 영향을 끼친 결과라고 할 수 있다. 즉, 주술의 시적 전이이다.

> 자매여 나를 위하여 우는 자매여
> 어서 그 눈물을 거두려무나
> 그리고 너와 너의 동포를 위하여
> 크게 울어라 통곡하여라
> 오, 나의 자매여 나의 사랑하는 자여 나로 인하여 울기를 그만 그치라
> 그리고 너의 성자와 성녀의 울음 모아 울고 또 울고 울어 다하여
> 청산의 고골(枯骨)들을 적시어 보렴아.[38]

— 이용도의 시 '자매여' 1연~2연

---

38) 일기, P. 39.

그러나 그의 시가 이렇게 우유체 중심의 연약한 여성적 문체로만 이루어 진 것은 아니다. 그의 기도시 가운데에는 남성적인 힘차고 강한 강건체의 문장도 보이는 바, 이는 대개 절대자 앞에서 굳건한 신앙심을 다짐하고 청유할 때 나타난다.

> 나사로와 같이 일어나서 베드로 요한과 같이 주를 만나러 달음질치자.! 주님은 죽으신 줄 알매 저희는 공포와 낙망 중에 있도다. 그러나 우리는 달음 질해 가자, 마리아 베드로 요한 같이/ 주는 살아나셨다. 우리 앞에 계시다/ 주님을 보자. 사신 주님을 만나보자./ 그 음성을 듣자. 그 손의 못 자국을 만져 보자. 그리고 믿자. 따르자, 위하여 희생하자. 우리도 그와 같이 다시 살지니, 영생할지니.[39)]
>
> — 이용도의 시 '주를 만나러 가자' 全文

다음으로, 수사적 특징을 살펴보면 영탄법, 돈호법, 명령법, 반복법 등이 주로 두드러지게 나타난다. 이것은 인간이 넘나들 수 없는 절대의 세계에 존재하는 신을 불러서, 그에게 간절히 기원하고, 다짐하고, 고백하는 기도적 문장이 지니는 속성 때문에 기인되는 특징인 것이다. 영탄법과 돈호법, 그리 고 명령법은 상호간에 깊은 연관성이 있으니, 이들은 한 문장에서 대개의 경우 동시에 호응하여 쓰이는 것이 예사이다. 성시의 경우 역시 「시편」에 이런 수사법이 반복해서 사용되고 있으며, 이용도의 시에 있어서도 사정은 동일하다. 실제로 그것이 문장에서 호응관계로 나타나는 바, 그 대표적 유형 을 예로 들면 다음과 같다.

- 여호와여 ~ 하소서(하여 주소서)
- 오, 주여 ~ 하소서(하여 주소서)
- 하나님이여 ~ 하소서(하여 주소서)

---

39) 일기, P. 39.

- 오, 주여! ~ 하옵나이다!(하나이다!)
- 오, 주여! ~ 하옵나이까!(하나이까!)

위의 예에서 확인할 수 있는 또 하나의 특징으로 조사법상 경어체를 주로 사용한다는 점이 지적된다. 특히 의고적 극존칭 종결어미 (—소서, —니이다, —니이까, —나이다, —나이까, —도소이다. 등)가 빈번히 쓰이고 있다. 절대자인 신을 상대로 청원하고 고백하다보니 저절로 경건한 용어를 사용하게 되고, 그것이 바로 의고체의 극존칭 종결어미 사용으로 나타나게 된 것이다.

그러나, 시인이 신탁(神托)을 받아 중보적 역할을 담당함으로써 시인의 언표가 주술로써 표현되는 경우나, 그 주술이 시에 전이되어 나타나는 경우의 호응관계는 앞에 보인 기본틀만은 그대로 유지되되 다만 극존칭이 비칭으로 바뀐다.

- 오, 평양아, 너는 일찍 도마스의 피와 살을 먹었나니라.
- 오, 내 아들아, 왜 네 마음이 슬프뇨?
- 나는 대중을 위하여 있는 자가 아니로다. / 다만 개인을 위하여 살려고 하노라·
- 네가 나를 사랑하느냐 / 네가 나를 사랑하느냐 / 너는 어떠한 나를 사랑하느냐.

이러한 중보적 언표 또한 이용도의 신비주의적 경향을 입증해 보여 주는 하나의 사례라 할 수 있으니, 이용도의 기도시와 신비주의와는 불가분의 관계로 맺어져 있다고 아니할 수 없다.

라. 신비주의적 색채

가) 신비주의와 상징

이용도의 신앙적 특징에 관하여 언급할 때 흔히 쓰이는 신학 용어가 바로

'신비주의'(mysticism)라는 말이다. 이용도의 시 세계를 논술함에 있어 이 신비주의라는 개념을 중심으로 삼지 않을 수 없는 이유가 거기에 있다. 이용도의 시가 신앙시요, 기도시인 이상, 그의 시는 필연적으로 그의 신앙과 분리될 수 없는 불가분의 관계를 가진다는 것은 당연하다. 그러나, 본고에서는 신비주의란 용어를 신학적 시각에서라기보다는 상상력과 정열이란 속성을 중시하는 문학적 입장에 주안점을 두고 사용하고자 한다는 것을 먼저 밝혀 둔다. 그렇다고 해서 그것을 전혀 신학적 의미와는 관계없이 사용할 것이라는 뜻은 물론 아니다. 신비주의라는 용어에 관련된 문학과 신학의 두 영역을 넘나들면서, 보다 더 문학 쪽에 중심을 두고 신학적 이론을 원용하여 논의를 전개하고자 한다는 의미인 것이다. 본디, 신비주의란 용어는 기독교 신학에서 사용되는 용어로,[40] 신비주의 문학이라는 것도 서양의 기독교 신비주의가 낳은 것을 주로 가리키는 개념이기 때문에, 이용도의 시에 관하여 신비주의와 관련시켜 논의를 전개시켜 나가려면 필수적으로 먼저 기독교 신비주의에 대하여 언급하지 않을 수 없는 형편이기도 하다.

신학적으로 볼 때, 기독교 신비주의에는 다음과 같은 특징이 있다.[41]

첫째, 신비주의는 신(神)의 세계와 '나'의 세계와의 혈연적 연결을 전제로 하며, 그러한 마음의 고향과 현실의 지상적 生을 비극적인, 혹은 우연한 단절로 보고 될수록 빨리 이 상황에서의 탈피와 본질적인 나의 근원과의 합일을 갈망한다.

둘째, 신비주의는 중보자 (中保者: 그리스도)의 實在를 필요로 하지 않는다. 나와 신은 본질적 연속성의 관계에 있고, 마이스터 에크하르트(Meister Eckhart)의 경우처럼 '하나님은 내가 내 자신에게 가까이 있는 것보다 더

---

40) 동양적 신비주의가 없는 것은 아니다. 신비주의를 학문적으로 체계화한 것은 주로 기독교 신학에 의해서였다.
41) 민경배, 「한국교회의 신비주의사」, 『이용도목사 관계 문헌집』, pp. 73—75.

가까이[42]있다고 본다. 이런 연유로 해서 신비주의자들은 그리스도의 역사적 사실을 반복 가능한 하나의 모형으로 간주하며, 언제나 이 세상 어디에서나 일어날 수 있는 영속적인 사건의 패턴으로 본다.

셋째로, 신비주의는 인간의 육체적 實在를 수치로 여기며 非本質과 우연으로 단정하면서, 역사 내에서의 존재를 한갓 환상과 꿈으로 돌려보내고, 성실성 있는 사회 구성원의 소임을 냉소와 경멸로 대한다.[43]

네째로, 신비주의는 이 세상을 가치 없는 것들이 지배한다고 보는 까닭에 이 세상과의 언어적 대화를 스스로 단절한다. '신비'라는 말은 현묘불가사의(玄妙不可思義)의 경지를 상징하며, 이미 言語化의 가능성을 부정하는 낱말이다.

다섯째, 신비주의는 그것이 지니고 있는 열정적인 순종, 정서의 섬묘한 감수성, 연약한 受動性 등의 속성으로 하여 본디 여성적 취향성이 짙다. 신비적 체험에서 영혼은 늘 여인의 위상에 선다. 신비주의자들이 쓰는 용어로 '아내' '신부' '결혼' 등이 빈번히 나타남은 이 때문이다.

여섯째, 신비주의는 종교적 신앙에 살아 넘치는 심미감을 더해주고, 확실감을 심화시키며, 정서적 기동력을 발동시켜 준다.

일곱째, 그러므로 신비주의는 神에 의존하기보다는 오히려 神的으로 흥분된 心的인 것에 대한 관심이[44] 중심이 될 수밖에 없다. 그것은 본질상 하나의 방법이요. 기술이지, 그 자체가 바로 신앙의 목표나 내용은 되지 못한다.

위의 내용을 종합해 보건대, 일반적으로 신비주의는 신비적 존재로서의 절대자(神)와 '나'와의 직접적인 교섭 내지 융합의 상태를 지향하는 특성을

---

42) E. Underhill, <u>Mysticism</u>, Methuen, London, 1966, p. 101.
43) F. Heiler, <u>Prayer</u>, tr. by, Samuel McComb, A Galaxy Book, New York, 1958, pp. 160—165.
44) E. Brunner, 『변증법적 신학서론』 岩藤安雄譯,(岩波, 東京, 1940) p. 42.

지닌다고 할 수 있다. 절대자와 나와의 사이에 어떤 매개항 (기독교의 경우 중보자로서의 예수를 설정하지 않음으로써 신비주의는 기독교 신학자들의 비판을 받는다. 신학적으로 볼 때 예언자적 '말씀의 종교'인 기독교 복음의 교리와 어긋난다고 하는 이 용어가, 그러나, 시의 이론에 수용되어 쓰일 때 거부감 없이 사용되어질 수 있는 것은, 시 자체가 지니고 있는 특성— 대상과의 직접적 관련성, 그리고, 주관과 정열이 수반되는 시적 상상력 때문이다.

신학적으로 볼 때 신비주의 신앙가라고 불리우는 이용도의 글들이 그대로 시가 될 수 있었던 것도, 그의 신앙이 지니고 있는 시적 상상력을 토대로 한 이런 신비주의적 특성 때문이라고 할 수 있다.

이처럼 신비주의 자체는 시적 상상력이나 정열과 매우 깊은 관련이 있는 것이다. 앞에 인용한 바대로 그것은 '종교적 신앙에도 살아 넘치는 심미감을 더해 주고', '구체성과 확실성을 심화시키며', '정서적 기동력을 발동시켜' 준다. 이 말은 곧, 신비주의가 기왕의 종교에 대하여 체험적 현실감을 부여하는 유도의 방법[45]으로서의 기능을 한다는 말과도 일맥상통하는 것이다.

신비주의의 일반적 특성이 이용도의 신비주의 시에도 몇 가지 두드러진 성격으로 나타나고 있음은 오히려 당연하다. 소위 '생명의 역환'으로 표현되는 삼위일체 신인 그리스도와의 융합, 곧, 절대자와의 일체감과, 언어불신의 초논리적 성격이 그것이다. 신비적 체험은 無形이기 때문에 직접적인 언어나 사고적 표현이 불가능한 것이라고 본다.[46] 이것이 곧 신비주의의 불립문자적 속성이다.

여기서 상징의 사용이 불가피하게 되며, 그 상징적 언어사용 자체가 바로 시적 비유로 나타난다. 그러므로 신비주의자들의 언표(言表)가 신비문학으

---

45) 민경배, p. 75.
46) 상게서, p. 63.

로 나타나게 되는 것은 극히 자연스런 결과라고 할 수 있다.[47]

이용도의 문장을 보면, 그 넘치는 비유적, 상징적 필법에도 불구하고 언어에 대한 불신이 그에게서 조금도 제거되지 않고 있다. 그는 無言, 이것이 나의 좌우명(座右銘)이라 갈파하고, 그 신비적 심연에 침잠하고 있었다. "言을 버리고 行에 삽시다"라고 한 그의 말은 교리나 교직의 형식화에 반대하는 만큼, 언어 자체에도 경멸하는 뜻을 함께 포함하고 있는 것이다. "이 솟아올라 차고 넘치는 느물느물한 감동을 어째서 느끼는 그대로 表言할 수 없는고! 아! 말로 만들면 벌써 그 심정은 사라져 버리는 것이었도다."라는 구절에 나타나 있는 것처럼, 그는 신비적 체험인 감동은 타인이 감히 엿보지 못하는 자기자신만의 신비적 전유물로 간주하고 있었다.

나) 불입문자(不立文字)의 세계

이용도의 언어부정이 그의 문학과 어떤 관계가 있는지 살펴볼 차례가 되었다. 이용도가 생전에 그의 좌우명으로 삼았던 '무언(無言), 겸비(謙卑), 기도(祈禱)' 중 그는 특히 무언을 좋아하여 그의 아호까지 "시무언(是無言)"이라 했다.

그러면, 이용도의 시와 이 '無言'과는 어떤 관계가 있는가. 결론적으로 말해서 無言의 세계는 동양적 '不立文字'의 경지와 같다고 하겠다. 왜냐하면, 본디 '말없음'이란, 속화된 소란한 세상에 대한 등돌림과 타락한 언어에 대한 부정인 것이며, 살아있는 새로운 세계를 창조하기 위한 영적 탐험행위 바로 그것이라고 볼 수 있기 때문이다. 그의 글을 살펴보면, 도처에서 그는 침묵과 無言을 강조하고 있는 바, 이는 그가 신학상 반대파들로부터 비판을 받기 시작한 이후 더욱 두드러지게 나타난 경향이었다.

---

47) 이용도 이외의 신비주의 목사로 지칭되는 최태용도 신앙시를 많이 남기고 있음은 그 좋은 예이다.

나는 말을 할 수 없노라. 입 밖으로 나오지 않는 하나님의 말씀 —곧 나의 설교는 나의 中心에 가득히 서리어 있노라. 중심에 있어서 나를 괴롭게 하노라. 나는 말로 할 수 없어 눈물만 흘리노라.

이 눈물은 오늘의 나의 설교로라. 나는 中心에 있는 말을 다 하지 못하여, 전신의 힘을 모아 쥐어 손을 드노라. 드는 손은 곧 나의 설교로라. 나는 말할 수 없으매 엎드려 기도하노라. 이는 곧 나의 설교로라. 나의 등에서 흐르는 땀은 여러분을 위한 나의 진실한 설교로라.[48]

眞理는 아무런 鈍한 손끝으로라도 잘 表現할 수 있다.
그러나 美는 아름다운 손에 依해서만 그 形이 整齊된다.[49]

그의 일기 가운데에서 인용한 위의 두 글을 서로 대비시켜 볼 때, 그의 ‘無言’의 기도는 ‘美’, 그 자체임을 알 수 있다. 그의 기도가 바로 시, 그 자체가 될 수 있었던 비밀이 여기에 있는 것이다. 앞장에서 이미 인용했던 글에도 있듯이 그는 절대자에게 ‘입을 열 때는 좌우에 날선 칼이 되게 하고, 봉한 때에는 돌 그것이 되게 하여 달라’고 기도한다. 세상의 거짓을 파헤치는 칼날이 아니라면 차라리 입다문 돌이 되고 싶어한 그는, 이 상극하는 갈등을 기도로써 초극하려 하였다.

그러므로 그의 기도는 단순한 기도라고 할 수 없다. 그의 기도를 이루는 언어는 침묵과 ‘無言’을 거쳐서 모든 죽어진 것들을 떨쳐 버리고 난 다음에 새로 탄생한 새 생명을 담은 세계였다. 그것이 바로 ‘아름다운 손에 의하여’ ‘整齊’된 ‘美’였던 것이고 그것이 또한 그의 시가 놓이는 경지이기도 했다. 이와 같이, 그의 ‘無言’의 세계는 기도 바로 그것이요, 기도는 또한 그의 시이었으므로, 그의 이 ‘不立文字的’ 기도의 경지를 이해함이 그의 시를

---

48) 일기, p. 146.
49) 일기, p. 199.

이해하는 첩경이 된다고 하겠다.

> 세상이 혹은 병기(兵器)로 자랑하고
> 혹은 말로 자랑하되
> 오직 우리는 여호와로 자랑하리로다.[50]
> 나의 영혼아, 나의 영혼아
> 세상이 싫어해도 그 기도 그치지 말고 사람이 욕을 해도 그 눈물 감추지
> 말자.
> 주, 너를 사랑하시나니
> 네 기도 주 앞에 향내와 같고
> 네 눈물 주의 눈에 진주와 같으리라.[51]

위의 시에서 '말'과 '기도'는 대조적으로 쓰이고, '기도'와 '눈물'은 동의어로 쓰였다. '말'은 부정적, 세속적 의미로, 그리고 '세상이 싫어하는 기도'는 진리와 생명과 '道', 그 자체인 절대자(主) 앞에 피어오르는 '향내'로 비유되었다. 절대자인 '主' 앞에 피워 드리는 '향'으로서의 기도가 바로 이용도의 기도시인 것이다. '향'으로 피어오르는 언어는 그 자체가 역설이므로, '不立文字的' 경지라고 밖에 규정할 수 없는 것이다.

본디 不立文字란 불교적 용어로, 그것은 말이나 글에 의하지 아니하고 마음에서 마음으로 '道'를 전하고 깨닫는 것을 뜻한다. 이 낱말의 의미 자체가 '逆說(paradox)'인 것이다. 이 말은, 그러나, 기독교의 신비주의와도 관련이 깊은 것으로,[52] 이용도의 신비주의적 기도시의 세계를 설명해 주는 가장 적절한 낱말이라고 판단된다. 그 본뜻이 '말'을 초극한 '말(道)'의 세계를 가리킨다고 볼 때, 이용도의 기도시야말로 바로 '不立文字'의 경지, 그 자체

---

50) 書簡集, p. 122.
51) 書簡集, p. 125.
52) 민경배, 전게서, p. 47 참조.

라고 아니할 수 없다.

신비주의 신앙가인 이용도의 '기도'는 필연적으로 '詩', 그 자체, '美' 그 자체가 될 수밖에 없었던 것이다.

다) 절대자와의 자기 동일화

기도시를 통하여 절대자 (그리스도)와의 자기동일화를 강하게 표현하고 있음이 또한 이용도 신비주의시의 한 특색이라 하겠다. 신학적으로 볼 때 그의 신앙은 지나치리만치 예수 그리스도에만 집착해 있었다.[53] 이러한 경향을 가리켜 변종호는 이용도 신앙의 제 1조가 '예수주의'였다고 단정하고 있으며, 한편 신학적으로는 그것을 '그리스도 신비주의'라고 하기도 하는 바,[54] 이용도의 일기에는 이를 입증해 보여 주는 다음과 같은 싯구가 보인다.

> 주님은 나에게 끌리고 나는 주님에게 끌리어 하나를 이루었습니다. 나는 주의 사랑에 삼키운 바 되고, 주는 나의 신앙에 삼키운 바 되어 결국 나는 주의 사랑 안에 있고, 주는 나의 신앙 안에 있게 되었습니다. 아, 오묘하도소이다. 合―의 원리여.[55]

예수 그리스도에게 향하는 그의 전인적(全人的)인 投射와 열정이 서리어 있는 이 시에서도 확인되듯이, 그는 그리스도와 자기가 한 몸이 되지 않은 상태의 신앙을 상상조차 하지 않았다. 이러한 그의 감정은 절정에 달하여 마침내 다음과 같이 부르짖게 된다.

> ― 피를 주소서 ―
> 우리는 눈물도 말랐거니와 피는 더욱 말랐습니다. (중략) 우리에게 그리스도

---

53) 민경배, 상게서, pp. 49―51 참조.
54) 上揭書
55) 일기, p. 140(1931년 1월 27일자).

의 피를 주사해 주소서, 그래서 우리는 새 기운을 얻고 화기와 생기있고 기쁨이
있게 하옵소서.(중략) 당신의 십자가에 흘리신 피로써 우리에게 주사해 주옵소
서.56)

이처럼 절대자(그리스도)에 대한 애모의 정이 지극히 강렬하였으므로, 이
용도의 시에는 자주 그 사모의 정이 육감적으로 표현되어 나타나기에 이른
다. 뿐만 아니라 그것이 상징적으로는 거의 성애적 (性愛的)으로까지 표현
되고 있는 것이다.

나는 슬픈 일을 당하여도 성전으로 가고 기쁜 일을 당하여도 성전으로
가도다. 거기서 주님으로 더불어 귓속말을 속삭이며 주의 품에 안길 때 모든
슬픔은 없어지고 기쁨이 새로워짐이라.57)

아, 성전은 나의 애인 주님을 조용히 만나는 면회실./ 나는 거기서 내 신랑
예수님 품에 내 전신을 맡기노라.58)

나는 주님의 신부요, 주는 나의 신랑이었나니라.(중략) 세인의 손에는 香束
이 있고 주님의 손에는 채찍이 있어도 그래도 나는 주님의 품으로 들어갈
터이애요.59)

무서워 떠는 나늘 주께서 끌으시어 따뜻한 품에 안아 품어 주셨나이다.
오—주여, 당신의 품에 꼭 끌어 안아 주시옵소서.60)

나는 으악 하고 소리쳐 다시 한번 울었나이다.(중략) 이에 주님은 당신의
품에 꼭 안으시사 나는 그 품에 안기었나이다.61)

---

56) 일기, p. 38(1927년 12월 6일자).
57) 일기, p. 89(1930년 1월 17일자).
58) 일기, p. 9(1930년 1월 17일)
59) 일기, pp. 94—95(1930년 1월 19일자).
60) 일기, p. 130(1930년 1월 24일자).
61) 일기, p. 131(1931년 1월 24일자).

그래도 너는 그를 싫어 버리고 그냥 울고만 있구나. 그의 품에 안기라.
그리고 세상을 다 버리라. 주님의 사랑의 유방을 잡으라.[62]

그러나 그의 이러한 육감적 표현들은 일부 신학자들이 오해하듯이 性愛
的이거나 직설적이고 선정적인 의미를 위한 것이 아닌, 상징적 의미, 곧,
문학적, 시적 의미로 해석해야만 한다. 예수 그리스도와의 일체감에 따라
절대자에 대한 열렬한 사랑과 애모의 정이 필연적으로 그의 대부분의 기도
시에 강렬하게 표현되어 나타났다고 볼 수 있기 때문이다. 이용도의 이러한
절대자 (그리스도)와의 자기동일화는, 절대자로서의 그리스도와 인간으로서
의 자기자신을 구별하지 못하고 혼동한 나머지, 피조물인 자신의 지위를
절대자의 위치까지 격상시키려는 '邪敎的' 유아독존사상은 아니었다. 그가
절대자와의 합일을 노래한 경우라 하더라도 그것은 어디까지나 절대자와
인간과의 좁혀질 수 없는 거리감을 부정한 것이 아니고, 인간인 자기 자신을
절대자인 그리스도에 종속시킨다는 입장에서 절대자를 향한 자기자신의 애
모와 사랑의 감정을 시적으로 표현한 것에 불과하였다. 이용도의 기도시에
서 문학적 비유나 상징을 이해하지 못할 때, 그를 신학적으로 이단시하게
된다. 그가 일부 신학자와 일부 신도들로부터 부정적인 의미에서 신비주의
자라고 비판을 받았던 이유 중의 하나가 이런 오해 때문이기도 했던 것이다.
이용도가 그의 기도시를 통해서 표현한 절대자와의 자기동일화가 어디까지
나 主從의 관계를 벗어나지 않고 있음을 그의 다음과 같은 작품에서도 확인
할 수 있다.

나는 다시 나를 주께 드리나이다. 맡기나이다. 주께서 마음대로 주무르시
옵소서. 주므르시는 대로 주물림을 받는 점토와도 같습니다. 무엇을 만들든지

---

62) 일기, p. 205(1932년 4월 18일자).

聖意대로 만들으시옵소서. 무엇이 되든지 나의 관계할 바 아니었습니다. 주여, 나는 온전히 주의 피조물인 것뿐이로소이다. 주는 나의 창조주시며 나는 주의 작품이로소이다. 존재는 주의 영광을 인하여, 주의 能을, 또 그 愛와 大智를 증거하고 있는 조각품이로소이다.[63]

위의 작품에 명백히 표현되어 있듯이, 그는 절대자와 자기와의 관계를 창조주와 피조물의 관계, 곧, 主와 從의 관계로 못 박아서 거듭 강조하였다. 그러므로, 그가 그의 기도시를 통하여 부르짖은 그리스도와의 슴一이란 것도 바로 진리요, 생명이요, '道'인 절대자에 대한 애모와 사랑의 정으로서의 자기동일화의 정서를 시적 상상력을 빌어 문학적으로 표현한 것에 불과함을 이 시가 확실히 입증해 보여 준다고 할 수 있다.

라) 현실부정과 자아부정의 세계

a. 금욕주의적 현실부정의 시

신비주의는 이 세상을 무가치한 것으로 경멸하고 非本質과 우연으로 단정하면서 그에 따라 현실에 대한 태도로서 금욕주의를 수반하는 특성이 있다.[64] 이용도의 시적 주제를 분석해 보면 이러한 금욕주의적 현실부정의 의식이 한 큰 주류를 이루고 있음이 확인된다. 시기적으로 볼 때, 1930년을 전후해서 그가 현실부정적 신비주의 신앙에 집착하게 된 까닭을 다음과 같이 몇 가지로 구별하여 지적할 수 있다.

첫째, 당시 조국의 현실이 절망적 상황에 처해 있었다는 점이다. 중학생 시절 그가 직접 참여했던 3 · 1운동의 실패 후, 계속된 항일투쟁으로 여러 차례 일경에 체포되어 감옥살이를 겪었던 그의 경력으로 비추어 볼 때, 독립운동의 좌절로 그가 얼마나 현실에 대해 절망했을 것인가는 충분히 짐작할

---

63) 일기, p. 134(1931년 1월 24일),
64) Harnack, A, <u>History of Dogma</u>, Willam & Norgate, 1899, vol. VI, p. 100.

수 있는 일이다. 민족의 앞길이 한치도 내다보이지 않던 그 절망적인 시대에 애국애족의 열렬한 투사였던 그가 일제치하라는 치욕적 현실에 쉽게 굴복하고 동화될 수 없었음은 오히려 당연하다고 하겠다.

둘째, 이 무렵의 그는 극심한 가난과 감옥생활로 건강이 극히 악화되어, 당시로서는 사형선고나 다름이 없는 폐결핵 3기의 진단을 받은 환자의 몸으로 (신앙의 힘으로 한 때 치유되기도 했다.) 투병 속에서 신앙에 몰두했다는 점에 주목해야 한다. 그는 눈앞에 어른거리는 죽음의 그림자를 직시하면서 심정적으로는 이미 현세를 떠나 하늘나라에 가 있었다.

셋째, 당시의 한국교회가 처한 신앙적 침체상도 그 한 원인이 된다. 선교사가 제 2선으로 물러나고 그 자리를 채울 주체적 신학을 완성하지 못한 채, 교조화, 형식화에 얽매여 생명력을 잃은 당시의 교회상황에 이용도의 열정적 신앙심은 그에 적응하지 못하고 신비주의적 경향으로 빠져들게 된 것이다.

신비주의가 본디 천국과 지상과의 단절된 관계를 될수록 빨리 탈피하고 천국에 합일하려는 갈망을 강하게 지니고 있다면, 이용도가 처한 이러한 개인적, 공동운명체적 좌절의 환경이 그를 필연적으로 신비주의적 세계로 몰고 갈 수밖에 없었다고 본다.

나는 세상을 향하여 죽겠습니다. 그리하여야 될 줄을 앎이니이다. 세상은
또 나를 향하여 죽어야 될 것입니다. 그리하여야 나는 나의 나이오 세상은
세상의 세상이 될 것입니다.
이제 내가 세상과 어울러진다면 이는 <나>라는 나도 못되고 세상이라는
세상도 못 되어 결국은
나도 아니오, 세상도 아닌, 일종의 기형물을 낳아 놓을 것입니다.[65]

---

65) 일기, p. 20(1927년 3월 6일의 일기에 실린 시).

자아를 세상(현실)으로부터 분리시켜 놓으려는 이러한 의식은 그의 시 도처에 진술되고 있는 바, 그것은 절대의 세계 (천국)에 임재하는 주 (主)와, 지상의 존재인 '나'를 하나로 합일하기 위한 전 단계의 심리표현이다. 내가 세상에 대하여 죽고, 세상 또한 나에게 대하여 죽음으로써 현실과 나와의 관계는 청산될 수 있는 것이며, 그러한 관계청산이 있은 후에야 그가 소망 하는 절대자와의 합일이 가능하게 되므로, 이용도는 철저하게 먼저 세상을 향해 등을 돌리고 현실부정을 절규한 것이다. 그가 그의 일기 가운데에서 "주님 계신 곳에 나도 있게 해 주옵소서. 지금은 주 계시든 곳과 내가 있는 곳이 천양(天壤)의 차로 벌어져 있어 내가 주를 견해(見解)할 수 없나이 다."[66] 라고 부르짖은 것도 이같은 심정 때문이다.

이러한 현실부정의 열망이 그로 하여금 세상과 대립하게 하고 절대자 편에 서서 세상으로부터 핍박받게 한 것이다.

> 내가 종일 욕을 당하매
> 저녁에는 주께서 나를 위로하시나이다.
> 사람이 있어 나를 욕하고
> 또 사람이 있어 나를 칭찬하나이다.
> 주여, 내가 알았나이다.
> 주를 욕하는 자는 나도 욕하고
> 주를 기리는 사람은 나도 기림을.[67]

이 시는 나와 나를 욕하는 사람 (세상), 밤 (기도의 시간)과 낮 (생활의 시간), 위로와 욕이라는 대립되는 두 요소의 대비를 통한 극명한 대조적 수법에 의해 기독교적 입장에서 본 양분된 세계상을 표현한 작품이다. 내가

---

66) 일기, p. 216.
67) 書簡集, p. 26.

주를 따르려면 필연적으로 세상과 대립하게 되고 세상으로부터 핍박받게 되는 역설을 보여 준다. 그러면서도 이런 비극적인 세계상에 대한 단순한 의식에 그치지 않고, 서정적 자아인 '나'는 주의 편에 서 있음을 강조하고 있다. 그것이 세상의 삶에서는 욕과 핍박을 자초하는 계기가 됨을 인식하면서도 그는 그 길을 택해야만 되는 필연성을 깨닫는다. 여기서 요청되는 것이 바로 철저한 자아부정이다. 그러므로 그의 현실부정은 다음 단계로 자연스럽게 자아부정으로 이어지게 된다.

b. 철저한 자아부정—십자가의 시

세상을 단순히 善과 惡으로 양분된 세계로만 파악하고, 신앙인인 자기자신은 善쪽에 속해 있다고 믿으면서 만족해 할 수 없는 데에 이용도의 이차적 고뇌가 있다. 비록 악한 세상일지라도 그것을 외면하지 않고 '주의 뜻을 품고' 그 가운데 뛰어들어 기도하다가 차라리 그 惡에 의해 희생당하는 것이 참된 신앙인의 도리임을 세상을 부정하는 순간 그는 깨닫는다. 그러기에 그는 넘치는 생명력인 신앙의 주체성을 가지고 자기자신을 남을 위한 희생의 제물로 바치려 한다. 그의 문학이나 신앙이 빛나는 것도 그 가운데 이런 자기 회생의 십자가 정신이 살아있기 때문이다.

> 희생—나는 희생이 되려 하나이다. 참 희생이 되려 하나이다. 호랑이가 나와서 나를 해치려고 해도 나는 반항치 않으렵니다. 동리를 지날 때 개가 짖고 쫓아 나와도 나는 대꾸하지 않으렵니다. 와서 물면 그냥 물리겠습니다. 짐승에게까지 이유 없이 그냥 희생이 되겠나이다.(중략) 나는 다만 주의 뜻만 품고 그냥 죽임을 당하려 나이다. 주의 뜻을 품고 죽임을 당하면 그 피는 곧 의로운 피이지요. 아벨의 피같이 땅에서 불의를 향하여 영원히 호소하는 피가 될 것입니다. 나는 그러므로 가만히 주의 뜻을 품고 그냥 순종하려 하나이다. 아벨의 피같이 이삭같이 예수—우리 주님같이 털을 깎이는 양과 같이.[68]

---

68) 일기, p. 67—70.

신비주의가 지니고 있는 또 하나의 속성이 바로 육체적 實在로서의 자아 부정이라 할 때, 그것은 육체를 떠날 수 없는 세속적 자아의 모습을 죄악으로 규정하고 그 세속적 자아가 뒤집어쓰고 있는 육체를 수치로 여김을 뜻한다.

> 우리는 肉에 있어서는 安할 자 아니오 苦할 자요, 福할 자이니, 이 우리의 취할 바 길이었나니라. 그리하여 靈으로 安하고 福하여 天에서 살고저하는 것이로다. // 오, 형제여 肉에 죽고 靈에 살자, 地에서 賤하고 天에서 貴하자. 우리 주님의 밟으신 길이니라.// 내 賤하려 하여도 自賤할 수 없고, 내 죽으랴 自殺할 수 없으니, 나의 주여 나를 賤하게 하시고 나를 죽이소서. 그리하여 온전히 주를 영광스럽게만 하시옵소서.[69]

여기서 '肉'이라 함은 물론 인간이 뒤집어쓰고 있는 몸(육신)을 가리키기 도 하지만, 그뿐만 아니라 육신에 달라붙어 지상적 삶에 얽매인 '세속적 자아'를 지칭한다고 보아야 한다. 이에 비해 '靈'이라 함은 그러한 세속적 자아를 벗고 (부정하고) 그리스도에 귀의한 '참된 신앙적 자아'를 가리킨다 고 볼 수 있다. 따라서 이용도가 그의 시에서 추구했던 자아부정의 세계는 다름아닌 '세속적 자아'의 부정인 것이요, 이는 '참된 신앙적 자아'를 획득하 기 위한 신앙인으로서의 노력의 표현임을 알 수 있다. 이렇게 해서 얻어진 자아가 '靈'으로 그의 기도시에 표현된다.

> 내 영혼아 내 영혼아 세상이 좋아하는 것 좋아하지 말고, 세상이 구하는 것 구하지 말자.
> 나의 영혼아 나의 영혼아 세상을 꺼리어 주를 멀리하지 말고, 사람을 두려워 하여 주를 섭섭케 말자.
> 나의 영혼아 나의 영혼아 세상이 싫어해도 그 기도 그치지 말고, 사람이 욕을 해도 그 눈물 감추지 말자.

---

69) 일기, p. 7.

주 너를 사랑하시나니 네 기도 주 앞에 향내와 같고, 네 눈물 주의 눈에
진주와 같으리라.[70]

(4) 결 론

문학사적으로 극심한 혼란기였으며, 교회사적으로 가장 어려웠던 때인
1920년대 말에, 열렬한 신비주의적 기독교 목회자로 활동하면서 일기와 서
간문 등 각종 기록물에 주옥같은 기도시를 써서 남긴 이용도는, 그의 훌륭한
작품에도 불구하고 아직 우리 문단에 소개되지 못한 채, 문학사 이면에 숨어
있는 존재로서 오늘까지 지내왔다. 이 글에서 필자는 이러한 숨은 시인인
이용도의 생애와 함께 그의 시 세계를 처음으로 분석해 살펴봄으로써, 그를
1920년대 말의 대표적 기독교 시인으로 세상에 소개하게 되었다. 아울러
이용도는 열렬한 신비주의적 신앙가로서 뿐만 아니고 한국 최초의 기독교
(개신교) 시인으로 한국 문학사에 길이 기록될 만한 인물임이 결과적으로
입증되었다. 주옥같은 그의 기도시들이 그의 사후 55년이 지난 오늘에 전해
져 남게 된 것은 전혀 변종호 목사 일개인의 문헌보존 노력에 의해서 임을
다시 한번 확인하면서, 문단 이면에 묻혀 있던 보배로운 시인 한 사람을
발굴하여 소개할 수 있는 기회를 누리게 됨을 필자는 큰 보람으로 느끼지
않을 수 없다. 다만, 이 글을 통하여 이용도 시인의 시 세계에 대해 처음으로
분석을 시도한 결과 문헌자료 및 사상연구 등 여러 가지로 아직 미흡한
점이 없지 않을 것으로 추측한다. 이러한 미비점은 앞으로 더욱 보완해야
할 것이다.

---

70) 일기, p. 7—8.

2. 정지용의 기독교시

(1) 서 론

1920, 30년대에 주로 활동했던 시인으로 한국의 현대시사에서 중요한 위치를 차지하고 있으면서도 월북 문인으로 취급되어 온 정지용 시인은, 1980년대에 와서야 정부로부터 비로소 해금되어 이제는 그의 시가 노래로까지 일반에게 널리 알려져 있을 정도가 되었다. 그가 해금된 이래 여러 연구가들이 그의 시 세계에 대하여 많은 관심을 갖게 되었고, 그에 따라 다수의 연구 논문이 발표되고 있다.

그러나, 그가 남긴 기독교시에 대한 연구는 아직 본격적으로 이루어져 있지 못한 상태인 것이 사실이다. 그에 관한 논문 중 일부에서 부분적으로 언급되고 있기는 하지만, 그것도 대부분 부정적인 면에서 고찰되고 있을 뿐, 그의 기독교시가 지니고 있는 훌륭한 예술적 성취에 대해서 밝히려 한 논문은 아직 없는 실정이다.

따라서, 이 글에서는 정지용의 기독교시를 긍정적인 입장에서 집중적으로 분석, 고찰해 봄으로써 그의 작품에 대해 아직 밝혀 내지 못한 면을 규명해 보고자 한다.

(2) 신앙 체험의 예술적 표현

본질적으로 '기독교 시문학'이란 시어로 이루어진 기독교 신앙 체험의 예술적 표현이다. 그러나, 오늘날에는 기독교 시인이 표현할 대상은 과거와는 달리 객관적이고 기성화 된 교리나 예배의식 등, 역사적 사실로서의 기독교 소재가 아니다.[1]

기독교 시인이 작품으로 표현하는 기독교 신앙 체험이란 다만 작품을 창작하는 시인의 내적 감정이나 그 작품을 통하여 그가 말하고자 하는 체험의 내용이 기독교적임을 스스로 확신할 수 있는 그런 것을 의미한다. 오늘날 현대문학에서 '기독교적'이라 하는 것은 소재적이거나 주제적인 것이지, 어떤 교조적인 수칙이 있는 것은 아니다.[2] 과거와는 달리 현대의 기독교 문학은 비기독교 문학과 그 표현 형식은 같지만 내용과 의미에서 다른 것이다.[3]

한국 기독교 문학의 경우 위의 논리는 1930년대 이후에 나온 작품들부터나 적용되는 이론이다. 왜냐하면 19세기 교리시가인 천주교가사는 말할 것도 없고 1900년 전후에 등장한 찬송가가사 (찬송시), 그리고 1920년대부터 나오기 시작한 기도시에 이르기까지도 교리나 예배의식, 상투적 기도나 청원 등 소위 객관적이고 교조화된 습관적, 관행적인 형식과 내용이 그 표현의 중심을 이루어 왔기 때문이다. 1920년대까지의 기독교 시가는 현대적 안목으로 볼 때 예술성보다 교리나 예배의식 등 신앙을 직접적으로 표현해 온 것이 사실이다.

---

1) R. H. Ritter, The Arts of the Church (Pilgrim Press, 1947) Chap.1
2) C. Hohoff, Was ist Christliche Literatur?, 한승홍 역, 『기독교 문학이란 무엇인가』(두란노서원, 1986) p.13
3) 위의 책, p.120

　　그러나, 1930년대부터는 문학에 있어서 예술성 추구라는 한국문단의 일반적 풍토의 영향으로 한국 기독교시도 교리 중심에서 벗어나 문학성 위주로 그 비중을 옮기게 됨으로써 본격적 예술작품의 창작이 가능해지게 되었다고 할 수 있다. 이렇게 해서 등장한 것이 '기독교 본격시'다.[4]

　　본디, 문학에 있어서의 순수성과 비순수성은 작품이 담고 있는 비문학적 요소 (종교적, 사상적 이데올로기나 정치적 색채 따위)의 유무에 의해 구별되는 것으로, 이질적인 두 개념, 즉 '기독교'라는 종교적 영역과 '문학'이라는 예술적 영역이 융합된 '기독교 문학' 내지 '기독교 본격시'라는 용어가 일견 모순을 지닌 말로 받아들여지기 쉽다. 기독교 문학이 숙명적으로 지향해야 하는 이러한 종교성과 문학성이라는 이질적 요소의 지극한 조화나 융합의 상태란 어느 한 요소가 다른 한 요소를 부정하거나 배격하는 데에서는 이루어질 수 없는 것이므로, 이 용어는 이러한 종교 문학의 특수성을 감안할 때 비로소 용납될 수 있다고 본다.

　　단지 기독교 본격시라는 용어에서 유의해 둘 것은 이 장르의 주된 의미가 '기독교적 신앙 체험이 무르익어서 예술적으로 형상화 된 시'라는 의미가 강조되어 있다는 점이다. 기독교가 지니고 있는 교조적인 신앙적 요소가 그 형체를 감추고 문학성 속에 용해됨으로써 예술성을 획득한 시가 바로 1930년대 정지용에 의해 처음 이 땅에 등장한 '기독교 본격시'인 것이다.

　　물론 이 시기에 정지용의 수준 높은 기독교시가 우리 문단에 등장한 배경을 살펴보면 그럴만한 이유가 없는 것은 아니다. 1930년대에 들어서면서 전개된 한국 문단의 순수문학 운동은 일제의 사상 탄압이라는 정치적 상황에서 비롯된 점도 있지만, 이데올로기에 편중했던 1920년대 후반의 프로문학에 반발하고 문학의 예술성, 순수성을 강조할 수밖에 없었던 한국문단 자체의 요구에 의해 촉발되었다는 점도 무시할 수 없다.

---

4) 신규호,『한국기독교시가연구』(서울, 이회문화사, 1999) p.35

문학에서의 지나친 사상성의 강조가 결국 작품의 예술성을 저하시키고, 그 반작용으로 '사상을 위한 문학'이 아닌 '문학을 위한 문학'에 대한 강한 욕구를 불러일으킨 셈이다. 그 결과 이 시기의 한국 문학이 순수 예술성을 획득하게 됨으로써 한층 그 현대성에 접근하게 된 것도 사실이다.

순수문학을 추구하는 문단의 이러한 풍조는 기독교를 신앙하는 시인들에게도 영향을 끼쳤으니, 예술성을 추구하는 기독교 본격시가 개신교단이나 천주교단을 막론하고 다수 창작되어 나왔다. 그 중에서도 개신교의 김동명, 박계주, 추호, 모윤숙, 이하윤, 장정심 등과, 천주교의 정지용, 이효상, 방수룡, 방철원, 홍용호, 최민순 등이 주로 많은 작품을 발표하였다.

그 중에서 특히, 정지용은 『시문학』 초기 동인으로 문학 전문지인 『문장』을 발간하는 등 한국 현대시의 발전에 뚜렷한 족적을 남긴 시인으로, 그의 기독교시 작품은 비록 숫적으로 얼마 되지 않지만 단순한 신앙시의 수준을 뛰어넘어 예술성을 획득하는 데까지 나아감으로써 한국 기독교시의 질적 향상에 크게 이바지하였다고 할 만하다.

> 비애! 너는 모양할 수도 없도다.
> 너는 나의 가장 안에서 살았도다.
>
> 너는 박힌 화살 날지 않는 새,
> 나는 너의 슬픈 울음과 아픈 몸짓을 진히노라.
>
> 너를 돌려보낼 아모 이웃도 찾지 못하였노라.
> 은밀히 이르노니―「행복」이 너를 아조 싫여하더라.
>
> 너는 짐짓 나의 심장을 차지하였더뇨?
> 비애! 오오 나의 신부! 너를 위하여 나의 창과 우슴을 닫었노라.

이제 나의 청춘이 다한 어느 날 너는 죽었도다.
그러나 너를 묻은 아모 石門도 보지 못하였노라.

스사로 불 탄 자리에서 나래를 펴는
오오 비애! 너의 불사조 나의 눈물이여 !

— 「不死鳥」 전문

그의 모습이 눈에 보이지 안엇으나
그의 안에서 나의 호흡이 절로 달도다.

물과 聖神으로 다시 나흔 이후
나의 날은 날로 새로운 태양이로세 !

뭇 사람과 소란한 세대에서
그가 다맛 내게 하신 일을 진히리라 !

미리 가지지 안엇던 세상이어니
이제 새삼 기다리지 안으련다.

령혼은 불과 사랑으로 ! 육신은 한낮 고로움.
보이는 한울은 나의 무덤을 덥힐 뿐.

그의 옷자락이 나의 五官에 사모치지 안엇스나
그의 그늘로 나의 다른 한울을 삼으리라.

— 「다른 한울」 전문

앞의 시에서 기독교인으로서의 상투적인 어투나 신앙고백은 철저히 배제되어 있다. 오히려 시인의 신앙 체험이 철저히 내면화 됨으로써 지극히 심오한 예술성을 획득할 수 있었던 작품이다. 적어도 표면적으로는 그 시상이 기독교 사상이나 신앙심과 직접 관련되어 있지 않은 것 같다고 느낄 정도로 보편화 됨으로써 인생과 세계에 대한 기독교인의 지극한 비애감을 심도 있게 전해 주게 되고 십자가에 달린 예수의 모습을 상기시키는 작품이다.

완성된 훌륭한 작품 속에는 형이상학적 가치질서나 혹은 종교적 가치질서가 스며 있다는 사실을 이 작품이 증명해 주고 있다. 완성된 시 작품은 단순한 미학적 이해만으로는 설명될 수 없는 상징의 조직체이며 신화의 구조물이란 점을 동시에 만족시키는 데 성공함으로써 이 시가 단순한 예술시가 아닌, 심오한 형이상학적 의미가 스며 있는 종교적 작품임을 확인시켜 준다.

위에서 두 번째 인용한 시 「다른 한울」을 살펴보면, 정지용은 비로소 작품 가운데 그의 신앙 대상을 의미해 주는 '그'를 지적함으로써 신에 대한 그 자신의 신앙적 믿음을 표현하고 있다. 그러면서도 겉으로는 전혀 상투적인 어투나 관습화된 기도나 찬양이 보이지 않고 있다. 어디까지나 냉엄한 예술적 관점에서 그 자신의 신앙심을 형상화하고 있는 것이다. 제 삼자가 포착할 수 있는 기독교적 요소는 시적으로 형상화 된 예술성 속에 함축되어 있어 더욱 감동을 준다.

정지용의 기독교시가 단순한 문학적 예술성만 추구하는 비 기독교시와 다른 점이 바로 그의 시가 지니고 있는 기독교적 관점, 곧 '그'로 표출된 절대자로서의 유일신에 대한 믿음이 생경한 어투가 아닌 예술적 형상화를 통해 고백되고 있다는 점이다.

1930년대에 정지용이 이처럼 수준 높은 기독교 본격시를 창작했다는 사실은 특기할 만한 일이다. 이는 마치 李箱이 1930년대 전반에 시대에 앞서 그의 모더니즘적 작품을 발표함으로써 그 방면의 선구자적 역할을 수행했던 사실과 비견할 만하다.

정지용의 기독교 본격시가 일찍이 하나의 단초를 마련함으로써 그 후 1940년대 후반에 와서 박두진, 윤동주, 김현승, 박목월, 구상, 김종삼, 김남조, 홍윤숙, 황금찬 등이 이를 계승할 수 있었고, 결과적으로 오늘날의 한국 기독교 시단을 형성하는 데 크게 이바지하게 된 것이다.[5] 그렇다고 해서 이들 기독교 시인들의 작품이 모두 한결같이 기독교 본격시라는 의미는 아니다. 오늘날에도 이들에 의해 찬송시, 기도시 등이 창작되어 발표되고 있는 것도 사실이다.

(3) 정지용의 시에 나타난 찬송과 기도

1) 그의 모습이 눈에 보이지 안엇으나
   그의 안에서 나의 호흡이 절로 달도다.

   물과 聖神으로 다시 나흔 이후
   나의 날은 날로 새로운 태양이로세 !

   뭇 사람과 소란한 세대에서
   그가 다맛 내게 하신 일을 진히리라 !

   ── 「다른 한울」 일부

2) 온 고을이 밧들 만한
   장미 한 가지가 솟아난다 하기로
   그래도 나는 고하 아니하련다.

   나는 나의 나히와 별과 바람에도 疲勞웁다.
   이제 태양을 금시 잃어버린다 하기로
   그래도 그리 놀라울 리 없다.
   실상 나는 또하나 다른 태양으로 살엇다.

---

5) '한국기독교문인협회'와 '캐토릭문우회' 등 기독교 문인 단체에 등록된 시인의 수는 현재약 800여 명에 이르고 있다.

사랑을 위하얀 입맛도 잃는다.

—「또하나 다른 태양」 일부

위에 인용한 작품 중 1)은 '그'(절대자)에 대한 '나'(시인)의 찬미를 표현한 찬송시요, 2)는 '또하나 다른 태양'(절대자) 앞에 간접적으로나마 '나'의 신앙심을 고백하는 기도시다.

1)의 비유는 '한울', '물', '태양', '불', '무덤' 등의 매재로 이루어져 있고, 2)는 '꽃(장미)', '별', '바람', '태양' 등으로 구성된다.

비유로 사용되고 있는 매재를 분석해 보면 그가 특히 '하늘', '태양', '물', '불', '바람', '별' 등에 의존하고 있음이 확인된다. 그 중에서도 특히 지상적 소재보다도 천상적 소재에 해당하는 '하늘', '태양', '별', '바람' 등의 매재가 작품 가운데에서 핵심적 소재로 쓰이고 있음은 주목해야 할 사항이라고 본다. 그와는 대조적으로 위의 시 2)에서 알 수 있는 바와 같이 신자로서의 인간적 고뇌가 깊은 음영을 드리우고 있음도 확인된다. "나는 나의 나히와 별과 바람에도 피로웁다."라든지, "사랑을 위하얀 입맛도 잃는다."와 같은 비유에는 절제된 표현 가운데 신자로서의 심각한 번민이 숨어 있다.

정지용의 신앙시에서 지적되어야 할 사항은 그가 시어의 사용에 있어 특히 전통적으로 습관화 되어 온 찬송시나 기도시의 상투어를 사용하지 않고 있다는 점이다. 절대자에 대한 호칭 ('하나님', '예수님', '그리스도', '주님', '주여' 등)을 생략하고 있을 뿐만 아니라, 서술어미 사용에 있어서도 극존칭 서술형 어미를 피하고 있다. '나는…하였다.', '나는…한다.', '나는…하다.'와 같은 평서체 사용은 그의 기독교시 표현의 두드러진 특징인데, 시작에 있어 감정의 절제나 균형과 조화 등 고전적 태도를 견지함으로써 정서의 과잉을 극복하고자 하는 현대시의 개척에 앞장섰던 그에게 있어 이는 당연한 표현법이라고 할 수 있다.

이와 같은 정지용의 작시법은 그의 다른 신앙시에서도 그대로 확인된다.

1) 얼골이 바로 푸른 한울을 울어렀기에
   발이 항시 검은 흙을 향하기 욕되지 않도다.

   곡식알이 거꾸로 떨어져도 싹은 반듯이 우로 !
   어느 모양으로 심기여졌더뇨? 이상스런 나무 나의 몸이여 !

   오오 알맞은 위치 ! 좋은 우아래 !
   아담의 슬픈 유산도 그대로 받었노라.

   나의 적은 연륜으로 이스라엘의 이천 년을 헤였노라.
   나의 존재는 우주의 한낱 초조한 오점이었도다.

   목마른 사슴이 샘을 찾어 입을 잠그듯이
   이제 그리스도의 못박히신 발의 聖血에 이마를 적시며————

   오오 ! 신약의 태양을 한아름 안다.

— 「나무」 전문

2) 나의 림종하는 밤은
   귀또리 하나도 울지 말라.

   나종 죄를 들으신 신부는
   거룩한 산파처럼 나의 영혼을 갈르시라.

   聖母取潔禮 미사 때 쓰고 남은 황촉불!

   담머리에 숙인 해바라기꽃과 함께
   다른 세상의 태양을 사모하며 돌으라.

영원한 나그네 길 路資로 오시는

聖主 예수의 쓰신 圓光 !
나의 령혼에 칠색의 무지개를 심으시라.

나의 평생이오 나종인 괴롬!
사랑의 백금도가니에 불이 되라.

달고 달으신 聖母의 일홈 불으기에
나의 입술을 타게 하라.

—「臨終」

　1)의 비유는 '얼골'과 푸른 '한울', '발'과 검은 '흙', '나무'와 나의 '몸'이 연결된 형태로 이루어졌다. 그리고 그것들이 각각 이상을 지향하는 천상적 이미지와 현실에 집착하려는 지상적 이미지 사이에 위치한 인간의 중간자적 실존의 모습을 표상하는 매재들이다.

　그럼에도 불구하고 시인은 양극 사이에서 인간적 갈등을 겪지 않고 오히려 '좋은 우아래'로 받아들이고 있다. 인간 실존의 모습을 분열된 양극 구조로 파악하는 것이 아니라 상극하는 양면성을 신앙심으로 극복, 지양함으로써 축복 받은 존재로 승화시킨다.

　갈등하고 마찰하는 '우(上)'와 '아래(下)'가 아닌, 승화된 '좋은 우아래'인 것이다. 본디 '한낱 초조한 汚點'에 불과했던 '나(인간)'가 구세주의 대속의 피인 '聖血'로 말미암아 '태양을 한 아름 안는' 구원에 이른다. '上'과 '下'의 원형은 문학 작품 가운데 계속 반복되어 나타나는 상징으로, '上'은 성취, 숭고, 천국과 같은 취의를, '下'는 그와 반대로 실패, 비속, 지옥, 심연 등을 의미하므로6) '좋은 우아래'는 양자의 지양된 상태, 곧 구원의 축복을

---

6) P. Wheelwright, <u>Metaphor and Reality</u> (Indiana Univ. Press, 1973) p.111

의미한다.

따라서 이 작품은 현실적 인간의 번민과 고통을 노래한 것이라기보다 축복 받은 구원의 상태를 찬미하는 '찬가'로 보아야 한다. 이 작품에서도 '하늘', '땅(흙)', '나무', '우아래', '태양' 등의 상징어가 등장하고 있음이 확인되고, 동시에 「시편」에 빈번히 등장하는 인체 부위에 관한 낱말들인 '얼골', '몸', '입', '이마' 등이 매재로 쓰이고 있음이 주목할 만하다.

정지용의 기독교시를 한갓 시적인 멋이나 장식적 미학의 수준에 머물고 있다고 부정적으로 평가한 김윤식의 견해[7] 등은 기독교의 구원론적 세계에 대한 이해의 부족과 정지용이 그의 신앙심을 예술적으로 승화시키고자 한 의도를 파악하지 못했기 때문이다. 위에서 확인한 바와 같이 정지용의 신앙시는 분명히 천사와 악마의 대립적 갈등 구조가 아닌, 그것을 초극한 종교적 구원의 체험을 표현하고 있기 때문에 그러한 비판적 견해와는 거리가 먼, 수준 높은 신앙 체험의 시적 형상화 수준에 자리잡고 있다고 보아야 할 것이다.

이와는 달리 2)의 시 「임종」은 신자로서 자신의 죽음을 신에게 전적으로 의탁하는 '기도시'라 할 수 있다. 사후의 천국을 믿는 믿음과 선종 전에 행하는 회개가 절절히 표현된 기도시의 절창이라 할 만하다.

(4) 정지용의 기독교시에 대한 평가

정지용의 시 작품은 대체로 세 부류로 나누어 논의가 전개되어 온 바, 첫째는 모더니즘적 경향을 띤 일군의 작품과, 둘째로 전통정서를 노래한 일군의 작품들, 그리고 마지막으로 기독교 (캐토릭) 신앙에 의해 창작된 작품군이 그것이다.

---

7) 김윤식, 『한국근대작가론고』 (일지사, 1974) p.117 및 p.429

먼저, 모더니즘적 작품들에 대해서는 대부분의 논자들이 그의 뛰어난 이미지와 정제된 시어로 잘 조직된 시적 구조에 대해 찬사를 아끼지 않고 있는 바, 서구의 주지주의적 경향을 잘 소화하여 그것을 우리 시에 성공적으로 적용함으로써 빛나는 이미지를 구사할 수 있었다고 평가한다.

다음으로 전통정서를 노래한 작품군에 대해서도 대체로 긍정적인 면에서 평가를 아끼지 않고 있는 바, 논자에 따라서는 그의 시의 본령이 바로 이러한 경향의 시에 존재한다고 주장하는 평자들도 있을 정도로 호평을 받고 있는 형편이다.

그러나, 정지용의 기독교시에 대해서는 그 반대로 대부분 부정적 평가를 하고 있는 바,8) 이 경향의 작품에 대해서는 앞의 두 경향의 작품군과는 달리 관념이 노출되어 있고 식민시대의 상황 의식에 투철하지 못한 도피적인 신앙을 가졌다고 그 한계를 지적하고 있는 것이다.

그러나, 이러한 평가는 오류를 범하고 있다고 아니할 수 없다. 물론 정지용이 혹독한 식민 시대에 시를 통한 저항 의식을 노래하지 않았지만, 그러나 그가 단지 기독교시에 국한해서만 그런 지적을 받을 만큼 개인주의적이라고는 볼 수 없다. 근본적으로 정지용은 시 창작에 있어 작품에 사회의식이나 역사의식을 반영하고자 한 시인이 아니었음을 먼저 강조하지 않을 수 없다.

정지용에게 있어 문제가 되는 것은 그러한 집단의식이나 역사의식이 아니고 지극히 개인적인 '자아' 그 자체였다. 뿐만 아니라, 신교인 개신교나 구교인 캐토릭이나를 막론하고 구원의 문제가 일제의 교묘한 정교 분리정책과 이에 동조한 선교사들에 의해 개인구원과 사회구원으로 양극화 됨으로써 기독교인들은 신구교를 막론하고 오로지 개인구원의 문제에만 관심을 갖도

---

8) 송욱, 『현대시학』 pp.198—202
   김윤식, 위의 책, pp.425—435
   김준오, 『가면의 해석학』 pp.85—100

록 순치됨으로써 일제치하에서의 기독교인들은 자연히 개인구원에만 매달
릴 수 밖에 없었다.9)

　1933년에 간행된『캐토릭청년』창간호에 현실도피적인 글「그리스도를
본받음」을 정지용이 '방제각'이라는 영세명을 써서 번역하기 시작한 것은
1930년대 당시의 한국 천주교가 민족사적인 고통에 소극적 대응으로 개인
영혼의 구원을 강조한 일면을 그대로 반영한 대표적인 사례 중 하나이다.
따라서, 정지용에게 있어 종교상의 개인구원이란 당시의 여건이나 기독교
신앙의 성격상 어찌 보면 당연한 관심사일 수밖에 없었다고 아니할 수 없는
것이다.

　뿐만 아니라, 앞에서 이미 그의 작품을 통하여 살펴보았듯이 그의 기독교
시가 일부 평자들이 지적한 바와 같이 관념적이었다고 보는 것은 무리가
있다고 하겠다. 그와는 반대로 그의 작품은 여타의 다른 경향의 작품들과
마찬가지로 매우 우수한 이미지들로 형상화 됨으로써 관념에 빠지기 쉬운
신앙시를 차원 높은 예술적 경지에까지 향상시켰고 한국 기독교시의 수준을
예술적 본격시로 격상시킨 최초의 현대적 시인이 되었다고 할 수 있는 것이
다.

　차라리 그의 기독교시에 대해 비판적 견해를 제기할 수 있는 가능성이
있는 부분은, 그가 여타의 신앙시처럼 '하나님'이나 '예수님' 또는 '천주님'
에 대한 관습적 찬양이나 기도의 어투를 적극 회피함으로써 얼른 피상적으
로 보아 그것이 신앙시라고 할 수 있을지 여부에 대해 논란이 있을 수 있다는
점, 바로 그것이라고 할 수 있다.

　또 다른 문제의 제기 가능성은 그의 시를 '기독교시'라 할 수 있느냐 하는
용어상의 문제이다. 그러나, 이 점도 그의 신앙적 경력을 살펴보면 그리
문제될 것이 못된다고 본다. 정지용의 캐토릭 입교 시기는, 1923년 5월부터

---

9) 양왕용,『정지용시연구』p.153

1929년 6월까지의 동지사대학 시절을 개신교 신앙 수련의 과정으로 볼 수 있으며, 1929년 귀국 전후의 시기를 캐토릭 입교 시기로 추정할 수 있다.[10] 이렇게 볼 때, 그에게 있어 개신교와 캐토릭의 구별은 별로 의미가 없는 것으로 판단되며 어떤 상황이나 주변의 여건 때문에 두 종교 사이를 넘나든 것이 아닌가 추측될 뿐이다.

따라서, 그의 시를 통칭 '기독교시'라 하는 데 무리가 있다고 할 수 없다고 본다. 더구나, 필자는 신학적으로 구분되는 두 종교를 문학적 입장에서는 광의의 '기독교'라 통칭하고자 한다고 전제하였던 바였으므로 이 용어의 문제는 논외로 삼을 수밖에 없다.

(5) 체험의 형상화와 시적 은유

나의 가슴은
조그만 '갈릴레아 바다'

때없이 설래이는 파도는
美한 풍경을 이룰 수 없도다.

예전의 門弟들은
잠자시는 主를 깨웠도다.

主를 다만 깨움으로
그들의 信德은 복되었도다.

돗폭은 다시 펴고
키는 방향을 찾았도다.

---

10) 위의 책, p.154

오늘도 나의 조그만 '갈릴레아'에서
主는 짐짓 잠자신 줄을 ─
바람과 바다가 잠잠한 후에야
나의 歎息은 깨달었도다.

─ 「갈릴레아 바다」 전문

이 시는 신약성서 '마태복음' 등에 기록된 예수의 異蹟(예수가 폭풍을 잠재움)을 소재로 한 작품이다. 성서에 나오는 역사적 사실을 시 창작에 도입함으로써 은유화 한 기독교 본격시다. 제 1, 2연의 문학적 은유가 제 3, 4, 5연의 성서적 상징을 거쳐 제 6, 7연의 창조적인 새로운 은유 (과거적 사실의 현재화)로 형상화 됨으로써 시적 리얼리티를 획득하고 있다. 그 구조를 분석해 보이면 다음과 같다.

제 1 연 : 나의 가슴은 '갈릴레아 바다 (문학적 은유)
제 2 연 : 설레임…파도 (문학적 은유)
제 3 연 : 主를 깨우는 門弟들 (성서적 상징)
제 4 연 : 門弟들의 信德 (성서적 상징)
제 5 연 : 폭풍이 가라앉음 (성서적 상징)
제 6 연 : 나의 가슴 (조그만 '갈릴레아')에서 잠자는 主 (문학적 은유)
제 7 연 : 폭풍(설레임)이 잠잠한 후 나의 깨달음 (문학적 은유)

은유는 비유의 한 형식으로 일상적 의미가 친화적인 비교를 토대로 다른 의미에 적용되는 비유이다.[11] 바꿔 말하면 은유란 취의와 매재 상호간의 어떤 유사성을 토대로 하여 그 의미를 전이시키는 것이다. 일상적으로 친숙해 있어 낯익은 두 개의 사물을 상호간 유사성을 토대로 동일시할 때 은유는

---

11) P. Wheelwright, 앞의 책.

성립된다.

누어서 보는 별 하나는
진정 멀…고나

아스람 다치랴는 눈초리와
금실로 잇은 듯 가깝기도 하고

잠 살포시 깨인 한밤에
창유리에 붙어서 엿보노나.

불현 듯, 소사나듯
불리울 듯, 맞어드릴 듯,

문득, 령혼 안에 외로운 불이
바람처럼 일는 悔恨에 피어오른다.

흰 자리옷 채로 일어나
가슴 우에 손을 넘이다.

—「별」 전문

이 시의 제 5 연 '령혼 안에 외로운 불'은 제목인 '별'과 은유의 관계를 이룬다. 친숙한 두 개의 사물, 곧 '별'과 '불'이 상호간의 유사성 때문에 비교되면서 연결되어 있다. 성서에 나오는 '별'의 취의는 '그리스도의 탄생', '재림', '영화', '使者' 등이다. '불'은 성서에서 '성령'의 의미로도 쓰인다. 이로 미루어보아 이 작품은 '영혼에 임재하는 성령'이라는 기독교적 주제를 연상하게 하는 시라고 할 수 있다. 특히 마지막 연의 경건한 종교적 분위기가 그 사실을 입증해 준다.

이처럼 은유에 의해 기독교적 교리나 신앙 체험이 예술적으로 승화되는 형상화 단계의 기독교시는 신앙심이나 교리를 표면으로 노출하기보다는 문학적 예술성을 주된 목적으로 삼고, 교리는 내면화 되거나 무의식 상태로 작품에 관계되는 등, 문학성 속에 교리적 요소가 융합되어 형상화 됨으로써 기독교 문학의 외면적 특성이 희박해지고 일반 문학적 성격을 띠게 된다. 기독교적 의식이 작품의 표면에 드러나지 않게 될 때 이를 기독교시로 볼 수 있을 것인가 하는 의문의 소지가 다분하지만, 문학성과 교리성이 융합되어 불가분의 혼용 상태로 표현되는 경우 그것이 분명한 기독교적 주제를 암시해 주고 있다면 당연히 기독교시로 분류해야 할 것이다.

결국, 직접적인 기독교적 지시물은 찾아볼 수 없다 해도 심층적으로 기독교적 이미지와 문학적 이미지가 동조적으로 나타날 때 이는 분명 기독교시라 할 수 있는 것이다.

다시 강조하지만 위의 시에서는 분명 기독교 의식은 내면화 되고 문학성이 주로 표출됨으로써 얼른 보아 기독교시인지의 여부를 가리기 힘들 정도인 것이 사실이다. 그러나, 이 작품은 그의 시집에 다른 기독교시와 함께 별개의 장으로 묶여 있다. 이 시를 이루고 있는 6연 가운데 마지막 5, 6연만이 기독교적 성향을 엿보이는 것도 사실이다. 그러나, 1연—4연까지의 서경적 표현이 5연에 와서 내면화 되어 '령혼 안에 외로운 불'이 '바람처럼 일는 회한에 피여오름'으로써 갑자기 기독교적 회개의 심각성을 나타낸다. 뿐만 아니라 마지막 6연에 표현된 경건한 마음의 자세는 '가슴 위에 손을 여미는' 서정적 자아의 신앙적 자세를 보여 줌으로써 이 작품의 종교성을 강하게 암시한다.

> 내 무엇이라 이름하리 그를 ?
> 나의 령혼 안의 고혼 불,

공손한 이마에 비츄는 달,
나의 눈보다도 갑진이,
바다에서 소사올라 나래 떠는 金星
쪽빛 하늘에 흰 꽃을 담은 高山植物,
나의 가지에 머믈지 안코
나의 나라에서도 멀다.
홀로 어엿비 스사로 그리워…항상 머언이,
나는 사랑을 모르노라, 오로지 스그릴 뿐.
때 업시 가슴에 두 손이 여믜여지며
구비 구비 도라나간 시름의 황혼길 우…
나…바다 이편에 남긴
그의 반임을 고히 진히고 것노라.

— 「無題」 전문

이 시는 정지용의 기독교시 11편 가운데 제일 먼저 발표된 작품으로, 1931년 10월에 나온 『시문학』지 3호에는 제목이 「무제」로 되어 있지만 시집에 실릴 때 '그의 반'으로 개제된 작품이다. 이 시에 나오는 '그'는 어느 모로 보나 신앙의 대상인 절대적 존재를 가리킨다.

그러면서도 이 시에 나오는 절대자인 '그'는 나와 동떨어져 멀리 존재하지 않고 '내 영혼 안에 존재하는 불'로, '내 공손한 이마에 비치는 달'로, 그리고 '내 눈보다도 값있는 존재'로, 그리고 손이 닿지 않는 '금성'과 '고산식물'로 치환됨으로써 절대자의 모습이 추상적 관념이 아닌, 구체적 이미지로 肉化(Incarnation)되어 있다. 다시 말하면, 절대적 존재인 '그'를 드러내기 위해 쓰인 매재들은 '나'와는 거리가 멀어 함부로 다가갈 수 없는 것들, 즉 경배의 대상들임을 보여 주고 있는 것이다..

그렇지만, 그 경배의 대상이 동시에 나와 전혀 관계 없는 존재가 아닌 '내 영혼 안에 고운 불'로 타올라 내가 비록 '온전한 그'가 될 수는 없지만,

'그의 반'은 될 수 있는 그런 존재임을 고백하고 있는 것이다. 구약 '창세기'에 하나님이 태초에 인간을 창조할 때 자기의 형상을 본떠 만들었다[12]고 한 바와 같이 인간인 자기 자신 안에 깃들여 내재하는 신의 모습을 신앙인으로서 체험적으로 표현하고 있음을 보여 주는 것이다. 그러므로 이 작품은 절대자의 존재를 경건한 마음으로 찬미한 '찬송시'라 할 수 있다. 1910— 1920년대에 쏟아져 나온 상투적 어법을 그대로 사용한 '찬송가류'의 찬송시와는 달리 예술적으로 보다 우수한 찬송시의 명작이라 할 만하다.

(6) 결 론

1920, 1930년대 한국 시단에서 주도적 역할을 했던 시인으로, 6.25 이후 한 동안 월북시인으로 취급됨으로써 그의 시가 일절 인용될 수도 없었고 그의 작품에 대해 논의할 수도 없었던 정지용 시인의 기독교시에 대해 살펴봄으로써, 상투적 어법을 벗어나지 못하였던 한국의 기독교시가 그에 의해 비로소 현대적 본격 예술시의 반열에 오를 수 있었음을 확인하고자 한 것이 이 글의 목적이었다.

정지용은 여타의 본격 예술시에 있어서도 우수한 작품을 많이 남겼지만, 그의 뛰어난 재능으로 종교성과 문학성을 융합해야 하는 지극히 어려운 난관을 극복함으로써 예술적 입장에서 보아도 손색 없는 우수한 기독교시를 창작하는 데 성공한 시인이라는 사실을 밝힐 수 있었다. 그가 남긴 기독교시가 비록 10여 편에 불과할 뿐만 아니라, 광복 후 그의 행적에 여러 가지 의문점을 남기고 있지만[13], 그럼에도 불구하고 그의 작품 한 편 한 편은

---

12) 구약 성서 '창세기' 1장 27절
13) 일부에서 정지용이 6. 25 사변 때 북한군에 동조하였고, 그 스스로 월북하였다고 주장 하는 바가 있으나, 사실 여부가 밝혀지지 않고 있다.

한국 기독교 시문학사에 명작으로 남을 만큼 뛰어나다는 점만으로도 그 의
의는 크다고 할 수 있다.

3. 김현승의 시세계와 기독교

(1) 서 론

한국 현대시사에서 흔히 기독교 시인으로 널리 알려졌으며, 한편 고독의
시인이라 불리웠던 다형 김현승 시인에 대해서는 수많은 논문이 씌어져 왔
고 또 현재도 씌어지고 있다.

본 논문에서는 김현승 시인의 시세계에 대하여 아직까지 논의되어 온
바 없는, 기독교 문학의 장르론적 관점에서 그의 기독교시가 지니고 있는
장르별 특징과 그를 흔히 고독의 시인이라 일컫는 이유에 대해 알아보고자
한다. 이제까지의 연구들이 대부분 그가 단지 기독교 시인이란 전제 하에
구체적 장르 구분 없이 그의 신앙시에 대해 논의해 왔다는 점을 감안할
때, 그의 신앙시를 분석함에 있어 새로운 접근 방법을 도입할 필요가 있다고
판단하기 때문이다.

(2) 본 론

시인 김현승은 전북 출신인 부친 김창국의 신학 유학지 평양에서 출생하

였다. 그 후 목사가 된 부친의 부임지를 따라 제주, 광주, 등지에서 유년 시절을 보냈고, 부친의 뜻에 따라 친형이 먼저 유학하고 있던 평양의 숭실 중학교에 입학하게 된다.

중학교를 졸업하고 1932년 4월에 숭실전문학교 문과에 입학하여, 중학 시절부터 뜻을 두었던 시 창작에 몰두하면서 동교 문과 교수였던 양주동 교수의 소개로 동아일보 문화란에 시를 발표하게 됨으로써 창작활동을 시작 하였다.[1]

이 외에도 그의 이력을 살펴보면, 교회 장로인 장맹섭씨의 따님 장은순과 의 결혼이라든지, 교회 내의 사건과 관련된 신사참배 문제로 광주 경찰서에 검거되었던 일, 광복 후 미션계인 숭일중학교 교사로 근무한 일, 그리고 마침내 모교의 후신인 숭실대학교 교수 및 교회의 장로로 문단활동을 전개 한 일, 등으로 미루어 그와 기독교와는 불가분의 관계임을 알 수 있다.

그러나, 김현승의 시 전 작품을 일별해 보면, 그의 대부분의 작품은 신앙 과 무관하게 씌어졌으며, 기독교와 유관한 작품의 양은 그의 전 작품 267편 중 46편에 불과하다. 그 중에도 순수 신앙시라고 할 수 있는 찬송시와 기도 시의 양은 18편에 지나지 않는다.[2] 기독교 작품으로 분류되는 나머지 28편 도 신앙보다는 예술성이 두드러진 것들로, 이들 작품의 경우 기독교 본격시 라 칭할 수 있다.[3]

그렇다고 해서 김현승 시인을 기독교 시인으로 분류할 수 없다고 할 수는 없다. 김현승 시인이야말로 그의 신앙이나 기독교 정신을 작품으로 형상화 함에 있어 신과의 화해보다도 인간적 갈등을 주로 표현한 시인이었기에, 겉으로는 기독교적 요소를 찾아볼 수 없는 경우가 대부분이지만, 그의 작품

---

1) 김현승 전집 「시」 (시인사, 1985), p.427.
2) 신규호, 『한국기독교시가연구』 (이회출판사, 1999), p.139.
3) 김현승, 앞의 책. p.67. 「슬픔」외 27편.

세계를 이루는 배후에는 직접적으로나 간접적으로나 기독교 사상과 신앙의
영향이 자리하고 있음을 부정할 수 없기 때문이다. 다만 그 주제와 소재와
시 형식이 기독교시라 칭할 만큼 두드러진 작품의 수로 본다면 다른 기독교
시인들, 예를 들면 박두진, 박목월 시인처럼 그 수로 보나 신앙적 주제로
보나 미약한 것만은 틀림없다. 그 까닭은 전술한 바와 같이 그가 창작을
함에 있어 그 주제가 무엇이든지 간에 신과의 화해보다는 인간적 갈등을
주로 표현하였기 때문이다. 그런 점에서 다른 기독교 시인들과 구별된다는
것을 전제하면서, 그의 기독교시를 신앙심을 위주로 표현하는 신앙시 (찬송
시와 기도시)와 예술성을 위주로 창작한 기독교 본격시로 나누어[4] 시적 은
유의 특징을 중심으로 살펴보고자 한다.

1) 신앙시 ― 찬송시와 기도시

신앙시의 하나인 찬송시 (die Hymnen)는 시적 화자가 절대자인 '여호와
하나님'의 무한한 권능과 은총과 엄위함을 찬양하는 노래로, 이 경우 시적
표현의 주된 대상은 '여호와 하나님'이다. 시편 연구의 권위자인 궁켈
(Hermann Gunkel)이 분류한 구약성서 시편의 장르 중에도 찬송시가 존재하
는 바,[5] 이는 모든 기독교 시가 장르에 공통되는 것으로 판단된다.

신앙시 중 다른 하나인 기도시는 시적 화자인 신자가 절대자를 향하여
자신의 회개하는 마음과 신앙적 고백, 그리고 인간적 고뇌와 원망 등을 진술
하는 것으로, 이 경우 시적 표현의 주된 대상은 인간인 시인 자신이 되며,
이 또한 기독교시의 중요한 장르 중 하나다.

김현승 시인의 경우 그의 신앙시 중에서 찬송시로 분류되는 10편과 기도
시에 속하는 8편의 시를 열거해 보면 다음과 같다.

---

4) 신규호, 앞의 책 <표 13> 「김현승의 신앙시 분류표」 참조.
5) 위의 책, p.27.

■ **찬송시 10편의 제목**

「삼림의 마음」, 「내가 가난할 때」, 「육체」, 「이별에게」, 「부활절에」, 「눈물」, 「절대 신앙」, 「아침 식사」, 「부활절에」, 「크리스마스의 모성애」 등 10편.

■ **기도시 8편의 제목**

「사랑을 말함」, 「가을의 기도」, 「호소」, 「가을의 시」, 「내 마음은 마른 나뭇가지」, 「1960년의 연가」, 「신년기원」, 「촌 예배당」 등 8편.

먼저, 위의 찬송시 중, 김현승의 대표작 가운데 하나로 흔히 인용되는 「눈물」과 개화기의 창작 찬송가가사 한 편을 인용하여 비교해 봄으로써 그 차이점을 알아본다.

1) 더러는
   옥토에 떨어지는 작은 생명이고저…//
   흠도 티도,/ 금가지 않은
   나의 전체는 오직 이뿐!//
   더욱 값진 것으로
   드리라 하올 제,//
   나의 가장 나중 지니인 것도 오직 이뿐 !
   아름다운 나무의 꽃이 시듦을 보시고
   열매를 맺게 하신 당신은,//
   나의 웃음을 만드신 후에
   새로이 나의 눈물을 지어 주시다.

2) 지극히 높은 보좌에 계시사
   우주 만반을 통할하시는 주님
   이제부터 나는

당신의 그 능력의 지팡이를
더욱더 굳건히 붙잡고
나가기 원합니다.
주여, 이제부터 나는
당신의 그 따뜻한 품속에서
떠나지 않고 영원히 살기를 원합니다.

한국 기독교 역사에서 19세기 말엽에 나타나기 시작한 창작 찬송시가의 경우, 번역 찬송가가사의 영향을 받아 발생하였지만, 위에 인용한 작품 2) 「기도」에서 확인되는 바와 같이 문학성보다는 상투적인 어투로 신앙심을 드러내 표현하는 데 중점을 두어 왔다. 그러나, 위 1)의 시에서 확인되는 바와 같이 김현승의 현대적 신앙시에는 절대자에 대한 찬양의 방법이 보다 예술적으로 승화되어 보편적 형상화를 통해 표현되고 있다. 이 시의 주제가 절대자의 능력에 대한 감탄과 찬양에 있으므로, 구체적 장르로는 서정적 자아인 시인 자신이 여호와 하나님을 찬양하는 작품으로 보아 신앙시의 하나인 찬송시로 구분함이 마땅하다. 이처럼 같은 찬송시임에도 불구하고 근대적 찬송가 가사와 현대의 예술적 찬송시 사이에는 표현 방법이나 시어 사용상 많은 차이점이 존재한다. 과거의 찬송시와 현대적 찬송시는 시인 자신이 절대자의 권능과 엄위를 찬양한다는 주제 의식은 같되, 예술성과 관계 깊은 표현 형식이나 비유의 방법 등, 시적 형상화의 차이에 의해 구별됨을 알 수 있다.

그러나, 김현승의 신앙시 중 다음 작품과 같이 절대자에 대해 직접적으로 찬양하는 찬송시가 있는 것도 사실이다.

높은 궁전과/ 밝은 성문 앞을 드디어 허무시고,
소 오줌 똥 냄새나는/ 컬컬한 방주 속에서
우리를 새롭게 하시더니,

비둘기 고운 부리로 물고 온
파란 감람나무 잎사귀처럼/ 우리를 새롭게 하시더니.//
높은 지혜와/ 밝은 율법을 허무시고,
오늘은 말 오줌똥 냄새나는
컴컴한 말구유 안에서
우리를 다시 태어나게 하신다.
우리를 다시 새롭게 하신다. (이하 생략)

이 작품은 예수의 탄생일을 맞아서 발표한 일종의 행사시로, 구약성서 창세기에 나오는 노아의 홍수 사건을 빌어 오늘날 현대 문명의 타락상을 비판하면서, 인류의 구원을 위해 구세주를 이 땅에 보내어 자비를 베푸는 하나님의 무한한 사랑을 찬양하고 있는 「크리스마스의 모성애」란 시이다. 장르상으로는 절대자를 찬양하는 찬송시로 분류할 수 있다.

행사시는 본격적 예술성을 목적으로 창작하는 것이 아니므로, 김현승의 경우에도 위의 작품처럼 신앙심을 나타내는 상투적 어휘가 주로 사용되고 있는 것이다. 특히 시의 생명인 은유의 사용을 분석해 볼 때, 더욱 그러하다.

김현승 시인이 그의 기독교시에서 예술성을 중시했음에도 불구하고, 이러한 행사시가 아닌, 일반적인 신앙시의 경우에도 은유로 등장하는 매재의 속성을 살펴보면, 빛, 불, 태양의 이미지; 밤, 어둠의 이미지; 육신 (몸, 눈, 사지, 이마, 발, 입)의 이미지; 나뭇가지, 꽃, 열매, 잎 등 식물 이미지; 제단, 장막, 성벽, 피, 기름부음, 길, 무덤, 감람나무, 방주, 궁전 등과 같은 성서적 소재 등 광범위하게 쓰이고 있다. 위의 매재 중 빛과 어둠, 동물과 식물, 천체와 광물 등 원형 상징은 모든 문학 작품에 공통적으로 등장하는 것이지만, 그 외의 소재들은 두드러지게 성서에 의존하고 있다는 특징이 있다.[6]

뿐만 아니라, 그러한 소재들을 사용하는 방법까지도, 정지용 시인과는

---

6) 위의 책, p.140.

달리 개성적, 독창적이라기 보다는 성서적, 관습적이다. 특히 '기름부음', '얼굴', '길' 등, 구약성서 시편에 보이는 독특한 은유가 그대로 쓰이고 있는 점, 그리고, '못자국', '방주', '말구유', '감람나무' 등 신,구약에서 은유로 쓰임으로써 거의 기독교적 상징으로 굳어진 낱말들이 매재로 등장하고 있음은 특히 정지용 시인과 비교해 볼 때 김현승 신앙시의 한계라 볼 수 있다.

1) 사랑하지 않고서/ 나는 이 길을 더 나아갈 수 없나이다.
   사랑하지 아니하고서는…//
   결핍된 우리의 소유는
   새로운 가설들의 머나먼 항로가 아니외다.
   길들은 엉키어 길을 가리우고 있나이다.//
   사랑의 기름 부음 없이/ 꺼져가는 내 생명의 쇠잔한 횃불을
   더 멀리는 태워 나갈 수 없나이다.
   사랑의 기름 부음 없이는…//
   (중략)
   사랑하지 않고 어찌하리이까.
   위대한 상실을 통하여…
   숨지던 극동의 산맥에서 디엔비안의 더운 시체 위에서
   저무는 날 구원을 기다리던 북해의 먼 항구에서
   오오, 마침내 형제의 의로 맺어진 저주받은 따 위 우리들,
   푸른 하늘에 사는 눈동자, 타는 입술이 그렇게도 닮은 우리들//
   우리들의 처음 고향은 사랑이었나이다 !
   영겁에도 그러할 것이외다 !

2) 사랑으로 다시 탄생하는
   사월은 진통의 달,
   당신의 무덤 깊이 뿌리하여 우리들의 생명은
   그 줄기 위에 새로이 꽃 피나이다.//
   사랑으로 다시 맺는

사월은 혼례의 달,
갈라졌던 영혼과 육체가 원수와 형제들이
이방과 선민들이
당신의 무덤 안에서 하나이 되나이다.//
승리의 이 달에 당신은
외롭고 무거운 당신의 육체를 버렸나이다
더욱 아름다운 무한의 창공에 당신의 날개를 펴기 위하여//
은혜의 이 달에 당신은
당신의 어깨에 걸치던 유태인의 옷을 벗으셨나이다
더욱 넓은 세계에서 모든 동포들과 함께 있기 위하여
당신의 사랑은 로마를 정복하지 않았어도
로마보다 더욱 큰 세계를 지금은 포용하셨나이다.//
사월은 실증의 달,
땅에 떨어져 썩은 밀알 하나이
지금은 그늘이 되어 햇빛이 되어
성장의 바람이 되어 영혼의 시와 새벽의 합창이 되어
이같이 뚜렷이 이같이 우렁차게
가득히 가득히 넘치나이다,
기적을 원하는 지상에도
실증을 외치는 시간에도

　1)의 기도시와 2)의 찬송시에서 확인되는 것은 '사랑'이라는 추상적 관념
이 창조적 은유에 의하여 시적으로 형상화 되지 못하고 있다는 점이다. 정지
용의 신앙시가 그 형식면에서나 은유의 형태면에서 참신한 독창적 이미지를
창조해 내고 있음에 비해, 매우 추상적이고 관습적, 상투적이라 하지 않을
수 없다.

　그러나, 그의 다음과 같은 작품은 적절한 은유에 의해 시적 생명력이 구체
화 되었다.

1) 내가 가난할 때…
　　저 별들의 더욱 맑음을 보올 때,
　　내가 가난할 때…
　　당신의 얼굴을 다시금 대할 때,//
　　내가 가난할 때…/ 내가 육신일 때…//
　　은밀한 곳에 풍성한 생명을 기르시려고,
　　작은 꽃씨 하나를 두루 찾아
　　나의 마음 저 보랏빛 노을 속에 고이 묻으시는//
　　당신은 오늘 내 집에 오시어,
　　금은 기명과 내 평생의 값진 도구들을
　　짐짓 문 밖에 내어 놓으시다 !

2) 내 마음은 마른 나뭇가지
　　주여,/ 나의 머리 위으로 산까마귀 울음을 호올로//
　　날려 주소서.//
　　내 마음은 마른 나뭇가지
　　주여,/ 저 부리 고운 새새끼들과
　　창공에 성실하던 그의 어미 그의 잎사귀들도
　　나의 발부리에 떨어져 바람 부는 날은
　　가랑잎이 되게 하소서.

　1)의 은유는 '나의 가난'과 '별들의 맑음', '나의 가난'과 '당신 (구세주)의
얼굴', '나의 가난'과 '나의 육신' 등, 주로 치환 은유(epiphor)로 이루어진다.
그것은 '나의 마음', 곧 '보라빛 노을'로 은유된 영혼 속에 묻힌 '작은 꽃씨'
와 나란히 놓임으로써 역시 1, 2, 3연의 은유들과 연결되어 입체적 이미지를
형성한다. 이와 같이 밀도 있는 시적 구조가 전제됨으로써 이 작품의 마지막
연에 표현된 은유가 그 의미의 진폭을 획득하게 된다.

2)의 경우, 그 은유는 1)보다 단순하지만, 이미지의 참신성과 명료함 때문에 시적 긴장미가 돋보인다. '내 마음은 마른 나뭇가지'라는 은유가 반복됨으로써 시각적 명료성이 살아난다. 그것은 다시, 날아오르는 '산까마귀 울음'과 만나 의미의 진폭을 넓히고, 작품 전체의 주제 의식에 심각성을 부여해 준다.

김현승의 신앙시 가운데 수작에 속하는 이들 작품은 갈등구조로 이루어졌다. 그의 신앙시가 인간적 갈등에서 벗어나지 못하고 있음이 어떤 면에서 오히려 돋보일 수도 있다. 그러나, 그러한 한계를 극복하지 못했다는 것은 기독교 신자의 입장에서 볼 때 영혼의 구원에까지 도달 못한 미진함을 느끼게 할 수도 있는 것이다. 기독교시가 신앙인으로서의 영혼의 구원보다는 보다 더 현실적인 윤리의식에 치중되어 있을 때, 신앙시가 누릴 수 있는 신비성이나 묵시적 세계의 창조라는 특색을 잃게 된다. 김현승의 신앙시에서 느낄 수 있는 근본적인 한계성은 앞에서 지적한 바와 같이 수직적, 단편적인 기능과 관련된 매재들의 성서적 용법에도 그 원인이 있지만, 그의 은유들이 형성하는 전체적인 이미지들이 종교적인 신비성과 거리가 먼 윤리적 주제의식에서 비롯된다고 할 수 있다.

그런 의미에서 김현승의 신앙시 중 「절대 신앙」이 보여주는 은유의 세계야말로 예외적 성공 사례라 할 만하다.

> 당신의 불꽃 속으로
> 나의 눈송이가/ 뛰어듭니다.//
> 당신의 불꽃은/ 나의 눈송이를
> 자취도 없이 품어 줍니다.

'당신 (절대자) ─ 불꽃', '나 ─ 눈송이'의 대조적 은유로 이루어진 짧은 이 작품이 암시하는 신앙적 경지를 그가 더욱 천착해 보여 주었더라면, 평면성을 극복하고 독창적 은유를 창조해 낼 수 있었을 것이다.

지금까지 여러 논자들은 김현승의 시세계를 고독과 견고성 및 근원, 또는 영원회귀라는 개념을 중심으로 기독교와 관련지어서 해명하여 왔다. 그러나, 정작 그러한 논의의 중심이 되어야 할 기독교시, 특히 그 중에도 시인 자신의 신앙심을 가장 잘 보여주고 있는 신앙시에 대한 집중적인 분석 없이 피상적 관점에 근거해서 추상적으로 접근한 감이 없지 않다. 그 결과 신앙인으로서의 김현승이 신과의 화해를 이루지 못하고 인간적 고독을 그의 시의 중심 테마로 삼은 원인을 충분히 밝히지 못한 채, 신과의 대결 때문이라고 풀이하게 된 것이며,[7] 견고성의 추구(보석, 진주, 돌 등)를 단순히 천상적 영원성을 표상하는 은유로 해명하는 등[8] 논증의 불확실성을 드러내게 되었다. 아울러, 근원, 또는 영원회귀에 대한 해명도 그것을 뒷받침할 자료의 분석이 전제되어야 함은 물론이다.

위에서 살펴본 바와 같이, 김현승의 신앙시는 본질적으로 신자로서의 인간영혼의 구원이라는 궁극적 신앙단계에 이르지 못하고, 갈등과 번민 속에서 윤리적 차원의 시세계를 구축하였기 때문에, 신과의 화해를 이루지 못한 채 고독한 거리감을 노래할 수밖에 없었다고 판단된다. 그러한 고독감이 '절대 고독'으로 진전되고, 더 나아가 광물적 견고성으로 표현되기에 이른 것이다. 이는 신앙적으로 볼 때 신과의 진정한 만남인 구원에 이르지 못한 상태라고 할 수 있다.

2) 기독교 본격시

일반적으로 종교시의 역설은 시가 명백하게 교리나 교의의 양상을 띠게 될 때 그것은 종교시로서의 문학성을 상실하게 된다는 점이다. 시의 표현에

---

7) 박이도, 「한국 현대시에 나타난 기독교 의식」(경희대대학원박사학위논문, 1984), p.60.
8) 곽광수, 『한국시문학대계·17·김현승』(서울 지식 산업사, 1982), p.295.

자양분을 공급하여야 하는 상상력이 사라지고, 이미 생명력이 없어진 죽은 은유에 의해 메마른 교리적 관념이 진술될 때 시의 정수는 사라지고 만다. 적어도 오늘날 기독교 시인들이 최소한 인식하여야 할 것이 바로 이 점이다.

과거 한국 기독교시의 역사에 있어서 천주교가사나 찬송가가사의 경우에는 그러한 장르들이 생산되어 나온 시대적, 사회적, 문화적 여건이 있었음을 간과해서는 안 된다. 그런 역사적 장르들까지도 오늘의 안목으로 문학적 가치 평가를 할 수는 없다. 문학 작품이 생산되었던 시대적 환경을 도외시하지 않는다면, 천주교가사나 찬송가가사 등을 평가함에 있어 당대가 요청했던 문학적 수준을 기준해서 그것들이 지니고 있는 역사적 가치나 예술성을 최대한 규명해 내도록 노력해야 할 것이다.

그러나, 오늘날 현대 기독교 시인들 (그 시점을 1930년대 이후로 잡을 때)은 앞에서 언급한 종교시의 역설을 받아들여야 한다. 당대의 문학적 안목에 걸맞은 수준의 기독교시만이 예술적 가치평가를 받을 수 있다는 엄연한 사실을 인식한다면, 구태의연하게 지나간 시대의 낡은 은유에 의존해서 작품을 창작할 수는 없기 때문이다. 과거의 교리시가, 찬송시가, 기도시에 나타나 있는 상투적 은유는 현대 기독교 본격시에 와서는 고도의 언어 예술적 기법에 의해 문학적 은유로 변모되었으며, 작품 속에서 더 이상 양자의 구별이 불가능할 정도로 지양되고 융합되어 있는 것이 사실이다. (물론 예술적 형상화를 이룬 현대적 찬송시나 기도시가 위의 보기에서 확인된 바와 같이 오늘날에도 창작되고 있어, 그것이 본격시냐 아니냐 하는 것은 분별력을 가지고 구분해야 할 것이다.)

따라서, 언어 예술을 통해 신앙적 체험의 본질을 표현하려고 하는 현대 시인이 택할 수 있는 최선의 방법은 역설과 유추, 은유와 신화, 애매모호함 (Ambiguity)과 우회적 표현 등 현대적 기법에 의존하는 것이다.[9] 이 시대가

---

9) Glicksberg, C. Literature and Religion, 최종수 역(서울, 성광문화사, 1981), p.110.

요구하는 이러한 방법에 의하여 기독교시를 생명력 있는 예술의 반열에 올려놓을 수 있을 것이기 때문이기도 하다.

오늘날 기독교시 창작에 있어서 예술적 형상화와 종교적 경건성의 동시적 추구는 조화될 수 없는 상반된 요소가 결코 아니다. 다만 그 두 가지 요소가 조화를 이루려면 절실한 신앙 체험과 함께 그러한 체험을 시적으로 형상화할 수 있는 예술적 재능과 노력이 요청되는 것이므로 지극히 어려운 작업임에 틀림없다.

그러므로 현대의 기독교 시인들에게는 남다른 재능과 노력, 그리고 절실한 신앙체험이 요청된다고 하겠다. 신앙체험은 창조적으로 형상화 되어야 하며, 상상력에 의해 이를 작품 속에서 구체화함에 있어 구태의연하게 지난날의 은유나 상징에 의존하려 할 때 오늘의 시인은 생명력 있는 작품을 창작하지 못할 것이다. 시적 은유의 세계는 끊임없이 환골탈태함으로써 새롭게 태어나야만 하는 것이므로, 인간의 언어로 표현할 수 없는 절대자의 모습은 오로지 낡은 은유를 버리고 새로운 창조적 은유를 통해서 표현된 시의 구조 속에서만 형상화 될 수 있을 것이다.

그렇다면, 이 글에서 논하고자 하는 김현승 시인에게 있어 이러한 기독교 본격시라 할 만한 작품에 어떤 것이 있으며 그 예술적 성취도는 어떠한가.

> 슬픔은 나를/ 어리게 한다.//
> 슬픔은/ 죄를 모른다./ 사랑하는 시간보다도 오히려.//
> 슬픔은 내가/ 나를 안다./ 아무도 개입할 수 없다.//
> 슬픔은 나를/ 목욕시켜 준다.
> 나를 다시 한번 깨끗게 하여 준다.

이 「슬픔」이라는 작품의 경우 병치은유로 이루어진 단단한 구조를 발견할 수 있는 바, 서로 유사성이 없는 연과 연이 나란히 병치됨으로써 슬픔이라는 추상적 관념어를 효과적으로 구체화하여 보여주고 있다. 휠라이트 (P.Wheelwright)에 의하면 병치은유는 서로 다른 두 사물을 나란히 병치시 킴으로써 의외의 새로운 제 3의 의미를 창출해 내는 은유적 형식인 것이 다.10) 여기서 새로운 의미란 치환은유적 요소라 할 수 있는 모방적 인자가 배제된 것을 말한다. 그 특징은 비대상적, 추상적 의미의 공간에 있으므로 현대예술의 주요한 방법론으로서 시만이 아니고 음악과 현대미술 등에 두루 통용되고 있다.11) 이 병치은유에 의하여 쓰여진 시들이 오늘날 소위 순수시, 무의미시 등으로 불려지고 있으며, 언어의 사물성을 본질로 하는 것이 그 특징이다.

그러나, 언어는 근본적으로 대상이 지닌 의미와 결합되어 있는 것이므로, 병치은유가 제공한다고 보는 의미, 즉 대상으로부터의 초월이란 한계가 있 기 마련이다.12) 결국 시에서의 병치은유의 효과란 새롭게 배열된 사물들의 병치가 제시해 주는 특수한 세계인식이라 하겠다.

김현승의 「슬픔」이라는 이 시의 경우 1—4 연이 모두 별개의 이미지로 각기 다른 의미를 지니고 있으면서 그것들이 제목 아래 연결되어 통일성을 이룬다. 이 시의 마지막 연, '신앙이 무엇인가 나는 아직 모르지만,/ 슬픔이 오고 나면/ 풀밭과 같이 부푸는/ 어딘가 나의 영혼…'이란 진술에서 단순한 슬픔이 아닌, 신앙을 성숙시키는 기독교적 정서임이 드러난다.

병치은유와 함께 시창작 수법으로 널리 쓰이는 치환은유의 경우, 이는 은유의 가장 오래된 형식으로 일상적 의미가 친화적인 비교를 토대로 다른 의미에 적용되는 은유이다. 바꿔 말하면 이는 취의와 매재 상호간에 어떤 유사성을 토대로 하여 그 의미를 전환시키는 것이다. 일상적으로 친숙해

---

10) P. Wheelwright, <u>Metaphor and Reality</u>(Indiana Univ. Press, 1962) 참조.
11) 이승훈, 『시론』.
12) 김현,「시의 언어는 과연 사물인가」(문학과 지성, 1975 가을 호) 참고.

있어 낯익은 두 개의 사물을 상호간 유사성을 토대로 비교의 형태를 취할 때 치환은유는 성립된다. 김현승의 다음과 같은 시에서 그 예를 찾을 수 있다.

흐릿한 별빛을/ 불타는 혀로
까마득히 핥으며.//
사자의 머리로/ 우는/ 바위들.//
새벽녘 종소리도 예까지 오면
쇳덩이로//
깨어져 버리고.//
나는 보았다/ 무거운 공중에 걸려 있는
슬프게도 커다란 쪽지를.
청동과 같이 녹슬어 무겁게 걸려 있는
하늘의 푸른 쪽지를.

시 「사탄의 얼굴」 중 일부분이다. '별빛을 핥으며 우는 바위들'과 '무거운 공중에 걸려 있는 슬픈 쪽지'는 이 시의 제목인 「사탄의 얼굴」을 형상화한 치환은유이다. 이 시에 등장하는 '별빛' 역시 성서의 별, 곧, '성령'을 취의로 하는 매재이다. '새벽녘 종소리까지 쇳덩이로 깨어져 버린다'는 '바위'로 표상된 사탄의 파괴적 속성을 강조한다. '별빛'과 '종소리'가 '바위'와 대조되어 '흐릿해지고 깨어져 버리는' 비극적 상황이 이 시의 지배적 정조이며 그것은 곧, '사탄의 이미지'이기도 하다.

거기서/ 나는/ 옷을 벗는다.//
모든 황혼이 다시는
나를 물들이지 않는/ 곳에서.//
나는 끝나면서/ 나의 처음까지도 알게 된다.//
신은 무한히 넘치어/ 내 작은 눈에는 들일 수 없고,

> 나는 너무 잘아서/ 신의 눈엔 끝내 보이지 않았다.//
> 무덤에 잠깐 들렀다가,//
> 내게 숨막혀/ 바람도 따르지 않는/ 곳으로 떠나면서 떠나면서,//
> 내가 할 일은/ 거기서 영혼의 옷마저 벗어 버린다.

무한한 능력의 소유자인 창조주 신과, 그에 비해 유한하고 미미한 존재인 인간과의 대비가 이 작품의 골간을 이룬다. 인간은 자신의 능력으로는 신을 찾을 수도, 알 수도 없다는 것과, 신 앞에 설 때 인간은 그의 한계를 깨닫게 되고, 단독자로서의 고독을 느낀다. 인간은 '끝나면서 처음까지도 알게 된다.' 종말론적 관점에서 볼 때 죽어야만 인간은 고독을 벗어날 수 있다. 유한자로서의 인간 실존, 그것은 고독 그 자체이다.

그러나, 죽음을 맞아 육신을 벗음으로써 지상에서의 고독은 끝나고 신의 곁으로 갈 수 있다. 그러므로 '고독의 끝'은 죽음이요, 죽음 다음에는 부활이 기다린다. 영혼은 구약성서에 의하면 프라톤주의와 같이 인간의 몸에서 떠나는 부분이 아닌 인간 자신이다.[13] 이 시에 의하면 김현승의 신앙은 '영혼의 옷마저 벗어 버리는' 까닭에 구원에 이르지 못하고 만다. 그의 시세계를 규정하는 고독의 이미지는 그러므로 새로운 생명의 시작, 곧 부활을 이루지 못한 결과 필연적으로 도달되는 세계라 할 수 있다. 김현승의 시집 『절대고독』에 실린 여러 편의 시편 모두가 다 이에서 예외일 수 없다. 그를 가리켜 흔히 고독을 노래한 시인이라 일컫는 것은 신앙인인 김현승에게 있어서 불행이 아닐 수 없다.

기독교 본격시라는 바람직한 반열에 오르려면 신앙 체험의 성공적 형상화와 함께 그 안에 인간적 갈등과 함께 신과의 화해를 이루는 신앙인으로서의 진정한 모습이 표현되어 있어야 할 것이다. '무덤에 잠깐 들렀다가' 부활하

---

13) 구약 창세기 2장 19절, 시편 제 104편 29절 참조.

지도 못하는 자신의 영혼을 무엇이라 할 수 있을 것인가. 결국 김현승은 그의 기독교 본격시에서도 신앙을 완성하지 못하는 인간적 갈등을 노래하고 있음이 밝혀진 셈이다. 이 점이 기독교 시인인 김현승의 한계라 할 수 있다.

(3) 결 론

본 논문에서 김현승 시인의 기독교시에 관하여 이제까지의 논점과는 달리 장르론적 관점에 의해 신앙시와 기독교 본격시로 나누어 살펴보았다. 그 결과 그는 그의 신앙시나 기독교 본격시에서나 공히 신앙인으로서 신과의 화해를 이루지 못하고 유한자로서의 인간적 갈등을 끊임없이 노래하고 있다는 사실이 밝혀졌다. 이로 말미암아 김현승은 그의 기독교시에서조차 인간의 실존적 한계인 고독을 노래할 수밖에 없었고, 그에 따라 평자들로부터 흔히 '고독의 시인'이라 불리워질 수밖에 없었다는 점도 밝힐 수 있었다.

이제까지의 논자들은 신자로서의 그의 고독이 어디서 비롯된 것인지를 규명해 내지 못한 채, 다만 피상적 관찰에 의해 고독을 김현승 시인의 시적 주제라 일컬어 왔던 것이다. 특히, 종교시인의 시 세계를 해명함에 있어 그의 신앙적 요소를 외면한 채 논의를 전개한다는 것은 합리적일 수 없으며, 예술성과 함께 신앙적 요소를 고려하여 작품을 분석하고 그에 의해 어떤 결론을 이끌어 내야 한다는 점을 김현승 시인의 경우를 살펴봄으로 해서 확인할 수 있었다는 점에 이 논문의 의의가 있다고 하겠다.

4. 박두진의 시와 기독교

(1) 서 론

일반적으로 종교시의 역설은 시가 명백하게 교리나 교의의 양상을 띠게
될 때, 그것은 종교시로서의 문학성을 상실하게 된다는 점이다. 시의 표현에
자양분을 공급하여야 하는 상상력이 사라지고, 이미 생명력이 없어진 죽은
은유에 의해 메마른 교리적 관념이 진술될 때 시의 정수는 사라지고 만다.
적어도 오늘날 기독교 시인들이 최소한 인식하여야 할 것이 바로 이 점이다.
이는 기독교 시만이 아닌 모든 종교시, 모든 종교문학에도 해당되는 요건이다.

따라서, 언어를 통해 신앙적 체험의 본질을 전달하려고 하는 현대 기독교
시인이 택할 수 있는 최선의 방법은 역설과 유추, 은유와 신화, 애매모호함
(ambiguity)과 우회적 표현 등 현대적 기법에 마땅히 의존하여야 한다. 이
시대가 요구하는 이러한 현대적 기법에 의존하여야만 오늘의 기독교시를
생명력 있는 예술의 반열에 올려놓을 수 있기 때문이다.

오늘날 기독교시 창작에 있어서 예술적 형상화와 종교적 경건성의 추구는
조화될 수 없는 상반된 요소가 결코 아니다. 다만 그 두 요소가 조화를 이루

려면, 절실한 신앙 체험과 함께 그 체험을 시적으로 형상화 할 수 있는 예술적 재능과 노력이 동시에 요청되는 것이므로 지극히 어려운 작업임에 틀림없다. 시적 은유의 세계는 끊임없이 환골탈태함으로써 새롭게 태어나야만 하는 것이므로, 인간의 언어로 표현할 수 없는 영원한 절대자의 모습은 오로지 낡은 은유를 버리고 언제나 새로운 창조적 은유를 통해 표현된 시의 구조 속에서만 형상화 될 수 있을 것이다.

한국의 현대시사에서 흔히 청록파 시인의 한 사람이며, 대표적 기독교 시인으로 널리 알려진 박두진 시인의 신앙시를 중심으로 살펴보려는 이 글 앞머리에 현대 기독교시가 추구해야 할 조건을 장황하게 언급한 것은, 박두진 시인의 신앙시를 논함에 있어 무엇보다 교리성과 문학성의 상관관계에 관한 최소한의 언급이 우선해서 필요하다고 판단하기 때문이다.

(2) 신앙시의 예술성

한국의 기독교 시인 중 박두진 만큼 시 창작에 있어 신앙에 대한 굳은 신념을 일관되게 끝까지 지속한 시인도 드물 것이다. 종교적인 신념을 철저하게 작품에 반영해 온 점도 남달리 특기할 만한 사실이라 하겠다. 그의 제 9 시집 『수석열전』까지 9권의 시집 가운데에서 기독교시로 분류할 수 있는 67편[1]의 작품만이 아닌 대다수의 작품에 기독교적 의식이 투영되어 있어, 실로 박두진의 시와 기독교와의 관계는 불가분의 것이라 할 수 있다.

그 자신의 고백에 의하면 고향 (안성)을 떠나 서울에 올라온 무렵 (18세 때) 그는 기독교에 입문하였다.[2] 그 후로 작고하기까지 박두진은 문학과 신앙의 길을 함께 걸었던 것이다. 그 결과 기독교를 제외하고는 그의 시

---

1) 신규호, 『한국 기독교 시가연구』 (서울:이회출판사, 1999), p.152.
2) 박두진, 『시와 사랑』 (서울:신흥출판사, 1960), p.164.

세계를 해명할 수 없게 되었으니, 실제로 그의 시에 관한 글(저서, 논문, 등) 50여 편[3])이 한결같이 그를 기독교 시인으로 분류하고 있다.

정지용은 박두진을 『문장』지에 추천하면서 그 선후평에 '삼림에서 풍기는 식물성의 신자연을 소개한다'고 하였고,[4]) 김시종 (김동리)은 청록파 시인의 공통점을 '자연의 발견'이란 말로 평했으며,[5]) 조연현은 작품 「해」에 관한 평에서 '인간이 도달할 수 있는 최고의 경지'라 극찬하면서 박두진의 시를 '성신에의 신앙'이라고 규정하였다.[6]) 또한 김용직은 박두진 시의 자연을 말하면서 동양적이 아닌 서양적인 자연이라 하였고, 대부분의 시가 신앙심을 표현하고 있다고 했다.[7]) 그 외에도 많은 평자가 그의 시를 기독교적인 시라 규정하고 있다.

이러한 논의들은 대부분 일반적 문학론에 의한 그의 시 전반에 걸친 평가에서 포괄적으로 내려진 결론들일 뿐, 박두진의 시 가운데에서 신앙시에 해당하는 작품을 가려내어 체계적인 기독교 문학론에 의거 분석한 결과 얻어진 견해들이 아니라는 데 그 한계가 있다. 따라서, 이 시점에 그의 시 전반에 걸친 본격적인 기독교적 분석이 요청된다고 본다.

따라서, 박두진의 시집 9권 (제 9시집 『수석열전』까지)에 실린 작품 가운데 기독교시라고 분류할 수 있는 시편을 중심으로 하여 그 가운데 담겨 있는 교리적 요소와 예술성과의 조화 및 작품의 은유적 특징에 대하여 살펴봄으로써, 기독교 신앙이 그의 시에 끼친 영향과 그로 인한 시적 성취 여부를 보다 구체적으로 밝히고자 한다.

먼저, 박두진의 기독교 시편들을 검토해 보면, 일제 시대에 창작한 초기

---

3) 소재영 외, 『기독교와 한국문학』(서울:대한기독교서회, 1990), p.164.
4) 정지용, 『문장』제12호.(1940), p.195.
5) 김시종,「3가지와 자연의 발견」, 『예술조선』(1948)
6) 조연현,「성신에의 신앙」, 『해동공론』(1949. 3)
7) 김용직,「시와 신앙」, 『세대』(1964. 6)

시 (『청록집』등에 실린 작품)는 예술적으로 성숙된 기독교 본격시가 대부분이고, 중기 시 (『거미와 성좌』, 『인간밀림』, 『하얀 날개』, 『고산식물』등에 실린 작품)는 찬송시와 기도시, 그리고 후기 시에 해당하는 『사도행전』이후부터는 기도시를 집중적으로 창작하였음이 확인된다. 이러한 변모는 김현승의 경우와 대조적이다.

박두진의 초기 시에 예술성 위주의 기독교 본격시가 대종을 이루고 있다는 것은 이 시기에는 그의 종교적 정서가 인간적 정서로 보편화되어 작품으로 형상화 되었음을 나타낸다 하겠으며, 반대로 후기 시에 기도시가 많아졌다는 것은 그만큼 예술가로서의 자각보다 신앙인으로서의 고뇌와 갈등이 증대되었음을 의미한다고 볼 수 있다. 이 점이 바로 박두진의 시를 평가함에 있어, 초기 시에서는 약동하는 생명력과 순수한 이상적 자연미를 예술적으로 형상화하였음에 비하여, 반면 후기 시에 올수록 관념이 두드러져서 전기 시에 비해 시적 생동감이 훨씬 뒤떨어진다고 한[8] 일부의 평가가 나오게 되는 주요 원인이 되었다고 본다.

그 까닭은 기도시가 기독교 본격시에 비해 대체로 관념적 요소가 많다는 이유 때문만 아니고, 「해」, 「향연」등 초기 시의 낙원적 정서와 심상이 그 이상향을 상실하고 현실적 고뇌와 번민의 모습으로 변모, 추락하였을 뿐만 아니라, 그러한 고뇌와 갈등을 시적으로 형상화 하는 데 초기 만큼 성공하지 못했기 때문인 것이다. 이런 점은 그의 작품을 시기별로 비교해 보아도 확인되는 사실이다. 다음의 1)은 초기 시, 2)는 중기 시, 3)은 후기 시이다.

1) 북망(北邙)이래도 금잔디 기름진 데 동그란 무덤들 외롭지 않으이.

무덤 속 어둠에 하이얀 촉루(髑髏)가 빛나리. 향기로운 주검의 내도 풍기리

---

8) 오탁번, 『현대문학 산고』(고려대출판부, 1976), p.165.

살아서 설던 죽음 죽었으매 이내 안 서럽고, 언제 무덤 속 화안히 비춰
줄 그런 태양 만이 그리우리.

금잔디 사이 할미꽃도 피었고 삐이 삐이 배, 뱃종! 뱃종! 멧새들도 우는데,
봄볕 포근 한 무덤에 주검들이 누웠네.[9]

2) 오, 너무도 엄청나게 높은 데 계신 이여.
   빌다가 흘리시는 당신의 눈물
   그것 한 방울만 내 앞에 주세요.
   앉아서 쥐어뜯는 검은 이 바위를
   그것으로 뚫어내려 샘이 되게 하세요.

   오, 빌다가 흘리신 당신의 핏방울
   그것 한 방울만 내게도 주세요
   빈 이 가슴에다 그것을 받아
   천년을 나지 않는 불모의 이 들에
   뿜는 듯 뿌려 가면 그 자리마다
   다복다복 꽃밭들이 솟아나게 하세요.[10]

3) 아, 때로 폭풍/ 때로 어둠/ 죽음들익 저자/
   눈물들의 저자/ 피웅어리 뚝뚝 듣는/
   꽃잎들의 빗발/ 얼룽지며 빗발 속을/ 벌판 헤맸었네.

   어디에도 당신 음성/ 아직 못 들었었네./
   안에 이는 먼 바다/ 밤의 뒤착임/
   귀를 쫑겨 스스로의/ 영혼 흐느꼈었네.[11]

---

9) 시집 『청록집』 박두진 편, 시 「묘지송」 전문.
10) 시집 『거미와 성좌』중 「도원」일부.

1)의 은유는 '외롭지 않은 금잔디 기름진 무덤'과 '살아서는 서러웠지만 죽어서는 안 서러운' 죽음에 대한 기독교적 관점이 기조를 이룬 가운데, '언제 무덤 속 화안히 비춰 줄 그런 태양만이 그리운' 부활과 구원의 이미지가 잘 형상화 됨으로써, 생경한 교리적 요소가 전혀 나타나지 않은 채 기독교적 심상이 고도한 예술성을 획득하고 있다.

박두진은 작품 해설집 『시와 사랑』에서 '무덤 속의 촉루들을 나는 깨끗하고 친근하고 동정 공감에 찬 감정으로 그려보고 친화했고, 그리고 그것을 미화된 아주 승화된 시의 색깔과 향기와 노래로 투시하고 감각하고 관조해 보았다.'고 진술하고 있다. 이 가운데는 그의 신앙에 관한 언급이 자제되어 있지만, 그럼에도 불구하고 이 작품은 기독교적 관점을 가장 잘 은유화 하는 데 성공한 사례로 꼽힐 수 있다고 본다. 삶과 죽음, 그리고 죽음 뒤에 온다는 부활의 소망까지를 아울러 표현한 솜씨가 매우 비범하다 아니할 수 없다.

그에 비해서 2)의 은유는 '눈물과 피를 흘리며 멀리 계신 당신(절대자)'과, '앉아서 검은 바위를 쥐어뜯는 나'의 대비로, 신앙적 갈등이 비극적이고 과격한 이미지로 진술되었을 뿐만 아니라, 1)이 화해와 조화를 통해 이룩한 광명한 이미지를 구축한 데 비해, 2)는 '검은 바위를 쥐어뜯는 나'가 '흘리신 눈물방울'을 간구함으로써 그것으로 '(절망의) 바위를 뚫을 수 있게' 해 달라는 생경한 은유, 과격한 은유가 눈에 거슬리고 있다. 그러면서도 1)에 비해 보다 더 갈등과 고뇌 어린 심상을 떠올려 주고, 신과의 거리감을 느끼게 한다.

뿐만 아니라, 3)의 은유는 1)과 2)보다 더욱 심화된 절망감을 표현하고 있는 바, 특히, '당신(절대자) 음성을 어디서도 듣지 못했다'는 대목에 이르러서는 깊은 회의에 빠진 작자의 신앙심이 직접적으로 표현되고 있다. 박두진의 신앙시는 결국 '초기—중기—후기'로 진행됨에 따라 그 은유가 하강 구조를

____

11) 시집 『사도행전』중 「사도행전 · 6」일부.

이루고 있음이 확인된 셈이다. 그것은 물론 신앙적 회의와 절망에서 비롯되었으며, 또 그러한 회의와 절망은 '폭풍', '어둠', '죽음'뿐인 현실인식 때문이란 사실도 일차적으로 입증된다.

그러나, 무엇보다도 주목해야 할 것은 초기부터 후기까지 그의 은유적 방법이나 시어의 사용에 있어 이렇다할 변화가 보이지 않고 있다는 점이다. 초기에 자주 등장하는 '해, 햇살, 태양' 등과, '밤, 어둠, 그늘' 등의 대조적 은유가 떠올려 주는 상징성이 중기나 후기 시에도 변함없이 사용되고 있으며,12) '당신의 눈물', '검은 바위'의 은유나, '당신의 핏방울'과 '핏방울 떨어진 자리에 솟아나는 꽃밭'의 은유 등도 후기 시의 '폭풍, 어둠, 죽음들의 저자'라든가, '피 응어리 듣는 꽃잎들의 빗발', 그리고 '당신 음성' 등의 죽은 은유와 함께 일상화, 보편화된 일종의 상투적 상징들이라는 점이 박두진의 시로 하여금 관념이 지배하고 있다는 인상을 갖게 한다. 더구나, 그러한 일상화 된 은유들이 체험에서 우러나온 것이 아니고 추상적 관념에서 한결같이 반복되어 유출된다는 것은 시의 생명력을 약화시키는 주요한 원인이 되고 있다.

이점에 관하여 김주연은 그의 「한국현대시와 기독교」에서 다음과 같이 언급하고 있다.

박두진 시에서의 가장 커다란 문제는, 그 같은 예수의 역사에 의해 감동된 인간 자신, 즉 시인의 변화된 모습이 시에 별로 투영되지 않고 있다는 사실이다. 구태여 지적한다면 기독교적 시적 자아가 미약하다고 할까. 그 시적 자아는 오늘의 현실 속에서 걸러지고 새롭게 태어난, 시인이 가장 뜨겁게 부딪친 그 나름의 현실과의 만남 속에서 이룩된 문학적 감동으로 나타나야 할 것이다. 그러나 그의 시는 갈수록 관념화의 길을 걷고 있는 것 같고, 사람들과의

---

12) 그의 연작 신앙시 「사도행전」 총 20편에도 빛과 어둠으로 대조되는 은유들이 빈번하게 등장하고 있다.

사랑 아닌 자기 폐쇄적인 인상마저 주는 것 같아 매우 안타깝게 생각된다.[13]

전술한 바와 같이, 기독교 시인들에게 요구되는 것은 그들의 신앙적 체험을 예술적으로 형상화 함으로써 신앙과 예술의 지극한 조화를 이룩하는 것이다. 여기서의 조화란 신앙적 체험의 내면화 작업을 의미한다. 즉, 구체적인 작품에 나타나는 것은 예술뿐, 신앙적 요소는 내면에 용해되어 숨어 있어야 한다는 것이다. 왜냐하면 신앙시도 '시'인 만큼 '예술'이어야 하기 때문이다. 신앙심은 본디 정서적 요소를 지니고 있는 것이지만, 그러나 그것은 종교적 이데올로기와 강력하게 결합되어 있기 때문에 일반적인 인간적 보편성을 지니기 어려워서, 신앙에 따른 독특한 관념과 특수성을 면치 못한다는 한계를 지니고 있다.

예술은 그것이 어떤 장르의 것이든 예술 작품이 되려면 남다른 개성이 요구되는 것이지만, 그러나 그 개성이라는 것이 예술적 창조성을 의미하는 것이지 인간의 현실적 삶과 거리가 먼 편협한 세계의 특수한 관념이나 이데올로기를 의미하는 것이 아니다. 작품에 있어서의 개성이란 작가가 창작 과정에서 소재로 다룰 수밖에 없는 독특한 체험의 특수성을 예술적 형상화 작업을 통하여 승화시킴으로써 그것을 보편적 세계에까지 이르도록 절차탁마하는 데서 이루어질 수 있다는 것은 창작론의 기본이다.

사실 '기독교시'라는 명칭 자체가 지니고 있는 어떤 한계가 바로 상극하는 두 세계, 즉 '기독교'라는 종교와 '시'라는 예술의 부조화 내지 갈등적 관계에서 비롯된다고 볼 때, 기독교 시인들이 숙명적으로 맞닥뜨릴 수밖에 없는 것이 바로 이 상극하는 모순된 두 세계를 어떻게 조화, 융합시킴으로써 그것을 예술의 반열에까지 올려 놓을 수 있느냐 하는 고뇌일 것이다. 바로 이점이 기독교 시인의 예술적 성패를 좌우하는 기준이 된다고 본다.

---

13) 김주연, 『현대문학과 기독교』(서울:문학과 지성사,1984), p.118.

(3) 작품에 나타난 수사적 특징

초기 이후 중기 시부터 박두진이 그의 신앙시에서 구체적 신앙 체험으로부터 생성되어 나오는 은유를 창조해 내지 못하고 있다는 사실은, 그가 스스로 자인하고 있는 기독교 시인으로서의 그의 시 세계 전반에도 심각한 한계를 초래하고 있다.

이러한 시적 한계를 벗어나기 위해서 박두진이 취할 수 있었던 방법에는 두 가지가 있을 수 있었다고 본다. 그것은 첫째, 그가 그의 신앙시에서 습관화된 관념을 버리고, 박목월 시인처럼 현실과 밀착된 구체적 신앙체험 가운데에서 참신한 은유를 찾았어야 했다는 것이고, 둘째, 그것이 불가능할 경우, 김현승 시인이 후기에 기독교 본격시로 관심을 돌렸듯이, 박두진도 스스로 그의 초기시의 빛나는 기독교 본격시의 예술 세계로 되돌아갔어야 했다는 것이다. 그는 이 두 가지 길을 외면한 채, 한결같이 관념이 우세한 작품을 계속해서 생산해 냈다는 데에 그의 시적 한계가 있다.

또 하나 주목하여야 할 점은, 수사학적으로 볼 때 박두진은 초기 시에서부터 후기 시에 이르기까지 한결같이 반복법과 함께 열거법을 위주로 사용하고 있다는 특징이 있다는 점이다. 시어의 반복적 사용은 그의 대표작이라 일컫는 「해」를 비롯한 몇몇 작품에서 의미와 이미지의 강조 효과를 얻고 있음이 부정 못할 사실이다.

그러나, 그것이 초기 시부터 후기 시에 이르기까지 하나의 고정된 수사법으로 지속되고 있음으로써 초기 시에서 성공한 이러한 수사법이 그 이후에 와서는 작품의 밀도나 시적 성취에 오히려 이바지하지 못하고 생명력을 잃은 채 하나의 타성으로 굳어지고 말았다.

1) 아랫도리 다박솔 깔린 산 넘어, 큰 산 그 넘어 산 안 보이어, 내 마음 둥둥
   구름을 타다.

   우뚝 솟은 산, 묵중히 엎드린 산, 골골이 장송 들어섰고, 머루 다래넝쿨
   바위 엉서리에 얽혔고, 샅샅이 떡갈나무 억새풀 우거진 데, 너구리, 여우,
   사슴, 산토끼, 오소리,도마뱀, 능구리 등 실로 무수한 짐승을 지니인

   산, 산, 산들 ! 누거 만년(累巨萬年) 너희들 침묵이 흠뻑 지리함즉 하매,

   산이여 ! 장차 너희 솟아난 봉우리에 엎드린 마루에 확확 치밀어 오를
   화염을 내 기다려도 좋으랴 !

   팻내를 잊은 여우 이리 등속이, 사슴 토끼와 더불어 싸릿순 칡순을 찾아
   함께 즐거이   뛰는 날을 믿고, 길이 기다려도 좋으랴 ?[14]

2) 언덕이여, 언덕이여, 텅 비인 언덕이여.
   아무 일도 네겐 다시 없었더니라.

   마리아와 살로메와 야고보와 마리아와
   멀리서 여인들이 흐느껴 울 뿐.

   몇 오리의 풀잎이나 불리었을지,
   휘휘로히 바람결에 불리었을지,

   언덕이여, 죽음이여, 언덕이여, 고요여.
   아무 일도 네겐 다시 없었더니라.[15]

---

14) 시집 『청록집』 박두진 편,「향현」전문.
15) 시집 『거미와 성좌』 중 「갈보리의 노래 Ⅰ」일부.

3) 피리를 불어도 춤추지 않고
   어디론가 웅성대며 몰려가는 소리
   벼랑을 돌아가면
   혼자였었네.

   날아오던 돌의 소리, 아우성 소리,
   미친 듯
   그, 바다로 비탈길로 내리닫던 군중
   당신들을 피해가면 혼자였었네.

   더러는 창을 들고
   더러는 침을 뱉고
   더러는 싱긋 웃고 곁을 와서 끼던
   아, 보고 싶은 이웃
   벼랑을 돌아가면 혼자였었네.
   바다 멀리 푸른 데서
   혼자였었네.[16]

　1)은 1945년에 발간된 『청록집』에 실린 박두진의 초기 작품 「香峴」으로, 이 시는 1930년대 말 정지용에 의해 『문장』지에 추천된 작품이기도 하다. '산, 산, 산들'에 보이는 반복된 어휘나, '너구리, 여우, 사슴, 산토끼, 오소리, 도마뱀, 능구리' 등에 보이는 소재어의 열거는 이 시의 뛰어난 낭만성과 기독교적 천국 이미지의 성공적 형상화로 인해 전혀 부담이 되지 않고, 오히려 표현하고자 하는 주제의식에 이바지함으로써 수사적으로 자연스러움을 느끼게 한다. 그에 비해 작품 2)의 '언덕이여, 언덕이여, 텅 비인 언덕이여.'의 반복된 시어의 사용이나, '마리아와 살로메와 야고보와 마리아와', 그리

---

16) 시집 『사도행전』 중 「사도행전 2」 일부.

고 '언덕이여, 죽음이여, 언덕이여, 고요여.' 등에 보이는 소재어의 열거는
이 시가 신약성경 중 예수의 갈보리의 최후를 내용 그대로 인용한 듯한
주제의식과 함께 시인 자신의 신앙체험에서 우러나오는 정서가 결핍되어
있다는 점 때문에 성공적 표현이 될 수 없었다고 보여진다. 박두진의 초기
시에 비해 그의 중기 시가 예술적으로 성공적이지 못하다는 평가가 나올
수 있는 여지가 이런 수사적 부적절성에 기인할 수도 있다고 판단된다.
   더구나 박두진의 후기 시에 해당하는 3)의 경우를 살펴보면 이러한 수사
적 문제는 더욱 심각해진다. 작품의 내용이 성경 그대로를 취한 수준에서
거의 벗어나지 못하고 있으며, '혼자 있었네'라는 동일어의 반복과 '더러는
창을 들고 더러는 침을 뱉고 더러는 싱긋 웃고' 등에 보이는 단순한 장면
제시 등, 시적 성취와 무관한 시어의 반복과 나열이 단조로운 인상을 조장해
주고 있다.
   박두진이 그의 초기 시에서 보여주고 있는 수준 높은 시적 성취와 비교해
볼 때, 중기 이후에 나타나고 있는 이러한 수사적 실패의 원인이 무엇인가에
대해 살펴볼 필요가 있다. 그 문제를 논하기 전에 우선해서 알아볼 일은,
모름지기 예술 작품의 경우 내용과 형식 중에서 어느 것이 작품 성패의
관건이 되느냐 하는 점부터 따져 보아야 한다는 것이다. 왜냐하면, 앞에서
살펴본 바와 같이 박두진의 시에 표면상, 형식상으로 두드러지게 나타나는
특징인 시어의 반복과 나열이라는 수사적 용법에만 그 원인이 있다고 볼
수는 없겠기 때문이다. 문학 작품에 있어 내용과 형식과의 관계에 대한 논의
는 우리 현대문학사에서 일찍이 1920년대부터 있어 왔지만,[17] 아직도 이
문제는 논란의 대상이 되고 있다. 그 까닭은 창작에 있어 내용과 형식의
관계는 매우 근본적인 문제이기 때문이다.
   박두진의 시 세계에 대한 유시욱의 견해 중 다음과 같은 부분은 이 점을

---

17) 김우종 외, 『비평문학론』(서울:범우사, 1990),pp.171—175.

해명하는 데 있어 어떤 실마리를 제공해 주리라 기대된다.

혜산(兮山) 시의 특징은 다음과 같은 세 가지 특징으로 요약할 수 있을 것 같다. 그 첫째는 소재적 영역이 형이상적 관념의 세계를 중심으로 하고 있다는 점이고, 둘째는 내용적 특성으로 기독교 정신을 기축으로 하고 있는 점이고, 셋째는 내용이나 형식상의 체제면에서 통일성과 일관성을 지니고 있는 점이다.[18]

위의 언급 중 우리의 주목을 끄는 것은 마지막 세 번째 항이다. 박두진의 시가 '내용이나 형식상의 체제면에서 통일성과 일관성을 지니고 있다'는 부분이 바로 그것이다. 여기서 내용상의 일관성은 기독교 정신을 지칭하는 것이겠지만, 형식상의 일관성이란 무엇을 말함인가가 문제라 하겠다. 그것이 바로 이 글에서 논의하고 있는 수사적 특징, 곧 박두진의 시 전반에 나타나고 있는 반복법과 열거법의 일관된 사용과 무관하지 않다고 본다.

유시욱이 밝히고 있는 이 부분에 대한 설명을 보면 형식상 특징으로서의 일관성에 대한 언급은 거의 없고 주로 내용상에 나타나고 있는 일관성에 대해서만 주목하고 있음이 확인된다. 다만 박두진의 시에 반복적으로 나타나는 인칭대명사인 '너, 그대, 당신'이 누구를 지칭하고 있는가 하는 점에 대해서 언급하고 있을 뿐이다. 내용상의 일관성에 대하여 유시욱은 '성령과의 일체화를 통한 실존적 자아 구제' 그리고 '기독교적 의의 실천을 전제로 한 자유의지와 민족적 양심의 투쟁'으로 풀이하고 있다. 문제는 박두진의 시가 아무리 이러한 형이상학적 관념을 노래하고 있다 해도 시는 관념의 나열이 아닌 시적으로 성숙한 정서의 성공적 형상화 여부에 의해서만 평가될 수 있다고 볼 때, 이러한 논의만으로는 부족하다고 아니할 수 없다. 형식에 관한 분석 없이는 내용 해명도 추상화 되기 쉽다.

---

18) 유시욱, 박두진 시선집 『가을절벽』(서울:미래사, 2000), p.163.

따라서, 시적 정서의 형상화 작업과 직접 관계되는 형식의 문제를 제외하고는 한 시인의 시 세계를 정확하게 해명할 수 없다고 본다. 그러므로, 어느 특정한 시인 연구에 있어 중요시되는 것은 작품제작에 질료로 사용되고 있는 용어를 그 시인이 여하히 사용하고 있는가 하는 점을 분명히 밝히는 일이 될 것이다. 지나간 시대의 낭만주의를 극복하고 20세기에 새로 대두된 신고전주의를 근거로 삼아 누누히 강조되고 있는 시적 형상화 작업과 함께 그에 따른 성공적 이미지 창출을 중시하는 신비평적 형식주의 입장이 아니더라 해도, 작품의 성패를 좌우하는 것은 구체적 용어의 사용과 그 구조적 특징 여하, 바로 그것임을 강조하지 않을 수 없기 때문이다.

(4) 신앙 공간과 현실 공간

기독교 신앙인인 박두진의 시에 자주 나타나는 현실 의식에 관하여 살펴볼 차례가 되었다. 왜냐하면 일견 신앙과 거리가 멀어 보이는 현실 상황적 주제를 다룬 작품이 그에게 다수 존재하기 때문이다. 신앙인으로서의 시적 관심이 머무는 영역이 지상과 천상을 잇는 영원한 수직적 공간이라면, 생활인, 자연인으로서의 시인이 관심을 기울이는 공간은 발 밑 현실일 수밖에 없으며, 그 공간은 수평적, 공시적 특징을 지닌다. 신앙인으로서의 관심 영역인 수직적 공간과, 생활인, 자연인으로서 벗어날 수 없는 수평적 공간이 만나는 자리에서 시인이 무엇을 노래할 수 있는가 하는 점은 신앙시인의 시 세계를 해명함에 있어 매우 중요하다고 본다. 그런 의미에서 박두진 시인이 그의 시에 관한 입장을 스스로 밝히고 있는 진술을 검토할 필요가 있다.

추하고 더러운 것을 가릴 줄 모르는 사람에게서 깨끗하고 맑은 시를 기대할 수 없을 것이다. 아부와 굴종, 비굴과 저열한 처신을 서슴지 않는 사람에게서 고고하고 의연한, 무엇에도 매이지 않는 불기분방(不羈奔放)한 시를 기대

할 수 없을 것이다. 불의와 불법, 거짓과 횡포, 썩어진 것과 악을 눈으로 보고
당하면서도 아무런 비판의식, 아무런 저항, 아무런 공분을 느낄 줄 모르는
시인이 있다면 그러한 시인에게서 우리는 한 시대의 악을, 한 시대의 불의를
증언하고 비판하고 충언하는 시를 기대할 수 없을 것이다.[19)]

산문「시의 윤리」에서 인용한 위의 글에 나타난 박두진 시인의 시관(詩
觀)은 너무나 분명하고 명확하다. 한 점 모호함이 없이, 한 점 머뭇거림이
없이 단호하게 주장하고 있는 것은 소위 시의 기능을 교훈적 효용 가치라는
관점으로 바라보는 윤리 의식에 토대를 두고 있다는 점이다. 정의와 불의,
순수와 불순, 고고함과 저열함이라는 이분법적 안목으로 인간 (시인)의 양태
를 구분하고 시인은 마땅히 정의와 순수와 고고함 편에 서서 이를 시로
표현해야 한다는 것이다. 어찌 보면 단순한 것 같기도 한, 이러한 극단적
주장이 그의 시에 영향을 주고 있는 것이라고 일단 추단할 수 있겠다.
　그렇다면, 이러한 그의 이분법적 사고가 어디에서 비롯되고 있는가 하는
점이 해명되어야 할 것이다. 추측하건대 이는 그의 신앙인 기독교적 관점과
어떤 관련이 있다고 볼 수도 있다. 왜냐하면, 기독교적 세계관이야말로 천국
과 지옥, 천사와 악마, 신(하나님)과 인간 등 이분법적으로 세상과 인간을
구분하고 있기 때문이다. 물론 모든 기독교 시인이 시 창작에 있어 이러한
기독교 세계관의 영향을 받는다고 할 수 없지만, 박두진의 경우 그 영향은
절대적이라 판단한다. 이 점과 관련하여 시인으로서의 그의 입장을 좀더
살펴보기 위해 그의 진술을 다시 인용해 본다.

　시를 쓰는 그 자세와 정신적 바탕에 있어서 퇴영을 버리고 , 저열, 비굴을
버리고, 회의와 체념, 무기력과 도피를 버리고, 타협, 추종, 무위(無爲), 유안
(愉安)을 버리자는 것이다. 일체의 의지를, 일체의 지성을, 일체의 비판의식

---

19) 박두진 시선집『예레미야의 노래』(서울:창작과 비평사, 1997), pp.158—159.

을, 일체의 사명감과 책무를, 일체의 공분(公憤)을, 일체의 고발과 증언을,
오직 한 가지 시 속에 다져 넣자는 것이다.[20]

1920년대 후반 한국 문단을 휩쓸었던 카프(KAPF)파의 어느 문학 선언을
방불케 하는 이 글의 논조로 미루어 보건대, 박두진 시인의 문학관은 초창기
『청록집』에서 노래했던 그의 자연파적 서정 세계와는 전혀 다르게 변모되었
음이 확실하다. 광복 직후의 사상적 분열로 인한 혼란과 뒤이은 남북 분단,
1950년 6.25 전쟁과 1960년 4.19 혁명, 그리고 그 뒤를 잇는 군사정권 시절
을 거쳐오면서 시인은 혹독한 현실적 시련 속에 이처럼 과격한 현실 참여적
문학관을 갖게 된 것이라고 일단 추측할 수는 있다.

그러나, 인류 역사의 영원한 숙제인 고통스런 현실과 이상간의 괴리와
그로 인한 모순과 갈등 속에서 예술가로서의 시인이 선택할 길은 여러 가지
가 있을 수 있는 것이다. 이 선택의 문제는 시인 각자의 인생관과 세계관
여하에 따라 결정되는 것이라고 한다면, 박두진 시인의 기독교적 세계관이
그의 선택에 어떤 영향을 끼쳤을 것이라고 볼 수 있겠는가.

본디 진정한 예술의 세계는 현실 논리만으로 이루어지는 것도 아니고
그렇다고 이상 추구만으로 이루어지는 것도 아니다. 현실과 이상의 지극한
조화로 빚어낸 어떤 역설적 진실을 표현하는 곳에 참되고 순수한 예술 세계
가 존재한다고 한다면, 박두진 시인이 초기 청록파 시절에 이루었던 선미한
예술성을 일탈하여 극단적 흑백 논리로 현실 참여적 문학을 추구하게 된
것은 일단 그의 문학적 비극이라 아니할 수 없다.

앞에서 언급한 바 대로 기독교적 세계관도 일견 천국과 지옥, 천사와 악마
등 이분법적 흑백 논리로 해명될 수도 있겠으나, 이는 표피적, 상대적 언표인
것이고, 기독교의 궁극적인 본질은 역시 생의 모순 속에서 예술이 추구하는

---

20) 위의 책, p.161.

조화와 중용에 바탕을 둔 세계, 곧 '사랑' 그 자체라는 사실을 인정한다면, 박두진의 후기 시가 추구하고 있는 세계는 확실히 기독교적 본질에서도 일탈해 있다고 할 수 있다. 그의 경도된 현실 의식은 광복 직후에 나온 3인 공동시집인 『청록집』(1946) 이후에 발간된 첫 개인시집인 『해』(1949)에서부터 시작되고 있다. 『청록집』에 실린 작품들은 광복 전 그의 청춘 시절에 창작된 시들로 가혹한 식민지 시대의 극단적 절망 속에 젊은 시인이 발밑의 현실을 떠나 순수 자연에 눈을 돌려 노래하였다는 특징이 있지만, 광복 후의 사상적 대립과 정치적 혼란으로 인한 민족의 분열상을 겪은 후에 나온 작품집인 『해』에는 이미 그의 현실참여적 의식이 강하게 표현되고 있다.

> 칼날 선 서릿발 짙푸른 새벽,/ 상기도 휘감긴 어둠은 있어,//
> 하늘을 보며, 별들을 보며,/ 내여젓는 내여젓는 백화(白樺)의 손길.//
> 저마다 몸에 지닌 아픈 상처에,/ 헐떡이는 헐떡이는 산길은 멀어….//
> 봉우리엘 올라서면 바다가 보이리라./ 찬란히 트이는 아침이사 오리라.//
> 가시밭 돌사닥 찔리는 길에,/ 골마다 울어 예는 굶주린 짐승….//
> 서로 잡은 따사한 손이 갈려도,/ 벗이여! 우린 서로 불르며 가자.//
> 서로 갈려 올라가도 봉우린 하나,/ 피흘린 자욱마단 꽃이 피리라.[21]

　광복 후, 소위 해방 공간에서 벌어졌던 민족의 분열과 사상적 투쟁, 그로 인한 무정부적 혼란 상태를 배경으로 노래한 이 작품에서 박두진은 이미 직접적으로 현실 문제를 시에 끌어들여 노래하고 있다. 그에게 있어 고통스런 현실은 극복할 수 없는 짐으로 다가와 있었던 것이며, 그것을 초극할 수 있는 어떤 방법 (예를 들어 기독교적 초월의지)도 그는 발견하지 못한 채 비분강개한 어조로 시를 빚을 수밖에 없었던 것이다. 이러한 그의 현실의식은 뒤를 이은 1950년 6.25 전쟁과 1960년 4.19 학생 혁명을 겪으면서

---

21) 시집 『해』(1949) 중 「새벽바람에」전문.

극도로 강화된다. 1962년에 발간된 시집 『거미와 성좌』에 그러한 증거가
여실히 나타나 있다.

> 아, 물에서는 또 물이래서 오래 사는,/ 그 중에도 못생기디 못생긴,/
> 미꾸라지여. 구구락지여. 자가사리여. 개멱자구여. 실뱀장어여/
> 모래무지, 징검새우, 물무당이여, 똥방개여, 참방개여. 송사리떼여./
> 너희들의 집단, 너희들의 보람, 너희들의 투쟁,/ 너희들의 사상, 너희들의
> 유전, 너희들의 발광, 너희들의 죽음들을 위하여,/ 너희들의 눈물, 너희들의
> 피, 너희들의 분노와 반항들을 위하여// 일어나라.[22]

  '일어나라'라는 격렬한 구호로 이어지는 4.19 직후에 나온 이 시에 이르러
박두진의 시는 현실 참여적 요소를 더욱 강하게 표출해 낸다. 이러한 그의
변모가 그 자신의 신앙과 어떤 관계가 있을 수 있는가, 신앙의 어떤 요소가
그로 하여금 극단적 현실주의로 몰고 가게 했는가 하는 점이 궁금하지 않을
수 없다. 앞에서 언급한 대로 기독교의 교리나 사상은 매우 복합적인 것이므
로, 그것이 아무리 이분법적으로 세속성과 구별된 경건성을 생명으로 하는
내용이라 하더라도 문학적, 예술적 표현에 이르러는 역시 인간적 요소를
완전히 부정한 상태에서는 의미가 없는 것이고, 어디까지나 조화와 중용을
통한 지극한 미적 상태를 추구해야 할 것이다. 그렇게 볼 때 박두진은 1960
년대에 이르러 특히 현실 문제에 지나치게 압도된 나머지 시 창작의 본질인
예술성보다 현실성에 경도됨으로써, 초기 시에서 성공적으로 보여 주었던
예술가로서의 의식에서 많이 일탈해 버리고 말았던 것이다.
  이 시기 그의 신앙시에 있어서도 역시 같은 논리로 해명된다. 격렬한 구호
와 격한 찬양과 과장된 부르짖음이 그 자신의 신앙체험에서 우러나온 것이
아닌, 극도로 흥분된 상투적, 인습적, 현실적 언표에 머무르고 있다는 데에

---

22) 시집 『거미와 성좌』(1962) 중 「봄에의 檄」 일부.

그 한계가 있다.

> 그것은 일어나리/ 배암은 배암끼리/ 늑대는 늑대끼리/ 악어는 악어끼리/
> 독수리는 독수리끼리/ 날개는 날개끼리/ 발톱은 발톱끼리/ 눈은 눈끼리/
> 이는 이끼리/ 불은 불/ 칼은 칼끼리/ (중략) / 무간 지옥 죽음과/ 무한
> 영원 살음/ 일체 유의 무의 그 핵에서/ 새빛불 펄펄/ 일어나리.[23]

1973년에 발간된 시집 『고산식물』에 실린 시 「예레미야의 노래」 일부이
다. 격한 어조로 점철된 이 작품에서도 역시 시인 자신의 고뇌어린 신앙
체험과 그를 바탕으로 한 예술적 창작 의식을 느낄 수 없다는 사실이 확인
된다.

(5) 결 론

'청록파', '자연파' 시인으로, 그리고 무엇보다도 대표적인 '기독교 시인'
으로 널리 알려진 박두진은 한 평생을 통하여 시인으로서 성실하게 살려고
노력해 온 예술가이다. 그러나, 유감스럽게도 그는 그의 초기 시에서 보여
주었던 예술적 수준이 높은 기독교적 시 세계를 꾸준히 지속, 유지하지 못한
채, 광복 후 이어지는 한국 사회의 시대적 상황 속에서 현실논리에 압도된
나머지 인간과 세계를 흑백논리에 의존한 이분법적으로 바라보게 되었고,
그로 인해 그의 신앙시에 있어서나 일반시에 있어서나 선미한 예술성을 성
취하지 못하고 격렬한 구호와 인습적 어투에 의존한 극단성을 띤 작품을
주로 남기고 있음을 확인할 수 있었다.

안타까운 것은, 한국 현대시사에서 대표적인 기독교 시인으로 자타가 공
인하여 온 그가 결국에는 더욱 성숙된 신앙시를 시사에 남기지 못하고 말았

---

23) 시집 『고산식물』(1973) 중 「예레미야의 노래」 일부.

다는 점이다. 『청록집』에서 보여 주었던 그의 뛰어난 예술적 재능을 창조적으로 계승, 승화하지 못하고 말년에 이르기까지 신앙시는 물론이고 일반시조차도 격렬한 구호와 상투적 어휘의 나열에 그치고 말았다는 사실은 실로 박두진 개인의 비극일 뿐만 아니고 한국시단의 큰 손실이라 하지 않을 수 없다.

5. 윤동주 시에 나타난 기독교적 참회의식

(1) 서 론

윤동주 시인은, 우리 민족이 일제의 혹독한 무단정치 하에서 고난을 당하던 1917년에 출생하여 1945년 일본의 후꾸오까 형무소에서 일제의 고문으로 광복 6개월 전인 동년 2월 16일 28세라는 젊은 나이에 옥사한 시인이다. 그는 살아 생전에 시인으로 문단 활동을 한 바도 없고, 단지 사후에 그의 작품집이 가족과 친구에 의해 유고 시집으로 출간되어 세상에 알려짐으로써 한국 현대 시문학사의 한 페이지를 차지하게 된 불우한 시인이다.

그럼에도 불구하고 윤동주는 그의 작품이 널리 인구에 회자됨으로써 오늘날 누구보다도 독자층이 두터운 시인이 되었으며, 따라서 그에 관한 논저도 많은 바, 그 대부분이 그를 기독교 시인, 민족 저항시인이라 규정하고 있으며, 그러한 논지들이 대체로 작품에 쓰인 기독교적 소재어나 기독교적 어투에 의존한 관찰에 의해 간단히 결론 짓는 등, 피상적으로 개진되고 있는 실정이다. 또한, 그가 소위 '불령선인'이라는 불분명한 죄명으로 일경에 체포되어 옥사한 것만으로 그를 간단히 저항시인이라 규정하고 있는 것도 사실이다.[1]

윤동주 시인의 가정이 기독교 가정이었고, 윤동주 자신도 생애를 통하여 기독교 계통의 학교에 다녔다는 사실 등으로 미루어 볼 때, 이러한 여러 정황이 그의 사상에 끼친 기독교의 영향은 부정할 수 없을 것이라고 판단되며, 그의 시를 살펴봐도 기독교적 소재나 어휘들이 지배적으로 나타나 있기 때문에, 윤동주의 시를 기독교적인 작품이라 평하는 것은 일견 무리가 없어 보인다.

한편, 그를 이육사 시인과 함께 한국 현대시 문학사의 대표적 저항 시인으로 취급해 온 것이 이제까지 평단의 큰 흐름인 바, 그의 불분명한 죄목인 '불온사상'이 구체적으로 어떠한 활동이었는지, 아니면 전쟁 말기에 일제가 흔히 그랬듯이, 단순히 구체적 근거도 없이 그의 글의 내용이 불온하다 하여 뒤집어씌운 조작된 죄명인 것인지, 이런 사실들이 아직 밝혀지지 않은 상태에서 작품의 내용과 관계없이 간단히 저항시인으로 평가되고 있는 것은 석연치 않은 점이며, 이에 관하여서도 규명해야 할 필요가 있다고 본다.[2]

윤동주 시인에 관한 저간의 주장들이 이렇듯 기독교 문학 내지 저항 문학에 관한 논리적 이론이나 근거가 될 구체적 사실을 바탕으로 하고 있지 못하고 피상적으로 이루어지고 있다는 인상을 면치 못하는 실정을 고려하여, 이 글에서는 윤동주 시인의 시 세계와 기독교 사상과의 관계를 보다 심층적으로 살펴보고, 그의 시를 왜 저항시라고 볼 수 없는가 하는 점에 대해 논의를 전개해 봄으로써 윤동주 시인의 시 세계에 관해 재조명해 보고자 한다.

---

1) 백철, 「암흑기의 문학과 해방」, 『신문학 사조사』(신구문화사, 1973); 송민호, 「암흑기의 저항」, 『일제하의 문화 운동사』(아세아 문제 연구소, 1970); 김윤식. 김현, 「한국어의 훈련과 그 의미」 『한국문학사』(민음사, 1973); 김용성, 「시인 윤동주」, 『한국 현대문학사 탐방』(국민서관, 1973); 김용직, 「시적저항과 그 비극성」 (『일제시대의 항일문학』, 1974) 등 참조.
2) 오세영, 「윤동주의 시는 저항시인가」 (『문학사상』1976.4) 참조.

(2) 생애 및 기독교와의 관계3)

윤동주 시인의 출생 배경과 생애 및 기독교와의 관계에 관하여 구체적으로 살펴보면 다음과 같다.

윤동주 시인은, 일제의 식민지 치하에서 한민족이 혹독한 무단정치에 시달리던 1917년 12월 30일, 당시 일제가 만주 땅에 세운 허수아비 정권이었던 만주국의 간도성 화룡현 명동촌에서 파평 윤씨 영석과, 독립 운동가요 교육자인 규암 김약연 선생의 누이 김 룡 사이에서 장남으로 태어났다.

그의 집안은 1886년 증조부 윤재옥 때에 함경북도 종성에서 북간도의 자동으로 이주한 후, 1900년 조부 윤하현 때에 같은 북간도 지방의 명동촌으로 옮겨와 살게 되었다. 동주의 집안은 소지주로서 경제적으로 비교적 넉넉한 편이었다. 북간도 명동촌은 기독교의 독실한 신자였던, 동주의 외삼촌인 김약연 선생이 일찍 이 지방에 이주해 들어와 개척한 지역으로 교육과 종교, 독립운동 등, 간도 지방의 교포 사회에서 기독교 신앙과 신문화 운동이 어느 곳보다도 활발한 곳이었다.

1910년에는 조부 윤하현이 기독교 장로교에 입교, 동주가 태어날 무렵에는 장로직을 맡게 되고, 이로부터 동주의 집안은 친가와 외가가 모두 기독교 집안이 되었다. 이런 분위기 속에서 태어난 동주는 자연히 태어나자마자 유아 세례를 받게 된다.

동주는 9세 때인 1925년 외삼촌 김약연 선생이 세운 명동소학교에 입학하여 민족주의적인 교육을 받는 한편, 교회의 유년 주일학교에 다니며 기독교 신앙 교육도 받고 자랐다. 명동소학교를 졸업하고 이어서 '대랍자'라는 중국인 소학교에 1년간 더 다닌 후, 동주는 용정에 있는 은진중학교에 입학

---

3) 이건청 편저, 『나의 별에도 봄이 오면』 (서울:문학세계사, 1981) 참조.

하게 되었는데, 이 학교는 캐나다 선교부에서 경영하던 기독교계 학교였다. 은진중학교 시절 동주는 용정 중앙교회 주일학교에서 유년부 학생들을 가르치는 등 신앙생활에도 게을리 하지 않았으며, 졸업 후 역시 기독교 계통인 평양의 숭실중학교 3학년에 편입하여 신앙과 함께 시 창작에 몰두하게 된다.

그러나, 신사 참배 거역 문제로 숭실학교가 폐교되자 동주는 고향인 용정으로 돌아와 광명학원 중학부 4학년에 편입하여 시 창작에 힘쓰는 등, 이 시절에 그는 문학에 심취하여 '동주(童舟)'라는 필명으로 『카토릭소년』지에 작품을 발표하기도 하였다.

중학교를 졸업하자 문과 진학을 희망한 동주는 의과대학 진학을 바라는 아버지와 진로 문제로 심각한 갈등을 겪게 되는데, 자기의 뜻을 굽히지 않고 끝내 외삼촌인 김약연 선생의 후원을 얻어 아버지의 뜻을 꺾고 연희전문 문과로 진학하게 된다. 연희 전문에서는 당시 학계와 문단의 명사였던 최현배, 이양하, 손진태 선생 등으로부터 조선어와 민족의식, 그리고 문학 이론과 역사학 강의를 들으며 학교 생활을 보냈다.

연희전문을 졸업한 후인 1942년, 동주는 마지막 단말마적으로 발악하는 일제의 가혹한 통치와 전쟁의 공포 속에서 일본에 건너가 유학 생활을 보내게 된다. 이 때에 쓴 작품들, 예를 들면 「서시」, 「또 다른 고향」, 「십자가」, 「자화상」 등에 표현된 비장한 정서가 그간의 정황을 잘 말해 준다. 일본에 건너가 처음에는 릿쿄오(立敎) 대학 영문과에 입학하였으나 곧 도오시샤(同志社) 대학 영문과로 전학, 하숙 생활을 하면서 시 창작에 몰두하였다. 그때의 정황을 그의 당숙인 윤영춘씨는 다음과 같이 회고한다.

> 그 해 (1942년) 겨울 섣달 그믐날, 귀가 도중에 나는 쿄오토에 들렀다. 밤늦게 거리에 나가서 야채 시장의 노점에서 파는 오뎅과, 삶아 놓고 파는 돼지고기와 두부, 참새고기를 실컷 먹었다. 그날 밤 집에 돌아와 밤이 늦도록 시에 대한 이야기로 일관했다. 독서에 너무 열중해서 얼굴이 파리해진 것을

나는 퍽으나 염려했다. 6조 다다미방에서 추운줄 모르고 새벽 두 시까지 읽고
쓰고 구상하고…이것이 거의 그날 그날의 과제인 모양이었다.

이로 미루어 보건대, 짧은 유학 시절을 통하여 독실한 기독교 신앙과 문학
적 열정을 함께 지닌 윤동주는 시 창작에 몰두하며 뼈아프게 식민지 시대의
지식인이 겪어야 했던 아픔을 앓고 있었다고 판단된다. 이 시절, 일제가
보기에 그가 소위 불온한 활동(죄목인 '독립운동')을 구체적으로 어떻게 했
는지에 관하여는 아직 알려진 바 없으나, 확실한 것은 불우한 조국의 운명과
시대의 아픔 속에서 고뇌 어린 시를 쓰는 그의 모습만으로도 일경이 보기에
는 매우 수상쩍은 '불령선인'이었던 것만은 틀림없었을 것이다. 그리하여
청년학생 윤동주는 마침내 1943년 7월, 일경에 의해 체포되어 2년 징역의
언도를 받게 되고, 후쿠오까 형무소에 갇힌 끝에 옥사하게 된다. 그의 죽음은
결국 그가 쓴 글 (시와 산문들)에 담긴 내용에 의해 체포되어 구금되었기
때문이었으나, 그때 일경이 압수했다는 많은 글이 없어져서 안타깝게도 그
내용을 알 수 없는 실정이다.

이렇게 볼 때, 출생 배경으로부터 학창 생활을 거쳐 죽음에 이르기까지
윤동주는 전 생애를 통하여 기독교와의 관계 속에서 살았고, 기독교 신앙을
바탕으로 하여 창작에 몰두하게 되었다고 할 수 있으며, 기독교 사상이 낳은
그의 작품 때문에 누명을 쓰고 마침내는 감옥에서 젊은 나이에 죽어갔다고
볼 수 있는 것이다. 따라서 윤동주의 시 세계를 논할 때 기독교와의 관계를
떠나서는 어떠한 논의도 불완전하다는 점을 인정하지 않을 수 없다. 그런
의미에서, 다음에 먼저 그의 시와 기독교와의 관계에 대해 고찰해 보고자
한다.

(3) 참회에 이르는 자아성찰

윤동주의 시 세계를 흔히 '부끄러움의 미학'으로 규정하기도 하는 바,[4] 일차적 감정인 '부끄러움'이 기독교적으로 볼 때 어떤 신앙적 정서와 유관한 것인지, 그리고 과연 윤동주의 시적 정서를 단지 '부끄러움'으로 해명할 수 있는 것인지, 등에 관해 살펴봄으로써 '부끄러움'의 근거를 기독교 사상과 관련하여 밝혀 보겠다.

1) '부끄러움'에 관한 고찰

윤동주 시인의 대표작으로 만인의 입에 오르내리는 작품 「서시」에 부끄러움이란 단어가 보이기 시작하면서 그의 다른 시들에도 이 낱말이 자주 나타난다.[5] 따라서 윤동주 시인의 시 세계를 논함에 있어 많은 논자들이 '부끄러움'을 중심으로 그의 시 세계에 관해 논의를 전개하여 왔다는 것은 어찌 보면 당연하다고 하겠다.

문제는 왜 그가 그토록 부끄러운 마음을 지니게 되었을까, 하는 점이다. 이 부끄러움의 정서가 그의 신앙인 기독교와 어떤 관계가 있는 것은 아닐까, 일단 추단해 볼 수 있다. 김용직은 그의 윤동주론 「비극적 상황과 시의 길」에서 일반적으로 부끄러움의 의미가 일단 종교적 죄의식을 연상시킨다고 언급하고 난 다음, 그러나 윤동주의 경우 그것이 죽음과 결부되어 나타난다는 점이 특이하다고 본다. 이 부끄러움이 죽음과 결부되어 나타나는 것 자체가 죽음이나 자살을 부정하는 기독교적 죄의식과 관계가 없다는 것이다.

---

4) 김용직, 앞의 글. 신동욱, 「하늘과 별에 이르는 시심」(『나라사랑』1976, 여름호) 참조.
5) 이 구절은 『맹자』에서 인용한 것으로 보인다. (仰天不愧於天…) 그의 시에 나타나는 '부끄러움'이란 낱말이 모두 '7'회에 이르며, 이 낱말이 나오는 해당 작품의 주제가 '부끄러움'과 관계 있음이 특징이다.

예를 들면, 시「별 헤는 밤」의 경우 등이 그렇다고 본다. 이처럼 윤동주의 부끄러움이 종교적 의식과 관계없는, 일제치하 식민지 지식 청년으로서의 사회적 의식과 관련되므로 이것만으로도 그의 시는 저항시라 규정할 수 있다고 하면서 김용직은 다음과 같이 언급한다.

> 여기서부터 우리는 명백히『하늘과 바람과 별과 시』가 저항적 구조의 것임을 지적할 수 있게 된다. 즉, 종교적인 입장에서 부끄러움을 느끼는 경우 윤동주는 죽음을 생각할 필요가 없었다. 아무리 비천한 자신에 대한 환멸이 크다고 하더라도 그는 하느님의 은총에 기댈 수 있었던 것이다. 더욱이나 기독교에서 스스로 목숨을 끊는 일은 가장 큰 죄악이기 도 했다. 그러나, 그런 입장을 떠나서 윤동주가 자신과 그가 처한 사회, 종족, 역사를 생각할 때, 그에게는 심한 자기 혐오의 감정이 일어날 가능성이 있었다. 가령 그는 사적으로 독서를 하고 지식의 양을 늘리며 대학에 다녔다.[6]

위의 글에서 문제가 되는 것은 윤동주의「별 헤는 밤」어디에도 자살에 관한 언급이 전혀 없다는 점이다. 이 작품의 끝 연에 나오는 구절, "내 이름자 묻힌 언덕우에도/ 자랑처럼 풀이 무성할게외다"는 그의 자살 의지와 전혀 관계없는, 먼 미래에 있을 죽음에 관한 표현임을 인정한다면 그것을 근거로 '자살' 운운한다는 것은 논리의 비약일 뿐이다.

뿐만 아니라, 윤동주의 시집에 나오는 '부끄러움'이란 낱말이 모두 일곱 작품에 걸쳐 7회나 되는데, 김용직의 주장대로 과연 그 작품들이 모두 죽음과 결부되어 표현되고 있는가, 검토해 보아야 할 것이다. 먼저, 해당 작품에 나오는 구절들을 열거해 보면 다음과 같다.

- 「서시」── 죽는 날까지 하늘을 우러러 / 한 점 부끄럼이 없기를,
- 「또 태초의 아츰」── 이브가 해산하는 수고를 다하면/무화과 잎사귀로

---

6) 김용직,「비극적 상황과 시의 길」, (이건청 편,『윤동주 평전』,1981), p.228.

부끄런데를 가리고

- 「길」── 돌담을 더듬어 눈물 짓다/ 쳐다보면 하늘은 부끄럽게 푸릅니다.
- 「별 헤는 밤」── 따는 밤을 새워 우는 버레는/ 부끄러운 이름을 슬퍼하는 까닭입니다.
- 「사랑스런 추억」── 내 그림자는 담배연기 그림자를 날리고,/ 비둘기 한 떼가 부끄러울 것도 없이
- 「쉽게 씨워진 시」── 시가 이렇게 쉽게 씨워지는 것은/ 부끄러운 일이다.
- 「참회록」── 그때 그 젊은 나이에/ 왜 그런 부끄런 고백을 했던가.

위에 인용한 바와 같이 그가 남긴 31편의 작품 중 적은 수가 아닌 7편의 시에 각 주제와 관계가 깊은 '부끄러움'이란 낱말이 거듭 나오고 있다는 것은 분명 주목해 보아야 할 사항이다. 그러나, 이 낱말이 나오는 각 작품을 살펴보면, 먼저 「서시」의 부끄러움과 관계 있는 '죽는 날까지'는 죽음 그 자체를 의미하는 것이 아니고, 오히려 '살아 있는 동안'을 뜻하며, 「또 태초의 아츰」의 부끄러움은 분명히 기독교적 원죄의식과 관계 있고, 시 「길」의 부끄러움도 오히려 절대의 세계인 하늘(신)에 비해 죄 많은 인간으로서 느끼는 감정임이 분명하다. 그리고, 시 「사랑스런 추억」의 부끄러움은 아무 거리낌없이 자연스럽게 날아오르는 비둘기 떼의 자유로운 모습을 보면서 느끼는 감정을 단순히 강조한 것이고, 시 「쉽게 씨워진 시」에서는 살기 어려운 인생에서 시(예술) 창작 행위가 고통과 고뇌 속에 이루어져야 마땅할 것이라는 것을 뜻하고 있다. 다만, 「참회록」에서의 부끄러움만은 분명히 현실을 역사의식이란 확대경으로 비추어 본 '참회'에서 나온 것으로 볼 수 있다.

김용직이 특별히 제시하고 있는 작품인 「별 헤는 밤」에 나오는 부끄러움은 어떤가. 다시 한번 작품을 인용하여 자세히 살펴보면, 여기서도 오히려 앞으로 올 미래의 죽음 다음에 오는 부활 이미지가 제시됨으로써 김용직이 부정하고 있는 기독교적 심상을 읽을 수 있다.

　　나는 무엇인지 그리워 / 이 많은 별빛이 나린 언덕 우에 / 내 이름자를
써 보고, / 흙으로 덮어 버리었습니다. // 따는 밤을 새워 우는 버레는 / 부끄러
운 이름을 슬퍼하는 까닭입니다. // 그러나 겨울이 지나고 나의 별에도 봄이
오면 / 무덤 우에 파란 잔디가 피어나듯이 / 내 이름자 묻힌 언덕 우에도
/ 자랑처럼 풀이 무성할게외다.

　이 시의 앞부분에서는 시인의 고향인 북간도에 대한 그리움을 절절히
노래하고 있는 바, 그로 미루어 보건대 '별빛이 나린 언덕 우에' '이름자를
써 보는' 행위는 김용직의 주장과 달리 자살이나 현실적 사회의식과 관계없
는 그리움이나 향수와 같은 순수한 서정을 표현한 구절이라고 할 수 있다.
더구나 그 행위가 '별빛이 나린' 언덕 위에서 행해짐은 오히려 어떤 절대적
세계와 관계 깊은 것으로 해석되는 바, 그것이 천상의 세계(별)와 지상의
세계(언덕)의 만남을 암시한다고 볼 때, 사회의식과 관계 있다기보다는 어떤
종교적 심상임을 확신시켜 준다고 하겠다. 그러므로, 이 작품 역시 윤동주의
기독교 의식이 개입되어 빚어진 작품임이 분명한 것이다.
　김용직의 주장대로 윤동주의 부끄러움이 종교와 관계없이 현실적 사회의
식에서 비롯된 정서에 가깝다고 볼 수 있는 작품은 「참회록」한 편뿐이다.
식민지 치하에 놓인 조국의 현실 속에서 무기력한 지식인으로 살고 있는
부끄러움, 바로 그것이라 하겠다. 따라서, 이 작품에 관한 한, 그의 부끄러움
은 현실과 역사의식에 바탕을 두고 있다고 판단할 수도 있을 것이다. 그렇다
면, 윤동주의 시에서 중요한 정서 중 하나로 인정되고 있는 부끄러움은 현실
의식이나 역사의식보다는 기독교 신앙인으로서 느끼는 죄의식이나 인간의
불완전성이라는 근원적 정서와 보다 더 관계 있다고 보아야 할 것이다.

2) 시적 성실성 — 자아성찰

윤동주 시의 또 다른 정서적 특징은 '자아성찰'과 관련이 있다는 점이다. 숫적으로 얼마 안 되는 31편의 작품을 통하여 윤동주는 자아에 대한 성찰을 성실하게 수행하고 있기 때문이다. 대표작 「서시」를 비롯해서 「자화상」, 「또 다른 고향」 등, 대부분의 작품이 자아에 대한 냉철하고도 성실한 성찰을 노래하는 것들이라 해도 과언이 아니다. 그렇다면, 이 자아성찰과 기독교 신앙과는 어떤 관계가 있는가. 먼저, 「자화상」을 인용해 살펴본다.

산모퉁이를 돌아 논가 외딴 우물을 홀로 찾어가선 가만히 들여다 봅니다.// 우물 속에는 달이 밝고 구름이 흐르고 하늘이 펼치고 파아란 바람이 불고 가을이 있습니다.//

그리고 한 사나이가 있습니다./ 어쩐지 그 사나이가 미워져 돌아갑니다.// 돌아가다 생각하니 그 사나이가 가엾어집니다. 도로 가 들여다 보니 사나이는 그대로 있습니다.// 다시 그 사나이가 미워져 돌아갑니다.// 돌아가다 생각하니 그 사나이가 그리워집니다.// 우물속에는 달이 밝고 구름이 흐르고 하늘이 펼치고 파아란 바람이 불고 가을이 있고 추억처럼 사나이가 있습니다.

이 시에서 윤동주는 우물 속에 비친 자신의 모습을 들여다보는 심상을 통하여 내면적 자아를 성찰하면서 일어나는 자아에 대한 애증의 갈등을 표현하고 있다. 윤동주가 연희전문에 재학하던 1939년 9월에 지은 이 시는, 물에 비친 자기자신의 모습에 사로잡혔다고 하는 고대 희랍 신화에 나오는 나르시스를 연상하게 한다. 뿐만 아니라 프랑스 시인 폴 발레리의 나르시스를 주제로 한 시를 생각하게 하기도 한다.

그러나, 이 시는 그 표현 수법이 나르시스적이라는 것이지, 주제나 내용으로 보아서는 오히려 자아에 대한 애증과 갈등을 통한 식민지 지식인의 비애를 부각시킴으로써 독자의 심금을 절절히 울리는 작품이라 할 수 있다. 이 시에 나오는 '우물'은 문학 작품에 흔히 자아 탐색이나 자아성찰의 매개체로 등장하는 '거울' 이미지에 해당한다고 볼 수 있으며, 자연과 자아를 비추어 그 자연이나 자아에 대한 인식을 가능하게 해 주는 매개체로 기능하고 있다. 이 점에 대하여 김우창은 이 시에 나오는 '우물'이 윤동주 자신의 자전적 요소가 들어 있을 가능성이 있다고 보고, 단순히 용정에 실제 존재하는 우물의 좁은 세계를 들여다보면서 느꼈던 순진하고 행복한 자아를 일으켜 자기 자신을 이야기할 수도 있다고 본다.[7]

그러나, 이 작품이 쓰여진 연대가 1939년이란 사실을 참고해 볼 때, 이 무렵의 윤동주는 연희전문 문과에서 문학을 공부하며 민족주의적 의식을 키워가던 때이므로, 그렇게 단순히 어린 시절 그가 자랐던 용정이란 국한된 지역에서 느꼈던 회고적 정서만을 표현한 것이라고 보기는 어렵다. 김우창이 지적한 '손들어 표할 하늘도 없는 곳'이 이국 땅 용정에만 해당한다면, 지나치게 이 시의 주제를 좁힐 수밖에 없을 것이다. 작품 제작에 동원된 소재가 비록 어린 시절의 기억이라 하더라도, 이 시를 통독하고 느낄 수 있는 정서는 과거에 대한 단순한 회상에 가깝다기보다 오히려 자아에 대한 고뇌 어린 갈등과 애증을 느끼게 한다고 본다.

여기서 주목해야 할 점은 이 갈등과 애증이 자아에 대한 참회나 자성에서 비롯된다는 사실이다. 이렇게 볼 때 결국 이 작품 역시 기독교의 한 덕목인 '회개'와 무관하지 않다고 판단된다. 참된 자아의 확립을 위해서 먼저 요청되는 것이 자아에 대한 철저한 반성이라면, 기독교 신앙인으로서 윤동주에게는 냉철한 회개가 필연적으로 그 의식 속에 자리잡고 있을 터였다. 물론 이 시에는 자기연민의 감정도 표현되어 있다. 신앙인이기 이전에 한 인간으로서 그러한 자기연민의 정을 느낀다는 것은 충분히 이해할 수 있는 것이며, 반면 이에 대한 양가치적 자기 혐오의 정과 함께 그것은 크게 신앙인의

---

7) 김우창,「손들어 표할 하늘도 없는 곳에서―윤동주의 시」(『문학사상』1976.4)

필수 조건인 '죄의식'이나 '회개'와 무관할 수 없을 것이다. 따라서, 이 작품
역시 그의 신앙과 관련지어 해석해야 마땅하다고 판단한다. 이러한 그의
기독교적 참회 의식은 그의 시 「참회록」에도 잘 나타나 있다.

> 파란 녹이 낀 구리거울 속에
> 내 얼굴이 남아 있는 것은
> 어느 왕조의 유물이기에
> 이다지도 욕될까
>
> 나는 나의 참회의 글을 한 줄에 줄이자.
> ─만 이십 사 년 일 개월을
> 무슨 기쁨을 바라 살아 왔던가.
>
> 내일이나 모레나 그 어느 즐거운 날에
> 나는 또 한 줄의 참회록을 써야 한다.
> ─그 때 그 젊은 나이에
> 왜 그런 부끄런 고백을 했던가
>
> 밤이면 밤마다 나의 거울을
> 손바닥으로 발바닥으로 닦아 보자.
>
> 그러면 어느 운석 밑으로 홀로 걸어가는
> 슬픈 사람의 뒷모양이
> 거울 속에 나타나온다.

(4) 저항시의 본질과 윤동주 시의 경우

윤동주에 관하여 그의 시를 과연 저항시라고 할 수 있는가. 이 질문에 대해서는 이미 오세영을 비롯한 몇몇 논자들의 견해가 개진되어 있는 터이나,[8] 여기서는 저항시의 본질이 무엇인지와, 그 실제 사례에 대해 살펴 본 다음, 그것을 토대로 윤동주의 시가 저항시인지, 아닌지 분석해 봄으로써 이 문제에 대해 재검토해 보고자 한다.

1) 저항시의 사례

'저항시', 또는 '저항문학'은, 외국의 경우 프랑스, 아일랜드, 중국 등에서 그 사례를 찾아볼 수 있는데, 제 2차 세계대전 때 나치 독일군의 지배하에 있던 프랑스에서 소위 '레지스땅스' 운동의 일환으로 시인들이 제작했던 반 나치의 이념을 표방한 시가 대표적 사례라 하겠다.

우리 나라의 경우, 구한말 일제의 침략에 맞서 경향 각지에서 일어난 항일 의병들이 지어 불렀던 반일적 시가인 '의병가'나, 개화기 때 『대한매일신보』 등을 통하여 무수히 발표된 항일 가사 작품들, 그리고 일제 36년 동안에 몇몇 저항적 시인들이 지은 작품들 (대부분이 일제에 의해 압수되어 소실된 것으로 추측되는)이 주로 이에 해당한다고 할 수 있다.[9] 물론 그 이전에도 구체제에 항거하거나 서양의 천주학에 대항하는 등 저항시가로 볼 수 있는 작품들이 있었지만, (최제우의 가사 작품인 「용담유사」나, 신재효의 저항가사 「괘씸한 서양 되놈」 등) 이들은 특정 종교와 결부되어 있다는 특징이 있어 여기서는 논외로 한다.

---

8) 오세영, 앞의 글.
9) 『국어국문학 자료사전』(한국사전연구사, 1995) pp.2564—2565 참조.

먼저, 구한말 의병으로 일제에 항거했던 신태식의 「창의가」부터 일부분 인용해서 저항시가의 면모를 살펴보겠다.

a. 일본 대장 장삼낭이/ 호달마 놉피 타고/ 칼춤 추고 더러올 제/ 양양자득 하난구나/ 장부으 울분지심/ 참얼 수가 전혀 업다/ 노새를 자바타고/ 만군중의 나러갈 재/ 개 갓탄 외젹덜라/ 쳔시를 모르나냐/ 문경 사난 신대장이/ 너 잡어로 애 왓노라/ 일각이 채 되어/ 적장 머리 버혀 덜고/ 본진어로 도라오니/ 날리 이미 황혼이라

b. 순검이 달여덜어/ 포박허여 꺼러낸다/ 감옥어로 나려가서/ 막막히 안잣선니/ 빈지쪽 벽돌담에/ 찬바람 스설허고/ 건너산 두견조언/ 불여귀로 밤새우고/ 새졀경태 희적성은/ 옥수심회 도와낸다/ 정수의 부넌 바람/ 원한을 아래는 듯/ 분국의 매친 이셜/ 의병눈물 아니련가/ 국운이 불행키로/ 이럴 수가 잇단 말가.

의병장 신태식(1864—1932)은 경북 문경 출신으로 1896년경부터 고향에서 항일 투쟁에 나섰다가 1907년 8월부터 집을 떠나 의병으로 나서서 경북, 충북, 강원 등지에서 왜적과 싸우다 1912년 일제에 체포, 투옥 당한 후, 1920년경 그의 의병 투쟁을 회고해 이 「창의가」를 지었다.[10] 이 작품은 총 636구의 장편 가사로, 위에서도 일부 확인되는 바와 같이 그 내용은 기병, 전투, 투옥, 출옥의 전 과정을 생생하게 다루고 있다. 이와 같은 의병들의 항일 가사는 문학적 수준은 차치한다 해도 내용이 저항 일색으로 되어 있어, 우리 나라의 대표적 저항 문학 유산이라 할 만하다. 왜냐하면, 이들 작품에는 직접적 항일 활동과 함께 저항 의식이 직설적으로 표출되어 있기 때문이다.

---

10) 조동일, 「개화, 구국기의 애국시가」(『문학이라는 시비거리』서울:이우출판사, 1983), pp.116—117.

이 외에도 시조나 한시 형식으로도 일제에 대한 저항을 읊었으며, 가사나 창가형식으로도 지어 불렀다. 그러나 의병이 남긴 국문 시가는 오늘날 전하는 것이 얼마 없고, 한시는 문헌에 수록되어 있으나 국문 시가의 경우는 기록되어 보존된 것이 거의 없는 형편이다.

먼저, 변형된 시조의 형식으로 노래한 작품 중 남아 있는 것을 참고 삼아 한 편 인용해 보면 다음과 같다.

> 내 가슴 쓰러 만져 보소.
> 살 한 점이 없네그려
> 굼뜬 아니하여도
> 자연 그러하여
> 아마도 우리 국권 회복하면
> 이몸 소생.

여기에는 직접적인 저항의식의 표현이나 행동과 연관된 내용은 없지만, 국권회복을 소원하는 절실한 감정이 노골적으로 표현되어 있어 충분히 저항적이라 할만하다.

한편, 구한말『대한매일신보』에는 당시 일제의 침략적 야욕에 대한 저항의식을 노래한 가사 작품들이 다수 발표되었는데, 이들 또한 저항시가라 할만하다고 본다. 그러나,『대한매일신보』는 당시 언론 활동이 지녀야 할 제약 때문에 의병과 같이 일제에게 정면으로 공격을 가하기는 어려운 처지에 있었고, 일제의 책동을 가능하게 하는 매국의 무리에 대한 신랄한 풍자를 통하여 간접적으로 저항을 표현하였다는 특징이 있다.11)

> 동포들아 동포들아/ 순환하는 뎌 천도는/ 지성으로 불식하야/ 만천음기 싸

---

11) 위의 글, p.112.

인 중에/ 양춘일맥 도라온다./ 사천여재 이 구국도/ 신명운이 불원하니/ 일심으로 진진하야/ 부강지역 올라보세.// 동포들아 동포들아/ 사지백체 장쾌하고/ 재혜성 민활하야/ 신성민족 생긴 몸이/ 편시기반 못 면하면/ 백대수치 이 아닌가/ 활발기상 분발하야/ 허다기침 쓸어내고/ 무궁복락 누려보세.

최초의 한글신문인 『독립신문』에서는, 의병이란 교육 없는 백성이 하는 짓이니 인정할 수 없는 것이고, 의병은 마땅히 집으로 돌아가라고 하면서 이미 의병의 힘으로 국권을 회복하기는 불가능하다고 했다. 『황성신문』마저도 의병에 대한 논설에서 의병을 비판했지만, 『대한매일신보』는 이와 달랐다. 의병은 항일 민족 세력의 정수라고 보아, 나라를 위해 일신을 희생하고 열혈을 기울인다고 찬양하고, 의병장 허 위의 사형을 보도하는 기사에 그 슬픔을 표현하여 '천일무광(天日無光)'이라 제하기도 했다.[12]

위에서 살펴본 바와 같이 저항시가는 한국 문학 역사상 엄연히 존재하고 있으며, 그 특징은 저항이란 행동성을 수반하거나, 최소한 그 내용이 침략자에 대한 저항의식이나 노골적인 비판을 담고 있는 등, 분명한 저항 의지를 지니고 있다는 공통점이 있는 것이다.

2) 저항의 행동성과 윤동주의 경우

문제는 윤동주 시인을 흔히 말하듯이 저항시인이라 규정할 수 있는가, 하는 점이다. 만일 그가 저항시인이라 한다면, 그 점을 입증할 만한 두 가지 조건을 갖추어야 한다. 첫째는 윤동주가 당시 일제에 행동으로 저항했는가, 다시 말해서 소위 독립투쟁을 실제로 했는가, 하는 점이 밝혀져야 할 것이다. 그리고 다음으로 침략자 일제에 대한 저항의식이 노골적으로 담긴 그의 작품이 존재해야 한다는 점이다. 결론부터 말한다면, 위의 두 조건 모두 현재로서는 의문시 되는 바, 어느 하나라도 저항시인이라고 입증할 만한 자료가

---

12) 대한매일신보, 1908년 10월 24일자.

발견되지 못한 상태인 것이다.

　윤동주를 저항시인으로 규정하는 이들의 논거는 대부분 그의 주변 환경과 경륜을 근거로 삼고 있다. 가령 윤동주가 유년 시절을 민족 운동의 본산인 북간도에서 보냈으며, 그의 집안 역시 투철한 민족의식을 지닌 배일적인 기독교계라는 점, 그리고 그가 다닌 학교 역시 항일 의식이 투철했던 숭실학교였으며, (신사 참배를 거절한 관계로 폐교 당했었음.) 무엇보다도 그가 독립운동을 했다는 혐의를 받고 체포되어 옥사했다는 점 등이 바로 그것이다.[13]

　이에 대해 김용직은 일단 다음과 같은 이유를 들어 이러한 논거들이 윤동주의 저항성을 입증할 수 없다고 주장한다.

> 그러나, 이상 외재적 증거를 통해 윤동주의 저항성 여부를 논증코자 한다면 우리는 갖가지 반문에 부딪칠 수 있다. 가령 그의 친지나 친구, 후배들의 증언에 의하면 윤동주는 온유하고 내성적인 성격의 소유자였다고 한다. 온유하고 내성적인 성격의 소유자가 어떻게 능동적이며 격정적인 경우로 생각되는 항일 저항시를 쓸 수 있는가는 증명 되어야겠다. (중략) 또한 피체, 투옥, 옥사를 곧 저항의 증거로 보는 일에도 문제점이 뒤따른다. 역시 친지들의 증언에 의하면 윤동주의 피체는 실제로 독립운동에 가담한 혐의에 의해서가 아니라, 그의 민족의식을 꼬투리로 삼은 일제의 과잉단속 결과였다는 것이다.[14]

　김용직은 이처럼 일단 윤동주의 저항적 행동성에 대해 부정적 견해를 밝힌 다음, 이러한 일련의 사실이 곧 역사주의적 비평의 전면부정이 가능하다는 쪽으로 논리를 비약케 해서는 안된다고 주장한다. 왜냐하면, 모든 작품은 그 자체로서 완전한 구조물인 동시에 그 바닥에 반드시 정치, 경제, 문화,

---

13) 김용직, 앞의 글.
14) 위의 글.

인간의식 전반에 걸친 여러 현상과 상관관계를 맺고 있기 때문이라는 것이다. 그러면서 실제로 독립운동 등 항일행위를 안했다 하더라도 윤동주의 시 속에는 분명히 반일저항, 민족의식의 불씨를 파묻고 있기 때문에 저항시라 칭할 수 있다는 것이다.[15]

  김용직의 주장에 의하면, 일단 윤동주에게는 독립 운동과 같은 행동적 저항성은 없었다 하더라도 그의 작품 가운데는 분명히 저항 의식과 민족 의식이 내재해 있으므로 윤동주는 일제 말기라는 어두운 역사 공간에 존재했던 저항 시인이라 할 수 있다는 것이다. 그 예로 1938년에 창작된 「슬픈 족속」을 들어 설명하고 있다.

  흰 수건이 검은 머리를 두르고
  흰 고무신이 거친 발에 걸리우다.

  흰 저고리 치마가 슬픈 몸짐을 가리고
  흰 띠가 가는 허리를 질끈 동이다.

  위의 시에 표현된 흰 수건, 흰 고무신, 흰 저고리, 흰 띠가 백의 민족을 상징한다는 점은 수긍이 가나, 그 자체가 어떤 저항 의식을 표현한다고 볼 수는 없다. 물론, 이러한 소재들이 슬픈 모습으로 표현되고 있음이 사실이나, 일제에 탄압 받는 한민족의 슬픔을 노래했다고 해서 그것이 저항성을 나타낸다고 할 수 없는 것이다. 일제 말기에 쓰여진 의병들의 저항 시가나, 『대한매일신보』등에 발표되었던, 일제와 그 앞잡이들에 대해 비판하고 공격한 수많은 가사 작품들과 같이 작품 자체에 그러한 저항성이 노골적으로 표현된 경우와 비교해 보건대, 단순하고 소극적인 슬픔의 표현을 저항 의식의 표현이라 할 수 없음은 자명한 사실이다.

---

15) 위의 글.

앞에서 언급한 바와 같이 김용직은 윤동주 시의 주조를 이루는 '부끄러움'을 기독교적 참회나 죄의식과 무관한 것이며, 오히려 시대성이나 역사성과 관련된 의식, 곧, 식민지 지식인으로 민족 앞에 고백하는 부끄러움으로 해석하고 있음도 그가 윤동주의 시를 시대나 역사와 관련지어서 그의 저항 의식을 증명해 보려는 의도와 무관한 것이 아니라고 하겠다. 다시 말해서, 윤동주에게는 일제에 대한 저항성을 확인시켜 주는 두 가지 조건, 즉, 직접적이고 능동적인 행동성도 확인이 안되며, 작품 자체의 내용을 살펴보아도 저항 의식보다는 오히려 기독교 신자로서의 참회나 죄의식에 더 가까운 시인이라 함이 마땅하다고 아니할 수 없다.

(5) 결 론

광복 후 우리 문단에 단 한권의 유고시집으로 혜성같이 나타난 윤동주 시인은 생전에 문학 활동을 한 적이 없었으나, 그의 사후에 가족과 친지들에 의해 발간된 유고 시집인 『하늘과 바람과 별과 시』로 인해 현대시사에 한 페이지를 장식하게 된 시인이다.

그가 젊은 나이에 일제에 의해 체포되어 광복 직전 일본의 후쿠오까 형무소에서 의문사한 사실이 독자들로 하여금 더욱 안타까운 마음을 갖게 하였을 뿐만 아니라, 기독교 신앙을 토대로 한 아름답고 순수한 그의 작품이 많은 애독자를 갖게 함으로써 한국시단에서 가장 많이 애송되는 시인 중 한 사람이 되었음은 주지의 사실이다.

본고에서는 윤동주 시인의 경우 가장 논란이 되고 있는 문제인 그의 시와 기독교와의 관계 및 그의 시의 저항성 여부에 대해 재론해 봄으로써, 첫째로 윤동주 시인의 시 세계가 분명히 기독교의 죄의식이나 회개와 관계 있는 참회에 바탕을 두고 있다는 사실과, 그것이 보다 더 역사성이나 현실성과 관계가 있다는 논리에 대한 반론을 제시할 수 있었으며, 아울러 어떠한 행동적 저항성도 발견하지 못한 상태에서 그의 시 세계를 저항시라 규정하는 모순에 대해 논증해 봄으로써, 윤동주 시인의 시 세계에 대한 편견을 제거해 보고자 하였다.

6. 박목월의 유고 신앙시집과 기독교

(1) 서 론

일반적으로 청록파, 자연파 서정 시인으로만 알려진 박목월 시인의 시세계를 일관하여 흐르고 있는 주제 의식이 무엇인가를 필자는 졸고 「목월시의 기독교적 귀결」을 통하여 검증하였던 바, 그것이 다름 아닌 '임과 하늘'로 초기 시에서 암시되었던 기독교적 신앙 세계이었음을 밝혔었다.[1]

흔히 '우연성의 세계'로 해명되어진 목월의 마지막 시집 『無順』과[2] 같은 시기에 창작 되었다가 목월의 서거후 유고 신앙 시집으로 유가족에 의해 출판되어 나온 시집 『크고 부드러운 손』은 후자가 '필연성의 세계'로 규정되어 질 수 있는 신앙 시집이라는 점에서 양자의 모순성과 연관성에 대해 고찰해 볼 필요가 있다고 보며, 연관성이 있다면 그것을 기독교적 관점에서 어떻게 해명할 수 있을 것인지가 문제로 남는다고 판단된다.

본고에서 필자는 바로 이 문제를 해명함으로써 일견 모순되어 보이는

---

1) 신규호, 「목월시의 기독교적 귀결」, 『월간문학』 1988. 1.
2) 이승훈 「사물로 통하는 하나의 창」, 『한국현대시대계 · 18』 (서울, 지식산업사. 1982) pp.210—216 참조

두 시집 간의 필연적 연관성을 기독교적 관점에서 도출해 내고자 한다.

(2)『無順』과『크고 부드러운 손』의 기독교적 연관성

1) 무질서와 질서, 무의미와 의미

기독교 문학 연구가인 도로시 세이어즈(Drothy. L. Sayers)는 그의 논저 『작가의 마음』(The Mind of the Maker)에서 기독교 삼위일체의 교리와 예술적 창작 활동 사이에 유추가 성립할 수 있다고 보았다.[3] 그는 창조적 사상 또는 주제 의식과 성부(聖父), 창조적 정열 또는 활동과 성자(聖子), 창조의 힘과 성령(聖靈)을 연관지어 해명하고 있다.[4]

문학 작품을 독자의 관점에서 보았을 때 이 삼위일체의 이론을 '사상으로서의 책'(저자의 마음 속에 내재하고 있는 책의 사상 또는 주제의식), '쓰여진 책' 그리고 '읽혀진 책'(공명 공감과 관련된 책의 영향력)으로 정리해 볼 수 있다고 본다.[5] 또한 그는 「기독교적 미학을 위하여」(Toward a Christian Aesthetic)에서 기독교적 미학의 기반을 이루는 것으로 계시론, 창조론, 등의 교리를 문학과 연관지어 논술하기도 한다.[6]

이러한 견해의 의미는 역사적으로 부정적, 대립적 관계를 유지해 온 기독교와 문학의 관계를 연관지어 문학 작품을 기독교적 관점에서 해명할 수 있는 논거를 찾음으로써 기독교 문학의 가능성과 그 개념을 확립함에 있다고 본다. 문학 행위의 당위성과 문학 이론의 바탕을 기독교적 관점에서 마련한다는 것 자체가 매우 의의있는 일이기도 한 것이기 때문이다.

---

3) Dorothy L. Sayers, The Mind of the Maker; Cleveland: World Publishing Co. 1956
4) 위의 책
5) 최종수,『상상의 승리』(서울, 성광 문화사, 1982) PP290—291
6) 위의 책

이와 마찬가지로 박목월의 시집『無順』과『크고 부드러운 손』의 '무의
미'—'의미'라는 상반적 모순 관계를 기독교적 관점으로 극복함으로써 양자
의 연관성을 찾을 수 있다고 가정해 볼 수도 있다. 그것은 목월시의 귀결점이
기독교 신앙에 있다는 점을 입증해 주는 또 하나의 근거가 될 것이며 목월의
시세계가 부단히 변모의 과정을 거치면서도 일관성을 유지할 수 있었던 것
이 다름 아닌 기독교적 관점이었음을 밝힐 수 있는 근거가 될 것이다.

논리적으로나 이성적으로 판단할 때 기독교는 역설의 종교이다. 그것은
특히 '죄론'과 '구원론'의 상호 논리적 모순에서 두드러지게 나타난다. 죄론
을 신학적 용어가 아닌 일반적 용어로 개념화 한다면, 인간 세계의 무질서,
무의미, 불확실성, 불완전성, 상대성 등으로 해명되며, 이와 반대로 구원론적
신앙 세계는 질서, 유의미, 확실성, 완전성, 절대성 등으로 개념화 할 수
있다.

무질서와 질서, 무의미와 의미, 불확실성과 확실성, 불완전과 완전, 상대
성과 절대성은 상호 모순적, 상반적 개념임에 틀림없다. 문학의 경우, 특히
현대 문학의 경우 이 시대를 특징 지우는 허무주의적 세계관으로 인한 회의
론, 현실주의, 유물주의의 영향으로 무질서, 무의미, 불확실성, 불완전성,
상대성 등으로 요약할 수 있는 세계상을 주로 표현하고 있으며, 그러한 주제
가 작품마다 거의 지배적으로 나타나고 있음은 주지의 사실이다. 대부분의
문인들은 오늘의 세계가 너무나 무질서하다고 보기 때문에 필연적이고 구원
적인 신화를 탄생시킬 수 없다고 보며, 일부 시인들은 심지어 구태의연한
신앙적 용어들과 기독교적 개념들을 소생시키려고 노력하고 있지만 그들의
노력은 불가불 반어적 문맥이나 모순어법으로 이루어져 있다. 기독교적 경
험은 지성화 되었으며 흔히 정신 분석학적 고찰이나 혹은 형이상학적 분석
을 위한 발판이 되고 말았다.[7]

---

7) Charles I Glicksberg, <u>Literature and Religion</u> ; Southern Methodist University Press, 1960.

오늘의 시인들은 전적으로 자신의 신앙을 긍정하지 못하고 신앙적 회의론에 빠져 있으니 그것은 그들의 의식과 시대적 문화가 그들을 신과 소통하는 모든 가능성으로부터 단절시켰기 때문이기도 하다.[8] 스펜더의 말처럼 기독교인에게 진정으로 문제가 되는 것은 서로 다른 종파적 신조나 교리의 차이에 있는 것이 아니라 근본적으로 신앙과 불신앙, 신앙에 대한 회의적 관점에 있는 것이다.

신앙은 인간을 시의 중심부로 이끌어 가지만, 유물론은 인간을 시의 영역 밖에 있는 어떤 체계의 설명자, 해설자로 만든다는 데 문제의 심각성이 있다.[9]

그렇다면 오늘날 기독교적 문인이나 시인들의 창조적 가능성을 어디에서 찾을 것인가가 과제로 대두된다. 이 상반된 세계관이 혼재하는 시대에 진정한 기독교 시인이 추구해야 할 지향점은 분명히 기독교적 역설에 의한 양자(무의미와 의미, 무질서와 질서, 상대성과 절대성 등)의 변증법적 지양 가능성을 모색하는 일이 될 것이다. 그런 점에서 볼 때 이 시대의 기독교 시인은 자기 시대의 회의론을 공유하면서도 또한 확실한 신앙을 소유하여야 한다고 본다.[10] 논리적으로 볼 때 그것은 모순된 주장이지만 기독교적 진리인 사랑은 '죄와 구원'이라는 역설에 기초하고 있다는 점을 상기할 때 오히려 양가치의 화해 또는 통합적 초월 가능성을 충분히 예견할 수 있다고 판단하기 때문이다.

그 한 예로 박목월 시집 『無順』과 『크고 부드러운 손』의 상술한 바 역설적 요소들이 기독교적 관점에서 해명될 때 역사적으로나 보편적 입장에서 기독교 문학이 안고 있는 양가치적 모순이라는 일반적인 문제점을 해결할 수

최종수역 『문학과 종교』, p.109 참조
8) 위의 책
9). 위의 책 P107
10). 위의책

있는 하나의 발판을 마련할 수 있다고 보며, 그런 뜻에서 다음에 구체적으로
목월의 두 시집을 중심으로 살펴보고자 한다.

2)『無順』에 나타난 무질서와『크고 부드러운 손』의 질서 의식

목월 생전의 마지막 시집인『無順』이 발간된 것은 1976년으로 이 해는
목월이 작고하기 2년전에 해당된다. 이 무렵의 목월은 고혈압으로 쓰러졌다
가 죽음 직전에서 소생되는 등, 일련의 투병 속에서 늘 죽음을 의식하면서,
'나에게는 1980년대는 없다'고 스스로의 죽음을 예감하고 있었다.[11]

이 시기에 상재되어 나온『無順』은 한 마디로 죽음을 목전에 둔 시인의
종말 의식을 표현했다고 할 수 있다. 시기적으로 볼 때, 이 시집이 나온
때는 목월이 지상에서의 삶을 마감하면서 최후로 절대자에 대한 평소의 신
앙심을 더욱 심화시켜서 그것을 작품으로 형상화한 시기와 겹친다. 다시
말하면 상호 상반되는 세계관의 공존 시기라 할 수 있는 바, 지상적 삶의
허무와 동시에 천상적 삶에 대한 강한 믿음이 공존하는 때였다.

말년의 목월은 지상에서의 유한한 인간적인 삶의 한계 인식으로서의 죽음
의식과 그것을 초극하여 구원받고자 하는 절대자에 대한 신앙심을 시집『無
順』과『크고 부드러운 손』에 실린 시편들로 표현하였다고 판단된다. 본디
기독교 신앙시는 대부분 기도의 형식으로 표출되는 바, 그것은 기도가 지니
는 신의 은총에 대한 감사와, 유한한 삶에 대한 자기 고백과, 구원을 향한
기원의 내용을 지니는 것이 보통이다.

목월의 신앙시도 예외는 아니다. 신앙시에 관하여 목월은 보수적인 입장
에서 간절한 신앙 체험의 고백을 담아야 한다고 강조하였었다. 아주 작은
체험 속에서라도 그 가운데 임재하는 신의 은총을 깨닫고 신의 절대적 섭리
속에 자신을 함몰시키고자 하는 기원과, 그럼에도 불구하고 현실로부터 완

---

11) 목월의 제자인 유승우 시인의 증언에 따름

전히 벗어나지 못하는 한 인간으로서의 한계의식 (기독교적인 죄의식)을 그
는 예의 시편들로 형상화 해 놓은 것이다.

과학 만능과 물질 숭배가 지배하는 오늘날이라 하더라도 죽음 저 편의
알 수 없는 세계에 마지막 구원의 손길을 기구해 보는 것이 자연스런 일반적
현상이라면, 이미 소년 시절에 세례를 받았던[12] 기독교 신자로서의 목월이
죽음을 목전에 두고 그의 신앙심에 새삼 뜨거운 불을 붙였다는 것은 지극히
자연스러운 일이라고 하겠다. 실제로 목월은 그가 작고하기 전에 원효로에
있는 효동교회에서 장로 안수를 받았다.[13]

이러한 정황을 염두에 두면서 위의 두 시집을 통독해 보면, 그 피상적
상반성에도 불구하고 양자가 서로 깊게 연관되어 있음이 확인된다.

줄이 한 가닥
어디서 어디쯤이랄 것도 없이
느리게 흔들리며
오늘의 水菊色
밝음 속에서
왜랄 것도 없이
느리게 흔들리며
해와 달이 가는 길에
어디서 어디쯤이랄 것도 없이
줄이 한 가닥
막막한 太虛 의 혼돈 속에서
처음으로 불러 보는
당신의 이름
神이여

---

12) 『박목월 시전집』. (서울, 서문당. 1985) pp.280—281 「수요일의 밤하늘」참조
13) 서울 용산구 원효로에 있는 효동교회는 목월의 부인인 유익순 여사가 중심이 되어
    개척한 교회로 목월은 말년에 이 교회에서 교회 장로직 안수를 받았다.

神이여
神이여
줄이 한 가닥
느리게 흔들리며
목숨이랄 것도 없이 동에서 서까지

— 〈無順〉 全文14)

시집『無順』에 실려 있는 이 작품은 시간적으로 유한한 생명체인 인간이 영원 앞에 서서 지엄한 존재로서의 절대자를 인식하는 겸허한 심정을 표현한 것이다. 느리게 흔들리는 한 가닥의 줄로 표상되는 시간적 존재(인간 실존)에 대한 한계의식이 이 시의 주제가 되고 있으며, 그것은 동시에 지상에서의 한정된 삶을 마무리하는 목월 자신의 흔들리는 모습이기도 하다. 太虛의 혼돈 속에서 비롯되는 한 가닥 줄, 그로 인해 운명지워진 생명의 유한성이 목월에게는 '흔들리는 한 가닥의 줄'로 인식되었다.

그러나 이것은 '절망으로서의 줄'만은 아닌 것이다. '영원'앞에 '순간'으로 인식되는 삶의 실존에 대한 깨달음 때문에 비로소 인간은 그 절망의 나락으로부터 벗어나 구원의 가능성을 발견할 수 있음을 이 시의 후반부가 여실히 보여주고 있기 때문이다. 시인이 '당신의 이름인 神'을 간절하게 부르고 있음이 그것을 증명한다.

목월 말년의 이러한 심정은 비단 이 작품뿐만 아니고『無順』에 실려 있는 여러 시편에 유사하게 나타난다. 어찌 보면『無順』자체의 의미가 신의 인식 앞에서 해체되어진 현실, 곧 '무질서'를 뜻한다고 볼 수 있다. '흩어진 돌'로 표상되는 '無順'의 세계는, 그러므로 죽음 직전에 도달하여 절망할수록 절대자의 존재를 강하게 인식할 수밖에 없게 된 목월 자신의 내부에서 해체된 현세적 가치체계, 바로 그것을 의미한다고 하겠다. 이 말은 곧 목월이

---

14)『박목월 시전집』 p.427

『無順』을 쓰는 동안 보다 더 큰 긍정을 준비하기 위하여 죽음과 흩어진 돌뿐이라는 현상계에 대한 철저한 부정에 집착하고 있었음을 뜻한다.

<blockquote>

돌을 던졌다
보이는 물 속으로
보이지 않는 늪속으로
돌은 가라 앉는다
왜
왜
왜
아무리 몸부림쳐도
말문이 열리지 않는 꿈속에서
물살은 나의 목을 감돌고
가라앉는 돌
왜
왜
왜
아무리 부르짖어도
큼직한 바람의 손이
입을 막는 현실 속에서
깊이 가라앉는 돌
돌을 던진다.
무수히 많은 돌을
무수히 던지며
나의 생애도 끝이 보이는 물살은 목을 감돌고
水面에서 사라져 갔다

</blockquote>

— 「돌과 그림자」돌의 詩⑤의 1[15]

---

15) 위의 책 pp.417—418

물 위로 던져지는 돌은 시인 자신이다. '물속으로', '늪속으로' 가라앉는 돌, 그것은 무한의 시간 속으로 사라져 가는 유한한 목숨의 보조관념(vehicle)에 지나지 않는다. 아무리 몸부림쳐도 시간이라는 물살은 인간의 목숨을 감돌며 삼켜 버린다. 무수히 많은 돌을 무수히 던지며 생애의 종말을 감지하는 냉엄한 실질적 상황을 이 작품은 보여주고 있다. 그렇게 해서 마련된 보다 더 큰 긍정의 세계가 목월의 신앙 세계다.

철저한 부정을 통해 절대적 긍정을 획득한다는, 카오스에 의해 코스모스를 발견한다는 이러한 모순을 가리켜 존재에 대한 우연성의 자각이라 하기도 하고 세계의 존재론적 근거로서의 자유에 대한 인식이라 하기도 하지만[16] 그것은 단순히 긍정 이전의 부정적 카오스의 상태에 국한 시킨 견해에 불과하다. 목월에게는 존재의 우연성과 현세적 자유에 대한 자각 자체가 궁극의 지향점이 아니었다는 데에 본질적 문제가 있다. 세계 내 존재의 자유에 대한 자각이 철저하였다면, 그리고 그것이 그의 궁극의 도달점이었다면 목월의 유고시집 『크고 부드러운 손』의 필연적 신앙 세계를 해명할 방법을 잃어버리게 된다. 왜냐하면 우연성의 자각이나 자유에의 인식이란 본질적으로 인본주의적 관점이지 인간을 신에 귀속시켜야 한다고 보는 기독교적 신본주의는 될 수 없기 때문이다.

그러므로 시집 『無順』이 『크고 부드러운 손』과 같은 시기에 창작되어졌다는 사실에 초점을 맞추어 논리를 전개시킴으로써, 전자가 담고 있는 현상계에 대한 무질서의 인식이 기독교적인 신적 질서를 긍정적으로 받아들이기 위한 전제로 해석되어야 한다는 점을 증명할 수 있다고 본다.

『無順』에 나타난 서정적 자아의 시각이 발밑의 현실적 질서를 벗어나 그것을 무질서로 인식하고 더 나아가 자연의 근본이나 광대 무변한 우주의 본질에까지 확대되어, 그러한 자연이나 우주의 본질에 함몰되고 마는 인간

---

16) 이승훈, 앞의 책, p.232

의 숙명을 표현하게 되는 이유가 바로『無順』에 내재된 종교적 세계관 때문임을 알아야 한다. 그것은 또한『경상도의 가랑잎』까지의 현실적, 지상적 자각이『無順』에 와서 우주적 시각으로 확대되었음을 입증해 준다.

> 너를 보듬어 안고
> 구김살 없는 잠자리에
> 몸을 섞고
> 너를 보듬어 안고
> 안개로 둘린
> 푸짐한 잠자리에
> 산머리여
> 너를 보듬어 안고
> 홍건하게
> 적셔 적셔 흐르는 강물 줄기에
> 해도 달도 태어나고
> 東도 西도 없는
> 잠자리에
> 너를 보듬어 안고
> 적셔 적셔 흐르는 강물 줄기여
> 너에게로
> 돌아간다
>
> —「同寢」全文[17]

이러한 자연 질서 (우주 질서)에의 회귀 의식은 자연의 자리에 절대자 (신)가 바뀌어 놓일 때 신의 질서를 받아들이는 종교 의식으로 쉽게 변모될 수 있다.『無順』과『크고 부드러운 손』이 같은 시기에 씌어질 수 있었던 또하나의 까닭이기도 하다. 따라서,『無順』의 거시적인 우주적 세계관을

---

17) 박목월 시전집 p.429

통한 현실 부정은 그 자체에 이미 절대자의 존재를 받아들이는 종교적 자각이 내재해 있다고 본다. 인간 세계의 무질서와 현세적 가치의 붕괴를 인식한 말년의 목월이 그와 동시에 기독교적 신의 질서를 수용하게 되었다면, 그리고 그 결과『無順』과『크고 부드러운 손』이 나올 수 있었다면, 두 시집에 실린 양가치적 세계를 아울러 담고 있는 목월의 기독교 신앙시의 본질을 미학적으로 어떻게 해명할 수 있는가가 논증되어야 할 것이다.

(3) 미학적 고찰

1) 무질서와 죄의식:『無順』의 비극미

시의 구조를 이루는 화자, 대상, 정서 중 화자를 중점으로 작품을 해명할 때 시점이 문제가 되며 표현론적 관점에서 화자의 세계관이나 주제의식, 즉 비관론과 낙관론, 유물론과 유신론, 회의론과 결정론 등의 대립항이 논의의 중심을 이룰 수 있다. 이와 반대로 대상이 논의의 중심에 놓일 때 소재의 성격, 즉 사회적이냐 심리적이냐, 인공적이냐 자연적이냐, 인간적이냐 신적이냐의 여하가 주로 관심사가 될 수도 있다. 정서가 시적 해명의 열쇠가 될 때 희극적—비극적, 이성적—신비적, 남성적—여성적, 사실주의적—낭만주의적 등의 상반된 요소가 문제로 제기된다고 하겠다.

이들 대립항 (절대적인 구분은 아니지만)에서 기독교적인 작품에 해당되는 항목은 화자의 세계관으로 낙관론, 유신론, 결정론적 주제의식이, 표현대상의 성격으로는 심리적, 자연적, 신적, 소재가, 그리고 정서적으로는 비극적, 신비적, 여성적, 낭만주의적 요소가 지적될 수 있다. 기독교인의 낙관론은 천국 사상이나 구원에 대한 확신에 의해 결정론적으로 나타나며, 표현대상으로는 신앙의 성격상 객관적 사회성이나 인위적 인공성을 배제하면서 신앙심이라는 주관적 심리나 우주론적 자연, 신적 소재가 주로 등장한다. 정서적으로는 세속 현실에 대한 부정과 신에 대한 긍정이라는 관점에서 비극적, 신비적으로 표현되며, 공격적이 아닌 수동적, 포용적 여성성을 통하여 신에 대한 귀의심이나 감사, 찬양으로 나타난다.

시집 『無順』의 작품들을 일별해 보면 모두 26편 중 전적으로 지상의 한계적 상황을 읊은 것이 13편, 우주론적, 신적 관점에서 지상적 존재자로서의 실존의식을 표현한 것이 13편이다. 전자를 A군이라 하고 후자를 B군이라 칭할 때 각 군에 해당하는 작품들은 다음과 같다.

⟨A군⟩

「假橋」,「돌과 그림자」,「가부좌」,「龍仁行」,「俗離山 에서」,「산책길」,「겨우살이」,「樂器 」,「첫날 밤」,「오늘의 눈썹」,「밤구름」,「비둘기를 앞세운」,「이 週日」(이상 13편)

⟨B군⟩

「中心에서」,「座向」,「江 건너 돌」,「紫水晶 幻想」,「西方에서」,「無題」,「無限落下」,「同寢」,「耳順」,「순한머리」,「그냥」,「지팡이」,「샘」 (이상 13편)[18]

목월이 의도적으로 같은 수의 작품을 한 시집에서 배분하여 실었다고는 볼 수 없다. 그러나, 이처럼 한 작품집에 지상적 인간적 한계의식을 표현한 시편들과 시야를 확대해서 우주적, 신적 관점 (비록 그것이 신앙 체험에서 우러나온 정서의 표현은 아니지만)을 표현한 작품들이 같은 양으로 혼합되어 실려 있다는 것은 목월의 세계관이 이 시기에 와서 큰 전환점을 맞게 되었음을 말해 준다. 『無順』에 실린 A군의 작품들과 B군의 작품들, 그리고

---

18) 위의 전집에 실린 시집 『無順』의 26편을 주제상 분류해 본 결과임

시집『크고 부드러운 손』에 실린 신앙시편들의 상관 관계는 아래와 같이 정리해 보일 수 있다고 판단된다. 그것은 현세적, 인간 본위적 관점이 내세적 신본주의적 관점으로 이행되어 간다는 가정 아래 정립된 도식이다.

A군의 작품 → B군의 작품 →『크고 부드러운 손』의 작품

같은 시기에 위와 같은 관점의 이행이 이루어질 수 있었던 것은 두 가지 이유 때문이다. 첫째는 목월이 소년시절에 세례를 받은 신자로 말년에 와서 교회 장로직을 안수 받았다는 점이고, 다음은 이 시기에 생의 종말감을 신체적으로 절박하게 체험하고 있었다는 사실이다. 생의 종말 의식과 그것을 극복하려는 초월 의지가 시집『無順』에 와서 동시에 작품으로 표현되었다고 할 수 있다. 그 결과 이 시집을 지배하는 미의식은 자연 비극미가 될 수밖에 없었다.

먼저 A군에 속한 작품들을 인용해서 살펴보도록 한다. 시「假橋」全文이다.

혼들리는 다리를
가누며 혼들리는 다리를
사람들은 건너가고 있다.
난간쪽으로 열을 지어서
다리의
저편이 보인다는 것은
착각이다.
안개 속에서
눈 앞에 확실하게 보이는 것은
지금이라는
좁은 시야.

지나치고 나면 뒤도 어름하다.
다리를 건너서
우리가 가고 있는 곳은
어딜까.
지나온 것은 지나온 것이요,
닿지 않는 것은 닿지 않는 것이다.
그리고 지금은
흔들리는 다리를
건너가고 있다.
더듬거리며 저편에 보이지 않는
안개 속에서
물론 우리는
저편에 닿게 될 것이다.
흔들리는 다리가 끝나면
하지만 누구나
자기가 바라보는 곳에 이르게 되리라고
믿는 것은 착각이다.
대체로
전혀 생소한 곳에 이르게 된다.
그리고 마지막 난간에 의지하여
경악과 두려움으로
사방을 두리번거리게 된다[19]

　'흔들리는 다리'로 비유되고 있는 것은 물론 인간 실존의 상황이다. 하이
덱거의 허무주의적 의식이 확인된다. 이 작품에만 의존한다면 마치 칼 야스
퍼스가 그의 저서 『이성과 실존』(Reason and Existenz)에서 키엘케고올에
대해 언급한 바 대로[20] 목월도 그의 『크고 부드러운 손』에 이르러 신앙을

---

19) 위의 책. P411

획득하였지만, 그의 신앙적 승리는 세계의 부정을 발판으로 삼고 획득된 것이었다고 할만하다.

그러나 그것은 문제가 되지 않는다. 왜냐하면 기독교적인 관점에서 본다면 지상적 존재자로서의 인간 혹은 인생은 어차피 불확실성과 불완전성과 무질서, 무의미성으로 규정지을 수 있는 원죄적 존재이기 때문이다. 인간이 그 자신의 죄의식에 눈뜨지 않고는 구원을 기대할 수 없다는 것이 기독교적 관점이다. 지상의 삶에 얽매여 있는 한, 인간은 '가교'위의 한 존재자로서 '안개 속에 눈앞에 확실하게 보이는 것은 지금이라는 좁은 시야'뿐 가고 있는 곳도 지나온 것도 안개 속에 잠겨 있는 불확실성의 세계를 확인할 수 있을 뿐이다. 결국 지상적 존재로서의 인간은 비극적 존재에 불과하다. 목월의 네 번째 시집인『경상도의 가랑잎』에 표현된 생의 무의식은 보다더 관념적이라는 특징이 있는 데 반해『無順』에는 체험적이고 직관적인 이미지가 강하게 표현되었다는 점이 다르다. 생의 종말 의식을 읊은「고향에서」등 다수의 시들이 이를 입증해 준다.『경상도의 가랑잎』에서 확인되는 이러한 관념적 종말감은 목월이 직접 말년에 체험한 죽음에 대한 절박한 심정과는 다를 수밖에 없다.

> 팔목시계를 풀어놓듯
> 며칠 고향에서 지냈다
> 옛 친구며
> 친구의 친구들과 어울려
> (중　략)
> 先山에도 가 보고
> 나의 묏자리를 생각하며
> 山도 둘러 보았다

---

20) 최종수. 앞의 책. P107

진정 인생이란 무엇일까
(중 략)
山머리에
누구것인지는 모르는
墓石을 바라보며
고향에 돌아와서
비로소 나의 인생을 뉘우쳐 보았다

― 「고향에서」 일부21)

　『無順』의 작품「假橋」와 비교해 볼 때, 위 작품에 나타난 종말감은 매우 관념적이고 추상적임이 확인된다. 일반적으로 느끼고 생각할 수 있는 일시적 정서에 불과한 것이다. 존재의 밑바닥을 무참히 무너뜨리는 그런 종말감이 아닌 것이다. 죽음에 대한 인식이 매우 감상적으로 표현되었다는 느낌마저 든다.

　결과적으로 문체도 지극히 서술적, 산문적이어서 시적 긴장감을 불러 일으키지 않는다. 창조적 이미지가 이 작품에는 결여되어 있다. 그 까닭은 이 시에 담긴 시인의 정서가 체험적이지 못하기 때문이다.『경상도의 가랑잎』에 실려 있는 작품 중 세속의 일상사에 대한 관조를 읊은 것 외에 生의 종말감이나 죽음에 대해 쓴 시들, 예를 들면「離別歌」,「萬述아비의 祝文」,「二,三日」,「日常事」,「某日」,「白菊」,「石」등은 모두 위의 작품과 같은 부류의 시편들이다. 다시 말하면 목월은『無順』에 와서 목전에 다다른 죽음을 실감했으며, 그것이 존재의 밑바닥을 무너뜨리는 체험으로 다가왔고, 그 결과가 『無順』중 A군의 작품들로 형상화 될 수 있었다.

우리에게 이미 土地는
이승의 것이 아니었다

---

21) 박목월. 앞의 책 P267

가지런한 한 쌍의 묘와
한 덩이의 돌이 떠오르는
흘러가는 차창의 스크린에
울부짖는 것은
바람소리도 짐승소리도 아니었다

— 「龍仁行」 일부22)

서리가 덮인 길이
불꽃처럼 타올랐다.
棺木으로 쓰기에는
어린 나무들
모든 등성이는
남향으로 둘러앉아
墓자리로
어느것도
마음에 지피지 않는
앞 마을의 개짖는 소리가
앞 골짜기에 컹컹 울렸다

— 「첫날밤」 일부23)

잡지 일로 계속 바쁘다
붉은 색연필로 황칠을 한
오늘의 스크린에서
허망한 열중
누구를 위한 것도 아닌
무엇을 위한 것도 아닌
소란과 분망의 가열된

---

22) 위의 책 P 422
23) 위의 책. P 435

貫鐵洞 뒷골목에서
 (중　략)
자라는 것은 머리카락
무덤 안에서
오늘의 스크린 속에서
바람이 분다

― 「이 週日」 일부24)

　'한 쌍의 墓', 비석 또는 床石(한 덩이의 돌), '棺木', '墓자리' '무덤' 등의 시어를 중심으로 이루어진 이들 작품에서 이미 목월에게 삶은 죽음과 구별될 수 없는 절박한 어떤 것이었다. 생의 종말이 관념으로가 아닌 실감과 체험으로 표현되고 있다. 삶의 관점에서 죽음을 노래하고 있는 것이 아니라 죽음의 관점에서 삶을 표현하고 있는 것이다. 삶이 육신, 실존, 경험, 시간을 의미하고 죽음이 영혼, 본질, 신비, 무시간을 의미한다고 볼 때 위의 시들은 전자보다는 후자의 입장에서 삶 자체의 비극성을 표현한 것이라고 할 수 있다.

　삶의 본질인 죽음의 관점으로 볼 때 삶 자체는 불완전하고 모순되고 무질서한 현상에 불과한 것이며, 기독교적 관점에서 그것은 生 자체로는 원죄에서 벗어날 수 없음을 뜻한다. 그러나, 먼저 목월은 삶과 죽음을 초월하는 우주적 본질의 세계에 관심을 갖게 된다. 『無順』에 실려 있는 B군의 작품들이 그 결과물이다.

앉으면
그것이 그의 자리다.
널려 있는 星座를 이고
바람에 씻기운다.

---

24) 위의 책 P 443

내 것이 없는
있음 속에서
옮아가는 별자리의
스치는 옷자락 소리가
조심스럽다.

—「座向」돌의 시 ②의 일부25)

모래가 뿌려졌다
펴고 접는 우주의 부채
그늘에서
銀河水의 물거품
은빛 실오라기는
무수히 바람에 날리고
새들의
뼈와 울음 소리가
날카롭게
西方에서 흩어졌다
나의 발자국은
돌아보는 그것으로
멀어져 가고
西方에서
모래가 뿌려졌다

—「西方에서」 全文26)

저 편으로
혹은 이 편으로
그것은 落下한다

---

25) 위의 책 P 414
26) 위의 책 P 425

어디서 어디까지라거나
무엇때문이라거나
그런 제한과 물음을 벗어버린
그것의 無限落下
별이여
타오르는 돌

— 「無限落下」중 일부27)

'星座' '별자리' '銀河水' '별' '無限落下'등 시인의 관심이 지상의 사물보다는 천상의 우주적 소재로 기울고 있음이 확인된다. 소재뿐만 아니고 시상의 전개가 有限한 것에서 無限한 것으로 확장되어 있으며 영원한 것에 대한 지향이 엿보인다. 지상적 삶과 유한한 존재에 대한 실존적 자각이 비극적 정서로 A군의 시들에 표현되었다면, B군의 시들에서는 이처럼 그것을 초월하고 싶은 시인의 처절한 의지로 나타나고 있다. 일견 우주 질서에 대한 엄숙한 심정을 담고 있는 듯하지만 또 다른 관점에서 지상적 존재자로서의 유한성에 대한 비감이 표현된 것이라고 할만하다. 광대 무변한 우주에 대해 관심을 가질수록 더욱더 인간의 왜소함과 삶의 하잘 것 없음이 느껴지기 때문이다.

따라서 B군의 시들 역시 지배적 정서는 비극적이라고 할 수 있다.28) 결국 시집 『無順』은 목월이 그의 말년에 체험적으로 다가온 죽음 의식과 그로부터 비롯된 생에 대한 허무감, 그리고 그 절망적 허무감을 우주적 차원으로 더욱 심화시킴으로써 불완전하고 모순된 삶의 원죄 의식을 시적으로 형상화한 것이라고 규정할 수 있다. 기독교적인 원죄 의식이 후패한 인간성의 문제

---

27) 위의 책 P 428
28) A군의 작품들이 죽음의 관점에서 삶을 바라보는 시인의 비극적 정서를 표현한 것이라면 B군의 작품들은 보다 차원 높은 광대무변한 우주적 관점에서 지상의 존재를 바라본 시인의 또 다른 비극적 정서의 표현들이라고 할 수 있다.

에 보다 더 관련이 있는 것이지만, 궁극적으로는 인간의 불완전성, 모순성, 유한성 (죽음)등 지상적 삶의 본질에 연관된다고 볼 때, 기독교 신자인 목월의 삶에 대한 허무감, 종말감은 필연적으로 원죄의식과 관련될 수밖에 없다고 판단된다.

2) 신앙시에 나타난 구원 의식—『크고 부드러운 손』의 숭고미

만약 목월의 시세계가 『無順』으로 끝나고 말았다면 그 역시 대부분의 시인들처럼 절대자 (신)의 존재를 필요로 하고 있으면서도 신을 발견할 수도 믿을 수도 없다고 믿는 불가지론자의 하나로밖에 남지 못하였을 것이다.

'현대'는, 종교에서 말하는 神人同形同性說이 과학에 의해서 치명적인 타격을 받음과 동시에 시작되었다. 지난 날 신에게 귀속되었던 권능이 오늘날에는 제 일 원인(Arche)인 우주의 근본적인 힘의 근원으로 옮겨지게 되었다. 파괴 작업은 사실상 19세기서부터 시작되었다. 종교는 새로운 과학의 법칙에 자신을 순응시키지 않으면 안 되게 되어 종교의 많은 假定과 신앙을 수정하지 않으면 안 되게 되었다. 문학은 이 같은 이념적 투쟁의 강렬도를 입증해 주고 있다. 과학적 탐구로 말미암아 시작된 혁명적인 소란에도 별로 영향을 받지 않은 시인들도 있었으나 많은 시인들은 그렇지가 않았다.[29]

신은 일련의 맹목적인 힘들의 상징이 되어 버렸고 인간은 이제 신이나 초자연적 실재들과의 직접적인 소통을 할 수 있는 피조물의 왕으로는 간주되지 않게 된 것이다. 그리하여 비통한 염세주의, 허무주의의 징조가 많은 시들 가운데 나타나게 된 것이다.[30]

목월의 시에서도 이러한 징후가 매우 짙게 나타났던 시기가 있었다. 『경상도의 가랑잎』이나 『사력질』이 그 예로 들 수 있는 시집들이다. 그러나

---

29) 최종수.『문학과 종교』(서울, 성광문화사. 1981). P 74
30) 위의 책.

목월에게는 유고 신앙 시집 『크고 부드러운 손』이 있음으로써 그는 현대적
염세주의, 허무주의를 극복한 기독교 시인으로 역사에 남게 된 것이다. 진실
로 신앙은 회의와 모호성에 싸여 있는 것이며 만일 아무런 긴장도 모순도
없다면 신앙은 타성적이고 관습적인 삶의 한 양식으로 타락하고 말 것이다.
목월에게 있어 이와 같은 모호성을 담고 있는 것이 시집 『無順』이라고 할
수 있다.

그러나 목월은 이러한 신앙적 갈등과 회의와 모호성에 갇혀만 있지 않고
마침내 구원에 대한 믿음을 시로써 표현하기에 이른다.

나의
머리 위에 얹혀지는
손이
나를 태운다.
나사렛 예수여
나사렛 예수여
못박힌 자국이
모든 것을 증거해 주는
불의 손이
나를 태운다.
나의 머리 위에 얹혀지는
손이
나를 충만하게 한다.
나사렛 예수여
나사렛 예수여
못박힌 자국이
모든 것을 증거해 주는
바다의 손이
나를 깨끗하게 한다.

못박힌 자국으로 말미암아
이제 나는
당신을 벗어날 수 없다
나는 당신의 사람
못박힌 자국이
나를 구속한다.

— 「노래」 全文31)

　기독교는 신앙에 의한 구속과 구원을 믿는 종교이다. 신앙인으로서 자신의 전 인격을 신에게로 귀속시키는 심정을 읊은 이 작품은 시인이 기독교적인 구원을 믿는 믿음을 토대로 삼고 있다. 십자가를 통한 예수 그리스도의 대속 그것이 추상적 교리가 아닌 '나를 태우는 불의 손'으로 체험적으로 형상화 되어 표현되었으며 '나를 구속하는 손'으로 고백되고 있는 것이다. 한 점의 의혹이나 회의도 개입할 여지가 없이 시인이 자기 자신을 단정적으로 '당신(신)의 사람'으로 못박음으로써 지상에서의 세속적 자유가 아닌 신앙에 의한 자유 (세속적 가치를 벗어난 영적인 자유)를 획득하였음을 말해주고 있다. 이러한 신앙 고백이 깊은 고뇌와 갈등과 절망을 거쳐 이루어졌다는 점에 주목할 때, 안이한 기도 형식으로 표현되고 있는 수많은 기도시나 찬송시와는 차별되어야 한다고 본다.

　본디 기독교 신앙시는 그 나름의 독특한 형식이 정해져 있는 것이 아니다. 신앙시를 판별할 수 있는 것은 형식적인 면이나 일정한 형태에 있다기 보다는 그 주제나 내용면에서 찾아야 한다. 물론 기도시의 형식이 신에 대한 부름이나 (주여, 하나님 등) 기원을 담은 어귀들 (하소서, 주소서) 처럼 일정한 용어가 사용되기도 하지만, 그것조차 정해져 있는 것이 아니다. 목월의 신앙시 가운데에『크고 부드러운 손』에 실린 12편의 작품이 이 형식, 즉

---

31) 박목월. 앞의 책 PP 472—473

기도시에 속한다.32)

「거리에서」, 「아침의 수세미꽃」 「우리의 출입」 「이만한 믿음」 「평온한 날의 기도」 「부활절 아침의 기도」 「오늘은 자갈돌이 되려고 합니다」 「門」 「처음부터」 「가을의 기도」 「내리막길의 기도」 「거룩한 밤에」 등.

이 가운데 한 편을 인용해 본다.

아무런 근심도 걱정도 없이
평온한 날은
평온한 마음으로
주님을 생각하게 하십시오.
양지 바른 창가에 앉아
인간도 한 포기의
화초로 화하는
이 구김살 없이 행복한 시간
주여
이런 시간 속에서도
당신은 함께 계시고
그 자애로우심과 미소지으심으로
우리를 충만하게 해 주시는
그
은총을 깨닫게 하여 주십시오.
그리하여
평온한 날은 평온한 마음으로
당신의 이름을 부르게 하시고
강물같이 충만한 마음으로
주님을 생각하게 하십시오.

---

32) 시집 『크고 부드러운 손』에 실린 신앙시들을 분류해 보면 기도시 12편, 찬송시 12편, 본격시36편이 된다.

순탄하게 시간을 노젓는
오늘의 평온 속에서
주여
고르게 흐르는 물길을 따라
당신의 나라로 향하게 하십시오.
三月의 그 화창한 날씨 같은 마음속에도
맑고 푸른 신앙의 水深이 내리게 하시고
온 천지의 가지란 가지마다
온 들의 푸성귀마다
움이 트고 싹이 돋아나듯
믿음의 새 움이 돋아나게 하여 주십시오.

— 「평온한 날의 기도」 全文33)

　기도를 통하여 시인은 신과 합일된 경지에 이르고자 소망한다. 이는 인간을 신의 위대한 정신에까지 고양하고자 하는 숭고한 신앙에서 비롯된 것이다. 롱기누스 (Longinos)에 의하면 인간의 이 같은 '위대한 정신의 영상'이 바로 숭고미를 낳는다.34) 칸트에 의하면 숭고는 그 자체로서 인간에게 快를 주고 또한 그것은 '반성적 판단'(reflexion surteil)을 전제로 하며, 자연미가 한정적인 대상의 형식에 관계된 것인데 반해 숭고는 형식을 갖지 않는 무한정적인 대상에 관계된다고 보았다. 숭고는 인간 의식 가운데의 이념에 대한 외경의 감정인 바, 감각성에 대한 이성의 우월성을 직관적으로 구체화하고 무한정적인 절대적 대상에 대해 외경을 갖게 한다는 것이다.35)

　롱기누스가 말한 '위대한 정신'이나 칸트가 말한 '무한정적인 대상', '절대적 대상' 등이 다름아닌 '신'을 가리킴은 물론이다. 신에 대한 절대적 믿음

---

33) 박목월. 앞의 책 P 467
34) Longinos, <u>On the Sublime</u>. English trans. W. R. Roberts. Cambridge, the University Press.1899. P 60
35). 白琪洙『美學』(서울대학교 출판부, 1987) PP 70—100 참조

과 귀의가 예술 작품으로 표현될 때 '숭고미'를 낳고 이 숭고미가 예술가 시인을 신과 합일하게 하는 것이다. 앞에 인용한 목월의 신앙시 두 편에 담겨 있는 숭고미야 말로 기독교시가 지니는 미적 요소의 핵심이며, 기독교 시와 비 기독교시를 구분하는 잣대도 이를 근거로 해야 한다고 본다. 기독교 신앙시가 지니고 있는 숭고미의 형태 또는 형식이 규명된다면 그것이 바로 그 기준이 될 것이다.

(4) 결 론

본고는, 한국 시가 사상 자연파, 청록파로만 알려져 온 박목월 시인의 기독교 신앙시가 어떤 과정을 거쳐서 이루어진 것인지에 대해 살펴봄으로써, 그의 후기시를 대표하는 시집『無順』과『크고 부드런운 손』의 연관성을 찾아내고, 그것을 바탕으로 목월의 시세계가 기독교 정신을 기저로 삼고 있음을 논증하고자 집필되었다. 아울러 목월의 마지막 유고 시집인『크고 부드러운 손』에 담긴 미의식에 대해 고찰해 봄으로써 그것이 종교시 일반이 지니는 숭고미임을 밝히고자 했다.

그러나, 기독교 시가의 숭고미가 어떤 형식에 의존하고 있는지, 그리고 그것은 다른 종교시와 어떻게 구별되는 것인지에 대하여는 별도의 깊은 연구가 필요하다고 결론지었다. 목월은 신앙시를 통하여 절대자인 여호와 (하나님, 主)와 합일하고자 기원하였고, 그 합일을 통하여 그의 영혼을 구원받고자 함으로써 죽음을 목전에 둔 시점에서 완전한 신앙의 경지에 도달하게 되었음도 확인할 수 있었다.

7. 김춘수 시의 비애미와 기독교적 심상

(1) 서 론

한국 시단에서 무의미의 시인으로 널리 알려진 김춘수는[1] 언어의 예술인 시창작에 있어 의미나 관념 또는 관념적 이미지 등에 대해 회의하고, 이를 초극하고자 시어의 의미 제거를 실험한 결과, 시에서 언어의 의미를 무화하는 경지에까지 이른 시인이다.

그러나, 그가 본격적으로 무의미시를 시도하기 이전, 그의 전기 시를 살펴보면 오히려 기존의 시적 문맥에 의존하여 시를 썼으며, 전통적 언어관에 의한 순수 서정을 바탕으로 비애의 정서를 짙게 노래한 작품들이 주류를 형성하고 있음이 확인된다.

이처럼 시어의 의미를 살린 순수 서정의 세계로 출발한 그가 무의미시에 이르기까지 하나의 궤적을 그려 나가고 있는 것이 있다면 그것은 어떤 절대

---

1) 정한모,「김춘수의 의미와 무의미」; 오규원,「무의미시」; 양왕용,「'예수를 소재로 한 시'에서의 의미와 무의미」; 이기철,「무의미시, 그 의미의 확대」; 고정희,「김춘수의 무의미론 소고」; 엄국현,「무의미시의 방법적 이해」. 이상은 김춘수연구 간행위원회편 『김춘수 연구』(서울, 학문사, 1982)에 실린 논문들로, 주로 무의미의 시로 규정한 것들이다.

적 세계를 지향함으로써 결과되는 비애적 정서라고 할 수 있다.

이 글에서는 먼저 김춘수 시인의 시에 나타난 비애미와, 그것과 관련이 있는 종교적 심상, 그 중에서도 특히 기독교적 심상과의 관계를 밝히고, 아울러 그가 마침내 언어의 의미를 부정하는 순수 무의미시에까지 도달할 수밖에 없었던 필연성을 비애와 관련하여 천착해 보고자 한다. 그 스스로 고통에 대한 콤프렉스를 가지고 있다고 고백했던 시인,[2] 그 스스로 날이 갈수록 예수의 매력이 더해 간다고 고백했던 시인이[3] 비애의 정서를 바탕으로 마침내 무의미시의 세계에 탐닉하게 된 까닭을 밝히는 일이야말로, 김춘수의 시가 지니고 있는 난해한 비밀을 해명할 수 있는 길이라 판단하기 때문이다.

(2) 전기 시에 나타난 비애미

1) '하늘'과의 거리

김춘수의 첫 시집 『구름과 장미』(1948) 서문에서 유치환 시인은 다음과 같이 예언적인 언급을 하고 있다.

> 神이 그의 가장 의로운 자식으로 하여금 시인으로 삼았으리라. 그렇지 아니한들 어찌 시인인 그가 아무런 보람도 없는 내세의 열반을 바람도 아닌 이 노릇——인류의 영원한 향수와 동경의 소재를 찾기에 이렇듯 애달프게 노력하기를 면하지 못하랴.
> 그러나 신의 은총은 항상 우리의 모르고 또한 뜻하지 아니하는 곳에 이슬같이 이루어짐이어늘, 여기에 새로운 한 시인을 우리가 얻게 됨은 우리 겨레

---

2) 『김춘수 전집 1. 시』(서울, 문장사, 1984) p354참조
3) 위의 책 p309 참조

가 진실로 의로운 겨레임을 신이 스스로 증거하여 주심이리라. (이하 생략)

　시인 유치환은 김춘수의 첫 시집을 읽고 무엇을 느꼈기에 시단에 처음 등장하는 신인의 시집 서문에 이처럼 신의 이름으로 시인의 존재 의미를 밝히려고 하였는가. 그는 분명 시집『구름과 장미』에 나타난 범상치 않은 심상을 발견했을 것이며, 그 시적 상상력이 어떤 절대적 경지를 지향하고 있음을 확인하였을 것이라고 판단한다. 왜냐하면 유치환은 김춘수 시인의 등장을 우리 겨레에게 주어진 신의 은총이라 표현하고 있기 때문이다.
　유치환의 이 언급이 과장이 아닌 당위적 사실로 확인되려면 구체적으로 김춘수의 작품 분석에 의존하여야 할 것이다. 먼저 시집『구름과 장미』에 실린 작품부터 살펴본다.

　　가자. 꽃처럼 곱게 눈을 뜨고, 아버지의 할아버지의 원한의 그 눈을 뜨고
　나는 가자. 구름 한 장 까딱 않는 여름 한나절. 四方을 둘러봐도 一面의 熱砂.
　이 알알의 모래알의 짜디짠 갯내를 뼈에 새기며 뼈에 새기며 나는 가자. 꽃처
　럼 곱게 눈을 뜨고, 不毛의 이 땅바닥을 걸어가 보자.

『구름과 장미』에「途上」으로 수록되었으나『제1시집』에서「序詩」로 개제된 이 작품은 김춘수가 심사숙고 끝에 제목을「서시」로 고친 것으로 미루어 앞으로 그가 추구하고자 하는 바를 선언함으로써 그의 시세계가 나아갈 바를 암시해 준다고 판단된다. 시인으로서의 그의 삶을 암시하는 언표가 어느 작품에서보다도 명확하게 드러나 있는 이 시를 분석해 보면, 그 비밀이 밝혀질 수 있을 것으로 보인다.
　이 시에는 인생을 바라보는 김춘수의 시선이 명백히 드러나고 있으니, 그것은 '꽃을 바라보는 시각'과 인류의 역사를 통해 대대로 이어져 내려오는 삶에 대한 '원한의 눈'으로 대비되는 긍정과 부정의 이분법적 관점이다. 그

스스로 다음과 같이 술회하고 있듯이 그것은 그의 서구적 세계관에서 비롯되고 있다.

　　나는 나의 관념을 담을 유추를 찾아야 했다. 그것이 장미다. 이국취미가
　철학하는 모습을 하고 부활한 셈이다. 나의 발상은 서구 관념철학을 닮으려고
　하고 있었다. 나도 모르는 사이 나는 플라토니즘에 접근해 간 모양이다. 이데
　아라고 하는 非在가 앞을 가로막기도 하고 시야를 지평선 저쪽으로까지 넓혀
　주기도 하였다.4)

　이로 미루어 보건대 시인으로서의 첫 출발점에서 김춘수는 분명 동양적
사고보다는 인생과 세계에 대한 관점이 서양적 사고에 물들어 있었음을 알
수 있다. 전통적으로 인생과 세계에 대한 생각이 주로 조화와 중용에 의한
통합론에 치우쳐 온 것이 동양의 특징이라면, 그에 비해 서양은 주로 선과
악, 긍정과 부정의 첨예한 이분법에 근거한 사상에 지배되어 온 것이 사실일
진대, 시인으로서의 첫 출발점에서 그를 사로잡고 있는 것은 분명 서구적
사상이라고 판단하기 때문이다. 김춘수의 시세계를 해명함에 있어 이 점은
중요한 하나의 근거를 제공해 준다고 본다.

　이 「서시」에 의하면, 그의 눈에 비친 현실 (역사)은 ‘一面의 熱砂’ 이며
‘모래알의 짜디짠 갯내’가 뼈에 스미는 황량한 ‘不毛의 땅’이다. 문제는
이러한 땅 (현실과 역사)을 시인은 ‘꽃처럼 곱게 눈을 뜨고’ 걸어가겠다는
예술가로서의 강한 의지를 표명하고 있다는 점이다. 냉엄하고 모순이 가득
한 현실에 꽃으로 표상되는 시정신으로 맞서 나아가겠다는 선언을 하고 있
음이다. 다시 말해 김춘수는 이 「서시」에서 현실과 이데아의 대결구도에서
비롯되는 어떤 정서 (허무 또는 비애 등)를 그의 시의 바탕으로 삼을 것이라
는 점과, 앞으로 그가 시에서 추구해 나갈 이분법적 세계관을 단적으로 제시

---

4) 김춘수,「의미에서 무의미까지」,『김춘수 전집 2. 시론』(서울, 문장사, 1982) p383

해 준다고 생각된다.

그러나, 그 이분법적 갈등 구조는 시인이 발을 딛고 사는 현실에서 인간의 손이 닿지 않는 이데아를 향한다는 이율배반적 한계를 잉태할 수밖에 없는 비극적 숙명을 어쩔 수 없이 지니게 된다. 시 「구름과 장미」에 나타난 하늘과의 거리감이 그 점을 증명해 준다.

> 저마다 사람은 임을 가졌으나
> 임은
> 구름과 장미 되어 오는 것
> 눈 뜨면
> 물 위에 구름을 담아 보곤
> 밤엔 뜰 장미와
> 마주 앉아 울었노니
>
> 참으로 뉘가 보았으랴?
> 하염없는 날일수록
> 하늘만 하였지만
> 임은
> 구름과 장미 되어 오는 것

추구하는 '임'은 '하늘'이지만, 그 임은 누구도 보지 못하는 존재로서 (관념적 이데아로서) 시인이 확인할 수 있는 존재는 다만 마주 앉아 울어 줄 '구름'과 '장미'일 뿐, '임'인 하늘은 아득히 멀어 손에 잡히지 않음을 슬퍼하고 있다. 그의 작품에 끊임없이 나타나는 비애의 근원 중 하나가 바로 非在인 하늘(임)과의 거리감에서 비롯된다는 사실을 이 시가 암시해 주고 있다.

2) '절대'와 '상대', '불변'과 '가변'의 대비

앞에서 밝힌 바와 같이 김춘수가 처음부터 소위 무의미의 세계를 노래한 것은 아니다. 시인이고자 하는 사람들이 대체로 그렇듯이 그도 처음엔 전통적인 서정의 세계에 대한 믿음을 기초로 시를 썼다.5) 이러한 경향은 그의 전기 시에 해당하는 첫 시집『구름과 장미』나 제2시집『늪』, 그리고 제3시집『旗』와, 헝거리에서 일어난 자유를 위한 민중의 투쟁과 그 과정에서 죽어간 시민을 한국의 상황과 대비하여 서술적으로 읊은『부다페스트에서의 소녀의 죽음』까지 거의 큰 변화 없이 계속된다.6)

따라서, 그의 전기 시에 해당하는 이 기간 동안에 나온 작품들은 언어의 기존 의미를 파괴함이 없이 전통적 문맥 읽기에 의존해서도 감상이 가능한 세계를 노래하고 있다고 할 수 있다. 문제는 이 시기에 그의 시에 나타난 세계상의 특징을 밝히는 일인데, 결론부터 말한다면 그것은 다름 아닌 '절대'와 '상대', '불변'과 '가변'으로 대비되는 이원론적 갈등 구조에서 비롯되는 비애적 정서라고 요약할 수 있다고 본다.

시인의 시세계를 알려면 그 시인이 집착하는 시어를 먼저 살펴보아야 한다는 기본적 논리에 따라 김춘수가 무의미시에 집착하기 이전에 발표한 그의 전기 시에서 어떤 단어의 사용 빈도가 높은가를 우선 살펴 보겠다.

그의 전기 시를 일별해 보면 가장 두드러지게 눈에 자주 띄는 시어들이 쉽게 확인되는 바, 그것은 '하늘', '바다', '별', '산' 등으로 대표되는 절대적 불변성을 지니고 있는 소재어들과, '꽃', '구름', '바람', '눈물' 등으로 대표되는 상대적 가변성을 지니고 있는 소재어들이 거의 모든 작품마다 대비적으로 등장하고 있다는 점이다.

---

5) 김주연,「명상적 집중과 추억」,『김춘수 시선 '처용'』(서울, 민음사, 1974) p.14
6) 위의 글

푸르고 푸른 줄 알았단다
푸르고 푸른 것이 그치면
복사꽃 외앗꽃 냉이꽃
향기로운 꽃밭인 줄 알았단다
바다 !
바다 !

구슬 같은 눈물이 희기 시작한다
두 손을 흔들어 사모친 이름을 불러보면
물결이 더욱 하늘처럼 영롱하다
물결은 가슴 밖을 하늘처럼 넘쳐 흐른다

바람이 흔들면
거문고 일곱 줄 은실이 하늘마저 울린다

— 「여자」 전문

　제1연에서는 바다와 꽃이 대비를 이루고 있고, 2연에서는 하늘과 눈물이 대조를 이루고 있음이 우선 확인된다. 뿐만 아니라, 시 「예배당」에서의 하늘과 꽃; 「소년」에서의 하늘과 구름; 「산장」에서의 하늘, 일월과 구름, 꽃; 「불나비」에서의 하늘, 별(일월, 성신)과 구름, 꽃; 「언덕에서」의 바다와 꽃, 울음; 「모른다고 한다」에서의 산과 속잎; 「창에 기대어」의 하늘과 꽃(아카시아 등), 울음; 「날시스의 노래」의 하늘; 별과 구름, 꽃(수선), 울음; 「혁명」의 하늘과 불꽃; 「여명」에서의 하늘과 꽃(가루); 「숲」에서의 하늘과 불꽃; 「푸서리」에서의 하늘과 꽃 등, 실로 이 시기에 발표된 거의 모든 작품마다 되풀이되고 있는 절대성과 상대성의 대비적 시어들이 등장하고 있다는 것이 확인된다.

　절대적 불변성을 지닌 소재어들이 등장하지 않는 작품의 경우에도 예외

없이 상대적 가변성의 시어들이 등장하는 바, 이 경우에도 작품의 주제로 미루어 보건대 절대적 불변성의 소재어를 전제로 생략하고 있음을 알 수 있다. 예를 들면, 시 「봄A」의 바람, 구름, 울음; 「藤」의 구름, 꽃; 「瓊이에게」의 울음, 꽃, 구름; 「황혼」의 울음; 「밤이면」의 불, 울음 등에서 그 점이 드러난다. 시 한 편을 예로 들어 살펴본다.

> 뉘가 올간을 울리고 있다
> 꿈 속에서처럼 하염없이
> 뉘가 올간을 울리고 있다
>
> 내가 잊어버린 아득한 날을
> 실실이 풀어 주는 듯
> 뉘가 올간을 울리고 있다
>
> 어둑한 거리를
> 꼭 한 사람 三十歲의 여자가 지나간다
> 내가 잊어버린 아득한 날을
> 그 여자는 울며 간다
>
> 뉘가 올간을 울리고 있다
> 사라질 듯 질 듯
> 하염없이 뉘가 올간을 울리고 있다
>
> —「황혼」전문

이 시에는 올간의 울음과 여자의 울음이라는 상대적, 가변적 시어만이 등장하고 있지만, 그러나 그것이 제목 '황혼'이 암시해 주는 하늘을 전제로 하고 그에 대비되는 사라짐의 비애를 노래하는 것이다.

이상에서 살펴본 바와 같이 김춘수가 무의미시를 시도하기 이전, 그의 시 전기에 해당하는 대부분의 작품들에서 확인되는 것은 그가 절대적 불변의 세계와 상대적 가변의 세계라는 갈등 구조로 인간과 세계를 파악하고, 그것을 비애미로 형상화 하고 있음이 분명하다는 사실이다. 그 결과 이 시기에 그의 시를 지배하는 정서는 도달할 수 없는 절대경에 대한 절망감과 모순에 가득 찬 현실적 상대 세계에 대한 허무감에서 비롯되는 비애의 정서가 자연히 주조를 이루게 된 것이다.

3) '울음'과 '눈물'의 미학

지금까지 대부분의 평자들은 김춘수의 시를 해명함에 있어 존재론적 관점이나 탈관념과 무의미의 세계라는 점에만 초점을 맞춰 논의를 전개해 온 것이 사실이다. 그 결과 그의 시를 지배하고 있는 정서적 특징인 비애에 대해 관심을 돌린 평자가 거의 없는 실정이다.[7] 면밀히 살펴보면 실로 김춘수의 시 대부분을 슬픔이라는 정조가 지배하고 있음에도 불구하고 논자들이 이 점을 외면해 온 것이다. 앞에서도 지적했지만, 김춘수가 그의 시 초기부터 시작하여 시적 변모를 이 시기에 지속해 왔음에도 불구하고 끊임없이 일관되게 유지해 온 불변의 요소가 있다면 '눈물'과 '슬픔'으로 대변되는 비애감일 것이다. 특히 이 시기 그의 시 대부분에는 직접적으로 이 두 낱말이 거의 빠짐없이 사용되는 바, 그의 시를 논함에 있어 이 점을 간과해서는 안될 것이다. 그의 시가 한 때 존재론과 같은 독자적 시관에 따른 방법론에 의해 제작됨으로써 수법상 매우 독특한 것이었기에 자연히 논자들의 관심이 시적 방법론이나 형태적 특징에만 집중되었던 것이라고 생각된다.

그렇다면, 왜 그는 그의 시에서 그토록 눈물과 슬픔 등 비애에 집착했는가 하는 구체적인 이유가 궁금하지 않을 수 없다. 그가 현실과 역사를 폭력이

---

7) 황동규는 『김춘수 연구』, p.175에서 김춘수의 시세계를 예외적으로 감상과 관련하여 논의하고 있다.

지배하는 모순 체계로 파악한 까닭이라고 일단 추론할 수도 있겠다.[8] 그의 표현대로 '폭력은 이데올로기의 앞잡이'이기 때문이다. 삶의 근원적인 모순은 인간이 현실에 집착하는 욕망과 함께 이상을 추구하는 꿈을 지닌 존재라는 사실에 있으며, 더구나 그 꿈이 인간으로서 도저히 도달할 수 없는 어떤 절대적인 것일진대, 그럼에도 불구하고 그것을 포기하지 않고 끊임없이 찾아 헤매는 숙명이 시인에게 존재한다는 데 비극적 아이러니가 존재한다는 것은 주지의 사실이다.

그러므로, 시는 본질적으로 아이러니를 기본으로 한다고 할 수 있지만, 특히 존재론적 시세계를 추구했던 김춘수가 왜 무의미시 이전 그의 전기 작품 가운데 지나칠 정도로 '울음'과 '눈물'이라는 낱말을 자주 사용하고 있는가 하는 점은 먼저 해명되어야 할 것이다. 그 까닭이 앞에서 언급한 보편적인 삶의 모순 때문인가, 아니면 그만의 어떤 개인적인 특별한 체험에서 비롯되는 이유 때문인가, 또는 이 양자 모두와 관련된 사유 때문인가를 밝히는 일은 그의 시를 해명하는 첫 출발이 되어야 하리라.

이를 위해, 먼저 그의 전기 시 가운데 울음과 눈물이 등장하는 구절을 찾아 본다.

- ▶ 어찌하여 저 들판이 / 저리도 울고 있는가 / (중략) / 또 저렇게도 슬피 우는가 / (중략) 서러운 짐승처럼 울고 있는가 ─ 「풍경」
- ▶ 돌의 볼에 볼을 대고 / 누가 울 것인가 ─ 「죽어 가는 것들」
- ▶ 눈물에 어린 황금빛 진실을 / 한아름 안고 ─ 「또 하나 가을 저녁의 시」
- ▶ 밤엔 뜰 장미와 / 마주 앉아 울었노니 ─ 「구름과 장미」
- ▶ 구슬 같은 눈물이 희기 시작한다 / (중략) / 거문고 일곱 줄 은실이 하늘마저 울린다 ─ 「여자」

---

8) 김춘수, 「처용, 그 끝없는 변용」, 『김춘수전집 2. 시론』, pp. 573─574 참조

▶ 히히이 한 울음 모가지를 뽑아 보니 ―「봄 A」

▶ 멧새도 날아와 울어 주고 ―「산장」

▶ 낯설은 새들이 울음 울며는 ―「언덕에서」

▶ 경이는 울고 있었다. / (중략) / 바람이 가지 끝에 / 울며 도는데 / (중략) / 너는 울고 있었다 ―「경이에게」

▶ 아카시아의 수향같이 오붓한 슬픔을 / (중략) / 서러운 벌레처럼 울고 있다 / (중략) / 유랑인의 눈물을 흘리자 ―「창에 기대어」

『김춘수전집 1.시』의 앞 부분에 실려 있는 20편의 초기 작품 가운데 순서에 따라 뽑아 본 결과 모두 10편의 시에 슬픔, 울음 등 '비애'와 관련된 낱말이 17회나 사용되고 있다. 이로 미루어 김춘수의 첫 시적 모티브가 다름 아닌 '비애' 그것이었음이 분명하며, 그가 시에 몰두하면서 한 평생 시를 쓰는 삶을 영위할 수 있게 한 최초의 원동력도 '비애' 그것이었고, 그리하여 그의 전기 시 전체를 지배해 온 기본 정서가 필연적으로 '비애'일 수밖에 없었을 것이라는 추론도 가능하리라 판단한다.

그렇다면, 무엇이 김춘수로 하여금 '비애'에 집착하게 한 것인가. 일차적으로 그의 직접적인 진술을 통하여 그것을 확인할 수 있을 것이다.

나는 苦痛에 대한 콤플렉스를 가지고 있다. 고통에 민감하면서 그것에 질리고 있다. 도저히 감당할 수 없는 상대로 밖에는 안 보인다. 나는 과거에 수많은 고통과 부딪쳐 본 일이 있었다. 내가 원해서 그렇게 된 것은 아니다. 그러니까 나는 언제나 고통에 대해서 피동적인 입장에 있었다. 웬만한 것은 시간이 해결해 주었지만, 시간이 가면 갈수록 그때의 기억이 되살아나 새로운 고통을 안겨 주곤 하는 그런 고통의 기억도 있다. 이것은 죽을 때까지 내 체내에서 씻어 낼 수 없을 것이다. 이미 내 체질의 일부가 되고 있다. 때로 나는 여기서부터 도피해 보려고 하지만 한 번도 성공한 일은 없다. 나는 늘 패배의식을 안은 채 살아가고 있다. 내 경우에는 육체의 고통이 정신을 압도한 것 같다. 그 굴욕감을 버리지 못하고 있다.[9]

　이 인용문에 의하면 김춘수에게는 정신을 압도하는 어떤 육체적 고통이
있음을 알 수 있다. 그것이 무엇인지 이 글에는 나타나 있지 않지만, 그의
다른 글에 의해 그 해답을 얻을 수 있을 것이라 여겨진다. 그의 고백에 의하
면, 그가 일본 유학생으로 동경에서 시의 습작에 몰두하고 있을 때, 영문도
모른 채 소위 불령선인으로 몰려 일본 헌병대 유치장에 약 반년 쯤 갇혀서
심한 고문을 당했다는 것이다. 감옥에서 풀려 나온 뒤에도 처가에 숨어서
광복이 되기까지 두문불출하였으며 금강산으로 가 요양하는 등, 그때 받은
육체적 고통과 함께 인격적 모독으로 인해 씻을 수 없는 모멸감으로 괴로워
했으며, 그 감정이 평생을 지배하게 되었다고 술회한 바 있다.[10]

　어이없는 고문으로 인한 육체적 고통이 정신을 압도하고 그로 인한 굴욕
감을 아직도 버리지 못하고 있을 정도로 시인으로서의 그의 일생을 지배하
고 있음을 위의 글을 통해 알 수 있다. 현실을 지배하고 있는 관념이나 이데
올로기를 그가 극도로 혐오하게 된 동기가 무엇이었는지도 여기서 동시에
밝혀졌다고 하겠다. 김춘수의 시를 지배하고 있는 비애의 정서가 이와 같은
그의 개인적 특별한 체험에서 비롯되었음이 일단 확인된 셈이다.

　젊은 시절, 워낙 예민한 체질인 그가 어처구니 없는 현실에 절망한 나머지
인생을 비관하게 되었을 것이고, (광복후 이데올로기로 분열된 조국의 혼란
상이 이를 더욱 조장했을 것이다.) 따라서 그를 지배한 정서가 비애일 수밖에
없었을 것이란 점 수긍할 만하다.

　그러나, 그것만으로 그의 정서적 비애의 원인을 모두 다 해명했다고는
여겨지지 않는다. 어떤 근원적이고 본질적인 이유가 또 있을 것이라 추측되
는 것은 그의 고백대로 '완전'이나 '영원' 과 같은 절대적 세계와 함께 존재
론적 세계 등 형이상학적 주제가 또한 그의 전기 시 전체를 지배하고 있는

---

9) 『김춘수 전집 1. 시』, p.354
10) 김춘수, 「거듭되는 회의」, 전집 2. 『시론』 p.350

비애의 정서와 무관하지 않을 것으로 보이기 때문이다.

그 점은 김종삼의 시에 관한 그의 다음과 같은 진술에서 어떤 실마리를 찾을 수 있을 것이라 여겨진다.

> 〈내용 없는 아름다움〉 이란 아무런 효용성이 없는 순수한 감동 그것인데 (중략) 이 두 개의 장면은 아름다움이 하나의 진실의 세계라는 것을 보여 준다. 그것은 일상적 협잡물의 저편에 있다. 이런 아름다움이 (무상의 아름다움이) 우리에게 다가올 때 우리는 우주적 연대감을 느끼게 된다. 그리고 그것은 동시에 역으로 일상성의 덧없음을 느끼게 해 준다.(諸行無常) 그때 우리에게 슬픔이 온다. 우리는 평시에 느끼지 못한 우리 자신을 존재자로서 느끼기 때문이다. 시는 그러니까 슬픔을 일깨워 주어 종교적 차원의 심정을 빚어 준다.[11]

일상성의 덧없음에서 (허무함에서, 또는 의미 없음에서) '슬픔'이 비롯되며 그 슬픔이 종교적 차원을 일깨워 준다는 그의 진술을 통하여 확인되는 또 하나의 사실은 김춘수 시의 비애의 근원이 그의 독특한 개인적 체험에서만 비롯된 것이 아니고, (그것도 물론 중요한 원인이 되었지만) 보다 더 본질적인 존재론적 허무감에 근거하고 있다는 점이다. 더구나 그 일상성의 덧없음에서 비롯되는 슬픔이 단순히 슬픔으로 끝나는 것이 아니고 종교적 차원의 심정을 빚어 준다고 할 때, 그에게 있어 비애감은 체질적으로 그가 포기할 수 없는 절대성에 잇닿아 있음을 동시에 확인시켜 준다고 하겠다.

이로 미루어 김춘수의 전기 시 세계는 실로 그의 독특한 개인적 체험과 함께 인생과 세계에 대한 근원적 슬픔에서 비롯된 울음과 눈물의 미학이 이루어 낸 비애미가 그 본질임을 알 수 있다.

---

11) 김춘수, 「김종삼과 시의 비애」 위의 책 pp.437—438

(3) 비애와 무의미의 관계

1) 기독교적 심상 분석

그렇다면, 김춘수의 비애와 관련 있는 '종교적 차원의 심정'이란 어떤 것인가를 검토해 보지 않을 수 없겠다. 시집 『남천』(1977) 후기에서 김춘수는 다음과 같이 말하고 있다. "「예수를 위한 6편의 소묘」는 최근작이다. 앞으로도 예수를 소재로 한 시가 더 쓰여질 듯하다. 예수에 대한 매력은 날이 갈수록 더해 간다." 여기서 말하는 「예수를 위한 6편의 소묘」란, 시 「마약」, 「아만드꽃」, 「요보라의 쑥」, 「세째 번 마리아」, 「가나에서의 혼인」, 「겟세마네에서」 등 6편의 시를 말한다.

그러나, 그의 시 전집(1984)을 일별해 보면 이들 작품뿐만 아니고 이들을 포함한 여러 편의 시 가운데 예수, 또는 예수와 관련된 기독교적 심상이나 소재, 기독교적 정서가 발견되고 있다. 그런 작품들의 제목을 대강 열거해 보면 다음과 같다.

> ▶ 시 「나비」, 「예배당」, 「막달라 마리아」, 「가을 저녁의 시」, 「밤의 시」, 「오랑케꽃」, 「蛇」, 「집(2)」, 「생성과 관계」, 「무구한 그들의 죽음과 나의 고독」, 「최후의 탄생」, 「나목과 시」, 「릴케의 章」, 「바람을 조금만」, 「나의 하나님」, 「幼年時(1)」, 「디딤돌(2)」, 「눈물」, 「못」, 「리듬(2)」, 「물또래」, 「해파리」, 「천사」, 「마약」, 「아만드꽃」, 「요보라의 쑥」, 「세째 번 마리아」, 「가나에서의 혼인」, 「겟세마네에서」, 「西天을」, 「김영태의 '오리'」, 「골동설.4」, 「땅 위에」, 「둘째 번 마리아」, 「서쪽 포도밭 길을」, 「나자로여!」, 「분꽃을 보며」, 「나귀도 없이」, 「에리꼬로 가는 길」

위에 든 작품 외에도 시적 정서가 예수 또는 기독교와 관계 있다고 볼 수 있는 시들이 다수 발견된다. 김춘수가 그 스스로 자신이 기독교도라고 밝힌 적은 없다. 그럼에도 불구하고 이처럼 시인으로서 작품 가운데 예수 내지 예수와 관련된 기독교적 소재나 정서를 표현하고 있음은 무엇 때문일까. 그가 고백하였듯이 예수라는 역사적 존재에 대한 단순한 인간적 매력 때문일 수도 있을 것이다. '예수에 대한 매력'이라고 그가 술회하였을 때의 '매력'이 의미하는 것이 무엇인지 알기 위해서는 직접 그 자신의 작품을 분석해 볼 필요가 있겠다.

사랑하는 나의 하나님, 당신은
늙은 悲哀다.
푸줏간에 걸린 커다란 살점이다.
시인 릴케가 만난
슬라브 여자의 마음 속에 갈앉은
놋쇠 항아리다.
손바닥에 못을 박아 죽일 수도 없고 죽지도 않는
사랑하는 나의 하나님, 당신은 또
대낮에도 옷을 벗는 어리디어린
純潔이다.
삼월에
젊은 느릅나무 잎새에서 이는
연둣빛 바람이다.

— 「나의 하나님」 전문

　하나님과 예수를 사랑하는 순수한 마음이 어떤 신앙 고백보다도 진실하게 표현된 위의 작품으로 미루어 보건대, 김춘수가 신앙인인가 아닌가 하는 물음은 이 시점에서 전혀 불필요한 것이다. 아울러, 예수에 대한 그의 정서가 다름아닌 '비애'라는 사실도 이 작품에서 확인되고 있다. '늙은 비애'로 표현되고 있는 하나님과 예수의 이미지가 '푸줏간에 걸린 커다란 살점'으로 형상화 되고 있음에 주목해야 하리라. 앞 부분 3행이 내포하고 있는 의미는 김춘수가 온 몸으로 받아들이고 있는 생의 비극성이라는 근원적인 세계인식임을 알 수 있기 때문이다. 그것은 또한 '대낮에도 옷을 벗는 순수'와 연결되어 있기도 하다. '커다란 살점으로 걸릴 수밖에 없는 순수'의 슬픔. 무엇이 그로 하여금 시를 쓰게 하였는지, 그의 시적 에스프리가 무엇인지 이 작품이 충분히 암시해 주고 있음이다. 이 시의 4행에서 6행까지에 내포되어 있는 정서는 한없이 침울한 '우울함' 그 자체이며, 그 이하 나머지 시행은 세속적인 때가 묻지 않은 순수한 생명의 모습인 '순결'의 시적 형상화라 할 수 있다.

김춘수로 하여금 시를 쓰게 하는 것은 그가 한 인간으로서 체질적으로, 또한 한 시인으로서 운명적으로 갈망할 수밖에 없는 '순수'와, 그로 인해 좌절할 수밖에 없는 삶에 대한 비애감, 그리고 이 모든 것에서 비롯되는 비극적 세계인식, 바로 그것이 원동력이 되고 있는 것이다. 아래에 인용한 작품에서도 그 점이 확인된다.

> 예수는 눈으로 조용히 물리쳤다.
> — 하나님 나의 하나님,
> 유월절 속죄양의 죽음을 나에게 주소서.
> 낙타 발에 밟힌
> 땅벌레의 죽음을 나에게 주소서
> 살을 찢고
> 뼈를 부수게 하소서.
> 애꾸눈이와 절룸발이의 눈물을
> 눈과 코가 문드러진 여자의 눈물을
> 나에게 주소서.
> 하나님 나의 하나님,
> 내 피를 눈감기지 마시고, 잠재우지 마소서.
> 내 피를 그들 곁에 있게 하소서.

언제까지나 그렇게 하소서.

—「痲藥」 전문

"예수가 십자가에 못 박힐 때, 그의 아픔을 덜어 주기 위하여 백부장인 로마 군인은 술에 마약을 풀어 그의 입에다 풀어 주었다."는 부제가 달린 이 시에서 김춘수는 십자가 위에서 못 박힌 채 피를 흘리며 죽어 가는 예수의 입을 빌어 인생에 대한 그 자신의 비애적 정서를 표현하고 있는 것이다. 아니, 그 자신이 예수와 완전한 동화를 이룸으로써 비극적 정서를 극적으로 형상화하고 있음에 주목해야 한다.

2) 순수 비애와 반(反) 이데올로기

김춘수의 시를 지배하고 있는 이러한 순수 비애가 '우리'로 대변되는 집단적 인간관을 극도로 혐오하는 그의 개인주의와 어떤 관계가 있는지 밝히는 일이야말로 이 단계에서 필수적이다. 왜냐하면, 김춘수가 일체의 관념이나 집단적 이데올로기를 배격한 채 그의 시를 극한으로 몰고 가 끝내 무의미의 세계에 도달하게 된 원인을 밝히려는 것이 본고의 목적이기 때문이다.『김춘수전집 2.시론』에서 그는 '우리'라는 말의 개념에 대해 다음과 같이 피력하고 있다.

〈우리〉라는 관념의 의미상의 한계를 어떻게 잡아야 할까? 한국인, 일본인…으로 잡는다면 그 한계는 민족주의에 가 부닥치게 된다. 〈우리〉를 무산계급, 유산계급으로 잡으면 그 한계는 사회주의에 가 부닥친다. 좌우간에 〈우리〉는 그 한계를 따지고 들 때 이데올로기, 즉 관념에 부닥친다. 그러나, 실감으로서의 구체적인, 아주 리얼리스틱한 우리는 내 입장으로는 친구 정도의 말이 될 수밖에는 없다. 친구는 민족도 아니요 계급도 아니다. 나는 친구가 될 수 없는, 민족으로부터 계급으로부터 도피하고 싶을 뿐이다. 관념(이데올로기)의 감상에 사로잡힐 수는 없다. 이것이 또한 시를 생각할 때의 나의

결백성이다. 민족에게 계급에게 시를 내줄 수는 없다.[12]

　이 글에서 김춘수는 그가 관념적 이데올로기의 노예가 될 수 없음을 명백히 밝히고 있는 것이다. 그는 '나'를 도외시하는 '우리'를 인정할 수 없다고 단호히 말한다. 무엇이 그로 하여금 이런 생각을 갖게 했는가. 관념적인 '우리'를 내세워 '나'라는 개인적 존재로서의 인간을 무시하는 집단적 이데올로기의 횡포를 한국적 현실과 역사 속에서 너무도 많이 보고 겪어 온 탓일까.

　그는 또 말한다. "완전을 꿈꾸고 영원을 꿈꾸고, 불완전과 역사를 무시해 버린다. 아주 아프게 무시해 버린다. 그걸 견딜 수 있을까? 나는 시를 쓰면서 나에게 물어 본다. 그걸 견디지 못하면 산문을 쓰라!"[13] 이 말로 미루어 <우리>인 집단 이데올로기를 부정하게 된 것이 다름아닌 '완전'과 '영원'을 꿈꾸기 때문임을 알 수 있다. '완전'과 '영원'을 꿈꾸는 시인에게 현실과 역사는 언제나 좌절과 절망을 안겨 주고, 그로 인해 그는 한없는 비애를 숙명처럼 끌어안고 살게 마련이다. 그것이 바로 김춘수의 시에 표현되고 있는 '순수 비애'의 모습인 것이다. 그리고 그것은 바로 이천 년 전 예수의 크나큰 비애와 잇닿아 있다.

　집단적, 관념적 이데올로기의 허위성을 부정하고 '완전'과 '영원'만을 꿈꾸는 시인에게 '순수비애'만 남게 된다는 데에 그의 비극적 세계관이 비롯된다고 할 수 있으며, 따라서 김춘수에게는 종교적 이데올로기에 의해서가 아닌, 인간으로서의 '인자(人子)'인 예수의 깊은 비애에 크게 공감하게 된 것이라고 하겠다.

　나는 관념공포증에 걸려들게 되었다. 말의 피안에 있는 것을 나는 알고

---

12) 김춘수, 「도피의 결백성」, 전집 2. 『시론』, p.354.
13) 위의 책 p.355

싫었다. 그 앞에서는 말이 하나의 물체로 얼어붙는다. 이 쓸모없게 된 말을 부수어 보면 의미는 분말이 되어 흩어지고, 말은 아무것도 없어진 거기서 제 무능을 운다. 그것은 있는 것(存在)의 덧없음의 소리요, 그것이 또한 내가 발견한 말의 새로운 모습이다.14)

완전과 영원에의 추구가 순수 비애를 낳고, 순수 비애가 다시 반 관념, 반 이데올로기를 낳았으며, 반 이데올로기가 결국 언어의 피안, 곧 언어 의미의 무화를 낳았음이 위의 글을 통하여 확인된다. 그가 예수에 대해 매력을 갖고 있는 것도 인간 예수의 생애에서 그 점을 발견할 수 있었기 때문이었다. "말은 아무 것도 없어진 제 무능을 운다."고 했을 때 의미가 무화된 언어, 분말로 흩어진 그 언어가 마지막까지 버리지 못하는 비애는 과연 무엇일까.

그의 전기 시뿐만 아니고 후기 시인 무의미시를 살펴보아도, 김춘수의 시 세계를 변함없이 지배하고 있는 정서가 바로 순수 비애일 수밖에 없음이 여기에 이르러 새롭게 확인되고 있는 것이다. 그가 그의 산문「김종삼과 시의 비애」에서 언급하고 있듯이, '시는 슬픔을 일깨워 주어 종교적 차원의 심정을 빚어 준다'고 했을 때 그것은 다름 아닌 그 자신의 시적 비애가 종교적 차원의 심정(정서)과 유관함을 피력한 것으로 볼 수 있다. 다음에 인용한 시에서도 드러나 있듯이 전혀 기독교적 소재가 등장하지 않는 작품에서조차 그가 말한 바와 같이 시의 슬픔이 일깨워 주는 종교적 차원의 심적 정서가 확인되고 있기 때문이다. 물론 이 시에서는 '바다를 다 적신 피 한 방울'이 예수를 떠올려 줌으로써 기독교적 차원의 심정을 느낄 수 있다.

잎을 따고 가지를 친다.

---

14) 김춘수,「의미에서 무의미까지」, 위의 책 p.384

하늘이 넓어진다.
살을 버리고 뼈를 깎는다.
뼈를 깎아서 뼈를 드러낸다.
바다를 다 적신 피 한 방울,
그것은 언제나 가고 있다.
넓어진 하늘로
드러난 뼛속의 드러난 뼛속으로
그것은 언제나 가고 있다.

—「겨울 꽃」 전문

김춘수가 어느 한 종교에 속해 있는 신자가 아니라 할지라도 그의 시 세계는 이와 같이 순수 비애와 그것이 일깨워 주는 종교적 차원의 심정을 본질으로 떠날 수 없음이다. 그의 후기 시에 속하는 시집 『남천』에서 예수에 대한 매력을 밝히면서도 '예수가 자꾸 주제를 강요하고 있어 거북하다'고 고백하고 있는데, 이는 시에 예수를 도입할 때 예수와 관련된 기존의 기독교적 고정 관념이나 이데올로기를 시에서 완전히 떨쳐 버리기가 매우 어려움을 말한 것으로 볼 수 있다. 이천 년 전 유대 나라를 지배하고 있던 기존의 관념이나 기존의 지배 이데올로기에 대해 예수 자신이 항거했던 정신에서 그는 그 자신의 반 관념적이고 반 이데올로기적 세계관을 발견했는지도 모를 일이다.

3) 서늘한 비애 — 무의미의 세계

그렇다면, 김춘수의 시적 정서인 순수 비애와 그의 또 다른 특징인 무의미의 세계는 어떤 관련이 있는 것일까.

앞에서 언급한 대로 그가 추구했던 완전과 영원이 가져다 준 비애가 반 이데올로기를 거쳐 언어 부정 끝에 결국 무의미의 세계에까지 이른 것일까. 그렇다 하더라도 비애와 무의미와의 상관관계는 보다 더 명쾌하게 밝혀져야 할 것이다.

　　여름은 가고
　　네 모발을 생각한다.
　　가을이 와서 낙엽이 지면
　　네 모발은 바다를 건너
　　더욱 깊이 내 잠 속으로 오리라.
　　바람이 이제
　　어제의 제 그늘을 떠나고 있다.
　　분꽃 하나가 바람을 따라 흐르고 있다.
　　하늘 높이 눈을 뜨고 불리우며
　　흐르고 있다.
　　마침내 깊이깊이
　　이 세상의 분꽃 하나가
　　하늘에 묻히리라.

　그가 세상에 선보인 첫 작품 「구름과 장미」에서 일찌기 갈구해 마지않던 '임'을 현실에서는 찾을 수 없기에 그의 가슴을 절절히 물들이던 슬픔은 종국에 제행무상(諸行無常)의 경지로 승화된 것으로 추정된다. 위의 작품 가운데서 그 점이 확인되고 있다.

　이 시에는 '모발'과 '분꽃'이 등장하고 있는데, 이들 사이에는 전혀 아무런 상관관계가 없어 보인다. 다만 이 양자 사이에 바람이 개입되어 있지만, 그럼에도 불구하고 전혀 어떤 의미를 떠올려 주지 못한다. 곧, 무의미시인 것이다. 따라서, 이 시의 문맥 가운데 의미는 무화되었지만 존재의 무상함이란 서늘한 정서는 살아 있어 그것을 느낄 수는 있다. 다시 말하면 그의 무의미시도 역시 비애의 정서에 물들어 있다는 사실이 입증된다는 것이다.

　「시작 및 시는 구원이다」에서 술회하고 있듯이 그는 생활과 시를 분명하게 구별하고 있으며, 시작 행위가 그 자신을 숨막히는 생활로부터 구원해 준다고 믿는다. 그는 시를 현실과 동떨어진 순수한 놀이로 생각하고 있으며, 어떤 심각한 행위가 아닌 '오묘한 놀이'로서의 시의 존재 자체를 구원이라 말한다. "시에서 뭔가 구원을 노래함으로써 어떤 시적 결론을 얻게 되는 그 과정이 구원이 아니라"는 그의 말은 시에서의 의미 체계를 부정하는 무의미시 주창자로서의 진술이다.

이처럼, 의미에서 무의미의 세계로 그의 시가 변모했음에도 불구하고 그의 시를 감싸고 있는 분위기랄까 어떤 정서는 여전히 '서늘한 비애'의 색조를 벗어나지 못하고 있다. 물론 그의 전기 시에 노출되어 있는 끈적이는 눈물이나 슬픔의 정조는 아니지만, 일체의 의미를 벗어 버린 뒤에 남는 허탈함이랄까, 그런 느낌이 감도는 '서늘한 비애감'은 감지된다.

결국, 김춘수의 시가 의미에서 무의미로 변모되었음에도 불구하고 그의 시는 전기 시의 '눈물과 슬픔'으로 노출된 비애가 무의미시 이후 끈적이는 의미를 벗어 버린 탓으로 그 비애의 모습도 체념 섞인 '서늘한 비애'로 바뀌게 되었다고 할 수 있다.

(4) 결 론

이 글에서 필자는 흔히 존재론적 시인이나 무의미의 시인으로 평단에서 회자되고 있는 김춘수 시인의 시 세계를 해석함에 있어, 지금까지 소홀히 여겨져 온 비애적 정서를 중심으로 난해하기 짝이 없는 그의 시를 분석해 보고자 시도하였다.

그 결과, 전기에 해당하는 '의미의 시'에서 후기 시에 해당하는 '무의미시' 에 이르기까지 김춘수의 시에 지속적 불변의 모습으로 나타나고 있는 비애 의 근원이, 그가 '완전과 영원'에 대해 집착한 결과 관념과 이데올로기를 부정하게 된 데서 연유하는 회피할 수 없는 좌절에서 비롯되었으며, 또한 그것이 그로 하여금 이천 년 전 유대 나라의 기존 지배 이데올로기에 항거했던 예수를 작품 속에 빈번히 형상화 하게 했다는 사실도 확인할 수 있었다.

시적 변모를 거듭함에 따라 작품에 담긴 비애적 정서도 달라질 수밖에 없었으니, 노출된 의미와 함께 '눈물과 슬픔' 등 직정적으로 표현되던 감정이 무의미시에 이르러서는 의미를 벗어 버린 '서늘한 비애'적 분위기로 나타나고 있음도 밝혀졌다.

김춘수가 시도해 온 시적 실험은 여기서 끝나지 않고 앞으로 다시 어떻게 변모될 것인지 예측할 수 없지만, 이 글에서 확인된 바와 같이 한 가지 분명한 사실은 그의 시가 어떻게 변하든 그는 현실을 지배하는 관념 체계를 부정함에서 비롯되는 비애적 정서는 버리지 못할 것이라고 생각한다.

8. 김남조의 시에 나타난 기독교 의식

(1) 서 론

　김남조 시인은 한국 '여류 시인의 대명사'로 일반에 널리 알려져 온 시인이다. 일부에서는 '여류시'라는 용어가 특별히 독립해서 존재할 필요가 있느냐 하는 의문이 제기되고 있으나, 한국 현대시단의 경우 이 용어는 아주 자연스럽게 문학 공용어로 존재해 왔고, 아직도 여전히 존재하고 있음이 부정 못할 사실이다. 이 점을 인정한다면 분명히 시인 김남조는 여류 시인이며, 현재 한국의 여류 시인을 대표하고 있다고 단언해도 지나침이 없다고 본다.

　그러면, 한국시단에서 유별히 여류를 분류하여 남성 시인들과 구분해서 호칭해 온 이유가 있는 것인가, 있다면 그것은 무엇 때문인가, 하는 의문이 시인 김남조의 시세계와 관련지어 함께 밝혀져야 할 과제라고 하지 않을 수 없다.

　본 논문에서는 이러한 문제를 포함해서 시인 김남조의 시세계를 분석해 보고, 논자들이 그를 흔히 '사랑의 시인'이라고 지칭하는 바, 그 사랑의 의미가 무엇인지, 그것이 과연 타당한지 여부와, 자작시를 해설하면서 그 스스로 강조하고 있는 '사랑'의 진정한 의미는 무엇인지, 하는 점 등에 대해서 밝혀 보고자 한다.

(2) 본 론

1) 생애 및 문단 활동

시인 김남조는 1927년 9월 26일 경북 대구에서 출생하였다. 초등학교 졸업 후 일본으로 건너가 후쿠오카시 큐슈여고를 졸업하였으며, 조국 광복 후 귀국하여 서울대학교 문.예과를 마쳤다. 6.25 전란 중이었던 1951년에 서울대학교 사범대학 국문과를 졸업하고, 이어 마산 성지여고와 마산고교에 서 국어교사로 근무했으며, 휴전 후 상경하여 이화여고 교사로 봉직하면서 서울대학교, 숙명여대 등에 강사로 출강하였다. 1955년 조각가 김세중과 결혼하였고, 이 해에 숙명여자대학교의 전임강사로 부임하여 1993년 정년 퇴직하기까지 40여 년간 숙명여대에서 후학들에게 시론과 시 창작을 지도하 였다.

김 시인이 세상에 선보인 첫 작품은, 1948년 '연합신문'에 발표한 시 「잔 상」과, '서울대 시보'에 발표했던 시 「성숙」이다. 김 시인은 시단 데뷔의 관례로 되어 있었던 신춘문예나 문학지 추천을 거치지 않고 위의 두 작품을 발표함으로써 시인이 된 셈이다. 첫 시집 『목숨』이 1953년에 발간되었고, 뒤이어 『나아드의 향유』(1955), 『나무와 바람』(1958), 『정념의 기』(1960) 등이 계속해서 발간됨으로써, 광복 이후 한국시단에서 보기 드문 대표적 시인으로 확고하게 자리를 굳혔다. 그 후 제 5 시집 『풍림의 음악』을 비롯하 여 제 14 시집 『희망학습』(1998)에 이르기까지 여러 권의 시집을 발간하였고, 그 외에도 수많은 시선집과 수필집 등이 계속해서 세상에 나옴으로써, 김 시인의 문명(文名)이 우리 사회에 깊이 뿌리 내리게 되었다.

그는 시인으로서 뿐만 아니고 한국 시단의 지도자로서도 큰 역할을 하였으니, 1981년 카톨릭문우회 회장을 역임한 것을 필두로 하여, 1984년에는 한국시인협회 회장으로, 1986년 한국여류문학인회 회장으로, 1990년 예술원 회원으로 피선되는 등, 다채로운 활동을 통하여 문단 발전에 기여하였다.[1]

2) 용어에 대한 고찰—통칭 '여류시, 여류시인'의 경우

개화 이후 한국 문단에서는 문인 가운데 여성들을 남성 문인들과 구분하여 '여류'라고 별도로 호칭하는 관례가 있어 왔다. 서구의 경우 여성 문인들에 대한 이러한 별칭이 따로 존재하지 않음에도 불구하고, 개화기 이후 서구 문학을 전적으로 받아들여서 형성되었다고 할 수 있는 동양, 특히 한국의 경우에 이런 칭호가 존재해 오고 있는 것은 무슨 이유 때문인가. 거기에는 몇 가지 까닭이 분명히 존재한다고 본다. 다음에 그 이유를 밝혀 보겠다.

첫째로, 동양인의 남성 위주의 사상, 다시 말해서 한국 사회의 전통적 남존여비 사상 때문이다.

둘째로, 개화 이전 장구한 역사를 통하여 과거에는 학문과 예술, 특히 글을 읽고 쓴다는 문필 세계가 남성 독점이었기 때문이다.

셋째로, 글을 읽고 쓰는 문필 행위가 교육을 통하여 습득됨에도 불구하고, 여성들에게는 과거에 교육의 기회가 주어지지 않아 여성이 글을 쓴다는 사례가 거의 전무했기 때문이다.

이상과 같이 그 이유를 밝혀 보아도 해명되지 않는 부분이 있으니, 그것은 광복 후 남녀 평등이 법적으로 보장되고 그에 따라 여성에게도 남성과 같이

---

1) 『김남조 시 99선』, 오늘의 시인총서, (도서출판 善, 2002. 4. 5) p.p.211—215

교육의 기회가 동등하게 부여되어 왔음에도 불구하고, 아직까지 여성에 대한 편견이 지성인들의 세계인 문단에서조차 남아 있다는 점이다.

이처럼, 한국 사회 전반에 잔존해 있는 구 시대적 사고에서 비롯된 '여류시, 여류시인'이라는 용어가[2] 마땅히 불식되어야 함에도 불구하고 여성 문인들조차 스스로 구태의연한 이 용어로부터 벗어나지 못한 채 '한국여성인문학회'나 '여류시동인회' 등 단체들의 명칭에서 볼 수 있듯이 그 용어를 받아들이고 있는 것이다. 먼저, 여성 문인들 스스로 이러한 습관을 버려야 한다고 생각한다.

본질적으로 문학의 세계에 독립된 장르로서 남성 문학과 여성 문학이 별도로 존재할 수 없으며, 오직 인간이 창작한 '문학 작품'만 존재한다는 사실을 이제는 받아들일 때가 된 것이다. 다만, 작품을 분석하고 해명함에 있어 작자가 여성이기 때문에 특별히 나타나는 내용이나 형식 등에 관하여 남성이 아닌 여성 특유의 특징을 밝힐 수는 있을 것이다.[3]

본고에서 김남조 시인의 시세계를 분석함에 앞서, 김 시인의 이름 앞에 흔히 붙어 다니는 '여류 시인'이라는 용어에 대해 먼저 그 당위성 여부를 해명하고자 하는 것은 이러한 호칭 때문에 자칫 편협한 관점으로 그의 시세계를 분석하게 되는 경우 어떤 편견이 개입될 수 있겠기 때문이다. 필자는 김남조 시인의 시를 고찰함에 있어 이러한 우를 범하지 않고자 그의 시를 '여류'라는 선입견 없이, 남녀 구분하지 않고 일반적으로 통용되는 '시인', 한국의 한 저명한 '시인'으로 보고 접근하고자 함을 미리 밝혀 둔다.

---

2) 한국의 고전문학 분야에서도 허난설헌이나 황진이 등을 흔히 '여류 시인'이란 용어로 통칭하고 있다.
3) 여성적 특징을 밝히는 일과 '여류시'라는 장르를 독립시키는 일은 구분되어야 할 것이다.

3) 고독, 그 고통의 변증 세계

김남조 시인은 시에 관한 그의 견해를 다음과 같이 고백하고 있다.

> 어려서부터 괴로운 자아를 인식하는 사람이 문학에 뜻을 두게 되는가 싶습
> 니다. 그러나, 문학 안에 과연 고뇌로운 자아를 치유할 방도가 있는지의 여부
> 는 그 후의 거듭되는 자문자답에 맡겨질 일입니다. 그들의 고통이란 우선
> 남다른 공복감의 성질이며 생래적 지병이라 할 내적 기아감은 갈수록 증가하
> 여 마침내 그 병증이 중환기에 이르게도 되는, 바로 여기에 문학하는 사람
> 들의 다급한 현실이 있다 하겠습니다.

이 글에서 김 시인은 문인들로 하여금 창작을 하지 않을 수 없게 하는
심리적 요인이 무엇인가에 대해 설명하고 있다. 창작의 동기를 괴로움, 즉,
고뇌에서 찾고 있으며, 그 고뇌를 구체적으로 심리적 공복감이라고 해명한
다. 문학 일반에 관한 언급이지만 그것은 바로 김 시인 자신의 창작 동기에
대한 고백에 다름 아니다.

이로 미루어 김 시인의 경우에는 공복감이라는 정서적 병증이 중환기에
이를 때 시를 쓰게 된다고 보여진다. 다음의 시에서 확인되듯이 그의 공복감
은 일차적으로 인간적 '외로움'에서 비롯된다.

> 말하려나/ 말하려나/ 겨우내 아무도 오지 않았다고/ 이 말부터 하려나/ 겨우
> 내 아무도 오지 않았다고/ 이런 말의 산울림도 울리려나/ 나의 겨울나무//
> 새하얀 바람 하나/ 지나갔는데/ 눈 여자의 치마폭일 거라고/ 산신령보다 더
> 오래 사는/ 그녀 백발의 머릿단일 거라고/ 이런 말도 하려나/ 이런 말의 산울림
> 도 울리려나/ 나의 겨울 나무// 어이없이 울게 될 / 내 영혼 씻어 주는 음악/
> 들려 주려나/ 그 여운 담아 둘/ 쓸쓸한 자연 더 주려나/ 아홉 하늘 쩌렁쩌렁/
> 산울림도 울리려나//울리려나/ 울리려나/ 나의 겨울 나무
>
> — 시 '겨울 나무' 전문

위의 시 「겨울 나무」의 감동은 어디에서 비롯되는가. 그것은 내용과 형식
미가 지극한 조화를 이룸으로써 형성된 이 시의 음악적 리듬감에서 비롯된
다고 할 수 있다. 알맞은 호흡을 타고 유려하게 흐르면서 읽는 이로 하여금
감동을 자아내게 하는 시적 리듬이 이 시의 생명이다. 이 시에서 '겨울
나무'는 우거진 숲 가운데 서 있는 나무가 아닌, 산기슭에나 벌판에 홀로
서 있는 나무이다. 곧 외로운 나무라고 할 수 있다. 시인이 외로이 홀로
서 있는 '겨울 나무'를 소재로 택하고 있는 것은 서정적 자아의 투영으로서
자신의 감정을 나무에 이입시키고자 하는 의도에서라고 할 수 있다. 다시
말해서 '나의 겨울 나무'인 것이다. 그 나무는 '겨우내 아무도 오지 않았다
고' 말하려는 외로운 나무이며, 그러기에 누군가를 목마르게 기다리는 나무
이다. 겨울 철 추운 산비탈에 흰 눈이 쌓인 채 홀로 서 있는 나무의 모습에서
시인이 자신의 모습을 발견하는 순간 이 시의 시상은 떠올랐다고 볼 수
있다.

시인의 외로움은 '산신령보다 더 오래 사는' 외로움이며, '내 영혼 씻어
주는 음악'으로 승화되기까지 견뎌야 하는 고독이다. 그러므로, 그 고독은
한 인간으로서의 시인이 느끼는 해결할 수 없는 근원적인 감정이며 본질적
정서이기도 하다. 이에 이르러 공감대가 형성되면서 읽는 이로 하여금 서정
적 자아와 합일되는 감동의 울림을 맛보게 한다.

김 시인이 노래하는 외로움의 정서는 다음과 같은 작품에서도 성공적으로
표현되고 있다.

가장 깊은 뿌리에서/ 아슴히 높은 정수리까지의/ 내 외로움을/ 사람아 너에
게 드릴 밖에없다/ 동쪽 비롯함에서/ 서녘 끝 너메까지/ 한 솔기에 둘러 낀/
하늘가락지./ 돌고 돌아서/ 다시 오는 이 마음을

— 시 '아가(雅歌)' 전문

한 인간으로서 시인이 느끼는 외로움의 정도가 구극에 이름을 노래한 위의 시에서 확인되는 것은 김 시인의 경우 외로움이라는 정서가 단순한 감상적 차원이 아님을 입증해 준다는 사실이다.

시인의 외로움은 '가장 깊은 뿌리에서—높은 정수리까지' 가득 찬 전인적 고독인 것이며, 그 고독은 '동쪽 비롯함에서 서녘 끝 너메까지' 가득 찬 근원적 정서로서 벗어날 수 없는 우주의 절대적 본질임을 시인은 자각한다. 김 시인은 이처럼 인간 조건의 깊은 고독을 통하여 그 근원을 우주적 차원으로까지 확대하게 된다.

> 천문의 신비를/ 누가 헤아릴까마는/ 태초에 물질과 반물질이 만나/ 빛을 발하는 별들이 되었으며// 지구는/ 스스로 빛이 없고/ 반물질을 만나지도 못해/ 태양의 둘레를/ 자전하게 되었다 한다/ 이를테면 짝이 없어/ 혼인 한 번 못해 본/ 영원한 독신자인 셈이다.// 이 혈통을 이어/ 사람의 마음 안에/ 비밀스럽게 선험적인/ 독신자의 실감이 흐르고// 자잘한 거품 같은 / 고독의 씨알갱이들이/ 아름다운 미생물의 번식을/ 이 시각까지/ 멈추지 않는다
>
> — 시 '독신자' 전문

김 시인은 핍진해 오는 외로움을 적당한 수단으로 회피하거나 타협하지 않고 그 근원이 무엇인지 집요하게 캐면서 나름대로의 해명을 얻고자 노력한다. 결국 시인의 고독은 인간의 범주에 국한된 것이 아니라 그 근원이 우주 생성에서 비롯되었음을 인식하게 되고, 그것이 지구 위에 사는 모든 사물들의 본질임을 노래하기에 이른다. 소위 '반물질'을 만나지 못한 영원한 단독자로서의 지구라는 별이 고독의 근원이며, 그로 인해 지상의 모든 존재들이 숙명적으로 고독을 벗어날 수 없음을 시인은 이 시를 통하여 증언하고 있다.

그러나, 고독에 관한 이러한 인식이 단순한 논리적 설명으로만 진술되지 않고, '자잘한 거품 같은 고독의 씨알갱이들이 아름다운 미생물의 번식'으로

형상화 되어 표현됨으로써 미학적 성취를 이룩하고 있다는 점에 주목하여야 한다. 그와 함께 지구가 스스로 빛날 수 없는 이유를 물질적 존재인 지구가 반물질을 만나지 못한 까닭이라 해명하고, 이와 달리 별들이 빛을 발할 수 있는 이유를 별들은 반물질을 만났기 때문이라고 노래한 구절은 암시하는 바 크다고 하겠다.

이 부분에서 '반물질로서의 빛'이 상징하는 바를 해명하기란 매우 지난하다. 기독교의 경우, 빛은 '신(神)'을 상징하는 것이며, 따라서 이 시에서 시인은 인간이 고독한 이유를 신과의 불화 때문이라고 인식하고 있다는 사실이 확인된다. 동시에, 반물질을 못 만난 지구의 외로움을 의인화하여 '혼인 한 번 못한' 것으로 비유함으로써 인간과 함께 영원한 단독자로서의 지구라는 별과 인간의 비극을 노래하고 있다.

이 지점에서 그의 고독감은 필연적으로 종교의 세계와 만나게 되는 바, 캐토릭 신앙인으로서 외로움에 관한 시인의 인간적 고백이 다음과 같이 진솔한 표현을 얻기에 이른다.

> 오늘은 고독의 일로 아뢰나이다/ 저희는 고독의 양떼/ 고독에 있어서도/ 주께서 목자시나이까// 나직이 이르시되/ 바로 그러하다 그리고/ 너희가 고독을 모른다면/ 어찌 사람이겠으며/ 내가 고독을 모른다면/ 어찌 신이겠느냐/ 너희와 나는 서로 닮았으며/ 언제나 함께 있다// 오오 하느님/ 고독의 위안 바람 불고/ 양털 두른 듯 따스하나이다
>
> ― 시 '고독 문답' 전문

이 시에 이르면 이미 고독은 단순한 인간 감정의 차원을 벗어나 신앙의 절대적 본질로서 다가온다. 인간은 '모두 고독의 양떼'이며 고독하므로 인해서 인간인 것이고, 나아가 신조차 고독하기 때문에 신일 수가 있겠기 때문이다. 고독 때문에 신과 인간은 닮았으며, 서로 함께 있을 수 있고, 따라서

하나님은 고독의 위안이 될 수 있는 것이다. 인간과 신과의 사이에 메꾸어질 수 없는 거리가 고독이라는 공통분모 때문에 메꾸어져 동화될 수 있다는 이러한 시적 진술이야말로 시인이 고독의 저 깊은 심연까지 도달해 보지 못했다면 표현할 수 없는 절실한 고백이라고 아니할 수 없다. 이로 미루어 김 시인은 일차적으로 '고독의 시인', '고독을 노래한 시인', '철저하게 고독을 느낀 시인'이며 고독으로 인해서 그의 신앙이 성숙할 수 있었다고 말할 수 있겠다. 아울러, 그의 깊은 신앙의 희열이 고독을 공유하는 신과의 관계 속에서 '양털을 두른 듯 따스한 위안'으로 얻어진 세계임을 확인시켜 준다.

> 하루의 짜여진 일들/ 차례로 악수해 보내고/ 밤 이슥히 먼 데서 돌아오는/ 내 영혼과/ 나만의 기도 시간// "주님" 단지 이 한 마디에/ 천지도 아득한 눈물// 날마다의 끝 순서에/ 이 눈물 예비하옵느니/ 남은 세월 모든 날도/ 나는 이렇게만 살아지이다/ 깊은 밤 끝 순서에/ 눈물 한 주름을/ 주님께 바치며 살아지이다

위의 시 「밤 기도」에서 김 시인은, 신과 고독을 공유함으로써 그의 삶이 신실한 신앙으로 승화될 수 있는 것이며, 그것이 곧 '나만의 기도 시간'임을 노래하고 있다. 고독을 매개로 해서 신을 만나는 신앙인으로서의 김 시인의 모습을 확인할 수 있는 작품이다. 이 외에도 그가 다수의 신앙시를 창작할 수 있었던 것은 그의 인간적 고독 때문이며, 그 절대적 고독이 신과의 합일을 갈급하게 추구했고, 그에 따라 그의 신앙심도 돈독해질 수 있었다고 판단한다.

이처럼 인간적 고독이 낳은 그의 신앙시의 세계는 과연 어떤 모습으로 어떻게 전개되고 있는지, 다음에 살펴보기로 한다. 미리 밝혀 둘 것은, 본문에서는 신학적 입장이 아닌 문학적 입장에서 캐토릭과 개신교를 합쳐 광의의 '기독교'로 통칭하고자 한다는 점이다.

4) 원죄 의식과 애련

　기독교의 인간관을 한 마디로 요약하면 '죄성을 지닌 인간'이라고 하겠다.
소위 '원죄 의식'으로 요약되는 인간의 죄성에 관한 기독교 신자들의 믿음은
절대적이다. 이를 기반으로 기독교의 구원관이 존재하는 것이며, 인간 외부
에 존재하는 절대자의 구원의 능력, 즉 신관이 세워진다고 할 수 있다.
　이러한 인간관은 기독교 시인들의 작품에 그대로 반영되어 나타나는 바,
김남조 시인의 경우에도 예외는 아니다. 한국 캐토릭문우회 회장을 역임한
바 있는 김 시인의 경우, 그의 작품에 스며 있는 기독교 (구체적으로는 캐토
릭적) 신앙심은 진솔한 것이어서, 한국 기독교 시인 가운데 그가 차지하는
위치는 절대적이라고 할 만하다. 그러므로, 김 시인의 시세계를 논함에 있어
기독교 신앙과의 관계에 관하여 논증해 보지 않을 수 없는 것이며, 앞에서
밝힌 그의 외로움, '고독'에 관한 시적 정서가 어떻게 신앙으로 연결될 수
있었는지 상관관계를 따져볼 필요가 있다고 본다.

> 나 기도 드릴 때면/ 주의 몸 그림자 안에/ 일렁이는 빛살 무늬로 돋아나는/
> 한 여인을 본다// 돌도 사위고 말/ 이천 년의 세월/ 이천 년 줄곧 타는/ 불화로
> 의 가슴 그 여자/ 언제 어디서나/ 주를 따라 맨발로 달려가는/ 머릿단 길고
> 검은/ 유태 여자// 당할 수 없어/ 죄와 통회와 큰 울음인 여자/ 전 영(靈)이/
> 불에 탄 상처 자국인/ 막달라 마리아만은 도저히/어쩔 수 없어/기죽어 엎뎌있
> 는 나여/죄와 통회와/나의 큰 울음은/어느 하늘 끝에 뉘일 것인가
>
> — 시 '막달라 마리아 3' 전문

> 당신에게선/ 손발에 못박는 소리/ 아슴히 들립니다// 사랑하는 분이/ 눈앞에
> 서 못 박혀 죽으신 후/ 당신 몸은 못박는 소리와/ 그 메아리들의 소리 사당입니다
> // 세상에서 가장 강한 건/ 고통입니다/ 율연한 공포입니다/ 그래도 사랑하는,
> 사랑입니다// 사리(舍利)를 쌓아/ 태산을 이룰 때까지/ 선혈을 탈색하여/ 증류수

의 강으로 넘칠 때까지/ 천지간 오직 변치 않는 건/ 죽음과 참 사랑뿐// 하여
당신에게선/ 어느 새벽 어느 밤에도/ 손발에 못박는 아픔/ 그치지 아니합니다
— 시 '막달라 마리아 4' 전문

막달라 마리아는 신약 성경에 나오는 타락한 여인으로, 예수의 용서를
받고 회개함으로써 새 사람이 되었으며, 마침내 예수를 구세주로 믿고 지극
히 사랑하였던 여인이다. 그 막달라 마리아가 이 시에서는 서정적 자아인
김 시인과 동일화 되고 있다. 어느 누구에게도 사랑을 받지 못했으며, 어느
누구도 사랑할 수 없었던 고독한 여인인 막달라 마리아, 그로 인해 죄를
짓고 괴로워했던 그녀에게서 시인은 인간적인 입장에서 동병상련의 동류
의식을 느꼈으며 그것을 연작시 「막달라 마리아」로 표현하고 있다고 보아야
한다.

아울러 시인 자신과 막달라 마리아를 비교함으로써 예수에 대한 자신의
사랑과 신앙을 겸손히 '기죽어 엎더있는 나'로 표현하고 있다. 그러나, 이천
년 전 예수를 직접 만나 그를 처절하게 사랑할 수 있었던 마리아는 오히려
'나'에 비해 행복한 여인이었으며, '나의 큰 울음을' 뉘일 '어느 하늘 끝'조차
모른다는 표현을 통해 예수에 대한 시인 자신의 뜨거운 사랑이 더욱 강조되
고 있다.

이 시에 나오는 '당신'은 물론 막달라 마리아를 가리킨다. 표면적으로는,
십자가에 못 박혀 죽은 예수의 고통을 스스로의 고통으로 받아들이는 예수
에 대한 그녀의 지극한 사랑을 시인이 노래하고 있지만, 그것은 곧바로 예수
를 향한 김 시인 자신의 사랑의 노래라고 할 수 있다. 고독했던 여인 막달라
마리아, 고독했기에 사랑을 할 줄도, 받을 줄도 몰랐던 여인이었으며, 결과적
으로 죄에서 벗어나지 못했던 여인인 마리아에게 참사랑을 깨우쳐 준 것은
예수였다.

예수의 죽음은 인류 구원과 참사랑의 상징이 되었고, 그 죽음과 사랑은

이 시에서 단지 추상적 관념이 아닌, '못박는 소리 아슴히 들리는' 아픔으로 다가와 그녀 자체가 못을 두드려 박는 '소리 사당'이 되게 하였으며 '손발에 못박는 아픔' 자체가 되는, 체감할 수 있는 구체적 실체로 표현되기에 이른다.

> 사랑한 일만 빼고/ 나머지 모든 일이 내 잘못이라고/ 진작에 고백했으니/ 이대로 판결해 다오// 그 사랑 나를 떠났으니/ 사랑에게도 분명 잘못하였음이라고/ 준열히 판결해 다오// 겨우내 돌 위에서/ 울음 울 것/ 세 번째 이와 같이 판결해 다오/ 눈물 먹고 잿빛 이끼/ 청청히 자라거든/ 내 피도 젊어져/ 새봄에 다시 참회하리라

— 시 '참회' 전문

기독교는 회개의 종교이다. 인간으로서 벗어날 수 없는 죄성에 대한 끊임없는 참회 없이 구원이 있을 수 없다. 김 시인의 이 작품을 보면 신앙인으로서 철저하게 회개하는 삶을 그가 살고 있음을 알 수 있다. 마치 고해성사를 하듯이 자신의 잘못을 고백하는 참회의 심정을 그는 '겨우내 돌 위에서 울음 울 것'이라고 표현한다. 한 인간으로 죄를 벗어날 수 없으며, 반면에 한 신앙인으로서 죄로부터 구원받고자 하는 열망이 내면에서 서로 만나 갈등하는 나머지, '눈물 먹고 잿빛 이끼 청청히 자라도록' 뉘우쳐 눈물 흘리겠다는 데까지 이른다. 그러나, 참회는 끊임없는 것이어야 하겠기에 '내 피도 젊어져 새봄에 다시 참회하겠다'는 솔직한 고백이 뒤따른다.

그렇다면, 시인이 회개하지 않으면 안 되는 까닭이 무엇인가. 그것은 한 인간으로서의 개인적인 문제에 국한된 것이 아닌, 성경적이고 근원적인 문제에서 비롯된다. 성경은 인간의 죄성이 인간의 권력의지에서 야기된다고 증언한다.

성경에 의하면 인간은 악마의 유혹에 넘어가 선악과를 따 먹음으로써

선악을 스스로 판별하고자 했다. 인간의 근원적인 죄란 바로 이 '권력의지'인 것이다. 이 원죄로 인해 인간은 하나님 형상으로 지음 받은 영광으로부터 떨어져 신에게서 소외되고, 자기로부터 소외되고, 이웃으로부터 소외되었다. 이 소외가 바로 인간의 고독을 가져온다. 신앙은 이런 원리를 깨달음으로부터 시작된다. 신앙인으로서의 시인이 철저하게 참회하는 심정을 표현한 이 시는, 그러므로 기독교 신앙시라고 규정할 수 있다. 참회와 회개 없이 신앙은 존재할 수 없는 것이다.

이처럼 준열한 참회와 회개를 거쳐서 시인은 비로소 다음과 같이 사랑이 넘치는 아름다운 세상을 기원할 수 있는 경지에 이르게 된다.

> 신을 위하여/ 아름다운 세상을./ 보이지 않는 깊고 높은 것/ 그 확신을 위하여/ 아름다운세상을.// 사람을 위하여/ 사람들의 마음을 위하여/ 고독한 의지와 사랑/ 준령의 등반을 위하여/ 아름다운 세상을.// 생명 있는 모든 것을/ 먹이고 기르는 자연을 위하여/ 죽은 후에도 영원히 안아주는/ 대지를 위하여/ 땅의 남편인 하늘을 위하여/ 아름다운 세상을.// 태어날 아기들과/ 미래의 동식물을 위하여/ 이름 없는 거/ 잊혀진 거/ 미지의 것을 위하여/ 가급적 다수를 위하여/ 그리고 보니 모든 걸 위하여/ 아름다운 세상을.
>
> — 시 '아름다운 세상' 전문

신과 인긴과 생명체와, 그리고 대지와 하늘을 위해 아름다운 세상이기를 시인은 희망하고 있다. 뿐만 아니라, 미래에 태어날 아기들, 동식물들, 심지어 잊혀진 것들에게까지 관심과 애정을 보이는 시인은 마침내 미지의 모든 것까지를 사랑하는 자비심으로 '아름다운 세상'을 기원한다. 이 경지에 이르러 김 시인은 사랑을 노래하는 '사랑의 시인'이 된다.

세상의 모든 것뿐만 아니라 우주의 모든 것까지 사랑할 수 있는 마음이란 실로 크고 위대하다고 아니할 수 없다. 추상적인 관념어인 '사랑'이란 말은 공허하고 막연한 느낌을 느끼게 하지만, 이 시에서 노래하고 있는 '사랑'은 아주 구체적이며, 모든 것을 포괄하면서도 각각의 얼굴을 가진 아름다운 모습으로 다가온다. 그러기에 김 시인의 수많은 '사랑의 노래'는 신앙인으로서 깊은 고뇌와 갈등 끝에 빚어진 인간적 정서로 표현될 수 있었던 것이며, 세상에서 흔히 운위되고 있는 경박함을 벗어날 수 있었다고 본다.

5) 안식과 구원으로서의 모성적 사랑

일반적으로 기독교의 핵심 사상이라고 일컬어지고 있는 '박애 (사랑)'은 교리상으로 보면 구원론과 관계가 깊다. 기독교의 신은 신앙을 통하여 죄인인 인간을 그 죄로부터 구원해 주는 바, 특히 예수 그리스도의 가르침을 믿고 따르는 신자의 경우 기독교의 신인 하나님으로부터 아무 조건 없이 그 영혼이 구원받는다고 한다. 이것이 기독교의 박애 정신, 즉 사랑이다.

같은 기독교라고 해도 구교 (캐토릭)과 신교 (개신교)의 구원론은 교리상 차이가 있는 것이 사실이다. 다시 말해서 구교의 이행득의(以行得義)의 구원론과 신교의 이신득의(以信得義)의 구원론이[4] 서로 차이가 있지만, 그러나 구교의 이신득의 교리에도 구원에 대한 신자의 믿음이 역시 중시되는 것은 마찬가지여서, 그 교리에 관한 내용을 문학 작품에서 다룰 때 교리상의 차이는 그다지 문제가 되지 않는다고 본다.

신약성서에 기록되어 있는 사랑은 예수 그리스도의 십자가 위의 희생으로 상징되며, 그 가르침의 극치는 '네 원수를 사랑하라'는 예수의 언표로 나타나 있다. 모든 기독교 문학 작품에 형상화 되고 있는 '사랑'의 이미지는 여기에 모아진다. 자기 희생과 봉사가 수반되는 사랑의 이미지는 서구문학 작품에 빈번히 형상화 되어 표현된다.

그렇다면, 김남조 시인의 작품에 나타나 있는 '사랑'의 의미는 무엇인가. 그 점에 관하여 이미 김 시인이 언급한 바를 참고로 인용해 봄으로써 논의의

---

4) Louis Berkhop, <u>The History of Christian Doctrine</u>,(성광문화사, 신복윤역),p.p.252—261.

실마리로 삼고자 한다. 김 시인은 스스로 자신의 시를 '사랑의 시'로 규정하면서 다음과 같이 말하고 있다.[5]

> 나의 시는 '사랑을 노래한' 운운의 논평을 다분히 받는 듯 싶은데 사실상 좀 의도적으로 그렇게 지향하고 있다. 나름의 견해로는 이 시대가 정의, 평등 등의 결핍과 불균형 못지않게 정서가 메마르고 화해와 사랑 등의 부족이 심각한 허점이라고 여겨진다. 그렇다고 나의 '사랑 시' 종류가 이에 도움이 되리라는 과신에 사로잡히진 않는다. 하지만 한 시인에겐 어차피 분모적 주제가 요청되기 마련이며 이에 나는 공감대가 큰 '사랑' 지향의 계열에 가담해 버린 점을 의미한다. 사랑의 각면(角面)은 무수하여 아무리 많은 시인이 아무리 오래 탐색하고 채집한다 해도 그 거대한 광맥은 인류의 종말까지 존속할 것이며 고작 몇 부스러기의 고기비늘 같은 걸 나의 그릇에 담으려 하는 일이리라.
> 앞이 보이는 사랑, 최소한 허무를 제거하고 있으면서 안식을 주는 사랑, 더하여 가능하다면 구원의 조명이 드리워진 그런 사랑을 노래하고 싶다.

위에서 시인 자신이 스스로 '사랑의 시'를 의식적으로 써 왔다고 고백하고 있을 뿐만 아니고, 그의 시에 관해 여러 논자들이 그렇게 인정해 온 점으로 미루어 보건대, 확실히 김남조 시인은 '사랑의 시인'이라고 할 수 있겠다. 그러나, 그가 노래해 온 사랑이라는 말의 개념은 앞에서 언급한 바와 같이 그리 단순한 것이 아니다. 그것은 김 시인의 신앙과 깊이 연관되어 있으면서, 시인으로서 지니고 있는 모성애적 특성과 함께 나름대로의 깊이와 폭을 지니고 있기 때문이다. 사랑에도 사랑의 대상과 그 깊이와 폭에 따라, (그 자신의 말을 빌린다면 '사랑의 무수한 각면에 따라) 여러 가지의 사랑이 있으므로, 작품을 예시하여 살펴보지 않으면 자칫 속되게 느껴질 위험성이 있는 것이다.

---

5) 김남조, 앞의 책, p.p.203—204 참조.

네 이름에 이어진 건/ 여기 잠들어라/ 가을의 가슴 안에 쉬어라// 죽을 뻔
죽을 뻔/ 그쯤이나 하다가/ 얼마 헐거워진/ 너를 풀어 뉘이런다/ 자거라 자거라
/ 잠의 노래 부르리라// 가을이 이렇게 큰 몸인 줄/ 내 몰랐어라/ 온 누리
복되고 위안인 줄/ 내 몰랐어라// 네 마음에 이어진 건/ 모두 잠들어라/ 어머니
의 품이니 쉬어라// 아흔 아홉 가파른 고개/ 너를 등에 지고 온/ 여읜 빈
지게 비스듬히 세워두고/ 나도 잠들어 쉬런다/ 쉬런다// 사랑이여
— 시 '가을 잠' 전문

이 시는 읽는 이로 하여금 어린 아기를 잠재우는 어머니의 자장가와 같은
평안과 안온함을 느끼게 해 준다. 가슴 부풀었던 봄철의 꿈과 열정으로 들끓
었던 여름을 지난 후에 찾아오는 가을이라는 계절은, 모든 번잡했던 과거를
대지의 품안에 거둬들여 평안히 잠재우는 느낌을 주는 바, 이를 '가을 잠'이
라 한 것이다. 한없이 쓸쓸하기에 한편으로는 모성의 아늑함이 그리운 계절,
그리하여 어머니 품안에 안겨 위안을 받고 싶은 계절이 가을인 것이며, 그런
푸근한 사랑이 그리워서 온갖 초목이 대지의 품에 안기듯 사랑의 품에 안겨
잠들어 쉰다. 여기에 이르러 죽음조차 안식으로 받아들이는 시인의 기독교
적 관점이 확인된다.

시인이 느끼는 본능적 모성애가 가을의 대지에 평화와 안식으로 임함으로
써 마치 천지를 감싸는 위대한 큰사랑을 깨닫게 해 준다. 따라서, 외롭고
쓸쓸한 것들을 사랑으로 감싸안는 시인의 서정이 단순하지 않음을 감지할
수 있으며, 그로 인해 시인의 사랑은 인간적인 단순성을 벗어나 우주적 차원
의 입체적 큰사랑으로 승화되고 있는 것이다. 그러므로 이 시에서 사랑은
'모성애—기독교의 박애—우주적 사랑'으로 확대되어 시인의 언표대로 '큰
사랑'으로 승화된다. 위의 작품은 특유의 모성애를 바탕으로 하여 기독교적
사랑을 우주적 차원으로 확대한 사랑의 노래라고 하겠다.

　　영원에서 영원까지/ 누리의 나그네이신 분/ 간밤 추운 잠을/ 십자가 형틀에서 주무시고/ 희뿌연 여명엔/ 못과 가시관을 풀어/ 이 날의 나그네길 떠나가시네// 이천 년 하루같이/ 새벽 외출/ 외톨이 과객으로 다니시며/ 세상의 황량함 품어 뎁히시고/ 울음과 사랑으로/ 가슴 거듭 찢기시며/ 깊은 밤 십자가 위에/ 돌아오시어/ 엷은 잠 청하시노니// 아아 송구한/ 내 사랑은 어이 풀까나/ 이 새벽에도 빙설의 지평 위를/ 청솔 바람으로 지나가시는/ 주의 발소리/ 뇌수에 울려 들리네

— 시 '새벽 외출' 전문

　　앞의 작품에서 모성애를 바탕으로 '큰사랑'의 경지를 노래하였던 시인은, 다시 위의 시를 통하여 십자가 위에서 보여 준 예수의 위대한 사랑의 정신이 이천 년이 지난 오늘에 이르기까지 살아 있음을 뼈아픈 실감으로 보여준다. 인류를 위한 예수의 위대한 사랑은 현재 진행형으로 살아 있는 것이며, 시인의 가슴에 다가와 영혼을 울려 주고 있다. '이 새벽에도 빙설의 지평 위를 청솔 바람으로 지나가시는 주의 발소리'가 시인의 '뇌수에 울려 들리네'의 구절에서 실감으로 표현되고 있는 예수의 사랑에 대한 신앙적 체험이야말로 김 시인의 영혼 깊이 '울음과 사랑'으로 스며들어 그의 시를 이루는 자양이 되고 있음을 알 수 있다.

　　다시 말해서, 김 시인은 십자가 위의 예수와 '참 만남'을 이루고 있는 바, '참 만남'은 인간의 계획에 의해 이루어지지 않는 해후이며, 하나의 사건이 된다. 이러한 사건으로서의 만남은 새로운 세계에 대한 뛰어듦이며 인간적 의도가 배제된 무조건적인 믿음으로만 가능한 일이다.6) 시인의 믿음은 자기 자신을 전체적으로 신앙의 대상에 내어 맡기는 뛰어듦으로만 가능하다. 폴 틸리히의 말대로 믿음이란 우리에게 절대적으로 관계된 그 무엇에의 결단인 바,7) 위의 시 「새벽 외출」에서 김 시인은 어느 순간 아무런 의도 없이

---

6) 안병무, 『성서적 실존』, (한국신학연구소, 1982), pp.91—92

십자가 위의 예수에게 자기 자신을 전체적으로 내맡긴 채 뛰어듦으로써 '주의 발소리가 뇌수에 울려 들리는' 경지의 믿음을 완성하게 된다.

> 아침 샘터에 간다/ 잠의 두 팔에 혼곤히 안겨 있는/ 단샘에 공중의 이슬 떨구이는/ 물방울 소리// 이 날의 첫 두레박으로/ 순수의 우물/ 한 꺼풀의 물빛 보옥들을/ 길어 올린다/ 샘터를 떠나 그분에게 간다/ 그분 머리맡에 정갈한 물을 둔다/ 단지/ 아침 광경에 눈뜨실 쯤엔 / 나는 언제나 비껴 서 있다// 은총이여/ 생금보다 귀한 아침 햇살에/ 그분의 온몸이 성하고 빛나심을/ 날이 날마다 고맙게 지켜본다

— 시 '아침 은총' 전문

신앙인의 지극한 믿음은 다음 순간 신의 존재에 대한 찬탄으로 이어진다. 어둠이 지나고 신선한 아침 햇살이 퍼지기 시작할 때의 청신한 느낌을 신의 은총으로 받아들임을 노래한 위의 시에서 시인은 십자가 위에서 상했던 예수의 몸이 온전히 성해져서 빛나는 아침으로 다가옴을 노래한다. 그리하여 날마다 찾아오는 신선한 아침의 청량함마저 신의 은총으로 느껴지기에 이른다.

신실한 믿음은 지극한 정성을 수반한다. 이 시의 앞부분에서 시인은 아침 샘터에 가서 정성껏 순수의 우물물을 길어 바치는 도타운 정성을 노래하고 있다. '한 꺼풀의 물빛 보옥들'에 보이는 비유는 '생금보다 귀한 아침 햇살'과 함께 이 시의 압권이다. 그 비유는 신에 대한 신앙인의 지극한 정성이 낳은 빛나는 심상이라고 할 수 있다.

> 노래 부르려 말고/ 노래 들으려무나 시인이여/ 그대 어느 노래로도/ 못내 불러온 봄은/ 때 이르러 스스로 당도하였도다// 지난 겨울 눈 덮인 벌판에서/ 아기를 해산하신/겨울의 노래/ 그 아기 실하게 자라난/ 새봄의 노래로다/ 그러하니/ 그대의 찬미가는/ 공연히 조금/ 귀여운 짓거리라네/ 이 시대 만능의

---

7) 위의 책, pp.88—89

기계문명으로도/ 채울 수 없어 허허로운/ 사람들 마음밭에/ 씨곡식 움터서
수북이 자라는 노래/ 하늘이 공짜로 복 주시는/그 찬연한 노래 노래로다
— 시 '겨울과 봄의 노래' 전문

일반적으로 신앙시인의 작품은 보편적 인간으로서의 감정과 신앙인으로
서의 정서가 한데 융화되어 우주적 차원의 근원적 세계로 형상화되어 표현
될 때 공감대가 크기 마련이다. 김 시인은 바로 그 점을 깊이 깨닫고, 시
창작 과정의 중요한 방법론으로 채택하고 있음이 위의 시에서도 확인된다.
시인이 자기의 신앙심에만 의존하여 거기에 갇힌 채 창작에 임하는 경우
시인으로서의 예술적 성취를 이루기 어려움은 주지의 사실이기 때문이다.
겨울과 봄이 제 철을 따라 도래하는 위대한 자연의 이치를 찬탄하는 이
시는 절대자인 신에 대한 아무런 언표 없이 노래하고 있지만, 실은 그 저변에
신의 놀라운 능력에 대한 믿음이 숨어 있다. 소위 언어의 폭력적 결합에
의한 경이적인 이미지의 창출 없이 차분하고 온화한 어조로 신의 섭리를
노래한 이 시는 과격하지 않고 적절한 비유로 신의 섭리를 찬탄하고 있어
큰 공감대를 이룬다. 이처럼 온건한 수사법이 김 시인의 시로 하여금 세상에
대한 모성애적 애련과 함께 호소력을 지니게 하고 있는 것이다.

(3) 결 론

한국 시단에서 '여류시'를 대표한다고 평가되고 있는 김남조 시인은, 돈독
한 신앙심을 바탕으로 하여 인간의 고통과 역사의 질곡을 모성애적 애련으
로 보듬어 안고 그것을 '사랑의 시'로 빚어내고 있다. 결코 과격하지 않은
온건한 수사법에 의존함으로써, 죄성으로 말미암아 벗어날 수 없는 인생과
세계에 대한 심각한 고뇌를 따뜻한 연민의 정과 사랑으로 형상화 하는 데
성공하고 있다는 사실을 확인할 수 있었다.

한국의 시단을 살펴볼 때, 기독교를 신앙하면서 창작에 열중하는 시인들의 수가 실로 수 백 명에 이르고 있다. 본디 신앙과 문학과의 관계가 밀접한 것이어서 '성서문학'이란 용어가 보편적으로 사용되고 있지만, 중세 이래 양자의 관계는 물과 기름 같아서 서로 조화되기 힘든 것으로 인식되어, 특히 문학의 세속적 내용을 용납하지 않는 교계의 엄격함은 지나칠 정도였다.

따라서, 기독교문학의 경우 어떻게 하면 양자를 조화시켜 나갈 것인가가 오늘의 과제로 남아 있는 바, 그런 의미에서 김남조 시인의 작품은 하나의 전범이 되고 있다고 판단한다. 성속일여 (聖俗一如)의 지극한 조화미를 창작을 통하여 달성하고 있는 김남조 시인의 작품은 신앙심을 바탕으로 하되 거기에 머물지 않고 예술의 보편성을 획득함으로써 실로 이상적인 시 세계를 이룩하고 있다고 판단한다.

제2부

한국 현대시 비평의 기독교적 실천

1. 재북(在北) 시인 김조규와 기독교

(1) 서 론

1930년대 초기부터 시작활동을 전개했던 시인 김조규에 관한 자료는 그 동안 정리되지 못한 채 사장되어 온 것이 사실이다. 그 까닭은, 그가 조국 광복 후 그의 고향인 북한 땅에 머물러 살다가 어쩔 수 없이 북한체제에 함몰된 채 그곳에서 체제에 순응하는 문학활동을 하다가 운명했다는 사실때 문이었다. 최근에 밝혀진 바에 의하면, 그는 본디 사상에 의해 북으로 자진해 서 간 소위 월북문인이 아니었다.

그러한 그가 최근에 와서 새삼스레 논의의 대상이 되고 있는 것은, 그가 1990년 북에서 운명하였다는 소식이 전해지면서부터였다. 기독교 가정에서 목사의 아들로 태어나, 기독교계 학교에서 수학한 김조규 시인이 비극적 시대상황에 의해 절망하고 방황하던 나머지, 마침내는 사회주의 체제에 갇 혀서 시인으로서의 말년을 비극적으로 마감한 것은 한국현대문학사의 굴절 상을 대변해 주는 대표적 사례로 기록될 만하다. 조국의 분단으로 인해 한국 의 문학이 남과 북으로 나뉘인 채 반 세기가 흘러간 이 시점에서, 앞으로

다가올 통일문학 시대를 대비하여, 시대상황에 함몰되어 간 시인들의 시세계에 대한 연구와 자료정리는 반드시 이루어져야 하리라 판단한다. 김조규 시인의 시세계에 대하여, 이데올로기를 뛰어넘어 분단 이전의 작품을 중심으로 우선 살펴 보고자 함은 이러한 연구의 기틀이라도 마련하기 위함이다.

그런 의미에서, 본고에서는, 비극적 상황 속에서 시인으로서 굴절된 삶을 살다 간 김조규 시인의 생애와, 분단 이전을 중심으로 그의 시세계에 대해 살펴봄으로써, 역사 속에 함몰되어 간 한 시인의 광복 이전 시세계에 대해 규명해 보고자 한다.

(2) 전기적 고찰

1) 성장기 및 수학기

김조규는 1914년 1월 20일 평남 덕천군 태극면 풍천리 (후에 태극면은 영원군으로 편입됨)에서 김명덕 목사의 7남 5녀 중 차남으로 태어났다. 어린 시절 평남 영원군 영원면 영녕리 영원보통소학교에 입학하였고, 평양 숭실중학교에서 수학하였다. 중학 시절 광주학생사건으로 체포되어 평양감옥에서 복역하기도 하였다. 그가 최초로 시를 발표한 것은 1931년 조선일보에 「연심」, 「검은 구름이 모일 때」로, 이는 그의 중학 재학시절이었다. 그후, 김조규는 평양숭실전문학교 문과에 입학하였으며, 전문학교 시절, 해마다 광주 사건 기념일과 메이데이를 전후해서 일주일씩 평양경찰서에 예비 검속되었다. 그가 숭실전문학교 문과를 졸업한 것은 1937년이었다.[1]1)

김조규는 그 출신이 기독교 가정, 그중에서도 목사의 아들로 태어나서 기독교 계통의 학교에서 수학했다는 특징이 있다. 이 점은 그의 시세계를

---

1) 숭실어문총서 2집, 『김조규시집』, (숭실대,1996). p.205.

이해하는 데 있어 참고할만한 점이라 할 수 있다. 시인으로서의 그의 행적과 기독교와의 관계가 부정적이든 긍정적이든 어떤 관련이 있을 것이라는 것은 명약관화하다고 보여진다. 한 시인의 성장과정은 필연적으로 그의 시세계를 형성하는 데 있어 어떤 관계로든지 간에 영향을 끼친다고 아니할 수 없기 때문이다.

또다른 특징은, 그가 일찍이 약관의 중학생 시절에 「연심」이란 시를 중앙지인 조선일보에 발표할 만큼 문재가 뛰어났다는 점이다. 불과 17세 때인 1931년 10월 5일의 일이었다. 곧 이어 같은 해 10월 16일, 역시 조선일보에 「귀성영」이란 작품을 선보였고, 잡지『동광』에 시「검은 구름이 모일 때」가 1등으로 당선되었으니, 이는 김조규 시인이 어렸을 쩍부터 시적 감수성이 풍부하였음을 의미한다. 따라서, 그가 시인이 된 것은 피할 수 없는 숙명이었고, 아울러 기독교적인 환경이 그의 감수성에 끼친 영향도 크지 않았을까 짐작된다.

김조규 시인의 동생 김태규에 의하면, 중학교와 전문학교 재학 중 그 학교 교수였던 이효석과 양주동의 영향을 많이 받았다고 한다.2) 이렇게 볼 때, 김조규의 시적 재능이 일찍 발현된 것은 이들 선배 시인의 영향도 컸었다고 할 수 있다.

장로교 목사이며 3.1운동에 연루되어 한때 옥살이를 한 아버지 김명덕 목사의 전력 때문에 그는 늘 불온학생으로 지목되었고, 당시 왜경에서는 그의 가족을 요시찰 대상으로 분류하여 감시하였었다. 이런 상황 속에서 김조규는 평양을 떠나 성진에 있는 보통학교 교사로 부임하였고, 그후 다시 일경의 감시를 피하여 1939년 만주 간도로 건너가 조양천 농업학교에서 영어를 가르쳤다.3)

---

2) 김태규, 「나의 형님 김조규」, 위의 책, p.198.
3) 위의 책, p.199.

2) 광복 전 문단 활동기

김조규의 교사 생활에 대하여는 알려진 것이 별로 없다. 다만, 그의 동생 김태규에 의하면, 간도 조양천 농업학교 재직시절 (그의 나이 29세 때) 24세 인 김현숙과 결혼했으며, 그 무렵 다시 신경 (현재의 장춘)에 있는 만선일보 로 자리를 옮겨 기자생활을 했다는 사실이 확인될 뿐이다. 만선일보 편집국 장으로 시인 박팔양이 있었고, 그와 함께 소설가 안수길이 편집기자로 일했 다는 것으로 미루어, 기자 시절의 김조규는 문학적 분위기에서 생활하였음 이 확실하다. 1938년을 전후하여 그는 이미『단층』과『맥』의 동인으로 참여 하는 등 문단활동에 열중하였으니, 만주에서의 기자생활 중에서도 동료인 박팔양, 안수길 등과 함께 창작에 열을 올렸으리라 여겨진다.

광복과 함께 평양으로 돌아온 김조신은, 그해 10월에 평양예술문화협회 창립에 동참했다. 이미 공산주의자들에 의해 지배되고 있던 북한의 분위기 에서 공산주의와 무관하였던 그는, 사상과는 관계없는 순수시를 쓸 수밖에 없었고, 결국『관서시인집』사건으로 사상비판을 받았다.[4] 이때부터 그는 북한의 체제 속에 힘없이 편입되어 버렸음이 그 후의 그의 행적에 나타나고 있으니, 본디 정치적 이데올로기와는 무관하게 순수시를 써 왔던 재능 있는 한 시인으로서의 그의 비극이 시작되었다고 하겠다.

숭실어문학회에서 편집하여 숭실어문총서 2집으로 출간한『김조규시집』 에 의하면, 광복 전 그가 지면에 발표한 작품은 발표지 미상을 포함하여 총 127편이나 된다. 이를 연도별로 보면 다음과 같다.[5]

1931년: 4편, 1932년: 4편, 1933년: 7편, 1934년: 15편, 1935년: 18편,

---

4) 위의 책, p.206.
5) 김조규 시집에 실린 작품은 연도별로 구분되어 있음.

1936년: 17편, 1937년:12편, 1938년:12편, 1939년: 5편, 1940년: 7편, 1941
년: 16편, 1942년: 2편, 1943년: 5편, 1944년: 3편.

위의 시들이 발표되었던 신문, 잡지와 발표된 작품 수는 다음과 같다.[6]

1) 신문: 조선일보 4편, 동아일보 7편, 조선중앙일보 39편, 만선일보 2편,
   등 총 52편.
2) 잡지: 동광 4편, 비판 3편, 신동아 5편, 조선문학 7편, 형상 1편, 문학창조
   1편, 조선시단 1편, 조선문단 1편, 중앙 1편, 신인문학 4편, 조광 4편,
   숭실활천 2편, 시인춘추 1편, 단층 5편, 묘 3편, 여성 2편, 시학 1편,
   춘추 1편 등 총 47편.
3) 시집: 신찬시인집 1편, 재만조선시인집 3편, 만주시인집 2편 등 총 6편.
4) 발표지 미상: 총 22편.

통계를 보면, 김조규는 1934년부터 1938년까지 가장 왕성하게 작품을
발표하고 있으며, 발표 지면으로는 조선중앙일보가 39편이나 되어 단연 수
위를 차지하고 있다. 이 시기는 시단에서 1920년대 중엽부터 유행하였던
사회주의 문학운동이 자취를 감추고, 순수 서정시와 서구적 모더니즘시 운
동이 크게 자리 잡고 있던 때였다.

이러한 분위기에서 김조규는 초기에 감상적 센치멘탈리즘 시풍에 탐닉하
다가 객관적 이미지의 형상화 작업을 거쳐, 당시 시단의 한 흐름이었던
슈르리얼리즘에 경도하게 된다.

3) 광복 후 재북 활동기

1945년 광복 당시, 북한땅에 머물고 있던 김조규 시인은 그해 10월경
재북 문화운동 단체인 '평양예술문화협회'를 소설가 최명익, 소설가 유항림,

---

6) 김조규 시집에는 작품마다 발표지명이 명기되어 있어서 이를 참고함.

화가 문학수, 희곡작가 김승구 등과 함께 결성하였다. 뒤이어, 1946년 1월에는 그가 중심이 되어 문제의 시집인『관서시인집』을 간행하고, 여기에 그의 시 5편을 실었다. 이 작품들은 시인 이 활에 의하면, 쉬르리얼리즘의 경향을 지닌 것이었다고 한다.[7]

이 시집이 나오자 재북 공산주의 평론가들은 일제히 날카로운 비판의 포문을 열었다. 소위 "쉬르리얼리즘의 준동을 봉쇄하자"는 뜻에서였다. 이렇게 되자, 이 시집에 작품을 실었던 황순원은 그 뒤에 월남해 버렸고, 김조규와 몇몇은 자아비판을 강요 받게 된다. 이 무렵, '평양지구 프롤레타리아 예술동맹'이 공산주의자인 김사량에 의해 결성고, 당국에 의해 '평양예술문화협회'가 강제 해산된 다음 '프로레타리아예술동맹'에 편입되어 '북조선문학예술총동맹' 산하 단체인 '평남문학동맹'으로 변하였다.[8]

이렇게 되자『관서시인집』에 참여했던 김조규와 최명익 등은 깊은 좌절 끝에 힘없이 북의 체제 속에 휩쓸려 버리고 만다. 김조규는 1946년 초에 간여했던 국어교과서 편찬 작업의 인연으로 해서, 평양 중심가인 대중극장 옆에 있던 '조선신문' 편집국에서 일하게 되었다.

여기서, 김조규가 같은 동인이었던 황순원처럼 월남하지 않고, 왜 북에 그대로 남아 결국 그의 문학인생 후반을 공산체제 속에 파묻어 버리고 말았는가 하는 의문이 생긴다. 이 점은 물론 그의 솔직한 술회를 들을 수 없는 오늘의 입장에서 그 진실을 상세히 밝힐 수는 없겠지만, 분명한 사실은 그의 동생인 김태규의 증언에 의해 한 가지 이유만은 추측해 낼 수 있다고 본다. 김태규에 의하면, 김조규는 일제시대 기독교 계통의 학교에 다니면서 오히려 미국 선교사들에 대해 비판적 감정이 농후했다는 것이다. 그가 숭실 전문학교 재학 시절 그를 총애하던 교장 매 균에 의해 미국 유학을 권유

---

7) 김태규, 앞의 책, p.200.
8) 위의 책, pp.200—201.

받았으나, 반미 감정이 있는 그는 끝내 이를 거절하였으며, 뿐만 아니라 목회자였던 아버지와 사상 논쟁을 하고, 선교사들의 선교 정책에 대해서 서로 의견을 달리하였다는 것이다.9)

당시 지식 청년들의 일반적 경향처럼 그도 사회주의 서적을 탐독하였고, 그가 소장했던 장서 중에는 마르크스, 엥겔스 등의 좌경 서적들이 많았다는 점 등, 이러한 정황으로 미루어 보면 그가 적극적인 공산주의자는 아니었다고 할 수 있어도, 최소한 그가 그에 동조할 수 있는 요인을 지니고 있었기 때문에, 그대로 북한 체제에 머물러 동화되어 버린 것이 아닌가 여겨진다. 다만, 김태규의 증언대로, 그의 문학적 경향은 광복 전까지 전혀 사회주의적 경향문학이나 카프문학과는 아무 상관이 없었다는 점으로 보아, 그가 체질적 공산주의자는 아니었음이 분명하다고 하겠다. 결국, 그의 반 선교사적 감정과 사회주의적 관심이 그로 하여금 점차로 북한체제 속으로 함몰해 가도록 하는 중요한 요인이 되었다고 판단된다.

북한 내에서의 그의 문학활동에 힘이 되어 준 사람은, 소련군 장교로 위세가 당당했던 조기천이라는 시인이었다고 한다. 아직 우리말 표현에 서투르던 조기천의 원고를 맡아서 퇴고해 주곤 하였던 것이 인연이 되어, 지주 출신이며 기독교 목회자의 아들인 김조규는 북한 내 문단에서 발판을 굳히고, 소련 출신 평론가 정 률, 희곡작가 림 하, 시인 조기천 등의 도움을 받아 작품활동을 활발하게 전개할 수 있었다.10)

광복 후, 북한 내에서 활동한 김조규의 족적을 정리해 보면 다음과 같이 요약된다.11)

1) 1947년 12월 : 개인시집 『동방』 출판 (제1부 역사의 재건, 제2부 대지의

---

9) 위의 책, p.202.
10) 위의 책, p.203.
11) 위의 책, pp.203—204.

서정) 당시의 평: 대지의 서정과 같은 자연풍경을 묘사하는 나약한 소시
민적 형식주의 잔재를 버리고, '역사의 재건'으로 나가는 사상 개변이
이 시인에게 절실히 필요하다는 비판을 받음.

2) 1948년 경, 재직 중인 "조선신문" 폐간과 함께 주간신문인 "소비에트신보"
편집기자로, 뒤이어 예술대학 교수로 6.25까지 활동.

3) 6.25 종군 이후 평양으로 돌아와, 1952년부터 수년 간 『조선문학』과
『문학예술』의 주필.

4) 1956년 이태준과 함께 숙청되어 양강도 혜산진 벽지중학교 교사로 좌천됨.
이후, 1960년까지 집필 금지당함.

5) 1960년 집필 금지령 해제로 다시 창작 활동. 시집 『전선』, 『파초』, 『김조규
시선집』, 동시집 『아이들이 바닷가에 모여든다』 등을 발행.

6) 1963년 경부터 문화대학, 김일성대학 교수 역임. 1990년 76세로 사망.

7) 기타 저서로, 시집 『이 사람들 속에서』, 종군수기 『그는 살아 있다』,
가극 『푸른 소나무』, 평론집 『시에 대한 이야기』 등을 펴 낸 것으로
전해짐.

(3) 김조규의 시세계

1) 초기 : 감상적 센치멘탈리즘

문학의 모든 측면이 시대상황에 입각한 사회학적 입장에서 정의되어질
수 있는 것은 아니지만, 그럼에도 불구하고 문학은 필연적으로 시대적 상황
이나 사회학적으로 조건지어져 있는 예술활동임은 분명하다. 그것은 문학이
어쩔 수 없이 사회나 시대의 한 산물이면서, 아울러 역사적으로 규정되는
예술이기 때문이다.[12]

---

12) A. 하우저, 『문학과 예술의 사회사』, 백락청 외 역,(서울,창작과 비평사,1974) pp.6—7.

한 시대를 살다 간 시인의 시세계를 논함에 있어, 그의 작품을 그가 살다 간 시대적 상황이나 사회 현실과 아무 관련 없는 단순한 개인적 산물로 간주한다면, 이는 분명 편협한 견해일 수밖에 없다. 문학 예술의 사회학적 내지 사회사적 고찰이라는 입장에서 보면, 문학은 결국 사회나 시대의 한 산물일 수밖에 없는 것이다.

김조규 시인이 창작활동을 펼친 1930년대라는 시대적 상황은, 일제가 1920년대의 소위 문화정치라는 유화책을 버리고, 사회주의와 민족주의를 혹독히 탄압하면서 점차로 군국주의를 강화해 가던 시기였다. 따라서, 1930년대 초부터는 극성을 부리던 프로문학이 퇴조하고 그 대신 순수문학이 유행하던 때였다. 시문학파를 중심으로 한 순수서정시 운동이 등장한 것도 그 무렵이었으니, 이는 우리 문단의 자연발생적 산물이라기보다는 그 시대의 정치적 상황이 낳은 결과물이라 아니할 수 없다.

문제는 김조규 시인이 이러한 상황에 처하여 시창작 활동을 통해 어떻게 대응해 나갔느냐 하는 것이다. 결론부터 말한다면, 초기에 그는 시대적 중압에 못 이겨, 한 식민지 시대를 살아 가는 젊은 지식인으로서의 비애와 절망감을 감상적으로 노래하고 있다는 것이다. 그러한 경향은 마치 1920년대초 백조파를 중심으로 하는 퇴폐적이고 상심적인 낭만주의시와 매우 흡사한 것이었다. 그것은, 김조규 시인이 아직 한 시인으로서 성숙된 정서와 정돈된 시법을 체득하지 못한 때문이었다. 시대와 상황에 절망하고 상심하는 감상주의는 정서적 자기수련이나 그것의 세련된 표현력 획득 이전의 상태라 할 수 있기 때문이다.

이끼 오른 옛 성터에는 / 피 서린 역사의 슬픈 기록을 간직한 고목이 섯나니 / 지금은 사나운 비에 부딪치고 험한 바람에 시달려 / 구멍이 숭숭 뚫린 뼈의 윤곽만을 남기고 있나니……// 언덕 밑에 흐르는 피빛 냇물이 / 붉게 붉게 물들인 고목의 그림자를 싣고 흐를 때 / 음산한 가을 바람에 창백한 잎은

떨어지고 / 옛 꿈을 조상하는 풀벌레의 목메인 울음만이 들리는구나 (중
략) // 아아 낙엽을 탄식하는 슬픈 고목아 / 무너진 성벽 위에는 / 너의 맥없는
그림자가 비춰었나니 / 젊은 가슴을 아프게 하는 폐허의 석양이여
— "폐허에 비친 가을 석양이여" 중 일부

'고목에 새긴 노래'라는 부제가 붙은, 1931년작인 이 작품에서 시인은
당시의 시대적 상황을 폐허, 석양, 고목이라는 시적 오브제를 사용함으로써
비극적으로 형상화 하여 보여 주고 있다. 패망하여 남의 식민지가 되어 버린
조국의 현실을 그가 얼마나 뼈아파하였으며, 그로 인한 절망감으로 그가
또한 얼마나 괴로워하였는지를 이 작품은 잘 대변해 주고 있다. 위의 시
뿐만 아니고, 이 시인의 초기 작품 전체를 꿰뚫어 흐르고 있는 기본 감정은
바로 이와 같이 조국을 상실한 한 지식인이 가슴에 품고 있는 '한'의 정조라
고 하겠다.

'한'이란 무엇인가. 그것은 패자의 가슴에 서려 있는 인고의 정서이며,
심화되면 병적으로 심성을 좀먹는 상심의 원천이 되는 것이며, 따라서 그것
은 마침내 한 시인의 건전한 정서를 좀먹고 마는 병적 감정이 되는 것이다.
1933년에 발표된 다음의 시가 그것을 웅변으로 증언해 주고 있다.

미끄러운 밤 몽롱한 달빛에 고요히 앉아 / 세레나드의 구슬픈 곡조를 외이
는 감상시인...... / 썩어지는 마도(魔都)의 빨갛게 타는 심장을 더듬으며 찬란한
색등아래 각선미를 / 예찬하는 감각시인...... 그리고 매마른 나뭇가지 아래
홀로 기대어 / 서글픈 휘파람으로 낙엽을 탄식하는 자연시인...... // (중 략
) 아하 좀먹는 시대의 폐물이여 얼크러진 만가여 깨어진 기타의 끊어진 /
줄을 고르는 가엾은 마음.... // 넋 없는 시편을 정성껏 어루만지는 파리한
손가락 시인아 / 여인의 나상을 / 노래하기엔 너무나 시대의 수레가 굴렀다
/ 낙엽을 읊기엔 너무나 강렬한 건조(建造)의 음향이 고막을 울린다. // 숨쉬는
미이라여 죽음을 부르는 시편이여 잉크의 파아란 조소여 / 저기 새벽은 동쪽
하늘로 화살을 쏘으며 달려오나니 / (어이하겠나 참말로 어이하겠나) / 잠겼던

암흑을 뚫고 태풍 같이 달려오는 새날의 위엄을……/ 민중과 민중의 핏줄은
고도로 뛰고 있나니 / ……시대의 폐물이여 언제까지나 곰팡이 슬은 시고를
뒤지겠는가?

— "좀 먹는 시대의 폐물이여"의 일부

절망 끝에 그 절망으로부터 벗어나려 몸부림하는 시인의 모습을 노래한
이 작품은, 그러나 역설적으로 시인인 서정적 자아가 현실 때문에 얼마나
절망의 구렁텅이에 빠져서 허우적대고 있나를 극명하게 보여 주고 있다.
'숨쉬는 미이라', '시대의 폐물'로 시인이 시인 자신을 자학하고 있는 이
작품은 문학적으로 볼 때 극단적으로 병적이라 아니할 수 없다. 김조규 시인
의 초기 작품은 대부분 이러한 병적 감상주의에 빠져 있다. 당대 시인 중
누구보다도 그가 절망적 시대 상황과 식민지적 현실의 아픔을 소재로 시를
썼다는 사실이 이 작품 하나만으로도 입증된다고 하겠다.

또 한가지 주목할 점은, 이 시의 마지막 연에 표현되고 있는 "민중과
민중의 핏줄은 고도로 뛰고 있다"는 구절이 함축하고 있는 의미가 무엇이며,
이 시인의 사상과 어떤 관계가 있는가 하는 점이다. 학창시절 그가, 다른
지식인들처럼 당대에 유행하던 사회주의 사상 서적을 탐독하였을 것이라는
점을 감안한다면,13) 이 싯구에 표현된 민중의식이 그 영향의 일단일 것이라
추측되지만, 그럼에도 불구하고 광복 후 그의 북한 잔류 및 그 체제 내 동조
와 무슨 연관이 있지 않을가 하는 추론도 가능하리라 여겨진다.

그러나, 이 작품을 지배하고 있는 기본 정조는 어떤 이데올로기적이라기
보다는 절망적 시대 상황을 극복하고자 하는 극단적 단말마에 가깝다고 할
수 있으니, 이 점이 이 시를 단순한 경향시로 볼 수 없는 이유이기도 하다.
경향시에 대한 정의는 논자에 따라 다르겠지만, 특히 계급이론의 거부냐,
수용이냐에 따라 그 정의는 근본적으로 달라진다. 민중은 노동자, 농민을

---

13) 김태규, 앞의 책, p.202.

기본 세력으로 하는 계급적 집단으로서의 정치적 조직을 형성하여 민중적 삶을 실천하는 사회적, 역사적 주체라 단정할 때, 그러한 사상이 작품 속에서 확인될 때, 비로소 경향시, 또는 경향문학이라 규정할 수 있는 것이다.

이렇게 볼 때, 이 시에 표현되고 있는 '민중'이란 용어의 개념은 계급적이 라기보다는 '대중'이란 단어에 보다 가깝다고 할 수 있다. 시대적 상황에 속수무책, 아무 저항도 못하는 시인 자신의 나약한 모습에 대비된 대중 내지 민족의 결집된 힘에 의지하려 하는 심정의 표현에 불과한 것이다. 결국, 이 시는 그의 초기시 대부분의 경향처럼 시대에 절망한 나약한 한 시인의 단말마적이고 병적인 정서를 읊은 작품이라고 볼 수밖에 없다.

유리 같이 맑게 개인 높은 하늘엔 / 병들은 나뭇잎이 누울 자리를 찾아 헤매이고 / 뼈만 남은 앙상한 나뭇가지에서는 / 황금색 가을 바람이 쓸쓸한 노래를 끊임없이 부르나니 / 가을 가을 아아 청상과부의 얼굴 같은 가을이여 //(중 략) 아아 낙엽 속에 쌓인 가을의 비애여 / 시냇물 같이 새어드는 회색의 적막이여 / 그러나 울지는 말자, 슬퍼하지는 말자 / 애상 가득한 가을 노래에 귀 기울이지 말자 / 하면서도 눈물나는 이 마음을, 아아 터지는 이 설음을……
— "가을의 탄식" 중 일부

앞의 작품과 같은 해에 발표된 이 시에서도 김조규 시인의 시적 정조가 아직 감상적 차원에 머물러 있음이 확인된다. 물론 이러한 정서가 아무런 명분 없이 단순한 문학소녀적 취향에서 비롯된 것이 아니라 하더라도, 1930 년대의 한국 현대시 수준이란 것을 감안해 보면 이는 1920년대 감상적 낭만 주의시와 매우 흡사하게 닮아 있음이 사실이다. 따라서, 위의 두 작품이 발표된 1930년대 초엽까지는 아직 그의 시적 정조가 초기의 미숙함을 벗어 나지 못했다고 할 수 있다. 이 무렵에 발표된 작품 중에 고향을 그리워하는 시가 매우 많은 것도 그의 감상적 정서 때문이라고 본다. 물론, 그의 이러한 고향 상실감을 잃어버린 조국에 대한 그리움으로 해석할수도 있지만,[14] 고향을 소재로 한 작품들을 살펴보면 그것이 단순한 수구초심적 그리움의 표현임을 확인할 수 있다. 그가 그의 고향인 평남 덕천군 태극면을 떠나 주로 외지인 평양에서 학업을 쌓았다는 사실을 감안할 때, 도시에 나와 외로운 젊은이의 고향에 대한 그리움은 충분히 이해할 수 있다. 감수성이 풍부한 12살 때 고향을 떠나 숭실중학교에 입학한 이래, 12년 간을 그는 타관땅인 평양에서 살았으며, 그후 곧바로 함북 성진과 만주에서 젊은 날의 대부분을 보냈던 것이다.

2) 중기 : 객관적 이미지 추구

「회향곡」, 「고향에 숨은 노래」, 「소」, 「누이야 고향 가며는」 등 고향을 그리워하는 감상적인 시는 1933년으로 마감되고, 1934년 1월 고향에 돌아와서 느낀 감정을 발표한 「귀향자」를 시발로 하여 이러한 정서를 노래한 작품은 더 이상 나타나지 않는다.

> 귀향자…/ 그는 지금 외아들 잃은 과부와 같이 넋잃은 가슴을 안고 / 고향의 거리 위를 울며 헤매인다 // (중 략) 그러나 아아 귀향자의 가슴에 칼을 꽂음이여 / 고향의 거리, 너 창백한 달 아래 엎드린 마을의 산천아 / 슬픈 귀향자…그는 지금 자명등 희미한 옛 거리를 헤매이며 / 꽃시절의 아득한 기억을 되풀이하고 있으나 / 소복한 대지에 달의 차가운 조소만이 흐르고 / 그는 지금 서리찬 바람을 한 아름 안고 / 지나간 날 퍼져 울리던 동리의 아름다운 민요를 외이어 보나 / 얼어 떨리는 마을의 통곡에 곡조마저 흐리어짐을…/ 낯선 돌집이여 오열하는 이웃이여
>
> — "귀향자" 중 일부

타관 땅에서 그리워하던 고향에 돌아와 그가 정작 느낀 것은 어린 시절에 본 낭만적 환상과는 거리가 먼, 가난에 찌들은 식민지의 슬픈 모습 그대로였

---

14) 권영진, 「김조규의 시세계」, 앞의 책, pp.176—180.

다. 그리하여 그는 '슬픈 귀향자'가 되어 거리를 '울며 헤매인다'. 이제 그는 더 이상 감상적 센치멘탈리즘에만 빠져 있을 수 없다는 것을 깨닫게 된 것이다.

이후로 그의 시는 그를 지배해 온 과거로부터 탈피하게 되는데, 또하나 그의 발목을 잡아 갈등하게 하던 신앙 문제를 그 스스로 해결하게 된다. 연보에서 이미 밝혔듯이, 김조규의 가정은 목회자의 집안이었고 철저한 기독교적 분위기에서 그는 성장했다. 뿐만 아니라, 그가 수학한 학교도 기독교 계통의 학교였다. 이미 앞에서도 언급했지만, 김조규는 기독교 선교사에 대해 매우 비판적이었다 하며, 이 문제로 목사인 그의 아버지와 논쟁까지 벌였었다는 것이다.[15] 그 자세한 내용이야 밝혀지지 않아 모르겠지만, 그가 기독교 신앙에 대해서 별로 호감을 갖지 못했었다는 점만은 분명하다. 1934년작인 다음에 인용하는 시를 보면, 이 무렵 기독교에 대한 그의 생각을 분명히 알 수 있다.

> 두 개의 성촉이 줄줄이 녹아나리고 / 거룩한 성가의 곡조 고요한 공기를 흔들어 놓을 때 / 경건한 마음…흘러드는 고요한 명상에 / 제단 앞에 엎드린 마음의 어리석음이여 // (중 략) 그대가 가슴 속 깊이 간직하고 있는 십자가는 / 거리를 메꾸는 데모의 행렬에 무참히도 밟히어 버렸나니 / 언제까지나 그대는 무서운 예감에 전율하는 가두에 엎드려 / 흩으러진 십자가의 파편을 모으려는가
>
> — "제사장이여 제사장이여" 중 일부

시 「귀향자」와 위에 인용한 작품을 끝으로, 김조규 시인은 과거의 센치멘탈리즘으로부터 탈피하여 회화적 이미지를 구사하는 새로운 경향의 시를 쓰기 시작한다. 그 첫 작품으로 등장한 것이 1934년 4월 9일자 조선중앙일

---

15) 김태규, 앞의 책, p.202.

보에 발표된「무명조」였다. 이 시기는 마침 우리 시단에 김기림의 시론과 김광균의 회화적인 이미지 중시의 시가 새롭게 등장하여 유행하던 때였다.[16] 이에 영향을 받았는지는 알 길 없으나, 어쨌든 한 나라의 시인으로서 시단의 흐름에 무관할 수는 없었다고 본다.

한편, 그가 당시의 시단 흐름에 의해 영향을 받았다는 사실을 입증해 주는 자료가 그의 작품 중에서 일부 발견되고 있는 것도 사실이다. 1934년작 4월에 발표한「무명조」에는 정지용의 시「유리창」과 흡사한 이미지가 보이고, 자료집에 그의 작품으로 수록되어 있는「풍경화」는 김광균의 시「외인촌」과 거의 똑같아, 누구의 작품이 진품인지 가려야 할 과제를 남겨 놓고 있다.「풍경화」가 조선중앙일보에 발표된 것은 1935년 8월 6일로 되어 있고, '국학자료원'에서 펴낸『김광균연구』부록에 의하면 김광균의 시「외인촌의 기억」이 조선중앙일보에 발표된 것도 1935년이고 보면 (김조규의 시는 3연이고, 김광균의 시는 한 연이 더 붙어 모두 4연임) 현재 누구의 시가 진품이라고 판단할 수 없는 실정이다. 아래에「무명조」의 일부를 인용해 본다.

> 무명조 (無名鳥) / 마음의 창 밖에서 슬피 울던 무명조 / 주둥이를 싸늘한 유리창에 쪼다 / 나래를 펴 식은 허공에 퍼득거리다 / 작은 두 개의 가을 호수 /마알간 두 알의 구슬,

정지용의「유리창」과 매우 흡사한 이미지가 보이는 이 시는, 김조규의 이전 작품과는 여러 면에서 전혀 다르다. 종전의 시에서 주류를 이루었던 주관적이고 감상적인 서술적 표현이 사라지고, 대신 개성적이며 객관적인 이미지가 작품 전체를 지배하고 있다. 시적 대상을 향하는 시각이 객관적이고, 시인 자신의 진술이 제거되어 있는 것이다.

---

16) 이응백 외 편,『국어국문학자료사전』,(서울,한국사전연구사,1995) p.961.

1934년부터 시작된 이러한 변모는 그의 다른 여러 작품에서도 확인되고 있다. 시의 제목도 긴 서술형이 줄고, 단어 제시형으로 많이 바뀐다. 「귀향자」, 「제비」, 「편지함의 꽃」, 「이별」, 「나팔소리」, 「호수」 등 단일 단어로 된 것이 많다. 이 전의 작품 제목들은 예컨대, 「검은 구름이 모일 때」, 「폐허에 비친 가을 석양이여」, 「붉은 해가 나래를 펼 때」, 「이 날도 저들의 가슴에」 등 서술형이 대부분인 것에 비하면, 큰 변화라고 할 수 있다. 초기시 15편 중 서술형 제목이 10편인데, 중기시 62편 중에는 불과 6편밖에 안된다.[17]

이로 미루어 김조규의 시적 변모는 1934년부터 시작되었다고 판단된다. 이 시기에 와서 그가 초기의 감상적이고 센치멘탈리즘적 시풍을 극복하고, 지적이고 도시적인 언어의 세련미와 이미지의 창출이라는 현대시적인 수법을 터득한 때문이었다. 물론 이러한 서술적 표현은 제목에서만이 아니고 시의 표현 전체에서 점차 극복되고 있다. 이미 앞에서 인용한 「무명조」 외에도 이 시기 대부분의 작품에서 이 점은 거듭 확인된다.

> 유월의 푸르른 감촉이 가만히 얼굴을 쓰다듬는다 / 유월의 푸르른 바람이 초록빛 스카트에 춤을 춘다 / 창공을 찢는 선명한 프로펠라 소리……/ 악사를 부르는 삼림의 푸르른 손……/ 황금빛 불수레가 푸르른 잔디 위에 구을고 / 백양목의 수많은 눈알이 번뜩거린다
>
> — "유월경(六月頃)" 중 일부

색채감, 촉감, 시각적 감각 및 음향감 등이 동원된 이 작품에서 김조규 시인의 시적 변모가 충분히 확인되는 바, 이러한 경향은 이 시기 그의 전 작품에 두드러지게 나타나고 있다.

---

17) 「제사장이여, 제사장이여」, 「기차는 지금 이슬에 젖은 아침 평원을 달린다」, 「밤마다 흩어진 마음을 안고」, 「장서 없는 서재에서 계절의 나이를 헤어 보리라」, 「한 식료품 상점 앞에서」, 「어느 한 결혼식장에서」 등 6편.

그렇다면, 식민지적 현실에 대한 울분과 좌절감을 직정적으로 표출하던 초기시와 전혀 다른 경향을 이 시기에 와서 보이게 된 원인은 무엇인가. 그러한 변모를 긍정적으로 볼 것이냐, 아니면 부정적으로 볼 것이냐 하는 판단은 이 시인의 시세계를 논함에 있어 매우 중요하다. 왜냐하면, 그가 광복 후에 보여 준 사상적 전환의 의미를 풀어 줄 열쇠를 그것이 제공해 줄 수 있기 때문이다. 식민지 현실에 대한 울분과 비탄이 초기 시 일부에서 비쳐지듯 계급적 이데올로기로 기울 수도 있었을 것이며, 만약 그렇게 되었을 때, 후일 그의 사상적 전환은 필연적이었다고 할 수도 있는 것이다.

이와 반대로, 그의 시적 변모가 그의 출신 성분이나 개인적 기질로 보아 1930년대 중엽의 우리 시단을 풍미했던 김기림이나 김광균류의 회화적 시풍에 어울렸었던 때문이라고 한다면, 광복 후에 보여 준 사상적 전환은 필연적이라기보다 북한 잔류로 인한 강제적 현실이 그 원인이었다고 할 수 있다. 물론, 이 시기에는 일제의 탄압에 의해 사회주의 사상이나 계급주의적 문학 활동이 금지되었었다는 이유도 있었지만, 그렇다 하더라도 그가 급격하게 보였던 시적 변모의 이유를 그것이 다 해명해 줄 수는 없다고 본다.

이런 저런 정황을 감안해 볼 때, 김조규 시인은 그 기질이 이데올로기적이라기보다는 순수한 예술가적이었다고 판단된다. 예술가적 기질이란 무엇인가. 어떤 상황에 처하여 그것은 의지적, 전투적이라기보다 감성적, 수용적이라 할 수 있기 때문에, 혹독한 현실 속에 함몰될 가능성은 충분하다고 본다. 더구나, 그가 남한 땅에 거주하다가 월북한 것도 아니고 고향인 북한 땅에 살다가 거기 머물러 버린 경우이기에, 이 점 또한 참작해야 할 것이다. 다음에 인용한 시가 그의 순수한 심성을 잘 보여 주는 한 예가 될 것이다.

세척(洗滌)의 호수……/ 그는 기약 없는 임을 고대하는 처녀의 마음 / 회색에 젖은 섧은 표류인들이 / 헐리운 언덕……이슬밭에 누워 휘파람 분다. / ……호수야 맑게 개인 네 얼굴이 그립다 / ……호수야 해말간 네 마음이

부럽다

— "호수" 중 일부

새야 / 들창밖에 오동나무 꼭대기에 노오란 잎파리가 둘 뿐이다 / 네가 내 창밖에 웅크리고 앉아 몹시도 가슴 아프게 울던 날 / 싸늘한 가을 바람이 데이마틴을 날리더라 / 네가 오동나무 가지에 앉아 몹시도 눈물겨웁게 노래하던 날 / 파아란 네 눈알이 움직이는 두 개의 호심이더라

— "오동잎" 중 일부

본디, 그의 심성 바탕이 이처럼 순수하였기 때문에, 광복 직후인 1946년 그가 북한 땅에서 처음으로 발표했던 『관서시인집』의 시들이 공산주의 비평가들에 의해 비판을 받았던 것이다. 이로 미루어 보면, 만약 그가 젊은 시절 그의 부친의 기독교적 신앙의 영향을 긍정적으로 받아들였다면, 분명히 황순원처럼 북의 체제에 순응하지 못하고, 6.25 이전에 월남을 감행했을 것이라 판단된다.

3) 후기 : 모더니즘적 내면 세계

김조규가 1937년 숭실전문학교를 졸업하고 성진에 가서 교편생활을 하던 때는 시기적으로 봐서 그가 동인지 『단층』과 『맥(貘)』에 가담하여 활동한 시기에 해당한다. 결국 1938년부터 그는 최재서가 평한 대로, '사회적 양심과 이론을 가지면서도 그것을 신념에까지 윤리화 시킬 수 없는 인테리의 회의와 고민을 심리분석적으로 그리려는 특징이 있는'[18] 동인지인 『단층』과 『맥』에 가담해서 다분히 심리주의적이고 초현실주의적인 경향의 시를 썼던 것이다.

이처럼 김조규는 문단적 상황에 순응하여 적응해 간 사람이지 그것에

---

18) 권영진, 앞의 책, p.184.

역행하여 실험적, 반역적 창작을 감행한 사람은 아니었다. 이 또한 시인으로서의 그의 기질을 보여 주는 일면이라고 하겠다. 그가 북한 땅에 남아 그 사회 체제가 요구하는 바에 순응해 나간 것도 이러한 기질 때문이었다고 본다.

모더니즘시의 특징을 몇 가지로 요약한다면, 형식의 중시, 시의 회화성 강조, 내면심리의 표현, 지성 중시, 도시적, 문명비판적 요소, 그리고 시 형식의 해체 등이라 하겠다. 앞에서 밝혔듯이, 30년대 중반에 와서 미숙한 센치멘탈리즘을 극복하고, 갑자기 회화적 이미지 중심의 시를 쓰기 시작한 그가 30년대 후반에 이르러 『단층』과 『맥』 동인에 가담함으로써 내면심리를 표현하는 초현실주의로 시적 변모를 감행한 것은 당연한 수순이었다.

> 음과 음을 알살(軋殺)하는 벽과 벽. 지금 내가 명일과 이웃하여 앉았건만은 흑묘의 눈알은 흑암 속에서 번뜩인다. 전락하는 오성. 밤마다 나의 자는 얼굴을 몰래 몰래 굽어보던 검은 물체가, 지금은 탁등 뒤에서 대기하는 것만 같다. <월광과 묘>의 불길한 액화.
>
> — "묘(猫)" 중 일부

> 바밀리온의 처녀. 약탈되려는 정조 앞에서 도시 음악을 모른다 한다. 음악을 안다는 것은 얼마나 순정한 잠월(潛越)인가? 네가 백일홍이냐? 어여쁜 독초이냐? 백주에서 방축(放逐)받은 나는 음악과 장미와 창공을 몰라도 좋다. 나의 향수가 흔들리는 어두운 밤이 층층계 밑에서 숨쉬고 있지 않은가? 부란하는 육체와 악취와 매음부의 유방이 비상하는 나의 의욕과 더불어 무산하는 밤, 밤, 밤.
>
> — "야수일절(野獸一切)" 중 일부

시에서 회화적 심상을 강조했던 이미지즘 시만 하더라도 이성적 합리성과 서정성을 중시하였지만, 초현실주의 시에 이르면 이성이나 합리성보다는 내면적 심상과 무의식의 세계를 자동기술적으로 표현하는 경향에 빠져 드는 바, 이 시기 김조규의 시는 위의 예에서 확인되는 바와 같이 반이성적, 비합리적 내면 심리를 초현실적으로 표현하고 있다. 인간의 내면에 잠재해 있는 동물적 본능을 여과하지 않고 그대로 표출하는 이런 극단적 사조에 그가 빠져들고 만 것은, 당시의 시류와 함께 선교사에 대한 비판적 감정과 기독교 신앙에 대한 반감과 무관하지 않다고 할 수 있다.

동물적 인간관과 무신론을 기조로 하는 초현실주의 시는 반기독교적이며 반윤리적이고 반이성적이며 반문법적이다. 김조규의 경우, 이 상의 시에 나타나는 냉랭한 계산성은 보이지 않지만, 몇몇 작품의 경우 오히려 보다 더 몰이성과 동물적 본능성에 철저하다. 그럼에도 불구하고, 이 시기에 발표된 작품 가운데는 아직 이성적 합리성이나 서정성을 완전히 탈피하지 못한 시들이 상당수 차지하고 있다. 예를 들면 다음과 같은 작품이다.

> 서러운 상념을 끄을고 오는 밤의 옷자락 / 싸늘한 계절의 촉수가 피부에 스민다 / 저녁이면 가라앉는 울화의 호심(湖心)은 깊다 / 밤, 나의 들창은 홍주(紅酒)가 넘쳐흐르는 유리창이다 // 사랑을 잃고 북으로 쫓겨온 에트랑제 / 옛 여인을 잊지 못한단다 깨어진 꿈이 서럽단다 // 이 거리엔 등불도 드물다. 인적도 없다. / 머얼리 교외로 돌아가는 역마차의 피곤한 방울소리 / 들창을 열면 푸른 호수가 밀려들련만 / 오오 낙엽진 가지에 남은 기억의 과실 / 차라(蹉).깨뜨려라 안타루자의 야곡. 흰 주먹을 쥐어 본다. / 허나 분노마저 여윈 나의방. 아하 자연의 꼬리가 기일다.
>
> —"에트랑제" 전문

초기의 감상적 서술이나 센치멘탈의 과잉은 사라졌지만, 그럼에도 불구하고 위의 시에는 이성적 질서를 벗어나지 않은 짙은 서정이 바탕을 이룬다. 이 작품 외에도 많은 수가 이런 경향을 지니고 있는 바, 그 까닭은 그가 당시의 시류에 휩쓸렸음에도 불구하고 그의 기질이 극단적이거나 혁명적, 실험적이지는 못했다는 사실 때문이라고 판단된다. 유,소년기를 거쳐 청년기에 이르기까지 그가 살아온 환경이 기독교의 신앙으로 에워싸였던 것을 감안할 때, 그의 바탕이 과격할 수 없었던 것은 당연한 것이다. 전술한 바 대로 선교사들에 대한 어떤 반감이 그를 기독교 신앙으로부터 멀리 떼어 놓았지만, 그럼에도 불구하고 그의 성장 배경은 그의 기질을 온건하게 만들 었던 것이다. 이로 미루어 보건대, 국토 분단 후에 그가 북의 체제 속에 함몰되어 버렸지만, 그는 역시 그 기질 때문에 억지로 체제에 순응하느라 무척 고통스러웠을 것이다. 이야말로 시대적 상황 때문에 빚어진 한 시인으 로서의 비극이 아닐 수 없다.

또 한 가지, 이 시기 그의 시에 나타난 특징으로 난해한 한자어가 많다는 점을 지적할 수 있다. '軋殺', '紫煙', '卓燈', '額畵', '樹幹', '闖入', '鼻 汁', '黃顔', '黑眼鏡', '氷雨', '腦床', '花壺' 등이 원작에 그대로 노출되 어 있을 뿐만 아니라, 일상적인 한자어도 대부분 노출시키고 있다. 복잡한 내면의식의 표출에 적합한 순수국어를 찾지 못하고 생경한 한자어에 의존하 고 있는 것은 그의 우리말 수련이 세련되지 못했기 때문이라고 판단할 수 있다. 이 점은 이 상의 난해시에도 그대로 나타난다.[19]

시가 언어의 예술일진대, 말에 대한 섬세한 감각과 훈련이 되어 있지 못한 상태에서는 인간의 오묘한 심층심리를 제대로 언표하기 매우 어려울 것이다. 더구나, 일제 치하에서 교육 받은 세대들에게 있어 세련된 우리말 사용은 거의 불가능한 실정이었다. 따라서, 당시 일어 교육의 영향으로 이런 생경한 한자어들이 혼용될 수밖에 없었을 것이다.

이에 비하여, 낭만적이고 서정적인 시에는 이런 생경한 한자어들이 거의 보이지 않고 있다.

물이 그리워 / 마을이 보고 싶어 / 자꾸만 물결과 키돋움하는 것이냐? /

---

19) '全等形', '反芻', '汗孔', '戰慄', '荊棘' 등, 무수한 한자어가 노출되어 있다.

멀리 바라보기만 하며 / 한 번도 밟아보지 못한 땅

— "수평선에게" 중 일부

  달밤이면 너는 / 바다를 생각해야 한다 / 도래구비에 부서지던 / 흰 물결을
잊지 말아야 한다. // (중 략) 책을 끼고 나서면 / 부르는 듯 손질하던 야학당
불빛 / 해당화 가득 핀 언덕길 넘어오던 / 네 흰 옷자락이 / 추억의 손수건인
양 표표이 가슴에 펄럭인다

— "바다의 추억" 중 일부

  김조규의 후기 시가 초현실주의에 기울어져 있었음에도 불구하고 이처럼
이성 중심의 서정시가 상당수 혼재하고 있음은 전술한 바와 같이 시인으로
서의 그의 기질이 과격하거나 극단적, 실험적이지 못하였다는 것을 입증해
준다고 할 수 있다. 이 점은 대표적 심리주의 시인이었던 이 상의 경우와
비교된다. 이 상에게서는 김조규와 같은 두 경향의 혼재 현상이 전혀 나타나
지 않고 있다.[20]

  여기서 다시 한 번 김조규의 기독교적 성장 배경이 그의 시에 미친 영향의
일단을 발견하게 되는 바, 그가 아무리 그 영향권에서 벗어나고자 하여도
결국 기독교적 성장 배경은 그를 얽어매는 고삐가 되어, 그로 하여금 이성적
온건주의로부터 완전히 벗어날 수 없게 만드는 역할을 하고 있음이 확인된
다. 이로 미루어 보건대, 광복 후 북한체제 하에서 그가 어떻게 개인숭배적
사이비 문학에 적응해 갈 수 있었는지 궁금하지 않을 수 없다. 통일 이후에나
이 점은 밝혀질 수 있을 것이라 사료되지만, 전술한 바 그가 북에서 한 동안
공산주의자들에 의해 문학적으로 비판 받았던 점을 감안하건대,[21] 북의 사
이비 문학에 자발적으로 적극 참여하지는 못하였을 것이라 판단한다.

---

20) 이 상은 철저하게 형식 파괴적이고 전통 파괴적이어서, 그의 작품에는 보편적 정서를
    노래한 시가 전혀 없다.
21) 김태규, 앞의 책, p.200.

가야금아 / 전해오는 이 땅의 슬픈 역사 / 오늘에 울리어 줄을 튕기느냐?
/ 나라 망하니 가야산 깊은 산 속에서 / 마디마디 울리던 애연한 가락 // (중
략) 가야금 겨레의 마음 / 아픈 상처 감싸 주는 / 어머니 손길이여 / 이 밤이
지새도록 튕기고 튕기어라 / 그 소리에 실려 새벽이 찾아 오리 / 어둠을 타고앉
아 노을이 비쳐 오리

— "가야금에 붙이어" 중 일부

그날 밤의 기억은 푸른 시그널이다 / 조복(弔服)을 쓰고 야무(夜霧) 속으로
숨은 네의 슬픈 미소다. / 그 후부터 나는 기울어지는 현월(弦月)을 가졌노니
/강한 고배(苦杯)를 잔 가득 부어 놓고 간 너의 흰 손 / 밤이면 쓸쓸히 명목(瞑
目)하여 본다 / 카나리아 너는 언제 자음(子音) 없는 노래를 정지하겠느냐?

— "병든 구도" 중 일부

1940년 초엽에 발표되었던 위의 두 작품은 어느 모로 보나 매우 이질적인
경향을 보여 주고 있다. 앞의 것은 그 정서가 매우 합리적이고 전통적인
반면, 뒤의 작품은 그에 비해 매우 실험적이고 심리주의적이다. 김조규가
동인지 『맥』과 『단층』에 가담하였던 시기인 1938년과 1939년 사이에 발표
했던 작품들은 매우 심리주의적이고 초현실주의적, 실험적 경향의 시들이
대부분이었지만, 1940년 그가 만주로 거처를 옮기면서부터는 점차로 그 경
향에서 벗어나, 전통적, 이성적 서정을 바탕으로 하여 다시금 식민지 치하의
비극적 현실을 노래하는 시들이 많이 나타나고 있음은 주목을 요한다.

만주로 건너가 조양천 농업학교에서 영어를 가르치던 시절부터 그는 왜
심리주의적 경향으로부터 벗어나기 시작하여, 또다시 조국의 비극적 현실에
관심을 갖기 시작하게 되었는가, 하는 점에 대해서 살펴 볼 필요가 있는
것이다. 혹독한 군국주의의 질곡 하에서 견디다 못해 남부여대하고 만주
땅으로 이주해 간 동포들의 비극적 삶을 목격한 그는, 조국에서 느끼지 못했

던 아픔을 이국 땅인 만주 벌판에서 새삼 뼈저리게 느꼈던 것이며, 그 결과가 시로 표현되기에 이르렀던 것이다.

참고로 아래에 1938—39년도의 작품 제목과 1940년도 이후의 작품 제목을 제시해 비교함으로써 위에서 밝힌 바 그의 작품 경향의 변모 양상을 입증하고자 한다. 본문 없이 제목만 살펴 보아도 이 점은 충분히 파악할 수 있다고 보기 때문이다.

■ 1938—39년도의 작품 제목

1) 1938년 : 「소복한 행렬」, 「밤, 부두」, 「노대의 오후」, 「오후」, 「해안촌의 기억」, 「묘(猫), 「바다의 추억」, 「야수 일절」, 「에트란제」, 「여인과 해안과 슬픈 잔별」, 「향수」

2) 1939년 : 「소년의 일대기」, 「편지」, 「피곤한 풍속」, 「해안의 전설」, 「두만강」

■ 1940—44년도의 작품 제목

1) 1940년 : 「병 든 구도」, 「삼등 대합실」, 「가야금에 붙이어」, 「한 시인의 프로필」, 「북행열차」, 「담배를 물고」

2) 1941년 : 「연길역 가는 길」, 「밤과 여인과 나와」, 「대두천역에서」, 「화로를 안고」, 「찢어진 포스타가 바람에 날리는 풍경」, 「새들은 날아가는데」, 「그 자욱 더욱 뚜렷이」, 「한 교차역에서」, 「병기(病記)」, 「밤의 윤리」, 「성인장」, 「전선주」

3) 1942년 : 「실내, 수신(獸神)」, 「카페 '미스 조선'에서」, 「호궁」, 「밤의 윤리」, 「병기(病記)의 일절」, 「남방소식」, 「다점(茶店) {알라라드} 2장」, 「그 밤의 생명을」,

4) 1943년 : 「추억의 바닷가에서」

5) 1944년 : 「남호(南湖)에서 (1)」, 「남호에서 (2)」, 「귀족」

1938년—39년도에 발표한 작품들은 거의 모두가 심리주의적인 반면, 1940년도 이후에 발표한 작품들은 그 제목만 보아도 확인되듯이 전통적 서정으로 회귀하고 있음이 나타난다. 예외적인 것이 있다면, 「병든 구도」, 「카페 '미스 조선'에서」, 「실내」, 「장렬(葬列)」, 「남풍」, 「밤의 윤리」, 「선인장」 등 수 편에 지나지 않는다.

이로 미루어 보건대, 그는 최재서의 말대로 '사회적 양심과 이론을 가지면서도 그것을 신념에까지 윤리화 시킬 수 없는 인테리의 회의와 고민'을 벗어나지 못한 채, 현실에 대한 감상적 센치맨탈리즘과 회화적 이미지즘, 그리고 심리주의적 실험을 거쳐서 또다시 식민지 지식인으로서의 현실적 고뇌를 비극적으로 노래한 시인이었다고 하겠다.

(4) 결 론

1930년대 초엽에 시단에 등단하여 1945년 조국 광복 이전까지 식민지 지식인으로서 시대적 고뇌와 아픔을 시로 형상화 함으로써 당대 순수시의 한 영역을 개척했던 김조규 시인의 생애와 작품 세계를 밝히고자 한 이 글은, 앞으로 올 통일문학을 정리하기 위한 한 작은 노력의 일단이라는 의의를 지닌다. 더구나, 그가 광복 이후 그의 고향인 북한 땅에 머물러 있다가 그곳의 체제 속에 그의 의지나 기질과 관계 없이 함몰되어 버린 점, 한반도 문학인으로 겪어야 했던 비극이 아닐 수 없다.

기독교 가정에서 태어나, 더구나 목사의 아들로서 기독교 계통의 학교에서 수학한 그가 기독교에 등을 돌린 결과, 그는 식민지 지식인으로서 벗어날 수 없었던 현실적 고뇌와 비극적 감상을 여러 형식을 빌어 시적으로 표현하고자 몸부림칠 수밖에 없었다. 그로 인해 결국 그는 국토 분단 후 월남하지 않고 북에 남아 본의 아닌 공산 체제에 함몰되어 버리는, 시인으

로서의 비극적 생애를 맞게 된 것이다. 분단의 비극이 이 땅의 시인들에게
얼마나 잔혹한 생애를 강요했는지 확인시켜 주는 한 예로서 김조규 시인을
다루어 본 것이다.

자료의 부족에도 불구하고 분단 극복 이후의 통일문학사 기술을 위하여
한 작은 디딤돌을 놓는다는 심정으로 이 글을 마무리하면서, 앞으로의 보완
을 기대해 본다.

2. 목월시의 기독교적 귀결

(1) 서 론

영국의 시인이며 사상가였던 T. E. 흄은 그의 논문 「휴머니즘」에서 세계관을 '연속적 세계관'과 '불연속적 세계관'의 둘로 나누고, 그 스스로는 낭만주의적 세계관이었던 전자를 버리고 후자인 '불연속적 세계관'을 지지하고 나섰다.1) 이제는 시대가 변하였으니 우주와 세계를 바라보는 관점도 변해야 한다는 주장이었다.

그것은 종교와 윤리의 절대적 신앙세계 (신이 세계)와, 과학원리가 지배하는 자연계, 물질계라는 또 다른 절대세계의 두 동심원 사이에 유동적이고도 상대적 세계인 심리학, 역사학, 생물학적 유기체의 세계가 위치하여, 이 셋은 서로 싸늘하게 분리된 채 대립된 불화의 관계를 이루고 있다는 세계관이었다. 이는 서구에서 니체의 '신은 죽었다'는 폭탄적 선언으로 대표되는 신앙의 종말과, 과학문명의 발달로 인한 자연법칙의 발견에 따른 불가피한 세계관의 변모를 T.E. 흄이 예리하게 간파하고 그 스스로의 세계관으로 내세운,

---

1) T.E. Hulme; Humanism And the Religious Attitude; Speculations, London, Routledge & Kegan Paul, LTD, pp.3~11.

당시의 새로운 이론이었다.

그러나, 이러한 '세계관의 이분법적 사고' 즉, 연속적 세계관과 불연속적 세계관은 인류문화사의 발달, 변천 과정에만 관련 적용되는 것이 아니고, 한 예술가, 사상가의 예술세계나 사상세계가 성장, 변모되어 가는 과정에서도 얼마든지 확인될 뿐만 아니라 이 이론이 그것의 해석에 훌륭히 적용될 수 있는 것이라 할 수 있다.

흔히 청록파, 자연파 시인이라고 세상에 알려진 박목월 시인의 시세계가 초기부터 후기까지 변모되어 온 과정을 일별해 볼 때, 우리는 그의 시에 나타난 세계관, 우주관의 변천과정도 바로 이에서 벗어나지 않고 있다는 사실을 확인하게 된다. 목월의 인간주의를 토대로 한 초기 및 중기의 시세계가 후기에 와서는 T.E. 흄의 불연속적 세계관을 확연히 인식하는 과정에서, 물질계·자연계의 싸늘한 비정성을 돌과 바위와 성좌(별)의 이미지로 표현하게 되었고, 그 불화의 갈등을 해결하고자 한 것이 바로 그의 유고 신앙시집인 『크고 부드러운 손』에 나타난 신앙을 통한 신과의 화해였다는 것을 알 수 있다.

본고에서는 이러한 목월 자신의 세계관의 변천에 따른 시적 의미를 분석해 봄으로써, 초기와 중기 시의 본령이 고독과 갈망과 인간적 연민으로 점철된 '인간주의'(휴머니즘)이었으며, 그것이 후기의 싸늘한 광물적 불화의 세계를 거쳐서 마침내 도달한 귀결점이 바로 신과의 화해를 이룬 기독교적 세계이었음을 밝혀 보고자 한다.

(2) 본 론

1) '눈물'과 '바위'와 '하늘(임)'의 의미

목월의 첫 시집이라 할 수 있는 『청록집』 맨 앞머리에 「임」이라는 제목의 시가 실려 있다. 경상도 방언 특유의 억양을 토대로 리듬을 잘 살린 이 아름다운 한 편의 서정시에는 중요한 낱말 세 개가 나온다. '눈물'과 '바위'와 '하늘(임)'이 그것이다.

> 내ㅅ사 애달픈 꿈꾸는 사람
> 내ㅅ사 어리석은 꿈꾸는 사람
>
> 밤마다 홀로
> 눈물로 가는 바위가 있기로
>
> 기인 한밤을
> 눈물로 가는 바위가 있기로
>
> 어느 날에사
> 어둡고 아득한 바위에
> 절로 임과 하늘이 비치리오

시 「임」의 전문이다.

이 시 제 2연과 3연에 나오는 '밤마다 홀로 눈물로 가는 바위'란 대체 무엇을 의미하는 것일까. 이 구절에 사용된 '눈물'이란 시어는 분명히 '바위'라는 말과 대조적으로 쓰인 것임에 틀림없다.

그렇다면 문제의 핵심은 "밤마다 눈물로 바위를 갈고 있다"는 것이 어떤 상징성을 지니고 있는 것인지에 대해 고찰해 보는 데 있는 것이며, 그렇게 함으로써 목월 시 전체의 '서시'에 해당하는 이 작품의 의미망은 저절로 밝혀지리라 판단된다.

'눈물'은 인간적, 유기체로서의 소재요, '바위'는 물질적, 무생물적 소재라는 사실에 착안한다면, 이 구절이 지니고 있는 상징의 핵은 자연히 풀리는 것이다. 비록 시인 자신은 이 시를 쓸 때 그것을 인식하지 못했다 할지라도[2], 이 두 낱말은 목월의 전 생애를 통해 그의 시를 지배하는 중요한 구실을 하고 있는 것이다. 왜냐하면 전술한 바와 같이 그의 초기 및 중기의 시세계는 바로 다름아닌 '눈물'이 상징하는 휴머니즘이 지배하고 있으며, 그의 생애 후기에 와서 도달한 광물적 '사력질(砂礫質)'의 시세계는 '바위' 그 자체의 속성과 다르지 않다는 사실을 상기할 때, 그것을 인정하지 않을 수 없기 때문인 것이다.

뿐만 아니라, 이 시에는 또 다른 중요한 낱말이 나오고 있다. 그것은 바로 '임과 하늘'이다. (사실은 두 낱말이지만 그것은 의미상 동격이다). 목월은 그의 자작시 해설서 『보랏빛 소묘』에서 이에 대해 다음과 같이 설명하고 있다.

그 암혹한 시대에 '하늘과 임'을 희구하는 꿈을 지님으로써 한결 절망은 짙었고, 또한 한결 높이 솟은 절벽같이 느껴지는 그 시대와의 아득한 거리감 그것이 '바위'라는 것이다. 그 바위에 절망과 눈물에 비벼 색인 꿈. '어느날에사 어둡고 아득한 바위에 절로 임과 하늘이 비치리오.'하고 영혼의 자유로운 나라, 임인 조국의 광복을 애절하게 바랐던 것이다[3].(下略)

---

2) 목월은 그의 자작시 해설서인 『보랏빛 소묘』(pp.72~73)에서 '눈물'을 비애로, '바위'를 시대와의 아득한 거리감(절망)으로 설명하고 있다.
3) 박목월, 『보랏빛 소묘』(서울, 신흥출판사, 1958)

그러나, 작자 자신의 자작시 해설이 그의 작품 해석에 참고는 될지언정 절대적 권위를 가지는 것은 아니며, 문학 작품이란 상황과 시대에 따라 그 해석이 얼마든지 달라질 수 있고, 또 작품 자체에 숨어 있는 어떤 의미나 상징성을 작자 자신이 모르고 있는 경우도 있을 수 있기 때문에 여기에 얽매일 필요는 없다고 본다. 『보라빛 소묘』는 목월이 아직 그의 시가 어떻게 변모될지 그 자신도 모르는 상태였던 그의 중년기(1958년)에 이르러서 그의 초기시에 대해 쓴 시 해설서이기 때문에 더욱 그렇다. '눈물로 가는 바위'에 비칠 '임과 하늘', 그것은 그의 시 전체를 조감해 볼 때, 그가 마지막 남기고 간 유고 신앙시집 『크고 부드러운 손』에 나타난 기독교적 신앙세계였다는 것을 인정하지 않을 수 없는 것이다.

목월의 시세계에서 이 세 낱말이 지니고 있는 보다 더 구체적인 의미를 다음에 차례로 밝혀 보겠다.

2) '눈물'의 변형 A ― 고독과 그리움 (초기시 『청록집』과 『산도화』의 세계)

목월의 초기시에 대해서는 이미 여러 시인, 평론가들이 무수히 언급해온 바 있다. 『문장』지에 목월을 추천하면서 정지용은 "북에는 소월이 있거니, 남에는 박목월이 날 만하다. (중략) 요적 수사를 충분히 정리하고 나면 목월의 시가 바로 한국시다."라 하였고, 서정주는 그의 현대시 해설서에서 목월의 시를 '남방정서의 풍류정신', '한국적 나그네의 행운유수(行雲流水)의 경지'로 보았다. 또한 정한모는, 향토적인 자연의 풍경과 정서를 세련된 한국의 가락에 실어 상징의 차원에까지 높게 끌어올림으로써 한국의 시가 지향해야할 '고향'과 같은 세계를 구축해 놓았다고 했으며, 김종길은 그의 「향수의 미학」에서, '서정의 성질이나 양식에 있어서도 그러하지만, 우리말의 모음의 장단과 자음의 음질 및 그것들의 조직, 즉 우리말의 멜로디에 유난히 민감한' 시인으로 평가하고 있다[4].

한편, 이승훈은 목월시의 구조를 밝히는 그의 해설문에서 목월의 초기시를 다시 전반기와 후반기로 나누어, 전반기(청록집)를 '불화의 양식'으로, 후반기(산도화)를 '화해의 양식'으로 규정함으로써[5] 목월시 전체의 입장에서 이 시기의 의미를 해석하고 있다. 다른 평자들이 주로 초기시만을 따로 독립시켜 언급하고 있음에 비해서 이승훈의 해석은 보다 더 총체적 입장에서 목월의 초기시를 해석하고자 하였다는데 그 특색이 있다고 하겠다.

그러나, 목월 초기시에 대한 위와 같은 그의 견해는 그것이 사실에 비해서 지나치게 이분법적 결정론에 기울고 있다고 비판하지 않을 수 없다. 왜냐하면 목월의 초기시는 아직 결정론적 세계관에 물들어 있지 않은 혼돈과 갈등 구조로 이루어졌다고 보아야만 하겠기 때문이다. 시에서의 불화의 양식이란 세계와 시인(자아)과의 관계가 명백히 대립되어 날카롭게 분열되어 나타나는 '불연속적 세계관'에 의한 시적 구조를 가리킨다면, 목월에게 있어 이에 해당하는 시기는 실제로 훨씬 뒤의 후기시(『사력질』과 『무순』)에 와서야 나타나고 있는 것이다.

그렇다면 총체적인 입장에서 목월 초기시의 의미구조를 어떻게 파악해야 옳을 것인가.

가. 자연 속의 고독과 그리움

송화가루 날리는
외딴 봉우리

윤사월 해 길다
꾀꼬리 울면

---

4) 김종길, 『진실과 언어』.
5) 이승훈, 「사물로 통하는 하나의 창」, 『한국현대 시문학대계 18』(서울, 지식산업사, 1982), pp.210~216 참조.

산직이 외딴 집
눈먼 처녀사

문설주에 귀대이고
엿듣고 있다

　시「윤사월」전문이다. 시인은 작중 인물인 눈먼 처녀를 통하여 인간존재
의 근원적인 고독감과 그 고독감으로 인하여 한없이 샘솟는 인간적 그리움
의 미학을 형상화 해 놓고 있다. 그리고 그 정감은 자연 (윤사월의 산속)을
배경으로 그것과 한데 어울려 표현되었다는 데 주목하여야 한다.

　여기서 자연과 시인 (또는 ‘시인의 탈’로서의 다른 인물이나 유정물)과의
관계는 불화의 관계도, 화해의 관계도 아닌 제 3의 미분화된 원초적 혼돈의
관계임을 알아야 한다. 왜냐하면 이 시의 정조인 고독감과 막연한 그리움이
란 감정은 자연 (외딴 봉우리, 윤사월의 긴 해, 꾀꼬리 울음 등)과 인간사
(산직이 외딴집, 고독한 눈먼 처녀 등)가 한데 뒤섞인 미분화 상태에서 우러
나온 정서임을 확인할 수 있기 때문이다. 자연과 인간이 불화의 관계로 분열
된 채 표현되었다면 이 시의 한없이 애틋한 원초적 정서는 살아나지 못했을
것이다.

　고독의 감정은 한편 그리움을 수반하므로 이 시의 마지막 연에 담긴 그리
움의 미가 고독감과 조화되어 있는 비밀은 자연스럽게 풀린다 하겠다.

　아울러, 잘 알려진 시「나그네」의 경우도 이와 유사한 정감을 바탕으로
이루어진 작품이라 할 수 있다. 이 시의 빼어난 구절인 ‘구름에 달 가듯이
가는 나르네’에서 확인할 수 있는 것도 자연물 (구름에 가는 달)과 인간
(나그네)이 하나로 동일화되어 지극한 조화를 이룸으로써 무한한 고독감과
함께 회화적 아름다움을 이루고 있는 것이다.

　자연과 인간의 동일화를 통한 이러한 미분화된 조화의 관계를 가리켜
흔히 '자연친화'의 정감이라 하는데, 이러한 정감이 목월의 경우 그의 작품
에서 어떻게 나타나고 있는지 구체적으로 살펴보아야만 그의 초기시의 마지
막 비밀을 알 수 있게 된다.

나. 미분화된 원초적 세계로서의 자연

　목월의 초기시를 일별해 보면, 대부분의 작품들이 짐승이나 꽃이나 열매
나 산, 달과 같은 자연물, 혹은 건축물(낡은 기와집, 산사, 불국사 등) 그리고
인간이, 또 다른 배경적 자연물과 다양하게 어울려 지극한 조화상태를 이루
고 한 덩어리로 미분화되어 있음을 발견하게 된다.

> 방초봉(芳草峰) 한나절
> 고운 암노루
>
> 아랫마을 골짝에
> 홀로 와서
>
> 흐르는 냇물에
> 목을 추기고
>
> 흐르는 구름에
> 눈을 씻고
>
> 하얗게 떠 가는
> 달을 보네
>
> —시 「삼월」전문

　모순과 갈등이 전혀 없는, 구약성서의 창세기적 에덴동산을 연상하게 하

는 이상향이 이 시가 떠올려 주는 세계임을 알 수 있다. 자연 속에 파묻혀서 아름다운 자연과 지극한 조화를 이루고 있는 암노루는 시인에 의해 이상적으로 미화된 존재임을 깨닫게 한다. 이와 유사한 작품인 「청노루」의 경우도 마찬가지라 할 수 있다. 그 외에 동물이 시인의 탈(mask) 역할을 하고 있는 작품을 지적한다면 「밭을 갈아」의 비둘기, 「해울음」의 나귀, 「구름밭에서」의 비둘기와 산새, 「청밀밭」의 밤비둘기 등이다.

이와는 달리 꽃이나 열매, 식물이 그 역할을 대신하고 있는 작품으로는 「박꽃」, 「산도화」, 「모란여정」, 「도화 한 가지」, 「운복령」, 「청밀밭」 등이 있고, 달, 산, 아지랑이 등 무생물인 경우는 「삼월」의 아지랑이, 「청노루」의 구름, 「산이 날 에워싸고」의 산, 「산그늘」, 「달」, 「산색」, 「해으름」, 「임에게·2」의 강나룻배, 「월야」, 「구황룡」의 은실아지랑이 등이 이에 해당한다.

그러니까 그의 초기시에 나타나는 인간, 동물, 꽃, 열매, 산, 달, 건축물 등은 그것이 분화·대립되지 않고 배경적 자연과 자연스럽게 뒤섞여 동일화 되어 있으며, 동심적이고 원초적인 미분화 상태에 놓여 조화를 이룸으로써 창세기적 에덴의 분위기와 함께 인간의 가장 본원적인 정감인 고독과 그리움을 자아내게 하는 데 이바지하고 있는 것이다.

3) '눈물'의 변형 B — 중기시: 『난·기타』, 『청담』, 『경상도의 가랑잎』의 세계

가. '연민한 삶의 길' — 인간과 생활의 발견

목월의 중기시에 해당하는 시집으로는 『난·기타』, 『청담』, 『경상도의 가랑잎』의 셋을 들 수 있다. 이들 시집 역시 초기시와 같이 '눈물'로 상징되는 휴머니즘이 그 기조를 이루고 있다는 점에서 하나로 묶어 볼 수 있는 것이다.

그러나, 이 시기에 나타난 그의 휴머니즘은, 초기시가 자연과 동일화된 상태로서의 인간적 고독과 그리움이란 원초적이고 미분화된 정감의 세계를 지극한 형식적 조화미에 담아 노래한 데 비해서, 보다 더 구체적인 현실적 생활상을 중심으로 하는 자아와 인간의 실존에 눈 뜨고 있다는 점에 그 차이점이 있다 하겠다. 그것은 다시 '연민한 삶의 길'로 표현될 수 있는 전반기의 세계 (『난 · 기타』및 『청담』)와, 죽음의 허무의식이라 요약할 수 있는 후반기의 세계 (『경상도의 가랑잎』)로 나뉘어진다.

여기서는 먼저 전반기에 해당하는 『난 · 기타』와 『청담』의 시세계에 대해 살펴보기로 하겠다.

이 시기의 시적 변모에 대해서 목월 자신은 다음과 같이 말하고 있다.

> (6.25동란이 일어나게 되자) 그 깊은 정서의 틀(필자주: 『청록집』의 세계)에서 한 발자국 밖으로 내딛게 되자 나는 형언할 수 없는 혼란의 와중에 휩쓸리게 되었다. 현실이 크로즈 · 업되면서 일시에 '나'와 '남'이란 것, 혹은 겨레라는 것, 또는 그야말로 강인하고 조밀한 그물코처럼 얽힌 사회라는 것——이런 복잡한 배경 위에서, 나의 '존재에 대한 인식'이 새삼스럽게 나를 혼란하게 하는 것이다.6)

> 『청록집』의 단아하고, 극도로 선택하고, 또한 간결한 어휘로 함축성을 띤 정형률에 가까운 시형이 무너지고, 언어가 물러간 것이다7).

이 글에서 목월 스스로 밝히고 있듯이 「청노루」와 「산도화」와 「윤사월」의 눈먼 처녀가 살고 있는 '먼 산'으로부터 하산한 목월은 비로소 이 즈음에 발밑의 현실에 눈뜨게 된 것이다. 정창범은 그의 글 「박목월의 시적 변용」에서 이 시기의 목월시에 대해 "난 · 기타에서는 일종의 시적 위기를 찾아보았고, 청담에서는 그의 자아상을 추출했다."8) 고 설명하고 있다.

---

6) 박목월, 앞의 책. p.157.
7) 박목월, 앞의 책. p.164.
8) 정창범, 「박목월의 시적 변용」(『현대문학』 1979, 3월호) p.357.

이 경우, 『난・기타』에서 그가 발견한 일종의 '시적 위기'란 다름아닌
함축미, 간결미로 요약되는 목월 초기시의 형식적 아름다움이 사라진 것을
지칭한 말에 불과하다. 『난・기타』의 시가 초기시에 비해 급격히 달라진
사실은 그러나 그리 중요한 것은 못된다. 왜냐하면 전술한 바와 같이 이
시기의 작품들도 역시 또 다른 형태의 휴머니즘이라는 끈적끈적한 인간적인
'눈물의 변형'에 불과한 세계로 요약되기 때문이다. 초기시에 비해서 그 휴
머니즘의 내용이 훨씬 더 현실적이고 생활적인 것이라는 차이점과 요적 수
사가 사라지고 있기는 하지만, 크게 보면 시적 본질은 정창범의 지적처럼
격변한 것이 아님을 알겠다.

> '시인'이라는 말은
> 내 성명 위에 늘 붙는 관사.
> 이 낡은 모자를 쓰고
> 나는
> 비오는 거리로 헤매었다.
> 이것은 전신을 가리기에는
> 너무나 어줍잖은 것
> 또한 나만 쳐다보는
> 어린것들을 덮기에도
> 너무나 어처구니없는 것.
> 허나, 인간이
> 평생 마른 옷만 입을까부냐.
> 다만 두발이 젖지 않는
> 그것만으로
> 나는 고맙고 눈물겹다.

> — 시 「모일(某日)」 전문

초기 시에서 주로 젊은 날의 보편적 감정세계인 고독과 그리움을 꿈과

이상과 함께 노래했던 목월이, 6·25라는 엄청난 사건, 그리고 그의 나이 중년에 접어든 이 시기에 와서는 연륜을 의식하지 않을 수 없게 되었으며, 그에 따라 자연히 삶의 냉혹성과 함께 가정과 가족의 의미를 새삼 깨닫게 되었다는 것은 어찌 보면 지극히 자연스러운 관점의 변화라고 할 수 있는 것이다. '시인'이라는 관사를 모자처럼 쓰고 살아가는 자신의 실존의 모습을 새삼 확인하는 마당에서 필연적으로 발견되는 것은 삶의 실체로서의 생활이라는 현실인식이다.

> 지상에는
> 아홉 켤레의 신발,
> 아니 현관에는 아니 들깐에는
> 아니 어느 시인의 가정에는
> 알 전등이 켜질 무렵을
> 문수가 다른 아홉 켤레의 신발을.
>
> 내 신발은
> 십구문 반.
> 눈과 얼음의 길을 걸어,
> 그들 옆에 벗으면,
> 육문 삼의 코가 납짝한
> 귀염둥아 귀염둥아
> 우리 막내둥아

〈하략〉 ― 시 「가정」의 일부

가정을 중심으로 한 이러한 생활감정을 표현한 시를 더 찾아 보면, 『난·기타』에 나오는 「생일음」, 「당인리근처」, 「소찬」, 「시」, 「층층계」, 「후일음」, 그리고 시집 『청담』에 보이는 「가정」, 「밥상 앞에서」, 「영탄조」, 「상하」, 「심야의 커피」, 「꽃나무」, 「우회로」, 「회귀심」, 「일박」, 「마감」 등이 있다.

이를 보면 『난·기타』보다 『청담』에 오면 더욱 생활적 소재의 시가 많은 분량을 차지하고 있음을 알 수 있다.

중기시에 와서 목월은 '하산'하여 그의 발밑 세계를 응시하게 된 것이며, 그 발밑 현실의 세계를 연민의 정이 어린 눈으로 바라보고 인간적 감정을 시로 표현하기에 이른 것이다.

나. 죽음의 허무의식 — '가랑잎'의 세계

시집 『경상도의 가랑잎』에 이르면 목월의 실존의식은 생활과 가정보다 더 근원적인 문제인 인간존재의 본질에까지 도달하게 된다.

> 백지로 도배한 방의
> 백지로 도배한 벽의
> 불이 켜지면
> 더욱 두렵다.
> 너는 무엇이냐, 형형한 눈을 부라리고
> 너는 무엇이냐, 밋밋한 얼굴로
> 백지는 백지, 사방이 도배된
> 밤에 켜지는 불빛은 두렵다.

— 시 「벽」전문

목월은 비로소 '너는 무엇이냐'고 육박해 오는 '벽'을 느끼게 된 것이다. 이러한 실존에 대한 깨달음은 시 「난초잎새」에서는 "난초는 무엇이냐, 나는 무엇이냐."로 되풀이 되고 있으며, 시 「운석」에서는 "나의 머리위로 부는 / 허허로운 바람"으로 표현된다. 인간실존의 밑바탕인 죽음과 허무를 인식하기 시작하게 된 까닭이다.

십 칠일, 오월, 1968년.

사십분. 다섯 시.
지훈 별세.
아침에 전화벨이 소란스럽게 울리고
나는
그 기별을 들었다.

두진.
어느 날 우리에게도 이런 날이
불의에 닥쳐와
차례 차례로 신발을 벗어 놓듯
떠나게 될 것이다.
사전에는
청록파라는 말만 남고……

— 시 「이·삼일」의 일부

  친구의 죽음을 소재로 쓴 이 작품 외에도, 시 「일상사」에 나오는 구절 (청마는 가고/ 지훈도 가고/ 그리고 수영의 영결식), 시 「나의 배후」(세상에 는 누구나/ 누구나 등을 기댈/ 배후가 없다./ 모두 자기 길에서/ 혼자일 뿐.), 그리고 시 「노안」에 보이는 "시간은 수축되고/ 꽃이 피고 열매가 여무는 것이/ 순간의 일이다."란 구절 등이 모두 인생의 무상과 허무와 죽음을 표현 한 것들이다. 그 외에도 「비유의 물」(나의 시/ 나의 죽음), 「내년의 뿌리」(마 른 대궁이는/ 금년의 화초/ 땅 속에는 내년의 뿌리), 「모일」(빛나는 것은/ 모두 순간적이다), 「시월상순」(과수 가지 사이로/ 걸레조각 같은 사이로/ 나는 목덜미가 서늘했다.), 「이별가」(뭐라카노 뭐라카로/ 썩어서 동아밧줄은 삭아 내리는데) 등, 『경상도의 가랑잎』에 실려 있는 대부분의 작품들이 역시 허무와 죽음을 읊은 것들이다.

  이 시기의 목월시집 『경상도의 가랑잎』에 대해 정창범은, "박목월은 무엇을 노래하기보다 깊은 생각에 잠기고 있다. 인생이란 결국 무엇이며 시란 결국 무엇이냐 하는 문제를 오십여 년을 살아온 시점에서 새삼스럽게 생각해 보고 있다."[9]고 했고, 이승훈은 "죽음과의 대면 속에서 삶의 허무를 느끼며", "적막감과 공포감, 혹은 '싯벌건 생토'에서 느끼는 생의 균열감, 인내감 따위는 시의 모티프가 어디 있는가를 명료하게 일러준다."[10]라고 진술하고 있다.

시집 『경상도의 가랑잎』 그것은, 지천명의 나이를 넘어선 목월이 윤기 잃은 그의 메마른 삶을 통해서 죽음과 허무를 인식해 가는 과정, 바로 그것을 여실하게 보여주고 있는 것이다. 청노루 뛰놀던 먼 산에서 저자거리로 내려와 가정과 생활을 발견하였던 그가 마침내 자기 발밑의 '가랑잎'을 보고 인간실존의 허무와 죽음을 인식하게 된 것이라 하겠다.

4) '바위', 그 광물성 이미지 —『사력질』, 『무순』에 나타난 불연속적 세계관

가. 감정의 무화 — 비정한 '사력질'의 세계

필자는 앞에서 목월의 초기시와 중기시를 '눈물'로 표상되는 휴머니즘이란 개념으로 한데 묶어 고찰해 보았다. 그 까닭은 목월의 시 전체를 조감해 볼 때 '눈물'과 '바위'와 '하늘(임)'로 상징되는 세 유형으로 그것을 구별해 보지 않을 수 없었던 필연성 때문이었다. 필자가, 이제까지 초기시와 중기시를 별도로 나누어 고찰해 온 대부분의 논자들과 견해를 달리하게 된 이유이기도 하다. 그 점은 다시 목월의 후기시에 해당하는 『사력질』과 『무순』을 살펴 봄으로써 더욱 분명하게 그 필연성의 윤곽이 드러나리라 판단한다.

『사력질』은 본디 독립된 시집 이름이 아니다. 목월의 나이 55세 되던

---

9) 정창범, 위의 책, p.351.
10) 이승훈, 앞의 책, pp. 223～226 ckaw보.

해인 1970년 5월부터 이듬해 4월까지 만 1년 동안 『현대시학』지에 연재하였던 연작 형태의 작품이 바로 『사력질』인 것이다. 독립된 시집이 아닌 연작시 「사력질」을 따로 분리시켜 언급하는 데는 몇 가지 이유가 있다

목월은 그의 마지막 시집인 『무순』의 후기에서 다음과 같이 말하고 있다.

> 첫 개인시집 《산도화》를 출판한 이후로 필자는 오년을 하나의 주기로 시집을 정리해 오곤 하였다. (중략) 그러나 68년 《경상도의 가랑잎》을 출판한 후로 이와 같은 기회를 상실하고 말았다. 만일 지금까지의 주기적인 그것에 따르면 73년에 시집이 나왔어야 했다. 또한 그런 여건도 마련되어 있었다. 「현대시학」에 연재한 《사력질》이 끝나고 그것을 주축으로 시집을 낼 수 있었다[11].

시집 제목까지 정해 두고 원고를 정리하는 단계에서 유야무야하게 되고 그 후로 여러 권의 시선집에 분산 수록하였을 뿐, 하나의 단행본 시집으로 정리할 기회를 놓쳐 버렸다는 것이다. 또한, 목월 사후에 나온 『박목월시전집』에도 이 『사력질』은 별도로 구분되어 편집되어 있기도 하다[12].

> 시멘트 바닥에
> 그것은 바싹 깨어졌다.
> 중심일수록 가루가 된 접시.
> 정결한 옥쇄 (터지는 매화포)
> 받드는 것은
> 한 번은 가루가 된다.
> 외곽일수록 원형을 의지하는
> 그 싸늘한 질서.
> 파편은 저만치

---

11) 박목월, 『무순』(삼중당, 1976), pp.203~204.
12) 『박목월시전집』, (서문당, 1984), pp.345~407 참조.

하나.
냉엄한 절규.
모가 날카롭게 빛난다.

— 시 「사력질·하나」 전문

　연작시 「사력질」의 첫 번째 작품이다. 시인의 감정이 개입될 여지가 전혀 없는 광물성의 비정적인 세계가 펼쳐지고 있다. 여기에 이르러 이제까지 목월의 시를 버티어 온 인간주의적 정감의 세계는 사라지고 물질의 싸늘한 객관성만이 냉엄하게 드러나 존재하게 된 것이다. 이를 가리켜 '감정의 무화'라 하든 '대상의 사물성(thingness)'이라 하든 그것은 문제가 안 된다. 보다 더 중요한 사실은 세계를 바라보는 시인의 시선이 크게 변하였다는 점인 것이다. 인간적 정감이나 유기체적 요소가 배제되어 버린 광물질만의 무기질의 세계를 발견할 때, 시인의 관점은 이른바 불연속적 세계관에 이미 들어서 있는 것이다.

　그의 눈에는 이 때 싸늘한 광물성의 물질만이 존재하는 객관적 세계가 다가오는 것이며, 인간 존재까지도 물화되어 버린다.

하나의 틀에 끼워진다.
액자 속의 얼굴,
수염도 자라지 않는다.
하나의 틀에 끼워진다.
뜨겁지 않은 불,
흔들리지 않는 꽃.
사각의 권위 속에
흰 눈자위의 샤머니즘.
하나의 틀에 끼워진다.
시는 죽고
존재는 탈색되고

죽음조차
틀에 끼워진다.
검은 리봉에 감긴 채.
들판에 흩어진 뼈다귀만
퍼렇게 살아 있다.

— 시「사력질·3·액(額)」전문

'액자'라는 하나의 틀 속에 끼워진 얼굴, "시는 죽고/ 존재는 탈색되고/ 죽음조차/ 틀에 끼워지는" 이 냉엄한 무기질의 물체 앞에서는 "결국 지구도 / 하나의 돌덩이/ 절대공간의 점 하나"로밖에 인식되지 않는다. 자아와 세계와의 관계가 단절된 상태로 놓이게 된 까닭이다. 자아인 시인 자신과 물질계인 절대공간과의 사이에 넘나들 수 없는 균열이 생긴 것이며, 여기에 이르러 목월과 세계와의 관계는 친화의 관계를 벗어나 극심한 불화의 관계를 이루게 된다. 이제까지 인간적인 꿈과 이상의 대상으로만 바라보았던 자연, 인간과 연속선상에 놓여 상호간에 정감의 핏줄이 교류되었던 그 자연과 현실이 이 시기에 와서 자아로부터 떨어져 나가 비정적인 물질로 화하여 버린 것이다.

그런 의미에서 목월의 초기 및 중기의 시가 연속적 세계관에 토대를 둔 휴머니즘과 낭만주의를 바탕으로 하고 있었다면, 『사력질』에 와서는 그것이 불연속적 세계관으로 급변하였다는 것을 확인하게 된다.

나. '돌'의 시 — 흩어진 『무순』의 세계

'사력질'이 바로 다름아닌 '자갈'을 가리킨다면, 목월은 앞에서 상술한 바와 같이 후기시 전반기에 이미 비정한 광물질인 '돌'의 이미지를 시에 도입하였다고 할 만하다.

그러나, 연작시「사력질」은 그 제목과는 달리 부제에서 확인할 수 있듯이 거의 대부분 자갈이나 돌 자체가 아닌 다른 사물들을 소재로 삼고 씌어진 것임을 알 수 있다. 참고삼아「사력질」의 부제를 열거해 보면, '얼굴', '액(額)', '시간', '봄', '몬스테리아', '맨발', '수국화', '회색의 새', '오늘', '귤', '자갈빛', '여행중', '순색영원', '잠간' 등이다. 말하자면 제목「사력질」은 삶의 현장에서 깨달은 사물들의 비정한 광물적 속성을 관념적으로 읊은 것이라 하겠다. 물론 직접적으로 돌을 소재로 한 작품도 몇 편 있기는 하지만, 그것은『무순』에 비하면 거의 무시할 정도다. 이것은 무엇을 말해 주는 것일까.

「사력질」을 통하여 삶과 우주의 삭막한 비정성을 관념적으로 인식한 목월이『무순』에 와서는 일보 전진하여 돌 그 자체를 직접 제재로 삼아 시적으로 형상화하고 있다는 사실은 그의 말년에 이르면서 불연속적 세계관이 더한층 심화되어 갔음을 증명해 준다고 볼 수 있다. '돌'과 연관지어 떠올린 어떤 다른 사물이 아닌, 실물로서의 싸늘한 돌덩이를 직접 대면하고 그것을 소재로 시인이 작품을 썼다는 사실이 바로 이를 증명해 준다.

> 앉으면
> 그것이 그의 자리다.
> 널려 있는 성좌를 이고
> 바람에 씻기운다.
> 내 것이 없는
> 있음 속에서
> 옮아가는 별자리의
> 스치는 옷자락 소리가
> 조심스럽다.
>
> (중략)

널려 있는 성좌를 이고
뿌리를 내리는 돌의 깊이
옮아가는
별자리의 스치는
옷자락 소리가 조심스럽다.

— 시 「좌향」. 돌의 시② 일부

장갑을 벗고 나면
나의 손이 너무나
희어서 두렵다.
때가 절지 않는
깨끗한 손
거짓말같이 말끔하다.
그 손에
그물로 던져진 별자리 아래
내팽개쳐진
강 건너
한 덩이 돌.

—시 「강 건너 돌」. 돌의 시③ 일부

본디 사물시는 객관시이며 그것은 시인이 사물과 직접 접촉함으로써 그 사물이란 창을 통하여 세계의 본질을 읽으려는 지각의 소산이다. "자하산에서 내려온 박목월은 이제 현대시의 대열에서 오히려 선두에 섰다."[13] 고 한 조남익의 진술과 같이 그는 이미 차가운 시선을 한 개의 돌에 집중시킴으로써 그것을 통하여 세계와 우주의 본질을 꿰뚫어 보려는 경지에까지 도달한 것이다.

그의 눈앞에 존재하여, 아니 그와 뒤섞여서 정감으로 들끓었던 사물들은

---

13) 조남익, 『현대시 해설』(세운문화사, 1978), p.490.

이제 '널려 있는 성좌를 이고 뿌리를 내리는' 싸늘한 한 개의 돌에 응결되어 그에게 클로즈·업 되고 있다. 하늘에는 성좌요, 지상에는 돌이 있을 뿐, 목월 초기시의 인간적인 낭만과 꿈으로 착색되었던 인간과 자연은 사라지고 말았다. 이 비정한 광물질의 세계가 강 건너에 흩어져 뒹구는 '한 덩이 돌'로 표상된 것이다. 그것은 질서를 잃어버리고 흩어져 존재하는 '무순'의 세계, 바로 그것이기도 하다.

5) 세계와의 화해 ―『크고 부드러운 손』에 나타난 기독교적 신앙세계

주지하다시피, 목월은 생전에 『무순』을 마지막 시집으로 남겨 놓은 채 타계했다. 그렇다면 그의 시 세계는 이 『무순』에서 결산을 이루었다고 말할 수 있을까. 이에 대한 해답은 결코 긍정적으로 내릴 수 없다고 결론적으로 말할 수 있다. 그 까닭은 목월이 생전에 남긴 7권 (실상은 8권)의 시집을 자세히 살펴볼 때, 누구보다도 시적 변모를 거듭 시도해 왔던 그였지만, 그럼에도 불구하고 끝까지 변모되지 않은 채 한 줄기 지속되어 온, 숨겨 놓은 기독교적 시세계가 발견되기 때문인 것이며, 그가 세상을 떠난 후에 발간되어 나온 유고 신앙시집 『크고 부드러운 손』이 남아 있기 때문인 것이다. 언어의 연금술사, 시적 변모에 능한 시인으로 알려진 목월이 어째서 한 줄기 불변하는 기독교적인 시를 써서 7권의 시집에 조금씩 묻어 두었을까. 뿐만 아니라 시집에 실리지 않은 신앙시들을 그는 무엇 때문에 소중히 따로 써 모아 두었을까.

이런 의문과 함께 목월이 만약 아직 생존하였다면 그의 시가 어떻게 변모되었을까 하는 의문이 가시지 않고 남아 있는 한, 목월의 시가 결코 『무순』으로 대단원을 이루었다고 단언할 수는 없다고 본다. 표면상 『무순』에 와서 세계와의 불화의 관계에 도달한 목월이었지만, 그는 그것으로 그의 시 작업을 마감할 수는 없었으리라고 본다. 따뜻한 인간미를 지닌 그의 체질이 그것을 용납할 수 없었을 것이라는 이유 외에, 어렸을 때부터 생의 마지막 순간까지 지속하여 온 기독교인으로서의 그의 신앙심이 또한 그것을 용납할 수 없었을 것이라고 판단하기 때문이다.

가. 시와 기도의 만남

시집 『어머니』에 나오는 시 「수요일의 밤하늘」에는 목월이 이미 십대 소년 때 어머니를 따라 교회에 가서 세례를 받았던 이야기가 나온다[14]. 목월의 어머니는 독실한 기독교 신자였다. 이를 증명이나 하듯 목월의 시에는 어머니의 신실한 신앙 이야기가 자주 나온다.

이처럼 목월은 어린 시절부터 독실한 기독교 신자였던 어머니의 신앙적 감화 속에서 성장하여 신자의 한 사람으로서 가슴에 하나님과 예수에 대한 그리움을 지니고 일생을 살았으며 말년에는 교회의 장로가 되었고, 그가 별세한 뒤에 유족들에 의해 출판된 『크고 부드러운 손』이란 한 권의 독립된 신앙시집까지 남김으로써, 명실상부하게 한국기독교 시단의 한 대표적 시인이 된 것이다.

그럼에도 불구하고 목월의 시를 논함에 있어 그의 시와 기독교 신앙과의 관계를 본격적으로 연구하려 한 논자가 아직까지 없었음은 매우 아쉬운 일이라 하지 않을 수 없다. 세상에서는 목월을 한국적 자연을 노래한 서정시인의 한 사람으로만 생각하려 할 뿐, 한 평생 그의 삶과 예술을 이끌어 간 원동력이 무엇이냐에 대해서는 아직 명쾌하게 밝혀지지 않고 있는 실정이다. 상술한 바와 같이 목월은 어린 시절부터 이미 기독교 신자가 되어 내면에 간직한 신앙에 대한 믿음을 지니고 한평생을 살다 간 시인이었기 때문에, 그의 시세계를 연구함에는 필연적으로 그의 작품과 기독교와의 관계를 고찰해 보지 않을 수 없다고 본다.

---

14) 『박목월시전집』 pp.280~281 참조.

목월이 남긴 시집들을 살펴보면,『청록집』과『산도화』에는 아직 기독교 신앙심이 젊은날 특유의 강렬한 그리움과 애달픔이란 정서 속에 막연하게 씨앗으로만 묻혀 있어서, 겉으로는 전혀 나타나지 않은 상태이다. 그러나,『난·기타』에 이르면 기독교적 소재나 신앙심, 또는 기독교적 심상을 읽을 수 있는 작품이 여러 편 눈에 띈다.「하관」,「생일음」,「소찬」,「한 표의 존재」,「정원」,「아가」,「효자동」,「배경」 등이 그것이다.

이 시집은 목월의 나이 42세 때에 나온 것으로, 여기에 나타난 기독교 신앙시로서의 싹은, 그러나 뜨거운 신앙심에서 우러나오는 본격적인 기도로서의 그것은 아니었다. 말년에 어느 사석에서 목월 스스로 기독교 신앙시를 정의하기를 진정한 신앙시는 신자로서의 열렬한 신앙심을 직접적으로 읊은 것이어야 하며 기독교적 소재를 단편적으로 시에 도입했다고 해서 그것이 신앙시가 될 수 없는 것이라고 밝힌 바 있다. 목월 40대 초반에는 한 사람의 시인으로서의 예술적 정열이 아직 식지 않고 뜨거웠던 때였기 때문에 그의 신앙심은 그 예술적 정열 밑에 고요히 숨어 있었음을 위에 열거한 시들이 말해주고 있는 것이다. 말하자면 이 시들은 아직 신앙시에 이르지 못한, 기독교 소재시로서, 이것이 목월의 본격적 신앙시의 싹이 되었다는 데에 그 의의가 있다고 하겠다.

그러나, 목월의 시적 변모과정 전반을 살펴보면 그의 40대가 매우 중요한 의미를 갖는다는 사실을 발견하게 된다. 그것을 시집『난·기타』로 시작되는 그의 40대 이후의 시세계에 기독교적 신앙심이 비로소 시적 이미지로 차츰 형상화 되어 나타나기 시작하고 있다는 사실 때문이며, 이 시기부터 그의 시에는 기도적 표현이 자주 등장한다는 이유 때문이기도 하다. 다시 말하면, 목월의 시는 40대부터 기도의 모습을 서서히 띠기 시작하면서 기독교 신앙과 시 예술의 조화를 추구하게 되었다는 것이다. 젊은 시절 예술적 정열에 가리워졌던 신앙심이 이때에 이르러 비로소 예술작품인 시 속에서 겉으로 그 모습을 드러내기 시작하였음을 뜻한다.

이러한 사실을 뒷받침해 주듯, 『난·기타』에 뒤이어 나온 시집인 『청담』, 『경상도의 가랑잎』, 『어머니』, 『사력질』에는 기독교적인 심상이나 기도가 나타나 있는 시들이 각기 여러 편씩 포함되어 있다. 예를 들면, 시집 『청담』에 실려 있는 「밥상 앞에서」, 「전화」, 「비의」, 「이 시간을」, 「무제·3」과, 시집 『경상도의 가랑잎』에 실린 「낙서」, 「무제」, 「내년의 뿌리」, 「을지로의 첫눈」, 그리고 시집 『어머니』에 실린 「수요일의 밤하늘」, 「갈릴리 바다의 물빛을」, 「어머니의 시간」, 「어머니의 기도」, 「하늘에 영광, 지상에는 평화」, 「여든이 되셔도 어머니는」, 『사력질』의 「빈 컵」, 「중심부에서」, 「천사에게」, 「평일시 초·4」 등의 시들이 바로 그것이다.

그러나 이상하게도 목월 생전의 마지막 시집인 『무순』에는 한 편도 보이지 않는다. 그것은 목월 자신이 말년에 이르러 신앙시에 대한 관심이 더욱 커지면서 그의 신앙시를 따로 써 모아 뒷날 독립된 신앙시집으로 발간할 생각으로 『무순』을 편집할 때 제외시켰기 때문으로 판단된다. 왜냐하면 상술한 바와 같이 목월 자신의 신앙시에 대한 견해가 그의 말년에는 순수하고 확고한 것이었기 때문이다.

어떻든 목월이 작고한 후에 나온 유고 신앙시집 『크고 부드러운 손』은 목월 전 생애에 걸쳐 닦아 온 시 예술의 또 하나의 한 큰 결실로서 우리 앞에 놓여지게 된 것이다. 그렇다면, 『청록집』 첫 머리에 실려 있는 작품 「임」에 나타나 있듯이 목월이 젊은 시절부터 그렇게도 꿈꾸며 기리었던 '임과 하늘'은 무엇을 뜻하는 것인가.

이 질문에 대한 해답을 찾는 것이야말로 목월이 그의 시작을 통하여 한평생 지향하고자 했던 궁극적인 대상이 무엇이었는지를 밝히는 길이 될 것이다. 그 해답을 풀 수 있는 열쇠가 바로 신앙시집 『크고 부드러운 손』으로 결실되었다고 하겠다.

이 시집은 한 마디로, 그가 시작을 통하여 도달하였던 『무순』의 불화의 세계를 신앙의 힘으로 극복하여 이를 화해의 세계, 곧, 시와 신앙과의 만남을 통한 인간 영혼의 구원 그 자체를 노래한 신앙시집이라고 단언할 수 있는 것이다.

(3) 결 론

필자는 이 글에서 목월시의 세계를 지배하여 변모시켜 온 세 개의 낱말, 곧, 그의 초기시 「임」에 나타난 '눈물'과 '바위'와 '하늘'의 상징성을 중심으로 그의 시세계를 해석하고자 노력하였다.

그 결과 목월 초기 시집인 『청록집』, 『산도화』의 세계를 수놓았던 꿈과 이상의 세계가 다름 아닌 젊은 날 특유의 고독과 그리움(향수)으로 변형된 휴머니즘을 토대로 한 '눈물'의 세계이었다는 사실과 함께, 중기 시집에 해당하는 『난·기타』, 『청담』, 『경상도의 가랑잎』 역시 그의 시선이 발밑 현실로 바뀌었을 뿐, 거기에 나타난 시인의 세계관은 초기시와 마찬가지로 휴머니즘을 바탕으로 한 인생에 대한 연민과 허무의식이란 또 다른 인간적 '눈물'의 세계이었음을 밝힐 수 있었다. 후기 시집인 『사력질』과 『무순』에 와서는 세계를 바라보는 목월 자신의 시선이 싸늘하게 식어지면서 그 관계가 균열과 괴리의 불연속적 세계관으로 급변하였지만, 초기부터 후기까지 그의 시 전체를 지속적으로 관류하여 온 주제의 하나인 기독교적 세계관은 유고 시집 『크고 부드러운 손』에 집약되어 있는 바, 그가 시 예술을 통하여 도달한 마지막 종착점이 신을 통한 기독교적 구원의 세계, 바로 그것이었다는 사실도 밝혀 낼 수 있었다.

이 글에서는 기독교 정신과 함께 목월의 시를 이끌어 온 또 하나의 중요한 정신, 곧, 한국적 자연을 토대로 한 향토적 전통정서에 관하여는 논급하지 않았다. 그 이유는 다른 논자들에 의하여 이미 나온 여러 편의 박목월론이 이를 충분히 밝혀 내었다고 보았기 때문이었다.

그렇지만 이 향토적, 전통적 정서와 기독교 정신이 목월의 시에서 어떻게 상호 관련되어져 있는지를 밝히는 작업은 앞으로 새롭게 이루어져야 할 것이다.

3. 구 상의 시와 종교의식

(1) 서 론

　시인 구상 (본명은 구상준)은 함남 문천 출생으로, 1941년 일본(니혼)대학 종교과를 졸업하고 1946년 원산에서 시 동인지 『응향』을 주재, 작품「길」, 「여명도」, 「수난의 장」 등을 발표하면서 시단에 등단하였다. 이 작품들로 인해, 공산화된 북한에서 반동작가로 규정되어 월남한 이래 오늘에 이르기까지, 반 세기 이상 시작 생활을 영위해 온 원로 시인이다.

　그는 캐토릭 가정에서 성장하였고, 실제로 그의 형은 사제로 북한 땅에 남아 현재 생사를 알 길이 없다. 뿐만 아니라, 구상이 수학했던 학과 역시 종교학과로 그와 종교와는 불가분의 관계라는 점, 또한 주목할 만하다. 그는 월남한 이래, 연합신문 문화부장, 승리일보 주간을 거치는 등 언론인으로, 그리고 6.25 전쟁 중 종군작가단 부단장을 역임하면서 날카로운 필봉으로 현실에 대한 준엄한 비판과 증언에 앞장섰다. 그로 인해, 한 때 자유당 정권의 탄압도 받았으나 그에 굴하지 않았으며, 늘 순수한 마음으로 정의와 진실 편에 서서 한 평생을 시작과 교육에 헌신해 왔다.

그는 권력의 유혹과 명예욕으로 혼탁해진 문단 풍토에도 초연하여, 후학들로부터 인격적으로 존경을 받고 있으며, 특히 문인, 미술가 등 불우한 예술가로 세상에 알려지지 않은 인물들을 위해 그들의 족적을 일반에 드러내는 일에 헌신함으로써, (화가 이중섭의 천재성과 시인 오상순의 구도자적 족적을 기념비적으로 세상에 남기도록 한 일 등이 그 예) 한국 예술 발전에 공헌한 바 크다. 한 마디로 그는 세속적 허명과 허욕에 초연할 수 있었던 보기드문 삶을 영위함으로써, 그가 존경해 마지 않는 오상순 시인의 뒤를 이어 한국 문단에서 구도자적 삶을 작품과 함께 실천한 귀감이 되고 있다.

아직 생존해 있는 그의 생애를 평가하는 것이 조심스럽긴 하지만, 그의 나이 80에 이른 지금, 얼마 안 남은 생애임을 감안할 때 그 또한 기우라 판단된다.

그는 시인으로서의 자신의 입장을 밝힌 가운데, "나는 시의 주제가 나의 전인적 생명과 인격 속에서 발상될 것을 바란다. 즉, 세계사상에 있어서의 자기 존재를 규명하고, 인간의 유의식(類意識)이 명하는 바 공동이상을 나의 시의 사명으로 삼고자 한다."고 밝혀 스스로의 시적 특질을 간단명료하게 요약하고 있다.1) 이 말은 그가 시작에 있어 주제를 중시한다는 것, 그 주제란 다름아닌 '자기존재 규명'과 '인간이 추구하는 공동이상'이란 점을 분명히 밝힌 것이다. 시를 하나의 언어구조물로 보고 형식미를 중시하는 모더니즘적 견해와는 상반되는 철학적, 형이상학적 내용주의를 그는 주창하고 있는 것이다. 이에 따라 그의 시는 이미지보다는 의미를 강조하기에 이르렀고, 존재론적 사유나 형이상학적 철학 내지 종교적 진술을 중시하는 시작 태도를 견지하게 되었다.

본고에서는 구 상 시인의 이러한 작시 태도가 지향하는 바가 무엇이며, 그것은 어떤 과정의 결과로 이루어진 것인지 해명함으로써, 그가 결국 한국

---

1) 『국어국문학사전』, (서울;한국사전연구사, 1995), p.308.

시단의 한 약점으로 지적되는 내용 위주의 형이상학적 사상시를 개척한 개성적인 시인이란 점을 규명해 내고자 한다.

(2) 존재론적 인식의 시

1) 경험론적 존재인식과 회의론

전술한 바와 같이 구상의 시를 규명함에 있어 그가 신앙하는 종교와의 관계를 고려하지 않을 수 없다는 점은 분명하다. 그럼에도 불구하고 그는 젊은 시절 단순히 신앙의 울타리에 갇힐 만큼 단순하지만은 않았다. 구상의 신앙은 소위 '신의 죽음'에 대한 가능성에 대하여 흘려 보낸 세월의 결과이고, 그것은 신, 즉 궁극적인 의미의 존재를 거부하는 것처럼 보였던 철학서적들을 그가 광범하게 읽었던 까닭이며, 따라서 그의 시가 갖는 심오한 의미를 제대로 감지하려면 이러한 서적들의 내용을 먼저 숙지하여야 한다.[2] 그가 현대적 과학과 철학 서적들의 영향을 받음으로 해서, 그리고 그가 생장한 이 땅의 전통적 사상의 필연적 영향으로 인해 그의 사상적 사유 체계는 복잡다단할 뿐만 아니라 전 우주적 차원의 광범위한 것이 될 수밖에 없었다. 이를 전제로 하여 그의 시를 읽으면 시작에 있어 왜 그가 그렇게도 형이상학적 주제와 의미에 집착하게 되었는지 알 수 있다.

일본 유학시절, 광범위한 독서와 만연된 과학주의 사조에 깊은 영향을 받은 구상은, 그의 신앙에 대한 회의로 방황과 갈등 속에서 '매일마다 치르는 신의 장례'를 노래할 수밖에 없었다.[3] 그는 현대 프랑스의 중요한 캐토릭 철학자들, 예를 들면, 쟈크 마르탱, 가브리엘 마르셀, 쟝 기통 등을 통하여

---

2) 안토니 티크, 「깊은 명상과 신비에 눈뜬 시」, 『시선 100인』, pp.158—159.
3) 위의 책

20세기적 삶의 실상과 교회에 대한 믿음을 조화시키려고 노력하였으나, 그럼에도 불구하고 천체 물리학과 이론 물리학 분야에서 이루어진 과학의 발견은 그의 시야를 전 우주적으로 확대시킴으로써, 단순사고가 저지르기 쉬운 맹목적 신앙의 길을 밟을 수 없게 하였다. 그를 신앙의 외곬으로 내달리지 못하게 하는 또다른 작용은 전통적인 동양철학과 동양 종교로부터 끊임없이 다가왔다. 결국 그는 동서양 종교철학의 포괄적인 표현과 현대 유럽 철학의 급진적 회의론, 그리고 그로 인한 회의와 절망을 접하고 충격과 함께 깊은 회의에 빠지게 된 것이다.[4] 독서와 교육 등에 의한 이런 경험들은 구상으로 하여금 일차적으로 방황하고 회의하게 하였고, 젊은 시절의 반항의식과 함께 그를 회의론자로 만들었다.

> 내 안에 사지를 버둥거리는
> 어린애들처럼
> 크고 작은 희노애락의 뿌리
> 그보다도
>
> 미닫이에 밤 그림자같이
> 꼬리를 휘젓는 육근(六根)이나 칠죄(七罪)의
> 심해어(深海魚)보다도
> 옹기굴 속 무명을 지나
> 원죄와 업보의 마당에
> 널려 있는 우주진(宇宙塵)보다도
>
> (중략)
>
> 억조광년(億兆光年)의 별빛을 넘은

---

4) 위의 책

허막(虛漠)의 바다에
충만해 있는 에테르보다도

그 충만이 주는 구유(具有)보다도
그 반대의 허무(虛無)보다도
미지의 죽음보다도

보다 더 큰

우주 안의 소리 없는 절규 !
영원을 안으로 품은 방대(尨大) !
나.

—「나」중 일부

『구상시전집』제1부 첫머리에 실려 있는 이 작품은 앞에서 언급한 그의 초기시 세계를 대변해 주기에 알맞다. 이 시의 구성을 분석해 보면, 1, 2연에서 '나' 개인의 내면으로부터 시작하여 허공에 가득한 '우주진'과 그 우주 안에 좁쌀보다 작게 떠 있는 '지구'에 이르기까지, 그리고 우주에 충만한 '에테르'로 시선이 확대되면서 그 모든 것보다도 더 큰 '절규하는' '나'의 실존을 노래하고 있다. 참으로 '나란 무엇인가'라는 질문에 대한 명쾌한 답이라기보다는 '나'를 중심으로 존재하는 전 우주적 차원의 본질에 대한 궁극적인 질문이라고 할 수 있는 이 작품에서 확인되는 것은 교육과 독서와 풍부한 체험의 결과로 해서 도달한 '회의론'인 것이다. 구상의 시는 이처럼 첫 출발부터 궁극적 질문에 의한 회의로 시작하여 본질에 도달하려는 철학적 사유로 이루어져 있다. 정교한 언어적 조탁이나 조형적 형상화 작업과는 거리가 멀다. 크고 굵은 주제의식 을 중심으로 시상을 전개해 나가는 철학적 사상시의 형태를 보여 준다.

시어를 살펴 보아도 '육근', '칠죄', '무명', '원죄', '업보' 등, 매우 관념적인 종교적 용어가 동원됨으로써, 그리고 그것들이 그가 신봉하는 종교의 용어라기보다는 전통적 불교 용어에 가까운 점 등으로 미루어 보아 그가 어느 한 종교나 어느 한 철학적 유파에 사로잡혀 있지 않고 있음이 확인된다.

> 저 허공과 나 사이 무명의 장막을 거두어 주오.
> 이 땅 위의 모든 경계선과 철망과 담장을 거두어 주오.
> 사람들의 미움과 탐욕과 차별지(差別智)를 거두어 주오.
> 나와 저들의 체념과 절망을 거두어 주오.
>
> 소생케 해 주오. 나에게 놀람과 눈물과 기도를,
> 소생케 해 주오. 죽은 모든 이들의 꿈과 사랑을,
> 소생케 해 주오. 인공이 빚어 낸 자연의 모든 파상(破傷)을.
>
> 그리고 허락하오. 저 바위에게 말을, 이 바람에게 모습을,
> 오오, 나에게 순수의 발광체로 영생할 것을 허락하오.
>
> ― 「오도(午禱)」 전문

간절한 기도조를 닮은 청유형 종결어미로 이루어진 이 작품에서도 구상시의 특징은 역시 육중한 주제를 강하게 내세우고 있다는 점이다. '무명', '차별지' 등 불교적 용어가 등장하는가 하면, 반면에 '기도', '사랑', '영생' 등 기독교에 가까운 용어도 보이는 이 작품은, 전체적으로 볼 때 범(汎)종교적 인상이 짙은 것이 사실이다. 이 시에 반복적으로 동원되고 있는 청유형 종결어미도 '하오'형으로 이루어져 있음으로써, '하소서' 등 극존칭 청유형 어미를 사용하는 상투적 기도형식을 회피하려는 의도가 엿보인다.

내용을 살펴보아도 회의와 체념을 극복하려는 소망이 절망에 가까운 목소리로 표현됨으로써, 그가 추구하는 '영생'을 지향하는 간절함이 돋보이고

있다. 그러나 그 '영생'은 아직 그에게 다가와 있는 것이 아닌, 저 아득한 궁극의 세계에 비전으로 있는 것이며, 한 시인으로서, 그보다도 한 인간으로서 그는 회의와 체념과 절망 가운데서 헤어나지 못한 채, 꿈과 사랑을 절규하고 있는 것이다. 그가 '무명'의 장막을 거두고 찾으려는 존재의 본질, 그리고 그가 '경계선'과 '미움'과 '탐욕'과 '차별지'를 거두어 버리고 찾으려는 '눈물'과 '기도'와 '사랑'은 결코 어떤 막연한 '허공'에서 더듬어 찾을 수 없음을 이 시의 마지막 구절은 말해 주고 있다. 존재의 본질이나 궁극적 진실은 인간의 감각에 부딪쳐 오는 구체적 현상을 통하여서만 인지될 수 있는 것이니, 이 시에서는 그것이 '바위의 말'과 '바람의 모습'으로 언표되고 있다.
다음의 시를 통하여 구 상은 그 비밀을 보여 준다.

> 한 알의 사과 속에는 / 구름이 논다. // 한 알의 사과 속에는/
> 대지(大地)가 숨쉰다. // 한 알의 사과 속에는 / 강이 흐른다. //
> 한 알의 사과 속에는 / 태양이 불탄다. // 한 알의 사과 속에는/
> 달과 별이 속삭인다. // 그리고 한 알의 사과 속에는 / 우리의
> 땀과 사랑이 영생한다.
>
> — 「한 알의 사과 속에는」 전문

사과 한 알의 존재는 막연한 일상적 관념 속에 고정되어 있는 것이 아니며, 하나의 존재로서 그것이 거느리고 있는 온갖 그림자가 숨어 있음을 비유적으로 표현하고 있음을 알 수 있다. 무릇 모든 존재가 그러할지니, 아무리 거창하고 고귀한 관념이라 하더라도 '바위'나 '바람'의 '말'이나 '모습'과 같이 구체적인 사물의 체험을 통하지 않고는 그 본질에 도달할 수 없는 것이다. 이 지점에서 시인의 관심은 필연적으로 우리가 발 붙이고 사는 현실로 향하게 된다.

2) 역사와 문명에 대한 비판의식

구상은 그의 시 전집 머리말에서 제 3부가 "격동의 시대를 살아 온 나의 역사의식의 산물들"이라고 술회하고 있다. 그가 지적한 제 3부에 붙여진 제목이 「출애급기 별장」으로 되어 있지만, 이 부분에 실린 대부분의 시들은 제목이 암시하듯 기독교적인 주제가 아닌, 역사와 현실 비판으로 이루어져 있다. 모두 31편 중, 같은 제목의 시 「출애급기 별장」과, 「내가 모세의 선지(先知)와 진노를 빌어서」조차도 기독교적 주제라 하기보다는 현실 비판적 주제를 노래하고 있다. 이 부분에 같이 실려 있는 「수난의 장(章)」과 「여명도 1」, 「여명도 2」는 그가 월남 전 북한에서 소위 '응향 사건'을 일으켰던 초기 작품으로, 결국 제 3부의 시들은 모두 현실과 역사와 문명에 대한 비판적 주제와 관계가 있는 것이다. 한국현대문학사의 흐름을 정신사적 측면에서 크게 나눈다면, 개화기의 애국주의적 계몽문학과, 그 이후에 전개된 예술주의 및 민족주의, 또는 전통주의 문학, 그리고 사회주의문학 으로 구분지을 수 있을 것이다.5) 이 중에서 현실이나 역사의식과 거의 무관한 것은 문학의 순수 예술성을 중시하는 예술주의 문학이 유일한 것이요, 그 이외에는 많든 적든 삶의 현장인 현실이나 역사의식과 깊이 관련되어 있는 것이니, 시에 있어 특히 예술적 언어 조탁이나 형식주의를 배격하고 정신적 사상성을 중시하는 구상의 시에 현실과 역사의식을 다룬 작품이 없을 수 없는 것이다. 구상의 관심이 시의 내용이나 의미에 집중되어 있다는 것 자체가, 1920년대부터 서구에서 예술지상주의라는 이름으로 유입되어 온 문학의 기교주의가 한국문학의 사상적 유약성을 초래했다는 비판의식에서 비롯되었음을 인식할 때, 비로소 그의 사상적 내용주의 문학관은 당위성을 획득하게 된다. 그것은 곧 예술성에 대비되는 현실의식과 역사의식을 필연적으로 수반하게

---

5) 김윤식, 『한국근대문학사상사』, (서울;한길사, 1984), p.18.

되는 것이니, 구상의 시에 이런 주제가 개입됨은 매우 자연스런 결과일 것이
라 하겠다.

우 몰려 온다. 돌팔매가 날은다.
머슴애들은 수수깡에 쇠똥을 꿰매 달고
어른들은 곡괭이를 휘저으며 마구 쫓아 오는데
돌아서서 눈물을 찔끔 흘리고
선지피 쏟아지는 이마를 감싸 쥐고서
어머니 얼굴도 떠오르지 않는데
나는 이제 어디메로 달려야 하는가.

쫓기다가 쫓기다가 숨었다.
상여집으로 숨었다.
애비 욕, 에미 망신 고래고래 터뜨리며
벌떼처럼 에워싸고 빙빙 돌아가는데
나는 얼른 상여 뚜껑을 열어 제치고
벌떡 드러누워 숨을 꼭 죽였다.
 (이하 생략)

— 「수난의 장(章)」 중 일부

 광복 직후 국토가 남북으로 분단되면서, 북에 들어 선 공산 정권의 계급주
의 사상에 의해 무자비하게 자행된 만행을 겪은 구상의 수난 체험이 생생하
게 묘사된 이 시는, 참으로 어처구니 없게 전개되는 역사적 현실 앞에 한
인간의 존재 의미가 얼마나 하잘 것 없는 것인지를 말해 주고 있다. 이데올로
기라는 이름으로 한 인간에게 탄압이 가해질 때, 그에 대항하여 싸우든가,
굴복하든가, 아니면 회피하여 인간성의 모순에 대해 심각한 고뇌에 빠지든
가, 그 어느 편에 속하느냐 하는 것은 그 사람의 기질이나 교양이나 상황에
따라 달라질 것이지만, 구상은 결국 북의 만행으로부터 도피하여 월남함으

로써 마지막 고뇌의 길에 들어서게 된 것이다.

이렇게 볼 때, 그가 시인으로서 택할 수 있는 길은 자명해진다. 역사의식이나 현실의식을 외면한 채, 단순히 형식미를 추구하는 언어유희에 빠질 수만은 없는 것이며, 인간의 존재 의미를 추구하는 심각한 존재인식이나 현실에 대한 고뇌에 몰입할 수밖에 다른 도리가 없게 된다. 이 지점에서 그의 시선은 먼저 모순 투성이의 현실과 맞닥드리게 되고, 거시적 현실로서의 역사의식과 문명비판에 몰입하게 됨으로써, 시인으로서의 자리매김을 이룬 것이다.

본디, 문학이란 무엇인가라는 물음은 정신사적 연구 태도와 실증주의적 접근 방법간의 사정거리 속에서 흔들리는 것이지만, 또한 그것은 문학을 인식하는 시대정신에 크게 좌우되는 것이어서, 이에 대한 성찰을 떠나서는 어떤 논의도 공허해지기 쉽다[6]고 볼 때, 그렇다면 구 상이 처한 시대정신이 과연 무엇이냐 하는 질문이 제기됨은 필연일 것이다. 그에게 있어 20세기 현대는 과학 만능의 풍조와 물신주의, 무신론과 불가지적 회의론이 지배하는 혼돈의 양상으로 파악된다.[7] 북한 땅에서 그가 겪은 무자비한 비인간적 인권 탄압은 그로 하여금 이러한 현대적 시대정신의 양상에 대하여 비판적 안목을 갖게 하였고, 그 결과 어느 한 이데올로기에 안주할 수 없는, 사상적으로나 종교적으로나 자유로운 경지에 도달함으로써 현실과 문명을 비판할 수 있게 된 것이다.

　　却說, 이 때에 저들도
　　황금의 송아지를 만들어 섬겼다.

　　믿음이나 진실, 사랑과 같은

------

6) 위의 책, p.19.
7) 안토니 티크, 앞의 책, p.157.

인간살이의 막중한 필수품들은

낡은 지팡이나 헌신짝처럼 버려지고
서로 다투어 사람의 탈만 쓴
짐승들이 되어 갔다.

(중   략)

자유의 젖과 꿀이 흐르는
가나안 !
후유, 멀고 험하기도 하다.

— 「출애급기 별장」중 일부

황금 만능 사상에 들떠 있는 오늘의 실상과, 그로 인해 인간성을 상실한
채 짐승 같은 괴물이 되어 욕망의 늪에 빠져 허우적대는 현대인을 한탄하는
이 시는, 지극히 평이한 비유와 기독교적 진술을 통하여 직설적으로 이 시대
의 타락상을 비판하고 있다. 성경에 나오는 용어가 등장하고 있지만, 그러나,
이 작품은 기독교 사상을 노래하고 있는 것이 아니라 후패한 현대 문명의
실상을 보편적 시각에서 표현했다고 보아야 한다.

구상이 끊임없이 추구하는 것은 인간의 진실성과, 현실적 욕망으로부터
벗어나 마침내 획득해야 할 내적인 자유라는 점, 그리고 그것은 어떤 정태적
교조(敎條)가 아닌, 정신적 내적 초극에 의해 획득할 수 있는 것이라는 점을
그는 자각하고 있다. 그에게 있어 시는 명상을 통해 얻어지는 정신적 자유와
아름다운 진실을 표현하는 수단인 것이며, 어떤 언어적 조작에 의해 획득되
는 경이적인 비유의 세계가 아닌 것이다. 그의 수사가 단순 명확한 것도
그 때문이며, 그의 시적 비유가 지극히 평이한 것도 그 때문이다.

한 시인이 언어를 통하여 현실을 초월하고자 할 때, 그리하여 내적 자유를

획득하고자 할 때, 그의 앞에는 두 가지 방법이 놓여지게 되는 바, 첫째는 존재의 무의미성을 추구하는 것이며, 둘째는 언어의 표현에 의해 형상화되는 이미지를 통한 새로운 존재의 창조라는 적극적 방법이라 하겠다. 첫째 방법은 존재의 본질을 '無'로 보는 불교적 관점에 가깝고, 둘째 방법은 현상 뒤에 숨은 '참' 존재를 추구한다는 점에서 기독교적 관점에 가깝다고 하겠다.

구상 시인은 그의 신앙이 캐토릭임에도 불구하고, 아직은 이데아로서의 신을 추구하기보다는 존재의 무의미를 추구함으로써, 우선 첫째 방법에 의한 '허무'에 도달하고 있다는 특징이 있다. 절대적 존재인 신을 확고하게 믿기 전에 먼저 그는 철저한 허무에 도달한 것이다. 현상 저 넘어 존재하는 프라톤적 이데아나 천국을 지향하는 시작 태도를 못 취하고, 차라리 현상의 무의미를 통해 허무에 먼저 도달한 그의 시 일부는, 따라서 동양적, 불교적 사유에 가깝다고 할 수 있다.

(3) 형이상적 사상시

1) 철학적 사유와 허무의식

먼저 용어의 개념을 정의한다면, 여기서 '철학적'이란, 앞에서 밝힌 바와 같이 불교적 '無'를 추구하는 사유 체계라 할 수 있으며, 그리스적 사유의 세계인 이데아를 탐구하는 형이상을 지칭하지 않는다. 구상이 그의 시 전집 책머리에서 밝히고 있는 생성과 소멸이 번다한 밭에다 사물의 현상을 통찰해 본 「밭일기」, 그리고, 존재의 내면적 실재를 추구한 「구상무상」 시편들이 이에 해당한다. 연작시 「밭일기」 마지막 부분을 보면, 구상은 그가 평생을 체험하며 살아온 삶의 편린들 모두가 그 본질이 붙잡을 수 없는 허무였음을 고백하고 있다.

내 영혼은 오늘도 / 중천에 떠돌다가 / 연처럼 줄이 끊어져서 / 때마침
겨울 찬 바람을 타고 / 어디론지 사라져 버려 / 나도 모른다.

나는 아직도 하늘에서 땅에서 / 또 사람에게서 / 아무 소리도 듣지 못했노라.//
보지도 못했노라.// 내 가슴에서 피고 스러진 / 억만의 / 억만 사연을 / 단
한마디 내지도 못했노라.

내 영혼은 본시부터 / 눈 멀어 태어났는가?// 날이면 날마다 / 전신의 눈알을
죄다 밝히고 / 너 하늘을 쳐다보지만 / 오오 무명과 허무와 조우……// 우리보
다 한 발자국 먼저 / 아니 태초로부터 / 태양계를 돌며돌며 / 너 밭아! 우주를
유영하고 있었구나.

「밭일기」의 대부분이 구상의 생애에서 그가 체험하였던 사물들의 기억을
이끌어 내어 노래한 것으로 이루어져 있으므로, 이 작품의 마지막 부분인
위의 시는 그의 인생관과 세계관을 집약해서 보여주는 대목이라 할 수 있다.
그리고 그것은 한 마디로 '무명'과 '허무'로 집약된다. 우주는 온갖 현상의
본질이며, 그것은 태초로부터 있어 모든 존재를 낳고, 따라서 존재의 본질은
덧없이 사라지는 무명일 뿐, 우주 앞에 아무 것도 아닌 것이다.
　이러한 허무주의가 독실한 신자로서의 그의 신앙과 어떤 연관이 있는
것인지는 좀 더 살펴보아야 할 것이지만, 그가 천국이나 이데아를 찾는 전단
계로서의 의미가 있다고 일단 추측된다. 왜냐하면, 현실이나 현상에 대한
철저한 부정을 거쳐서 도달하는 지점에 천국의 소망이 기다리고 있는 것이
므로, 독실한 신자인 구 상의 현실과 현상에 대한 철저한 부정이야말로 기독
교적 천국에 대한 신앙의 필수 조건이 아닐 수 없는 것이다.

이제 세월처럼 흘러가는 / 남의 세상 속에서 / 가쁘던 숨결은 식어가고
/ 뉘우침마저 희미해가는 가슴.// 나보다도 진해진 그림자를 / 밟고 서면 /

꿈결 속에 흔들리는 갈대와 같이 / 그저 심심해 서 있으면 / 해어진 호주머니 구멍으로부터 / 바램과 추억이 새어나가고 / 꽁초와 사랑도 흘러나가고 / 무엇도 무엇도 떨어져 버리면 // 나를 취케 할 아편도 술도 없어 / 홀로 깨어 있노라. / 아무렇지도 않노라.

—「구상무상(具常無常)」 전문

　　살아서도 못 누린 / 호사스런 장례일랑 / 아예 마련치 말라. // 가마귀 떼 우짖어 / 나는 어느 아침에 // 내 시체를 메어다 / 행길 마루에 버리고 // 오가는 길손들이 / 서낭당처럼 // 조약돌 한 개씩만 / 풀무케 하라.// 어느 실없는 입설을 빌리어 // "시시후의 손주 한 마리 이 땅에 귀향 살아 할비의 고행을 거듭하다가 마침내 헛되이 죽었느니라"// 부지런한 사람들에게 / 간곡히 전하여 // 모름지기 뒷날을 / 경계케 하라.

—「유 언」 전문

　　구상은 젊은 시절 폐결핵을 앓았다. 그의 시「꽃과 주사약」,「바다」,「잠 못 이루는 밤에」,「열(熱)」등은 그 사정을 잘 말해 주고 있다. 위에 인용한 두 작품에 나타난 극단적 허무의식은 그의 병력과 밀접한 관계가 있어 보인다. 이상 김해경은 폐결핵을 앓으면서 죽음에 대한 공포를 벗어나고자 시간에 집착하며 그것을 시 속에 난해하게 표현했던 것[8]과 달리, 구 상은 반대로 생에 대한 허무와 절망의 깊은 인식을 통해 죽음을 극복하고자 했다는 데 특징이 있다. 「폐병 4」에는 "마치 열에 뜬 송장처럼 사나히는 병상에서 벌떡 일어났습니다. 그는 흰 종이와 마주 앉아 조물주의 비밀을 곰곰이 생각합니다. 우주만한 그 무엇을 그 속에 그리기 전에는 그대로 미이라가 되거나 입에 문 연필로 목구멍을 찌를 망정 다시 눕지 않을 기세입니다."[9]라는 구절이 보이는 바, 죽음이 어른거리는 절박한 상황에서 그는 우주의 본질이 무엇

---

8) 신규호,「이상문학연구」, (단국대학교 대학원 석사학위 논문, 1981) 참조.
9) 『구상시 전집』, (서울;서문당, 1986), pp.75—76.

인지, 조물주의 비밀이 무엇인지 깨닫고자 백지를 공간 삼아 글을 쓰고 있음을 고백하고 있다. 그러나, 그가 병상에서의 사유를 통하여 얻은 결론은 허무와 절망뿐이었다. "온 곳도 모르고 갈 곳도 모르는" 발길에 채이는 돌맹이로서의 존재, 그것이 구상의 허무와 절망을 낳는 원천이었다. 이 허무와 절망을 극복하기 위해서는 그에게 종교적 염원이라는 또다른 시적 변신이 필요했으리라고 판단된다. 「출애굽기」에서 발현되기 시작한 성서적 발상이 시집 『말씀의 실상』, 『그리스도 폴의 강』에 이르러서 기독교적 언표로 나타나고, 아울러 시집 『동심초』에서는 동양적 도가나 불교적 심상으로 표현됨으로써 범 종교적 시의 세계에 도달하게 된다. 구상의 시가 세미한 언어의 기교에 집착하지 않고 중후한 내용 위주의 형이상적 철학시나 종교시를 통하여 그 나름의 사상시를 개척할 수 있었던 것은 현실에 대한 그의 철저한 부정과 그로 인한 허무주의가 선행되었기 때문에 가능했던 것이다.

2) 범(汎) 종교적 사상시

구상의 작품을 살펴 보건대, 그는 신앙과 문학을 확실히 구분하여 양자를 병행해서 실천했다고 단정할 수 있다. 왜냐하면, 그의 시에 표현되고 있는 종교적 요소를 살펴 보면, 그가 캐토릭 신자임에도 불구하고 불교적 발상이나 심지어 도가적 내용이 상당한 부분을 차지하고 있기 때문이다. 이를 달리 해석해서, 그의 종교관이 어느 한 교에 머무르지 않고, 범종교적 관점을 지녔기 때문이라고 할 수도 있겠지만, 그러나, 신앙인으로서의 구상은 철저하였기에 그렇게 단정할 수는 없다. 그보다는 구상이 신앙의 세계와 예술, 즉 시의 세계는 양립시켜야 한다고 믿는, 양립론자이기 때문이라고 보아야 한다. 다른 시인과 달리, 시에서 기교보다는 사상성을 중시했던 관계로 그의 작품에는 그가 경험하고 교양으로 익혀 온 온갖 사상과 종교적 내용이 잡다할 정도로 섞여 있어, 시에 관한 한 어느 특정 종교나 특종 사상이 일관되게 지속된 것이 없기 때문이다.

> 옛 그리스 사람들이 '제우스'의 숲 기슭 올림피아에서 / 올림픽 경기를 벌이기도 전 / 아득한 그 옛날부터 우리 겨레의 조상들은 / 백두산 신단수 아랫마을 신시에다 / 동이의 여러 부족들을 한데 모아 놓고 / 해마다 상월이면 개천의 축제를 지냈었다네.
>
> — 「태양의 축전」 일부

> 겉도 안도 너덜너덜 / 그 걸레로 이 세상 오예(汚穢)를 / 모조리 훔치겠다니 기가 차다. // 먹으로 휘갈겨 놓는 것은 / 달마의 뒤통수, // 어렵쇼, 저 유치찬란(幼稚燦爛) // 너를 화응하기엔 실로 되다.
>
> — 「걸레스님」의 일부

고대 한민족의 제천의식에 관한 이야기 뿐만 아니고, '걸레스님'으로 유명한 중광의 달마도에 이르기까지 그의 시적 소재에는 종교적 경계나 신화와 전설의 국경조차 초월한다. 기독교적 소재가 물론 주류를 형성하고 있지만, 여타의 다른 개신교 시인이나 캐토릭 시인과는 달리, 그의 시에 등장하는 소재에 어떤 제약도 존재하지 않는다는 점이 구상의 특징이다. 이는 곧, 그가 문학과 신앙을 양립시켜야 한다고 믿는 까닭이며, 그런 의미에서 그에게는 다른 기독교 시인들처럼 작품 가운데 타 종교의 소재 사용을 금기시하지 않고, 전혀 자유롭게 제한 없이 표현할 수 있었다고 보아야 한다.

구상은 왜 그의 종교인 캐토릭적 소재로만 시를 창작하지 않고, 한국의 전통적 민간신앙이나 심지어 불교, 도교적 소재를 자유자재로 도입하고 있는가 하는 점은 그의 시 연구에 있어서 필히 해명되어야 한다고 본다. 심지어 그의 시 중 가장 직접적으로 자신의 신앙심을 표현하고 있는 시편인 「말씀의 실상」에까지도 위에서 인용한 「걸레스님」 시가 섞여 있으니 다른 것은 더 말할 나위도 없다. 더구나, 그의 신앙의 권위인 교황을 찬양한 시에서조차 '신라 고승 같으셨던' 교황이라 표현하고 있는 것이다.[10] 심지어 그의 작품 중 가장 신앙적인 시집인 『말씀의 실상』에 대해서도 스스로 그것이 신앙시라 하지 않고 '나의 신앙생활의 修證의 표백들'이라 술회하고 있다.[11]

> 나자렛 예수! / 당신은 과연 어떤 분인가? // (중 략) // 집도 절도 없이 떠돌아다니며 / 상놈들과 창녀들과 부역자들과 / 원수로 여기는 딴 고장치들과 / 어울리며 먹고 마시기를 즐긴 당신, // (중 략) // 당신은 사상가가 아니었다. / 당신은 도덕가가 아니었다. / 당신은 현세의 경륜가가 아니었다. / 아니, 당신은 종교의 창시자도 아니었다.
>
> — 「나자렛 예수」중 일부

기독교에서 삼위일체라는 신학적 논리에 의해 신과 동일시하는 예수에 대하여 위의 시에서는 전혀 인간적 차원에서 호칭하고 있다. 그렇다고 해서 그가 김현승의 경우처럼 신과의 단절된 관계를 노래하고 있는 것은 아니다. 김현승은 한 때, 신의 침묵 앞에서 신과의 관계가 단절된 나머지 신을 인간이 만들어 신격화 한 것으로 단정하고 있지만,[12] 구상의 경우 신의 존재에 대한 극단적 부정론을 제기한 적이 없는 것이다.

그렇다면, 위에 인용한 작품을 어떻게 해석해야 할 것인가. 그것은 앞에서 언급한 바와 같이 구상이 문학과 신앙을 양립해야 할 대상으로 판단하고 있었기 때문이라고 볼 수 있다. 이 작품의 끝 부분을 인용해 보면 그 점이 확인된다.

> 다만 하느님이 우리 아버지시요, / 그지없는 사랑 그 자체시니 / 우리는

---

10) 위의 책, p.167.
11) 위의 책, p,167.
12) 문덕수, 『현실과 휴머니즘문학』, (서울;성문각, 1985), p.33.

어린애처럼 그 품에 들어서 / 우리도 아버지가 하시듯 서로를 용서하며/ 우리
도 아버지가 하시듯 다함없이 사랑할 때 // 우리의 삶에 영원한 행복이 깃들고
/ 그것이 곧 '하느님의 나라'라고 가르치고 / 그 사랑의 진실을 목숨 바쳐
실천하고 / 그 사랑의 불멸을 부활로써 증거하였다.

문학 작품에서 흔히 보이는 '사람의 아들'로서의 예수가 이 작품에서도
그대로 다루어지고 있음이 확인된다. 그럼에도 불구하고 예수의 신성이 전
혀 부정되거나 그 권위가 모독된 흔적은 보이지 않는다. 오히려 예수의 인간
에 대한 사랑과 십자가 위의 대속과 부활을 증언하고 있는 것이다. 이렇게
볼 때, 구상은 문학에 있어서의 소재적 자유를 누구보다도 충실히 실천하였
던 것이고, 이에 따라 자연히 그의 작품 일부에나마 그의 신앙과 관계 없이
타 종교적 소재가 빈번히 사용되기에 이른 것이라 하겠다. 이러한 작품군을
일러 '범 종교적 사상시'라 칭하는 까닭도 그 때문이다.

(4) 기독교적 순수 신앙시

마지막으로 구상의 신앙시를 살펴볼 차례가 되었다. 젊은 시절, 잡다한
독서의 영향과 과학사상의 풍미로 말미암아 사물에 대한 존재론적 회의와,
역사와 문명에 대한 비판, 그리고 허무의식에 시달린 나머지, 범 종교적
사유를 거치면서도 그의 신앙은 여전히 꺼지지 않고 살아 있었다. 이를 증명
해 주는 것이 그의 순수 신앙시의 존재라 하겠다.

구상시 전집 머리말에서 스스로 밝히고 있듯이, 그는 자연 서정이나 서경,
인간의 정한이나 심회를 시의 유일한 주제로 삼지 않고, 존재에 대한 인식이
나 역사의식, 나아가서는 형이상학적 세계를 주제로 시를 써 왔기 때문에[13],
그의 시는 자연히 형이상학적 사상시라는 드문 유형의 한 맥을 한국시단에

---

13) 구상, 앞의 책, p.16.

이루어 놓게 된 것이다. 그렇다면, 구상 시의 한 부분을 확고히 차지하고 있는 신앙시의 존재 의미를 어떻게 해석해야 할 것인가가 문제로 남는다. 그가 강조해 마지 않는 형이상학적 시세계에 신앙시를 포함시킬 수 있는 것인가, 아니면 이와는 별도로 독립해서 신앙시를 다루어야 할 것인가.

앞에서도 언급한 바와 같이 구상은 그의 시 전집 12부 중 제 4부에 그의 신앙시 『말씀의실상』을 싣고 있다. 이를 별도로 지칭하여 신앙시라 하지도 않고, '신앙생활의 修.證의 표백'이라고만 한 점 등으로 미루어, 그는 일반 사상시와 신앙시를 달리 구분할 필요가 없다고 믿는다고 보아야 한다. 이 또한 그가 문학과 신앙은 양립시켜야 한다고 믿는 증거가 될 만하다. 따라서, 그가 그의 신앙시를 다른 시들과 구분하지 않고, 함께 포함시켜 취급한 것은 당연하다고 본다. 그러나, 본고에서는 신앙시와 여타의 일반시는 구별되어야 한다는 필자의 논리에 따라 제 4부 『말씀의 실상』에 실린 시들을 별도로 취급하여 그의 신앙시 세계를 고찰해 보고자 한다.

> 영혼의 눈에 끼었던 / 무명의 백태가 벗겨지며 / 나를 에워싼 만유일체가 / 말씀임을 깨닫습니다. // 노상 무심히 보아오던 / 손가락이 열 개인 것도 / 이적이나 접하듯 / 새삼 놀라웁고 // (중 략) // 창창한 우주, 허막(虛漠)의 바다에 / 모래알보다도 작은 내가 / 말씀의 신령한 그 은혜로 / 이렇게 오물거리고 있음을 // 상상도 아니요 상징도 아닌 / 실상으로 깨닫습니다.
>
> ─「말씀의 실상」 중 일부

기독교는 말씀의 종교이다. 요한복음 제1장 제1절에 "태초에 말씀이 계시니라 이 말씀이 하나님과 함께 계셨으니 이 말씀은 곧 하나님이시라" 는 구절이 있고, 뒤이어 3절에는 만물이 그로 말미암아 지은 바 되었다 하였으니, 이 시는 바로 성경의 이 구절에서 깨달은 바를 기록한 것이라 할 수 있다. 영혼의 눈이 맑아지면서 세상의 삼라만상이 모두 신의 말씀으로 빚어진 것이라는 놀라운 사실에 눈 뜨게 된 감동이 '상상도 아니고 상징도 아닌' 실상으로 부딪쳐 옴을 표현하고 있다. 당연히 습관적으로 보아오던 손가락 열 개의 존재조차 놀라운 은총으로 깨닫게 되고, 활짝 핀 개나리꽃을 통해 부활을 확인하는 시인의 신앙심이 참으로 감동적이다. 이 작품을 통하여 신앙시의 극치를 보여 준 구 상 시인은 그러나, 그것을 감히 신앙시라 표방하지 않는다는 데 신앙에 대한 그의 경건함이 엿보인다.

　　신앙인으로서의 그의 눈에 비친 것들은 은총이 아닌 것이 없고, 부활이 아닌 것이 없다. 여기에 이르러 모든 존재는 존재로서의 빛을 발하게 된다.

> 그다지 모질던 회오리바람이 자고 / 나의 안에는 신령한 새 싹이 움텄다.
> // 겨울 아카시아모양 메마른 / 앙상한 나의 오관에 / 이 어쩐 싱그러움이냐?
> // 어둠으로 감싸여 있던 만물들이 / 저마다 총총한 별이 되어 반짝이고 /
> 그물코처럼 엉키고 설킨 사리들이 / 타래실처럼 술술 풀린다. // (하　략)
> — 「신령한 새싹」중 일부

　　봄에 돋아 나오는 새싹을 보면서 시인은 '어둠으로 감싸여 있던 만물들이 저마다 별이 되어 반짝이고, 그물코처럼 얽힌 세상 일들이 타래실처럼 술술 풀리는' 신비를 느낀다. 분별되지 않던 사리들, 모순 덩어리로만 보이던 세상의 온갖 일들이 비로소 신앙의 눈이 열리면서 모두 해명되는 신비감을 이 시는 보여 주고 있다.

　　앞 장에서 인용한 허무주의적인 시들을 통하여 구 상이 표현하고 있는 불교적 '無'의 세계는 물질계 넘어 완전히 비어 있는 허공으로 표현되고 있지만, 그러나, 그의 신앙시에 이르러서는 영원한 공허는 상상할 수도 없으며 말할 수도 없을 뿐만 아니라, 기독교적 의미에서 신 그 자체라는 새로운 자각이 담겨 있다. 그의 시에서 '하나님'이란 말이 거의 나오지 않는다는 신중함이 엿보이지만, 이러한 신중함 덕분에 역설적으로 신의 존재에 대한 확신은 더욱 강화된다.[14] 그리하여 영원의 바다로 들어가는 인간의 마지막 관문인 죽음 역시 부활에 대한 희망으로 표현된다. 부활의 희망은 구상이 그의 신앙시를 통하여 독자에게 주는 가장 소중한 선물인 것이다.[15] 다음과 같은 시가 그 점을 확인시켜 준다.

> 죽어 썩은 것 같던 / 매화의 옛 등걸에 / 승리의 화관인 듯 / 꽃이 눈부시다.// 당신 안에 생명을 둔 만물이 / 저렇듯 죽어도 죽지 않고 / 또다시 소생하고 변신함을 보느니 / 당신이 몸소 부활로 증거한 / 우리의 부활이야 의심할 바 있으랴!// (중 략) 봄의 행진이 아롱진 / 지구의 어느 변두리에서 / 나는 우리의 부활로써 성취될 / 그날의 누리를 그리며 / 황홀에 취해 있다.
>
> — 「부활송」 중 일부

봄이 와서 죽은 것 같던 나무에 꽃망울이 돋아나 눈부신 꽃이 피어나는 자연의 섭리를 통하여 부활의 실체를 확인하는 시인의 감탄은 마침내 기독교적 신앙에 이른다. 그리스도의 부활을 믿는 믿음이 '나'의 부활에 대한 믿음으로 확인되는 황홀을 노래한 시다. 마치 새로 피어나는 꽃잎처럼 부활할 '나'의 그 날에 대한 믿음과 소망이야말로 기독교 신앙의 핵심인 것이다.

(5) 결 론

구상 시인은 그의 시를 통하여 심오한 내면적 자유를 구현하고자 부단히 노력해 왔다고 할 수 있다. 그가 추구한 자유는 고통의 체험에서 생성된 것으로, 한국이라는 특수 상황과 6.25 전쟁과 같은 극한적 상황 속에 던져진 한 시인의 체험을 전제했을 때만 이해 가능한 세계이다. 또한 그 자유는 현실의 수용과 그에 대한 굴복이 아닌, 끊임없는 도전과 비판에 의해 획득된

---

14) 안토니 티크, 앞의 책, pp.160—161.
15) 위의 책.

성실성의 결과인 것이다. 그것은 그의 시와 삶의 심오한 진정성과 성실성으로부터 연유한다.

그의 일생은 진리의 모색으로 설명될 수 있으며, 그의 시 역시 그 길을 따라간 역정의 결과물이라 할 수 있다. 그는 안이하게 신앙의 길을 찾지 않고, 동서양의 제 사상과 철학적 사유를 거쳐 이를 통합한 어떤 경지에서 갈등 속에 성숙된 그의 신앙을 끝내 지킬 수 있었다. 그 과정에서 그가 창작한 시편들은 존재론적 인식의 시나 형이상시, 신앙시 같은 내용 위주의 사상시로 나타나게 되었으니, 이는 1930년대 이래, 리듬과 언어적 조형을 위주로 전개되어 온 기교 위주의 한국 현대시에 선이 굵은 형이상학적 사상시라는 특유의 한 분야를 형성하게 되었다는 데 그 의의가 있다고 할 수 있다.

4. 기독교적 실존의식의 시적 형상화
— 최은하 시인의 시집 『안개, 바람소리, 꽃뱀울음』

(1) 서 론

최은하 시인은 50년대 말 시단에 등단한 이래 40여 년간 왕성한 시 창작 활동을 해온 한국시단의 중진 시인이다.

최시인은 한국기독교문인협회 (구·한국 크리스챤문인협회)의 회장을 역임하면서 한국기독교문학의 발전을 위해 노력하는 등 기독교문단에 공헌한 바 크며, 그가 추진해서 현재 진행되고 있는 「한국기독교문학전집」 발간사업도 최 시인의 업적 중 하나가 되리라 믿는다.

뿐만 아니라, 최은하 시인은 60년대, 70년대의 시작 활동을 통하여 기독교라는 종교 의식에 갇히지 않은 보편적 실존의식을 예리하게 시적으로 형상화 함으로써 문학 본연의 순수 예술성을 지향하는 좋은 작품을 생산하는 데도 힘써왔다. 어느 의미에서, 최시인의 시세계를 형성하고 있는 저변의 세계관이 기독교적 의식이라 할 수 있지만, 그러나 최은하 시인의 시적 본령은 순수 예술성을 추구하는 데 진력해 왔다고 할 수 있다. 기독교 시인들이 범하기 쉬운 상투적 기도조의 시어 나열이라는 타성을 최시인의 시에서는 발견할 수 없음이 그것을 입증해 준다.

이번에 상재한 열 번째 시집『안개, 바람소리, 꽃뱀 울음』머리말에서
최시인이 밝히고 있는 다음 구절이 시인 최은하의 여상한 문학관을 분명히
드러내 보여 주고 있다고 본다.

> 시는 오직 시의 가치로 남을 것이며, 구원적일 것이라 믿어 의심치 않는다.
> 저들이 향방하여 문제 삼는 그 문제로 그들은 스쳐 지나갈 것이고 시는 시세
> 계의 등불로 엄연할 것이다. 바람결에 조금씩은 가물거리면서도, 이에 나로서
> 는 다만 정진의 고투로 시의 열매를 뜨거이 염원할 따름이다.(중략) 표제의
> 『안개, 바람소리, 꽃뱀 울음』은 그간 내 실존의 경우에 깊이 걸쳐있던 심상들
> 이다. 이에 상당히 튼튼하게 얽매어 있었다기보다 침잠해 있었다. 거의 언제
> 나처럼 숨결이 막히게끔.

위에서 최은하 시인이 스스로 고백하고 있는 바 '시는 오직 시의 가치로
남을 것' 이라는 이 말을 미루어 그의 문학관이 근본적으로 순수 예술성에
뿌리박고 있다고 단언할 수 있으며, 아울러 다음의 술회, 곧 '(시는)구원적
일 것이라 믿어 의심치 않는다.'에서 최시인의 시에 담기는 사상적 자양분
이 다름 아닌, 영적 구원을 강조하는 기독교적 의식이라는 점이 확인되는
것이다.

(2) 본 론

최은하 시인은 무엇보다도 그의 시적 터전을 서정성에 마련하고 있다.
서정 가운데에서도 인간 본연의 원초적 정서라 할 수 있는 허무와 비애감에서
시상을 길어 올리고 있다. 비견한다면 이 백보다는 두보 쪽에 가깝다고 할
수 있다. 다음과 같은 작품이 그런 특징을 잘 보여준다.

하 그리도 세상이 변해가고 말고지만
오고 가는 철새는 예대로
그 길 따라 그 울음이네.
내 그 길, 가차이 비켜서서 올려다 보느라니
어느 샌가 바로 해거름이네

지내 온 날 돌아보나 마나
늦가을 마른 수풀더미에 걸리는 바람
남도 육자배기 꺾어 넘기는 대목이고
어디 하늘 한 모롱이
손 벌려볼 뺨도 없네.

— 「어이할꺼나」 일부

　　시인이 허무를 느끼는 것은 세월 따라 변하는 인생사 때문이며, 그 허무감
을 더욱 조장해 주는 것은 철새 울음으로 대변되고 있는 자연의 한결같음이
다. "늦가을 마른 수풀더미에 걸리는 바람"이 "남도 육자배기 꺾어 넘기는
대목"으로 가슴에 부딪혀 오는 것도 허무감 때문인 것이며, 그러기에 눈빛이
자꾸만 흐려져 가는 자신의 행색에 새삼 섬뜩함을 느끼기도 하는 것이다.
　　그러나, 최시인은 여기에 멈추지 않고 다음과 같은 놀라운 심상을 이끌어
냄으로써 무상한 시간에 도전하고 있다.

옅은 개울물에 갈앉은 막대기 하나
뱀의 형용으로 숨차게 거슬러 오르는 걸
하룻내 들여다보고 있네.

— 「어이할꺼나」 마지막 연

　　끊임없이 흘러가는 개울물, 그것은 시간을 표상하고 있으며, 거기 꼼짝하

지 아니하고 갈아 앉아 있는 '막대기'는 시간을 극복하려는 시인의 의지임과 동시에 허무에 도전하는 인간적 투지의 심상이다. 이러한 범상치 않은 심상이 다음 순간 숨차게 물결(시간)을 거슬러 오르는 뱀의 형용으로 변환한다는 데 이 시의 놀라움이 있다.

기독교적 원죄 의식에 연결되어 있는 뱀, 그것은 바로 아담의 자손인 시인 자신을 상징하는 것이며, 시간과 맞붙어 싸우는 인간 실존의 모습을 떠올리게 한다. 최은하 시인의 서정이 평면성을 극복하고 있다는 것은 바로 이와 같은 입체적 심상이 입증해 준다고 하겠다.

> 윤기 넘치는 맨살로
> 뙤약볕 길 한 나절을 기거나
> 며칠토록 또아리져 앉아서도
> 머리 하늘 향하여
> 울음 운다.
>
> (중략)
>
> 피로 멍든 울음에 그 무슨 말을 부치랴
> 소리 죽여 꺾이는 울음에 무얼 보태랴
> 어이할 수 없이 서린 몸매에
> 달빛만 요기롭구나
>
> 이 땅 어느 기슭에선가
> 뱀딸기 한 숭어리 탐스럽겠다.
>
> ― 「꽃뱀 울음」 일부

기독교적 원죄의식을 떠올리게 하는 이 시에서 시인은 목숨의 고통스러운 생존과 고뇌에 찬 생명의 실존을 꽃뱀에 의지하여 표현하고 있다. 징그럽지만 한편 아름다운, 아니, 징그럽도록 아름다운 꽃뱀, 그것은 맨살로 땅바닥을 길 수밖에 없지만 (그토록 비극적이고 절망적이지만) 그러기에 기거나 또아리져 앉아서도 머리를 곧추 세우고 하늘을 향하여 처절하고 간절한 울음을 운다. 지상의 비극과 천상의 열락을 꽃뱀이란 생명체를 통하여 보여주고 있는 이 작품은, 그러기에 기독교의 이분법적 세계관 (지옥과 천국)과 무관하지 않다. 꽃뱀의 어이할 수 없는 피멍울음 — 이는 곧, 인간 실존의 모습이며 이 비극적 실존의 모습이 달빛에 요기를 띰으로써 절정에 달한 생의 비극미를 보여준다.

생에 대한 실존적 자각이 여기에 이를 때, 시인의 눈은 필연적으로 내면을 향해 열릴 수밖에 없다.

<blockquote>

내 안에는 언제나 다른 사내 하나가 있다.
알다가도 모를 사람
그는 나 같지가 않아서 탈이다
탈 속에서 그는 말없이
천연덕스레 의연하다
그와는 매양 거품을 일으키기도 하고
절벽을 갈라 세우기도 하며
불더밀 집히게도 하고
무겁기만한 함묵이게도 한다
그의 힘 자랑은 혀를 빼내어 휘두를 지경이다.
어느 때라도 그를 만날 것 같지만
나타나질 않고 숨어 지내는 습성으로
나를 차지해 가두고 곧잘 훼방꾼이다
그는 아무래도 날 닮지는 않은 성싶다.
그렇지만 어떤 때 그는 나와 한 울타리
한 배 안의 서로가 아니냐는 투정이다.
내 상심과 회한으로 날뛰거나

</blockquote>

황혼을 마주하고 강변을 거닐 때면
불현듯 나타나 다가서며
위로의 눈빛으로 감싸주기도 하고
힘차게 손을 잡아주기도 한다.
그러나 그의 수작을 빤히 아는 터라
나는 나대로 힘든 발길을 끌고
스스로를 달래 타이르며 돌아오곤 한다
그럴 때 그는 오간 데 없고 나는 휘청거리며 귀로에 든다.
그의 주인 행세는 날 슬픔에 떨게 하고
정말이지, 영락이게 한다.

— 「내 안에는 언제나」 전문

자아의 분열상을 표현한 이 작품에서 확인할 수 있는 것은 최은하 시인이 얼마나 치열하게 내적 갈등으로 고뇌하고 있는가 하는 점이다. 나의 내면 속에 존재하는 또 다른 나, 그것은 인간의 양면성 (양심과 욕심, 이성과 감성, 초자아와 자아, 정신과 육체, 천사와 악마 등으로 표상되는)을 상징하고 있겠지만, 이 작품에서 읽을 수 있는 것은 그런 추상화 된 관념으로서의 차원이 아닌, '나를(날) 슬픔에 떨게 하고 정말이지, 영락이게 하는' 뼈저린 체험에서 비롯된 실존적 자각이라 할 수 있다. 그러기에 '그와는 매양 거품을 일으키기도 하고 절벽을 갈라 세우기도 하는' 것이며 이와 같은 내적 갈등 속에서 분열된 자아는 '나타나질 않고 숨어 지내는 습성으로 나를 차지해 가두고 훼방하는' 실체로 인식된다. 시인에게 천사와 악마는 따로 존재하는 것이 아니라 자아 속에 함께 공존함으로써 때로 갈등하고 때로는 화해하며, 자아와 초자아의 모습으로 갈라서기도 하고 하나가 다른 하나를 지배하기도 하는 것이다. "그의 주인 행세는 날 슬픔에 떨게 하고 / 정말이지, 영락이게 한다"는 구절에서 확인되듯이, 시인은 내면에 존재하는 악마적 속성 (인간 누구나 지니고 있는)으로 인해 슬픔에 떨 뿐 아니라 쇠락하여 시들어 버리는 처참함을 맛보기도 한다. 이 작품에서 우리는 또 다시 기독교적 원죄의식이 얼비치고 있음을 감지할 수 있는 바, 이야말로 진실한 기독교 시인만이 언어로써 형상화 해 낼 수 있는 인간 실존의 모습인 것이다.

　여기서 우리는 참된 기독교시란 무엇인가, 그것은 어떻게 표현되어야 하는가, 하는 지난한 물음의 해답을 구할 수 있는 것이다. 인간 본성에 대한 깊은 탐색이 없는 타성적인 기도조의 언어 나열을 기독교시라고 할 수 없는 까닭을 이 작품 하나가 웅변으로 보여 주고 있다. 본디 언어는 그것이 아무리 고상한 낱말로 표현된다 하더라도 세월 속에서 인습에 찌들고 관념화 되고 추상화 되면 생명을 잃기 쉽다. 그러므로, 살아 있는 언어의 조직체인 시는 죽은 언어의 구조로써는 생생한 생명력을 불어넣을 수가 없는 것이다. 천편일률로 물 흐르듯 써 나가는 수많은 기도조의 신앙시를 대할 때마다 안타까움을 느끼는 것은 그 때문이다.

　그렇다면, 고뇌에 찬 내적 갈등을 벗어나는 길은 어디에 있는가. 이 물음에 대한 대답 여하에 따라 시인의 세계관이 달라질 수 있다. 최은하 시인은 이에 대해 다음과 같이 표현하고 있다.

　　　하나 둘씩 별이 돋는다
　　　약속의 눈빛이 빛난다
　　　이제 외로움을 벗어나야겠다.
　　　허공을 가득하게 하던 말이란 말들이
　　　헤아려 손아귀에 잡혀 뜨겁고
　　　떨리는 손마디가 무거워 온다.

　　　(중략)

　　　나는 정신을 놓치지 않으려 안간힘이다.
　　　저 들녘 어디선가로부터

> 바람결에 실려오는 내 이름
> 날 부르는 음성————
> 어둠은 겹겹이 드넓기만 하다.
> 나는 대답을 해야만 한다.
> 하지만 어이하랴.
> 나로서는 어떤 말도 지어낼 수가 없으니.
>
> 이 빈 들녘에서

— 「빈 들녘에서 (1)」 일부

내면으로만 응축되던 시선이 극심한 고뇌 끝에 마침내 밖으로 열려 하늘을 우러른다. '하나 둘씩 별이 돋는' 하늘. 그것은 분명한 약속의 눈빛으로 다가온다. 갈등을 벗어나야겠다는 의지와 함께 누군가를 찾는 갈망이 짙게 나타나 있다. 마침내 '저 들녘 어디선가부터 바람결에 날 부르는 음성'이 들려 온다. 그러나, 구원의 음성은 들려오는데 그에 응답할 '나의 대답'은 아직 마련되어 있지 않다. 이러한 지점에 최은하 시인의 기독교적 실존의식이 위치해 있다는 점이 확인된다.

그러나, 어느 누가 감히 자신을 부르는 '음성'에 확실한 응답을 마련할 수 있으랴. 비록 응답을 마련했다 하여도 응답은 또 다른 갈등과 회의를 낳게 되는 것이니, 시인의 고백할 수 있는 진실은 이 시처럼 숙명적으로 한계 지워질 수밖에 없는 것이다.

(3) 결 론

모두 90여 편으로 이루어진 최은하 시인의 열 번째 시집을 통독하면서 느낀 전체적인 인상은 최시인의 시가 기본적으로 기독교 의식을 토대로 창작됐음에도 불구하고 매우 다양한 정서를 표현하고 있다는 점이다. 한 시인의 시세계가 지나치게 단조로운 인상을 줄 때 독자는 쉽게 식상할 수 있다는 것은 자명하다. 다양성 속에 하나의 중심이 서 있을 때 우리는 그 시인의 시적 역량과 함께 무한한 가능성을 발견하게 되는 것이다.

이렇게 볼 때, 최은하 시인의 시세계는 어느 한곳에 편협하게 갇혀 있지 않고 미래를 향하여 무한한 가능성으로 열려 있다고 할 수 있으며, 우람한 나무가 무수한 잔가지를 키워 나가듯, 앞으로 보람찬 시의 나무를 풍성하게 육성해 나갈 것으로 믿어 의심치 않는다. 그 시의 나무가 뿌리를 내리고 성장해 갈 토양은 분명 한국적 박토일 것이며, 또한 그 밑거름은 기독교적 의식일 가능성이 매우 짙다고 판단된다. 최은하 시인의 시어나 조사법에 잘 나타나 있듯이, 향토색 짙은 토착어와 더불어 그 어법이 흔히 볼 수 있는 서구적 번역투를 말끔히 벗어난, 모국어의 원형질을 느끼게 한다는 점, 또한 주목해 보아야 할 것이다. 이것은 박재삼 시인의 시에서 발견할 수 있는 독특한 한국어법과 유사하다고 할 수 있는데, 박재삼 시인의 그것이 영남지 방 정서를 대변한다면, 최은하 시인의 어법은 앞으로 호남 정서를 대변하는 그만의 독특한 특색을 지닐 수 있을 것으로 믿어진다.

한 나라의 위대한 시인이 되려면 그의 시세계가 형식과 내용 양면에서 기본적으로 토착정서를 담고 있어야 함은 당연하다. 낯설은 서구풍의 사조 가 시시때때로 밀려들어 와 시인들의 관심을 이리저리 분산시키고 있는 요 즈음, 최은하 시인의 시가 보여주는 일단의 개성적 조사법 (예를 들면, 시 「꽃뱀 울음」, 「아, 이제는」 및 단형시 「문답」, 「동행길에서」, 「어느 훗날에」 등에 잘 나타나 있는)은 주목받아 마땅하다고 본다.

5. 순수 서정과 인간 구원
―유승우 시인의 시집 『나 있던 그 자리에』

(1) 서 론

기독교시의 개념을 어떻게 규정할 것이냐 하는 문제는 생각보다 그리 간단하지 않다. '기독교 문학'이란 용어가 구미에서 등장한 것은 19세기 이태리를 중심으로 일어난 중세 문학 연구의 붐에 의해서였으니, 당시 이탈리아 낭만주의 문인들은 종전의 고전주의 문학이 애호하여 온 그리스 신화를 문학의 주제에서 쫓아내고, 그들 사고의 기틀을 이루고 있는 기독교에서 문학적 주제를 찾아야 한다고 주창하였고, 그 결과 그리스적 고전주의 문학에 대립되는 개념으로서의 '기독교 문학'이란 개념이 비로소 대두하게 된 것이다.

따라서, 기독교 문학을 발생시킨 본고장이라 할 수 있는 구미에서도 아직 기독교 문학의 개념이 명확하게 규정되지 못한 채 의견이 분분한 상태를 면치 못하고 있는 실정이다. 그 논란의 핵심은, 다름 아닌 기독교 문학의 범주를 어디까지 어떻게 설정할 것이냐 하는 점이다. 작자가 기독교 신앙인이어야 그가 창작한 작품이 일차적으로 기독교 문학일 수 있다는 주장과,

반면에 작자 자신이 기독교 신앙인이냐 아니냐 하는 문제보다는, 작품을 위주로 하여 그것이 기독교적 소재를 기독교적 입장에 서서 다룬 것이면 기독교 문학이라고 보아야 한다는 견해가 맞서 있는 형편인 것이다.

필자의 소견으로는 일차적으로 기독교 문학의 개념을 편협하게 그 범주를 축소시켜서 규정하려는 의견은 타당치 않다고 본다. 왜냐하면 신앙인이냐 아니냐의 여부를 떠나서 한 작가나 시인이 기독교 사상이나 기독교적인 소재를 그의 작품 속에서 '긍정적으로' 얼마든지 다룰 수 있다고 보기 때문이다. 여기서 '긍정적으로'란 말을 단서로 붙인 것은 기독교라는 하나의 종교를 (그것이 사상적 교리적 측면이든 소재적 측면이든) 작가 시인이 부정하지 않고 그대로 수용함으로써 작품 속에 형상화한 것이어야 기독교 문학이라고 할 수 있다는 최소한의 전제 조건을 충족시켜야만 된다는 것을 의미한다. 이는 어떤 입장에서건 기독교란 종교를 부정적으로 바라보고 다룬 것까지도 기독교 문학이라 할 수 없다는 의미이기도 하다.

이렇게 보면 기독교 문학이란 용어의 개념과 범주가 자연스럽게 우리 앞에 드러난다. 그것은 먼저, 기독교 신앙인이 그의 신실한 신앙 체험을 바탕으로 창작한 '기독교 신앙 문학'과 신앙인 여부를 떠나서 작자가 기독교적 소재를 긍정적으로 다룬 '기독교 소재 문학'의 두 범주를 일단 설정할 수 있고, 그 두 범주를 포괄한 상위 개념으로서의 '기독교 문학'이란 용어를 떠올릴 수 있기 때문이다. 이와 같은 논리에 따른다면 '기독교시'의 경우도 '기독교 신앙시'와 '기독교 소재시'라는 두 개의 범주로 나누어 생각할 수 있을 것이다.

(2) 본 론

본고에서 다루려는 유 승우 시인의 경우도, 그의 시가 이 두 범주 가운데 어디에 속할 것이냐 하는 사실을 밝힘으로써 논의의 실마리가 풀리리라 여겨진다.

유 승우 시인은 그 자신 독실한 기독교 신자이다. 그러므로 여기에 묶어 내는 그의 기독교시는 일단 기독교 신앙시의 범주에 속할 것이라고 상정할 수 있다.

전통적으로 볼 때 기독교 신앙시는 기독교 신자가 절대자인 여호와 하나님에 대해 찬양과 찬송, 감사와 경배의 기도를 드리는 형식으로 이루어진다고 일반적으로 이해되어 왔다.

그러나, 유 승우 시인의 신앙시를 살펴보면, 우선 먼저 눈에 띄는 특징이 있는데, 그것은 이와 같은 전통적 기도 형식의 작품이 실제로 그리 많지 않다는 점이다. 오히려 그의 작품 중 대부분은 단조로운 기도의 형식이라기보다 절대자에 대한 기도가 그의 내면 속에서 예술적으로 다시 한번 승화됨으로써 보편적 이미지로 형상화 되어 나타난다는 특징을 지니고 있다고 지적할 수 있다. 따라서 그의 시는 표면적 형식으로만 보아서는 그것이 기도로 이루어진 신앙시라고 볼 수 없을 정도다.

> 눈을 감으면
> 푸득여 날아오르는 새떼.
> 아픈 몸짓으로
> 하늘 가를 난다.
> 나는 긴 골목길을
> 흐느적흐느적 걸어가고,
> 눈을 감으면
> 푸득여 날아오르는 새떼.
> 아픈 몸짓으로
> 그리움을 뿌려 놓는다.
> 입을 열지 않고

하늘 높이 날아오르는
그리움은 새떼.

—시 '그리움 · 1' 전문

　하늘나라로 향하는 시인의 신앙적 그리움이 이 작품 속에서는 새떼의
이미지로 형상화 되어 나타나 있다. 그것이 지극히 일반적 이미지로 보편화
되어 표현되었기 때문에 이 시에 숨어 있는 기독교적 심상을 찾기가 매우
힘들 정도이다. 신앙시도 시이기 때문에 그 예술성이 우선되어야 하고, 따라
서 신앙시가 예술성을 획득하기 위해서는 관습적 기도 형식으로부터 벗어나
야 한다고 그는 믿고 있음이 틀림없다. 전통적으로 신앙심을 표현하는 직설
적 기도시의 고정화 된 틀 ('주여, …하소서' 따위)을 벗어나지 않고는 살아
숨쉬는 예술작품으로서의 시는 태어날 수 없기에 그는 과감히 기도 형식의
틀을 벗어버리고 자유로운 시의 형식에 의존하게 된 것이다.

시를 쓸 때
나는 진한 핏방울이 된다.
울음소리 엉켜
풀리지 않는 아픔
늦가을에 피어난
빨간 장미 한 송이
나는 참말
아픔밖에 가진 것이 없어서
한 송이 핏방울을
파아랗게 높은 하늘 아래
부끄럼 없이
받쳐 든다.

— 시 '시를 쓸 때' 전문

이 시에서 시인은 한 송이 '핏방울'이 되어 하늘을 향해 그것을 받쳐든다고 말하고 있다. 시인이 시를 쓰는 행위를 '울음소리 엉킨 아픔'이라고 표현한 구절에서 우리는 한 송이의 핏방울로 화한 시의 고뇌를 읽을 수 있다. 아울러, 그 핏방울은 십자가 위에 못 박힌 예수 그리스도의 피를 연상하게 하고, 그럼으로써 이 시는 마침내 기독교적 심상을 획득하게 된다. 그러면서도 일체의 고정화된 신앙적 관념이 배제되어 있다. 유 승우의 신앙시가 지닌 이러한 특징을 인식하지 못할 때, 그의 시가 지향하고 있는 기독교적 심상을 밝혀 낼 수는 없을 것이다.

그러나, 다음과 같은 작품에서 우리는 그의 시가 바로 다름아닌 기도의 변형임을 직접 확인하게 된다.

맑은 물일수록 잠들지 못하고
한 밤내
맑게 눈뜨고 운다.
밤이 깊어 갈수록
산 속의 냇물은
더욱 목청을 돋구어 소리친다.
아무런 바램도 없이
소리로만 살아서
밤새도록 흐느끼는
가슴의 기도.
나뭇잎들이 모두
경건히 손을 모으고,
바람도 멈추어 숨을 죽인다.
하늘이
하나의 커다란 귀가 되어
다 듣고 있다.

—— 시 '물소리' 전문

산 속에서 흐르는 맑은 냇물소리를 밤새도록 흐느끼는 기도의 소리라고 진술하고 있는 시인의 태도는 바로 그가 자연과 인생을 기독교적 관점에서 바라보고 있음을 직설적으로 인식시켜 준다. "나뭇잎들이 모두 경건히 손을 모으고 바람도 멈추어 숨을 죽이는" 종교적 경건성이 이 시의 바탕을 이루고 있다.

유 승우의 시가 이처럼 대부분 직접적이고 직설적인 기도의 형식을 벗어나 있는 것이 사실이긴 하지만, 그렇다고 해서 그에게 기도 형식을 빈 신앙시가 전혀 없는 것은 아니다. 그의 작품 가운데 연작시 「말뚝이의 기도」와 같은 것은 그 좋은 예가 된다. "아버지, 지난 날 온 누리를 뒤덮은 어둠 속에서 내가 쏘아올린 말씀들"로 시작되어 "아버지 뜻대로 하시옵소서. 아멘"으로 끝난 「말뚝이의 기도·1」을 비롯하여 이 연작시 모두가 그대로 기도의 형식을 빌고 있는 것이다. 그러면서도 그의 이러한 기도 형식의 산문시조차도 자세히 살펴보면 참신한 비유와 상징의 체계를 지니고 있음을 알 수 있다. 구태의연한 관념적 용어의 나열이 아닌, 개성적인 이미지들이 그의 시를 단순한 기도를 벗어나 훌륭한 예술 작품으로 승화시켜 주고 있다.

그렇다면, 유 승우의 시가 지니고 있는 공통된 주제의식은 무엇일까.

한마디로 요약해서 말한다면, 그의 시가 지향하는 바 '순수 서정의 세계'는 그 자체가 바로 시인 자신을 포함한 모든 인간을 구원할 수 있는 '성결'의 터전이 된다는 점이다.

그의 시에 자주 등장하는 '하얗다'는 색채어 (특히 '맑음' '깨끗함' '밝음'과 같은 낱말과 함께)는 다름아닌 시인 자신의 순수 서정성과 함께 어울려 기독교적 '성결'을 느끼게 해준다. '하얀 모래섬' '흰 돛배' '귀가 밝구나' '맑디맑은 별들' '하얗게 하얗게 거듭나는' '맑은 물' '맑게 눈뜨고' '뾰족뾰족한 빛살들' '하얗게 마른' 등 그의 작품을 일별하면서 눈에 뜨이는 대로만 대충 지적해 보아도 알 수 있듯이, 유 승우는 거의 병적으로 '맑고 밝고

흰’ 순수의 세계, 성결의 세계에 집착하고 있는 것이 사실이다. 물론 그가
‘맑고 밝고 흰’ 성결의 세계를 작품 속에 강조하기 위하여 ‘어둡고 캄캄하고
검은’ 색채어나 수식어들을 등장시키고 있음도 사실이다. 이와 같이 흰색과
검은 색으로 요약해서 대조시킬 수 있는 그의 시의 빛깔은, 그대로 하늘과
땅, 천국과 지옥, 천사와 악마, 여호와와 인간, 성결과 죄악 등으로 이원화
되어 나타나는 기독교적 세계관과 매우 깊이 연계되어 있는 것이다.

> 그러나, 아버지, 어찌하면 좋겠습니까. 아무도 별을 쳐다보지 않습니다.
> 별들은 그냥 반짝이는 외로움이며, 반짝이는 아픔입니다. 세상은 이제 검은
> 구름이 낮게 드리우고 마른 번개만 번쩍 번쩍 헛기침을 하고 있습니다.
>
> — 시 ‘말뚝이의 기도·2’ 일부

> 아버지, 저 캄캄한 가시덤불 속에 사랑의 씨를 뿌려야 합니까. 저 어둠을
> 향해 빛살을 쏘아야 합니까. 어둠이 짙을수록 별이 빛나듯이 내 가슴 속 아픔이
> 유난히 반짝이는 나날입니다.
>
> — 시 ‘말뚝이의 기도·1’ 일부

위의 시에서도 ‘별’과 ‘구름’ ‘어둠’과 ‘빛살’ 또는 ‘별’의 대조가 조사법의
핵심을 이루고 있음이 확인된다. 결국 ‘빛’과 ‘어둠’으로 대별되는 유 승우
시에 나타난 세계상은 그가 추구하고 집착하는 바 순수의 세계를 추출해
내기 의한 전초 작업의 결과 제시된 것으로 일단 해석할 수 있다.
　기독교 신앙의 핵심이 믿음과 사랑과 구원의 소망에 있다면, 유 승우 시인
이 집착하고 있는 서정적 순결성이야말고 어둡고 비극적인 현실로부터 그
영혼이 구원받을 수 있다는 가능성과 함께 그것을 확신시켜 주는 근거가
될 수 있을 것이다. 신앙인이 일차적으로 성결하지 못하면 죄악으로부터
구원받을 수 없다고 볼 때, 신앙시인이 그의 예술 작품을 통하여 순결을
표현한다는 것은 지극히 당연한 일이기도 하다. 그러나 죄악과 절망을 표상

하는 어둠 의식이 치열하면 치열할수록 그 고뇌가 깊고 절실할수록, 순결의 빛은 더욱 빛나는 것이니, 신앙시인에게 요구되는 것은 삶에 대한 깊은 고뇌와 죄악과의 처절한 대결 의식이라 하지 아니할 수 없다.

그러므로 마지막 남은 문제는 깊은 고뇌와 대결 의식을 어떻게 작품 속에 형상화 하느냐 하는 점이 되겠다. 고뇌도 대결의식도 삶의 현장을 떠나 존재할 수 없다고 볼때, 결국 시인의 관심은 발밑의 현실로 돌아오지 않을 수 없게 된다. 삶의 현장으로서의 인생 현실, 그 현장성과 사실성을 외면하고서는 고뇌도 대결 의식도 있을 수 없기 때문이다.

(3) 결 론

유 승우 시인이 앞으로 삶의 현장성을 치열한 고뇌 의식으로 붙잡아 어떻게 작품 속에 나름대로 형상화 할 것이냐, 하는 점이야말로 그의 신앙시가 더욱 성숙될 수 있는 가능성을 쥐고 있는 관건이 된다고 생각된다. 순수 서정, 그것은 인간을 구원할 수 있는 원형질이요, 힘이 될 수 있지만, 그것이 안이한 자세로 얻어질 때, 인간 구원의 길은 막연해질 수도 있기 때문이다.

6. 신앙 체험의 예술적 승화
—박이도 시인의 시집 『침묵으로 일어나』

(1) 서 론 · 구약적 세계

격동의 시기였던 1960년대 초엽, 신춘 문예 당선을 통하여 시단에 나온 박이도 시인은 등단 후 『회상의 숲』(1968), 『북향』(1968), 『폭설』(1975), 『바람의 손끝이 되어』(1980), 『불꽃놀이』(1983) 등의 시집을 속간함으로써 왕성한 창작 활동을 보여 주었다.

그 동안 그는 데뷔작 「황제와 나」의 낭만적 정열과, 울음의 세계인 「오열」, 「저 울음은」을 거쳐, 다시 눈물 마른 중년의 비정한 것의 세계를 지나서 "보이지 않는 얼굴"을 찾아 "가슴을 치고 어둠을 두드리는" 자유의 형상을 탐구하면서 일상의 "나"를 "완전히 처형해 버리고" 마침내 "빛의 천국을 거느리고 오는" '해 솟는 나라'를 확인하기까지 조심스러운 탐색의 길을 걸어 왔다고 하겠다. 이 변모의 과정을 통하여 그가 보여 준 세계는 한 마디로 시적 연륜에 따른 성숙의 단계라 할 수도 있겠지만, 이것을 기독교 적으로 표현한다면 창세기적 구약의 세계에서 예수의 십자가 수난을 통하여 구속의 약속이 이루어진 신약의 세계로 이행되어온 신앙의 성숙 과정이라고

도 이름 붙일 수 있을 것 같다. 세상에 잘 알려진 사실이지만, 박이도 시인은 본디 기독교 신자로서, 기독교 의식이 그의 사고와 감정을 지배해 온 한 중요한 요소였음을 감안할 때, 그리고 그의 시집 다섯 권을 통틀어 지속적으로 나타나고 있는 수많은 기독교적인 경향의 작품들로 미루어 볼 때, 충분히 이런 가설을 세울 수 있으리라 판단되기 때문이다.

시가 인류의 신화인 꿈을 태고로부터 되풀이 이야기해 왔다는 원형 비평의 주장을 빌 것도 없이, 한 시인의 성숙 과정에서 그의 꿈과 심성을 형성하여 왔던 인자가 무엇이었으며, 그것이 어떻게 그의 생애를 통하여 자라나 작품 속에서 형상화 되었는지, 그 신화적 구조를 밝히는 일이야말로 시인의 시세계를 하나의 총제적 유기체로 파악하는 데에 매우 필요한 작업이라 아니할 수 없다.

그런 의미에서, 우선 먼저 그의 데뷔작인 「황제 와 나」를 비롯해서 그의 시에서 흔히 발견되는 구약적 조사법에 주목할 필요가 있다. 「황제 와 나」에 나오는 "원시의 숲 그대로 이글대는 태양과/사천에 빗든 원색의 그 성 밖에/무지개를 잇대고 공중에 떠 있는/제 3 의 왕령"이라든지, 「돌아오지 않는 화살」에 나오는 "석양의 때, 숲 속에 가면/ 나는 한 마리의 사슴/숨죽여 바라보는/사천의 불길에 환성을 올린다" "왕관처럼 위엄한 뿔을 흔들어/어둠이 휩싸이는 이 숲속에/나는 경종을 울리고 싶구나" "이 많은 나무와/짐승과 새들의 목청을 합해서/세계의 끝까지 퍼지도록/이 숲 속의 교성을/나는 지휘하고 싶구나" 등의 구절에서, 시작을 통하여 이 시인이 보여 주고 있는 창세기적 발상의 일단을 확인할 수 있기 때문이기도 하다.

우리 황제의 눈은 원시안
무한한 식민지의 노동을 모아 제국을 세웠다
스스로 돌아갈 웅대한 왕묘를 준비하며
그는 만족히 웃을 수밖에 없었다

우리 황제의 눈은 멀었다
아직 거느리지 못한 수륙을 위하여
병정을 보내고 또 보냈다. 살아 있는 한
저 멀고 먼 지평을 넘고, 수평을 넘어
끝없는 정복을 위해 살아 있는 한
그는 잠시도 왕관을 벗을 수가 없었다
조용한 오수의 비밀을 끝내 모르고
피로한 얼굴에 주름살이 잡혀갔다

(중략)

우리 황제는 모른다 성밖의
그 황토와
이슬과
구름과
햇빛으로 생성되는
찬란한 또 하나의 영토를
그는 모른다

— '황제와 나'에서

　　앞에서 언급한 바와 같이 이 작품의 웅장한 스케일과 위엄 있는 고풍스런
어휘의 사용, 그리고 그 독특한 수사법은 마치 구약 성서의 어느 한 장면을
연상하게 해 준다. 이 시의 이러한 문체론적 특징은 전통적인 한국 시가에서
는 찾아보기 힘든 바, 이는 전통적이라기보다는 다분히 서구적 기독교의
영향이 크다고 아니할 수 없다. 그가 그의 논저인 『한국 현대시와 기독교』에
서 스스로 언급하고 있듯이 주제나 소재주의의 기독교 문학이란, 작품으로
서 성공하지 못했을 경우 포교적 메시지의 한계를 넘을 수 없다는 점과,

아울러 기독교 문학 작품으로서는 일단 성공하였다 하더라도 기독교적 주제 의식이나 소재 나열이 생경할 경우 그것이 오히려 문학성을 실추시키는 원인이 된다는 점을 상기할 때, 이 작품은 시인 자신이 문학성을 고려한 나머지 의도적으로 구약 성서의 어떤 소재나 주제를 직접 사용하지는 않았지만, 그 기본 발상법과 어조 등 조사법 자체는 확실히 구약 성서적이라 아니할 수 없는 것이다.

> 밤 사이
> 하나님은 쉬지 않고
> 나의 형상을 새로이 지으신다
>
> 이른 아침 뜰에 나서면
> 풀섶에 숨은 이슬
> 햇살이 꿰어 매듯
> 사랑을 엮어 주네
> 밤 사이 진 감꽃들이
> 하얗게 웃음짓는다
> 못다한 결백의 생명으로
> 내 형상을 짓는다
>
> — '나의 형상' 앞부분

구약 성서 창세기의 창조 신화에 그 맥이 닿아 있는 이 시는 종교적 신화의 냄새를 전혀 풍기지 않을 정도로 신화적 모습에서 환골탈태함으로써 보편적 예술성을 획득하는 데 일단 성공하고 있다. 하나님은 태초에 아담을 만들었듯이, 지금 밤 사이에도 쉬지 않고 나의 형상을 만들고 있다는 이 시의 창세기적 발상은 두 번째 연으로 이어지는 자연미 예찬과 함께 창조주로서의 하나님의 사랑을 훌륭하게 형상화 하여 보여 주고 있다.

아, 밤 사이
내가 무엇을 꿈꾸었나
어둠에 빠져 허위적이며
먼 데만을 향해
손짓을 하였구나

이 아침의 밝음을 두고
이슬의 총명과
감꽃의 결백을 두고
나의 참 형상을 두고

— '나의 형상' 뒷부분

앞 연에서 보인 창세기적 순수 이미지는 같은 시 뒷부분에 와서 이렇게 현세적 참회의 모습으로 전환되고 있다. 하나님의 사랑의 지으심을 깨닫지 못한 채, 쓸데없이 "먼 데만을 향해" 허위적거린 현실적 자아를 깨닫고 깊이 회개하지 않을 수 없게 된 것이다. 「황제와 나」처럼 이 작품도 구약적 기독교 신앙심을 직접 소재로 삼아서 형상화 하였다는 데 그 특징이 있다고 할 수 있다.

(2) 신약적 세계

천지를 창조하신 하나님의 무한한 사랑을 자각할 때 시인의 입에서는 하나님과 그 피조물에 대한 감사와 찬양과 찬미가 자연스럽게 흘러나오게 된다. 아래에 보인 시 「기도」가 그것을 말해 준다.

사랑의 하나님
오늘 저희들은 기쁨으로 자연의 품에 안겼습니다. 하나님의 위대한 섭리를 바라보고 있습니다. 항상 저희에게 일용할 양식을 주옵시고, 건강을 허락하시며, 내 가족과 이웃이 하나님의 말씀 안에 서로 사랑하며 살아갈 수 있는 세상을 허락하여 주신 것을 감사드리옵니다.

(중략)

우리 아버지 하나님,
우리 모두가 이 자연 속에서 부끄럽지 않은 구성원이 되어 우주가 하나님의 완전한 가족으로 아버지 하나님께 영광 돌릴 수 있는 하루가 되어지게 보살펴 주옵소서. 저희 마음을 주관하시어 이 자연에 사심 없는 길잡이가 되고 영광 돌릴 수 있는 성령을 허락하여 주옵소서. 아멘.

이 시는 찬가와 기도를 겸하고 있다. 찬가 (hymn)는 원래 신이나 영웅에 대한 장중한 찬양을 그 기조로 하는 시가 문학으로서, 신격적 상대인 ‘당신 (Du)’의 위대한 능력에 대하여 감동된 ‘나 (Ich)’의 노래인 것이다. 볼프강 카이저 (Wolfgang Keyser)는, 시 속의 서정적 자아 (시 속의 ‘나’) 가 위대한 신적인 대상으로서의 ‘당신(Du)’에 대하여 바치는 ‘서정적 언사 (Lyrisches Ansprechen)’로서 장엄한 찬양이나 감동을 지니고 나타난 것이 바로 찬가라 규정하고 있다. 기독교의 경우 위대한 ‘당신(Du)’은 바로 ‘하나님’이다.

구약 창세기에 나오는 하나님의 천지 창조는 기독교 세계관의 기본이 되는 것이며, 이에 따라 기독교 시인은 당연히 신비로운 자연의 현상 가운데에서 위대한 하나님의 능력을 발견하고 이를 찬미하게 된다. 창세기가 말해 주는 것은 하나님이 창조하신 이 세상은 아름답다는 것이며, 아름다운 것은 그것대로 객관적인 존재 이유를 가지며, 그것 자체가 하나님의 완전성의 표현이라는 사실이다. 그러므로 시인은 하나님으로부터 부여받은 창작적 재질을 가지고 이 우주의 아름다움을 마음껏 구가하고 찬미함이 마땅하다 하겠다.

이 시의 앞부분은 이와 같은 시인의 자연에 대한 찬미로 시작되고 있다. 그러나 제목이 말해 주듯이 이 시의 주조는 기도와 기원이다.

프리드리히 하일러 (Friedrich Heiler)에 의하면 기도, 또는 기원은 직접적인 청원과 호소를 통해 '나'의 '당신—님'에 대한 발언으로 특징지어지는 서정적 예술 형태이므로 '나'와 '당신—님'과의 상호 관계를 전제로 하지만, 근본적으로는 절대지존의 최고 존재에 대하여 청원하는 것이기 때문에 신격적 대상에 대한 간청이 필요 요소가 되고, 따라서 부름 (Invocation)이나 청원(petition)의 속성을 강하게 지닌다는 것이다.

박이도 시인의 위의 작품 「기도」가 이와 같은 기도시의 속성을 잘 입증해 준다고 하겠다. 전술한 바와 같이 앞부분에서 먼저 천지를 창조한 하나님의 능력을 찬가 (hymn) 형식으로 찬양한 다음, 뒤이어 죄인으로서의 인간이 하나님의 창조물인 아름다운 자연 속에서 조화를 이루며 살 수 있게 되기를 기원하고 있어서, 말하자면 찬가와 기도의 형식을 함께 갖춘 시라고 할 수 있다.

박이도 시인의 이와 같은 구약 성서적 시 세계는, 그러나 구속사상으로 요약할 수 있는 신약적 신앙시에 비해 그 작품의 수가 많지 않다. 즉, 그의 대부분의 신앙시는 신약의 세계에 속한다고 할 수 있다. 그 까닭은 그의 구약적 세계관은 보편적 예술성을 지향하면서 그의 일반시 (신앙시가 아닌) 속에 녹아 들어가 버렸기 때문이라 하겠다. 자연을 대상으로 한 그의 대부분의 시를 세밀히 분석해 보면 그것을 확인할 수 있을 것이라 판단되지만, 본고에서는 지면 제약 상 생략하기로 한다.

일반적으로 신약의 세계는 그리스도의 성육신, 십자가 상의 대속, 부활, 그리고 승천, 재림으로 요약되는 바, 박이도 시인의 신앙시 대부분이 이 신약의 세계에 속하는 작품이라 할 수 있다.

어둡고 긴 밤이다.
모두 잠이 들었는가
지금 어둠이 열리고
먼 곳 지평의 마른 풀밭에
푸른 불길이 번져 온다.

저기 누가 있는가
소리없이 오는 자여
빛을 발하며 오는 자여
모든 말씀
생명으로 불러일으키며
인간의 육신으로
군림해 오는 자여

내일 해 솟는 나라마다
그대 탄생은 영광이로다
누가 꿈꾸었을까
옥합을 열어라
몇 세기가 흘렀을까
기다리다 지쳐 버린
백성이여

— '전날 밤' 앞부분

이 시는, 동정녀 마리아 몸에 성령 잉태함으로써 이 땅에 인자로 태어난 그리스도의 '성육신'과, 종말 후 세상을 구원하러 다시 이 땅에 강림한다는 구세주의 재림 신앙을 함께 노래한, 말세론을 토대로 하고 있는 예언적 작품이다. 따라서 제목 「전날 밤」이 뜻하는 바는 예수 재림 직전의 전날 밤인 말세로서의 이 시대, 곧 '현대'를 지칭한다고 하겠다. 제 1 연의 "어둡고

긴 밤이다/ 모두 잠이 들었는가"에 보이는 암담한 절망감은 다름 아닌 말세
관인 것이며, "지금 어둠이 열리고/ 먼 곳 지평의 마른 풀밭에/ 푸른 불길이
번져 온다"는 말세론적 절망감이 믿음으로 말미암아 예수 재림에의 소망으
로 전환되는 이미지를 보여 주고 있다.

　이러한 재림에의 소망은 제 2 연에 와서 신념과 믿음으로 나타난다. "저기
누가 있는가/ 소리없이 오는 자여/ 빛을 발하며 오는 자여"에서 시인은 마침
내 구원의 빛을 발견한다. 그러나, 그 빛은 막연한 환상으로서의 빛이 아니고
실제로 우리 앞에 '성육신'하여 나타나는 실체로서의 '구세주'라는 사실을
다음에 이어지는 구절에서 확인할 수 있으니, "모든 말씀/ 생명으로 불러일
으키며/ 인간의 육신으로/ 군림해 오는 자여"가 바로 그것이다. 이 그리스도
의 성육신 사상은 "몇 세기가 흘렀을까/ 기다리다 지쳐버린/ 백성이여/ 누가
먼저 잠에서 깨어날까"에 나타난 종말론적 재림 사상과 함께 이 시의 기본적
인 틀을 이룬다고 하겠다.

　이와 아울러 성령 잉태로 인한 예수 탄생을 찬미함도 그 배경은 바로
이 '말씀이 인간의 육신으로' 현현하였다는 성육신 사상이라고 할 수 있는
것이다.

(3) 수난과 부활

　　누가 잠들고 있는가
　　이 밤의 기적을 싣고
　　크고 무거운 수레바퀴가
　　또 하나 연륜을 굴리며 오시네

　　(중략)

바람은 잠들고
숲속엔 귀기울인 짐승의
노래소리
노엘 노엘
예수 탄생하셨네.

축배에 넘치는
동방인의 예물은
지금도 값진 인자의 것이니
기쁘다, 만백성아
모두 깨어 즐거워할지어다.

— '노엘'의 일부

예수 그리스도의 탄생을 찬양하는 신앙시는 우리 주변에 매우 흔하다. 이와 같은 성탄 예찬은 자칫 잘못하면 단순한 신앙적 찬미 이상의 것이 되기 힘든 소재라고 할 수 있다.

그러나, 다음에 보이는 박이도 시인의 작품은 타성에 빠지기 쉬운 이러한 위험에서 벗어나, 성탄이란 기독교적 소재를 우리의 전통과 현실에 조화시킴으로써 시적 형상화에 나름대로 성공하고 있음을 보여 준다.

방랑객이 돌아온다
김삿갓 어른
몇 년만의 환도인가?
서울 장안
어느 처마 밑에 여장을 풀 것인가?
예수님은 말구유에서
천사들의 영접을 받았건만
누가 이 남루한 이조인을

맞아 줄 것인가?

아니다
내가 영접을 받으러 온 것이 아니요
내 후손, 내 민족에게
아기 예수의 이름으로
축복하러 왔나니
오, 베들레헴의 그날 밤
춥고 추운 겨울밤
서울의 으시시한 빌딩을
징검다리 건너듯
떠나가는 김삿갓.

시 「사설 X-MAS」의 전문이다. 성탄절을 맞아 으레 가난하고 착한 아이들에게 찾아온다는 산타클로스 대신, 우리 한국의 서민들과 친근한 김 삿갓이 등장하고 있음에 주목하여야 한다. 얼른 보면 이것은 풍자시 같지만, 그러나 풍자시가 아니라는 데 이 시의 의미 심장함이 있다. 성탄절 날 춥고 으시시한 서울을 찾아와 자기 후손과 민족 동포에게 아기 예수의 이름으로 축복하는 우리의 방랑시인 김 삿갓, 그는 다름 아닌 한국의 신앙 시인인 작자 자신의 변용된 모습인 것이다.

그러나 그의 신앙시는 이러한 찬가나 기도시만에 국한되어 있는 것이 아니다. 인류를 죄악으로부터 구속하기 위하여 십자가에 못 박힌 예수의 수난을 읊은 다음과 같은 시에서 이 시인의 신앙적 심도를 확인할 수 있다.

온 세상의 선민은
손에 손을 잡고 뛰어 나오라
골짜기마다 잎들이 거역하는
인욕의 가시 면류관이

누구에게 씌워지는가를
나와서 보아라.

(중략)

온 세상의 선민은
손을 모두어 머리 숙여라
저렇게 평안히 승리하는
수난의 얼굴에
광채를 보아라
지축이 흔들리도록
그의 고난을 통감하여라.

— '이 수난을'의 일부

마리탱(Maritain)이 말한 대로, 기독교 시인이 되기 위해서는 우선 먼저 기독자가 되고, 그리고 나서 시인이 되어야만 한다. 물론 진정한 예술은 확신이나 신앙적인 교리를 목적으로 하지 않지만, 그렇다고 해서 아름다움만을 추구하지도 않는다. 기독교 신앙시의 어려움이 바로 이 요청 때문에 비롯된다. 어떻게 하면 우리의 '구체적 신앙 체험'을 '예술적으로 표현하느냐' 하는 데에 기독교 시인의 관심이 집중되어져야 하는 것이다.

그러나, 이는 실제로 쉬운 일이 아니다. 이를 성취하기 위해서는 지극한 고심과 노력이 요구되기 때문이다. 예수의 십자가 사건은 이천 년 동안 우리에게 잊혀지지 않는 충격을 끊임없이 던져 주어 왔을 뿐만 아니라, 인류의 역사가 끝나는 날까지 영원히 충격을 가해 줄 살아 있는 생생한 이미지인 것이다. 그런 의미에서 다음에 인용한 어구는 매우 시사적이다.

걸어 오라
헛헛한 벌판으로,

어둠과 손잡은
태초의 억센 바람이
아직 불어오는 그러한
벌판으로,
육신이여
말없이 걸어 오라.

쓰러질 듯 쓰러질 듯
피곤하거든
몸에 지닌 것 모두를
떨어 버리고
신앙의 화신으로
열띤 갈구의 자세로
굳어 버려라.

많이 번쩍이는 무량한 이슬에
볼 부비며 쓰러져
눈물 같은 것 잊지 말아라.

시뻘건 불덩이가 솟아오르는
헛헛한 벌판으로
얼마나 사랑이 애태우는가를
혈관으로 깨달아
걸어오너라.

— '출발'의 일부

십자가 사건의 이미지는 신앙인들에게 단순한 수난 이상의 의미가 있다. 그것은 그 사건 자체가 하나의 종말을 의미하는 것이 아니라 새로운 '출발'인 '부활'로 이어지기 때문이다. 십자가의 수난과 부활의 기쁨은 바로 기독교 신앙의 위대한 역설임을 알아야 한다. 꺾인 채 제단에 바쳐진 '안개꽃'에서 자신의 모습을 찾아내고, 아름다움과 비애와의 역설적 변증법을 형상화한 다음의 시에서 우리는 이 시인의 아름다운 기독교적 역설적 이미지를 접하게 된다.

> 그림일 수 없는
> 저 안개,
> 인상주의 풍의
> 신비로움이 나를 사로잡는다
>
> 6월의 교회당에 들어서면
> 나는 제단에 놓인
> 한 다발 안개꽃에서
> 나의 형상을 찾아낸다
>
> 십자가를 지는 아픔과
> 부활하는 기쁨을
> 나는 안개꽃에서 찾아낸다
> 기도 드리는 회중의
> 양심의 소리가
> 저 안개꽃의 향기로 스며 온다.

—'안개꽃' 전문

그러나 신앙인으로서의 그의 인간적 체취는 고뇌하고 갈등하는 가운데 하나님을 찾는 「시련」과 같은 시에 보다 더 구체적으로 형상화되어 나타난다. "나는 하늘에 날으는 새만큼/ 하나님의 은총을 누리지 못한다./ 내일 먹을 양식과/ 또 어둡고 추운 곳에서 불어오는/ 시련의 바람을 생각하고/ 시름시름 자리에 누워/ 흐느껴 울다, 잠꼬대 같은 소리로/ 하나님을 불러 본다." 이처럼 하나님 앞에 지극히 약한 한 인간의 실존이 자각될 때 '회개'는 시작된다. 이 밖에도 「징후」를 비롯한 여러 편의 시에서 우리는 박이도 시인의 회개하는 참 신앙의 모습을 발견하게 된다. 진실로 회개 없는 믿음은 존재할 수 없는 것이라면, 인간으로서의 약점을 적나라하게 드러내는 그의 이런 계통의 작품에서 예술적 감동을 보다 진하게 느낀다는 것은 어찌 보면 당연하다 하겠다.

(4) 결 론

위에서 살펴본 바와 같이 박이도 시인은 그의 기독교 신앙을 통해서 얻은 바 체험을 구약적 이미지로 노래하기도 하고, 때로는 성육신과 부활의 신약적 세계로 아름답게 형상화 함으로써 그의 시세계를 알차게 구축해 왔음을 확인할 수 있었다. 이제 박이도 시인에게 남은 과제는 그가 자신의 신앙 체험을 어떻게 구체적 심상으로 보다 더 승화시킴으로써 신앙과 예술이 한데 무르녹아 융합된 위대한 작품을 빚을 것이냐 하는 점이다. 그것은 오늘 한국 현대시의 문제점인 사상성의 결핍을 그는 이미 위대한 기독교 신앙을 통하여 충족시켜 가고 있다고 믿어지므로, 앞으로의 그의 시작에 기대되는 바 매우 크다고 판단하기 때문인 것이다.

7. 인간적 갈등과 표백의 아름다움
—이향아 시인의 시집 『만나러 가는 노래』

(1) 서 론

오늘날 우리 기독교 시인들의 작품에 공통적으로 광범위하게 나타나고 있는 두드러진 특징을 지적해 본다면, 그것이 절대자 하나님에 대한 단순하고도 상투적인 찬양이나 기도 일변도의 성향을 지양하고, 신자로서의 인간적 고뇌와 갈등의 표현을 통한 구원에의 모색에 몰두하는 경향을 띠고 있다는 점이라고 생각된다. 특히 기독교 시인이 자신의 작품을 창작함에 있어 단순한 신앙심의 표현보다는 예술적 성과에 그 비중을 둘수록 이러한 특징은 더욱 두드러지게 나타난다고 하겠다.

이것은 당연한 일이다. 왜냐하면, 신앙시도 시이고 예술이기 때문에 그것이 예술 작품으로 완성되어야 하는 것이 일차적 목표이고 보면, 그 표현이 필연적으로 인간적 갈등 구조에 바탕을 둔 예술성이라는 기교적 성향을 중시하지 않을 수 없기 때문이다. 이러한 경향에 따라 어떤 작품은 표면적으로 보아 그것이 신앙시라고 볼 수 있을지 잘 분간이 안 될 정도로 신앙적 요소가 세속적 요소에 의해 희석되어 있거나, 심한 경우 그 밑에 깊숙히 묻혀 있는 경우가 허다한 것이 사실이기도 하다. 이런 경우, 작품에 대한 날카로운 분석적 안목이 없으면 대부분 그것이 지니고 있는 기독교적 요소를 추출해 낼 수 없을 정도이다.

신앙이라는 것이 단순히 절대자인 여호와 하나님을 향해 나오는 찬양이나 감사의 기도에만 국한되는 것이 아니고, 지상적 존재로서 죄값을 치르며 목마르게 구원을 갈구하는 인간적 고뇌의 탄식이나 고백도 포함되는 것이라면, 신앙시의 이러한 인간적 갈등과 고뇌를 바탕으로 한 예술적 경향도 그런 차원에서 수용되어져야 마땅하다고 판단된다. 구약성서 시편에 많이 보이는 고뇌어린 탄식과 고백의 시들이 이를 또한 뒷받침해 주고 있기도 한다.

그러므로, 초창기에 찬양시, 찬송시나 기도시들이 그 중심을 이루었던 우리 기독교 시문학은 오늘에 와서 신앙심 위주의 단순성과 소박성을 벗어나 현대성을 지닌 예술적 수준에 도달하려 노력하고 있음은 필연적 귀결이라고 아니할 수 없다.

(2) 본 론

이향아 시인의 신앙시들이 지니고 있는 대체적인 특징도 이러한 범주에 포함시켜 살펴볼 수 있을 것 같다. 그것은 여기 모은 그의 시들 중 성서적 소재를 바탕으로 쓴 「소돔의 노래」 연작시들까지도 그가 머리말에서 스스로 밝히고 있듯이, "지상에서의 속된 삶을 사랑하고 인간들과의 관계에 목이 메어 울며 정성을 다해 살아가고 있는" 한 신앙시인의 "거룩해지고 싶은 슬픈 눈짓"들을 엿보이고 있기 때문인지도 모른다.

　　나는 하릴없는 소돔의 여자
　　물 길어 밥하고
　　아이 품어 기른다

허울뿐인 사랑에도
가슴 헐어 바치고
마파람 뒤숭숭한 날에는
뜬눈으로 밤을 샌다

젖은 신발 끌고 가는
눈물나는 골목
걱정 근심 심어 놓고
나무처럼 키운다

나는 어리석은 소돔의 여자
오늘 살다 죽어도
이 땅을 못 잊어라

목숨이여,
목숨이여,
물구나무 선다.

— '소돔의 여자' 전문

　구약성서 창세기에 의하면 소돔은 죄악이 넘쳐서 하나님으로부터 벌을
받아 유황불에 의해 파괴된 성이다. 시인은 스스로를 이 악의 도시, 소돔의
여자라고 말하고 있다. 일상의 자질구레한 생활에 얽매어서, 세속의 가치에
파묻혀 살아가는 물구나무선 목숨, 그것은 오늘 이 시대를 살고 있는 우리
모두의 모습이기도 하다는 데에 이 시의 호소력이 있다. 뿐만 아니라, 이
작품의 표면에 나타나 있는 세속적 삶에 대한 집착이 단순한 집착이 아니라
그와 같은 세속적 삶으로부터 벗어나서 구원받고 싶은 열망이 그 내면에
깔려 있음을 간과해서는 안 된다. 신앙시인이 일차적으로 할 수 있는 일은

죄에 빠져 허덕이고 있는 인간 실존에 대한 투철한 인식인 것이며, 그에 대한 인식이 철저하면 철저할수록 갈등과 고뇌는 깊어지게 마련인 것이다.

따라서, 언어를 통하여 이러한 신앙적 체험을 전달하려고 노력하는 시인이 취할 수 있는 최선의 방법은 역설과 아이러니, 은유와 신화, 애매모호함과 우회적 표현 등에 의존하는 것일 수밖에 없다.

> 담배 진 냄새, 음력 칠월
> 앓는 아이
> 어미 죄
> 죄악의 물수렁에 목이 삐어서
> 뿌두둑 뿌두둑
> 불을 꺾는다
> 바람 한 점 끄떡없는
> 대낮 염천
> 가슴 녹은 소금밭에
> 무쇳물 흘러내린다.
>
> —'대낮' 전문

단테의 「신곡」지옥편 어느 구절과 같이 처절한 이 작품의 표정 속에서 끈적거리는 죄와 병마의 늪으로 형상화된 삶의 현장성이 감지되는 것은, 시인이 그만큼 준열하게 생의 실존을 인식하고 있기 때문이라고 생각한다. 뿐만 아니라 그와 같은 인식이 산문적으로 진술되거나 추상화 되지 않고 대낮 염천의 소금밭 등 구체적 현장감으로 표현되고 있기 때문에 설득력을 획득할 수 있었다고 판단된다.

C.I. 글릭스버그의 말과 같이, 시 예술 영역의 권위는 단순히 위로부터만 부가될 수는 없으며, 결국 시인은 자신의 감성, 자신의 체험, 자신의 환상에 의존하지 않을 수 없게 되었음이 이 작품에서도 확인된다. 시인은 넌지시

나타낼 수 있는 유일한 신앙적 진실은 자신이 느끼고 체험한 것뿐이다. 기독교의 교리를 형식적으로 인정하거나 지성적으로 받아들이는 것만으로는 충분하지 않은 것이다. 종교적 경험은 작품 속에서 창조적으로 동화되어야 하며, 다시 또 독자의 상상 속에서 구체화 되어야 한다. 이것은 신앙심의 타락이나 부패를 의미하는 것이 아니다. 오히려 상투화 되고 습관화 된 무기력한 상태에 빠진 신앙심을 일깨워, 살아 생동하게 하기 위한 부단한 노력이며, 투쟁인 것이다. 바로 여기에 현대적 신앙시의 존재 의미가 있는 것이며, 또 그것이 단순한 신앙심의 진술을 뛰어넘어 시인들이 예술성을 획득하고자 집착하게 된 한 원인이라고 말할 수 있다.

삼월엔 온갖 바람 죄다 불었다
이 한 달을 살아남기가
삼동을 넘기기보다 힘이 들었다
일 년 두고 늙을 것,
요 며칠 몸살에 다 끝장 내고,
무섭다
들끓는 수십 년 내 속의 삼월

나는 이대로
봄을 못 만나고 말 것이다
보내기만 할 것이다
떠나는 사람, 잦아드는 오열도
내 죄라 여기어 참고 들을 것이다.

—— '삼월 한 달' 전문

T.S. 엘리오트는 그의 대표작 「황무지」에서 4월을 "잔인한 달"이라고 노래했다. 그러나 이향아 시인은 '삼월 한 달'에 겪는 여인으로서의 인간적 아픔을 '잔인하다'는 추상적인 말 대신에 이 한 편의 작품 속에 구체적으로

형상화시켜 놓았다. "삼동을 넘기기보다 힘든 삼월"엔 "온갖 바람이 죄다 불었"고, 그것은 몸살을 무섭게 앓게 함으로써 시인의 목숨을 며칠 사이에 일 년 이상 늙게 했다. 엘리오트가 땅속 구근의 싹을 틔우는 대자연의 섭리, 곧 4월의 잔인성을 느꼈다면, 이향아 시인은 자신의 생명 속에서 꿈틀거리며 용솟음치는 온갖 바람과 들끓는 욕망의 소용돌이에 전율을 느꼈었는지 모를 일이다. 기독교적으로 볼 때, 목숨을 가지고 생명에 집착하며 살아간다는 것 자체가 죄악일 수 있으며, 생명 속에 악마처럼 원죄의 씨는 숨어서 잔혹하게 그것을 몰아가고 있는 것으로 생각될 수 있으니 말이다.

  삼월 한 달을 온갖 바람으로 인한 몸살로 보낼 수밖에 없는 무서움, 그리하여 마침내 시인에게는 봄을 못 만나고 말게 되는, 고뇌 속에 그냥 보내기만 할 뿐, 잦아드는 오열과 함께 흘려 보내기만 할 뿐인 '불임의 계절'이 된다는 데에 이 시의 절실한 비극미가 숨어 있는 것이다.

세계의 어느 구석에서
누가 우나 보다
겨울 저녁나절 산짐승 소리처럼,

어머님의 신경통은 심해지고
아이들은 여늬 날보다 더 보챈다

그 때문이었구나
그 때문이었구나

누가 나를 부른다
머리카락 끝으로 연이은
저 멀고 애타운 부근에서
인연한 전생의 슬픈 연줄이

분주한 골목에서
나를 잃고 우나 보다

나의 사지는 저리고
가슴은 풍랑의 바다
우리는 도처에서 만나
도처에서 잃어버린다

이 끝없는 이별

아 ! 그 때문이었구나.

— '배회' 전문

부모와의 관계, 자식과의 관계 등, 시인이 인간으로서 겪는 애증이 뒤얽히는 고뇌가 이 작품 가운데 절실하게 표현되어 있다. 인연의 슬픈 연줄을 타고난 육친과의 고통스러운 인간 관계 — 그것은 시인을 배회하게 하고 슬프게 한다. 이 세상 구석구석에서 들리는 누군가의 울음소리는 전생의 인연으로 해서 맺어진 이승에서의 "너와 나"라는 상대적 인간 관계의 총체적이고 비극적인 구조체로서의 세계에 대한 인식이다. 세계와 인류에 대한 이러한 비극적 인식이야말로 신앙의 첫 출발점이라 하지 않을 수 없다. 비극적 세계 인식 없는 신앙은 신비적 허구에 불과하기 때문이다. 뼈 속 깊이 파고드는 절절한 육친애와 인간에 대한 한없는 연민의 감정은 신약성서 구석구석에서 확인되는 예수 그리스도의 인간애와 상통하는 것이며, 그 연민의 정이 크면 클수록 그것을 극복하여 보다 더 높은 차원의 세계로 승화시키려는 신앙적 기원이 증폭되게 마련이다. 이와 같이 지상 세계에 대한 연민의 정과 드높은 하늘나라에 대한 신앙적 소망이 서로 교차되는 접점에서 시인은 한없이 겸허해지고 무욕해지지 않을 수 없다.

가을에는 흰옷을 입어야지
달구어진 돌밭의 햇살 걷으면
옥양목 몇 필은 바랠 수 있겠지
철없는 젊은 날 풀끼는 식혀,
계절로 접어드는 길목에 주저앉힐
가을에는 달빛 같은 흰옷을,
두 팔 쳐들어 무념을 흔들어
내 잔이 가득 넘치지 않게
눈부신 자리는 비켜서야지,
겸손의 그늘에 땀을 식히며
과수원을 지키던 바람을 만나야지
눈을 감듯, 사랑하듯,
감사의 흰옷을
흥건한 눈물이라며 감아야지
육신의 남루,
영혼의 빈궁을
그 은혜로 채워야지, 가려야지
죽정이는 모두 골라 불 속으로 불 속으로
떠나보내는 계절
흰 옷 입고 서서
한 마디 그 말씀을
기다려야지.

— '가을에는 흰 옷을' 전문

　죽정이는 모두 골라 불태워 버려야 하는 계절인 가을, 그 가을에는 다만 달빛 같은 흰옷을 입고 서서 한 마디 말씀을 기다려야겠다는 소박한 신앙의 자세야말로, 달구어진 뜨거운 돌밭에 널어 바랜 옥양목 같은 심정이 되지 않고서는 획득될 수 없는 중년의 겸허한 마음이리라.

(3) 결 론

이향아 시인의 시가 지니고 있는 이러한 '표백된 아름다움의 세계'는 앞에
서 언급한 바와 같이 인간적이고 세속적인 생의 갈등을 거치고 난 다음에야
도달할 수 있는 경지인 것이며, 아울러 그것이 기독교적 성격을 띨 수 있었던
것은 시인의 정서가 단순한 갈등에만 머물지 않고 그것을 극복하려는 간절
한 신앙적 기원을 배면에 깔고 있기 때문이라 믿어진다.

신앙시, 그것은 신앙인으로서의 시인이 겪은 인간적 체험의 예술적 표현
이기도 한 것이며, 인간적 갈등과 고뇌 속에서도 구원의 세계에 이르려는
신앙인으로서의 간절한 소망과 기원이 담겨야 한다는 이중 구조를 요구하는
것이기 때문에, 일반적인 예술시보다도 그것을 성공적으로 창작하기가 더욱
힘드는 것이라고 판단하며, 그런 의미에서 이향아 시인의 경우 흔치 않은
성공 사례 중 하나라고 할 수 있다.

제3부

한국 기독교 시문학의 원론적 고찰

제3부

1. 한국 기독교 문학의 발생배경

(1) 서 론

한국의 문화사는 수천 년이라는 장구한 세월에 걸쳐, 외국에서 전래되어 온 고등종교의 영향 아래 간단없이 전개되어 왔다는 특징이 있다.

거대한 아시아 대륙에 연해 있는 한반도에 살아온 한민족은 대륙에서 일어나는 선진문화나 강력한 정치세력의 영향을 피할 수 없다는 지정학적 위치를 숙명적으로 받아들일 수밖에 없었다. 삼국시대에 들어 온 불교가 통일신라와 고려의 문화를 이끌어 창조해 온 중심역할을 담당했으며, 조선조 오백 년간 유교(성리학)는 통치 이념으로 한반도의 문화를 지도해 왔다.

그 결과 자연히 신라나 고려시대의 불교문학과 조선조의 유교문학은 이 땅에 들어 온 외래 고등종교가 낳은 종교문학이었다고 할 수 있다. 한국문학사에서 이들 불교문학과 한문학(유교문학)뿐만 아니라 순수한 국문학 작품조차도 불교사상이나 유교사상의 영향에서 벗어날 수 없었음은 명백한 사실이다.

그러나, 서양문화의 동점에 따라 동양중심의 역사가 마감되면서, 자연히 한반도에도 서구의 고등종교인 기독교(개신교)가 들어오게 되었고, 19세기 말과 20세기초 격변하는 세계정세 속에서 한국의 기독교는 필연적으로 새로운 기독교문화를 창조하는 전환기적 역할을 담당하게 된 것이다. 한국의 기독교문학은 이러한 역사적 상황 속에서 배태되었다. 개신교가 들어오기 백여 년 전에 먼저 전래된 천주교가 낳은 '천주교 가사'가 있지만, 여기서는 개신교 중심으로 논의를 전개한다.

그러므로, 본고에서는 이 땅에 기독교가 처음 전래되어 온 19세기말의 정치, 문화적 환경을 먼저 살펴보고, 당시 기독교가 담당하였던 여러 활동 중 특히 문화적 역할과 관련해서 고찰해 봄으로써, 그것을 배경으로 한국기독교문학이 발생하게 된 연원을 규명하고자 하며, 이는 곧 한국기독교문학사 연구에서 먼저 짚고 넘어가야 할 과제라고 판단된다.

(2) 기독교 전래의 문화사적 의의

1) 시대적 상황과 선교 이전의 사업

기독교 (개신교)가 본격적으로 이 땅에 들어오기 시작한 시기는 19세기 말엽이었다. 바야흐로 대한제국이 일본, 러시아, 청국 등 열강 세력들의 각축장이 되어 국운이 풍전등화처럼 위기에 처한 때였다.

수구파와 개화파가 대립되어 국가 경영을 놓고 국론이 크게 분열되고, 조선왕조 말기적 증후가 사회 각 분야에 미만되어 매관매직이 횡행하며, 열강의 세력에 빌붙어 일신의 영달을 꾀하려는 매국노들이 창궐하여 사회기강이 무너지고 국가안위가 앞날을 기약할 수 없는 지경에 이른 시기였다. 뜻있는 지사들은 하나같이 나라의 운명을 염려하여 끓어넘치는 우국충정을 필설로 울부짖던 때였다.

이미 18세기 말엽 한반도에 먼저 들어온 천주교는 대원군의 병인교란에 이르기까지 근 1백년간의 탄압을 받아온 끝에 교세가 지리멸렬하여 격동하는 사회에 큰 영향력을 미치지 못하고 겨우 명맥을 유지하고 있는 형편이었고, 불교는 말할 것도 없고 조선조 5백년을 지탱해 온 유교조차 역사의 전환점에서 점차 그 지도력을 잃어 더 이상 국가통치의 이념이 될 수 없게 됨으로써, 이 나라는 명실공히 사상이나 종교의 사각지대 내지 공백지대로 변하고 말았다.

이러한 때 기독교는 이 땅에 새롭게 전래되어 들어왔다. 때맞춰 조국의 미래를 염려하는 뜻 있는 젊은이들을 중심으로 하여 많은 인사들이 이 새로운 종교사상에 관심을 갖기 시작했고, 기독교는 마침내 한반도 역사의 주역을 담당할 지도적 위치에 서서 각 방면에 걸쳐 활발한 활동을 전개하기 시작하게 되었다.

그러나, 처음부터 기독교의 종교적 주 기능인 선교활동까지 전폭적으로 허락된 것은 아니었다. 1882년 미국과 더불어 수호조약을 체결함으로써 한국은 비로소 문호를 기독교 세계에까지 개방하게 되었으나, 당시 정권을 잡고 있던 수구파들은 봉건사상에서 벗어나지 못해, 기독교라는 이방종교에 대해 천주교 탄압이래 역대로 이어져 내려 온 '척사정책'을 그대로 고수하였다. 종교의 자유를 한국땅에 밝혀 보려던 미국의 주장은 좌절되었고, 1883년 한영수호조약에서 비로소 공사관 직원들에 한한 종교의식만은 허락되었으나 기독교의 선교활동은 여전히 엄금되었다.

그러므로, 구한말 한국의 선교사업은 고종이 매크레이(Macllay) 목사에게 허락한 의료사업과 교육사업에 국한될 수밖에 없었다. 미국 북장로교의 선교부와 북감리교 선교부는 한국의 실정에 비추어 먼저 의료사업을 통해 선교의 분위기를 조성하고자, 의사인 알렌(Allen) 선교사 등을 1884년이래 파송하여 한양에서 의료사업을 전개하도록 했다.[1]

한편, 기독교의 교육사업은 1885년 4월 5일 제물포에 상륙한 장로교 선교사 언더우드(Underwood) 목사와, 아펜셀러(Appenzeller) 목사가 한양에 예수교학당 (경신학교의 전신)과 배제학당을 창설함으로써 시작되었고, 이것이 한국 내에서 서구식 학교의 효시가 되었다. 이 두 학교가 설립되기 전 묄렌도르프(Moellendorf)의 'English School'(1883년 8월)과 프랑스 신부들의 '명 고아원'(1883년), 그리고 알렌(Allen) 의사의 '의학강습반'(1885년 5월)이 있었으나, 그것들은 모두 임시강습소에 불과하였다.[2]

1886년 봄, 정동의 언더우드(Underwood) 목사 사랑방에서 시작한 고아원 형식의 '언더우드학당'은 '예수교학당'(1891)→'민노아학당'(1893)→'경신학교'(1905)로 교명을 바꾸었으며, 1885년 5월, 정동에 있는 스크랜튼(M. F. Scranton) 부인의 사랑방에서 '이화학당'이 세워져 최초로 여성교육이 시작되었다.

그 후 '정신여학교', '숭실학당', '숭의여학당', '格物학당' (광성학교 전신), '정의여학교', '세브란스 의학교', '연희전문학교' 등이 설립되어 한국의 신교육을 펼쳐 나갔다. 그 결과 1910년 한일합방 이전에 벌써 기독교계 학교의 수가 모두 823개교에 이르렀다.[3]

이처럼 기독교는 선교의 자유를 얻기 이전 한국 땅에서 서구식 의료사업과 교육사업을 통하여 서양세계의 존재와 그 문명의 일단을 몽매한 한국인에게 알림으로써, 한국의 개화사상에 불을 붙여 놓은 것이다. '개화기'는 그렇게 시작되었다.

---

1) 『한국문화사대계』 11권, 「종교철학사편」 (고려대 민족문화연구소, 1970) P. 576
2) 위의 책, P. 579
3) 위의 책, P. 581

2) 기독교 선교의 문화사적 의의

기독교가 한국의 문명에 끼친 영향에 대하여 춘원 이광수가 1917년에 발표한 「야소교가 조선에 준 은혜」라는 글 가운데에서 참고로 그 요점만을 인용해 열거해 보면 다음과 같다.[4]

첫 째, 조선인에게 서양세계의 사정을 알려 주었다.
둘 째, 부패하고 타락한 조선사회에 새로운 도덕을 진흥하였다.
셋 째, 서구적 신식교육을 보급하였다.
넷 째, 천대받던 여성의 지위를 높여 주었다.
다섯째, 당시의 악습인 조혼의 폐단을 고쳐 주었다.
여섯째, 천시하던 한글의 권위를 높이고 이를 보급하였다.
일곱째, 마비된 조선의 사상을 자격하여 새로운 사상을 일으켰다.
여덟째, 개성과 개인의 존엄성을 인식시켰다.

이러한 이광수의 견해를 필두로 하여 한국 근대사 논의에 있어 논자들은 기독교의 역할을 주로 서구의 문화 수용과 관련하여 자주 언급하여 왔다. 기독교가 한국에서의 선교활동과 민족운동에 깊이 관여하기에 앞서, 기독교적 가치관과 서구의 기독교적 문화를 한국에 먼저 소개하였다는 사실은 누구나 인정하고 있다. 기독교적 서구문화가 알려지기 이전 서양세계에 대해 그 존재조차 모르고 있었던 당시 대부분의 한국인에게는 중국을 중심으로 한 동양 이외에 독자적으로 발달한 문명을 가지고 있는 서양이라는 세계가 따로 존재한다는 사실이 '신대륙 발견' 이상의 큰 충격이었다.

선교사들이 의료사업과 교육사업을 펼치고 각처로 다니며 포교하게 되매, 조선땅과 중국 외에도 서양세계가 있는 줄 알게 되고, 서양에는 동양과 다른

---

4) 이광수, 「야소교가 조선에 준 은혜」, 『靑春』제9호 (1917, 7월), PP. 13~18

그들대로의 발달한 과학문명이 있으며, 그것이 동양보다 오히려 우수한 줄을 희미하게나마 짐작하게 된 것이다.[5]

전술한 바와 같이, 구한말 사회의 도덕은 부패하여 탐관오리의 횡포, 매관매직의 만연, 등 사회기강이 해이해졌을 뿐만 아니라, 그에 따른 개인의 타락도 자연 극심하여져 나태와 음란, 사기와 시기, 음해가 다반사처럼 행해져서, 실로 사회와 개인 모두가 극도로 후패하였었다. 이러한 때 기독교는 한국사회에 새로운 기독교적 경건한 생활과 새 가치관, 그리고 기독교적 윤리, 도덕을 심어 주었으며, 주색을 금하고 사기와 인신매매를 금하고 선을 추구하여 청순한 삶의 방식을 가르쳐 줌으로써 새로운 도덕률을 싹틔워 나갔다.[6]

교육의 진흥은 전항에서 언급한 바와 같으니, 교회에서 설립한 학교에서는 성경을 읽을 수 있도록 신자들에게 한글을 가르쳤고, 독서생활을 모르던 당시의 서민들에게 한글성경 등 교회의 간행물을 읽으면서 독서의 습관을 갖도록 해 주었다. 뿐만 아니라, 남존여비 사상으로 천대받던 여성들에게 교회생활을 통하여 남자와 똑같은 자격을 부여함으로써 남녀 평등의식을 심어 주었고, 조혼의 폐단을 시정하여 여성들에게 인간적 존엄을 자각할 수 있게 하였다.

그러나, 문학사적 입장에서 기독교 교회의 문화적 활동 가운데 가장 주목해야 할 항목은 기독교가 천대받던 국어와 한글의 권위를 높이고 이를 교육, 보급하였다는 점과, 한국인에게 개성의 중요성과 개인의 존엄에 대해 깨우쳐 주었다는 점이다. 왜냐하면, 새로운 문학, 새로운 문화의 요체는 버려져 왔던 국어와, 국자(國字), 곧 우리말과 한글의 중요성에 대한 자각, 그리고 그것을 표기수단으로 한 개성의 표현력 신장에 있는 것이기 때문이다.

---

5) 위의 책, P. 14
6) 위의 책, P. 15

특히, 기독교의 경전인 신구약 성서와 찬송가가사의 번역을 통하여 한글의 존엄성을 한국인에게 인식시킨 것은 주목해야 할 점이다. 소위 '진서'(眞書)라 하여 한문, 한자만을 숭상해 오던 그릇된 사대적 문자생활을 혁파하는 데 있어 기독교는 크나큰 역할을 하였으며, 이를 필두로 하여 전개될 자주적 신문화 창조에 한글이 주도적 역할을 담당하게 되었음을 의미하기 때문이다.

한글학자 외솔 최현배는 기독교가 한글문화에 끼친 업적과 공덕을 논하는 글에서 그 공덕으로 성서의 한글번역, 찬송가가사의 번역, 서구 기독교문학의 번역, 신문, 잡지의 발간 등을 열거하였고, 또한 그 업적으로는 한글을 민중 사이에 보급한 것, 성경을 통하여 국어의 표현력과 독서생활 등 국어 실력을 기르게 한 것, 한글의 존엄성을 인식하게 한 것, 한글의 과학적 우수성과 그 독창성을 세계에 알렸을 뿐 아니라, 한글 전용의 분위기를 조성한 것 등을 지적하고 있다.[7]

이상에서 살펴본 바와 같이 기독교의 의료, 교육활동과 선교활동으로 말미암아 한국의 문화 전반은 실로 크나큰 전환기를 맞게 되어 소위 본격적인 개화, 계몽의 시대로 접어들 수 있게 되었고, 그것이 신문학 발생의 토양을 이룬 것이다.

(3) 성서의 한글번역과 신문학의 발생

1) 신·구약 성서의 번역사업

성서의 한글 번역 사업은 먼저 만주와 일본 등 해외에서 진행되었다.

국외에서의 번역사업 초기에 선교사들에게 한국어를 가르쳐 주는 등, 직간접으로 번역 작업에 참여한 한국인들이 있었다. 1874년 만주에서 존·로

---

7) 최현배, 「기독교와 한글」, 『신학논단』제7집, 1962, PP. 51~80

스 목사의 한국어 선생이 된 이응찬을 비롯하여 서상륜, 백홍준, 이성하, 김기진 등 주로 평안도 지방어를 사용하는 사람들이 중심이 되었다.

이들은 1876년에 만주에서 세례를 받고 「요안니 복음」과 「누가복음」을 1880년까지 번역하고, 다음에 「뎨자힝젹」이 번역됨으로써 1882년에는 「요안니 복음」, 「누가복음」이 첫 출간되었다. 1883년 봄에는 다시 「맛디 복음」, 「말코복음」, 「뎨자힝젹」이 간행되어 나왔다. 이들을 합쳐 1887년 「예수셩교젼셔」 3천부를 만주 봉천에서 발행했다.

한편, 일본에 박영효 수신사를 따라갔던 이수정은 미국인 목사 루미스(Henry Loomis)의 부탁을 받고 1884~1885년에 한문성서에 토를 단 「현토한한신약성서」와 「마가의 젼혼 복음셔언히」를 요꼬하마에서 발간했다. 이수정이 번역한 「마가의 젼혼복음셔언히」는 1885년 한국 최초의 선교사인 언더우드, 아펜셀라 두 목사가 한국으로 들어오는 도중에 요꼬하마에서 받아 가지고 입국했다.[8]

그러나, 이처럼 신약성서를 중심으로 부분적으로나마 해외에서 먼저 번역되어 발간된 초기 한글성서는 여러 가지 문제점을 안고 있었다. 만주에서 간행된 로스역과 일본에서 간행된 이수정 역본은 한국인에 의해 중국어와 일본어 성경을 주로 원본으로 삼아 번역한 것이어서 성서에 권위 있는 서양인의 적절한 수정을 거치지 못했다. 과장된 문체, 지나친 한문투, 사투리의 사용, 빈번한 오역, 무질서한 철자법 사용 등 결점이 한두 가지가 아니었다.

이에 한국어를 공부한 선교사들을 중심으로 국내에서 '성서번역위원회', '수정위원회' 등이 조직됨으로써 1890년 언더우드가 번역한 「누가복음」과 스크랜튼역 「로마서」가 나온 것을 필두로, 로스역 「요한복음」, 번역위원 공역의 「마태복음」이 뒤를 이어 발간되어 나오는 등, 선교사가 중심이 된

---

8) 최태영, 「초기 번역성경 역구」, 『한글성서와 겨레문화』(기독교문사, 1985), PP. 269~270. 이덕주, 같은 책, PP. 416~430, 이응호, 「기독교의 한글 운동」 참조

신약성서의 번역 사업이 활발히 전개되었다.

그 결과 1900년 「신약전서」가 완역, 간행되었고 1904년 그 수정본이 나옴으로써 신약의 번역이 모두 이루어진 것이다.

한편, 구약성서의 번역도 진행되어 1910년에 작업이 끝났고, 이듬해인 1911년에는 구약성서도 출판되어 신구약성서의 번역, 간행이 일단 완성되었다.

이렇게 탄생한 한글성서는 1937년 한글맞춤법에 의하여 다시 개역될 때까지 사용됨으로써 한국신문학과 한국기독교문학 발생에 크게 영향을 끼쳤다.9)

2) 초기 한글성서 발간의 문학사적 의의

한글로 번역된 성서의 출현은 한국문학사상 몇 가지 점에서 중요한 의의를 지니고 있다. 그것을 열거하면 다음과 같다.

첫째, 한국어문학에 자주성을 부여함으로써 새 시대에 부응하는 새로운 신문학의 길을 열어 놓았다는 점이다. 세계문화사를 일별해 볼 때, 중세 천여 년의 긴 세월 동안 서양사회를 지배해 온 라틴어의 속박으로부터 지방어였던 자국어의 자주성을 되찾는 운동이 르네상스라는 새 시대를 열었음을 알 수 있다. 이와 마찬가지로 수천 년에 걸쳐 중국의 한자문화권 속에서 한자와 한문의 지배를 받아 온 한민족은 조선조 세종 때에 와서야 주체적 문자인 훈민정음을 창제하게 되었으나, 연산조 이후 고루한 한문학자인 당시의 지배계층으로부터 천대를 받아 구한말에 이르기까지 독창적 문화창조의 도구로 쓰이지 못한 채 사장되어 왔다. 그러던 것이 성서의 한글 번역으로

---

9) 김양선, 『한국성서 번역사』; 최현배, 앞의 책; 임영빈, 『한국어역성경』; 유형기편 「성서사전」, 1960 ; 김병철, 『한국근대 번역문학사 연구』(을유문화사, 1975) ; 이응호, 위의 글 등 참조.

인해 비로소 한국어와 한글의 존엄성이 회복되기에 이르렀고, 그것을 표기의 수단으로 삼은 참된 의미의 새 한국문학, 즉 '신문학'의 출발이 가능하게 된 것이다.

둘째, 서양어로 된 종교적 경전의 번역을 시범해 보임으로써 서구의 문학작품을 번역하거나 소개하는 데 자극을 주었다는 점이다. 역사상 새로 일어나는 문화운동은 동서양을 막론하고 권위 있는 서적의 번역 작업으로부터 시작되었으니, 서양에서는 희랍, 로마시대의 고전을 비롯하여 라틴어 성경의 지방어 (독일어, 불어, 영어 등)로의 번역 연구가 르네상스와 종교개혁의 중요한 원인을 제공했고, 동양에서도 한국의 경우 조선조 세종의 훈민정음 창제를 계기로 전개된 각종 한문 경서의 언해 작업이 당시의 문예부흥을 선도하였던 것이 그 본보기이다. 물론 한국에서는 그 운동이 연산군에 이르러 언문 탄압의 저해를 받아 서양에서처럼 계속되지 못하고만 아쉬움이 없지 않으나, 수 세기 동안 중단되었던 경전문학의 번역작업이 19세기말 기독교 성서의 한글번역으로 다시 되살아남으로써, 이 땅에 새 시대 새 문화의 도래를 예고하는 역사적 사건이 되었음에 주목해야 한다.

초기 한글성서의 출현은 그것이 장기간 단절된 경서의 번역 (그것이 새로운 종교인 기독교의 경전인 점이 더욱 의미 있다)일 뿐만 아니라, 「천로역정」 (1895년) 등을 비롯한 번역문학의 단초를 열었다는 데 큰 의의가 있는 것이다.

조선조에는 한글이 아닌 외구어 서적, 주로 한문을 중심으로 몽고어, 만주어, 일본어 등의 어학 학습서에 이르기까지 번역사업이 일부 이루어져 왔으나 한문전적 번역의 경우에는 '언해'라 하였고, 몽고어 등의 번역은 '번역', '신석' (新釋), '첩해' (捷解)라 하여 언해라 하지 않는 등 용어의 차별이 있었다. 그러던 것이 기독교 전래 이후 번역은 새로운 시대를 맞이하게 된 것이다.

성서 번역을 필두로 이미 앞에서 언급한 '천로역정'과 같은 종교서적과, 「亽민필지」(士民必知)(1895) 등 계몽서를 비롯한 각종 번역서가 잇따라 간행되었다. 서양어 습득자가 거의 전무하던 당시에는 중국어 서적이나 일본어 서적으로 번역되어 나온 서양책을 다시 한국어로 옮기는 이중번역이 주를 이루었으나, 차차 서양의 원서를 직접 옮기는 일이 가능하게 되었다.

여기서 주목할 점은 성경을 비롯한 서양어 서적의 번역은 조선조에 나온 언해서의 한주국종체(漢主國從體), 즉, 국한문혼용체제와는 달리, 순수한 우리말 어순에 따른 번역문으로 대체로 우리말답게 이루어졌다는 사실이다. 그러므로 한국의 역사상 진정한 의미에서의 번역은 기독교 성서의 번역으로부터 시작되었다고 할 수 있다.

셋째, 장구한 세월에 걸쳐 이어 내려 온 유교적 전통문학이 시대적 전환기를 맞아 갑자기 중단된 분위기 속에서 한글 성서가 새 시대 정신에 맞는 서구적 신문학 발생의 씨앗을 심어 주었다는 점이다. 소위 전통단절론자들의 주장을 빌리지 않더라도, 한국문학은 확실히 개화기라는 새 시대를 맞아 큰 변혁의 진통을 겪고 있었던 것이 사실이다. 조선조 시가문학의 대표였던 시조가 개화기에 와서 일시적으로나마 사라져 버렸던 것은 그 한 보기라 하겠다.

이러한 때 한글성서는 그 자체가 지니고 있는 우수한 문학성으로 인해 유교적 경전의 영향을 받거나 거기 근거한 전통문학의 흐름을 대신할 새로운 서구적 문학사조의 발생을 가능하게 하기에 충분한 역할을 담당할 수 있었다. 문학의 모든 장르를 골고루 내포하고 있는 성서 자체가 하나의 위대한 문학 '엔소로지'라 할만큼, 비유와 상징 등 뛰어난 문학적 표현과 수사적 기교를 지니고 있기 때문에 , 성서가 바로 서구문학의 한 근원이 되었다는 것은 주지의 사실이다. 여기에 성서 66권을 문학적 입장에서 장르로 분류해 본 김희보와 조남기의 견해를 참고 삼아 인용해 봄으로써 성서의 문학성을 먼저 확인해 보고자 한다.

A. 창조적 양식

1. 서정적 양식

① 주관체 서정시 : 예레미아 애가

② 서사체 서정시 : 시편

2. 서사적 양식

① 운율체 형식 : (서사시) 없음

② 소설체 형식 : 창세기, 출애굽기, 민수기, 여호수아, 사사기, 사무엘(상)(하), 마태복음, 마가복음, 누가복음

③ 로망체 형식 : 룻기, 에스더, 다니엘, 요나, 요한복음, 요한계시록

④ 기록체 형식 : 열왕기(상)(하), 역대(상)(하), 에스라, 느헤미아

⑤ 수필체 형식 : 로마서, 고린도 전.후서, 갈라디아서, 에베소서, 빌립보서, 골로새서, 데살로니가 전.후서, 디모데전.후서, 요한 I 서, 요한 II 서, 요한 III 서, 유다서

3. 희곡적 양식

① 희극적 양식 : 아가

② 비극적 양식 : 욥기

B. 지식적 양식 : 레위기 등 15권.[10]

신구약 성서66권을 문학적 양식으로 구분해 본다는 것은 실로 어려운 일이다. 고대로부터 오랜 세월에 걸쳐 여러 사람에 의해 기록되어 완성된

---

10) 김희보, 「기독교문학의 양식적 분류」, 『기독교사상』1961, P. 146

성서를 일목요연하게 오늘의 안목에서 장르로 구분한다는 것은 그리 쉽지 않다. 그런 의미에서 조남기의 또 다른 견해를 소개함으로써 성서의 문학적 실체 확인에 도움이 되고자 한다.

1. 시형식 : 시편, 아가서, 애가 등
2. 서사형식 : 이사야, 예레미아, 에스겔, 호세아, 요엘, 아모스, 오바댜, 미가, 나훔, 스바냐, 계시록 등
3. 소설형식 : 룻기, 요나서, 출애굽기, 사사기, 사무엘, 열왕기, 역대, 에스더 등
4. 희곡형식 : 욥기
5. 수필형식 : 창세기
6. 평론형식 : 전도서, 히브리서, 유다서 등.[11]

위에 보인 두 견해를 보면 성서는 문학의 거의 모든 장르를 그 안에 지니고 있음이 확인된다. 성서 자체가 문학인 것이다. 한글성서가 한국인 사이에서 읽히는 가운데 동양 고전의 언해류와 다른 기독교 성서만이 지니고 있는 문학적 언어의 구사와 독특한 표현기교, 뛰어난 비유와 상징 등에 자연스레 영향을 받아 익숙하게 됨으로써, 유소년 시절부터 교회의 간행물 등을 통해 독서의 습관을 길렀다는 최남선 등 신문학 초기의 개척자를 배출하게 된 것이다.[12] 일찍이 이광수도 성서의 한글 번역이야말로 한국신문학사의 첫 페이지를 장식해야 할 만큼 중요한 역사적 사건임을 주장한 바 있다.[13]

---

11) 조남기, 「기독교문학론」7, 『기독교사상』 1978, 7월호
12) 육당전집편찬위원회편, 『육당 최남선 전집·5』(현암사, 1973) P. 439.
  "내가 국문을 해독한 것은 6, 7세 경인데, 그때에는 국문으로 책을 발간하는 것이 예수교편의 전도문자밖에는 없었지만, 그것이 발행되는 대로 사서 알고 보존해서 한 콜렉션을 이룰만 했었다." — 육당의「서재한담」중에서.
13) 이광수, 앞의 글

(4) 찬송가가사의 번역과 창작

1) 번역작업과 그 내용

한국에서 찬송가가사가 최초로 번역되어 불리어지기는 1870년대부터였다고 판단된다. 1876년 만주에서 세례를 받고 돌아온 백홍준이 새벽마다 낮은 소리로 '주예수애위' (主耶蘇愛我)를 불렀다는 기록이 있고[14] 이화학당에서는 1880년대부터 주기도문과 '예수사랑하심'의 찬송가를 배우며 예배를 드렸다고 한 것[15] 으로 보아 그 사실을 알 수 있다.

그러나 찬송가가사가 제대로 번역되어 최초로 발행된 것은 1892년으로 판단된다. 당시 감리교 선교사였던 존스 (G. H. Jones) 와 로드와일러 (L. C. Rothweiler) 공동편집으로 나온 「찬미가」가 그것이다.[16] 여기에 실린 곡조 없는 가사의 수는 27편이었다.

「찬미가」 다음에 나온 찬송가는 1894년 언더우드 (H.G. Underwood)편의 「찬양가」이다. 이 책에는 곡조와 함께 117편의 가사가 실려 장로교 전용 찬송가로 사용되었다. 다음에는 1895년에 그리암·리 (G. Lee) 와 기포드 (Mrs. M. H. Gifford) 여사 공동 편찬으로 「찬셩시」가 나왔으며, 여기에는 54편의 찬송가가사가 실려 있었다.

1890년대에 나온 위의 세 번역 찬송가가 증보와 중판으로 거듭 발행되다가 1908년에 이르러 장로교, 감리교 양 교파의 공동 간행본으로 「찬송가」초판이 나왔다.

---

14) 『새문안교회 70년사』(새문안교회, 1968) P. 47.
15) 『이화80년사』(이대출판부 1967) P. 17.
16) 조신권, 『한국문학과 기독교』(연세대출판부, 1983) P. 81

여기에는 262편의 가사가 실려 있었는데 그 가운데에는 한국 고유의 가락으로 부를 수 있다고 단서를 붙인 5편의 가사 (10장~14장)가 들어 있어 주목을 끈다.[17] 그 가사가 비록 번역 작품이지만, 한국 고유의 가락으로 부를 수 있게 함으로써 찬송가가사가 한국적 정서와 결합될 수 있는 최초의 길을 열어 놓았다는 데 문학사적으로나 음악사적으로 의의가 있다고 할 수 있다. 그것은 '원문 (영어) 찬송가가사 → 국문(번역) 찬송가가사 → 국문 (번역) 찬송가가사 + 한국 고유가락' 의 과정을 거쳐 다음 단계로 '국문창작 찬송가가사 + 한국창작 곡'으로의 이행을 가능하게 한 계기를 마련했기 때문이다.

본디 서양어 찬송가가사(원문작품) 중 작자가 확실한 140편을 국적별로 살펴보면, 영국인 소작 98편(전체의 70%), 미국인 39편(27.2%), 독일인 2편, 일본인 1편이며, 시대별로는 17세기 작품이 3편, 18세기 52편이고 나머지는 모두 19세기의 것으로 판명된다. 따라서 19세기말 한국에 이식된 찬송가가사(찬송시)는 대부분 영국과 미국 양국의 것들로, 고전적 경향의 시와 낭만시 계열의 신앙시들이었다.[18] 이는 곧 서구의 고전주의와 낭만주의적 경향의 신앙시들 (찬송시)이 개화기 한국 신앙시의 창작뿐만 아니고 일반적 신시의 발생에 상당한 영향을 끼쳤음을 의미한다. 그러나, 초기에는 그 영향이 신앙시의 창작이라는 제한적인 것이었기 때문에 일반적 예술작품에 끼친 영향은 극히 미미했었다. 더구나 한국에 도입되어 번역, 소개된 찬송시 (원문)의 수준은 예술적으로 볼 때 대체로 수준이 낮은 것들이 대부분이었다.

한국에 처음 찬송시를 소개하는 데 있어 선교사들은 일차적으로 문학적 예술성보다는 신앙적 포교성 내지 종교적 요소를 더 중시했기 때문에 한국인들에게 우선적으로 신앙심을 고취해 주어야 할 필요에서 그런 실용적 의도에

---

17) 위의 책, PP. 81~82
18) 위의 책, PP. 83~84 ; 김병철, 앞의 책, P. 116 참조

맞는 것이면 예술적 수준이 낮은 작품이라도 번역하여 소개했던 것이다.[19]

따라서, 이러한 찬송시들은 한국의 찬송시 창작에 예술적인 영향보다는 주로 신앙적인 영향을 더 많이 끼쳤다고 할 수 있다. 한국인 소작 초기 찬송시를 선교사가 번역한 작품과 비교해서 살펴보면 그 사실이 입증된다.

유태국에나신구쥬　동포형뎨알앗스니
하ᄂ님의은혜시니　엇지아니감격ᄒ리
　　― 후렴 ―
깃분날깃분날　구세쥬의탄일일세
쥬의영광빗쳣스니일월보덤빗ᄂ도다
깃분날깃분날　구세쥬의탄일일세

― 「찬미가」부록 소재, 이화학당 학생작품

춤깃분날하ᄂ님이　나를 그ᄌ식삽ᄂ날
일노크게깃분소리텬하만민압회ᄒ네
　　― 후렴 ―
깃분날깃분날　예수내죄다씻신날
빌고혼방비ᄒᄂ법예수붉히ᄀ르쳤네
깃분날깃분날　예수내죄다씻신날

― 「찬미가」데륙십 '춤깃분날 하ᄂ님이' 일부

앞의 작품은 한국인이 지은 찬송시이고 뒤의 것은 선교사가 번역한 찬송시이다. 이 두 작품의 소재를 비교해 보면, 번역시의 내용에 담긴 기독교의 교리나 예수에 대한 찬송이 한국인의 창작시 소재에도 반영되어 있음이 확인된다. 특히 두 작품의 후렴구는 거의 유사하게 표현되어 있다. 결국 한국기독교시가의 첫 모습은 기독교의 교리와 예수 찬양 등 신앙심을 고취하는 내용으로, 예술성이 거의 고려되지 않은 '찬송시'로 창작되어 나오게 되었다.

___

19) 조신권, 앞의 책, P. 127

2) 창작 가사의 특징

초기에 서양의 찬송가가사를 번역함에 있어 애로가 있었다. 서양음악의 곡조와 맞추려면 한국어의 특수성(글자의 수나 자음의 고저, 청탁 등) 때문에 마음대로 일치되지 않는 것이 많았다. 이에 선교사들은 번역 찬송가의 한계를 깨닫고 한국인 스스로가 한국인의 가락에 맞는 찬송가가사를 창작해야 한다고 생각했다.[20]

한국인이 창작한 가사가 초기 찬송가 집에 실려 있는 것을 조사해 보면, 「찬미가」에 3편, 「찬양가」에 7편 등이다. 이 가운데 작자의 이름이 기록되어 있는 것은 단 한 편 뿐인데, 그것은 「찬미가」 72장에 '우리비록난흥나'의 표제로, 「찬양가」에는 93장에 '어렵고어려우나'로, 「찬셩시」에는 '어렵고 어려오나' (323장)의 표제로 중복되어 실려 있는 백홍준의 작품이다.

절기를 위한 노래의 가사도 한국인에 의해 창작되었다. 「대한크리스도인 회보」에는 이화학당 여학생이 지었다는 '성탄일찬미가'가 그 가사와 함께 창작에 얽힌 사연이 실려 있다.[21] 이로 미루어 보아, 상당한 수의 창작 가사가 학생, 신자, 목회자들에 의해 나왔을 것으로 추측되지만, 오늘날까지 전하는 초기 작품은 매우 그 수가 한정되어 있어 아쉬움이 많다. 10여 편의 창작 찬송가가사와 몇 편의 절기노래가 남아 전할 뿐이다. 창작 찬송가는 그 후에도 남궁억, 김활란, 전영택, 김재준 등 기독교 문인, 목회자 등에 의해 꾸준히 창작되어 나왔다. 1920년대에 와서부터는 작자를 알 수 있는 작품들이 연이어 채택되었다.

초기 찬송가 중 한국인이 지었다고 판단되는 작품의 목록을 보이면 다음과 같다.

---

20) 민경배, 「한국교회찬송가의 변천과정」, 『교회와 민족』, P. 202.
21) 이만열, 『한국기독교문화운동사』(대한기독교출판사, 1987) P. 349

• 한국인이 창작한 가사

순번	찬송가 가사의 제목	작자명	연 도	출전(수록찬송가집)	비고
1	예수의놉흔일홈이	미 상	1892	찬미가(가사만수록)	감리교
2	놉흔일홈찬양ᄒ고	〃	〃	〃 〃	〃
3	우리비록난ᄒ나	백홍준	〃	〃 〃	〃
4	나는밋네나는밋네여호와이	〃	1894	찬양가(가사와곡조)	장로교
5	우리예수큰공로가	〃	〃	〃 〃	〃
6	셰상사람죄악만하	〃	〃	〃 〃	〃
7	이셰상을내신이는	〃	〃	〃 〃	〃
8	만국방언다잘ᄒ고	〃	〃	〃 〃	〃
9	고로옴과어려움	〃	〃	〃 〃	〃
10	이셰상의쥰밍들은	〃	〃	〃 〃	〃
11	황제폐하송	윤치호?	1905	찬미가(윤치호역술)	감리교
12	애국가(셩자신손천만년)	윤치호?	〃	〃 〃	〃
13	탄일찬미가	미 상	1908	찬미가(중간본)	〃

위의 작품 중 「황제폐하송」과 「애국가」는 그 작자가 확실하지는 않지만 『찬미가』를 역술한 윤치호의 작품으로 추측된다.

그러나, 기독교 초기에 한국인만 한국어로 찬송가가사를 창작한 것은 아니었다. 한국어를 익혔던 선교사들도 한국어로 새 가사를 직접 창작하기도 했다. 외국인 선교사가 한국어로 창작한 가사의 목록은 다음과 같다.[22]

지금까지 번역 찬송가가사와 한국인이나 선교사가 한국어로 창작한 가사를 합하여 '찬송가(가사)'라 통칭해 왔던 바, 그 가운데는 장르론적 입장에서 볼 때, 여러 종류로 유별해야 하는 잡다한 가사들이 혼재해 있음이 사실이다. 찬송의 종류를 표준 찬송 (Standard Hymns) 복음 찬송 (Gospel Hymns),

---

22) 조숙자, 「초기 한국찬송사 번역자, 작사자 연구」, 『장신논단』제3집, (1987) 참조

- 선교사가 한국어로 지은 가사

순번	찬송가 제목	작사자	출전 및 연도	찬송가 장수	비고
1	멀리멀리갔더니	배위량(Mrsl. Baird)	찬미가(1895)	통440장	※ 제목 장수 는 현행 통일 찬송가 에 해당함
2	내가 한 맘으로	피득(A. A. Pieters)	찬성시(1898)	통 17장	
3	주여 우리 무리를	" "	"	통 47장	
4	친애한 이 죽으니	민로아(F. S. Miller)	"	통294장	
5	내가 환난당할 때에	피득(A. A. Pieters)	"	통428장	
6	눈을 들어 산을 보니	" "	"	통433장	
7	내가 깊은 곳에서	" "	"	통479장	
8	예수님은 누구신가	민로아(F. S. Miller)	찬성시(1905)	통 94장	
9	유월절 때가 이르매	구례선(Dr. Grierson)	"	통282장	
10	공중나는 새를 보라	민로아(F. S. Miller)	"	통307장	
11	내 죄를 회개하고	소안련(W. L. Swallen)	"	통368장	
12	주의 말씀 듣고서	민로아(F. S. Miller)	"	통379장	
13	맘 가난한 사람	" "	"	통516장	
14	어두운 후에 빛이 오며	" "	"	통545장	

절기 찬송 (Seasonal Hymns) 으로 나눈다든지, 또는 찬송가 (Hymns), 복음 찬송가 (Gospel Hymns), 복음성가 (Gospel Songs)로 분류하기도 하고, 혹은 찬송 (Hymnal), 복음 찬가 (Gospel Songs), 송영 (Doxology), 찬영 (Anglican Chant)으로, 또는 복음가 부흥가, 영가나, 시편, 찬송가, 복음성가, 또 한편 찬송가 (Hymn), 시편가 (Psalter), 영창 (Canticle) 등으로 분류하고 있는 것을[23] '찬송가'란 이름 아래 몇 가지 유형의 시가가 혼재해 있음을 확인시켜 준다.

위에 열거한 여러 가지 분류법에서 공통점을 가려낸다면, 첫째, 여호와나

---

23) 문덕준, 「찬송가학 I 」, 『교회음악』 통권 19호 (교회음악사, 1980) P. 32
김연슬, 「한국에서의 복음성가」, 『교회음악』, 22호, P. 20
김소영, 「찬송가 통일에 대한 정책」, 『교회음악』, 10호, P. 41
이유선, 「교회음악과 찬송가의 역할」, 『현대목회』1호 (현대목회사, 1982) 참조

그리스도를 찬양하고 그 권위를 찬미하는 '찬송시'(찬가), 둘째, 신자들 자신의 신앙고백이나 참회, 기도를 담은 '기도시', 셋째, 부흥회나 전도집회 때 청중을 대상으로 그들을 회개하고 그리스도 앞으로 나오도록 고무시키는 것을 목적으로 삼는 '복음가' 등 세 유형으로 정리할 수 있다.

이 가운데 복음가는 절대자에 대한 찬송도 아니고, 신자 자신이 절대자에게 자신의 신앙고백이나 참회를 진술하는 것도 아닌, 제3자라 할 수 있는 청중들 (초심자나 일반인)을 신앙의 세계로 이끌어 들이기 위하여 부르는 노래라고 볼 때, 이는 다분히 교훈적 성격을 지니고 있거나 (기독교의 교리와 관련된 내용의 전파)아니면, 인간 중심적 정서를 주로 표현한 내용을 담은 노래들로 볼 수 있으므로, 교훈시나 기독교적 현대시에 해당한다고 판단된다.

결론적으로, 찬송가가사의 번역은 우리말 가사의 창작을 가능하게 하였고, 이것이 '한국기독교 찬송시'라는 초기 기독교시가를 탄생시켰다고 할 수 있다.

(5) 개화기 기독교 간행물의 발간

1) 신문, 잡지의 발간 실태

문학은 작품의 창작으로 끝나는 것이 아니고 그 작품을 매체에 실어 세상에 발표함으로써 완성된다. 한글성서와 찬송가를 제외한 한국기독교문학도 발표 매체가 등장함으로써 창작활동이 가능해졌다. 초기 교회에서 발간해 낸 기독교계 신문, 잡지들이 바로 그 매체들이었다.

한국 기독교 신문, 잡지는 한국 신문, 잡지의 선구자요, 한국기독교문학 발표의 첫 담당자였다. 또한, 한국 기독교 신문, 잡지를 제작했던 인쇄소

역시 한국 인쇄소의 효시가 되었다.

1883년 한국 정부에서는 박문국을 설치하고 「한성순보」를 발행했다. 그러나 그것은 한문으로 된 정부의 소식지로서 하급관청에 행정사항을 알리는 관보였으며, 그것도 3,4년 후에 폐간되고 말았다. 한편, 선교사 아펜셀라는 1889년 5월에 배재학당 지하실에 국문과 영문을 구비한 서구식 인쇄소를 차리고 반 월간으로 「교회」지를 발행하였다. 이것이 한국에서 가장 먼저 나온 잡지였다.[24]

그 뒤 민간신문인 「독닙신문」이 역시 배재학당 인쇄소에서 1896년에 나왔고, 1897년에 「죠션그리스도인회보」와 「그리스도신문」이 나왔다. 이어서 1898년에 나온 「협성회보」, 「경선신문」, 「미일신문」은 일반신문들이었지만 이 모두가 기독교계 학교인 배재학당 인쇄소에서 인쇄되고 발행되었다.[25] 일반적으로 한국신문의 효시로 일컫는 「독닙신문」도 기독교계의 손을 빌어 나온 것이다. 따라서 배재학당은 신교육의 요람이면서 동시에 신문화의 산실 역할을 담당하였던 것이다.

기독교출판이나 일반출판을 통틀어 한국의 출판, 인쇄문화는 초기 기독교 교회를 세운 선교사들에 의해 시작되었으며, 그것은 교회나 기독교계 학교를 근거지로 삼았었다. 물론 선교사 이전에도 만주나 일본에서 이수정 등이 성경을 번역하여 인쇄했던 일이 있었지만 여기서는 기독교계 신문, 잡지와 관련된 것만 언급한 것이므로 해당되지 않는다.

그러면, 기독교 출판문화의 역사는 어떻게 전개되었는가?

---

24) 김근수 교수는 「교회」지가 잡지의 체제를 갖추었다고 볼 수 없기 때문에 1896년 2월, 동경의 유학생 친목회에서 발간한 「친목회회보」를 한국잡지의 효시로 잡는다. (중앙대학교 영신아카데미 발행, '한국잡지 개관' 참조) 한편 이종수도 1936년 12월 「조광」지에 실린 글에서「대죠션독립협회회보」를 잡지의 효시라 주장하고 있다.
25) 1889년 올링거목사에 의해 세운 감기교의 「삼문출판사」가 배재학당 안에 있었다. (윤춘병 지음 『한국기독교신문, 잡지 100년사』, P. 33 참조

한국 기독교 출판문화사의 시기 구분을 윤춘병은 대체로 4기로 나누고 있는 바, 그 구체적 내용은 다음과 같다.[26]

제1기 (1885~1919) : 선교사 시대
제2기 (1920~1930) : 선교사, 한국인 동반 시대
제3기 (1931~1939) : 한국인 시대
제4기 (1940~1945) : 출판암흑 시대

위에 보인 각 시기 중 한국기독교 초기에 해당되는 제1기에 간행된 신문 잡지 목록을 아래에 정리해 본다.[27]

제1기 (1885~1919) : '선교사 시대'에 나온 신문, 잡지명

- 「교회」 (반월보, 1889, 5, 아펜셀라 발행)
- 「죠션그리스도인회보」 (주간, 1897, 2 아펜셀라)
- 「그리스도신문」 (주간, 1897, 4, 언더우드)
- 「대한그리스도인 회보」 (주간, 1897, 12, 아펜셀라)
- 「신학월보」 (월간, 1900, 12, 존스)
- 「은혜진리」 (부정기, 1904, 11,乘松推體)
- 「에윗청년회보」 (월간, 1904, 정동제일감리교회)
- 「예수교서회보」 (월간, 1904, 12, 빈의사 벤부인)
- 「그리스도신문」 (주간, 1905, 7, 게일목사)
- 「성경강론월보」 (월간, 1906, 6, 정동제일감리교회)
- 「가정잡지」 (월간, 1906, 6, 유일선)
- 「가뎡잡지」 (월간, 1907, 7, 신채호)
- 「예수교신보」 (격주간, 1907, 12, 게일)
- 「白新報」 (월간, 1907, 12, 손창희)

---

26) 윤춘병, 위의 책, P. 45.
27) 위의 책, PP. 49~55 참조

- 「宗古聖敎會月報」 (월간, 1908, 6, 발행인 미상)
- 「大道」 (월간, 1908, 12, 주필 양주삼)
- 「구세신문」 (월간, 1909, 7, R. Hoggard)
- 「예수교회보」 (주간, 1910, 2, 게일)
- 「셰턴스의 긔별」 (월간, 1910, 10, C. L. Butterfield)
- 「그리스도회보」 (격주간, 1911, 1, W. G. Cram)
- 「만인보」 (월간, 1913, 1, R. R. 헐리스트)
- 「中央靑年會報」 (월간, 1914, 9, F. M. Brockman)
- 「公道」 (월간, 1914, 10, 姜邁)
- 「基督新報」 (주간, 1915, 12, G. W. Bonwick)
- 「神學世界」 (계간, 1916, 2, 주간 : 양주삼)
- 「敎會指南」 (월간, 1916, 7, H. A. Oberg)
- 「감리회보」 (월간, 1917, 1 사장 : 양주삼)
- 「朝鮮正敎報」 (월간, 1917, 2, A. Paul)
- 「靑年」 (월간, 1917, 9, G. A. Gregg)
- 「基督靑年」 (월간, 1917, 11, 백남훈)
- 「福音申報」 (월간, 1917, 5, 김태희)
- 「주일학교연구」 (월간, 1918, 1, 한석원)
- 「성경잡지」 (격월간, 1918, 2, G. W. Bonwick)
- 「神學指南」 (계간, 1918, 3, C. A. Clark)
- 「選民」 (월간, 1919, 1, 姜邁)
- 「선교백년기념회보」 (월간, 1919, 1, J. W. Hitch)
- 「朝鮮靑年」 (월간, 1919, 8, 巴樂萬)

이상 국문으로 발행된 37종의 간행물을 내용별로 살펴보면 신학, 한국연구, 교양·소식, 교육, 부녀, 성경, 민족교양 등 다양함을 알 수 있다. 뿐만 아니고, 이 기간 동안에 영어로 간행된 신문, 잡지도 7종이나 있지만, 이는 한국기독교문학과 직접 관계가 없어 여기서는 제외했다. 이들 37종의 신문, 잡지에 편집된 내용은 사설, 성경연구, 논설, 성경공부 등 성경에 관한 글들이 대부분이나, 그 외에도 과학, 소식, 교육, 서적소개, 평론, 위생, 역사, 지리, 어문, 잡문, 史記, 전기, 詩, 漢詩, 문예, 기예, 번역, 등 기독교 문학과 직접 또는 간접적으로 관계 있는 글들로 이루어져 있다.[28]

선교사들이 발행한 한국어로 된 초기 기독교 신문, 잡지에 실린 이들 작품 이야말로 한국기독교문학의 첫 열매들이라고 할 수 있다.

2) 초기 기독교 신문, 잡지의 문학작품 게재

기독교 초창기 선교사들에 의해 발행된 기독교 신문, 잡지 이외에도 기독교계 학교에서 발간했던 학보에 문예란이 있어서 학생들의 문학 작품이 게재된 바 있으니, 예를 들면 「숭실학보」(1915, 9, 배위량), 「배재학보」(1918, 10, 육정수), 「학우」(1919, 1, 김우영)등이 그것이다. 이 외에도 1920년 이후 각급 학교에서 발행한 교지의 수는 1930년대 말엽까지 22종이나 된다.[29] 이들 교지의 지면을 통하여 많은 학생들이 작품을 발표한 바, 그 가운데는 자연 기독교적 소재와 관계 있는 것이 많아, 결국 이들 교지들이 한국기독교 문학의 훈련장 역할을 해 냈다고 할 수 있다.

앞장에 열거했던 기독교계 신문, 잡지들 가운데 흔히 보이는 「잡문」란에 실려있는 글들은 대부분 수필에 해당하는 것들로, 이것이 기독교수필의 효시라 할 수 있고, 흔치 않지만 「시」 또는 「문예」란의 시 작품들은 기독교시 초기 모습이라 할 만하다. 그 중에 먼저 기독교 수필에 해당하는 글이 실려 있는 잡지와 그 제목을 살펴보면 다음과 같다.

- 「가정잡지」: '웃음걸이', '금쏘각말', '아희이야기' (童說), '텰환에상흔일', '잠이원수' 등
- 「大 道」: '문견'(량쥬삼), '교훈'(량쥬삼), '이상흔일' (량쥬삼), '감사일유

---

28) 위의 책, PP. 85~133 참조
29) 위의 책, PP. 84 참조

감’ (리승만), ‘긔함’(셔지필), ‘션언셔’(샤당) 등
- 「구셰신문」: ‘구셰군대장’ 쑤드씨의 ᄉ젹‘(전기문)
- 「그리스도회보」: ‘축사’ (게일목사, 최병헌, 이승만, 河鯉永 등)
- 「만 인 보」: ‘전도문’ (‘시대의 문뎨’ 등)
- 「公 道」: ‘公也者 天道也’외 24편
- 「基督申報」: ‘福川行’ (權谷生) ‘流落荒島記’ (게일), ‘크리스마쓰를
  마치며’ (金頭台), ‘정신여학교예품전시회’ (權谷生), ‘萬百姓마즈라’
  (전필순) 등
- 「神學世界」: ‘李德博士의 小史’ (전기. 양주삼), ‘잡문’ 6편 수록
- 「基督靑年」: ‘19世紀의 二僞人’ (전기문)
- 「選 民」: ‘南山祈禱’ 외 4편 수록

다음으로 기독교 시가 실려 있는 잡지명과 작자를 살펴 본다.

- 「公 道」: 漢詩 ‘ 箜篌引’, ‘城北洞’. ‘訪友’, ‘望月寺次壁上韻’ (이상
  金文演), ‘濯斯山莊與諸益共吟 ’ (申晃休)
- 「基督靑年」: ‘基督靑年아’ (秋湖生)
- 「選 民」: ‘樂園찾기’, ‘小樂園’ (記者), ‘薄情의 눈물’ (樓下洞人)

위에서 살펴본 바와 같이 초기 기독교 신문, 잡지에 실린 문학작품은 주로
수필에 해당하는 글들이 많았고, 몇 편의 시 이외에 소설이나 희곡은 찾아볼
수 없다. 이로 미루어 보건대 한국기독교문학의 첫 출발은 창작 찬송가가사
가 담당하였으나, 초기에 그 주류를 이루었던 것은 ‘기독교수필’이었음이
확인된다.

정교한 언어 표현을 요구하는 본격 문학인 시나 소설, 희곡보다는 손쉽고
도 자연스레 씌여질 수 있는 수필이 이 시기에 발표되고 있다는 것은 당연하
다 하겠다.

(6) 결 론

서양문명이 동점해 오던 구한 말엽 한반도에 전래된 기독교는, 동양적 전통문화 속에 갇혀 잠자고 있던 한국인들에게 서양세계와 그 문물을 인식시켰을 뿐만 아니고, 적극적으로 성서의 번역과 찬송가가사의 번역 및 창작을 통하여 한국기독교문학이 발생할 수 있도록 그 토대를 닦는 역할을 해 냈다. 아울러 한국의 새로운 일반 문학, 곧 신문학의 발생도 기독교가 닦아 놓은 이러한 토대 위에서 가능했다는 것은 본론에서 언급한 바와 같이 여러 논자들의　연구결과 사실로 드러나고 있는 것이다.

한 걸음 더 나아가, 초기 기독교 교회에서는 신문, 잡지 등 문학 작품 발표의 매체물을 발행해 냄으로써 한글성서와 찬송가가사의 번역 및 창작으로 닦여진 토양에 진정한 한국기독교문학 작품의 씨앗을 뿌려 싹틔우는 일까지 해 내었음이 확인되었다. 그렇게 해서 발아된 초기 작품들은 주로 수필 장르에 해당하는 것이 대부분이었고, 그 외에 시작품이 약간 발표되고 있을 뿐, 소설이나 희곡 등 창작에 있어 고도의 문학적 구상과 치밀한 계획이 필요한 장르는 거의 발견할 수 없다는 사실도 입증되었다.

본고에서 필자가 규명하고자 했던 한국기독교문학 발생의 배경은, 본론에서 이미 상술한 바와 같이 구한말 한국사회의 전환기적 혼란상과 때를 맞춘 기독교의 전래 및 한글성서와 찬송가가사의 번역과 창작, 그리고 교회에서 발행해 내었던 신문, 잡지등 문학 작품 발표 매체의 등장이라는 문화사적 사건들이 그것을 담당하였음도 확인할 수 있었다.

2. 한국 기독교 시문학의 개념과 그 효시

(1) 서 론

앞장에서는 개신교를 중심으로 기독교문학의 발생배경에 대해 논의를 전개해 보았다. 본장에서는 천주교(캐토릭)을 포함한 '광의의 기독교'문학에 대해 그 개념과 효시를 논의해 보고자 한다. 전술한 바와 같이 일반적으로, 갑오경장 무렵에 와서야 이 땅에 비로소 서구문화가 들어오기 시작하였다고 일컬어지고 있다. 그러나 실은 그 훨씬 이전 임진왜란 때부터 그것은 이미 기독교(천주교)를 앞세워 서서히 우리 나라에 들어오기 시작하고 있었다.[1]

서구문화의 배경과 근간이 바로 기독교라는 것을 부정할 수 없다면, 기독교의 전래야말로 바로 서구문화의 전래인 것이요, 이 기독교 중심의 서구문화가 낳은 근대적 과학 문명 하나만 가지고 서구적 외래 문화의 충격 전체를 논의할 수는 없는 것이다. 하나의 문명이 다른 또 하나의 문명에 영향을 줌으로써 새 문화가 창조되고, 새 문화가 창조됨으로써 새로운 시대가 전개되곤 하였던 긴 인류 역사를 조감해 볼 때, 언제나 그 문화적 충격의 향도자

---

1) 이홍직 편, 『국사대사전』(서울: 백만사, 1973) p.1634 참조.

적 역할을 담당하였던 것은 바로 종교였다.

우리의 근대사도 예외는 아니었다.

민족사 오천여 년을 일별해 볼 때, 근세에 하나의 커다란 전환점이 되었던 시기는 갑오경장 전후인 것만은 틀림이 없으나, 그러나 그 역사적 일대 전환은 갑자기 닥쳐온 것이 아니요, 이미 임진왜란 무렵부터 서서히 진행되어 오면서 전환의 조짐을 보이기 시작했던 것이 사실이다. 이 조짐이 바로 기독교의 전래인 것이다.

그 동안 논자들 간에 우리 나라 '근대사의 첫 시기'를 어느 시점으로 잡을 것이냐에 대한 논란이 많았었지만, 문화사적 긴 안목으로 볼 때, 그것은 소위 봉건적 잔재라 할 낡은 사상, 낡은 종교, 낡은 가치관에 대한 일대 반성 운동으로, 이에 대체할 수 있는 새 사상, 새 종교, 새 가치관의 필요성에 눈뜨고 이를 능동적으로 받아들임으로써, 살아 숨쉬는 새 문화 창조에 적극적으로 임하려는 자세가 잡히기 시작한 때로 보아 마땅할 것이다. 그렇다면 한국 근대사의 첫 출발은 바로, 오 천 년 역사 속에서 불교와 유교의 도입이래 가장 새로운 문화적 충격이었던 기독교의 전래라는 문화사적 사건을 기점으로 잡아 마땅하다고 본다.

사실, 천주교 도래 이후부터 이 땅에는 지난 날에 볼 수 없었던 과거 학풍에 대한 일대 반성 운동으로서의 실학 사상도 발생하였던 것이며,[2] 대다수 민중들의 자아 각성과 함께 사회 개혁의 필요성에 대한 의식이 싹트기 시작했던 것도 사실이다. 따라서 초기 천주교 신도들을 비롯하여 이 땅의 기독교도들이 그들의 신앙 때문에 흘렸던 피의 의미를 우리는 역사를 다룰 때 간과해서는 안 된다. 소위 천주교 박해 사건이나, 일제치하 및 6.25사변 때의 교인들의 순교를 단순히 일개 종교의 신앙 문제로만 간주해 버릴 수는 없는 것이다. 그 사건이 지닌 문화사적 의의를 우리는 이제 새롭게 정립해야

---

2) 유홍렬, 『한국의 천주교』(서울, 세종대왕기념사업회, 1975), p.48

마땅할 것으로 생각한다.

그런 의미에서, 한국 문화의 한 단면으로서의 국문학 연구에 있어 마땅히 이 땅이 낳은 기독교문학의 발자취를 더듬어 정리할 필요가 있는 것이며, 그 연구의 의의는 우리의 문학사를 한층 알차게 보완함으로써 민족정신사적 맥락을 보다 뚜렷이 파악하게 함과 동시에 기독교 전래가 이 땅의 근대화를 촉진시켜 왔던 구체적인 참모습을 문학 작품을 통하여 바르게 알게 함에 있다고 생각되는 것이다.

그런 뜻에서 먼저 국문학과 기독교와의 관계를 살펴 본 다음, 기독교와 한국 근대문학과의 깊은 연계성을 전통사상과의 관련 속에서 밝혀 볼 것이며, 그에 따라 아직까지 그 용어의 개념이 확립되지 못하고 있는 한국기독교문학으로서의 한국기독교시문학의 개념을 확실하게 정립해 보고, 아울러 한국기독교시문학의 첫 모습으로 등장하였던 '초기 천주교가사'에 대하여 고찰해 봄으로써, 한국기독교시문학 연구의 기틀을 마련하고자 한다.

덧붙여 둘 것은, 이 글에서는 '기독교' 란 용어를 신학적 입장을 떠나서 천주교와 개신교를 포괄하는 일반적 개념으로 사용하였다는 점이다.

(2) 국문학과 기독교와의 관계

우리 나라가 근대 이전에 기독교와 최초로 접촉을 한 것은 통일신라시대인 듯하다[3]

이는 정통적 기독교가 아닌 이단이었던 경교와의 첫 만남이었고, 고려시대에 와서는 몽고를 통해 천주교와의 접촉이 있었으며[4], 그 후에 Coree라는 이름으로 우리 나라가 서양에 소개된 것은 주지의 사실이다.

---

3) 김양선, 『한국기독교사연구』 (서울: 기독교문사, 1971), pp.27—29.
4) 조신권, 『한국문학과 기독교』 (서울: 연세대출판부, 1983), p.12.

그러나, 여기까지는 본격적인 만남이 아니었고 우연한 조우에 불과하였다 해도 과언이 아니다. 우리 나라에 기독교가 직접적으로 들어오기 시작한 것은 조선조 임진왜란 때 와서다. 천주교 신자였던 왜장 소서행장 일행을 따라 포르투칼인 신부 그레고리오 세스페데스(Gregorio Cespedes)가 1594년 12월 28일 경남 웅천에 상륙하여 약 반년간 머물며 병영 전도 사업에 종사했던 일이 있었다. 그렇지만 우리 선조들이 중국에 전래된 천주교에 대해서 호기심을 갖고 능동적으로 이를 중국으로부터 받아들이기 시작한 것은 그 후 광해군 때 교산(蛟山) 허 균(許 筠)에 의해서였다. 이 때부터 기독교는 우리 문화, 그 중에서도 국문학에 직접 간접으로 영향을 끼치기 시작하였으며,5) 마침내 갑오경장 이후에 와서는 국문학의 장구한 전통적 흐름 속에 기독교 사상을 배경으로 하는 서구문학사상의 수용이라는 새 흐름을 심어 놓음으로써 이 나라 근대문학의 새 길을 열어 놓았다. 허 균 이후 실학사상가들을 중심으로한 천주교리 연구 및 그 수용 과정을 거쳐, 천주교의 탄압, 그리고 개신교의 전래로 이어지는 우리 나라 기독교역사의 과정 속에서, 기독교 사상이 우리 문학 전반에 걸쳐 커다란 변혁과 혁신을 가져 온 것은 누구도 부정하지 못할 역사적 사실인 것이다.

그렇지만, 국문학에 있어 수천 년간 작품 속에 형상화되면서 이어온 우리의 전통 사상이 기독교의 유입으로 일거에 완전히 뿌리뽑힌 것은 물론 아니었다. 한 나라, 한 민족의 정신문화의 뿌리가 그렇게 간단히 단시일 내에 다른 것으로 완벽하게 대치될 수 있는 것은 아니기 때문이다.6) 그러므로 국문학과 기독교사상과의 참된 관계를 바르게 파악하려면 먼저, 특정한 전환기적 시대성 속에서 어떻게 상호 관련되어졌으며, 전통이란 보편성 위

---

5) 조신권은, 위의 책, pp.12—35에서 최초의 국문소설인「홍길동전」에 끼친 기독교 사상의 영향에 대해서 자세히 언급하고 있다.
6) 김동욱, 『한국가요의 연구·속』(서울; 선명문화사, 1975), p.16참조.

에 기독교사상이라는 특수성을 어떻게 받아들임으로써 기독교사상을 토대로 하는 한국기독교문학의 작품성이 형성되었는지, 또는 기독교적 서구사상의 영향을 받은 전통사상은 전통성을 토대로 하는 우리 문학 작품 속에서 어떻게 굴절되어 나타났는지, 그 상호관계를 고찰하는 태도가 동시에 병행되어야 할 것이다. 왜냐하면, 한국의 기독교가 낳은 한국기독교문학이란 서구의 기독교문학과 동일한 것일 수 없으며, 그것은 좋든 싫든 한국의 전통성이란 기층 위에 받아들여져서 한국식으로 새롭게 형성된 우리의 문화현상 중의 하나이기 때문이다. 곧, 한국기독교문학은 서구적인 기독교문학의 개념과는 그 성격이 다를 수밖에 없다고 할 수 있겠다.

따라서, 국문학의 한 영역으로서의 한국기독교문학은 다음 두 가지 측면에서 고찰되어질 수 있다고 본다. 그 하나는 기독교가 한국적 전통과 접맥되어 창조한 한국적 기독교문학이라는 직접적인 측면과, 다른 하나는 기독교적 영향을 받아 변형된 우리 문학의 전통성이란 간접적인 영향사적 측면이다. 이와 같은 점이 바로 서구 기독교문학에서 찾아볼 수 없는 국문학과 기독교와의 상호 관계를 토대로 이 땅이 낳은 한국기독교문학의 특수성이라 하겠다.

그러므로, 한국기독교문학에 대해 논의를 전개함에 있어 언제나 기독교사상이라는 부분적 사실이나 일면의 진실만에 치중한 나머지, 문학 작품 속에 숨어 있는 복잡한 전통적 요소를 포함한 총체적 의미를 바르게 파악하지 못하는 어리석음이나 그릇된 편향적 태도를 지향할 필요성은 강조되어야 한다. 인간내면의 정신세계란 본디 유동적 총체성을 띤 것이므로, 특히 정신사적인 관련 속에서 문학작품을 해석하고 이해하려면 그것이 아무리 서구적 기독교사상에 바탕을 둔 것이라 해도, 그 작품의 해석을 우리의 역사나 우리의 사회현상과 관련시킬 필요성이 있는 것이며, 따라서 한국기독교문학의 주제나 그 표현기교의 특색 또한 우리의 전통성과 연계시켜서 파악할 필요가 있다고 본다. 서로 이질적인 전통사상과 기독교사상이 문학작품 속에서 만나 상호간에 어떤 영향을 끼쳤으며, 그것이 구체적으로 어떻게 형상화되어 표현되었느냐 하는 점을 찾는 것이야말로 국문학과 기독교와의 관계를 토대로 한 참된 한국기독교문학의 성격을 파악할 수 있는 바른 길이라 판단하기 때문이다.

(3) 한국 근대문학의 형성과 기독교

한국근대문학의 기점을 어디서부터라고 볼 것이냐 하는 문제는 우리의 문화사 연구에서 근대사 논의와 깊게 관련되는 것이지만, 전술한 바와 같이 대체로 기독교 도입시기를 근대의 시초라고 볼 때, 한국기독교문학의 출발점이 바로 한국근대문학의 시작이라고 볼 수 있겠다.

그러면 어째서 기독교가 한국근대문학을 출발시키는 원동력이었다고 볼 수 있을 것인가.

기독교가 이 땅에 들어오기 시작한 이후의 한국문화 전반은 어느 분야라 하더라도 직접 또는 간접으로 기독교사상의 영향을 받지 않은 것이 없다. 다른 부분은 제외하고 문학분야에 끼친 영향만을 살펴보더라도 기독교는 우리 문학에 다음과 같은 충격을 가함으로써 그것이 결정적으로 근대문학적 성격을 띨 수 있게 하였던 것이다.

첫째로, 문학 창작에 없어서는 안 될 표현수단으로서의 우리말과 글의 존재와 가치가 기독교에 의해 새롭게 재발견된 점을 들 수 있다.

천주교가 이 땅에 들어와서 광해군 때 허균에 의해 최초의 국문소설인『홍길동전』을 출현시킨 점, 그리고 그 교리를 우리말과 글에 담은 '천주교가사문학'을 낳은 것을 위시하여, 특히 19세기 후반의 개신교 도래 이후 성서의 한글 번역과 한글 찬송가를 편찬 보급한 것은, '우리 말과 글이 진정한 의미로 고상한 사상을 담는 그릇 노릇을 비로소 할 수 있게'7)하였다. 성서 번역이 존·번연의『천로역정』등, 기독교 문학작품의 번역과 함께 산문문체의 개발에 자극을 주었다면,8) 1890년대 전반기에 이미『찬미가』,『찬양가』,『찬송가』3종으로 편찬되어 나온 번역 찬송가는 한국 신시의 발전과 밀접한 관계를 맺는다.9) 그런 의미에서 이광수가 '만일 후일에 조선문학이 건설된다 하면 그 문학사의 제1면에는 신구약의 번역이 될 것이리라'10)고 한 말이 타당성을 지닌다고 하겠다.

둘째로, 이미 생명력을 잃고 형식화되어 버린 유교적 윤리관에 찌들어 있던 이 땅의 백성들에게 기독교적 원죄의식에 의한 生의 고뇌와 죄의식을 심화시켜줌으로써 새로운 모랄을 제시한 점을 들 수 있겠다. 이것은 곧 인간 실존에 대한 고뇌를 통한 인간성의 탐구라는 근대문학적 성격을 낳는 중요한 기틀이 되었다. 본디 동양사상에도 인성에 관한 깊은 사상이 있어서 선과 악의 대립적 개념이 존재하였지만, 그러나 이는 후대에 와서 형식론적 차원에 떨어져 고식화 되었으며, 따라서 새로운 인간형의 탐구라는 참 생명의 획득에 기여하지 못하고 기계적 형식논리에 치우쳐 공리공론에 빠져들고 말았다. 그러던 것이 기독교 도래 이후 우리 문학에도 인간 존재의 근원에 대한 기독교적인 새로운 탐구와 함께 특히 기독교적 죄의식의 심화로 인한 삶의 고뇌 의식이 인간성 탐구의 형상화라는 구체성을 가지고 작품 속에 표현되기에 이른다. 초기 천주교가사에 표현된 기독교적 원죄 사상이나 현실 비판 및 삶의 의미에 대한 탐구, 그리고 개화기 문학에 표현된 새 인간형의 제시가 그 초기적 성과라고 하겠다.

---

7) 이광수,『청춘』(1917, 7).
8) 민경배,『한국의 기독교』(서울, 세종대왕기념사업회, 1975) p. 71.
9) 김춘수의『한국현대시형태론』; 조지훈의『한국현대시문학사』; 송민호의『한국시가문학사』등 참조.
10) 이광수, 앞의 책

셋째로, 인간평등사상을 관념이 아닌 현실 속에 확고히 심어 준 점이다. 기독교는 만민평등의 사상을 그 특징으로 한다. 인간평등사상이 국문학 작품 속에서 구체적으로 다루어지기 시작한 것은 최초의 국문소설인 『홍길동전』에 와서라고 볼 수 있다.11) 이 소설의 작자 허 균이 우리 나라 최초의 기독교 사상의 수용자였다는 점을 미루어 볼 때, 그가 한문이 지배하던 시대에 처음으로 우리 글로 소설을 썼을 뿐만 아니라, 이 소설을 통하여 최초로 신분차별의 폐단을 강한 비판정신으로 고발하고 있다는 것이 우연이 아님을 알 수 있다. 물론 동양사상 가운데도 본질적인 면에서 인간평등사상이 없는 것은 아니지만, 조선조 후기에 와서 그것은 현실적 실천성이 결여된 관념적 차원에 머무르게 되어서 조선인의 의식을 근대화 하는 데 기여할 수 없었던 반면, 기독교적 인간평등사상은 실제로 개화기에 이르러 모든 문화 영역에서 이를 구체적으로 실천하고자 하는 열의와 분위기를 구비하게 되어 실학시대 이래 이어져 온 근대의식의 핵심이 될 수 있었다. 이와 같은 기독교적 인간평등사상은 그대로 우리 신문학에도 반영되었으니, 모든 문학 장르를 통해 이 사상은 적극적으로 작품의 중심내용을 이루게 된다.

마지막으로, 기독교적 휴머니즘의 영향을 들지 않을 수 없다.

휴머니즘 사상은 전통적 동양사상에도 없지 않았지만, 그러나 그것은 기독교적 휴머니즘과 성격을 달리했다. 한국불교의 말기적 은일주의·도피주의나, 고질화된 유교적 형식주의는 휴머니즘이란 측면에서 볼 때, '인간애'라는 적극적·실천적 덕목을 이미 결여하고 있었다. 이에 비해서 기독교적 휴머니즘은 인간이 인간끼리 서로 용서하고 서로 사랑할 것을 철저히 강조할 뿐만 아니라 그 실천을 요구한다. 개화기에 빈민구제·의료활동 등 선교사들이 적극적으로 벌인 사회봉사활동이 초기 개신교 선교의 큰 중심을 이루었다는 사실12)만으로도 이 점은 부인할 수 없는 것이다. 이와 같은 적극적,

---

11) 조신권, 앞의 책, p.34.

실천적 인간애사상을 토대로 한 기독교적 휴머니즘이 우리 문학에 영향을 끼쳐서 나타난 것이 바로 개화기의 신문학운동이었다. 창가가사, 신체시를 비롯하여 신소설·근대소설의 인간주의적·개화 계몽적 주제는 생명력을 잃고 침체되었던 유교적 휴머니즘에, 적극적 실천적인 기독교적 인간애사상이 대치됨으로써 구체적으로 표현되어 작품화된 것이다.

이상에서 대강 살펴 본 바와 같이 임진왜란 무렵부터 도입되어 온 기독교 사상은 이미 고질화된 유교적 형식주의의 질곡에서 헤어나지 못했던 조선 후기에 와서, 우리말과 우리글에 대한 새로운 인식이라는 국문학의 일대 각성과 함께 실학사상을 낳게 하는데 크게 영향을 끼쳤을 뿐만 아니라, 개화기 이후에는 본격적으로 기독교적 휴머니즘을 바탕으로 하는 인간애와 인간 평등사상의 실천, 그리고 우리 문학에 인간 실존의 고뇌의식과 죄의식을 심화시키는 데 직접적으로 영향을 끼침으로써, 비로소 우리 국문학이 새로운 근대문학적 인간형을 탐구하고 창조할 수 있게 하였다고 하겠다. 결국, 기독교는 우리 근대문학사를 열었을 뿐 아니라 그 출발점에서부터 우리 문학의 내용과 형식 양면에 걸쳐서 절대적인 영향을 끼쳤다 하겠으니, 한국의 근대 문학은 결정적으로 기독교사상의 충격을 받아 소산된 것이라 할 수 있으며, 따라서 한국의 근대문학을 새로운 각도에서 이해하고 접근하는 것은 종국적으로 기독교와 연결된다는 견해[13]가 논리적 타당성을 가지고 성립될 수 있다고 하겠다.

---

12) 민경배, 앞의 책, P.35.
13) 김병익, 『현대문학과 기독교』(서울, 문학과 지성사, 1984) P.66.

(4) 한국 기독교 시문학의 개념

1) 종교시의 가능성과 한계

전세계를 통틀어 이 시대를 지배하고 있는 유물론적 사고와 가치관(공산
주의적 유물관을 포괄하는)은 자연히 이에 응전하는 수단으로서의 종교의
등장을 의식적으로든, 무의식적으로든 강하게 요청하기에 이른다. 그 종교
가 어떤 종교이며, 어떤 종교이어야 하는가는 차지하고라도, 인류의 미래를
염려하는 전세계 지성들의 목청 속에는 그와 같은 요구가 직접 간접으로
나타나고 있음은 부인할 수 없는 사실이다. 그 가운데에서도 특히 문학인들
은 현대인이 잃어버린 신앙심의 문제나, 종교적 경건성 및 신의 상실로 말미
암은 인간 비극을 직접적으로 작품을 통하여 절실하게 표현하고 있다.

어떤 의미에서 현대문학은 인류를 無의 심연으로 몰아 넣으려는 무자비
한 세력과의 투쟁을 표현하는 것이라고 말할 수 있고, 신앙심의 상실과 같은
정신적 상실의 쓰라린 경험을 극복하려는 인간적인 시도라고도 말할 수 있
는 것이며, 또한 인간의 열망과 실존을 정당화 시켜 줄 수 있도록 우주 안에
서 '모종의 질서'를 발견하고 확인하려는 노력이라고도 말할 수 있을 것이
다.14) 여기서 '모종의 질서'란 다름 아닌 신앙의 회복 그 자체를 가리킨다고
하겠다. 특히 20세기 시에 나타난 종교적 발언의 핵심에는 도피적이고 역설
적인 신앙, 인식적으로 이해되지도 않고 경험적으로 증명되지도 않는 신앙,
언어의 한계를 초월한 신앙, 그리고 자멸하지 않으려면 부단히 새로워져야
하는 신앙을 붙들기 위한 끊임없는 노력의 자각이 밑바닥에 깔려 있다.15)

---

14) C. I. Glicksberg; <u>Literature and Religion</u> (S. Methodist Univ. Press 1960, 최종수역, 문학과
　　종교) p.14.

오늘날 현대시의 한 장르로서의 종교시의 존립 가능성이 여기서 확인된다.

그러나, 종교시의 존립 가능성을 확인하는 출발점에서 필연적으로 우리가 제시해야 할 전제조건은 그 종교시의 내용이 세속적이든 혹은 신앙적이든 간에 시는 근본적으로 시로서 존립하여야 한다는 사실이다. 이상적으로 말한다면 일체의 종교적 교리나 종교적 체험은 작품 속에서 창조적으로 동화되어 예술적 형상화를 이루어야 하며, 시인의 창의적 상상력에 이해 구체화되어 표현되어야 한다. 이 점이 바로 종교시가 시로서 존립하려 할 때, 필연적으로 지니게 되는 하나의 역설, 즉 한계인 것이다.

단순하게 직접적으로, 기성화된 교리·교의의 전달이란 양상을 띨 때 그것은 참된 종교시가 될 수 없다는 역설을 그 자체 속에 지니지 않을 수 없는 것이다. 이와 같은 종교시의 한계와 역설은, 보편적으로 이상적인 시는 기성화된 어떤 관념의 표현이 아닌, 그 관념으로부터 벗어난 것이어야 한다는 논리에 기초하고 있다 하겠다. 극단적 '관념시'의 경우라 할지라도 그것이 바람직한 시가 되려면 기성의 고정 관념으로부터 벗어난 새로운 관념을 시가 요구한다는 점을 미루어 보더라도 이 점은 명백한 명제인 것이다.

C. I. 글릭스버그의 다음과 같은 진술은 종교시, 그 중에서도 기독교시의 역설과 한계를 명쾌하게 지적한 탁견이라고 할 만하다.

'영혼'의 영역은 창조적 상상이 미치지 못하는 곳에 있다. 만일 그 영역이 포착되어 전달되려면 그것은 오로지 극적 암시, 시사적인 깨우침, 대담한 은유, 감각적 심상, 그리고 보들레르가 말한 상징적 상응물 등의 방법으로만 가능한 것이다. 바꾸어 말하면 '영혼'이 이해되려면 영혼은 먼저 땅으로 내려와서 살과 피를 부여받고 몸과 뿌리를 갖추고, 또, 한 지역에 거처를 마련해야 하는 것이다. 만일 이 같은 해석이 옳다면 교의는 진정한 시에서는 그 모습을 나타내지 말아야 하는 것이다. 예를 들면 그리스도의 성육신, 즉 하나님의

15) 위의 책, P.92.

아들의 육체적 희생은 이미 상징적으로 변형된 것이다. 시인이 교의에 충실하느냐 않느냐 하는 것은 이제 문제가 되지 않는 것이다.

기독교시인이 사용하는 상징은 원초적 환상의 재 포착, 즉 그 모든 잊혀지지 않는 모순과 비극적인 신비를 동반하는 그리스도의 수난과 끔찍한 재현을 의미하는 것이다.

그렇지 않다면 시인은 단지 확립되기는 했지만 영적으로는 아무 소용없는 기성 전통의 교리만을 공허하게 외치고 있을 뿐인 것이다.[16]

2) 한국 기독교 시문학의 개념

진정한 의미의 기독교문학 내지 기독교 시문학 (이하 '기독교문학'이라 통칭함)은 단지 기성의 교리나 교의 위주의 호교(護教)문학만을 가리키는 것이 아님을 앞에서 확인하였다.

그렇다면 소위 '한국기독교문학'의 참된 개념은 무엇이라고 정의를 내려야할 것인가? 이 문제의 해답을 얻으려면 먼저, 일반적으로 기독교문학의 개념 자체가 저간에 부정되어진 까닭이 무엇인지 살펴볼 필요가 있다.

우리는 서구문화를 이루는 정신의 근간을 헬레니즘과 히브라이즘의 두 갈래로 나누어서 생각하는 경향이 있다. 이러한 이분법적 사고는 서구의 문학을 논할 때에도 그대로 적용되어, 중세의 문학은 하나님의 감시 밑에서 이루어진 '만듦'의 문학, 곧 호교 문학이라 하고, 르네상스의 문학은 인간의 영감과 예지로 이루어진 '창조'의 문학이라고 구별짓기도 한다.[17]

르네상스 이후에 와서는 작품에서 하나님을 추방하고 그 자리에 작가 자신이 들어서게 됨으로써, 문학이 소위 '프로메테우스의 세계'로 변모되었다는 것이다. 문학의 창조를 위한 영웅적인 투쟁을 하는 강렬한 의욕을 소유

---

16) 위의 책, p. 94.
17) 김희보, 『한국문학과 기독교』(현대사상, 1979) p.226.

한 문학인 '프로메테우스의 문학'이 판치는 속에 기독교적인 요소가 발붙일 자리를 잃었다고 한다.[18] 이것이 기독교문학이 설자리를 잃게 된 첫 번째 이유라는 것이다. 그 밖에 예술을 위한 예술만을 주장하는 유미주의의 영향과, 종교음악을 제외한 모든 예술을 부정하는 프로테스탄트의 극단론에 의해서 결국 문학 그 자체도 기독교 안에서 발붙일 곳이 없어진 듯 생각되어 온 것이다. 그리하여 마치 문학은 인간을 중심으로 하는 단순한 휴머니즘의 영역인 반면에, 기독교는 인간적인 것에 대한 철저한 부정 위에 세워진 전적인 신의 세계에 국한된 것처럼 인식되기에 이르렀다.[19]

여기서 우리는, 기독교와 문학이 서로 결별한 동기가 다름 아닌 신과 인간과의 관계에 관한 관점이 변모한 데 기인하고 있음을 보게 된다.

기독교는 근본적으로 그리스도의 성육신과, 십자가 위에서의 예수의 대속으로 인류가 구원을 받은 사실, 그리고 예수의 부활을 믿는 종교이다. 이것은 하나님인 신과 인간인 예수를 분리해서 생각하는 점이 아니라 전적으로 동일시하는 사상이다. 오늘날 하나님 편에만 서 있다고 생각하는 기독교적 신학과, 인간 편에만 서 있다고 생각하기 쉬운 문학이 서로 만나 명실상부한 '기독교문학'으로 융합되려면, 이 성육신의 복음 안에서 양자가 다시 성서시대의 정신으로 복귀하여 결합됨으로써 가능하다고 여겨진다. 왜냐하면 성서야말로 기독교 신앙의 터전이요, 아울러 가장 위대한 기독교문학이기도 한 때문이다.

여기서 자연적인 결론에 도달한다. 기독교문학은 성서적 복음을 토대로 보편적 예술성을 달성할 때 이루어진다는 것이다. 즉, '成俗一如'를 그것은 지향해야 한다. 그리스도 안에서 하나님과 인간이 하나로 된 것[20]과, 그리스

---

18) 위의 책, p.227.
19) 위의 책, p.231.
20) 요한 복음 14장 30절.

도 안에서 하나님과 인간이 운명을 같이 하고 하나가 되는 사귐이 성취됨으로써 인간의 본래적인 모습이 회복되었으며, 그것이 곧 구원이고, 그 구원을 믿는 신앙을 담고 있거나 또는 그것을 지향하는 문학이 바로 기독교문학이라는 것이다.

그러면, 기독교와 문학이 결합될 때 구체적으로 문학작품에 반영되는 기독교적 관점은 어떤 유형으로 나타나는가. 리던드 라이컨에 의하면, 기독교 신앙이 작품 속에 개입되는 유형들은,

> 첫째, 기독교적 인유의 사용,
> 둘째, 포괄적인 기독교적 주제의 구체화,
> 셋째, 독립적인 기독교적 개념의 구체화 등을 포함한다.[21]

라이컨은 이 세 가지 모두를 '기독교적'이라고 부를 수 있지만, 그러나 기독교 문학이란 명칭은 아무래도 세 번 째 종류의 문학에게 주어져야만 한다고 본다. 그렇지 않다면 그것은 너무나 많은 문학을 광범하게 포함하게 될 것이기 때문에, 결과적으로 기독교문학이란 용어는 쓸모 없는 칭호가 되고 말 것이기 때문이라고 그 이유를 설명한다.

그러나 이 견해의 맹점은, 순수한 기독교문학의 개념을 정립하는 데 너무 치중한 나머지, 그것을 다시 중세적 호교 문학의 패턴으로 되돌릴 위험성을 내포하고 있다는 점이다. 따라서 이 글에서는 기독교문학의 개념을 다음과 같이 규정하고자 한다.

먼저, 위에 보인 라이컨의 세 가지 유형 중 첫 번째의 경우는 작자의 신앙인 여부를 떠나서 작품의 주제와 거리가 먼 단순한 소재의 부분적 차용이란 면에서 본다면 그것을 기독교문학이라 할 수 없을 것이다. 그러나, 두 번째의 경우는 기독교적 일반 은총의 논리[22]에 의해 작자가 기독교인이

---

21) Ryken, Leland: <u>Triumphs of the Imagination</u> (서울, 성광문화사, 1982, 최종수 역) p.20.

라는 전제 아래 그가 창작한 작품 속에서 궁극적으로 기독교적 관점을 이끌어 낼 수 있는 문학작품이라면 기독교문학이라고 할 수 있다는 적극적 관점이다.여기서 문제가 되는 것은 신자가 아닌 작자의 작품에 본격적으로 나타난 기독교적 관점이나 주제까지도 기독교적 입장에서 일반 문학에 끼친 기독교 사상의 영향이란 면에서 연구될 수는 있되, 그것을 기독교문학이라고 볼 수 있겠느냐 하는 점이다. 예컨대, 그의 시에서 바울적 실존관[23]을 발견할 수 있는 李 箱의 작품 같은 것까지도 기독교적 입장에서 연구되어질 수 있는 대상이 될 것이며, 아울러, 서정주의 초기시집 『화사집』도 기독교적 원죄의식의 표현이라는 면에서 연구대상에 포함시킬 수 있을 것이다.

결론부터 말한다면, 그것은 물론 기독교문학의 범주에 속할 수는 없다고 본다. 하지만, 한국의 현대문학 전반에 끼친 기독교의 영향을 확인할 수 있다는 점에서 연구할 가치는 충분히 있다. 기독교적 전통이 매우 심원한 서구문학의 경우와는 달리, 우리 문학에 직접적, 지속적으로 나타난 기독교적 관점이란 그렇게 전면적이고 광범한 것은 아니므로, 우리 문학의 경우에는 시 장르에 국한시켜 보더라도 비 기독교 시인의 몇 개 작품이라도 결정적으로 기독교적 주제를 구체화한 경우에는 그 시를 영향사적 입장에서 연구의 범주에 포함시켜 논할 수 있다고 본다.

한 시인의 시 세계 전체를 놓고 볼 때, 그것이 비록 시종여일하게 지속적으로 나타나 있지 않다 하더라도, 그 시인의 시 세계가 변모되어 가는 과정에서 그를 대표할 만한 어느 한 작품, 어느 한 시집이라도 결정적으로 이러한 기독교적 관점이 형상화 되어 성공적으로 나타났다면, 그것은 기독교의 영향을 받아 생산된 작품으로 간주해야 할 것이다. 이 경우 시인 대상이 아닌, 다만 작품이나 시집을 단위로 하여 그 작품의 창작과정에서 기독교 사상이

---

22) 유동식, 『韓國宗敎와 基督敎』(서울, 대한기독교서회, 1983) p.156.
23) 안병무, 『성서적 실존』 (서울, 한국신학연구소, 1982) pp.15—26 참조.

어떻게 관련되어졌으며, 또 어떤 모습으로 그것이 형상화 되었는지에 국한시켜서 연구될 수 있을 것이다. 그것은, 작자만 볼 때에는 기독교와 전혀 무관할 뿐만 아니라 오히려 반 기독교적인 경우에도 그의 작품 속에는 기독교적 요소가 구체화 되어 표현된 경우가 흔히 있을 수 있기 때문이다. 이렇게 볼 때 시의 경우, 개화기의 최남선, 이광수, 주요한 등과, 1930년대 이후의 李 箱, 김동명, 서정주, 김춘수, 김종삼 등의 일부 작품이나 일부 시집 등이 대표적으로 이 범주에 속할 수 있을 것이라고 생각된다.

다음으로, 앞의 세 가지 유형 가운데 마지막 항에 해당하는 것으로, 여기서 '독립적인 기독교적 개념의 구체화'란 무엇을 뜻하는지 먼저 살펴보아야 할 것이다. 그것은 엄밀한 의미에서 기독교적 교리나 교의에 관련된 문학적 표현을 뜻한다고 판단되므로, 그렇게 규정한다면, 전술한 바와 같이 너무 편협한 개념 속에 기독교문학을 국한시킴으로써 중세의 호교 문학으로 회귀할 위험이 있다고 본다. 바울이 지적한 바, '믿음' '희망' '사랑'이라는 기독교의 3대 속성이 그대로 기독교문학의 본질이라고 볼 때,[24] 그것은 죄 속에서의 구원과, 절망 속에서의 희망과, 분열 속에서의 만남, 곧 사랑을 끝까지 포기하지 않고 추구하는 것을 뜻한다고 볼 수 있다. 좀 더 구체적으로 말한다면, 모리악이 '작가는 죄에 더럽혀진 인간성을 분명히 나타내야 하지만, 그 밑바탕에 있는 악의 저 편에 기독교가 확신하는 바가 있어야 한다. 그것은 지금 다른 하나의 빛이 작가의 불안한 눈앞에서 그 죄를 정화하고 성화시키는 일이다. 작가는 이 빛의 증인이 되어야 한다'[25]고 말한 바와 같다고 하겠다. 그러나 여기서 다시 강조해야 할 점은 이러한 기독교문학도 어디까지나 문학이지 신학이 아니라는 점이다. 기독교문학도 문학인지라 인간을 묘사하는 것이 그 목적이어야 한다. 하나님의 뜻에 어긋난다고 해서 인간을 왜곡되

---

24) 김희보, 앞의 책, p.137.
25) 김희보, 앞의책, p.142 재인용.

게 묘사해서는 안 된다. 만약 기독교문학이 하나님이나 그의 아들로서의 예수나 천사만을 묘사하는 것이라면 그것은 이미 문학이 아니요 신학이 된다. '사람의 아들'로서의 예수의 고민을 그리는 범주와 같은 한계를 벗어날 수 없는 것이다. 아울러 인간을 그 밑바닥까지 추구할 수밖에 없으면서도 그 작품의 순수성이 일반 작가와는 달리 예술적 순수성만을 추구하는 것에서 벗어나, 기독교인으로서의 그 생에 의존한다는, 자신의 생의 순수성과 연결됨을 인식하여야 한다는 단서가 붙지 않을 수 없다.

그러므로 '기독교문학'은 다음의 몇 가지 전제조건이 충족되어야 한다고 본다.

첫째, 기독교 신자가 창작한 작품으로
둘째, 궁극적으로는 그것이 기독교 교리나 신앙적 체험을 예술적으로 형상화
　　　하는 데 목표를 둔 작품이거나,
셋째, 기독교 교리와 직접적인 관계가 없다 하더라도, 포괄적으로 기독교
　　　적 주제가 나타난 기독교 신자의 작품이어야 한다.

기독교 신자인 문인이나 목회자들의 작품이 대표적으로 이에 해당할 것은 물론이다. 아직까지 문학사에서 다루어지지 않은 기독교 시인들의 작품이 그들의 각종 저서(일기문, 서간문, 전기문, 기도문, 설교문 등) 속에서 연구가의 손길을 기다리고 있을 것이다. 이들을 찾아내어 한국문학사에 정당한 지위를 부여하여야 할 과제가 우리 앞에 놓여 있다고 본다. 이미 한국 문학사에서 인정받고 있는 현대시인 중에서 기독교 시인으로 다룰 만한 시인은 생사 여부를 막론하고 극히 한정되어 있다. 여러 연구가들에 의해 논의되어져 온 바와 같이, 개신교의 윤동주, 김현승, 박두진, 박목월, 등과, 카토릭의 정지용, 구 상, 김남조, 홍윤숙 등이 이에 속한다.

결론적으로 말해서, 한국의 기독교시문학은 기독교 신자인 기성 시인의

작품과, 순수 목회자나 일반 신자가 창작한 시 작품까지를 망라해서 '한국기독교 시문학' 이라는 또 하나의 새로운 산맥이 형성된다고 하겠다. 그래야만 국문학사 속에서 일반 시문학사와 구별된 기독교 시문학사를 세울 수 있다고 본다.

장르를 포함하여 말한다면, 기독교문학 속에는 전문 기독교 문인의 문학과 비 전문신자들의 기독교문학이라는 두 갈래의 유형이 존재하는 것이며, 이렇게 볼 때 작가가 신자이고 그 작품의 세계에서 기독교 신앙체험이나 기독교 사상을 작품세계로 하고 있는 것이면 기독교문학이라고 인정해야 할 것이라고 결론지을 수 있는 것이다. 기독교 신자가 창작한 것이라면 어떤 것을 소재로 취급했든, 어떤 조사법을 구사했든, 그 바탕이 기독교적인 주제로 비롯되는 것이면 기독교문학의 범주에 포함시킬 수 있는 것이다. 전술한 바와 같이 성서문학이야말로 가장 정확한 기독교문학이다. 성서 자체는 물론, 성서에서 파생된 어떤 소재나 사건을 취급하고, 성서적 기준으로 전개되는 것이라면 엄밀한 의미에서 기독교 문학작품이라 할 수 있다. 다시 강조하거니와 문학은 결코 어떤 철학이나 신학과는 전혀 다른 것이어서 어디까지나 그것은 '표현'이어야 하고 '인간'이 담겨져야 하기 때문에 한국기독교문학 역시 그러한 조건만은 이탈할 수 없다.

기독교문학이란 종교와 문학의 교량은 아니다. 그것은 어디까지나 '문학'이라는 점, 그리고 기독교문학은 신앙 있는 문학 태도와 신앙 있는 깊은 관점과, 그리고 신과 인간의 대결을 철저히 의식하는 인간 부정의 의식이 내부로 흐르면서 새로운 인간긍정(구원)의 길을 모색하는 참회의 기도, 바로 그러한 예술적 표현이라 규정지을 수 있다. 종교란 인간을 떠나서는 무의미하고 신을 떠나서도 무의미하다는 점, 이것이 바로 궁극적으로 기독교문학이 다루어야 할 과제인 것이다. 일반 문학과 똑같은 구성 요소를 갖추어야 하면서도 기독교적인 내면의 요소를 동시에 갖추어야 하는 것이 기독교문학이라 할 것이다.[26] 아울러 한국의 기독교문학은 서구의 그것과는 모든 면에서 동일할 수 없으며, 이 땅의 전통성과의 관련 속에서 형성되어진 것이라는 한국적 특수성도 충분히 감안되어야 한다는 점을 강조하지 않을 수 없다.

(5) 한국 기독교 시문학의 효시 ―초기 천주교가사

1) 초기 천주교가사의 개념

조선조 후기에 이르러 일부 지식층을 중심으로 청나라로부터 천주교를 받아들여 소위 '천주학' 또는 '서학'이라 하여 학문적 연구의 대상으로 삼고 있을 때, 그와는 별개로 신앙인으로서의 천주교는 이미 민간에 서서히 침투하고 있었다.

숙종 12년 (1686)에 천주학이 황해, 강원지방에 대성하여 제사를 폐하는 자까지 있다 하여 관찰사로 하여금 이를 엄금하도록 한 일이 있었다.[27] 만인의 평등을 주장하고 내세관을 제시하는 천주교는 애초부터, 소외된 채 아무 희망도 없이 살아가던 일반 농민층에 영합될 소지가 많았던 것이다.

이런 이유로, 무식한 농민들에게 널리 읽힐 수 있는 한글 교리서가 필요하게 되었고, 이에 따라 마테오리치가 지은『天主實義』번역본을 비롯하여, 정약종의『主敎要旨』외에 많은 한글 교리서들이 나와서, 일종의 '天主敎庶民文學'을 형성하기 시작하였다. 이와 같이 일반 서민신자들을 위한 천주교의 한글교리서가 나와 널리 읽혀지기 시작한 것은 확실하게는 알 수 없으나, 대체로 정조조 무렵부터였던 것으로 추측된다.

정조 12년(1788) 8월에 정언이었던 이경명이 왕에게 글을 올리어 서울서

---

26) 문덕수 편저, 『세계문예대사전』(성문각, 1975) pp.215―216.
27) 한영국, 『조선후기사』(서울, 삼진사, 1973, 한국사대계 6권) p.134.

부터 먼 시골에 이르기까지 천주교서를 언문(한글)으로 써서 신명과 같이 받든다고 말하였으니, 이 무렵에는 이미 한문으로 된 교리서는 물론, 그것을 '언문'으로 번역한 책도 상하 각 층에 널리 퍼져서 신앙의 양식 노릇을 하고 있었음을 알 수 있다.[28] 이들 교리서 가운데는 물론 번역서 말고도 우리 신도들의 손에 의해 직접 한글로 창작되어 씌어진 것들도 있었다. 그 형식을 살펴보면, 수필문체, 일기문체, 그리고 가사체 형식 등 여러 가지가 보이는데, 그 중에서도 영음(詠吟)할 수 있도록 재래의 가사(歌辭) 형식에 맞춰서 쓴 작품들이야말로 천주교 서민문학 중에서도 가장 대표적인 형식이었으며, 이것들은 바로 한국기독교시가문학의 효시(嚆矢)를 이룬 뜻깊은 작품들이라고 할 수 있다.

이 글에서 '초기 천주교가사'라 함은 바로 이 재래식 가사 형태를 빌어 천주교 교리를 옹호하고, 그것을 널리 신도들에게 알리고자 씌어진 시가를 말함이다. 이는 시기적으로 18세기후반(정조3년, 1779년)부터 19세기 중엽, 곧, 개화의 물결이 본격적으로 일어나기 시작한 고종 직전까지 약 백여 년 간에 나온 교리시가를 일컫는다.

이 시기에 나온 천주교가사 작품은, 이 벽, 정약전, 최양업의 것이 중심을 이루는데, 이들 가운데 최양업은 19편의 가사를 남긴 것으로 알려져 있으며, 따라서 그의 가사 작품이 이 시기를 대표한다고 할 만하다.

초기 천주교의 문헌 가운데에서도 특히 이런 찬가들은 한말의 천주교 박해로 말미암아 현재 전해지고 있는 것이 매우 영성한 형편이다. 김동욱 교수에 의하면 그의 소장본 외에 서울대학교 도서관에 2,3책이 있었고, 김양선 교수가 2,3책을 소관하고, 또 김약슬 소장본 1책이 있을 뿐이다.[29] 또한 이 가사형식의 천주찬가는 서교인 천주교가 조선의 봉건적 전형적 사고와

---

28) 유홍렬, 『한국천주교회사』 참조.
29) 김동욱, 『한국가요의 연구.속』(서울, 선명문화사, 1975) pp.357—358.

어떻게 습합하고 있는가를 사실(査實)할 수 있는 중요한 자료가 되는 것이다.30) 이 천주교가사는 허 균이 북경에서 '게경(偈經)'을 가져올 때에 비롯된 것으로 보이나, 그것이 그 뒤까지 전승되었다고는 볼 수 없고, 중국계의 다른 찬가나 교리내용을 당시의 가사 장르에 맞게 우리말로 작사하여 부른 것이라고 판단된다.31) 아울러, 이 글에서 최양업 신부의 소작이라고 본 19편의 천주교가사에 대해서는 몇 가지 미리 밝혀 둘 점이 있다.

첫째, 이들 작품의 장르 명칭에 대해서는 김동욱 교수의 '천주찬가', 김약슬의 '천주교성가' 등의 명칭이 있으나, 필자의 소견으로는 이들의 형식이 이 벽, 정약전의 천주교가사와 다르지 않은 4·4조 연속체의 가사형식임에 틀림없다고 판단되므로 이 작품들도 '천주교가사'의 범주에 소속시켜서 다루게 되었다는 점이다.

둘째, 이 19편의 작자가 어째서 최양업 신부라고 보느냐 하는 점이다. 김동욱 교수는 그가 소장하고 있는 필사본은 그 지은이를 알 수 없으나 가족 세례명을 기재한 것으로 보아 신부에게서 나온 것으로도 보인다32)고 밝혔으며, 김약슬은 "필사본은 저자의 수기(手記)가 요행 있었다. 초편 말단에 '대한국탁턱최도마져슐'과 권말에 '대한국승지'의 이 두 수기가 바로 안개를 벗기는 자료가 되었다."33)고 하여 그의 소장본이 최도마양업 신부가 지은 성가임이 틀림없다고 밝히고 있다. 뿐만 아니라, 김약슬은 "필자가 소장한 최 신부 저술의 성가가 金박사 (필자주: 김동욱 교수를 지칭)의 本과 출입이 있는 同一異本이므로"34) 연대와 저자를 알 수 있는 자매적 자료라 판단하고 있다. 다만 김동욱본의「ㅅ향가」속에는 김약슬본의「령세가」와「

---

30) 위의 책
31) 위의 책
32) 위의 책, p. 359.
33) 김약슬,『카톨릭 초기 성가에 대하여』(문화비평, 1970 <봄>호) p. 129.
34) 위의 책

삼계대의」가 함께 합쳐져 있을 따름이다. 그리고 순교자 박물관 소장본 중에서 「션종가」「ᄉ심판가」는 최양업신부 소작으로 명백히 기록이 되어 있다. 이렇게 볼 때 최양업 신부가 지은 것으로 판단되는 가사는 모두 19편이 된다고 하겠다.[35]

셋째, 이들 19편의 천주교가사는 모두 필사본으로, 원본이라고 볼 수 없고, 원본을 보고 전사(轉寫)한 것으로 판단되는데, 그것은 필사본 말미 등에 전사(轉寫)한 사람의 이름과 전사(轉寫)한 날짜가 기록되어 있는 것으로 미루어 짐작할 수 있는 일이다. 원본을 돌려가며 베껴서 쓴 까닭에 이본간(異本間)에는 서로 잘못 전사해서 틀린 글자들이 많이 발견되는 것은 당연하다 하겠다.

이 초기 천주교가사 작품들은 물론 문학성이나 예술성이란 면에서는 비록 보잘것 없는 것이나, 전술한 바와 같이 이 작품들이 우리 나라 기독교 시가문학의 효시라는 점에서 그 문학사적 의의가 있다고 여겨진다.

따라서, 한국 기독교 시문학사는 이로부터 언급되어야 마땅하다고 판단하는 것이다.

2) 작자 및 작품

가. 이 벽(李檗)과 정약전(丁若銓)의 작품

천주교를 옹호하고 전도하는 내용으로 된 가사, 곧 천주교가사로 제일 먼저 나온 것은 정조 3년(1779)에 지었다는 이 벽의 「천주공경가」와, 정약전의 「십계명가」다.[36]

이 벽은 이 익, 안정복 등의 학통을 잇는 남인 일파의 한 사람으로, 천주교

---

35) 오숙영, 「천주교성가가사고」 (숙대논문, 1971) 참조.
36) 조동일, 『한국문학통사 3』 (서울, 지식산업사, 1984) p. 384—385.

에 접한 이래 그 교리연구에 힘쓴 인물이며, 정조 7년(1783)에 이승훈으로
하여금 북경에 가서 세례를 받게 하고, 이가환과 토론해서 그를 승복시켰다
하며, 천주교의 원리를 4언 장편 한시로 읊은 「성교요지」를 지은 천주교
신자였다. 그러나 1785년에 신도가 적발되어 소위 서학 운동이 표면화되매
아버지 이부만이 그의 신앙을 말리다가 목매어 죽었다. 이로 말미암아 충격
을 받고 천주교와 절연, 동지들과의 교제도 끊고 지내다가 이듬해 유행병에
걸려 죽은 사람이다.[37]

그는 「천주공경가」에서 하나님(天主)을 공경해야 할 이유를 알기 쉽게
설명하면서, 비등하는 반대론에 맞서서 천주교를 옹호하고 있다. 그런데,
흥미를 끄는 것은, 그가 유교에 의해 강조되어 온 충성과 효도라는 덕목을
그대로 이 가사작품 속에 받아들여서 강조하고 있다는 점이다. 이것은 마치
서구의 르네상스기에 휴머니스트들이 문학을 변론하면서 기독교도들의 비
위에 맞춰서 문학의 공리적 효용성을 강조하였던 것과 유사한 사례라고 할
수 있다. 이 벽은 새로운 종교인 천주교를 받아들이면서도 그 교리 속에서
가능한 한 전래적 전통사상과 합치되는 점을 찾아 그것을 강조함으로써 신
구사상의 접합점을 찾고자 노력하였다는 것이 이 가사작품 속에서 확인된다.

> 어화세상벗님네야이내말슴드러보쇼
> 지본에눈어른있고느라에눈임군있네
> 네몸에는눈령혼있고 ᄒ늘에눈텬쥬있네
> 부모의게효도ᄒ고임군에눈충성ᄒ네
> 숨강오륜지켜가ᄌ텬쥬공경웃뜸일셰

하나님(천주)을 공경해야 할 이유를 단순히 기독교 교리 속에서만 찾아
설명하지 않고, 오히려 유교적 교훈 속에서 찾아 이 양자를 접합 내지 습합시

---

37) 이홍직, 앞의 책, p. 1208.

커 설명함으로써, 당시에 극렬하게 일어났던 천주교 반대파의 주장을 완화하고자 했던 것이다. 집안에는 어른이 있고, 나라에는 임금이 있으며, 몸에는 영혼이 있으니, 이와 같은 이치로 하늘에도 반드시 하나님(天主)이 있다는 사실을 믿으라는 것이다. 또한, 부모에게는 효도해야 하고, 임금에 충성하며, 삼강오륜을 지켜야 마땅하듯이, 하늘에 있는 하나님(天主)을 믿고 공경함이 가장 으뜸되는 도리임을 강조하고 있다.

다음으로,「십계명가」를 쓴 정약전은 정조 때의 사람으로 호는 연경재(研經齋)다. 그는 정약전의 동생이고, 정약종, 정약용의 형으로 서학에 뜻을 두고 천주교의 전교에 힘을 썼다. 그는 또한 남인의 학자로서 당시 서학의 대가였던 이 벽의 누이동생과 결혼하여 이승훈과 더불어 전국적인 신앙운동을 전개하다가 1801년 신유사옥 때에 흑산도로 귀양갔다.

그의 작품으로 알려지고 있는「십계명가」는 이 벽의「천주공경가」에 비해서 교리를 좀더 자세하게 풀이하고 있다. 다시 말하면, 이 벽의「천주공경가」가 그 반대파를 강하게 의식하고 천주교를 그들의 공격으로부터 옹호하자는 의도가 작품 이면에 깊게 숨어있는 데 비해서, 이「십계명가」는 십계명의 교리를 쉽게 풀이해서 일반 신도들에게 이해시키고자 쓴 교리 위주의 작품이라고 할 수 있겠다. 그러니까 당시에는 반대파에 대한 천주교 자체의 옹호라는 필요성만이 눈앞에 있었던 것이 아니고, 앞에서도 언급한 바와 같이, 한문을 모르는 일반 농민신도들의 믿음을 보다 견고하게 다질 필요도 있었던 까닭에 이와 같은 교리가사도 나온 것이라고 생각된다. 물론 천주교 초심자들에게 이 교리가사는 매우 필요했을 것이다. 이「십계명가」는 그 제목이 말해 주듯이 그 내용이 기본교리인 십계명을 하나씩 순서대로 풀이하여 읊은 것인데, 거기에 곁들여서 당대의 현실을 작자 나름대로 비판하고 개탄하는 내용을 가사에 삽입함으로써, 이 땅의 사회상을 작품에 부여하고 있다는 특징이 있다.

국운이기우러져 홍망성쇄뚜렷ᄒ네
근신소부까막까치헐뜨더서쏘움일셰
ᄌ고로터싸움에 죽고슬고얼므드냐
           (중   략)
혼맘널개눈떠 텬쥬큰뜻알고ᄂ면
벌내ᄀ튼인근세사군뜻이전혀업네

— 「십계명가」 일부 (정약전)

간신배들이 들끓었던 당시의 사회상을 개탄하면서, 아귀다툼하며 살기 위해 싸우는 인간들의 삶을 벌레에 비유하여 전혀 무의미하다고 말하고 있다. 여기에 신앙의 필연성이 있으며, 인간구원은 이 신앙을 통해서만 가능하다고 믿도록 강조하고 있다. 그러니, 이는 단순하게 십계명을 우리말로 소개하여 놓은 것에 그친 것이 아니고, 지은이가 당시의 사회상과 연관지어서 일반 독자가 쉽고 실감 있게 이해할 수 있도록 함으로써, 신앙심 고취라는 소기의 목적을 달성하고자 한 것이다. 곧, 현실성을 토대로 한 신앙심 고취라는 작자의 창의성이 주목할 만하다 하겠다. 추상적이고 관념적인 진술에 떨어지기 쉬운 이런 종류의 가사에 이만큼 우리 현실성을 부여하여 노래하기도 당시로서는 어려운 일이라 하겠다.

나. 최양업 (崔良業)의 작품

최양업 신부는 1821년 충남 홍천에서 최영환(35세때 순교함)을 아버지로 하여 태어났다. 젊어서 순교한 아버지의 독실한 신앙은 맏아들인 양업을 김대건에 이어 한국에서 두 번째의 신부가 되게 하였다. (세례명은 도마: Thomas: 다묵<多默>), 1836년에 최방제, 김대건과 함께 중국인 신부를 따라 홍콩으로 유학을 떠나, 이듬해 마카오에 도착하여 공부하게 되었는데, 이는 우리 나라 개화기 무렵의 최초의 해외유학생이었다. 8년간의 수업을 마치고 천신만고 끝에 1849년 몰래 귀국하여, 신부로서 그의 임지인 진천(鎭川) 본당에 속해 있으면서 경기, 충청, 경상, 전라, 강원, 황해도 일대를 두루 다니며 전교하게 된 이유는 외국인 신부보다 지방에 산거(散居)하고 있는 교인들을 찾아다니기가 덜 위험했기 때문이었다. 그가 한창 전교에 힘쓰던 1853년 말엽에는 총 교인수가 12,165명에 달하게 되었다.[38]

숨은 일군으로 열심히 선교하던 그는 1861년 6월에 급환(急患)으로 40세의 젊은 나이에 영면하였다. 그는 한국의 첫 사제였던 김대건 신부 순교 후에 한국의 유일한 성직자로서, 전교와 신도들의 영혼의 구원을 위하여 헌신함으로써 천주교 선교의 밑거름이 된 것이다.

그는 한국교회 초기 역사서인『조선교회사』의 자료를 대부분 수집, 고증하였고, 또한 순교자들의 순교기록을 작성하여 그것을 불어와 라틴어로 번역함으로써 한국교회사 집대성에 학자로서도 큰 공헌을 남겼던 것이다. 특히 교리문답 번역을 완성하였으며, 무엇보다도 주목할 사실은 선교의 한 수단으로 가사(歌辭)를 지어 신자들을 가르쳤다는 점이다. 그가 이처럼 천주교가사를 지은 배경은 다음과 같다.

이 땅에 새로 들어온 천주교는 성서보다는 교리에, 그리고 신자보다는 지역개념의 교회에 더 관심을 두었으며 비판 없이 교직제도를 건설하려고 하였다.[39] 그 결과 일부에서는 제사를 폐하는 등 전통적 유교 사회의 가치관을 전적으로 부정하는 일이 일어났고, 더구나 복잡한 당쟁에 천주교가 휘말리게 되어 이에 따라 나라에서는 천주교를 탄압하기에 이른다. 소위 신해사옥(1791)이니, 신유사옥(1801)이니, 을해교란(1815), 정해교란(1827), 그리고 을해사옥(1839) 등이 잇달아 발생하여 무수한 신도와 신부들이 목숨을 잃었던 것이다. 최양업 신부가 귀국하여 전교하던 시기는 바로 이와 같은

---

38) 유홍렬, 『한국천주교회사』(서울, 1975) p.536.
39) 곽안전, 『한국교회사』(서울, 대한기독교서회, 1973), p.10.

대 탄압이 지나가고, 그 결과 교세가 위축되어 교인들은 인가를 피해 산골에 흩어져 숨어살게 되고, 자연히 많은 신도들이 비교인들 틈에서 차츰 교리를 잊어버려 가고 있던 때였다. 이런 상황 아래 무엇보다도 절실하게 필요하였던 것은 효과적인 교리지식의 교육이었을 것이다.

이에 최양업 신부는 가르침에 굶주린 교인들을 위하여 가장 효과적인 방법으로 재래식 4·4조 가락의 가사체 형식을 채용하여 교리를 간단명료하게 간추려 담은 찬가를 지을 것을 생각하게 되었다. 이에는 물론 앞에 서술한 바 있는 이 벽, 정약전 등의 천주교가사 작품이 있었을 것이므로, 자연스럽게 그 형식을 이어 받을 수 있었다고 생각된다.

특히 가사형식은 가창은 아니더라도 영음(詠吟)할 수 있는 일정한 가락(4·4조)을 가지고 있어서, 교인들이 이를 통하여 쉽게 교리를 암송할 수 있는 장점을 지니고 있는 것이다. 이런 이유 때문에 최양업 신부는 재래식 가사형식을 빌어 천주교 교리를 집대성하는 시가를 지어 전교에 직접 사용하기에 이른다.

다음으로, 그가 남긴 가사작품에 대해 살펴보도록 한다.

전술한 바와 같이 최양업 소작의 가사로 알려져 있는 작품의 문헌들은 대체로 세 가지가 있는데, 그것은 김동욱본, 김약슬본, 순교자 박물관본 등이다. 이 문헌들은 모두 필사본으로, 여기에 실린 가사작품 중 최양업 소작으로 여겨지는 19편의 가사를 보이면 다음과 같다.

순 번	가 사 명	형태별	가사요지	소 장 본
1	스향가	장 편	천당을 그리워하고 사모함	김 동 욱
2	령세가	단 편	영세받은 뒤에 입는 천주의 은혜	김동욱,김약슬
3	텬당가	단 편	천당의 아름다움과 복락	〃

순 번	가 사 명	형태별	가사요지	소 장 본
4	디옥가	단 편	지옥고의 묘사	〃
5	십계강론	단 편	십계의 교리를 풀이	〃
6	삼계대의	장 편	구약과 신약의 대의를 풀이함	〃
7	견 진	단 편	견진(堅振)을 받은 영혼을 찬미	김 약 슬
8	고 해	단 편	고해성사에 대하여	〃
9	성 톄	단 편	성체성사에 대하여	〃
10	죤 부	단 편	종부성사의 중요함에 대하여	〃
11	신 품	단 편	신품권(神品權)에 대한 설명	
12	칠 극	단 편	일곱 가지 극복해야 할 죄에 대하여	
13	혼 배	단 편	결혼의 의무에 대하여	
14	졔 경	단 편	교인들이 이행해야 할 의무에 대하여	
15	행 션	단 편	선행에 힘쓸 것을 권고함	
16	애 덕	단 편	죽을 때까지 사랑함에 대하여	
17	션 종 가	장 편	선종의 중요성과 그 준비에 대하여	
18	ᄉ심판가	장 편	죽은 후 하느님께 개인적으로 받는 심판	
19	공심판가	장 편	공심판을 받는 영혼을 노래함	

이들 작품 가운데, 몇 편만 골라 그 내용을 간단히 살펴보면 다음과 같다.

▶「ᄉ향가 (思鄕歌)」

이 노래는 천주교의 교리들을 두루 집약한 장편가사다. 모두 826구의
4·4조로 이루어졌다. 그 방대한 규모는 가히 이런 종류의 작품 중 압권이라
할만하다. 특히 이 작품에 사용되고 있는 낱말들은 그것이 바로 새로운 문체
창조 이전의 옛 가사어들을 그대로 준용하고 있다는 점, 비교문학적 견지에
서 주목할만하다고 아니할 수 없다.[40] 이 노래의 내용은 워낙 길고 방대해서
가히 천주교 사상 전체를 거의 담고 있다고 할 만하여, 간단히 그 요지를

---

40) 김동욱, 위의 책, p.361.

줄여 보기 어렵지만, 대체로, 온갖 탄압 속에서 살아가고 있는 교인들에게 오직 내세를 위해서 이 땅 위에서의 시련과 고통도 감수하고 열심히 하나님 (천주)을 믿어서 영원히 본향을 찾자는 것이라고 할 수 있다.

어화벗님네야 우리본향ᄎᄌ가셰
동서남북ᄉ히팔방어나곳지본향인고
복지로가ᄌᄒ니무수셩인못드럿고
디당으로가ᄌᄒ니아담원조내쳐나고
부귀영화어더신들몃히까지즐거오며
빌궁재화걸여신들몃히까지근심ᄒ고
이러ᄒᆫ궁진세계반겨ᄒᆯ일안이로다
인간영복다어더도죽어지면헛거시오
셰상고난다밧어도죽어지면없ᄉ리라
우주간의비계서셔죠화물리슬펴보니
태읍지고그안인가찬류지고그안인가
아마도우리락도천당가긔다시업네
복낙이슌견ᄒ고질겁이츙만ᄒ니
무궁셰에지나도록영원상싱무죵이라
우리평생가장큰일이박긔또잇는가

「ᄉ향가」 일부

　　신도들의 참된 본향은 영욕으로 점철된 이 지상이 아니고, 복락과 즐거움이 충만한 천당이야말로 영원한 본향이라 하고 있다. 특히 바깥 세속에서 우리 인간을 괴롭히는 三仇와, 내면에서 인간을 괴롭히는 七盜를 비유적으로 읊은 대목 등은 그 수사법이 매우 현란하여 복잡한 인생을 형상화하는 데 성공하고 있다.

▸「령세가 (領洗歌)」

이 가사는 모두 26구의 4.4조로 된 비교적 짧은 작품이다. 그 전문을
소개해 보면 다음과 같다.

<pre>
이지방의목쟈없네 조흔도리당년인데
쥬교신부못밋는곳 명니혼쟈저를디신
열심명비교우들이 안비ㅎ는법이엿네
예비ㅎ야은혜입쇼 이리안코못ㅎ리니
령셰전은마귀종이 령셰후는쥬의의ᄌ
령셰전은더럽더니 령셰후는빙옥갓다
령셰전은병든영혼 령셰후는병이늦네
령셰전은죽은영혼 령셰후는살아는네
령셰대은못입으니 삼본문답외온후예
규구대로대계ㅎ야 원본죄롤셰척ㅎ니
죠촐ㅎ기텬신갓고 쥬에의ᄌ되엇고나
다시죄를짓지마소 보속까지업셔졋네
셰척전질죠촐하니 착흔ᄆ옴비야ㅎ소
</pre>

이 가사의 주된 수사법은 대구형식에서 찾을 수 있다. 영세를 받기 전과
영세를 받은 다음의 영혼의 모습을 극명하게 대조시킴으로써 영세성사의
의의를 명백하게 밝혀 놓고 있다. 이 노래를 신앙의 초심자들이 咏吟함으로
써 저절로 영세의 참뜻을 깨닫게 되었다고 하겠다. 특히 영세 후의 영혼이
빙옥과 같이 깨끗해졌음을 말하는 대목은 그 비유가 매우 적절하고 뛰어나
다고 할 만하다.

▸「텬당가 (天堂歌)」

원 제목이「텬당이라」로 되어 있는 이 작품은 제목 그대로 천당은 지상의

어떤 복락과도 견줄 수 없는 지극한 아름다움과 즐거움이 넘치는 곳임을 강조하고 있다. 몇 구절을 인용하면 다음과 같다.

가사이다가사이다 텬당으로가사이다
텬당은어디던고만복지소여긔로다
구즁텬놉흔우희텬쥬영복나타는이
삼위일톄광영이오성신은총바다히라

(중 략)

스시업는쟝츈이오 밤이업는낫지로다
빅옥셩굿은곳에십이문이열여잇고
오싴구름어린곳에 긔린봉황넘노난데
황금빅병현황ᄒ니 갑업는보비로다

기독교의 천당 개념을 노래하면서도 그 비유나 표현된 어휘들은 지극히 동양적이고 한국적인 것이 특색이다. '구즁텬', '빅옥셩', '긔린봉황' 등은 서양적 메타퍼가 아닌 한국적, 동양적 소재인 것이다. 이것은, 서양적 기독교 적 이미지나 비유를 사용하기보다는 아직 외국문물에 익숙하지 못한 우리 나라 사람들에게 친근하고 낯익은 우리말 어휘를 사용함으로써, 되도록 거 부감을 갖지 않도록 하고자 한 의도 때문이 아닌가 한다.

전통성을 살린 이런 소재상, 어휘상의 특징은 초기 천주교가사의 한 두드 러진 현상이라 하겠다.

▶「디옥가 (地獄歌)」

이 작품은 전게한 「텬당가」와 대조를 이루는 가사이다.「텬당가」가 지극 히 밝고 긍정적인 건강한 이미지로 가득 찬 내용이라면, 이 노래는 그와는

극명하게 대척적으로 지옥고의 어둡고 고난에 찬 사례를 들어 세속 중심의
삶을 경고하고 있다.

　모두 64구로 된 노래인데 그 중 일부를 소개하여 보면 다음과 같다.

<blockquote>
텬하만고다모히고셰상만고다가져도
밍호독용찬히ㅎ고화히빙히끔즉ㅎ다
악즙독즙입에가득악취독취귀에가득
흉형악형눈에가득악취독취코에가득
스지부테어나골절환형독형면홀소야
억년만년지나도록시록시록고로와야
죽고업셔면코존들그뉘능히면홀소냐
령혼본디무형ㅎ이쥴도안코멸도안네
각고비록무한ㅎ다실고더욱만비로다
</blockquote>

　죽어서 지옥에 떨어진 영혼이 죽지도 못하고 끝없이 받는 끔직한 형벌을
눈앞에 보듯이 묘사함으로써 지옥의 괴로운 모습을 제시해 주고 있다. '악즙
독즙입에가득 악취독취귀에가득, 흉형악형눈에가득 악취독취코에가득' 에
서는 인간의 오관 가운데 입, 귀, 눈, 코가 지옥에서 겪는 괴로움을 무섭게
실감나도록 묘사하고 있다. 그리고 그 괴로움은 '억년만년지나도록 시록시
록고로와야'의 표현을 통하여 과장되고, '죽고업셔면코쟌들 그뉘능히면홀소
냐'의 永苦의 진술을 통하여 실감있게 지옥의 무서움을 표현하고 있다.

▶「십계강론 (十誡講論)」

　모두 46구로 이루어진 이 가사는 기독교의 기본 계율인 十誡에 대하여
자세하게 풀이하고 있다.

<blockquote>
신망이덕아조업셔데일계을범홈이오
</blockquote>

거줏말을만이ㅎ야뎨삼게을범홈이오
부모의게공슌츤아뎨ᄉ게을범홈이오
사롬사롬뮈워ㅎ야뎨오게을버ㅎ미오

(중략)

싱쳣통회아니타가 죽은후에슬컷운이
비아니면이러홀가 이비심을삼가ㅎ소
만이실어파션ㅎ면 령혼아조죽을지라
각각양심도로보아 이말씀명심ㅎ소

▶「삼계대의 (三界大義)」

이 작품은 모두 510구로 이루어진 장편가사로, 그 내용으로 보아 네 부분
으로 나눌 수 있는데, 첫 단락에서는 하나님(天主)의 존재를 깨닫지 못하는
우매함을 한탄함으로써 이 작품 전체의 도입부분을 이루고, 둘째 단락은
구약의 내용을 설명하고 있으며, 셋째 단락은 신약의 세계를, 그리고 마지막
단락에서는 예수의 부활 이후에 일어난 기독교의 기적 같은 전파를 찬양하
면서 마지막 대단원을 이룬다. 각 단락의 앞 부분만을 인용하여 본다.

남녀교우형임네야이내말슴드러보소
역녀ㅅㅎ이이세샹에초로ㅅ치슬어지네
죽음에눈노소업고죽ㄴ긔한모로ㄴ이

(중략)

텬지만물일월셩신육일조셩ㅎ옵신후에
구즁텬ᄌ림ㅎ시니텬당으로궁궐슴아

구품텬신호위ᄒ야영영시에조신되어
육복지은ᄉ긔지은원만무결구족ᄒ다

(중략)

그령저령혼미ᄒ야근이텬년이되어오나
쥬의십계슙어가고마귀권이홍힝ᄒᆯ제
들어나네들어나네쥬의젼능드러ᄂ다
텬디만물조션젼에여간위무하엿던이
요셉으로비필숨아동신으로슈졍ᄒᆯ제

(중략)

슈죵도와베두루ᄂ쥬의영광드러내여
만국사룸모힌즁에   열심히권화ᄒ니
이국소리상통ᄒ야텬만인이좃ᄂ고나

▶ 「고히 (告解)」

긍휼ᄒᄂ고히셩ᄉ령혼병의약이되네
령세ᄒᆫ후범ᄒᆫ죄를일일셩찰고히ᄒ라
신부업ᄂ지방이면ᄌ원고히요긴ᄒ다
눈물흘녀죄룰울면다시죠출ᄒᄂ고나
털긋만ᄒᆫ틔ᄂ업시벗젹울어졍결ᄒ면
신령셩톄못ᄒ여도실령셩톄ᄒᄂ고나

전 12구에 불과한 짧막한 가사 속에 고해성사의 의의, 방법, 자원고해까지 명확히 알 수 있도록 읊고 있다. 특히, '주원고히'의 필요함을 밝힌 대목에서 당시에 신부를 자유로이 만날 수 없었던 사실을 확인할 수 있다. 눈물 흘려

죄를 회개하면 하나님은 용서하여 깨끗하게 사하여 준다는 내용이다.

▶「션죵가 (善終歌)」

이 노래는「ᄉ심판가」「공심판가」와 함께 죽음에 관한 내용을 담고 있다. 특히 이「션죵가」는 기껏해야 백년도 못 사는 인생의 허무함을 강조하고, 평소에 신도들은 선종하기를 준비하여야 하며, 선종의 중요성을 인식하고 이를 기구하여야 한다는 것을 말하고 있다. '죽을곳에가난즈 희락영복탐홀소냐'라든가 '귀쳔션악무론ᄒ고 죽잔난쟈그뉘런고' 등에 나타난 죽음에 대한 초연한 태도의 표현은 숙연하게까지 한다.

> 예로부터이졔까지안죽난쟈ᄒ나업네
> 예수셩모죽으셧네우리엇지면홀손가
> 귀쳔션악무론ᄒ고죽잔난쟈그뉘런고
> 우리죠상다죽엇네우리엇지면홀손가
> 이목구비오관삼ᄉ오리즈나썩난고나

이런 표현들은 결국 이 세상에서의 선종을 강조하기 위한 진술인 것이다.

3) 초기 천주교가사의 특징

가. 형식상 특징

위에서 살펴 본 바와 같이, 초기 천주교가사는 재래의 전통적 문학 장르의 하나인 가사체를 그대로 따르고 있다는 것이 확인되었다. 3.4조 내지 4.4조를 기본율격으로 하는 이 가사의 가락은 전술한 대로 신도들이 함께 영음할 수 있기에는 매우 알맞은 형식이라고 하겠다. 그런데, 조선조의 대표적 시가 문학 장르인 시조의 가창형식을 기피하고 어째서 하필이면 가사체를 채택하였을까 하는 점이 궁금하지 않을 수 없다. 그 이유는 다음의 몇 가지로 요약해 볼 수 있겠다.

첫째, 시조는 가사보다 형식상 제약이 더 까다로와서 긴 사설조의 교리내용을 담기에는 연작형태의 시조보다 길이의 제한이 거의 없는 가사가 더 알맞고 편리하였을 것이라는 점이다.

둘째, 계급적 이유를 들 수 있겠는데, 당시의 천주교 전도에 있어서 주된 대상(특히 한글로 쓴 천주교 가사를 읽을 주체로서의 대상)은 양반 지배계급보다는 평민인 농민들이었기 때문에, 평민층의 서민들 구미에 알맞은 형식이 시조보다는 가사였을 것이라는 점이다. 조선조 후기에 쏟아져 나온 규방가사 등 평민가사의 유행은 그 사정을 뒷받침해 주고 있다 하겠다. 소위 시조창이란 것이 지체 높은 지배계급 사이에서 유행한 것과 대조되는 현상이라고 볼 때, 초기 천주교가사 창작자들이 시조를 버리고 가사형식을 채택한 것은 어쩌면 당연하다고 아니할 수 없겠다.

그러나, 재래식 가사형식이 이에 이르러서는 보다 편리하게 실용적으로 변형된 점도 없지 않다. 그것은 초기 천주교가사에 있어서는 그 내용에 따라 가사의 길이가 신축성을 지니게 되었다는 점이다. 그리하여 짧은 것은 연작형태의 시조보다도 짧다.「디옥가」,「고희」등이 그 예이다.

또한 재래식 가사는 맨 끝 구절에 시조의 종장형태를 취하는 것이 보통인데, 이 천주교 가사들은 이를 전혀 무시하고 있다는 점도 지적할 수 있겠다. 이렇게 된 까닭은 아마도 천주교가사 작자들의 창작의도나 동기가 순수한 문학 작품을 만든다는 것보다는 보다 더 교리전달에 있었기 때문이 아닌가 한다. 그 내용에 따라 신축성 있게 길이를 조정했을 것이며, 마지막 구절의 상투적 감정과잉의 영탄조는 사실상 그 필요성을 느끼지 못했을 것이라 여겨진다.

나. 내용상, 소재상의 특징

초기 천주교가사들이 담고 있는 내용은 앞에서 살펴본 바와 같이 기독교의 교리를 주로 담고 있다고 하겠다. 그렇다고 하여 이들 가사의 가치를 무시할 수는 없는 것이니, 그것은 우선, 가사체라는 재래식 문학형식에 새로 담은 기독교사상은 전술한 바와 같이 우리의 문화 전반을 크게 전환시키는 원동력이 되었다는 사실 하나만으로도 가히 그 문화사적 의의가 인정되는 것이다. 이 가사가 담고 있는 기독교사상은 당시의 우리 사회에 있어서는 커다란 충격을 던져주는 역할을 한 것이니, 이 충격파로 인해서 일어난 그 후의 한국근대사의 새 물결은 역사의 기록이 입증하는 바이다.

그러면서도 한 가지 두드러진 특색은 그 소재가 다분히 한국적인 것이라는 점이다. 박래품(舶來品)인 기독교사상을 표현함에 있어 한국적 풍토에 맞는 전통적 소재나 어휘를 주로 사용하여 표현함으로써 신자들에게 친근함을 느끼게 해 준 것이다. 이 벽의「천주공경가」에 많이 보이는 유교적 충효사상이라든가, 정약전의「십계명가」에서 소재로 쓰고 있는 당시의 한국적 정세, 그리고 최양업의 가사들에 사용된 전통적 비유의 심상들이 그것들이다. 그것은 기독교사상의 토착화를 의식한 결과라기보다는 다분히 상황적응 논리에 의해서 자연발생적으로 이루어진 현상이라고 힐 수 있겠나.

그러나, 이와 같은 천주교 사상은 그 보수성 때문에 아직 전근대적 한국사회가 요청하는 바 사회 전반에 걸친 근대적 개화의 물결을 크게 일으키는 데는 별 구실을 못하게 되었다. 이 가사들 가운데 어느 하나도 근대적 의미의 개화의지를 담고 있는 것이 보이지 않고 있다. 겨우 병든 사회현상을 개탄하는 데 그치고 있으며, 그것도 극히 일부의 작품에서만 표현되고 있는 것이다. 이 점이 초기 천주교가사가 지니고 있는 어떤 한계성이라고 할 수 있는데, 이는 뒤에 들어온 개신교의 경우와 비교해 볼 때 시대적 상황의 차이점을 고려하더라도 매우 대조적이라 아니할 수 없다.

4) 국문학사 상의 의의

초기 천주교가사가 지니고 있는 국문학사상 의의는 그것이 한국기독교시문학의 효시가 된다는 점이다. 말하자면, 한국기독교시문학은 그 첫 출발을 천주교가사로 시작하고 있다는 사실이다. 아직 쇄국정책이 풀리지 않았던 당시에 서양사정에 어두웠던 형편에서, 비밀리에 천주교라는 이름으로 들어오기 시작한 기독교사상이 최초로 우리 문자와 말을 빌어 문학적 표현으로 나타난 것이 이 천주교가사인 것이다.

이제까지 국문학자들은 한국의 근대문학사를 기술하면서, 이 천주교가사문학을 소홀히 다루거나 아예 취급도 하지 않는 경향이어서, 그 국문학사적 의의나 가치가 제대로 밝혀지지 못했던 것이 사실이다.[41] 그런 점에서 이 천주교가사문학은 개화기의 창가연구 못지 않게 바르게 연구되고 평가됨으로써 그 문학사적 의의나 가치가 새롭게 밝혀져야 마땅하다고 생각된다. 그것이 소위 '개화기가사'[42]에 포함될 수는 없다 하더라도, 舶來品인 새로운 내용 (기독교 사상)을 재래적인 율문 양식에 담는다는 문학적 새 기풍을 불러 일으켰다는 점에서도 국문학사적인 또 다른 의의가 있다고 할 만하다.

(6) 결 론

예로부터 종교 (기독교)는 문학과 하나로 융합되어서, 그 힘으로 인류의 정신문화를 창조하고 이끌어 왔으나, 중세를 지나는 사이에 하나님의 학인

---

41) 조동일이 그의 『국문학통사·3』 p.382에서 '천주교문학형성'에 관해서 쓰고 있을 뿐이다.
42) 김윤식은 「한국현대시론비판」에서 이 용어를 창가, 신시를 포함하는 상위개념으로 설정하고 있다.

신학과 인간학이라 할 수 있는 문학이 분리된 이래 양자는 서로 조화될 수 없는 상극적 관계로까지 악화되어, 그로 인해서 인류정신문화는 생명력을 잃고 방황하면서 오늘에 이르고 있는 형편이다.

그러나, 우리가 살고 있는 이 시대는 신앙과 문학이 융합되었던 성서문학 시대의 위대한 정신으로 되돌아가, 문학과 신앙의 이와 같은 양극화 상태를 지양, 극복함으로써 병들어 있는 인류문화를 치유하고 구원해야 한다는 커다란 과제를 시인들에게 요구하고 있는 것이다.

이 과업은 과거 기독교문화의 주체였던 서구인들에 의해서만 이룩되어야 한다고는 볼 수 없으며, 우리 나라가 위대한 기독교문학을 이룩함으로써 이의 향도자적 역할을 담당할 수 있으리라는 사명감이 필요하다고 본다. 그런 의미에서 한국 근대문학사에서 아직도 거의 다루어지지 않고 있는 한국기독교문학의 업적에 대하여 정당한 평가와 함께 그 적극적 자료발굴 및 그에 대한 연구, 그리고 그 개념규정이 현 시점에서 무엇보다도 시급한 형편임을 절감하지 않을 수 없다.

이에 이 글에서는 먼저 한국기독교문학의 개념을 정립해 봄으로써, 연구의 기틀을 우선 마련하고자 하였다.

결국, 한국기독교문학(한국기독교시문학을 포함한)은 전문적 문인 중심의 기독교문학과 문단과 관계없이 창작된 비전문적 기독교문학이라는 두 개념을 포괄하는 개념으로 파악하여야 한다는 것과, 그 결과 그것은 글쓴이가 기독교신자이면, 전문, 비전문을 가리지 않고 문학작품 속에서 성서를 토대로 하는 기독교적 관점과 사상을 찾아낼 수 있는 것이면 기독교문학의 범주 속에 포함시켜서 논의하여야 한다는 입장을 취해 마땅하다고 결론지었다.

다음으로, 한국기독교시문학의 첫 출발로 나타났던 초기 천주교가사에 대하여 고찰해 봄으로써, 한국 근대문학사 속에 형성될 수 있는 한국기독교시문학사의 단초를 마련하고자 하였다.

18세기 후반에 이 벽, 정약전의 작품으로부터 비롯되어, 19세기 중반 최양업 신부에 와서 절정을 이룬 천주교가사문학은 그것이 비록 다음에 이어질 사회 전반에 걸친 개화사상이나 신교육 의지를 담고 있지 못하다 할지라도, 엄격한 통제하의 보수적 쇄국정책에서의 갖가지 어려움을 극복하고, 터부시되어 있었던 외래사상인 기독교사상을 과감하게 재래식 가사체에 담아 노래함으로써, 그 내용으로 볼 때 당시로서는 가히 혁명적이라 할 기독교문학사상을 이 땅에 심은 중차대한 역할을 결과적으로 담당하였다는 사실을 확인할 수 있었다. 그럼으로써 다음에 바로 이어질 개화가사의 디딤돌이 되었을 뿐만 아니라, 한국기독교시문학의 효시가 됨으로 말미암아, 한국문학사상 뚜렷한 발자취를 남겨 놓았다는 것을 인정하지 않을 수 없음도 확인하였다.

초기 천주교가사문학은 그 주제가 주로 교리 위주였다는 의미에서 '교리가사'라 칭할 수 있으며, 그것은 개화기에 와서 찬송가 가사나 창가가사 및 신체시 형태를 빌어 나타난 기독교 시가 문학으로 이어진다고 볼 수 있겠다.

그러므로, 천주교가사라는 이 '교리가사'야 말로, 한국문학사 속에 '기독교 시문학'이라는 하나의 또 다른 문학적 긴 산맥이 형성되어 있다는 엄연한 사실을 확인시켜 주는 첫 단서가 된다고 아니할 수 없다. 바로 이 점이 초기 천주교가사가 지니고 있는 국문학사적 의의라고 할 수 있겠다.

3. 한국 기독교 시가 장르론

(1) 서 론

기독교문학 내지 한국기독교문학에 관한 원론적 연구과제 중 가장 먼저 착수하여야 할 것은 그것의 장르론적 考究라고 본다. 이제까지의 이 분야 연구성과를 살펴보면, 아무런 장르적 고찰도 이루어지지 않은 채 겉으로 나타난 문학현상에만 집착한 나머지 단편적이고 공소한 표피적 진술에 머무른 감이 없지 않기 때문이다.

그 결과 무정견한 장르 명칭의 남용으로 용어의 혼돈이 극심한 형편에 이르고 있다. 천주가사, 천주교가사, 찬송가가사, 성시, 찬송시, 찬미시, 기도시, 신앙시, 성극 등의 용어가 이론적 근거도 없이 마구 사용되고 있으며, 그 외에 설교문, 기도문, 간증문 등의 장르적 연구도 아직 미개척상태로 남아있는 형편인 것이다. 그 중에서 '천주교가사' 하나만의 경우를 보더라도 그것을 서정문학으로 규정할 것이냐, 서사문학이나 아니면 다른 어떤 장르의 문학으로 볼 것이냐 하는 문제가 제기될 수 있으며, 찬송가가사의 경우도 그 장르적 근거가 무엇이냐를 구약성서 시편과 관련지어 고찰해 보아야 하는 등, 기독교문학의 장르에 관한 연구는 필연적으로 요청되고 있는 형편이다.

더구나 근대 이후에 와서는 문학적 연구의 근간이 장르론을 중심으로 이루어지고 있다는 점을 감안할 때, 기독교문학 내지 한국기독교문학의 장르론적 考究는 무엇보다도 시급히 착수되어져야 할 과제라고 아니할 수 없다.

그러나 문제는 기독교문학 밖에도 산적해 있다. 그것은 바로 장르라는 용어의 개념을 어떻게 규정할 것이냐 하는 점을 비롯하여 이에 대한 연구방법의 선택, 그리고 소위 고전적 이분법에서 超장르 (beyond genre)이론[1])에 이르기까지 각양각색의 여러 견해들에 관한 입장 등을 논의하고 나서야 난마와 같이 얽힌 한국기독교문학의 정글 속으로 뛰어들 수 있을 것이라는 점이다.

한국기독교문학의 장르에 관한 시론인 본고에서는 장르론적 연구방법으로서의 두 가지 관점, 즉 연역적 관점과 귀납적 관점에 관하여 논술한 다음, 이들 논의를 근거로 해서 구체적인 장르 설정을 시도해 봄으로써 이 분야 연구의 작은 주춧돌을 마련하고자 한다.

(2) 연역적 관점과 귀납적 관점

장르에 관한 연구를 어떤 방법으로 전개해 나갈 것이냐 하는 데는 여러 가지 관점이 있을 수 있다. 그것은 본디 장르에 관한 논의가 가장 오래된 시학의 문제 가운데 하나이며, 고대로부터 장르의 정의, 갈래 및 그 상호관계

---

1) Paul Hernadi는 그의 저서 『Beyond Genre』에서 주제적·극적·서사적·서정적 담화 양식과 주석적·인물쌍방적·이중적·사적 시점 그리고 비극적·회극적·회비극적 정조, 아울러 동심원적·동적·총괄적 범위 등 다원주의적이고 超장르적인 입장에서 문학을 분류해야 한다고 제의하고 있다.

가 끊임없이 논란을 불러 일으켜 왔기 때문이다. 그러나 장르에 대한 관점에 따른 방법론을 논하기 전에 먼저 분명히 해 둘 것은, 장르의 개념이 문학적 언어의 이론에서 어떤 역할을 해야 한다면 단순히 명명이라는 기초 위에서 이것을 정의할 수가 없다는 사실인 것이다. 시대에 따라 이름을 부여받지 못한 장르가 존재해 왔고, 다른 어떤 것들은 그 속성의 차이가 뚜렷함에도 불구하고 같은 이름 아래 흔히 혼동되어 온 경우도 있었던 까닭에서다.[2]

따라서 장르의 연구는 이들의 이름에서가 아닌, 구조적 특징에서부터 출발하여야 마땅하다.[3] 하지만 장르의 연구를 명명 부여에서가 아닌, 구조적 특징에서부터 출발한다 하더라도 구조적 실체 (entite)와 역사적 현상 사이의 관계라는 복잡한 문제가 해결되는 것은 아니다.

장르에 관한 연구사를 살펴보면, 서로 다른 두 개의 접근방법, 곧 연역적 방법과 귀납적 방법이 있어왔음을 알 수 있다. 전자인 연역적 방법은 문학적 유형의 이론에서부터 장르의 존재를 추적해 나가는 것이고, 후자는 주어진 시대의 관찰에서부터 역사적으로 있었던 장르의 존재를 확인해 나가는 방법이라고 하겠다.[4] 장르 연구에 있어서의 이들 두 가지 방법, 즉 '연역적 접근법'과 '귀납적 접근법'은 서로 상충되고 모순되는 방법론이 아니고, 오히려 상보적 관계를 맺음으로써 양자가 통합된 가운데 비로소 바람직한 장르론은 이루어질 수 있다고 본다.

연역적 방법은 흔히 장르의 기본형 또는 장르類라 통칭되는 서정, 서사, 극 양식의 구별 등 문학 작품의 갈래를 유형학 (typologies)적 입장에서 고찰

---

2) 한국 문학사 가운데서 그 예를 든다면, 분명한 특징을 지니고 있음에도 불구하고 독자적 장르의 명칭을 부여받지 못하고 있는, 한국 기독교가 낳은 여러 종류의 작품들이 그런 경우에 해당된다.

3) Tzvetan Todoron, <u>Genres litteraires</u>, in Dictionnaire encyclopedique des sciences du langages. Seuil, 1972. p.193.

4) 위의 책.

해 온 고전적 방법론에 해당하는 것이고, 이에 비해 문학사적 관점에서 각 시대를 지배했던 구체적인 장르들, 소위 변이형(장르種)을 중심으로 고찰해 보는 태도는 귀납적 방법론이라고 할 수 있다.

필자는 이 두 가지의 방법론을 원용하여 기독교문학 내지 한국기독교문학의 상위 장르를 구분하고 난 다음, 그중 시가문학의 하위 장르도 구체적으로 나누어 보고자 한다.

(3) 장르 설정

1) 연역적 접근—기본형(장르類)

가. 교술 장르의 가능성

전통적으로 볼 때, 연역적 방법론을 토대로 형태학적 입장에서 장르를 구분하였던 대표적인 방법에는 2분법(운문과 산문), 3분법(서정, 서사, 극 양식), 4분법(서정, 서사, 극, 교술양식) 등이 있는 바, 그 가운데에서도 가장 대표적인 것은 3분법이었다. 이는 고대 희랍시대의 플라톤, 아리스토텔레스 이후 괴테, 야콥슨을 거쳐 최근의 에밀 슈타이거(Emil Staiger)에 이르기까지 문학의 영역을 서정, 서사, 극이라는 세 가지 포괄적인 종류로 나누어 온 방법이다.[5]

관습적인 이 세 가지 기본양식을 상위 개념인 장르類로 하고, 이 기준에 의해서 모든 문학작품을 분류할 수 있다고 보는데, 지금까지 국문학의 장르 구분에도 이러한 기준에서 크게 벗어나지 않고 있다. 국문학의 장르類를 서정적 양식, 서사적 양식, 희곡적 양식으로 구분한 경우[6]나, 서정양식, 서사

---

5) 위의 책, pp.197—198.

양식, 극양식을 '기본형'으로 하고 그 장르種을 '변이형'으로 본 경우[7] 등은 모두 이에 준한다고 하겠다.

그러나 조동일은 국문학의 장르類를 4분법에 의해 서정, 서사, 극, 교술로 나누고 있는데,[8] 이는 기존의 사실을 평면적으로 확장, 서술해서 알려주는 특징을 지닌다고 본 가사와 수필 등을 독립시켜서 '교술'(敎述, Didaktik) 장르에 소속시킨 것이 그 특징이다.[9] 이 외에 2분법에 의한 분류[10] 등이 있지만, 역시 3분법이 주류를 이루고 있음은 사실이다. 그렇다고 해서 문학의 유형을 구분함에 있어 지나치게 3분법만 집착할 필요는 없다. 논리적 타당성이 있을 경우 2분법, 혹은 4분법 등을 적용시켜 볼 수도 있는 것이다. 오히려 교술성이 강한 종교문학(특히 기독교문학)의 경우 실제로 서정, 서사, 극 양식만으로는 분류할 수 없는 설교문, 기도문, 간증문 등 다양한 형태들이 존재하고 있는 것이며, 교술적 성격이 짙은 이러한 작품들을 4분법에 의해 교술양식으로 분류하는 것이 오히려 합당하다고 생각된다.

장르 설정에 소위 3대 장르 외에 교술 장르를 따로 설정한 것은 플레밍(W, Flemming), 루트코프스키(W.V. Ruttkowski) 등 독일의 문학이론가들로부터 비롯되었다.[11] 특히 자이들러(Herbert Seidler)는 그의 소책자 <문학>(1960)에서 몇몇 전기낭만파 비평가들의 4분법을 시험적으로 부활시키면서 낯익은

---

6) 장덕순, 『국문학통론』, (서울:신구문화사, 1982), p.40.
　　김동욱, 『한국문학개론』, (서울:민중서관), p.3 참조.
7) 김윤식, 『한국근대문학의 이해』, (서울:일지사, 1973), pp.91—92.
8) 조동일, 『서사민요연구』, (대구:계명대출판부, 1970), p.36.
9) 조선조의 가사문학은 그것이 지니고 있는 짙은 서정성(전기 歌辭의 경우가 더 심함) 때문에 단순히 교술문학으로 분류하기에 어려운 점이 없지 않다. 조동일의 견해는 그런 점에서 비판이 뒤따를 소지가 많다고 보여진다.
10) 이병기의 '詩歌文學'과 '산문문학', 김기동의 '律文장르'와 '산문장르'가 그 대표적인 예이다.
11) P. Hernadi, Beyond Genre : New Directions in Literary Classification, Ithaca and London : Cornell. Univ. Press, 1972. p.152.

3분법에 '교술문학'(Didaktik)을 첨가시켰다.12) 그는 서정적 內省, 서사적 관찰, 극적 열정 등에 교술적인 태도로서의 '관조'(contemplation)를 대비시켰다. 또한 교술적 작가가 자신의 언어재료를 형상화하는 특수한 양식인 '보이기'(showing)를 '가창'과 '서술'과 '재현'(representing)등에 대비시키고, '하나의 질서화 된 전체'로서의 교훈적 구성은 서정시인의 직접적 체험의 표현과 서사 작가의 초연한 사건서술과 극작가의 도취적 사건 재현에 대비시킨다.13)

한편 루트코프스키는 슈타이거가 제시한 세 가지 장르(3분법에 의한)를 거의 수정하지 않은 채, 모든 문학작품에 나타나 있으며 특히 몇몇 작품에서 두드러진 '예술적'(artistic) 태도를 네 번째의 태도로 설정했다. 그는 두 가지 종류의 '나—너' 관계를 구별하는 바, 곧 극적 인물들간의 언어 소통과 관객, 청자, 독자들에 대한 작가의 직접적 호소가 그것이다. 후자의 관계는 수필, 설교, 경구, 남에게 바치는 서간문. 캬바레의 노래들과, 그리고 이 밖의 논쟁적이거나 교훈적인 것으로 보통 간주되는 장르들 속에 지배적으로 나타나는 예술적 태도의 토대가 된다.14)

또한 다원주의적이고 超장르적 입장에서 문학을 분류해야 한다고 주장하는 헤르나디의 경우, 그가 분류한 '주제적 담화양식'과 '주석적 시점' 등이 바로 자이들러의 '교훈문학'이나 루트코프스키의 '예술적 태도'와 같은 교술적 문학을 가리키는 것이라고 할 수 있다.

이상에서 서구의 여러 이론가들의 견해를 인용하여 살펴본 바와 같이, 문학의 3대 장르 외에 교술장르의 설정 가능성은 매우 큰 것이며, 특히 종교문학인 기독교문학의 경우 그 가능성은 더욱 크다고 아니할 수 없다.

---

12) 위의 책, 김준오 역, 『장르論』(서울:문장사, 1985), p.50.
13) 위의 책.
14) 위의 책, p.51.

나. 장르 구분

한국기독교문학은 신·구약 성서와 기독교 교리를 기반으로 한 한국기독교라는 종교에 의해서 발생된 문학이므로, 이는 마땅히 보편적 개념으로서 광의의 '기독교문학'에 속하는 것이다.

그러므로 일차적으로는 기독교문학의 뿌리가 되는 성서의 양식을 검토해 본 다음, 그것을 토대로 기독교문학 내지 한국기독교문학의 장르 구분을 시도해 봄이 순서라고 본다. 그런 의미에서 다음에 먼저 신·구약 성서를 문학적 입장에서 장르로 구분해 본 몇 개의 대표적 본보기를 예로 들어 봄으로써 논의의 실마리를 찾고자 한다.

(보기 1) 신·구약 성서의 장르

Ⅰ. 창조적 양식

1. 서정적 양식
① 주관체 서정시 : 예레미아 애가
② 서사체 서정시 : 시편

2. 서사적 양식
① 운율체 형식 : (서사시) 없음
② 소설체 형식 : 창세기, 출애굽기, 민수기, 여호수아, 사사기, 사무엘 상·하, 마태복 음, 마가복음, 누가복음
③ 로망체 형식 : 룻기, 에스더, 다니엘, 요나, 요한복음, 요한계시록
④ 기록체 형식 : 열왕기 상·하, 역대상·하, 에스라, 느헤미아
⑤ 수펼체 형식 : 로마서, 고린도 전·후서, 갈라디아, 에베소, 빌립보, 골로새, 데살로 니가 전·후서, 디모데 전·후서, 요한서, 요한Ⅱ서, 요한Ⅲ서, 유다서

3. 회곡적 양식
① 회극적 양식 : 아가

② 비극적 양식 : 욥기

　Ⅱ. 지식적 양식 : 레위기 등 15권[15]

(보기 2)　기독교 성서문학의 장르

1. 시형식 : 시편, 아가. 애가 등
2. 서사형식 : 이사야, 예레미아, 에스겔, 호세아, 요엘, 아모스, 오바댜,
　미가, 나훔, 스바냐,계시록 등
3. 소설형식 : 룻기, 요나서, 출애굽기, 사사기, 사무엘, 열왕기, 역대, 에스더
　등
4. 희곡형식 : 욥기
5. 수필형식 : 창세기
6. 평론형식 : 전도서, 히브리, 유다서 등[16]

　신·구약 성서를 문학적 양식으로 구분한 위의 분류법을 검토해 보면, 각기 그 특색이 있음을 알 수 있다. 김희보는 드 퀸시의 2분법을 전제로 하고, 그 중 '창조적 문학'을 다시 3분법에 따라 구분하는 등 혼합적 방법을 쓰고 있고,(보기1의 경우) 이와는 달리 조남기는 대체로 문학의 5대 장르라고 하는 근대적 기준에 의거하여 구분하고 있기 때문이다.(보기2의 경우).

　그러나, 고대로부터 오랜 세월에 걸쳐 여러 사람에 의해 기록되어 완성된 종교적 기록물인 신구약 성서를 오늘의 문학적 안목에서 일목요연하게 장르로 세분한다는 것은 거의 불가능하다는 사실을 감안할 때, 이들 사이의 견해차에 대해서 재론할 여지가 없다는 점을 인정하여야 한다. 어느 누가 새로이 시도해 본다 하여도 또 다른 이설에 불과할 뿐, 66권이란 방대한 성서의 만족스런 장르 구분은 기대하기 어렵다고 판단하긴 때문이다.

---

15) 김희보, 「기독교문학의 양식적 분류」, (『기독교사상』, 1961), p.146.
16) 조남기, 「기독교문학론」(『기독교사상』, 1978년 9월호) 참조.

그럼에도 불구하고 위의 보기에서 확인되는 사실은 소위 3대 장르인 서정, 서사, 극양식 어디에도 해당되지 않는 특수한 부분이 성서에는 상당수 포함되어 있다는 점이다. 김희보가 '지식적 양식'으로 분류한 것들(레위기 등)은 대부분 구약시대의 역사적 사건이나 제의형식 등을 기록한 기존사실의 지식적 기록물들이라는 점에서 교술적 성격이 매우 짙다고 볼 수 있는 것들이다.

또 그가 서사적 양식으로 분류한 로마서 등의 '수필체 형식'도 그것들이 단순한 서신이 아닌, 기독교적 복음의 본질을 역사적 사실과 함께 담고 있다는 점으로 보면 마땅히 사실성과 서술적 요소를 기본으로 삼는 교술장르에 해당한다고 본다.

조동일에 의하면, '敎述'의 '敎'는 알려주어서 주장한다는 뜻이고, '述'은 기존의 사실이나 경험을 서술한다는 뜻이라고 하는 바, 이는 결국 교훈과 기존의 사실을 서술한다는 두 개념을 지니고 있는 말로서, 소위 교훈주의와 관련이 깊은 용어라고 할 수 있다. 도덕적, 종교적 지식과 교훈을 전달하기 위한 전통적 교훈주의 문학은 서구의 중세뿐만 아니라 현재에도 여러 가지 다른 형태로 생산되고 있는 것이 사실이지만, 오늘날 이는 문학의 본령을 이루지 못한다고 본다.17)

그러나, 동서양을 막론하고 근대 이전의 문학작품들 가운데에는 이러한 교술적 성격을 강하게 지니고 있는 지식적, 교훈적인 작품이 대다수를 차지하고 있음도 부인할 수 없다. 앞에서 지적한 바와 같이 신·구약 성서 가운데에는 종교적인 교술적 내용의 글들이 상당수 내포되어 있으므로, 성서를 문학으로 보고 장르로 구분함에 있어 서정, 서사, 극이라는 3대 장르 외에 제4의 교술 장르 설정이 불가피하다고 판단된다.18)

---

17) 이상섭, 『문학비평용어사전』(서울:민음사, 1976).p.27.
18) 성서를 문학적 양식으로 구분한 김희보의 견해 중 '지식적 양식'과 조남기의 '수필형식' '평론형식'에 속하는 것들이 바로 교술장르에 해당된다고 본다.

만일 그 예물이 떼의 양이나 염소의 번제이면 흠 없는 수컷으로 드릴찌니
그가 단 북 편에서 여호와 앞에서 잡을 것이요, 아론의 자손 제사장들은
그 피를 단 사면에 뿌릴 것 이며, 그는 그것의 각을 뜨고 그 머리와 그 기름을
베어낼 것이요[19]

이는 모세가 요단 저 편 숩 맞은편의 아라바광야 곧 바단과 도벨과 라반과
하세롯과 디 사합 사이에서 이스라엘 무리에게 선포한 말씀이니라 호렙산에
서 세일산을 지나 가데스바네아에까지 열 하룻길이었더라. 제 사십 년 십일월
그 달 초일일에 모세가 이스라엘 자손에게 여호와께서 그들을 위하여 자기에
게 주신 명령을 다 고하였으니 때는 모세가헤스본에 거하는 아모리왕 시혼을
쳐 죽이고 에드레이에서 아스다롯에 거하는 비산왕 옥 을 쳐 죽인 후라 모새
가 요단 저편 모압땅에서 이 율법 설명하기를 시작하였더라.[20]

위에 인용한 글은 제사의 형식에 관하여 기록한 구약성서 레위기의 일부
와 모세가 율법에 관하여 이스라엘 민족에게 가르쳤던 역사적 사실에 관한
기록인 구약 신명기의 일부이다. 이러한 글들은 고대 유대인의 신앙생활에
서 필수적인 지식이었던 제의의 형식이나 역사적 사실에 관한 기록물로,
기존의 지식이나 사실에 관한 서술이라는 교술적 성격이 매우 강하다는 것
을 입증해 보여주는 한 사례라고 하겠다.

신·구약성서가 지니고 있는 이러한 교술적 내용의 영향을 필연적으로
이어받을 수밖에 없는 광의적인 '기독교문학'은 그 가운데 교술장르를 자연
스럽게 내포할 수 있게 된 것이며,[21] 따라서 기독교문학의 장르는 교술양식
을 포함한 4분법, 곧 서정, 서사, 극, 교술 등의양식으로 분류함이 타당하다

---

19) 구약성서, 레위기 1:10—12.
20) 구약성서, 신명기 1:1—5.
21) 구약성서에 많이 보이는 제의문 등은 오늘날 사라졌지만, 그대신 설교문, 기도문,
    전기문, 간증문 등 새로운 형식의 글들이 대량으로 생산되고 있어서, 그것들이 모여
    기독교 교술문학을 새로 형성하고 있는 것이다.

고 본다.

이러한 논법에 따라 '기독교 시가문학' 가운데서도 교술적 성격을 지닌 '교술시가'가 존재할 수 있다는 가능성을 아울러 상정할 수 있게 된다. 또한 '한국기독교문학'이 지니고 있는 한국이라는 지역적 특수성을 감안한다 하여도, 전술한 바대로 그것이 본질적으로 신·구약 성서를 기반으로 생성된 것일진대, 역시 일반적 '기독교문학'이 지니는 특성을 벗어날 수 없는 것이므로, 역시 4분법에 따라 그 장르를 구분해야 할 것이다.

이처럼, 유형학적 입장에서 볼 때, 기독교문학(한국기독교문학을 포함한)의 장르는 다음과 같이 구분하여야 한다고 판단된다.

1. 서정 양식 : 기독교 서정시
2. 서사 양식 : 기독교 서사시, 기독교 소설
3. 극 양식 : 기독교 극시, 기독교 희곡(성극)
4. 교술 양식 : 기독교 교술시, 기독교 수필, 평론 및 설교문, 간증문, 전기문 등

2) 귀납적 접근 — 변이형 (장르종)

한국기독교 시가문학에는 역사적으로 어떤 장르種이 존재하였었는가에 대하여 논의할 차례가 되었다.

논의에 앞서 우선 한국기독교 시가문학도 당연히 한국문학이라는 큰 테두리 안에 내포되는 것이므로, 역사적으로 존재했던 장르의 각종 변이형에 관하여 살펴봄에 있어 한국시가문학사의 일반적 흐름과 연관하여 볼 필요가 있다는 점, 따라서 이제까지 여러 논자들에 의해 주장되어 온 한국 근대시가의 발달과정에 대한 견해들을 참고하여 하나의 가설을 설정할 수 있을 것이라는 점, 등을 먼저 수긍하여야 한다고 본다.

이러한 관점을 토대로 논의를 출발시킨다면, 시대순에 따라 18세기 말엽부터 생산되기 시작한 "천주교가사(歌辭)'라는 한 종류와, 19세기 말엽부터 나타나기 시작한 '찬송가가사(歌詞)', 그리고 1900년대부터 1910년대에 걸쳐 유행했던 '기독교 개화시가'라는 명칭들을 떠올릴 수 있겠다. 또한, 신앙이 성숙해 감에 따라 1920년대부터 본격적으로 나타나기 시작한 기독교 근대시로서의 '기도시'가, 그리고 1930년대부터는 한국시단 일반의 예술적 성숙도에 따라 우수한 '기독교 본격시'(예술성이 높은 시)가 몇몇 재능 있는 기독교시인에 의해 발표되기에 이르렀다고 볼 수 있다.22)

이는 물론 한국시단의 역사적 전개과정과 기독교시단의 그것을 염두에 두고 상정해 본 하나의 가설이다. 이와 같은 가설이 확고한 정설로 받아들여지려면, 저간의 해당 자료를 토대로 한 과학적 논증을 통하여 그것이 사실로서 밝혀져야 할 것이다. 그런 의미에서 시대순에 따라 먼저 천주교가사문학부터 차례로 살펴보기로 하겠다.

가. 천주교가사 ―교리시가 (교술시)

"천주교가사"23)는 조선조 문학의 하나인 '종교가사' 중의 하나이다. 그것은 18세기 후반부터 '불교가사'와 함께 쌍벽을 이루면서 1930년대에 이르기까지 약 150여 년 간 지속되어 온 일종의 '歌辭文學'이다.

천주교 가사문학의 150년 역사는 갑오경장을 분기점으로 하여 전·후기로 나뉜다.24) 그럼에도 불구하고 그것은 전, 후기를 통하여 그 형식이나

---

22) 대표적인 예로서 정지용을 들 수 있다.

23) 천주교가사의 명칭으로 '천주가사' '천주찬가' '천주교성가' '카톨릭성가' 등이 쓰이고 있다. 그러나, 그것은 종교가사의 하나이기 때문에 불교의 가사를 '불교가사'라 칭하듯 천주교의 가사는 '천주교가사'라고 하는 것이 마땅하다고 본다.

24) 하성래는 그의 논문 「천주가사개론」(성 황석두 루가서원, 1985), p.132에서 천주교가사문학의 시대구분을 삼기로 나누었다. 제1기는 천주교회 창건의 작품들과 ?이가사, 제 2기는 ?? 및 전교시대의 작품들, 그리고 제3기는 자유시대(개화시대)의 작품들이

내용상 이렇다할 변모가 없이 한결같이 지속되었다. 단지 그 길이에 있어 초기에는 장편 위주였던 것이 후기에 와서는 대체로 단편적 형태로 바뀐 것[25]을 제외하면 그 내용이 교리전달을 위주로 한 교술적 성격을 지니고 있다는 점에는 변함이 없었다. 다시 말하면, 천주교가사는 초기뿐만 아니라 후기까지도 한결같이 '교술시가'였다고 할 수 있다. '十誡命歌' '天主恭敬歌' '思鄕歌' '三世大義' 등 초기의 작품들은 말할 것도 없거니와 '백주년 략스가' '경셰가' '默想歌' '통회사' 등 후기의 작품들을 살펴보아도 그 점을 확인할 수 있다.

이미 앞장에서 언급한 바대로, 조선조의 일반 가사를 통틀어 교술문학으로 보는 것은 여러 가지 문제점이 많지만, 그러나 종교가사인 천주교가사는 그것의 특징인 비서정적 성격 때문에, 자연스럽게 교술양식으로 분류될 수 있는 것이다. 조동일의 논리에 따르면 그것은 소위 '자아의 세계화와 작품 외적 자아의 개입'이 결여된, 객관적 기록과 교훈위주의 교술문학이라는 점이 명백하다고 하겠다. 다만, 문제는 천주교가사도 '歌辭'일진대, 그것을 시가문학으로 볼 것이냐, 아니면 시가와 산문의 과도기적 중간형태로 독립시켜 볼 것이냐, 또는 수필의 한 종류로 볼 것이냐 하는 가사 문학 전반에 걸쳐 문제가 되고 있는 학자들 간의 견해차[26]에 비추어 본 판단이 우리 앞에 남아 있다는 것이다.

천주교가사는 그 형식이 가사문학 특유의 4·4조 4음보로 이루어졌다는

각기 속한다고 보았다. 그러나 필자는 제1기와 제2기를 구태여 구분할 필요가 없다고 보아 갑오경장을 기점삼아 전기와 후기로 나누고자 한다.

25) 후기작품 중 김기선의 『성당가』(286구), 김락호의 『자신책가』(172구), 작자미상의 『충효가』(367구) 등 장편가사가 있으나, 천주교사가 성가의 가사나 개화시가로 일부 발췌되어 소멸하는 등 단가가 많이 쏟아져 나와 불리게 된 것이 사실이다.

26) 이병기, 김동욱, 김석하, 김기동은 시가장르로 분류하였고, 조윤제는 독립된 장르로, 그리고 조동일은 교술장르로 분류하고 있다(이병기의 『국문학전사』 p.4, 김동욱의 『국문학개설』 p.9, 김석하의 『한국문학사』, p.171 참조).

점에서는 일반가사와 별 차이가 없다고 할 수 있지만, 그러나 그것은 천주교
신자들이 주로 예배의식이나 교리 강습장에서 송영이나 창(唱)을 목적으로
사용했다는 점으로 미루어 암송과 가창의 형식을 지니고 있었을 것으로 판
단되므로,27) 일반가사와는 달리 시가적 성격을 지닌 문학이라고 보아야 할
것이다. 단지, 그 가창의 구체적 형식을 알 수 없다는 것이 아쉽지만 여러
가지 정황으로 미루어 조선조의 시조창의 음곡과는 다른 독특한 창법이 존
재했으리라고 믿어지는 것이다.28)

그렇다면 초기 천주교신자들이 조선조의 대표적 시가문학이었던 시조의
가창형식을 기피하고 가사체를 채택한 까닭은 무엇이었을까, 궁금하지 않을
수 없다. 그것은, 가사형식이 지니고 있는 시조보다 자유롭고 긴 4.4조의
연속체가 종교적 교리를 담기에 보다 알맞았을 것이라는 점과, 시조창이
지체 높은 양반계급사이에 유행한 것과는 대조적으로 평민계층의 구미에
알맞았던 보다 자유로운 가사형식을 따랐을 것이라는 점, 그리고 당시에
유행했던 불교가사의 영향을 받아 자연스럽게 가사형식을 채택했을 것이라
는 사실 때문이었다.

다음에 천주교가사인 전·후기 작품 중 일부를 인용하여 비교해 봄으로
써 그 유사성을 확인해 보고자 한다.

> 어화벗님네야　우리본향ᄎᄌ가새
> 동서남북ᄉ해팔방　어나곳지본향인고
> 복지로가ᄌᄒ니무수셩인못드럿고
> 디당으로가ᄌ하니　아담원조내쳐나고
> 부귀영화어더신들　몇해까지즐거오며
> 빌궁재화걸여신들　몃해까지근심ᄒ고

---

27) 오숙영, 「천주교성가 가사고」(숙대논문, 1971), p.21 참조.
28) 위의 논문, p.54—55 참조.

이지방의목쟈업네　조혼도리당년인데
쥬교신부못밋는곳　명니혼쟈저를대신
열심명백교우들이　안뵈호는법이업네
예비호야은혜입쇼　이리안코못호노니
령세젼은마귀죵이　령세후는쥬의의즈
령세젼은더럽더니　령세후는빙옥갓다

— 〈령세가〉 중 일부

치명쟈의흘닌피는　교우번셩죵즈이니
생활신덕잇는이는　홍구혼이만핫스되
신덕연약혼이들은　부모형뎨집안군난
일일시시혹독흠을　대덕호기어려워셔
외양으로톄면으로　배교혼쟈만혼즁에
원통하고애셕홈은　션지쟈와두령즁에
一二인이잇셧더라

— 〈빅쥬년략스가〉 중 일부

아담원조범명후에구백년을통회하고
다윗성왕범죄후에통회성영많이짓고
배주하던성베두루야야계명통회하고
대죄있는막달레나눈물흘려냇물되고
그밖에도많은죄인통회로써성인된다

— 〈통회사〉 중 일부

　앞의 두 작품, 「思鄕歌」와 「령세가」는 초기 천주교가사요, 뒤의 두 작품, 「백쥬년략스가」와 「통회사」는 후기 작품에 해당된다. 형식상으로 볼 때 전·후기 작품은 뚜렷한 차이점이 발견되지 않는다. 「思鄕歌」와 「령세가」는 19세기 중엽 崔良業 신부의 所作으로 알려진 것이며, 뒤의 두 작풍

중 「빅쥬년략스가」는 1920~1930년대에 나온 천주교가사 중 대표적으로 보는 南相喆의 작품이고 「통회사」도 1930년대의 것으로(朴齊元 所作) 「소경자탄가」, 「사말추론가」와 함께 후기 천주교가사에 속한다. 이들을 비교함으로써 전·후기 작품 모두가 그것이 지니고 있는 교리적, 교훈적 내용이나 4·4조 4음보의 연속체 가사형식이 한결같았다는 점을 확인할 수 있다.

나. 개신교 가사 (歌詞)

a. 찬송가가사—찬송시가(찬가)

이 땅에 개신교가 들어온 19세기 말엽, 외국인 선교사들의 주관 아래 간행되어 나온 '찬송가'는 가사의 대부분이 영국과 미국 등 구라파의 찬송시를 우리말로 옮긴 것인데, 그 가운데에는 우리 나라 사람이 지은 것으로 판단되는 10여 편의 창작시도 포함되어 있다.[29) 지금까지 이것들을 통칭하여 '찬송가가사'라 하였던 바, 이는 물론 종교적 노래인 찬송가의 가사임에 틀림없지만, 그러나 문학적 입장에서 장르로 구분해 볼 때 그것들을 '찬송시가'라 부르는 것이 타당하다고 본다. 찬송시가는 본디 '찬가'(讚歌 ; Hymn)의 별칭으로, 이 '찬가'는 대개 종교적 귀의와 같은 신앙체험과 그것의 감정적 표현으로서 성스러운 대상에의 찬양이나 신적인 것에 대한 칭송의 노래를 가리키는 말이다.[30) 원래는 제전에서 신이나 영웅에게 바치는 의식적인 '예찬가'(Kultsange)로서 비장한 감동과 신성적이고 유현한 종교적 경건주의를 바탕으로 한 노래인 것이다. 그러나 내용이나 형식에 있어서 역사적으로 어떤 일정하고 확고한 특징을 지니고 있는 것은 아니며, 근대에는 장엄한 내용을 지닌 서정시를 일컫는 이름으로까지 보편화되었다.

---

29) 조신권, 『한국문학과 기독교』(연세대출판부, 1983), p.130.
30) Wolfgang Kayser : <u>Das Sprachliche Kunstwerk</u>, 1967, Munchen, p.344.

이렇듯 찬송시가가 일정한 외적 형식을 지니고 있지 못하다는 점만을 생각한다면 그것을 하나의 독립된 장르로 인정할 수 있겠느냐는 의문이 제기될 가능성이 없는 바 아니나, 이는 좀 더 찬가가 지니고 있는 문예학적 개념이나 내면적 형태와 연관지어 살펴볼 때, 그것이 볼프강·카이저의 말대로 시 속의 '나'인 시적, 서정적 자아가 높은 신적인 힘으로서의 대상인 '당신'(그대)'에게 향한 '서정적 언사'(Lyrishes Ansprechen)가 '장중한 찬양'이거나 '엄숙한 감동'을 지니는 등 그것 나름대로의 독자적 요소를 갖추고 있으므로, 특히 한국기독교시가 문학사에서 구별된 장르種으로서 인정받을 수 있다고 본다. 뿐만 아니라 그것은 악곡을 전재로 하는 노래의 가사라는 공통점과 초기 찬송가 이후에도 한국인 신자에 의해 찬송가가사가 악곡과 함께 창작되어 나와서, 교인들에 의해 불려지고 있다는 점,31) 그리고 그것들 모두는 교회 등에서 예배의식에만 사용되었고, 또 지금도 사용되고 있다는 점 등, 하나의 구별된 장르種으로 독립시킬 만한 이유를 충분히 갖추고 있는 것이다.

그러면 찬송가가사인 찬송시가가 지니고 있는 찬가적 성격은 무엇인가.

그것이 번역가사든 창작가사든 간에 한국의 찬송시가는 한결같이 신자로서의 '나'인 시적, 서정적 자아가 높은 신적인 권위로서의 대상인 '여호와 하나님'에게 향한 장중한 찬양이나 엄숙한 감동을 지닌 서정적 언사로써 이루어져 있는 바, 이는 곧 찬송시가가 찬가의 특성을 그대로 지니고 있음을 단적으로 말해 준다. 한국 찬송가집에서 분류하고 있는 바와 같이 그것이 '예배'를 위한 것이든 '성례와 예식' 혹은 '절기나 행사'에 관한 노래이든, 또는 '성령과 구원', '송영과 영창'의 노래이든 모두가 전술한 바대로 찬가로

---

31) 한국 기독교 100주년기념판『찬송가』(한국찬송가공회, 1985)에 실린 것 중 1920년대 소작 2편, 1940년대 소작 1편, 1950년대 소작 2편, 1960년대 소작 8편 등이 한국인이 지은 것임.

서의 특성을 지니고 있음에는 다름이 없다고 본다.

일

참깃분날하느님이 / 나를 그ᄌ식삽는날
일노크게깃분소리 / 텬하만민압회ᄒ네

후렴

깃분날깃분날 / 예수내죄다썻신날
빌고혼방배ᄒ는법 / 예수밝히ᄀᄅ쳤네
깃분날깃분날 / 예수내죄다썻신날

이

예수ᄒ끠언약ᄒ흠은 / 우리맛당홀만흔일
예수와나로매헌법 / 격박ᄒ나춤복잇다.

후렴

— 〈참깃분날하느님이〉 찬미가 륙십

예수의 놉흔 일홈이 / 내귀에 드러온 후로
전죄악을 쇼멸하니 / ᄉ후텬당 내거실세
사룸육신 생긴 근본 / 생어토 귀어토(生於土歸於土)ᄒ네
가련ᄒ다 천흔 몸을 / 조곰도생각지 몰셰
귀흔 영혼 예수따라 / 텬당에 곧 올나가셰
거긔가 내 본향일셰 / 착흔 령혼 다모혓고나
지성으로 밋던 덕이 / 됴흔줄을 깨닷겟네
여호와와 동락ᄒ니 / 무궁무진 즐겁도다

— 〈예수의 놉은일홈이〉 찬양가 61장

앞의 것은 번역 찬송가가사요, 뒤의 것은 한국인이 지었을 것으로 판단되는 창작가사이다. 어느 것이든 그것이 전술한 바 찬가의 성격에 부합됨을 알 수 있다. 이들 작품 속의 서정적 자아는 자기의 죄를 다 씻어 준 예수 그리스도의 은총과 권위에 대하여 감동을 지닌 언사로써 감사, 찬송하고 있으며, 예수 따라 천당에 올라가 여호와와 동락함을 감격적으로 찬미하고 있다. 인간적 갈등이나 불안, 모순이 예수의 은총을 믿는 믿음으로 모두 사라져 버리고, 신앙적 즐거움과 기쁨이 넘치는 데 대한 찬양만이 표현되고 있음을 본다. 번역가사나 창작가사 모두가 오직 신적인 예배의 대상에 대한 찬양이라는 찬가적 성격을 지니고 있다는 동질성이 확인된다. 다만 덧붙여 둘 것은, 찬가의 초기 명칭으로 쓰였던 '찬송가' '찬미가' '찬양가'등은 모두 '찬송시가'로 통칭할 수 있는 성질의 것들이라는 사실이다. 또한 '찬송시가' 란 전술한 바대로 흔히 말하는 '찬송가가사'를 시가 문학적 입장에서 분류한 명칭임은 물론이다.

b. 기독교 개화시가

한국 근대문학사 기술에 있어서 신체시 이전에 나타난 개화시가의 총체를 '창가가사'로 본 것은 임화, 조윤제, 조윤제, 백철, 서정주, 김춘수, 김동욱, 문덕수 등이며, 이를 '개화가사'와 '창가가사'로 나누어 구별한 것은 조지훈, 정한모 등이고, '개화시', '개화가사', '창가가사'로 세분한 것은 송민호의 견해이다.32)

---

32) 임호, 『조선신문학사』(영인본), pp.38—39 : 조윤제, 『국문학전사』(동국문학사, 1949), p.460 : 조지훈, 『한국현대시문학사』, 조지훈 전집7(일지사, 1973), p.249 : 정한모, 『한국현대시문학사』(일지사, 1974), p.135. : 백철, 『국문학전사』<현대문학사편>(신구문화사, 1957), pp.232—240 : 조연현, 『한국현대문학사』(성문각, 1974), pp.38—50 : 서정주, 『한국현대시』(일지사, 1969), p.9 : 김춘수, 『한국현대시형태론』(해동문화사, 1968), pp.18—20 : 김동욱, 『국문학사』(일신사, 1976), p.226 : 문덕수, 『한국현대시사 연구』(학술원논문집), 제7집(1968), pp.257—276 참조.

일반적으로 개화기시가에는 歌辭뿐만 아니라 시조, 漢詩 등의 전통적 시가형식은 물론, 독립신문의 소위 애국 독립가류와 새로 등장한 창가가사, 신체시 등 잡다한 형식의 시가들이 내포되어 있는 것이 사실이다. 본고에서 '개화시가'라 함은 이처럼 다양한 형식으로 이루어진 개화기의 시가들을 모두 포괄해서 지칭하는 것이 아니고, 소위 개화가사라고 불리우는 이 시대의 가사문학이나 시조, 한시 등을 제외한 나머지의 시가, 곧 독립신문의 애국독립가류 27편[33], 창가가사 및 신체시 등 새로 나타난 형식의 시가만을 지칭하는 개념이다. 특히 독립신문에 발표되었던 27편의 애국독립가류를 개화가사로 볼 것이냐, 창가가사로 볼 것이냐, 아니면 그 과도기적 중간형태로 볼 것이냐 하 는 점에 관하여는 의견이 분분하지만, 본장에서는 다만 위에서 밝힌 대로 이 세 가지. 개화기에 새로 나타난 유형의 시가들(애국독립가류, 창가가사, 신체시)을 묶어 '개화시가'로 보고, 이들 가운데 기독교 신앙을 근거로 해서 창작된 것들을 구별지어 '기독교개화시가'라고 명명한다는 점만 밝혀 둔다. 여러 형식의 시가들을 그렇게 통칭해서 부르는 까닭은 본디 한국문학사상전환기로서의 이 시기에는 새로 나온 시가류에 대한 장르의식이 거의 없었으며,[34] 그 결과 잡가, 창가, 신체시가 등의 명칭이 각각 사용되었으면서도 그것이 의식적으로 구별된 장르명칭이었음을 확인할 길이 전혀 없고,[35] 다만 이들이 모두 당시의 애국신앙적인 기독교사상을 토대로 독립의지나 개화의식 등을 하나님 앞에 다짐하고 기원하는 내용을 주로 담도 있었다는 공통점만 확인되기 때문이다.

다음으로 기독교개화시가와 앞의 찬송시가를 비교해서 살펴보면, 찬송시가가 예배라는 제전에서 불리우기 위하여 창작된 것으로 그 내용이 경건한

---

33) 조신권, 앞의 책, p.87 참조.
34) 정한모, 앞의 책, pp.166—167.
35) 위의 책.

신앙심을 주로 담고 있음에 반해, 기독교개화시는 보다더 현실적이요, 세속적인 내증을 담고 있다는 차이점을 발견할 수 있다. 여기서 현실적, 세속적이란 개화기 무렵의 쇠잔한 국운을 염려해서 국민들에게 애국심과 개화의식을 고취하는 한편, 절대자인 '하나님'의 권능 앞에 기독교신자로서 나라의 장래를 의탁해서 기원하는 등 그 내용이 찬송시가에 비해서 보다 현세적, 세속적 특징을 담고 있음을 말한다. 참고로 기독교적인 애국가류 한 편과, 가사와 곡을 알 수 있는 최초의 기독교창가가사인 '황제탄신축가', 그리고 기독교신체시 한 편을 다음에 인용해 찬송시와 비교해 본다.

일

턴디만물창죠후에
오쥬구역턴뎡이다
아시아쥬동양즁에
대죠션국분명 하다

후렴

독립긔죠쟝구슬은
군민샹이데일이라
깃분날깃분날
대죠션국독립흔날
깃분날깃분날
대죠션국 독립흔날(이하 생략)

— 농상공부쥬스 최병헌 〈독립가〉

1. 높으신 상쥬(上主)님
   자비론 상주님

긍휼히 보소서
이 나라 이 땅을
지켜 주옵시고
오 주여 이 나라
보우하소서

2. 우리의 대군주 폐하 .
만세 만세로다
만만세로다
복되신 오늘날
은혜를 내리사
만수무강케
하여 주소서

3. 상주의 권승으로
우리의 대군주 폐하
등극하겼네
이 나라 이 땅은
영세 불멸하겠네
대군주 폐하여
만만세로다

4. 상주님 은혜로
오 주여 이 나라
독립하였네
우리들 백성은
상하 반상 구별없이
오 주여 상주님
기도하겠네

5. 홀로 한 분이신
   만왕의 왕이여
   찬미 받으소서
   상주님 경배하는
   나라와 백성들
   국태민안 부귀영화
   틀림없이 안겠네

— 새문안교회교인작〈황제탄신축가〉

너의는 개??은 되야도
『밥버레』는 되려 하지마러라
너의는 거름장산 되야도
『??쇠』는 되려하지마러라
너에게 밥먹으라 입주신
하날끠서 손과발도주시되
입한아 주시면서 손발은
둘식주신理致아나모르나
먹기포 적게 하고 말까지
만히하지 아니할것이로대
할수가 잇난대로 손과발
놀니기는 쉬지아니하야서
주먹힘 튼튼하게 만커던
地球라도 따려부서바리고
발人 길질 뻣뻣하게 잘커던
月中?도 보기조케것어차
앗가운 一平生을 空然히
옷밥씨름 하난데쓰지마라
그러면 거름장사 개빅뎡

되난편이 또한나흐리로다

이들 시가를 이미 앞에서 소개한 찬송시가와 비교해 볼 때 上述한 양자의 차이점을 확인할 수 있다. 또한 형식상 차이점을 살펴보더라도 찬송시가가 8·6조 7·7조 등 무려 35종의 다양한 음수율과 분절형식을 따르고 있는데 반해[36] 애국가류는 주로 4·4조 2행연으로 연구분되어 있으며, 창가가사의 경우 7·5조, 6·5조, 8·5조의 음수율을 지니고 있고, 신체시의 경우 형식이 자유로운 정 등 찬송시가에 비해 그 차이점이 뚜렷하다는 것을 알 수 있다. 결국 찬송시가와 기독교개화시는 그 내용으로 보나 형식면으로 보나 서로 구별되는 바, 국문학사상 전환기에 나타난 기독교개화시는 한국기독교 시가문학의 독립된 한 장르種으로 인정해 마땅하다고 하겠다.

c. 기도시 — 기독교 근대시

기도시는 본디 청원(petition) 또는 명령(Imperativ)이나 직접적인 호소를 통해 '나—님'(Ich—Du)의 발언으로 특징지어지는 서정적 예술형태이다. 따라서 반드시 나(Ich)와 절대자인 님(Du)간의 상호관계를 전재로 하지만, 근본적으로는 '최고의 존재'에 대해서 청원하는 것[37]이므로 신격적 대상에 대한 간청이 필수적인 요소가 되고, 따라서 부름(Invocation)이나 청원(petition)의 속성을 강하게 지닌다.

기도로서의 시의 내면형태는 서사적 이야기가 보고적 서술문장으로 이루어지는 데 비해서 청원을 통하여 간구하는 내용이 언표적으로 뚜렷해지는 것이 그 특색이라는 볼프강·카이저의 말과 같이,[38] 기도시가 지니는 특성

---

36) 조신권, 앞의 책, p.84.
37) Heiler, F, *Das Gebet*, Munchen, 1961 참조.
38) Wolfgang Kayser, 앞의 책, p.146.

은 무엇보다도 청원과 명령이라고 할 수 있으며, 기도시의 애배 대상은 찬가(hymn)와 동일하지만, 한편 그 언어의 청원적 명령이나 간청을 통해서 기도자 자신의 청원을 기조로 한다는 점에서, 보다 자기지향적인 성격을 다분히 내포하고 있는 것이다.[39]

초기의 천주교가사나 기독교개화시가에 이러한 기도적 요소를 지닌 시가 간혹 보이지 않는 것은 아니지만, 그러나 한국기독교시문학사에서 명실상부한 기도시가 본격적으로 나타나기 시작한 것은 1927년 전후라고 할 수 있다. 그 이전에는 주로 교리가사나 찬가, 개화시 등이 주종을 이루어 왔지만, 3 1운동의 실패 후 민족의 정서나 살상이 무실역행 등 국권회복을 위한 문화적 내실을 다지는 방향으로 전환된 까닭에, 이런 문화갱생적 분위기 속에서 기독교신앙도 토착화의 노력과 함께 성숙을 기하게 되었고, 이에 따라 기독교시가도 단순한 찬가에서 벗어나 절대자인 '하나님'과 자신과의 대화 형태로 성숙되어지는 기도시가 쏟아져 나오게 되었다. 뿐만 아니라 1920년대부터 한국기독교계는 밖에서 밀려 들어오는 새로운 지적인 분위기, 사회주의적 풍조, 경제적 시련의 심화, 그리고 민족말살을 획책하는 일제의 문화적 침략의 구체화 등 밀어닥친 새로운 정황 때문에 역사상 처음으로 심각한 자기반성의 길에 서지 않을 수가 없었으니,[40] 기독교도의 이러한 자기반성과 회개가 본격적으로 기도시를 낳게 한 또 하나의 동기가 된 것이다. 구약성서 시편에 많이 나오는 歎息詩[41]처럼, 모든 시대 모든 고난의 상황에서 부딪히는 사건의 의미는 언제나 현재적이고 상호 연결되어 있다는 점에서 볼 때, 이러한 1920년대 식민지 상황에서 기독교도들에 의해 탄식적 기도시가 많이 창작되기 시작한 까닭을 알 수 있을 것이다.

---

39) 이재선, 『향가의 이해』(삼성미술문화재단, 1979), p.28.
40) 민경배, 『한국의 기독교』(서울, 세종대왕기념사업회, 1975), pp.114—1115.
41) Herman Gunkel이 구약의 시편 중 기도적인 시를 가리켜 지칭한 말.

기독교 기도시에서 시인이 부르는 神名은 '야훼 하나님'이다. 이 이름은 이스라엘 민족사의 '구원의 상징'이고 '지상에서 활동하는 하나님의 능력' 바로 그것이었다. 뿐만 아니라 히브리인에게 있어서 '이름'(Shem)은 그것이 實存이요, 그 자체가 곧 행위하는 힘이었다.42) 기도시인이 그의 '하나님'을 '이름'에 의해서 부름으로써 '하나님'의 현재적 간섭을 기원했다는 것은 자연스러운 일이다. '하나님의 이름을 위한' 구원의 호소는 시인이 가장 위험한 위기에 당면했을 때 일어나는 일반적 표현이라 할 수 있다. 고난 받는 자에게 있어서 신의 이름을 부르는 일은, 그의 고난의 문제를 해결하기 위하여 神에게로 가는 첫 걸음이다.43)

기도시에서 사용되는 신의 이름은 '하나님' '야훼' '주(主)님' '창조주' '당신' '大主宰' '神' 등 그 호칭이 매우 다양하다. 그리고 대개의 경우 그것들에 '(이)7' '(이)시여' 등의 호격조사가 붙어 절대자인 '당신(DU)'을 부름으로 시작된다. 이처럼 기도시는 흔히 '부름(Invocation)으로 싯귀가 이끌어지고, 그것이 지니는 신에 대한 청원이나 명령적 내용 때문에 서술어의 종결어미가 극존칭 명령형(하소서체)이나 願望形으로 대부분 끝나고 있음이 특징인 것이다.

"나의 하나님이여, ……못하게 하소서"
"야훼여………나를 긍휼히 여기소서"
"야훼여………나를 고치소서"44)

"주여, 나를 놓치 말아 주세요"
""주여……주의 말만 듣게 하옵소서"45)

---

42) 김이곤, 「탄식시에 나타난 하나님이해」(기독교사상, 1967, 5월호), p.102.
43) 김이곤, 앞의 책.
44) 구약성서, 시편 25:2, 6:17, 25:5 에서.
45) 이용도, 「나는 젖먹는 아이」(이용도 목사의 일기) 중에서.

"온 우주의 대주재시여, ········받으소서"
"주여, 이 몸도 드리옵니다"[46]

아울러 기도자 자신의 청원과 명령을 기조로 하는 기도시는 보다 자기지향적인 성격이 강하기 때문에 절대자 앞에서의 회개, 고백, 탄식, 술회, 다짐 등이 겸하여 나타난다. 불완전한 지상적 존재로서의 서정적 자아(Ich)가 절대적인 천상적 존재로서의 '여호와 하나님'(Du) 앞에 서려면 자아성찰이 먼저 요구되기 때문이다. 철저한 자아성찰 없이 참된 기도가 이루어질 수는 없다. 이 자아성찰의 요구가 기도자인 시인을 자기지향적으로 만든다고 하겠다.

기도 시인의 자기지향은 개체적인 자아에의 지향과 공동운명체로서의 민족적인 자아지향, 그리고 범인간적인 자아지향을 모두 내포하는 개념이다. 동시에 기도시인의 願望形 기도와 자아성찰적 지기지향성은 한 작품 안에서 흔히 혼합되어 나타나는 것이 보통이다. 때로는 절대자 앞에서의 자기지향적 회개나 고백, 탄식술회, 다짐만이 표현되고 명령이나 청원이 생략되는 경우도 많다. 그렇다고 해서 그것을 기도시가 아니라고 할 수는 없다.

그러므로 기도시의 범위는 상당히 넓고 포괄적이라 할 수 있으며, 절대자로서의 '여호와 하나님'인 '당신'(Du)을 대상으로 한 '나'(Ich)의 자기지향적 진술을 담아야 한다는 기도시의 필수조건을 갖춘 작품이라면 모두 기도시로 간주할 수 있는 것이다.

①주여, 나는 주를 따라가는 자로소이다.
십자가를 지고 주를 따라가는 자로소이다.
주가 인도하는 대로 어느 지경까지든지

---

46) 작자미상, 「새벽기도」 (졸편, 『한국인의 성시』) 중에서.

주를 따라가겠다고 몇 번이나
장담한 자로소이다.
그러나 주여! 보소서,
막상 작은 못 하나
이 몸에 부딪칠 때에 나는 그 아픔을 견디지 못하여 감히 고민하였옵니다.
— 작자미상 〈십자가만율〉에서[47]

② 눈물을 주소서

오늘의 우리는 눈물이 다 말랐옵니다. 눈물없는 곳에 되지 못한 것들만
무성하여 있습니 다. 눈물은 살균력이 있옵니다. 원망, 불평, 이기(利己) 등은
전염병균과 같아서 자신을죽이고 또 남의 가슴에 살촉을 박아 죽게하는 악독한
병균입니다.
— 李龍道의 〈눈물을 주소서〉에서[48]

③ 산아, 나무야, 바위야, 나를 가리워 주의 진노의 눈에서 피하게 하여
주고, 모든 인간들에 게서 숨기어 수치를 면하게 하여 다오 그러나 내가 일찌기
산에서 범죄하여 산을 더렵혔 사오매, 나는 산의 원수가 되었고, 나무와 바위
아래서 내가 부정하였으매 저가 나를 멸시 한지라, 어찌 나를 덮어주며 가리워주
랴. 산과 나무가 나를 숨겨주지 아니하고, 바위가 나 를 숨겨주지 아니하며,
바람이 나를 듣지 않고 하늘이 나를 동정치 않는도다.
— 李龍道의 〈산아, 나무야, 바위야〉에서[49]

④ 어두워만 가는 조국의 하늘엔 별 하나 뜨지 않습니다
삶의 피곤이 그늘진 거리엔 向 잃은 갈대와 같은 群像들이 어쩌자고 이렇게
수런대고만 있읍니까

소소히 젖어오는 바람소리 오들대며, 추녀 상품으로 기어들고,

---

47) 졸편, 『한국인의 성시』, p.100.
48) 변종호 편, 『이용도목사의 일기』, p.37.
49) 위의 책, p.172.

창밖엔 어둠에 앉아 우는 새가 외로움에 지쳐 있읍니다.

어쩌면 저렇게도 자지러지게 울까요.

의로운 것이 去勢되어 간다고 저토록 운답니다
어둡고 답답하기만 하다고 저렇게 애절히 길게 목놓아 운답니다.

허전하고 쓸쓸하고 사랑없어 마음의 공간을 메꿀 수 없다고 저렇게 피나게
운답니다.

꺼질 줄 모르는 그 영원의 섬광이 그렇게도 그리워서 저토록 못견디게
안스럽게 보채 고 운답니다.

주여, 어서 이 땅에
새 의지에 눈 떠 오는 새 아침이 있게 하소서.
— 李龍道의 〈어둠에 앉아 우는 새〉 全文[50]

위에 인용한 기도시 가운데 ①은 시인 자신의 자기고백이고, ②는 여호와
'하나님'께 대한 시인의 청원, ③은 시인의 자기지향적 탄식, 그리고 ④는
공동운명체로서의 자아, 곧 국가, 민족적 자아로서의 자기고백과 '하나님'께
대한 기도적 청원을 각기 담고 있다.

d. 기독교 본격시—현대시

본질적으로 말한다면 기독교 예술이란 기독교 신앙(Christianity)의 표현
이다. 기독교 신앙이란 물론 기독교적 체험을 의미한다. 그러나 오늘날에
기독교 예술가가 표현하는 것은 과거와는 달리 원칙적으로 객관적이고 기

---

50) 졸편, 앞의 책, p.382.

성화된 교리나 예배의식 등 역사적 사실로서의 기독교 신앙이 아닌 것이다.[51) 기독교 예술가가 작품으로 표현하는 '기독교적 체험'이란 다만 작품을 창작하는 예술가의 내적 감정이나, 그 작품을 통하여 그가 말하고자 하는 체험의 내용이 기독교적임을 스스로 확신할 수 있는 그런 것을 의미한다. 오늘날 현대문학에서 기독교적이라고 하는 것은 소재적(stofflicher)이거나 주제적(motvicher)인 상태이지, 어떤 형식적인 원칙이 있는 것은 물론 아니다.[52) 과거와는 달리 현대의 기독교문학은 비 기독교문학과 그 표현양식은 같지만 내용과 의미에서 다른 것이다.[53)

이러한 견해들의 문맥을 검토해 보면 그것이 서구의 중세 문학예술에 해당하는 것이 아니고 20세기 현대 기독교문학에서 요청되는 조건들임을 알 수 있다. 한국기독교문학의 경우, 그것은 1930년대 이후에나 해당될 수 있었던 이론인 것이다. 왜냐하면 19세기 교리시가인 천주교가사는 물론이고 20세기 초엽에 나온 찬송시가나 기독교 개화시가, 그리고 1920년대의 기도시에 이르기까지도, 교리나 예배의식, 기도나 청원 등 소위 '객관적이고 기성화된 역사적 사실로서의 기독교 신앙'이 그 표현 대상의 주류를 형성해 왔기 때문이다. 곧, 1920년대까지의 기독교 시문학은 예술성보다는 신앙에 더 비중을 두어 온 것이 사실이다. 그러나 1930년대부터는 문학에 있어서의 예술성 추구라는 한국문단의 일반적 토양을 배경으로 한국 기독교 시문학도 신앙중심에서 벗어나 문학중심으로 그 비중을 옮기게 됨으로써 '본격적' 기독교시문학이 가능해지게 되었다고 말할 수 있다.

이렇게 해서 등장한 것이 '기독교 본격시'이다. 또한 이 시기부터는 지식

---

51) Ritter, Richard, H, <u>The Arts of the church,</u> **Boston** : The Pilgrim Press, 1947, Chap. Ⅰ. 참조.
52) Hohoff, Curt, <u>Was ist Christliche Literatur?</u> Verlag Herder K.G. Freiburg in Breigau, Germany, 1966(한승홍 옮김), p.13.
53) 위의 책, p.20.

인을 중심으로 기독교적 사고가 한국사회 전반에 걸쳐 보편화된 까닭으로, 기독교 신자가 아닌 일반시인들의 작품에도 기독교적 관점이나 의식이 형상화되어 나타나기 시작하였으니, 이를 가리켜 흔히 '기독교적 문학'이라 칭하기도 한다.54)

'기독교 본격시'와 '기독교적 현대시' 작품은 그것들이 모두 전술한 바대로 신앙보다는 문학의식을 우선했으며 신앙심의 직선적인 표현에서 벗어나 그 예술성, 문학성이 현대적으로 변모하였다는 점에서 우리의 주목을 끈다. 1930년대부터 한국기독교 시단에 이러한 문학적 예술성 위주의 작품이 생산되었다고 볼 때55) 이는 이전의 교리시가, 찬송시가, 기도시 등에서 볼 수 없었던 새로운 措辭法과 새로운 주제의식의 기독교시 작품이 등장했음을 확인시켜 주는 사건이라고 지적할 만하다.

따라서, 이 시기 이후에 나타난 기독교시는 현대적 성격으로 비추어볼 때 문학적 본격성을 지니고 있다고 아니할 수 없는 것이며, 이러한 논리에 따라 이 시기 이후의 작품을 구분하여 '기독교 본격시'로 독립시키는 것이 타당하다고 본다.

다음에 1920년대의 '기도시'와 '기독교 본격시'라고 간주되는 1930년대의 작품을 각각 인용, 상호 비교해봄으로써 그 차이점을 밝혀보고자 한다.

> 나는 다시 나를 주께 드리나이다. 맡기나이다. 주께서 마음대로 주무르시옵소서. 주무르시는 대로 주물림을 받는 점토와도 같습니다. 무엇을 만들든지 聖意대로 만들으시옵소서. 무엇이 되든지 나의 관계할 바 아니었읍니다. 주여, 나는 온전히 주의 피조물인 것뿐이로소이다. 주는 나의 창조주시며 나는 주의 작품이로소이다. 존재는 주의 영광을 위하여, 주의 能을, 또 그 愛와 大智를 증거하고 있는 조각품이로소이다.

---

54) 조남기, 「기독교문학론」(『기독교사상』, 1978년 9월호) 참조.
55) 정지용의 신앙시가 그 효시.

얼골이 바로 푸른 한울을 울어렀기에
발이 항시 검은 흙을 향하기 욕되지 않도다.

곡식알이 거꾸로 떨어져도 싹은 반듯이 우로!
어느 모양으로 심기여졌더뇨? 이상스런 나무 나의 몸이여!

오오 알맞는 位置! 좋은 우아래!
아담의 슬픈 遺産도 그대로 받었노라.

나의 적은 年輪으로 이스라엘의 二十年을 헤였노라.
나의 存在는 宇宙의 한낱 추한 汚點이었도다.

목마른 사슴이 샘을 찾어 입을 잠그듯이
이제 그리스도의 못박히신 발의 聖血에 이마를 적시며

오오! 新約의 太陽을 한아름 안다.
— 鄭芝溶의 '나무' 全文57)

前者가 기도시로서 신앙심을 직접적으로 진술하고 있음에 반하여 後者
는 신앙심의 직접적 진술을 벗어나 보다 더 문학적 형상화에 치중하고 있음
이 확인된다. 1730년대에 이르러 이러한 기독교 본격시가 우리 시단에 등장
하게 되었다는 것은 매우 주목할 사건이라고 할만하다. 왜냐하면 그것은
한국 기독교 시인들의 시에 대한 예술적 관점이라는 현대적 변화를 보여주
는 것이기 때문이며, 기독교시의 새로운 면모와 유형을 확인시켜 주기 때문

---

56) 변종호 편, 앞의 책, p.134.
57) 정지용, 『정지용시집』(건설출판사, 1946), pp.130—131.

이기도 하다. 그리하여 그것은 교리시, 찬송시, 개화시, 기도시와 구별되는 또 하나의 새로운 유형으로서의 '기독교 본격시'가 독립된 장르種으로 설정될 수 있음을 입증해 주는 것이다.

(4) 결 론

필자는 본고에서 한국 기독교 시문학 장르에 대하여 고찰하기 전에 먼저 한국기독교문학의 양식을 성서문학과 연관시켜 살펴봄으로써 그것이 서정양식, 서사양식, 극양식, 교술양식으로 四大別되어야 한다고 보았다. 그리고 이를 토대로 한국 기독교 시가문학의 장르로는, 서정양식에 속하는 기독교서정시, 서사양식 중의 기독교 서사시, 극양식 중의 기독교 극시, 교술양식 중의 기독교 교술시로 유별되어야 한다고 결론지었다. 아울러, 그 하위개념으로서의 장르種에 교리시가인 천주교가사, 찬송시가인 찬송가가사, 개화기 가사인 기독교 개화시, 기독교 근대시로서의 기도시, 그리고 현대시라 할 수 있는 기독교 본격시가 그것들이 나타난 각 시대적 특성을 배경으로 삼아 역사적으로 존재한다는 사실도 밝혔다.

뿐만아니라, 국문학의 장르설정에서 흔히 논란의 대상이 되어 왔던 가사문학의 경우 조선조의 일반가사와는 달리 천주교가사는 그것이 지니고 있는 지적이고 객관적인 주제적, 소제적 특성 때문에 서정양식에 속한다기보다는 오히려 교술양식에 속하는 시가문학으로 보아야 마땅하다는 점도 지적하였다.

극히 단편적, 부분적으로 언급한 이외에는 거의 본격적인 논의가 없었던 한국기독교문학 내지 한국기독교시가문학의 장르설정에 관하여 체계적인 논의를 전개시킴으로써 합리적인 결론을 이끌어내어야 한다는 당위성에 유념하면서 도출해낸 결론이었다.

　　그러나 본고의 내용 중에는 다소 미비한 점도 있을 수 있고, 논란의 여지와 함께 좀 더 보충되어야 할 점도 아직 남아 있으리라 여겨진다. 필자는 다만, 본고가 이러한 주제에 대해서 최초로 체계적 접근을 시도하였다는 점을 강조하면서, 이를 계기로 보다 더 진지한 연구와 활발한 논의가 이루어질 수 있는 하나의 출발점이 되기를 바란다.

4. 기독교 시의 미의식

(1) 서 론

전통적으로 기독교 내부에서는 예술이 추구하는 미적 쾌락을 그 본질에 있어 악마적이라하여 부정해 온 것이 사실이다. 다만, 부분적으로 교회음악이나 성화 및 찬송시(hymnic poetry)의 경우 그것들이 신으로부터 흘러나오는 미의식을 표현하는 것으로 간주되는 범위 안에서 제한적으로나마 종교예술로서 인정하여 왔을 따름이다. 어떻든 기독교는 그것이 전통적으로 수용하여 온 이러한 종교예술이란 것 때문에 제한된 범위 내에서나마 근본적으로 미학적 영역을 사용하여 왔고 또 현재도 사용하고 있다.[1]

이와 같이 기독교는 그것이 받아들이고 있는 종교적 예술활동을 통하여 삶의 의미를 미의식을 바탕으로 하는 비유와 상징들로써 나타낸다. 교회음악이나 성화 및 찬송시 등 일부 국한된 예술활동 뿐만 아니고, 일반적 기독교 문학도 고금을 통하여 그 나름대로의 독특한 미의식[2]을 구체적 작품 형식

---

1) Paul Tillich, <u>A Modern Reader in the Philosophy of Religion</u>, (1966).
2) '미의식'(美意識 : Aesthetic consciousness)은 미적 체험이라고도 하는바, 일반적으로는 미적태도에 대한 의식 과정이나 미적 가치에 관한 직접적 체험을 의미한다(『미학

을 통해 표현한다고 할 수 있다. 이러한 점을 전제로 할 때 기독교문학 작품에 나타난 미의식의 구조 양상은 어떤 것이며, 그것이 실제로 어떻게 구체화되어 작품 속에 표현되어 있는지 살펴보아야 할 당위성을 인정하게 된다.

이에 본고에서는 우선 기독교 미학의 근거가 되는 성서에 나타난 미의식과 중세의 미학에 대해 살펴본 다음, 몇 개의 미적 범주에 대해 그 특징을 규명해 보고자 한다.

(2) 성서의 미의식

1) 성서와 문학

일반적으로 기독교 문학 연구와 기독교 문학 비평연구가 안고 있는 제반 문제에 대한 해답 제시에 있어서, 성서를 지침으로 삼고자 하는 관심이 두드러지게 부족한 것이 사실이다.[3]

기독교가 분명히 인간들의 소견을 토대로 한 종교가 아니고, 궁극적으로 성서에 근거를 둔 계시종교임에도 불구하고, 여러 경우에 있어서 (그것이 신학적 고구이든 문학적 연구이든 간에) 성서를 도외시하는 경향이 있음은 반성할 일이 아닐 수 없다. 신앙을 떠나서 일반적 관심으로 볼 때, 성서는 인류 역사상 가장 위대한 문학 중의 하나라고 일컬어져 왔다.

같은 관점으로 그것은 미의식이 내포되어 있는 한 편의 위대한 예술이기도 하다. 신앙생활 속에서 기독교인들이 거룩하게 우러러보는 성서가 추상적인 교리의 형태로나 조직신학의 형태로가 아니라, 주로 문학 형태로 주어졌다는 것은 결코 우연이 아니다. 추상적이고 관념적인 교리나 학문적 논리로 기록된

사전』, 서울, 논장, 1988, p.307참조)
3) L. Ryken, <u>Triumphs of the Imagination</u>(최종수역, 『상상의 승리』 서문 참조).

기록물 속에는 참다운 생명력이 존재할 수 없음은 주지의 사실이다.

성서의 기록이 단순한 기계적, 논리적 서술이 될 수 없음은 그것이 살아있는 생명체로서의 영원성, 절대성을 지니고 있는 종교적 경전이라는 이유 때문이기도 하지만, 인간의 전인적 삶과 관계된 초월적 기록물이라는 성서의 본질적 속성과 유관한 것이기 때문이라 하겠다. 이성적 논리만으로는 인생과 우주의 진리를 표현할 수 없다는 점이 또한 그 이유가 된다고 하여 무방하다고 본다. 성서 전체가 비유 덩어리임은 성서 스스로 증명해 보여주고 있으므로4), 비유적 언어, 곧 문학적 언어와 그것은 숙명적으로 깊이 연계되어 있다고 보아야 한다. 이렇게 볼 때 성서는 그 자체가 하나의 위대한 문학적 기록물이 될 수 있음을 인정해야 한다. 그것은 어디까지나 신앙을 떠나 학문적, 일반적 관점에서만 인정될 수 있다는 한계를 분명히 수용할 때 가능한 논리이다. 이러한 논리를 전제로 성서의 문학성을 살펴볼 때, 성서가 문학일 수 있다는 근본적인 두 가지 사질을 구체적으로 지적할 수 있다.

첫째로, 성서는 경험적이며 구체적 기록물이라는 점이다. 성서는 전체적으로 볼 때, 본질적으로 조직신학에 대한 해설적 논문이 아니다. 물론, 성서 속에 신학적 견해가 표현된 부분들이 없는 것은 아니지만 그럼에도 불구하고 성서의 대부분을 차지하는 시가나, 역사서나, 이야기들은 매우 경험적이며 구체적인 사실과 사물들을 토대로 하여 문학적으로 표현되어 있는 것이다.

둘째로, 성서는 주로 문학적 형식을 취하고 있다는 점이다. 기독교 신자들이 흔히 성서의 신학적인 내용에만 골몰하여 성서의 문학적 특색을 깨닫지 못하는 경우가 흔함에도 불구하고, 실제로 성서는 수많은 문화형식, 즉, 설화, 서사시, 비극, 풍자, 서정시, 축혼가, 비가, 찬사, 웅변 등을 포함하여 하나의 문학 사화집처럼 되어 있다. 따라서 성서 자체가 기독교인들에게

---

4) 신약성서 마태복음 13장 10절—16절, 등.

문학의 중요성과 필요성을 확인해 주고 있는 셈이다.

문학이라는 언어 표현 형식을 빌어 선지자들에 의해 기록됨으로써 지극한 진리를 담게되어 고상해질 때 그것은 종교적 경전도 될 수 있는 것이며, 반면 그것이 사이비 문인들에 의해 지극히 저속한 기록물이 될 때 퇴폐적인 세속적 저작물로도 된다는 점을 인정해야 한다. 사도 바울 조차도 희랍적 문화의 맥락 속에서 글을 쓰면서, 이교 (異敎)주의보다 훨씬 더 높은 도덕적, 심령적 환상을 품고 있었지만, 문학에 대한 플라톤적 적개심은 가지고 있지 않았다. 더구나 바울은 크레테 (Crete) 사람들에 관하여 디도 (Titus)에게 보내는 서신에서, 크레테 원주민인 시인 에피메니데스 (Epimenides)의 글을 인용하고 있으며, 그 인용 다음에 '이 증거가 참 되도다'라는 논평까지 하고 있다.[5]

바울은 또 희랍의 극작가 미난더 (Menander)에 의해 씌어진 「타이스」 (Thais)라는 희곡을 인용하고있다.[6] 뿐만아니라 그는 희랍시인들인 크리안데스 (Cleanthes), 아라투스 (Aratus) 및 에피메니데스 (Epimenides)의 작품을 인용하여 '너희 시인 중의 어떤 사람들의 말과 같이'라고 말하면서[7] 그들에 대한 언급에 주의를 환기시키고 있다.[8] 여기서도 성서는 문학의 가치를 인정하고 있을 뿐만 아니라, 성서 자체가 문학과 매우 관계가 깊고 한편으로 또, 그것이 곧 문학임을 입증해 보여 준다.

2) 성서 문학과 미의식

성서의 문학성을 입증하려면 보다 더 구체적으로 성서 자체가 문학적 미의식을 인정하고 있음을 지적해 낼 수 있어야 한다.

---

5) 신약성서, 디도서 제1장 12절—13절 참조.
6) 신약성서, 고린도전서 제15장 23절 참조.
7) 신약성서, 사도행전 제 17장 28절 참조.
8) L. Ryken, 앞의 책, pp.23—25.

인간들의 삶에 있어 미에 대한 재능을 계발하는 일, 즉, 미적 창작의 중요성과 인생에서 미의 추구를 인정하는 어떤 심미적 이론의 근거가 성서에는 분명히 나타나 있다. 그것은 성서를 근거로 한 다음의 몇 가지 사실이 이를 뒷받침해 주고 있기 때문이다.

첫째, 성서에 기록되어 있는 내용은 창조주 여호와 자신이 바로 다름 아닌 미의 창조자임을 확증해 주고 있다는 점이다. 다시 말해서, 창조주는 이 우주를 창조함에 있어 미의식을 가지고 지극히 아름답고 조화롭게 만들었으며, 결코 아무런 미적 의식도 없이 무질서하고 추악하게 만들지 않았다는 사실을 성서는 강조하고 있는 것이다. 구약 창세기에 기록된 천지창조의 행위는 한 가지 목표를 향해 이루어지고 있는 바, 그것이 바로 창조주가 스스로 만든 우주를 바라보며 보기에 좋다고 찬탄하였듯이, 질서와 조화를 바탕으로 한 '아름다움'이었음을 입증해 준다.9) 아울러, 구약에 기록된 창조주의 천지창조 행위가 예술가의 창작행위처럼 묘사되어 있음은 창조주 자신이 곧 미를 창조하는 위대한 예술가이기도 했음을 웅변으로 말해 주는 것이라고 하겠다.

둘째, 창세기 1장의 여러 구절들은 창조주 여호와 자신이 스스로 만든 이 우주의 아름다움을 찬탄하면서 감상하고 있음을 보여 준다는 점이다. 그것은 곧, 성서 자체가 인간들이 자연을 포함한 미적 대상을 즐기는 일이야말로 창조주로부터 연원되는 부정할 수 없는 행위임을 입증해 보여 준다는 점에서, 예술 작품이 지니고 있는 미를 감상하는 인간 행위에 정당성을 부여해 준다. 전술한 바와 같이 기독교가 전통적으로 찬송시 등 몇몇 예외를 제외하고 문학, 예술작품에 대해 비판적 위치에서 그 수용을 꺼려 왔던 것은

---

9) 구약 창세기 제1장4절, 10절, 12절, 18절, 21절, 25절, 31절에 기록된 여호와의 천지창조 행위마다 '보시기에 좋았더라', '보시기에 심히 좋았더라'라는 기록이 반복됨은 이 사실을 확고히 증거해 준다.

문화 또는 예술의 미적 감상 자체를 부정하기 때문이었다기 보다는 그것들의 저속성과 지나친 저급의 세속성 때문이었다고 보아야 한다. 그 질의 저속함과 그것이 사회에 미치는 악영향에 대한 비판은 문학, 예술뿐만 아니라 종교를 포함한 인간의 모든 문화 영역에 두루 적용된다는 점에서 저속한 문학, 저속한 예술작품에 대한 기독교의 전통적 혐오감을 이해해야 될 것이다.

셋째, 성서는 창조주 여호와가 인간을 자신의 형상대로 만들었다고 기록하고 있다는 점이다.[10] 이는 미의식을 토대로 한 창조주의 천지창조 행위와 그 창조된 우주가 지니고 있는 미적 형태를 감상하는 창조주의 행위가 인간에게도 여호와에 의해 그대로 허여되었음을 확인시켜 준다.

그런 의미에서, 시인이 시를 지어 피조물인 인생과 자연의 아름다움을 노래하고, 또 그러한 시인의 시 작품에 담긴 미의식을 사람들이 감상하는 행위야말로 지극히 자연스러울 뿐만 아니라, 성서적으로 볼 때 하나의 당연한 의무이기도 하다는 자각을 강조하지 않을 수 없는 것이다. 작가, 시인이 자기 자신을 현세에서의 창조주의 성실한 조수로 정직하게 인식하고, 맡겨진 창작의 사역을 수행함으로써 창조의 풍성함을 더욱 풍요롭게 만드는 데 이바지해야 함은 당연한 것이며, 이 점이 바로 기독교시인, 작가들의 소명이기도 하다.

다음으로 미적 쾌락추구의 당위성에 대한 성서적 관점은 무엇인지 알아본다.

성서는 아름다움 그 자체의 창조와 감상행위를 인정하는 만큼, 인간들이 그것을 즐기는 즐거움, 곧, 미적 쾌락의 추구도 인정하고 있다. 물론, 창조주 여호와를 전적으로 부정하는 그릇된 작품이나 말초적 쾌락의 추구까지도 성서가 인정하는 것은 아니다. 구약 전도서의 통일된 주제야말로 이러한 그릇된 쾌락의 추구와 여호와 중심적인 쾌락추구 간의 대조를 극명하게 보

10) 구약, 창세기 제1장 26절—27절.

여주고 있는 것이다.[11]

> 사람이 사는 동안에 기뻐하며 선을 행하는 것보다 나은 것이 없는 줄을 내가 알았고 사람마다 먹고 마시는 것과 수고함으로 낙을 누리는 것이 하나님의 선물인 줄을 또한 알았도다.[12]

> 사람이 하나님이 주신 바 그 일평생에 먹고 마시며 해 아래서 수고하는 모든 수고 중에서 낙을 누리는 것이 선하고 아름다움을 내가 보았나니 이것이 그의 분복이로다. 어떤 사람들에게든지 하나님이 재물과 부요를 주사 능히 누리게 하시며 분복을 받아 수고함으로 즐거워하게 하신 것은 하나님의 선물이라.[13]

쾌락에 대한 인간들의 관점이 창조주에 대한 그의 생각이나 판단을 대변해 준다는 것은 그런 의미에서 분명하다. 성서적 입장에서 볼 때 미적 즐거움이란 속성은 신에 의해서 창조되어 인간에게 주어진 것이기 때문에 원천적으로 선한 것이다. 하지만, 이것들은 창조주의 다른 선물들과 마찬가지로 타락한 인간들의 손에 의해서 악한 목적으로 이용될 수도 있는 것이 사실이다. 또스또예프스키가 그의 작중 인물을 통하여 '이는 하나님과 악마가 인간의 마음을 획득하기 위하여 싸우는 전쟁터'라고 말한 것이나, 올더스 헉스리(Aldous Huxley)가 '평범한 역사적 사질로서 생각해 볼 때, 거룩한 아름다움들은 종종 거룩하지 않은 아름다움들과 혼합되거나 후자의 지배를 받아 왔다'[14]고 한 말은 이점을 강조한 것에 지나지 않는다.

그러므로, 성서적 관점에서 본 인간들의 합당한 미적 쾌락 추구의 행위는 창조주 여호와를 미의 궁극적 근원으로 인식함을 전제로 할 때 가능하다고

---

11) L. Ryken, 앞의 책, p. 50.
12) 구약 전도서 제3장 12—13절.
13) 앞의 책, 제5장 18절—19절.
14) A. Huxley, <u>Brave New Work Revisited.</u> (New York Harper & Row, 1958), p.52.

볼 수 있다.

결론적으로 기독교적 세계관과 기독교적 미학은 성서에 입각한 올바른 미의 추구를 임의적인 선택이 아니라 하나의 의무로 삼고 있다고 하겠다. 성서는 미가 창조주 여호와의 속성이며 그 완성이고, 여호와가 진리의 근원인 것과 마찬가지로 그는 미의 근원이기도 하다는 점을 여러 곳에서 재차 강조하고 있다.[15]

그러므로, 기독교 미학의 중요한 기반은 바로 성서 그 자체이고, 성서의 교리는 인간도 창조주와 같이, 또는 그를 모방하여 아름다움을 창작할 수 있음을 입증해 주고 있으며, 이러한 미적 의식에 대한 성서의 긍정적 관점은 기본적으로 문학적 형식이 지닌 상상적 아름다움의 향유를 기독교적 행위로서 수긍해 주는 것이라고 보아 마땅한 것이다.

(3) 중세 기독교 문학의 미학

1) 중세 미학의 특징

성서문학이 확인시켜 주는 미적 추구의 당위성이 기독교미학의 뿌리를 이룬다면, 그것을 계승한 중세 기독교의 미학은 그 줄기를 형성한다고 할 수 있다. 고대 서양에서 철학이 중심을 이루었던 그리스적 고전의 시대는 단순문화 (the Hellenic Culture)의 시기였는데, 이 때 동방의 사상이 유입되어 옴에 따라 그리스적 고전 정신은 변화의 충격을 받게 되었다.

동방정신은 이성보다는 정의 (情意:willing)를 바탕으로 했던 사장이었기

---

15) 구약 창세기 제2장 9절, 역대상 제16장 29절, 시편 제27편 4절, 시편 제29편 2절, 시편 제90편 17절, 시편 제96편 1절 및 9절, 에스겔 제16장 14절~15절, 스가랴 제9장 17절 등.

때문이다. 그러므로, 복합문화 (the Hellenistic Culture)의 시대는 인간의 이성과 정의가 동시에 인정되면서 인간의 심리가 간명하고 단순한 논리의 체계가 아니라 신비롭고 무궁하고 황홀한 세계임을 파악하게 되었다. 이와 같은 복합문화의 흐름이 新 플라톤적 사상 (Neo - Platonicism)의 신비주의 징후로 나타났던 것이다.

이러한 복합문화적 환경은 종교적인 분위기를 쉽사리 형성하여 점차로 종교의 전파를 가능하게 할 수 있었다. 그 결과 로마의 콘스탄틴대제 (Constantin the Great)때에 이르러 왕의 칙령으로 기독교는 종교로서 확립되었고 마침내 기독교가 로마의 국교로 공인되어 (AD. 325) 새로운 시대를 여는 신사고의 양식으로 대두되었으며, 자연히 복합문화는 종교문화 (the Religious Culture)로 변이되었다.16)

이에 따라 미적 관점도 그리스적인 미의 관점이 헤브류적인 미의 관점으로 복합문화 말기에 교체되면서, 예술에 대한 관점의 변화를 가져오게 되었다. 중세미학은 이렇게 해서 헤브류적 기독교미학이 그 주류를 형성하게 된 것이다.

다음에 그리스적인 미의 관점(그)과 헤브류적인 미의 관점(헤)을 상호 비교해 봄으로써 중세 기독교적 미학의 특정이 무엇인지 살펴본다.

(그) 사물은 직접 미를 갖고 있다.
(헤) 사물의 미는 간적적이다. 미를 상징해 줄뿐이다.

(그) 사물의 고유성이 미를 결정한다.
(헤) 미는 사물을 접하는 이의 인상에 속한다.

(그) 미는 기본적으로 시각적이다.

---

16) 尹在根, 『詩論』(서울, 등지사, 1990), p.316참조.

(헤) 미는 취향의 문제이며 맛과 소리의 문제이기도 하다.

(그) 미는 조화 및 기본 요소들의 질서이다
(헤) 미는 기본요소 그 자체이므로 결합될 수 없는 순수한 것이다.

(그) 형식으로써 미를 구성할 수 있다
(헤) 미는 생명력과 은총과 충만에 있는 것이지 형식이 아니다.

(그) 미는 정적이며, 고요와 균정이 곧 미다
(헤) 미는 동적이며, 운동과 생명과 행동이 곧 미다.

(그) 신도 미의 표현 대상이 된다
(헤) 신은 미의 표현 대상이 아니다. 신은 象이 없기 때문이다.[17]

위의 대조표에서 확언되듯이 복합문화시대의 그리스적인 미의 관점으로 볼 때에는 미는 인간적이고 인간에 의해 만들어지는 것이었지만, 중세기의 기독교문화 시대에 와서는 미는 신이 만든 것이며, 인간은 다만 신이 창조한 미를 예찬하고 미를 있게 한 신의 은총에 순응해야 한다고 보게 된 것이다.

이와 같은 중세 기독교미학의 특정은 오거스틴 (Au1e1ius Augustine)이 미적 조건으로 제시한 절도 (節度:measure), 질서 (軟序:order), 형식 (形式:form)이라는 고전적 미관과 조화를 이루면서 중세 미학을 지배하게 되었다.

그러나, 오거스틴의 고전적 제 조건들은 피타고라스적 수리 개념에 근거한 것이 아니고, 심리적이고 신적인 것으로 해명하였다는 데 그 기독교적 특징이 있다. 다시말하면, 오거스틴의 미학은 고전적 전통을 이어받아 예술의 형식미를 해명한 반면, 그것의 내용미에 대해서는 기독교적인 관점에

---

17) W. Tatarkiewicz, History of Aesthetics, vol. Ⅱ. pp.8~9.

따라 접근함으로써 결과적으로 신은 절도와 수와 그리고 무게에 따라서 모든 것의 미적 존건을 규정해 놓았다고 보게 된다.

아울러, 오거스틴은 미의 상대 개념으로서 '추'(醜:ug1iness)도 인정하였다. 미는 일체의 충만이며, 질서와 조화, 그리고 형식의 완벽함이라고 보았던 오거스틴의 미학은 기독교적 관점에서 '추'란 그런 것들의 결핍이라고 지적했다. 그리고 모든 사물에는 미적 요소가 있기 때문에 절대적인 추란 없다고 보았으니, 이는 곧, 추에도 미의 흔적은 있는 것이라고 본 셈이 된다.[18]

다음으로, 예술은 신의 영광을 위하여 있는 것이고 인간을 가르치기 위하여 있다고 본 토마스 아퀴나스 (Thomas Aquinas)는 예술의 가치가 종교적이며 도덕적인 관점에서 평가될 수 있음에도 불구하고 극단적으로 그것을 강요해서는 안된다는 견해를 견지했다는 데 그 특징이 있다. 그러나, 아퀴나스도 인간의 예술에는 새로운 창조란 없다고 하는 중세적인 명제를 그대로 받아들인다. 예술은 새로운 형식을 창조하지 못하며, 오직 재현과 변용만이 예술에 있을 뿐이라고 본 것이다.

이는 신에게만 창조력이 있을 뿐, 인간에게 그것은 본질적으로 없다고 보는 중세의 미학을 대변한다. 그것은 마치 이전의 고전시대에 창조력이 인간에게는 없고 자연에만 있다고 본 견해와 비교된다. 말하자면, 인간의 예술 행위를 신이나 자연이 창조한 것을 재현하거나 변용하는 것으로 국한시켜 생각한 고대인들의 공동된 일면을 엿볼 수 있는 것이다.

이점에 있어서는 단테 (Dante, Alighieri)도 마찬가지였다. 그는 영원한 미로서 절대미는 인간의 것도 아니며 자연의 것도 아닌 신의 것이라 하였다. 신의 은총으로 있게 된 영원한 미를 천국의 사랑으로 보았으니, 이러한 단테의 견해는 결국 기독교적인 입장에서 미와 사랑이라는 서로 다른 두 개념을 독창적으로 연관시킨 것이라 하겠다.[19]

---

18) 尹在根 ,앞의책 p.324 참조.

2) 종교시와 세속시의 미학

오거스틴, 아퀴나스, 단테로 이어지는 기독교적 미학을 바탕으로 나온 것이 중세의 종교시이다. 종교의 시대였던 중세에 종교시가 등장하였던 것은 물론 당연한 일이었다.

중세의 종교시는 인간에게 신을 신앙하고, 신에 순종하고 신의 영광을 찬미하면서 인간을 신에게 맡기는 기독교적 이념을 전파한다는 이상을 담고 있었다. 그것은 하나의 이념시로서, 신성하고 존귀한 위치에 있다고 보았다. 그러므로, 중세의 종교시는 결코 인간의 심리나 정서에 친근감을 준다거나 인간으로서의 정서를 자유롭게 조장해 주는 시는 아니었다. 말하자면 고대의 서사시나 서정시나 애가와는 달리 인간들 모두에게 친밀한 시가 아니었다. 그것은 곧 특권적인 시였으며 초속적 (超俗的)인 시였다.

그러므로 종교시는 자연히 교회의 요구에 부응해야 했다. 한번 결정된 종교시는 아무 비판 없이 계속해서 전통적으로 사용되어 하나의 권위로 인정되었고, 새로운 시의 창작을 더 요구하지도 않았다.[20]

그러나, 중세기에 이러한 종교시만이 있었던 것은 아니었다. 엄격한 종교시에 대하여 '세속적인 시'(the secular lyric)의 발생은 세상에서 인간적인 인간의 시가 사라질 수 없음을 입증해 준다.

> 세 가지의 시체 (詩體)가 있다. 인간의 지위가 세 가지여서 그렇게 된다. 검소한 시체는 전원생활에 부응한다. 중간의 시체는 농부들에 부응하고 위엄 있는 시체는 양치기와 농부들을 관장하는 지체 높은 이들에게 부응한다.[21]

---

19) Dante, <u>Paradiso</u>, Ⅶ, 64. trans, H. F. Cary.
20) 尹在根, 앞의 책 pp.336~337.
21) John of Garlande, <u>Poetria</u> p.20.(尹在根 앞의 책에서 再引)

세속시의 존재는 위에서 양치기와 농부들로 지칭되는 서민 계급을 중심으로 존재했던 시가임을 알 수 있다. 지체 높은 이들의 종교시는 교회를 중심으로 존속되었지만, 세속시는 세속에서 서민층을 기반으로 번성해 간 것이다. 세속의 서정시들은 음악을 동반하면서 서민들의 삶의 애환을 표현하는 시가로 존재하였다.

이러한 세속시는 그 형식에 있어 종교시의 형식을 그대로 택했으나 그 내용은 비종교적이고 주로 남녀간의 애정이 시의 내용을 이루고 있었다. 인간의 삶을 있는 그대로 표현하고 종교적, 도덕적 구속을 떠나 자유롭게 인간적 정서를 나타냄으로써 세속시는 당대의 시대 정신에 저항하면서 고대로부터 있어 온 인간의 질박한 시정신을 계승하였다. 그러므로, 중세기의 미학이 등한히 했던 세속시는 과거의 시론을 존중했으며, 당대, 곧 중세의 시론에서 벗어나 있었다.

결과적으로 중세의 시학에서 소외되었던 세속시는 당대에는 경시되었지만, 후대의 르네상스 정신을 미리 앞서가고 있었음을 알게 된다. 그러나, 세속시의 엄연한 존재에도 불구하고 중세의 시학에서는 세속시의 시론이 인정될 수 없었던 것은 당연한 일이었다.

3) 중세 시학의 미의식

중세기의 시학은 현대시에서 이해되고 있는 자유시 (free verse)를 용인하지 않았다. 중세 시인들은 자신들의 개성적 창의성에 의해 자유롭게 창작한 것이 아니라, 엄격한 작시법이나 작시의 규칙에 따라 창작해야만 했다. 여기서 중세의 시학은 시체 (詩體:poetic style)를 중시하게 되고, 시체를 이루는 규칙들은 언어와 대상 사이의 동일성 (identity), 유사성 (similarity), 그리고 대비 (contrast) 등으로 개념화 되어 있었다. 그러나, 어떻게 그것들을 성취하여 시체를 가능하게 할 것이냐는 시엔 자신의 재능에 속한다고 보았으니,

중세의 시학은 시체라는 체제 안에서 시인의 제한된 재능을 인정하였던 셈이다.[22]

중세 시학의 미학적 특정을 요약해 보면 다음과 같다.

첫째, 시의 형식보다 내용을 강조했으니, 이는 시 형식이 作詩의 규칙에 관한 지식에 의해 자연히 성취된다고 보았기 때문이다. 시의 내용은 시인에 의해서 형식의 틀 안에 채워져야 하며, 시의 운율로써 가능했던 시 형식은 시의 내용이 입고 있는 아름다운 의상으로 생각했었다. 시인은 시로 하여금 현상(변화하는 것, 실재의 것)이 아니라 본질(불변하는 것, 실체의 것)을 가락 있는 '목소리의 형식'(Auditory form)으로 표현해야 한다고 강조한 것이다.

둘째, 중세기의 시학이 강조했던 시의 내용은 도덕성 (morality)과 종교 (Religion)에 부응해야 하고, 진리에 부응해야 한다고 보았다. 이로 미루어 아리스토텔레스의 시학에서 인정되었던 作詩의 모방적 자유가 중세에는 허락되지 않았음을 짐작하게 한다.

셋째, 시의 내용을 강조하다 보니, 자연히 시인에게 깊은 사상성을 요구하게 되었다. 일상적 정감이나 범속한 것이 아닌 고매한 정신을 요구했으며, 그러한 정신을 우의적으로 처리하여 사상의 깊이를 더하라고 강조했다.

넷째, 중세의 시학은 애매성보다는 시의 명료성과 명징성을 중시한 것이다. 시 형식의 조정과 풍부한 어휘의 구사 및 멋을 추구하는 등 어휘 구사의 명징성을 주장한 반면, 시의 난해한 기교를 경계하는 경향을 보였다.

다섯째, 중세의 시학은 작시법을 강조하면서도 시 그 자체가 작시의 목적일 수 없다고 보았다. 완벽한 미, 즉, 영원한 미는 인간에 의한 것이 아니라 신에 의한 것이라 믿었던 까닭에, 시의 목적이 완벽한 미의 표현에 있다고 보지는 않았다.[23] 신이 창조한 절대미의 범위 안에서, 신이 허여해 준 미적

---

22) 尹在根, 앞의 책 p.339.
23) 위의 책, p.341.

범주 내에서 시인들이 그것을 변용함으로써 시의 창작이 행해지는 것이라고
믿었다.

결국 중세의 시학은 한편으로는 고전시대의 시론을 답습하면서 시를 종교
적 차원에 그 가치를 두려 했으므로, 형식보다는 종교적, 교훈적 내용을
중시했으며, 그러면서도 시의 쾌락적 요소인 열락(視樂)을 무시하지 않는
등, 두 경향이 공존하고 있었다는 데 그 특정이 있다고 하겠다.

(4) 미의식의 구조와 미적 범주

이어서, 성서문학의 미의식과 중세 종교시의 미학을 전제로 일반적인 기독
교문학의 미의식 구조와 미적 범주에 관하여 그 의미와 특징을 살펴 보겠다.

미의식 (aesthetic consciousness)은 심리학적 입장에서 볼 때에는 미적 태
도에 대한 의식 과정을 의미하고, 철학적 관점에서는 미적 가치에 대한 직접
적 체험을 의미한다.[24] 미의식은 그 활동 형식으로부터 파악할 때 미적 향수
및 미적 관조라는 면과 예술 창작이라는 면의 서로 상이한 두측면이 있다.
심리적 과정상 양자는 별개의 것으로 구별되어 각각 미의식의 수동적, 수용
적 측면과 능동적 생산적 측면을 의미하면서 서로 대립적 관계에 있다고
말할 수 있다.[25] 전자가 예술의 작품을 감상하는 감상자의 체험이라면, 후자
는 예술 작품을 창작하는 예술가의 체험이다. 따라서, 전자가 광범위한 일반
적 경험과 관계가 깊다면, 후자는 한층 전문적이고 특수한 경험에 의존한다
고도 말할 수 있다.

그러나, 실제에 있어서 미의식적 체험을 분석해 보면, 미의 향수와 창작
사이에는 긴밀한 관계가 있음을 인식하게 되며, 양자가 적어도 본질적인

---

24) 『미학사전』, (서울, 논장, 1988), p.307.
25) 위의 책.

부분에서는 종합적, 통일적으로 파악되어야 한다는 것이 확인된다. 따라서, 예술 창작의 문제가 미적 향수의 문제와 동등하게 때로는 우선적으로 다루어져야 한다는 것은 당연하다.

흔히 미의식을 구성하는 심적 요소로 감각 (Empfindung), 표상 (Vorstellung), 연합 (Assoziation), 상상 (Phantasie), 사고 (Denken), 의지 (Wille), 감정 (Gefuhl) 등을 들고 있는데, 결국 미의식은 이들 요소의 복합체에 불과한 것이라고 볼 수밖에 없으므로, 미의식이란 개인의 단순한 감성적 인식만을 뜻하는 것이 아닌, 한 인간의 삶 전체와의 상관 하에 종합되고 통일된 미적 체험이라 할 수 있는 것이다.

그러므로, 미의식은 그것이 창작자의 것이든 향수자의 것이든 간에 또는, 심리학적 측면이든 철학적 측면이든 간에 개인의 미적 감각에 대한 기호의 차와 삶의 영위 방식 및 그것들을 밑받침 해 주는 인생관과 경험의 개인차라는 종합적 요소에 의해 서로 상이하게 나타나게 되는 것이고 이는 곧 미적 범주의 표상으로 나타남으로써 구체화되기 때문에 미의식의 구조는 미적 범주를 통하여 그 상세한 모습을 살펴볼 수 있는 것이다.

미적 범주는 그 바탕에 미적인 정신적 가치를 내용으로 하는 공통의 원리적 구조 내지 성격을 지니면서, 무한한 다양성 속에 존재하는 미의 특수성들을 숭고, 비장, 우아, 골계 등 대자적 공통성 및 대타적 특질성에 근거하는 몇 개의 미적 유형 개념으로 분류한 것이다. 미적 범주는 사유 또는 존재의 근본 형식을 의미하는 철학상의 범주 개념을 미학에 적용한 것이므로, 여러 가지 사유 계통에 따라 그 이론도 매우 다양하다.[26] 대표적인 미적 범주론을 예로 들면 다음과 같다.

첫째, 버어크 (E. Burke)와 칸트 (I. Kant)에 의한 숭고와 미의 이분법(미, 즉, 순정미는 조

---

26) 위의 책, p.383.

화성, 완결성, 쾌감성 등의 특질이 가장 순수하고 선명하고 완전하게 구현
되는 것으로, 순수쾌감과 같은 것이라 할 수 있다).

둘째, 핏셔 (F. Vischer), 하르트만 (N. Hartmann), 졸거 (K. Solger) 동에
의한 분류, 즉,

미와 숭고, 희극적인 것 (das Komische)의 삼분법.

셋째, 드소아 (M. Dessoir)에 의한 숭고미 (Erhaben), 비장미 (Tragish),
우아미 (Niedlich), 골계미 (Komisch)의 4분법.

넷째, 자이정 (A. Zeising)과 폴켈트 (J. Volkelt)에 의해 제기된 다분법
등이 있다.[27]

이 가운데 국문학계에서 원용되어 흔히 쓰이고 있는 분류법, 즉, 드소아의
분류에 의한 숭고미, 비장미, 우아미, 골계미 등 4분법을 택하여 고찰해 보고
자 한다.

드소아에 의하면 숭고미와 비장미는 각각 주관에 대한 객관의 우월 (큰
대상)에서 유래하며, 우아미와 골계미는 각각 객관(작은 대상)에 대한 주관의
우월에서 유래한다.

기독교문학의 경우 전자는 객관인 하나님의 우월함에 대한 작가의 감정이
표출될 때 나타나며, 반대로 후자의 경우 피조물인 인간과 자연, 인간과
인간(또는 신자와 비신자) 사이에서 일어나는 정감이 표현될 때 나타난다고
추론할 수 있다.

한편, 조동일은 미적 범주를 결정짓는 요인으로 문학 작품이 표현하고자
하는 '있어야 할 것'과 '있는 것'과 관련시켜 이 두가지 요소의 결합이나
상반에 따라 4가지의 미적 범주가 규정된다고 보았다. 그에 의하면 숭고는
'있어야 할 것'에 의한 '있는 것'의 융합이며, 우아는 '있는 것'에 의한 '있어
야 할 것'의 융합이고 비장은 '있는 것'을 부정하고 '있어야 할 것' 등을

---

27) 백기수, 『美學』(서울대학교 출판부 1987), pp.70—100 참조.

정하면서 이루어진 상반이고, 골계는 '있어야 할 것'을 부정하고 '있는 것'을
긍정하면서 이루어진 상반이라고 보았다. 그리고 이러한 기본 범주가 작품
에 공존하느냐의 여부에 따라 결합공존과 비결합 공존이 있다고 하였다.[28]

김학성은 조동일의 '있어야 할 것'을 '이상적인 것'으로, '있는 것'을 '현
실적인 것'으로 그 용어를 대체하고, 이 두 대립하는 지향의 상관관계에
따라 기본미의 양상을 체계화하였다.[29]

이들 세 가지 견해를 각각 도표로 보이면 다음과 같다.

A. 드소아의 원환적 방법

B. 조동일의 융합 · 상반적 방법

---

28) 조동일 「미적 범주」, 『한국사상사 대계 Ⅰ』 (성균관대 대동문화 연구원, 1973), pp.468—
    528.
29) 김학성, 『한국 고전시가의 연구』, (이리, 원광대학교 출판국, 1980) 참조.

C. 김학성의 기본미 양상

	상 황	지 향	결합방식	결 과	미의 유형
①	I > R	I 추구	조 화	I가 R을 극복	숭고미
②	I < R	R 추구	조 화	R과 I가 혼연일체	우아미
③	I < R	I 추구	갈 등	I가 R에 대항하나 오히려 손상, 파멸됨	비극미
④	I > R	R 추구	갈 등	R이 I에 저항 또는 공격하여 I를파괴	희극미

▶ I : 이상적인 것(the ideal), R : 현실적인 것(the real)

조동일, 김학성의 '있어야 할 것' 또는 '이상적인 것'과 '있는 것' 또는 '현실적인 것'은 기독교문학의 경우 '창조주 여호와 및 그 권능'과 '창조주 여호와와 그 권능을 믿고 따르는 신자'로써 대체된다. 다시 말하면, '창조주'와 '신앙인'과의 관계로 설정되며, 창조주의 권능이 신앙인을 융합, 압도함으로써 나타나는 미가 숭고미이고, 창조주의 권능이 창조한 사물과 신자가 혼연일체로 조화된 상태가 우아미이며, 신앙인이 자신의 고난을 창조주에게 향하여 원망하며 고하는 탄식과 고백의 상태가 비장미이고, 신앙인이 일시적으로 창조주 또는 그 대리인(신부, 목사)을 부정, 조롱하는 경우, 또는 비신자가 신자들의 행위나 창조주의 존재와 권능을 비판, 풍자함으로써 나타나는 미가 골계미(희극미)이다.

희극미는 골계의 기본 성격상 그것이 기독교문학에 나타나는 사례는 드물고, 숭고미, 우아미, 비장미가 그 주류를 형성하고 있으며, 그 중에서도 숭고미와 비장미가 더욱 지배적으로 나타난다. 골계적 성격을 지닌 희극미는 특수한 경우, 곧, 신앙이 왜곡됨으로써 나타나는 목회자의 타락을 비판할 때 주로 표현되는 미이므로 작품에서 부분적으로 나타난다.

기독교문학 작품에 있어 실제로 숭고미는 하나님을 대상으로 찬미, 찬양함으로써 표출되며, 우아미는 창조주가 창조한 자연과 인간이 조화를 이루는 경지에서 표현되어지고, 비장미는 죄인으로서의 인간이 자신을 회개하고 비판할 때 절망과 통회와 비탄으로 나타난다. 이처럼 기독교문학의 미적 범주를 논할 때 숭고미와 비장미가 중심을 이루는 것은 신앙 자체가 절대 지존한 하나님과 그와 대조되는 인간(신자)과의 사이에 이루어지는 행위이므로, 신앙 생활가운데에서 자연히 찬양과 비판, 찬미와 통회 동 양극적 정서의 대조가 가장 극명하게 표출되기 때문이다.

그 중에서 숭고미가 기독교문학 작품에 구체적으로 여하히 표현되고 있는지 다음에 알아 봄으로써, 절대자인 여호와를 경외하고 신앙하는 기독교시인들의 미의식적 특정의 일단을 해명해 보고자 한다.

(5) 기독교 시가에 나타난 숭고미

롱기누스 (Longinos)에 의하면 숭고는 인간을 신의 위대한 정신에까지 고양하게 하는 것으로서, '위대한 정신의 영상'이라 정의되는 어떤 것이다.30) 경험적 사실에 입각한 이러한 개념은 칸트에 의해 더욱 명백하게 규명되었던 바, 그에 의하면 숭고는 그 자체로서 인간에게 쾌(快)를 주고, 또한 그것은 반성적 판단 (Reflexion Surteil)을 전제로 하며, 자연미가 한정적인 대상의 형식에 관계된 것인 데 반해 숭고는 형식을 갖지 않은 무한정적인 대상에 관계된다고 보았다. 그리고 숭고는 인간 의식 가운데의 이념에 대한 외경의 감정인 바, 감각성에 대한 이성의 우월성을 직관적으로 구체화하고 무한정적인 절대적 대상에 대해 외경을 갖게 한다.31)

---

30) Longinos, <u>On the sublime</u>, English trans. W.R Roberts, Cambridge, the University Press. 1899, p.60.
31) 백기수, 앞의 책, pp.80~83.

칸트의 형식을 갖지 않은 무한정적인 대상이란 바로 롱기누스의 신에 해당하는 것임(그것이 인간을 지배하는 숙명이나 자연의 힘일 수도 있지만)은 물론이다. 이렇게 볼 때 숭고미는 주로 절대자로서의 종교적인 신에 대한 인간의 외경적 감정 세계와 관계가 깊음을 알 수 있다. 기독교의 경우 그 신은 물론 창조주 여호와이다.

여호와에 대한 외경심은 성서문학이나 기독교문학에 보편적으로 나타나는 주제의식 중 하나이다. 조동일의 견해에 따르면 그것은 '있어야 할 것'(절대자)에 의한 '있는 것'(신앙인)의 융합상태이며, 김학성의 논리에 의하면 '이상적인 것'에 의한 '현실적인 것'의 융합으로 조화를 이룬 상태의 미인것이다.

> (1) 찬양하라 하나님을 찬양하라 찬양하라 우리 왕을 찬양하라 하나님은 온 땅에 왕이시니라 지혜의 시로 찬양할 지어다 하나님이 열방을 치리하시며 하나님이 그 거룩한 보좌에 앉으셨도다.[32]

> (2) 모든 것을 움직이시는 그이의 영광이 /온 누리를 꿰뚫고 빛나시어도/어디는 더하고 또 어디는 덜하시나니 //그 빛이 더할 나위 없이 담겨진 하늘에 /내가 있어 위에서 내려온 몸으로선 /어떻다 말할 수 없는 가지가지를 내 보았노라.[33]

> (3) 베들레헴 새벽 별은/창공에 찬란하고/산천은 고요한데 /목자가 양을 보네 /천사가 내려오니 /주의 영광 빛나네 /목자야 두려 말고/기쁜 소식 들으라.[34]

> (4) 주님은 일향 미쁘시고 신실하신지라. 그를 바라고 의지하는 자 사랑과 은혜를 잃지 아니하리로다. /우리가 눈물로 불러 아뢸 때에 귀를 기울이시고,

---

32) 구약, 시편 제47편 6절—8절.
33) 단테, 『神曲』, 천국편, 제1곡 1연과 4연(최민순 역)
34) 「탄일찬미가」, (『찬미가』 중간본, 1908) 1절.

머리를 흔들어 찾을 때에 사랑의 손을 주시는 이시로다.[35]

> (5) 일어나라 하심으로/잠자리에서 눈을 뜨고/우리는 일어나/오늘의 /찬란한
> 새벽을 맞이한다. /일어나라 하심으로 간밤의 /그 깊은/잠에서 깨어나/우리
> 는 새로 마련된 빛과 그늘을/보게 된다. /오늘 나는 새는/어제의 새가 아니
> 다. /일어나라 하심을 입어 /눈을 뜨게 된 것들의 /그 신선한 축복으로
> 충만하다.[36]

성서의 시편과 중세 기독교시의 대표적 작품인 단테의 「神曲」에서 각각
인용한 (1), (2)에 나타난 미의식은, 창조주의 권위와 영광을 찬양함으로써
무한자로서의 절대자에 대한신자의 외경심을 표현하고 있는 숭고미이다.
그것은 '있어야 할 것'인 창조주가 '있는 것'인 현실적 인간을 그의 권위
속에 융합하는 형식이며, 이는 '이상적인 것'이 '현실적인 것'을 극복 초월하
는 상태로서 그 미의식의 구조가 해명된다.

이러한 숭고미는 그대로 한국기독교시가에도 투영되어 나타나고 있으니,
위에 인용한 한국의 찬송가가사(3), 기도시(4) 및 기독교본격시(5)를 살펴보
면 각 시대에 따른 조사법 (措辭法)의 차이에도 불구하고 한결같이 종교시
로서의 숭고미를 지니고 있음이 확인된다. (3)은 그리스도의 탄생이 신성함
을 (4)와 (5)는 창조주의 무한한 사랑과 만물을 지배하는 능력의 위대함을
찬양하고 있다. 있어야 할 것, 이상적인 것으로서의 창조주의 무한한 능력과
사랑이 있는 것, 현실적인 것으로서의 인간과 사물들 (피조물들)을 그 안에
융합시킴으로써, 신앙적 안정과 심리적 조화를 추구한다는 숭고미의 속성을
보여 준다.

---

35) 李龍道, 「나의 주님」 앞부분. 申奎浩 編, 『한국인의 성시』 (서울, 한국문연, 1985),
   p.348.
36) 朴木月, 「일어나라」 앞부분.

(6) 결 론

　본고에서 필자는 일반적인 기독교문학에 나타난 미의식에 관하여 고찰해
보기 전에 먼저 그 뿌리가 되는 성경 자체를 살펴봄으로써 그것이 충분히
미의식에 바탕을 둔 문학적 속성을 지니고 있음을 확인하였고 성서의 문학
성을 입증함으로써 기독교와 문학적 미의식이 상극적 관계가 아님을 알 수
있었다.

　다음으로 기독교문학의 미학적 특성을 도출해 내기 위하여 그 시발점이
되었던 중세문학의 미의식에 대해 살펴봄으로써 그 시대의 미의식이 여호와
하나님을 미의 근원으로 본다는 대전제 아래 문학의 형식미보다는 신을 찬
양하는 종교적 교훈적인 내용을 중시했으며, 인간은 여호와 하나님이 창조
한 미를 단지 변용할 수 있을 뿐, 그 스스로는 미의 창조가 불가능하다고
인식했음을 확인할 수 있었다.

　성서문학에 나타난 미의식이나 중세문학의 미의식을 종합해 볼 때 결국
전통적인 기독교 미의식은 그것이 성서적 관점에서 본 인간들의 합당한 미
적 쾌락 추구라는 한계와, 창조주 여호와를 미의 궁극적 근원으로 인식한다
는 전제를 임의적인 선택이 아니라 하나의 당위적 의무로 삼고 있다는 사실
도 알 수 있었다.

　아울러, 기독교문학에 나타난 미의식의 구조와 그 범주를 살펴보건대,
신앙의 특성상 그것이 주로 숭고미, 비장미에 치중될 수 밖에 없지만, 그러
나, 우아미, 희극미(골계미)도 경우에 따라 작품 속에 담을 수 있다고 보았다.

　본고에서 도출해 낸 위의 몇 가지 결론들을 토대로 기독교문학, 그 중에서
도 특히 한국기독교 문학 작품에 나타난 미의식을 구체적으로 분석해 보아
야 할 필요가 있다고 판단된다. 이에 대한 일단의 시도로 성서 및 대표적인

한국기독교문학 작품(특히 시가를 중심한)을 몇 편 인용해 봄으로써 그 가운
데 숭고미가 어떻게 표현되고 있는지 알아보았다.

　　그러나, 작품을 통한 이러한 분석 작업은 좀 더 철저하고 광범위하게 모든
미적 범주에 결쳐 다루어져야 그 구체성을 밝혀 낼 수 있으리라 여겨진다.

5. 성서적 은유의 세계
— 구약성서 시편을 중심으로

(1) 서 론

　한국의 기독교시가를 크게 교리시가와 신앙시가, 그리고 기독교 본격시의 세 유형으로 나누고, 그 각각에 해당하는 장르種으로서 교리시가인 천주교 가사와 신앙시가인 찬송시(찬가)및 기도시, 그리고 문학성을 위주로 하는 기독교 본정시를 들어 볼 수 있지만, 그럼에도 불구하고 아직 미진한 것은, 그들 장르들을 시가문학으로 규정짓게 하는 결정적인 요인으로서의 은유적 체제가 구체적으로 밝혀지지 못했다는 점이라 하겠다.

　본디, 시가 시인 것은 언어의 은유적 용법에 의하여 가능한 것이고, 은유야말로 언어 예술인 시의 본질이라고 할 것이므로, 한국기독교시가가 각 장르별로 어떠한 은유적 특징을 지니고 있는지 자세히 분석해 보아야 할 필요가 있다고 판단된다. 이를 위해서 먼저 성서의 대표적 시가 문학이라고 할 시편의 은유론적 고찰과 함께 그것이 한국기독교시가의 은유 형태와 어떤 연관성을 맺고 있는지도 밝혀내야 할 것이며, 그러자면 시편의 시가나 기독교시가만이 공유하고 있는 종교적 특수성에 따라 자연히 은유에 관한 독자적 분석 기준을 정해야 할 것이고, 그에 알맞은 용어도 창출해 내어야 하리라 생각된다. 아울러, 언어의 용법에 대한 이론의 역사가 고대 그리스나 로마시대로부터 비롯되는 것이므로 그 시대의 수사학적 견해들을 비롯하여 중세 및 르네상스기를 거쳐 오늘에 이르기까지 대두되었던 비유 내지 은유에 관한 주요한 학설들에 관해서도 관심을 기울여 검토해서 참고로 삼아야 할 것이다.

(2) 본 론

1) 수사학과 성서문학

수사, 또는 수사학(Rhetoric)은 일찌기 고대 그리스에서 발달하여 로마에 의해 계승, 발전된 르네상스기에 소위 고전적 수사이론으로 정립됨으로써 17세기 이전까지 서구문화 형성에 크게 이바지하여 왔다. 그 후로도 고전적 수사학은 부정되거나 변형, 부활되면서 오늘의 서구문학 이론에 지대한 영향을 끼치고 있는 것이 사실이다.[1]

수사학은 웅변술·변론술 등 고대 그리스, 로마문화가 발전시켰던 실제적 응용분야의 필수 과제로서 뿐만 아니고, 논리학, 철학, 문학, 교육 등 문화의 여러 분야에 밀접하게 관계됨으로써 이들 분야의 발전에 깊이 관련지어져 왔다. 그리스 로마문명의 발전 과정에서 차지하는 수사학의 위치는, 그러므로 매우 중요하다고 아니할 수 없다. 이는 그리스·로마문명 뿐만 아니라 고대문화 형성에 깊은 영향력을 끼쳤을 것으로 상정된다.

또한 그리스 로마문화의 역사적 전개 과정에서 그 영향권 속에 놓였던

---

1) Dixon, P. _Rhetoric._ The Critical Idiom Series, Methlien & Co. ltd, London, 1971. 제1장 참고.

히브리인들의 신 ·구약세계도 그리스·로마문명의 생성, 소멸과 역사 진전의 과정을 같이하여 왔다는 점에서 양자의 상호 영향관계를 쉽게 짐작할 수 있다. 이는 곧, 히브리인이 신·구약 성서를 완성하기까지 고대 그리스·로마 사회가 발전시킨 수사법과 직접·간접적 교섭 관계로부터 벗어날 수 없었다는 사실을 말해 준다. 기원 전 1천 수백여 년을 전후해서 형성되기 시작한 두 문화의 역사적 동시대성과 함께 그들의 지리적 인접성까지 고려할 때, 양자의 문화적 교류, 접촉 관계 및 그에 따른 성서 작성에 끼친 고전적 수사학의 영향을 쉽게 추측할 수 있는 것이다. 실제로 고대 그리스나 로마의 영토는 그 전성기에 소아시아 지방에서 페니키아나 이스라엘에까지 확장되었기 때문에 양자의 광범위한 문화 교섭은 필연적으로 이루어 졌음이 사실이며, 따라서 그리스, 로마의 수사법 이론이 장구한 역사 속에서 기록되어 완성된 신·구약 성서의 작성에 끼친 영향을 상상한다는 것은 결코 황당무계한 일이 아니다.

　이러한 사정은 특히 구약 성서 시편의 연구 결과 대체로 밝혀지고 있다.[2] 시편에 실린 시가들의 역사는 모세시대 (B·C 1410년 경)부터 시작해서 포로시대 후기 (B·C430년 경)까지의 대략 1천여 년 동안에 걸쳐 이루어졌다.[3] 이 기간은 바로 고대 그리스 역사의 대부분에 해당하는 것이다. 더구나 오늘날에 전해지고 있는 시편의 시가들(구약의 다른 부분도 마찬가지지만)은 그것의 히브리 원전이 장기간에 걸쳐 수 많은 사람들에 의해 허다한 고증과 갖가지 해석으로 재형성의 과정을 밟아 헬라어나 라틴어로 번역되어 왔다는 사실[4]을 상기할 때, 그리스 ·로마의 수사적 영향을 도외시 할 수 없다고 하겠다. 이처럼 성서의 대부분이 그리스 고대어인 헬라어나 로마의

---

2) 金二坤,「히브리시 운율양식에 나타난 평행법」(文희석 篇,『오늘의 詩篇究究 Ⅱ』) p 44. 참고.
3) Barth, C.「詩篇에 대한 일반적 지식」(문회석 篇, 위의 책 Ⅰ) p. 8.
4) 위의 책, pp. 27—29 참고.

라틴어로 번역되었거나 기록되었다는 사실은 그리스 · 로마의 수사법이 등이 성서 문학에 끼친 영향을 입증 해 주고도 남는다. 실제로 사도 바울(Paul) 같은 신약의 일부 작성자도 귀족의 자제로 헬라어로 교육받은 사람이었음은 이러한 사정을 더욱 뒷받침 해 준다. 수사학은 당시의 교육 과정에서 가장 중요한 필수 과목이었다.

고대 히브리인들의 세계관과 그리스 · 로마인들 (기독교화 되기 이전의) 의 세계관이 서로 상이하였음에도 불구하고 그 종교적 사상을 표현하는 언어의 사용 수법에 관한 기교적 방법론이라 할 수 있는 수사법에 있어서는 상호 영향 관계를 자연스럽게 유지할 수 있었다. 신 · 구약 성서에서 빈번히 발견되는 고도의 비유적 표현과 갖가지 상징어의 사용, 현란한 문채 및 변화로운 수사적 기법과 함께 성서의 기록자들에게 끼친 그리스· 로마 수사법의 영향을 실재로 짐작하게 해준다.

성서가 오늘날 단순한 종교적 경전에 머물지 않고 인류 역사가 낳은 위대한 문학 유산으로 평가되고 있는 것도 결코 우연이 아닌 것이다.

2) 성서문학과 비유 (Metaphor)[5]

일반적으로 종교적 경전을 기록하는 사람들의 언어에 대한 생각은 '언어는 신성하다'는 것으로 요약할 수 있다. 궁극적으로 신성을 지닌 종교적 절대세계를 표현하는 데 그 목적이 있는 경전문학은 '세속문학'과는 달리 언어의 典雅性, 調和性을 중시하였고, 반대로 언어의 粗惡性, 폭력성을 경계하였다. 그들의 관심은 어떻게 하면 언어의 신성성을 훼손하지 않는 범위 내에서 절대세계의 신비를 일상언어로써 가시화 할 수 있겠는가에 쏠

---

5) 여기서의 '比喩'는 수사학적인 용어인 'simile'가 아닌, 'metaphor', 즉 '은유'의 의미로 사용한다. 비유, 또는 은유는 직유의 대립개념이 아닌, 그것의 포괄 개념이다. Abrams 의 '사상적 비유'(figures of thoughts)와 같다.

리게 마련이었다.

따라서 모든 경전문학은 신성한 절대세계라는 추상적 관념 세계를 가시적 현상계의 사실에 비유함으로써 제시하고자 노력하게 된다. 그것은 곧 종교적 경전문학이 비유를 중시하게 되는 이유이기도 하다. 기독교 성서문학도 이에서 예외일 수는 없다. 신·구약 성서는 여느 다른 종교의 경전에 못지 않게 비유적이고 또한 문학적이다. 기독교 성서에는 무수한 비유적 수사가 구사되었으며, 어떤 의미에서는 성서 전체가 비유의 덩어리라 해도 과언이 아니다.

본장에서 필자가 기독교시가의 수사법적 측면을 비유를 중심으로 논하려 하는 까닭이 여기에 있다. 비유 그것을 특히 隱喩로 보고 이를 고찰하는 것은 전통적으로 은유가 比喩語의 가장 기본적인 형태로 여겨져 왔을 뿐만 아니고, 시가 시인 것도 오직 은유의 영역에서일 뿐이라 판단되기 때문이다.

따라서, 한국기독교시가의 비유에 관한 연구는 그것의 은유적 형태의 분석을 중심으로 이루어져야 할 것이다. 실제로, 아리스토텔레스는 언어 예술의 세 범주를 논리학과 수사학과 시학으로 연구했던 바, 이것은 詩의 언어가 논리학이나 수사학의 언어와 상반할 뿐만 아니라 그 목적 또한 다르다고 보았기 때문이었다.[6]

詩가 '표현의 특이성'을 특별히 추구하는 예술이기 때문에 그것은 자연히 은유에 크게 의존하는 데 반해, 논리학과 수사학은 '명확성'과 '설득력'을 각기의 목표로 삼으며, 비록 간간이 은유를 사용할 수는 있으나, 산문이라는 매개체와 일상적인 언어에 그것은 더 긴밀하게 관련되었다는 것이다.

이는 곧, 아리스토텔레스가 이미 언어의 산문적인 용법과 시적인 용법을 구분짓고 그 차이점을 상당히 인식하고 있었음을 의미한다.

---

6) Hawkes, T ; <u>Metaphor</u>, Methuen & co., Ltd. (London, 1970) 참고.

아리스토텔레스 이후 오늘에 이르기까지 은유에 관한 견해를 살펴보면, 대체로 두 가지로 구분할 수 있다. 그것은 곧, 은유에 대한 고전주의적 견해와 낭만주의적 견해라고 하겠다.[7] 두 견해의 차이점이 사물과 언어와의 관계에 대한 관점의 차이에서 비롯된다고 볼 때, 성서문학이나 기독교문학은 언어가 곧, 실재 그것이라 보는 낭만주의적 은유관에 근거하고 있는 것이다.

사물에 대한 언어의 역할을 단지 객관적 입장에서 해석하려 함으로써 표현의 명료성과 적합성만 강조하였던 고전주의적 입장은 '말씀'이 곧 진리 자체요, 천국 그 자체라고 보는 히브리적 세계관과 차이가 있었다. 후자는 언어가 바로 존재 그것이며, 존재가 언어에 의해 규정된다고 보는 낭만주의적 관점에 보다 가깝다.

고대 그리스나 로마의 수사학이 히브리인에게 끼친 영향은, 그러므로 어떤 한계가 있었음이 분명하다. 고전적 수사학은 히브리적 세계관에 영향을 끼친 것이 아니고, 오히려 언어의 표현 형식이나 기교적인 면에 주로 수용되었다고 판단되기 때문이다.

그렇다면 성서에 나오는 비유나 은유, 상징 등을 어떻게 해석해야 할 것인가라는 질문을 떠올리지 않을 수 없게 된다.

성서에 나타난 비유 또는 상징 중 대부분은 상술한 바 대로 절대자의 전지 전능한 권능이나 그 존재의 존엄과 함께, 그를 통한 신성한 진리를 증거하기 위하여 사용된 것들이다. 그러한 것들은 속성상 불가시적 관념이나 신비한 심리적 현상과 관계있는 것으로서, 가시적 사물에 비유하지 않고서는 드러내 증거할 수 없는 대상들이 대부분이다. 여기서, 성서에 기록된 비유 또는 상징 중 어떤 것이 문학적 표현에 국한되며, 어떤 것을 黙示的 신앙 세계라고 보아야 하는가 하는 매우 어려운 분별의 문제가 제기된다.

성서문학이나 기독교문학의 학문적 연구에 있어서 이 분별의 문제는 반드

---

7) 위의 책

시 짚고 넘어가야 할 과제다. 這間의 적잖은 논저들이 이 문제를 소홀히 한 까닭에 간혹 신학적 관점이나 신앙적 입장과 불필요한 충돌을 일으킬 소지를 마련하는 일이 없지 않았다. 신·구약 성서를 '성서문학'이라는 용어로 지칭할 때 이미 이러한 분별의 문제는 배태되어 있었다고 하겠다.

결론부터 말한다면 '성서문학'이라는 용어 자체가 암시하듯이, '신앙'에 관련된 교리적인 용어나 문구 등은 문학적 비유나 상징과 동일시해서는 안 되며, 반면에 '문학'에 해당하는 수사적 표현의 필요에 따라 구사된 것들은 비유 또는 은유, 상징으로 보아 해석의 대상으로 삼을 수 있다는 분별의 원칙이 요구된다고 본다.

신·구약시대의 종교인들은 실제로 그들이 절대적으로 신앙한 종교적 신념에 관계되는 언어적 표현들을 단순한 비유나 상징으로 생각하지 않았으며, 대체로 의심 없이 기록된 사실 그대로 받아들임으로써 그들의 신앙심을 공고히 할 수 있었다. 이러한 사정은 오늘날에도 변화가 없다. 종교인들이 보는 성서관은 절대적인 면이 강하며, 특히 보수주의적 신앙인들에게 있어 성서는 완벽한 진리 그 자체로 받아들여진다. 이러한 현상은 오늘날 비기독교인들의 과학적 세계관으로는 이해하기 어려운 것이 사실이다.

그러므로, 신·구약 성서에 기록된 은유 중에는 일반적 은유와 동일시할 수 없는 부분이 존재한다는 점을 인정해야 한다. 성서의 모든 기록들을 문학적 관점에서만 바라보고, 그 표현 기법의 중심을 문학적 비유로만 해석하고자 하는 학문적 태도는 신앙적 입장을 전혀 고려하지 않는 과학적 독단일 수 있다. 신학적 입장을 도외시하고 성서의 모든 기록들을 단순히 문학적 시각으로만 보아서는 안된다.

따라서, 성서문학이나 기독교문학의 비유에 관한 연구는 성서의 기록자들이나 기독교문학의 작가들이 의식적으로 자각해서 사용한 수사적 표현들과 묵시적 요소를 분별, 고찰해야 할 것이다. 그러한 태도야말로 성서의 문학적

연구를 빙자해서 자행하기 쉬운 종교적 교의나 그 신성성에 대한 침해를
미연에 방지할 수 있다고 보기 때문이다.

어떤 종류의 것이든, 종교문학 연구에 있어 최소한 지켜야 할 한계는 그것
의 묵시적 표현을 수사적 비유로만 해석함으로써 일으키기 쉬운 마찰을 회
피해야 한다는 것이다. '종교문학'은 종교적 신앙을 전제로 한 문학이기 때
문에 해당 종교의 기본 교의를 부정한다거나 왜곡, 해석하는 태도는 근본적
으로 모순되는 것이며, 교리 자체를 해석하는 결과를 빚는 연구 자세는 매우
불합리하다고 아니할 수 없다.

물론, 종교문학도 문학인 이상 일반적인 문학이론에 입각하여 그것을 과
학적, 객관적 입장에서 연구하여야 함은 마땅하다 하겠으나, 그렇다고 해서
종교적 입장을 전혀 도외시한다는 것은 올바른 태도가 아니라고 하겠다.
이 점이 바로 종교문학 연구의 특수성인 것이며, 이 분야의 연구가 안고
있는 해결하기 어려운 점이다. 이는 기독교시가에 등장하는 묵시적 심상을
문학적인 은유로만 해석하지 않는다는 최소한의 한계를 인식하고 논의를
전개하려 하는 필자의 기본 자세를 미리 밝혀두는 근거이기도 하다.

3) 성서적 은유와 문학적 은유

가. 은유의 두 성향

비유, 또는 은유에 대한 관점의 변화야말로 서구적 詩論의 변천사라고
할 수 있다는 논리는 분명히 기독교문학의 역사적 변천사에도 그대로 적용
된다. 서구문학의 역사가 주로 기독교의 영향 아래 형성되어 왔다는 사실을
인정할 때, 이는 당연하다고 아니할 수 없다.

먼저, 성서문학의 경우, 그것이 담고 있는 서술 내용이 아리스토텔레스적
이라기 보다는 플라톤적 관점에 보다 더 가깝다는 견해를 수용한다면, 성서

문학의 묵시적 세계가 어떤 수식의 차원을 넘어 종교적 정서에 부응하는 실재, 그 자체를 의미한다고 볼 수 있다. 그런 의미에서 성서문학의 은유 세계는 전술한 바와 같이 고전주의적이 아니다.

서구의 세계를 기독교가 지배하게 된 중세 시대에 와서 생산된 기독교문학의 경우, 그 사정은 달라진다. 중세기의 기독교 사회에 있어 기본적인 은유는 '세상은 神이 저술한 책'8) 이라는 것이다. 시인의 시적 은유는 '神의 말씀'인 성서의 내용을 재해석하고 보완하는 역할을 담당할 뿐이며, 따라서 시인은 개인적 체험이나 어떤 모호한 개인적 장식을 시 가운데 표현해서는 안된다는 금기가 은연 중에 지배하고 있었다. 은유에 대한 이같은 관점은 자연히 집단적인 경험(중세기의 그것은 곧 기독교적인 경험)에 관련되는 경향이 있었고, 개인적인 체험의 정확성보다는 공적인 단체(주로 교회)의 수락 여부가 보다 더 중요하게 생각되었다. 중세의 기독교시가에 나타난 은유가 성서적 은유와 함께 수사적 문학적 은유를 동시에 공유하게 된 까닭이 여기에 있다. 결국, 중세 기독교시가의 은유는 고전주의적 경향도 지니게 되었던 것이다.9)

그러나 중세 이후 낭만주의 시대에 와서는 은유에 대한 관점이 혁명적으로 변화하게 되었다. 그것은 코올리지 (S.T.Coleridge), 워어즈워드 (W.Wordsworth)에 의해 주도되었다. 여기서 낭만주의적 혁명이란 인간의 본성과 자연, 사고와 사물, 즉 언어와 사물(현실세계) 사이의 인위적인 장벽이 와해되었음을 의미한다.10) 사물의 존재와 그것을 표현하는 언어와의 관계를 단절된 별개의 것으로 보고 은유의 명료성, 적합성만을 강조했던 고전적 관점이 무너진 것이다.

---

8) 위의 책, p.24.
9) 위의 책, p.25 참고.
10) 위의 책, p.81 참고.

코올리지(Coleridge)는 비유 또는 은유를 사물과 사물을 융합시키는 상상력으로 설명하고 있다. 여러 환경들을 연합하여 한 순간의 생각으로 전환함으로써 인간의 사고와 감정의 궁극적 목적인 단일성을 이룩하며, 그렇게 함으로써 인간 정신을 오직 참된 하나인 그것의 원리와 원천에로 환원시키는 힘을 상상력이라고 한 그의 견해는, 그 상상력이 낳는 은유야말로 낱말들을 '살아있는 사물들'로 '들어 올리는' 역할을 한다고 판단한 데서 나온 결과이다.

은유에 대한 코올리지의 이러한 관점은 지극히 플라톤적이고 성서적이다. 기독교시가의 묵시적 심상은 따라서 아리스토텔레스의 수사학적 입장이 아닌, 낭만주의적 입장에서 해석해야 한다.[11]

나. 은유의 유형

은유의 유형을 분류하는 대표적 방법론이 역사적으로 존재하여 왔다. 그것은 곧, 아리스토텔레스의 방법과 퀸틸리안 (Quintilian)의 방법, 그리고 지오프리 (Geoffrey)의 방법에 의해 분류되는 고전적 유형들과, 20세기의 몇몇 견해들로 요약된다. 이들을 정리하면 다음과 같다.

(1) 고전적 방법

가. 아리스토텔레스(Alistoteles)의 분류[12]

1) 類에서 種으로

2) 種에서 類로

3) 한 種에서 다른 種으로

---

11) 성서에 흔히 나오는 천국과 지옥, 악마와 천사, 부활과 승천 등 기독교의 기본교리에 관련된 묵시적 표현들은 그 자체가 환상이 아닌, 곧 실재요, 단순한 수사적 비유가 아님을 인정해야한다.
12) Hawkes, T. 앞의 책 p. 10에서 引用.

4) 類推의 事例

나. 퀸틸리안(Quintilian)의 분류[13]

1) 무생물에서 생물로

2) 생물에서 무생물로

3) 무생물에서 무생물로

4) 생물에서 생물로

다. 지오프리(Geoffrey)의 분류[14]

1) 인간에서 비인간으로

2) 비인간에서 인간으로

(2) 현대적 방법

가. 휠라이트(P. Wheelwright)의 분류[15]

1) 병렬은유(diaphor) : A—B

2) 치환은유(epiphor) : A is B

나. 무카로프스키(J. Mukarovsky)의 분류[16]

1) 일상 은유 (표준언어)

2) 시적 은유 (일탈언어)

다. 월렉(R Wellek)의 분류[17]

---

13) 위의 책. p 18.

14) 위의 책. p 23.

15) Wheelwright, p. : <u>Metaphor and Reality</u>(Indiana Univ. Press, 1962) 제3장 tensive language 참고.

16) Hawkes, t. 앞의 책, p 102 참고.

17) Wellek, R. & Warren, A ; <u>Theory of Literature</u> (Penguine Books, 1966) pp 204—205 참고.

1) 신비적 은유

2) 주술적 은유

은유를 수사학 이론의 일부로 국한시켜서 그 유형을 분류한 것이 고전적 방법이라면, 이를 시적 언어구조의 기본으로 보고 분석한 것이 현대적 방법론이다. 전자는 또한 은유를 내용면에서 나누고 있는데, 후자는 주로 은유의 구조, 기능에 의해 분류하고 있다는 특징이 있다.

먼저, 아리스토텔레스가 그의『詩學』에서, 은유는 '한 사물의 명명이 다른 사물에 적용되는 명명으로 轉移될 때 나타난다.'고 하였을 때, 그는 은유를 언어의 '轉移概念'으로 본 것이며, 그 轉移 (transference)의 형태를 내용상으로 분석한 것이 '가'의 네가지 유형이다. 그의 설명에 따라 가장 전통적인 개념이 된 은유의 기능은 의미의 轉移, 변화, 확장이다. 그러나 이것은 어디까지나 수사학적 문맥 내에서의 기능이지, 그것이 사물 자체의 존재를 규정한다는 적극적인 지경에까지 나아가지는 못하고 있다.[18]

한편, 퀸틸리안 (Quintilian)은 轉移의 네 가지 종류를 아리스토텔레스식 분류 방식과 유사하나 약간 다른 방법에 의해 구별하고 있음을 알 수 있다. 그 역시 은유의 기능을 수사적 역할에 국한시켜 보고 있음이 사실이다.

이에 비해 지오프리 (Geoffrey)는 퀸틸리안의 '생물—무생물'의 관계를 '인간—비인간'의 관계로 단순화 함으로써 은유 형태를 축소시키고 있다. 그것은 수사학에서 흔히 의인화 (personification)라고 칭하는 의미의 전이에 해당한다.

전술한 바와 같이, 은유를 전통적인 수사학적 개념으로부터 이끌어 냄으로써 시의 본질로 파악한 것은 낭만주의적 이론가들이었다. 그러나 20세기에 들어와서도 은유에 대한 혁명적 논의는 계속되었으니, 그것은 주로 언어학과

---

18) Hawkes, T ; p. 15.

인류학 및 신화학에 의해 주도되고 있는 것이다. 휠라이트(Wheelwright)에 의하면 은유는 결국 상정의 세계를 거쳐 신화의 세계로 나아간다[19]는 것이다.

지난 수십 년 간 은유에 대한 논의는, 그것을 수사학적 기교라는 제한된 고전적 범주로부터 벗어나게 함으로써, 광의의 '비유'라는 용어와 개념상 동일어가 되게 하였다. 이제 더 이상 은유는 비유의 하위개념이 아닌 것이다. 그것은 신비평가들의 장력, 역설, 반어 등의 원리에 포괄되면서 시적 에너지의 원리로 규정되며, 동시에 사물들을 융합하는 통일성 획득이라는 '화해의 원리'로 해명된다.[20] 에이브람스가 비유를 '사상적 비유'(figures of thoughts, or tropes)와 '수사적 비유'(rhetorical figures or figures of speech)로 구별한 것[21]도, 확장된 의미의 비유인 사상적 비유가 다름아닌 직유(simile), 제유(synecdoche), 환유(metonymy)를 포괄하는 넓은 의미의 은유(metaphor)와 동일하다는 전제하에서 이루어진 것이다.

한편 리차즈(I. A. Richards)는 은유의 논의를 文面(what is said)과 文裏(what is meant)의 관계 속에서 진행시킴으로써 그것을 매재(vehicle)와 취의(tenor)의 관계로 인식한다. 그리고 그는 결국 비유적 언어의 사용을 코올리지(Coleridge)의 상상력 이론에 연결시키고 있다.[22]

은유의 유형에 관한 현대적 견해를 대변하는 것은 휠라이트(Wheelwright)의 병렬은유(diaphor)와 치환은유(epiphor)의 개념이다. 특히 현대시의 복잡한 은유 체계를 분석함에 있어 그는 두 개의 독특한 용어의 개념을 설명함으로써 그 가능성의 길을 열어 놓았던 것이다. 그는 또한 한 걸음 더 나아가 시각적이고 개념적인 경향을 나타내려는 은유보다 상징적이고 신화적인 경

---

19) Wheelwright, p:앞의 책 참고.
20) 이승훈, 『詩論』(고려원, 1979) p. 136.
21) Abrams, M. H ; <u>A Glossary of Literary Terms</u>, (Holt, Rinehart & Winston, Inc. 1971). 참고.
22) 이승훈, 앞의 책, p 135 참고.

향을 나타내려는 은유를 중시함으로써 은유의 범위를 상징과 신화의 영역으로까지 확장한다.23) 웰렉 (R. Wellek)이 시를 前科學的 사고방식(pre-scientific modes of thought)으로서의 순수한 비젼, 곧 원형(arche-type)으로 보고, 은유적 직관의 궁극적 유형으로 '신비적 은유'와 '주술적 은유'를 드는 것도 은유와 신화의 상관성을 인식했기 때문이다.

결국, 은유의 현대적 개념은, 엄밀한 의미에서의 차이점이 있음에도 불구하고, 그것을 상징과 신화의 영역으로까지 확대시켜 놓았다. 여기서 시적 은유는 종교와 만나게 되며, 종교 시가의 경우 그 만남의 공통분모는 더욱 확장된다. 시적 은유와 신앙적 교리가 만나는 부분을 가칭 '성서적 은유'라 하고, 교리와는 거리가 먼, 부분적으로 표현의 효과를 위해 구사된 은유를 가칭 '문학적 은유'라 명명한다고 가정할 때, 기독교 시가의 은유 체계도 이러한 이중 구조로 해명할 수 있을 것이다.

'성서적 은유'는 단순한 수사적 은유나 상징, 또는 신화로 해석할 수 없을 뿐만 아니라, 또 그렇게 해석해서도 안되는 종교적 특수성을 지닌 은유로서, 웰렉(R. Wellek)의 신비적, 주술적 은유와 유관하다고 하겠다. '성서적 은유'는 그것이 신·구약 성서나 작품 가운데서 '절대적 심상'으로 구체화 된다. 절대적 심상은 물론 분석이 불가능한 실재, 그 자체라 할 수 있는 존재의 세계이다.

이에 비해 '문학적 은유'는 주로 시각적이고 개념을 나타내려는 의도로 이루어진다. 문학적 수식은 다 수사적 효과를 목적으로 하는 表現의 세계에 국한되는 은유이다.

앞에서 살펴본 은유의 여러 유형(특히 현대적 견해의)과 관련지어서 이를 정리해 보면 다음과 같다.

성서문학과 기독교문학의 독자적 은유 체계를 유형화 하면,

---

23) Wheelwright, p ; 앞의 책 참고.

첫째, 종교적 은유인 성서적 은유는 신비적, 주술적 속성을 다분히 지니고 있는 은유로 기독교적 교리를 내포한다는 특수성을 지닌다. 수사학적 범주를 초월하여 존재하는 '실재'로서, 일반적 해석이나 분석에 한계가 있다는 속성을 지녀, 달리 이를 '묵시적 은유'라고도 한다.[24]

둘째, 문학적 은유는 다시 '일상적 은유'와 '시적 은유'로 나뉘는데, 전자는 수사적, 수식적 특성을 지니고 후자는 창조적, 존재론적 특성을 지닌다. 일상적 은유와 시적 은유를 포괄하는 문학적 은유도 성서문학이나 기독교문학에 실제로 널리 나타나고 있는 바, 이 부분이야말로 종교문학이 아닌 일반문학이 지니고 있는 은유의 구조와 유사한 것이다.

「시편」에 나타난 은유 체계를 살펴보고자 하는 본고에서, 필자는 위에서 제시한 가설에 따라 연역적으로 이를 고찰해 봄으로써 기독교시가의 은유 체계가 지니고 있는 특수성을 규명해 내고자 한다.

「시편」의 시에 대해 고찰하는 것은 본질적으로 기독교시가의 연원이 시편에 있다고 보기 때문이며, 「시편」의 분석이 선행되지 않고는 모든 기독교시가의 은유적 특성을 해명할 수 없다고 판단하기 때문이기도 하다.

4) 구약 성서 「시편」의 은유

가. 성서적, 묵시적 은유의 구조

시의 세계는 창조의 세계라 말한다. 창조의 세계는 시 자체가 창조 이외의 어떠한 다른 의도도 배제하는 상태를 가리킨다. 시의 이러한 창조 기능은, 리차즈(I. A. Richards)에 의하면, 언어의 창조적 기능으로부터 기인하는 것이다. 본디 언어는 사물들을 단순히 통보, 지시하지는 않는다. 언어는 사물들

---

24) Frye, N ; <u>Anatomy of Criticism</u>(New Jersey ; Princeton Univ. Press, 1973), pp. 141—146 참고.

이 '생기게 함으로써' 스스로 존재하게 한다. 마찬가지로 은유의 주된 기능은 언어를 신장하는 것이며, 언어는 실재 그 자체인 까닭에 현실을 확장하는 창조적 기능을 담당한다고 말할 수 있겠다.[25] 보다 적극적으로 말한다면, 언어는 언어가 제공하는 은유의 지배력에 의존하지 않고서는 창조의 기능을 수행할 수 없는 것이다. 언어가 묵시적으로 종교적 교리를 창조할 수 있도록 지배하는 은유가 앞서 말한 성서적 은유라고 하겠다.

성서적 은유가 종교적 실재, 현실 그 자체라고 할 때 '유사성에 의한 비교'라는 은유의 속성이 배제되는 문제가 제기될 수도 있다. 그러나 이 경우 성서적 은유는 상대적 현실세계가 유사성의 대상으로 대비됨으로써 은유의 속성을 유지하게 된다.

그렇다면, 구약「시편」의 경우, 실제로 그 구조가 어떻게 나타나고 있는가. 몇 가지 예를 들어 살펴보면 그 특정을 분석해 낼 수 있는 바, 결론부터 말하면 다음과 같이 요약할 수 있다.

첫째,「시편」의 성서적, 묵시적인 은유는 그 형태가 대부분 단어나 구나 절이 아닌 문장으로 이루어진다.

둘째, 이미 앞에서 설명한 바와 같이, 그것은 문학적 은유와 달리 어떤 의도를 지니고 있지 않으며, 따라서 그 자체로서 특수한 '묵시적 실재'이기 때문에 다른 의미로 해석하거나 분석할 수 없다는 것이다. 말하자면, 성서적 은유는 신비의 세계가 아니라 그 신비의 베일이 제거된 신앙적 실재, 그 자체이다.

> 1) 여호와께서 그 聖所에 계시니 여호와의 寶座는 하늘에 있음이여 그 눈이 인생을 洞察하시고 그 안목이 저희를 감찰하시도다.[26]
> 2) 이에 땅이 진동하고 산의 터도 搖動하였으니 그의 震怒를 因함이로다.

---

25) Richards, I. The philosophy of Rhetoric, 1936. p. 131 참고.
26) 구약성서 시편 제11편 4절.

그 코에서 연기가 오르고 입에서 불이 나와 사름이여 그 불에 숨이
피었도다 저가 또 하늘을 드리우시고 강림하시니 그 발 아래는 어둑캄캄
하도다 그룹을 타고 날으심이여 바람 날개로 높이 뜨셨도다. 저가 黑暗으
로 그 숨는 곳을 삼으사 帳幕같이 자기를 두르게 하심이여 곧 물의
黑暗과 공중의 빽빽한 구름으로 그리하시도다.[27)

3) 하늘이 하나님의 榮光을 宣布하고 궁창이 그 손으로 하신 일을 나타내
는도다 날은 날에게 말하고 밤은 밤에게 知識을 전하니 언어가 없고
들리는 소리도 없으나 그 소리가 온 땅에 통하고 그 말씀이 세계 끝까지
이르도다 하나님이 해를 爲하여 하늘에 帳幕을 베푸셨도다.[28)

「시편」 가운데서 인용한 위의 글들에서 확인되듯이 기독교의 묵시적 은
유로 이루어진 篇節들은 그 구성단위인 각개 낱말들이 모두 유기적으로
결합됨으로 인해 문장 단위의 큰 덩어리를 형성함으로써, 분석이 불가능한
상태대로 그 자체가 하나의 신앙적 실재가 되어 있다. 창조주 '여호와'의
전능한 권능과 위엄은 신앙의 세계에서는 단순한 비유일 수 없기 때문이다.

실제로 위에 인용한 시편의 글들을 수사학적 방법에 의해 어느 부분이
비유에 해당하는 지 분석해 내기는 불가능하다. 어느 낱말이 매재(vehicle)이
고 어느 낱말이 취의 (tenor)인지 분별할 수 없을 뿐만 아니라 그 전체를
단순한 신화라고 치부할 수도 없다. 이것이 곧 성서적 묵시적 은유의 구조적
특정이라 하겠다.

可視의 세계인 물질세계가 유추적으로 연상의 힘에 의하여 不可視의
세계인 정신세계와 일치하게 되는 표현의 양식이 곧 확장된 은유인 상징어
라고 할 때, 기독교의 성서적 은유는 단순한 상징이라고 규정할 수도 없다.
왜냐하면, 종교적 세계는 可視와 不可視의 구별을 초월한 세계이기 때문이
다. 그것은 현상의 세계, 혹은 인간적인 세계가 아닌, 비인간적인 본질의

---

27) 위의 책, 제18편 7절—11절.
28) 위의 책, 제19편 1절—4절.

세계이다. 그것은 절대자인 神이 지배하는 세계요, 前科學的 사고양식 (pre-scientific modes of thought)으로서의 원시적 비젼이 아닌, 超科學的 사고양식 (super-scientific modes of thought)인 신앙의 세계이다.

성서의 시가나 기독교시가의 은유 체계를 분석함에 있어 일반론적 접근 방법만으로는 끝내 해명할 수 없는 부분이 남아 있게 된다는 것은, 그러므로 당연하다 하겠다. 그것의 해명을 위해서는 독자적인 특수한 비평적 용어의 설정이 필요한 것인데, 그것이 바로 '성서적 은유', 또는 '묵시적 은유'이다. 해명을 요구하지 않는 성서적 은유는 대상을 묘사하거나 표현하지도 않는다. 그러므로, 성서적 은유는 설명이나 분석이 불가능한 신앙적 절대세계로 볼 수밖에 없다. 대부분의 경우 그것은 단정적이고 명령적이며, 혹은 예언적 진술로 나타난다. 거기에 표현된 정경은 그것 자체로서 신앙 속에 실재하는 것이며, 어떤 대상이 전제된 정경의 묘사가 아니다. 그것은 대상으로서의 神, 혹은 神의 세계 그 자체이므로 이에 대한 찬탄으로 진술되기도 한다.[29]

나. 은유의 실제

구약 「시편」의 분석을 통하여 확인되는 것은 「시편」 150편 가운데 성서적 은유에 해당하는 篇節의 수가 그리 많지 않다는 점이다.

대부분의 은유는 문학적 은유에 해당하는 것들이고, 종교적 교리성을 지니고 있는 은유는 모두 30여 개에 불과하다. 그것은, 「시편」이 성서의 다른 어느 부분보다도 시가라는 문학적 특성을 다분히 지니고 있고, 따라서 인간적 감정이나 사상을 주로 표현하고 있기 때문이라고 본다.

「시편」의 성서적 은유는 그 진술 형태가 단정, 명령, 예언, 찬탄이 중심을 이루고 있는데 비해 성서적 은유는 매우 神 중심적이고, 주술적이다. 문학적

---

29) Frye, N. Literature and Myth. ed. by James Thorpe. 1967. pp 27—41, 및 Grebstein, S. N. The Mythopoetic Critic. Harper & Row, New York. 1968. pp 311—321. 참고.

은유가 인간적이고 정감적인 반면에, 성서적 은유는 신적이고 권위적이라는
점이 주목할 만하다. 구체적으로 이를 정리해 보면 다음과 같다.

- 「시편」의 성서적 은유

순번	편	절	진술형태	관련교리
1	1	1—2	단 정	죄론, 구원론
2	1	3—6	예 언	죄론, 구원론
3	2	7—9	명 령	창조론, 은혜론
4	11	4	단 정	유일신론
5	5	5	단 정	창조론
6	6	6	단 정	은혜론
7	7	7	단 정	창조론
8	8	8	단 정	창조론
9	24	7—10	명 령	유일신론
10	29	3—10	단 정	창조론
11	33	6—7	단 정	창조론
12	34	15—16	단 정	은혜론
13	42	7	단 정	은혜론
14	46	4—5	단 정	유일신론
15	65	6—13	단 정	창조론, 은혜론
16	75	8—10	예 언	은혜론
17	76	1—3	단 정	은혜론
18	76	8—9	단 정	구원론
19	77	16—20	단 정	창조론, 은혜론
20	85	10—11	단 정	은혜론
21	89	9	단 정	창조론
22	90	3—9	단 정	죄론
23	92	12—15	단 정	은혜론
24	95	4—5	단 정	창조론
25	96	11—13	예 언	죄론
26	97	1—6	단 정	은혜론
27	103	3—14	단 정	은혜론
28	104	2—32	단 정	창조론
29	114	3—8	단 정	창조론

순번	편	절	진술형태	관련교리
30	135	6—8	단 정	창조론
31	147	8—11	단 정	은혜론

위의 표에 의하면, 기독교의 성서적 은유와 관련된 교리는 대개 창조론, 은혜론, 죄론 등으로 요약된다. 물론 위의 내용은 구약의 시편에 국한된 것이지만, 이는 기독교시가의 원천으로 매우 시사적이고 암시적인 대표적 사례라 할 만하다. 성서적 은유가 지니고 있는 신적 권능과 위엄은 시인에게 있어 거역하거나 부정할 수 없는 절대적 단정이나 명령으로써 인식되며, 그러한 신적 권위 앞에 복종하고 찬탄하지 않을 수 없게 된다. 우주 만물을 창조하였을뿐 아니라, 인간을 구원하고 징벌하는 신의 모습을 그대로 제시함으로써 하나의 묵시적 실재로 존재하게 해 주는 은유이다.

1) 主께서 밭고랑에 물을 넉넉히 대사 그 이랑을 평평하게 하시며 또 단비로 부드럽게 하시고 그 싹에 福 주시나이다. 主의 恩澤으로 年事에 冠씌우시니 主의 길에는 기름이 떨어지며 들의 草場에도 떨어지니 작은 山들이 기쁨으로 띠를 띠었나이다.30)

2) 여호와의 손에 잔이 있어 술 거품이 일어나는도다 속이 섞은 것이 가득한 그 잔을 하나님이 쏟아 내시나니 실로 그 찌끼까지도 땅의 모든 惡人이 기울여 마시리로다.31)

3) 主께서 하늘에서 判決을 宣告하시매 땅이 두려워 잠잠하였나니 곧 하나님이 땅의 모든 溫柔한 者를 구원하시려고 판단하러 일어나신 때에로다.32)

---

30) 시편, 65편 10절—12절.
31) 위의 책, 75편 8절.
32) 위의 책, 76편 8—9절.

들의 농작물과 풀밭을 적셔 주는 단비, 그것은 단순한 현세적 자연 현상 그대로가 아니고 1)에서는 神의 은혜로 나타난다. 지상의 온갖 군생들을 키우는 神의 役事를 인식하고 단정을 하게 된다. 2)에서는 지상의 惡人이 패배의 쓴잔을 마시게 되는 섭리를 예언적으로 말하고 있다. 그러나 그 예언은 매우 단호하고 결정적이다. 기독교의 神은 인격적인 神이지만, 2)의 은유가 제시하는 정경은 인간세상의 어떤 장면이 아닌, 시각적 현상을 초월한 절대적 심상의 세계라고 할 수 밖에 없다. 그러므로 그것은 매우 절대적이고 신화적이기도 하다.

1)과 2)에 비해 3)은 매우 단호한 단정적 진술 형태를 지닌다. 그것은 온유한 자를 구원하는 神의 권위를 확고하게 인정한다. 어떤 망설임이나 의심이 전혀 없는 신념이 보인다.

위에서도 확인되듯이 기독교의 神은 창조주로서, 인격적이고 유일하며, 사랑과 善을 베푸는 성스러운 절대자이다. 그는 악을 징벌하고 선을 도우며, 의인을 구원하고 온유한 자에 은혜를 베푸는 무한한 권능을 지닌다. 성서적 은유에 나타난 기독교의 神은, 그러므로 매우 구체적이고 행동적이다. 막연한 추상적 관념의 세계가 아닌 구체적 행동과 사건이 실재하는 세계가 그의 모습이다. 기독교적인 성서적 은유는 단순한 예술적 형상화의 세계가 아니며, 유사성에 근거한 사물과 사물과의 관련에 의한 수사적 비유가 될 수 없는 까닭이 여기에 있다.

그것은 지극히 종교적이며 비현세적이다. 그러므로, 성서적 은유는 비인간적일 수 밖에 없으며, 단지 神的 속성을 지닌 세계로서, 현실을 초월하여 존재하면서도 현실을 지배하는 절대적 경지, 그 자체라고 규정할 수 있다.

(3) 결 론

기독교시가 특유의 은유 체계를 밝혀 내려면, 기독교시가의 원천이 되는 구약성서 「시편」의 은유 구조를 먼저 분석해 내지 않고서는 불가능하다고 판단하였다. 따라서, 본고의 일차적 집필 의도는 바로 이 구약성서 「시편」의 은유 분석을 통하여 일반 시가에서 찾아볼 수 없는, 기독교시가만이 지니고 있는 은유를 찾아낼 수 있었다. 그것은 일반적인 문학적 은유와 달리, 사물의 유사성에 기초한 단순한 비유의 세계가 아니고, 분석 불가능한 절대적 세계라 할 수 있는 신앙적 실재의 세계임이 확인되었다.

이의 도출을 위하여 먼저, 고대 수사학과 성서문학과의 관계를 역사적 입장에서 고찰해 보았으며, 아울러 고대 희랍에서부터 오늘에 이르기까지 여러 사상가들에 의해 주장된 은유의 유형에 관한 학설에 대해서도 살펴봄으로써 그것을 뒷받침하였다. 서정문학으로서의 일반 시가와 구별되는 기독교시가라는 한 장르가 독립될 수 있다는 중요한 근거를 기독교시가만이 공유하고 있는 묵시적인 성서적 은유의 존재가 제공해 준다고 볼 때, 이 은유의 규명은 기독교시가 연구에 있어 필수적인 과제가 된다고 판단한다.

본고에서 처음 시도한 이 연구 결과가 불완전한 대로 하나의 작은 토대가 되어 앞으로 보다 충실한 이론으로 발전될 수 있도록 보완해야 할 것이다.

6. 시 창작과 신앙의 상관관계
— 정지용의 경우

(1) 서 론

정지용의 시에 대한 저간의 논의는 그의 시를 모더니즘적 경향으로 보거나, 전통주의적 경향으로 해석하는 양극적 입장을 취하든가, 이 두 가지 경향을 아우르는 것으로 보는 입장[1] 등으로 대별된다. 본고에서는 이러한 논의들로부터 자유로운 입장을 취하여 정지용의 전체적인 시 세계를 그의 신앙인 기독교(카토릭)와의 상관관계라는 시각에서 상호간에 어떻게 관계되고 있는지에 대하여 해명해 보고자 한다.

그렇게 함으로써 정지용의 시를 논함에 있어 그 동안 소홀히 취급하여 온 그의 신앙과 일반적 시작 활동과의 상호 관계라는 부분에 대해 입증할 수 있을 것으로 기대하기 때문이다. 창작과 신앙과의 관계를 이질적인 것으로만 생각하고, 신앙인인 한 시인의 작품연구에 있어 신앙과 관계없는 일반시와 신앙시를 별개로 구분해서 논의하여 왔던 것이 이제까지의 지배적인 연구 태도였다.

---

1) 박철희, 『한국시사연구』 p.215.

따라서, 본 논문에서는 이 양자의 상호관계에 대한 연구를 정지용 시인의 경우를 예로 삼아 살펴봄으로써, 시 창작과 신앙과의 상관 관계를 살펴보고자 한다.

(2) 본 론

1) 작품 활동 및 시기 구분

정지용은 1902년 5월 15일(음) 충청북도 옥천군 옥천읍에서 한약상을 경영하던 정태국을 아버지로, 정미하를 어머니로 하여 태어났다. 그는 본관이 영일 정씨로, 송 강 정철의 후손이며, 그의 아버지는 한때 천주교 신자로,[2] 그 후 계속해서 그의 후손들은 4대에 걸쳐 카토릭을 신봉하게 되어, 정지용과 카토릭 신앙과는 어린 시절부터 불가분의 관계가 있었다고 할 수 있다.

지용은 당시의 풍습에 따라 12세 때 동갑내기인 송재숙과 결혼하여 그 사이에 3남 1녀를 두었다. 지용은 옥천공립보통학교를 거쳐 사립인 휘문고등보통학교에 입학하였으며, 이 시기부터 '문우회' 활동을 하는 등 그의 문학적 씨앗이 배태되었다고 볼 수 있다. 그러나, 지용이 본격적으로 작품을 창작하여 문예지 등에 발표한 시기는 일본 동지사대학 유학 시기라고 하겠는데, 이때부터 北原白秋의 시지인 『近代風景』에 일어로 작품을 발표하는 등, 시인이 되고자 하는 의욕을 엿보이고 있다. 뿐만 아니라 국내 잡지인 『조선지광』등에 그의 시가 소개됨으로써 그의 작품이 국내에 알려지기 시작한다.[3]

---

2) 鴻農映二, 「정지용의 생애와 문학」, (『현대문학』 1982.7) p.384.
3) 양왕용, 『정지용의 시연구』, (서울:삼지원,1988) pp.81—82.

정지용의 작품은 『정지용시집』에 수록된 89편과 『백록담』에 수록된 33
편을 합하여 모두 122편이 된다. 이들을 시기별로 분석해 나누어 보면, 그가
1926년 6월 일본의 경도 유학생 잡지 「학조」 창간호에 처음으로 시 (3편),
시조 (9수), 동요 (5편)를 발표하면서 작품 활동을 시작한 때로부터 1931년
그의 최초의 신앙시인 「무제」(후에 「그의 반」)를 발표하기 이전인 1930년까
지를 제 1기로 볼 수 있고, 제 2기는 그 이후 『정지용시집』이 발간된 1935년
까지의 5년간, 그리고 제 3기는 시집 『백록담』의 시기인 1930년대 후반까지
로 구분할 수 있다.4) 그후 일제 말기인 문단 암흑기라는 공백 기간을 거쳐,
1945년 광복 이후부터 1950년 6.25까지 주로 행사시나 극단적 정형시를
발표하였던 5년 간을 별도로 잡아 제 4기로 구분하는 견해도 있으나,5) 이
시기는 광복 후 이데올로기에 의한 문단 혼란기로, 발표된 작품의 질로 보나
수량으로 보나 정지용 시인의 본격 문학기로 보기 힘든 점이 없지 않아
시기 구분에서 제외함이 타당하다고 본다. 이와 같은 시기 구분은 박용철이
정지용 시의 시기를 구분함에 있어, 정지용이 시 창작에 있어 그의 신앙에
주로 의존한 것을 기준으로 삼아 시도했던 바를 참고할 때 가능한 것으로,
이로 미루어 보더라도 정지용의 시 세계에서 그의 신앙시가 차지하는 위치
나 중요성이 입증된다고 하겠다.

그의 신앙시는 모두 11편으로, 일종의 행사시인 「승리자 김안드레아」
(『카토릭 청년』 10호, 1934.9), 「비극」 (『카토릭 청년』21호,1935.2) 두 편을
제외한 9편이 『정지용시집』 (1935.10.27) 제 4부에 실려 있다. 따라서, 그의
신앙시는 시기상으로 보아 제 2기에 주로 제작되었다고 볼 수 있다. 뿐만
아니라 1930년대 전반기에 해당하는 제 2기 중 1933년과 1934년 2년에
걸쳐 발표된 작품 13편 중에 신앙시가 무려 9편이나 차지하고 있다는 사실

---

4) 유승우, 『한국현대시인연구』(서울:국학자료원, 1998) p.31.
5) 양왕용, 앞의 책, pp.95—96.

이 주목된다. 이 시기에 정지용이 집중적으로 신앙시를 창작한 이유가 무엇이며, 또한 이 시기가 그의 시업 중기에 해당한다는 점을 고려할 때 신앙시 이전과 이후의 시작과 관련하여 어떤 상관 관계를 확인할 수 있을 것인지 주목하지 않을 수 없다. 초기 시와 후기 시를 비교해 보면 그 중간에 위치한 그의 신앙시가 양자 사이에서 담당하는 역할이 있을 것이라는 가설이 가능하다고 보기 때문이다.

정지용의 신앙시는 그 질적 수준으로 미루어 보아도 매우 우수한 작품이라 할 수 있다. 숫적으로만 볼 때 그의 시 122편 중 10%도 채 안 되는 11편에 불과한 것이 그의 신앙시 작품의 양이지만, 그러나, 이들 작품은 몇몇 비판적인 견해가 있음에도 불구하고,6) 지극히 어려운 작업인 신앙심의 시적 형상화라는 예술적 측면으로 볼 때 매우 우수한 작품들이라고 판단되므로, 그의 시 세계가 형성되어 가는 과정에서 이들 작품이 차지하는 위치라든가, 이들 작품을 전후해서 그의 시가 어떤 변모를 가져 왔는지에 대해 고찰해 봄이 마땅하다고 사료된다. 따라서, 정지용 시 세계의 중간 시기인 제 2기의 핵심을 이루는 것이 다름 아닌 신앙시라는 사실은 무엇을 말하여 주고 있는지 반드시 해명할 필요가 있다고 본다.

이와 같은 판단에 따라, 다음에 먼저 그의 초기 시인 제 1기의 시편 53편 중 대표적인 작품을 중심으로 분석하여 살펴봄으로써, 신앙시 이전의 시작 태도와 제 2기의 신앙시들과의 상관 관계부터 살펴보고자 한다.

2) 제 1 기 작품의 실험적 특징

앞에서 언급한 바와 같이 정지용의 첫 신앙시는 1931년 10월『시문학』지 제 3호에 「무제」라는 제목으로 발표되었고, 『정지용시집』에 「그의 반」으로 게재되어 재 수록된 작품이라 확인되고 있다. 그 후 1933년에 와서『카토릭

6) 신규호, 『한국기독교시가 연구』(서울:이회문화사, 1999) pp.132—138.

청년』지 제 4호에 「임종」, 「별」, 「은혜」, 「갈릴레아 바다」 등 네 작품이 한꺼번에 발표되었으며, 연이어 1934년에 역시 「카토릭 청년」지 제 9호에 「다른 한울」, 「또 하나 다른 태양」, 「불사조」, 「나무」, 「승리자 김안드레아」 등 다섯 편을 발표하였다. 그 다음 해인 1935년에는 『카토릭 청년』지 제 21호에 「비극」 단 한 편만 발표하고 그의 신앙시는 더 이상 보이지 않고 있다. 결국 그의 신앙시는 제 2기에 속하는 1930년대 전반기에 집중적으로 발표된 셈이다. 그렇다면 제 1기에는 어떤 작품을 창작했는가.

조사한 바에 의하면 정지용은 그의 시 제 1기에 속하는 1926년부터 1927년 사이에 그의 생애 중 가장 많은 작품을 발표하고 있는데, 구체적으로 이 시기에는 1926년에 14편, 그 이듬해인 1927년에 28편 등 무려 42편의 시를 2년간에 집중적으로 발표하고 있어 초기의 왕성한 창작 의욕을 보여주고 있다. 1930년 이전의 시작 초기에는 시 창작의 방향을 모색하는 시기로 해마다 9편—28편이나 되는 많은 작품을 전통 정서를 노래한 작품과 함께 서구시의 수법인 이미지 중심의 주지적 작품들을 창작하여 발표함으로써, 초기의 시 창작 열정과 함께 그가 다분히 앞으로의 시 세계를 모색해 나간다는 실험적 의도를 엿보이고 있다.

다음에 그가 최초로 발표하였던 작품 중 하나인 「카페 프란스」를 예로 들어 살펴본다.

옮겨다 심은 종려나무 밑에 / 삐뚜루 선 長明燈, / 카페 프란스에 가자.// 이 놈은 루바쉬카 / 또 한 놈은 보헤미안 넥타이 / 삐쩍 마른 놈이 앞장을 섰다.// 밤비는 뱀눈 처럼 가는데 / 페이브멘트에 흐느끼는 불빛 / 카페 프란스에 가자.// 이 놈의 머리는 삐뚜른 능금 / 또 한 놈의 심장은 벌레 먹은 장미 / 제비처럼 젖은 놈이 뛰어간다. "오오 패롤(앵무) 서방! 꾿 이브닝!" // "꾿 이브닝" (이 친구 어떠하시오?) // 鬱金香 아가씨는 이 밤에도 / 更紗 커―틴 밑에서 조시는구료!// 나는 子爵의 아들도 아무것도 아니란다. / 남달리 손이

희어서 슬프구나!// 나는 나라도 집도 없단다 / 대리석 테이블에 닿는 내 뺨이
슬프구나! // 오오, 異國種 강아지야 / 내 발을 빨아 다오/ 내 발을 빨아 다오//

정지용이 1926년 6월 『학조』창간호에 발표했던 작품으로, 1920년대 일
본을 통해 유입되었던 서구 문명에 대한 자조 섞인 감정을 표현하고 있음을
알 수 있다. 퇴폐적 낭만과 데카다니즘이 당시 조국을 잃어버리고 절망에
빠졌던 일본 유학파 문인들 사이에 퍼졌던 사정을 감안할 때, 이 작품에
담긴 정서의 일단을 이해할 수 있다. 특히 "오오 이국종 강아지야 내발을
빨아다오 내 발을 빨아다오" 하고 절규한 마지막 연에서 조국 상실에 대한
절망감이 문명적 갈등과 함께 자조적으로 표현되고 있다.

이러한 경향의 그의 시를 두고 당시에 평단에서는 '현대의 호흡과 맥박을
불어 넣은 최초의 시인'으로 극찬하거나,7) '기교주의에 의한 지식계급의
환상'8)이라 비판하는 등, 긍정적 시각과 부정적 시각으로 엇갈린 주장이
나왔을 정도로 관심을 끌었다. 당시 일본 유학생 사이에 유행했던 서구 모더
니즘적 풍조가 정지용에게 끼친 영향을 고려할 때, 아직 시 세계가 성숙하기
전의 모방 심리가 그의 시로 하여금 이미지즘적 수법으로 데카당적 허무주
의를 추구하게 하였다고 본다. 이 작품뿐만 아니고 초기의 여러 작품을 통해
이러한 경향을 확인할 수 있다.

　　수박 냄새 품어 오는/ 첫 여름의 저녁 때──// 먼 해안 쪽 / 길 옆 나무에
늘어 선 전등. 전등/ 헤엄쳐 나온 듯이 깜빡거리고 빛나누나.// 침울하게 울려
오는/ 築항의 기적소리──── 기적소리──── / 異國情調로 퍼덕이는/ 稅關
의 깃발. 깃발.// 시멘트 깐 인도 옆으로 사뿐 사뿐 옮기는/ 하이얀 洋裝의
點景!/ 그는 흘러가는 失心한 풍경이어니──── 부질없이 오랑쥬 껍질 씹는
시름────// 아아, 愛施利黃(황)! / 그대는 상해로 가는구료──//

---

7) 김기림, 「1933년 시단의 회고」(조선일보. 1933.12.7─13)
8) 임화, 「曇天下의 시단일년」(『신동아』1935, 12)

「슬픈 印象畵」라는 제목의 이 작품도 역시 서구의 모더니즘적 수법에 약간의 감상적 분위기를 가미한 일종의 회화시이다. 1920년대에 한국의 시단을 지배했던 감상적 낭만주의 풍에 당시에는 새로운 시풍이라 할 시각성을 곁들이는 이미지즘적 수법을 도입함으로써 시에 현대성을 부여했다는 의의가 있다고 하겠다. 그의 이러한 시작법을 가리켜, 당시에 박용철은 "왕년의 센치멘탈리즘은 어디 가고 람보가 '시인의 시인'이라는 칭을 드림같이 그는 우리의 '시인의 시인'입니다."하였고, 양주동은 "현 시단의 경이적 존재" 운운하여 매우 긍정적으로 평하였으며, 이와 반대로 카프파의 일원인 임화는 "이것은 전혀 논리적 기교이거나, 그렇지 않으면 지식 계급의 완전한 주관적 환상이다."라고 하여 전혀 상반된 비평을 하고 있다.[9] 박용철과 양주동의 평은 순수문학의 입장에서 정지용의 시가 1920년대에 유행했던 감상적 낭만주의의 센티멘탈리즘적 경향을 벗어나서 시에 어느 정도의 현대성을 부여하고 있음을 의식하여 높이 평가한 것이고, 임화의 평은 그가 카프파의 대표적 존재로서 의식적으로 순수시를 하나의 어설픈 지적 놀이로 보고 이러한 경향의 작품들을 싸잡아 혹평하고 있는 것이다. 이로 미루어 보건대, 확실히 정지용은 20년대 후반에 혜성같이 등장하여 우리 시에 회화적 이미지 도입이라는 서구적 현대성을 시대에 앞서서 시도한 시인임에 틀림없다.

그럼에도 불구하고, 그에게 있어 이러한 서구적 시풍만으로는 만족할 수 없는 그 무엇이 내면에 잠재되어 있었으니, 같은 초기의 작품 가운데 이미 그러한 증거가 나타나고 있다.

바람은 이렇게 몹시도 부옵는데 / 저 달 영원의 燈火! 꺼질 법도 아니하옵거니, / 엇저녁 풍랑 위에 님 실려 보내고 / 아닌 밤중 무서운 꿈에 소스라쳐 깨옵니다.

---

9) 임화. 위의 글.

「風浪夢」이라는 제목의 이 작품은 『정지용시집』에 「風浪夢 1」로 실려 있고, "마포 하류 현석리에서 1922년 3월에 제작"하였다 하는 주석이 달려 있어, 최소한 제작일로 보면 정지용의 최초의 작품으로 추정된다. 여기서 주목되는 것은 이 시에 서구적 표현 수법이 전혀 개입되어 있지 않다는 사실이다. 오히려 전통적인 시조의 가락이 느껴지는 것은 그의 내면에 동양적, 한국적 전통 정서가 잠재해 있음을 알게 해 준다고 하겠다.

그러한 사실을 확인시켜 주는 또 다른 예가 있는데, 1926년 정지용이 그의 작품을 최초로 잡지에 발표할 때 현대시 3편과 함께 시조 9수를 동시에 싣고 있다는 점이다. 이는 결국 정지용이 일본에서 서구 사조의 영향을 받아 모더니즘 시를 제작하여 발표하였으나, 그것이 시인으로서의 그의 생애를 지배할 수 없다는 사실을 이미 보여주고 있는 것이라고 할 수 있다. 그가 1923년에 지었다고 하는 작품 「향수」가 지니고 있는 한국적 향토성도 그의 이러한 내심을 증명해 준다고 본다. 그 외에도 그의 초기 작품 가운데 「오월소식」, 「이른 봄 아침」, 「鴨川」, 「石榴」, 「發熱」 등에 표현되어 있는 전통적 정서의 일단은, 개화기에 해당하는 일제 초기에 아무리 서구 사조가 밀물처럼 흘러 넘친다 해도 수 천년을 두고 이어 내려 온 전통 정서나 사상을 하루아침에 바꿀 수 없었음을 확인시켜 주는 것이다.

이로 미루어 보건대, 정지용에게 있어 시업 초기에는 내면에 잠재되어 있는 전통적 정서와 일본 유학시절에 영향받은 서구적 모더니즘 사이에서 방황하지 않을 수 없었으며, 그 결과 그로서는 실험적인 이미지즘적 현대시와 전통적 시조를 동시에 발표하는 등 그의 초기 작품에 이 두 가지 흐름을 아울러 공유하게된 것이다.

이러한 그의 실험적 방황은 1930년 무렵까지 이어진다. 1931년 10월 『시문학』제3호에 처음으로 발표된 그의 첫 신앙시 「無題」에 이르러 그는 그의 시 세계에 카토릭이라는 새로운 이데올로기를 도입하게 된다. 이것은 정지용의 시업에 있어 매우 중대한 사건이 아닐 수 없다. 전통성과 외래성 가운데서 방황하던 그가 그의 집안에서 대를 이어 내려온 신앙에 눈을 돌려 시와 신앙을 접맥시키고자 시도한 것이기 때문이다. 말하자면 이 무렵부터 그는 카토릭 신자로서 그의 신앙심을 시적으로 형상화 하고자 결심하게 된 것이고, 그 결과 1933년부터 1935년에 이르기까지 집중적으로 신앙시를 발표하게 된 것이다.

3) 제 2 기 작품과 신앙

전술한 바와 같이 정지용의 신앙시는 모두 11편밖에 안 되지만, 그럼에도 불구하고 그것은 그의 시 세계를 해명하는 데 귀중한 자료가 된다. 1935년 『정지용시집』의 서평을 쓴 이양하와, 「정지용론」을 쓴 김환태를 비롯하여, 그 후 송 욱, 김우창, 오탁번, 김윤식, 문덕수, 김시태, 양왕용 등이 제각기 서평, 논문, 저서를 통하여 정지용의 신앙시에 대해 언급하고 있다.[10]

그러나, 이들은 모두 기독교 문학을 논하는 본격적인 입장에서가 아니고, 일반 문학적 입장에 곁들여서 부분적으로 지용의 신앙시에 대하여 논의하고 있기 때문에, 자연히 피상적 언급에 그친 감이 없지 않다. 뿐만 아니라, 그의 시 세계에서 신앙시가 차지하는 위치나 의미에 대해서는 거의 해명하지 못하고 있다. 이에 대한 해명을 위하여 먼저 거시적인 관점에서 다음과 같은 의문을 제기해야 될 것이라고 판단한다.

첫째, 전통적 정서와 서구적 시론 사이에서 방황하던 정지용이 왜 갑자기 자신의 시 창작에 카토릭이라는 종교적 이데올로기를 끌어들이게 되었는가.

---

10) 이양하, 「바라든 지용시집」(조선일보 1935, 12.8—12.15) ; 김환태,「정지용론」,『삼천리 문학』(1938, 4) pp.185—192. ; 송욱,「한국모다니즘 비판」,『사상계』(1962, 10) pp.260 —275. ; 김우창,「한국시와 형이상」,『世代』(1968, 7) pp.321—326. ; 오탁번,『현대문학 산고』(고려대 출판부, 1976) pp. 108—119. ; 김윤식,『한국근대 작가론고』(일지사, 1974) p.117. ; 문덕수,『한국 모더니즘시 연구』(시문학사, 1981) pp.63—152 참조

둘째, 그럼에도 불구하고 그는 왜 그것을 오래 동안 지속하지 못하고 몇 년 후 다시 그의 시 창작 방향을 동양적 전통정서의 세계로 전환할 수밖에 없었는가 하는 점이다.

이러한 의문에 대해 그의 다음과 같은 글이 어떤 단서를 제공해 줄 수 있다고 본다.

> 정신적인 것은 만만하지 않게 풍부하다. 자연, 인사, 사랑, 죽음, 내지 전쟁, 개혁 더욱이 덕의적인 것에 멍이 든 육체를 시인은 차라리 평생 지녀야 하는 것이, 정신적인 것의 가장 우위에는 학문, 교양, 취미 그러한 것보다도 '愛'와 '기도'와 '감사'가 據한다. 그러므로 신앙이야말로 시인의 일용할 신적 糧道가 아닐 수 없다.
>
> 情趣의 시는 漢詩에서 황무지가 완전히 없어지고 말았으리라. 진정한 '愛'의 시인은 기독교 문화의 開花地 구라파에서 簇出하였다. 獰猛한 異敎徒일지라도, 그가 지식인일 것이면 기독교 문화를 다소 反芻하는 것임에 틀림없다.[11]

이 글에서 정지용은 시 창작에 있어 '정신적인 것의 가장 우위에 있는' 종교적 이데올로기가 절대적 요소임을 강조하고 있다. 특히 기독교 문화권인 서구의 문화가 휩쓸던 당시의 정황으로, 비록 이교도인 동양인이라 할지라도 기독교 문화를 외면할 수 없음을 주장한다. 더구나, '정취를 읊은 시'는 이미 한시로 마감되어야 하고, 이제는 기독교적 서구 문화를 받아들여 시작에 임해야 한다는 견해를 암암리에 드러내 보인다.

절대자인 '신은 사랑으로 자연을 창조하였다'는 주장과 함께 '성경 성전류를 심독하여 시의 원천에 침윤하는 시인은 불멸한다'[12]고 함으로써 시에 있어 중요한 것이 '종교적 사랑'임을 강조하기도 한다. 그의 이러한 주장이

---

11) 정지용, 『문학독본』(박문출판사, 1949) p.209.
12) 위의 책. pp.209—212 참조.

그로 하여금 시 창작에 있어 그의 신앙인 카토릭에 관심을 갖게 했고, 그 결과 신앙시를 창작하기에 이른 것이다.

이처럼 신앙적 요소를 창작에 도입함으로써 그가 어떻게 예술적으로 성공한 작품을 완성할 수 있었는지 다음에 살펴보기로 한다.

얼굴이 바로 푸른 하늘을 우러렀기에/ 발이 항시 검은 흙을 향하기 욕되지 않도다.// 곡식알이 거꾸로 떨어져도 싹은 반드시 위로! / 어느 모양으로 심기어졌더뇨? 이상스런 나무 나의 몸이여!// 오오 알맞은 위치! 좋은 위아래! / 아담의 슬픈 유산도 그대로 받었노라.// 나의 적은 연륜으로 이스라엘의 이천 년을 혜였노라./ 나의 존재는 우주의 한낱 초조한 오점이었도다.// 목마른 사슴이 샘을 찾아 입을 잠그듯/ 이제 그리스도의 못 박히신 발의 성혈(聖血)에 이마를 적시며—// 오오! 신약의 태양을 한 아름 안다.

지상과 천상 사이의 중간 위치에 존재하는 인간의 실존적 모습을 인간처럼 직립하고 선 나무에 의탁함으로써 세속 세계에 발을 붙이고 살면서도 천상의 존재인 신을 찾아 발돋움하는 신앙적 삶의 아름다움을 노래하고 있다. 아담의 슬픈 유산인 원죄를 인식하면서도 신앙에 갈급한 마음으로 '신약의 태양'인 예수를 영접하는 신앙심을 고백한다. 상투적 넋두리나 과잉된 표현이 전혀 보이지 않음은 이 작품이 지닌 표현의 우수성을 입증한다. 정지용의 이러한 수준 높은 신앙시가 나오기까지 신앙을 빗대어 어설프게 지어진 수많은 비시적 작품이 쏟아져 나왔던 사실을 상기할 때, 이는 실로 경이로운 일이 아닐 수 없다.

여기서 잠시 정지용의 신앙시에 대한 저간의 논의에 대해 살펴 볼 필요가 있다.

정지용의 신앙시에 대해 언급한 대표적인 문인은 전술한 바와 같이 이양하, 김환태, 송욱, 김우창, 김윤식, 문덕수 등이다.

이양하는 정지용의 신앙시에 대해 긍정적으로 평가하면서, '우리 문단

유사 이래 한 자랑거리가 될 뿐 아니라 온 세계문단을 향하여 내놓을 만한 시인을 갖게 되었다'고 극찬한다.13)

다음으로 김환태는 '기독교 신앙의 역사가 짧은 이 땅에서 카토릭 시인 정지용을 가진 것에 대해 다행하고 기쁜 일'이라 하면서, 인간 실존의 비애와 고독의 연장선상에 그의 신앙시가 존재한다고 긍정적으로 평하고 있다.14)

한편, 송욱은

> 훌륭한 시인이었던 지용은 결국 시각적 인상이나 이와 어울리는 감각적 언어만으로는 표현할 수 없는 심각한 경험을 하게 되었다. 그는 '청춘이 다한 어느 날' 절망과 슬픔을 겪은 나머지 천주교 신자가 되었다. 종교가 베푸는 구제 없이는 벗어날 수 없는 깊은 비애를 그는 「불사조」에서 표현하고 있다. (중략) 실상 지용의 작품 중에서 어떤 생각을 지니고 있는 것은 『정지용시집』의 제 4부에 있는 이 「불사조」를 비롯한 아홉 편뿐이다.15)

라고 하면서도 그의 (카토릭)시는 '인간 존재의 뿌리에 깃들어 있는 심각한 비애의 율동 그 자체가 아니며', 오히려 '이 새로운 주제를 자기로서는 이미 매너리즘이 된 낡은 형식에 맞추려고 애를 썼다. 그래서 아깝게도 그의 종교시는 우리의 지성과 감각과 정서를 모두 휩쓸 수 있는 위대한 작품이 되지 못한다.'고 부정적으로 평한다.16)

한편, 김우창은 정지용의 시를 이미지즘의 정신적인 훈련과 감정의 지나친 절제에 의한 금욕주의와 연결하면서 지용의 카토릭시를 종교적인 수단에 의한 초월의 형식이 너무 두드러진다며 아쉬워하고 있다.17)

정지용의 카토릭시에 대해 본격적으로 접근한 바 있는 김윤식은 지용의

---

13) 이양하, 앞의 글.
14) 김환태, 앞의 글.
15) 송욱, 『시학평전』(일조각, 1974) pp.200—201.
16) 위의 책.
17) 김우창, 앞의 글.

카토릭시의 성과를 부정적으로 보면서, 카토릭을 자기 고뇌의 근본문제로 파악한 것이 아니라 한갓 시적인 멋으로 바라보았기 때문에 실패했다고 평한다.[18]

다음으로 문덕수는 그의 「정지용론」에서 지용의 카토릭시를 원형비평적 방법을 도입하여 분석하면서, 지용의 시가 처음 바다의 이미지로 시작하여 다음 단계인 '들'을 거치지 않고 바로 천상의 세계인 '하늘'로 이행하고 있는 점이 석연치 않다고 본다. 신앙시 혹은 카토릭시에서 추구하는 이미지가 바로 '하늘'인데, 지용이 종교시를 중단한 채 마지막 단계에서 「백록담」의 '산'으로 하향한 것에 대해 의문을 제기하고 있는 것이다. 다시 말해서 처음 바다로 시작해서 다음 단계인 들을 거치지 않고 곧바로 종교적인 하늘로 이행하였으며, 다시 산으로 하강하는 등 원형적 상승과정을 거치지 않고 있음에 대해 의문시한다. 문덕수는 지용의 종교시가 묵시적 심상 (Apocalyptic Imagery)만 보이고 악마적 심상 (Demonic Imagery)은 보이지 않아 종교적 갈등을 표출하지 않는다고 보아 부정적 평가를 한다.[19]

정지용의 카토릭시에 대한 이들 논의를 살펴볼 때, 긍정론과 부정론이 엇갈리고 있음이 확인된다. 대체로 광복 이전에는 긍정론이 우세하다가 광복 이후에 와서는 부정론 쪽으로 기울고 있는 바, 문제가 되는 것은 전자인 긍정론의 경우 단편적 언급이 주를 이루고 있는 반면, 후자인 부정론은 지용 시에 대한 본격적 연구 논저들에 의해 제기되고 있다는 점이다.

그러나, 부정론 가운데 11편에 불과한 그의 카토릭시에 대한 관심이 지대하다는 공통점이 있으니, 그것은 이들 작품이 지니고 있는 예술적 가치에 주목하고 있기 때문이라 판단된다. 심지어 김윤식은 지용이 광복 이후의 산문에서 과거의 시를 스스로 전부 백지화 시키고 있는 것은 궁극적으로

---

18) 김윤식, 앞의 책, p.117.
19) 문덕수, 앞의 책, pp.63—152.

카토릭 신앙을 버린 데서 온 결과라고 판단함으로써, 지용시의 생명이 그의 신앙과 관계 깊음을 간접적으로 입증하고 있다.

특히, 문덕수에 의해 제기된 원형비평적 분석, 즉, '바다—들—산—하늘' 순에 따른 시 세계의 상승적 변모의 유형에서 지용의 경우 이 틀을 깨고 '바다—하늘(종교)—산'으로 변모되고 있는 점을 주목해 본다면, 그가 그의 시적 소재로 하늘(종교)을 버리고 다시 하강하여 산 (시집 『백록담』)으로 시적 관심을 좁힌 것이 그의 시 세계에 어떤 의미를 지니고 있으며, 또 이점을 어떻게 해석할 것이냐 하는 문제를 제기해 준다. 지용의 시적 변모 과정 중 제 3기에 해당하는 시집 『백록담』의 세계를 해석함에 있어 그의 신앙과 시 창작과의 관계에 대해 어떤 시사를 제공해 주리라 판단한다.

4) 제 3 기 작품의 동양적 회귀

앞에서 언급한 바와 같이 지용은 유년 시절부터 카토릭적 분위기에서 자랐다. 그러나, 그가 일본 유학시절 동지사 대학의 개신교적 분위기, 특히 1923년부터 1929년까지 지용이 재학 중이던 시절의 분위기와 교우관계를 통하여 개신교 신앙이 어느 정도 정착되었는가, 그리고 만약에 정착되었다면 이전의 카토릭 신앙과는 어떤 갈등을 초래했는가, 그리고, 동지사 대학시절의 개신교에서 왜 다시 카토릭으로 개종하였는가 하는 점에 대해서는 이제까지 밝혀지고 있지 않다.

더욱 중요한 것은 지용이 실제로 카토릭을 언제 버렸는가, 아니면 신앙을 버린 것이 아니라 단순히 신앙의 열기가 식어졌던 것은 아닌가, 하는 점과 함께 김윤식의 말대로 해방 후 그가 시를 버리고 산문에 주로 매달린 것은 다름 아닌 카토릭을 버렸기 때문일까, 하는 점에 대해서도 연구할 필요가 있다. 그러나, 이러한 점에 대해서도 아직 명쾌한 해명이 나오지 않고 있다.

여기서 분명한 것은 지용의 시적 변모와 그의 신앙과는 매우 깊은 관련이

있다는 사실이다. 유학 시절에 일시적으로 개신교적 분위기에 젖었던 사실
은 그리 중요한 점이 못된다. 신학과 달리 문학에서는 카토릭과 개신교의
차이점이 큰 의미를 지니지 않기 때문이다. 또한 그가 신앙을 버린 것이
아니라, 다만 지용 자신의 신앙에 대한 관심, 즉 신앙심의 열도가 식어져
감에 따라 그의 시가 변모했던 것은 아닌가 하는 점에 대해서도 알아볼
필요가 있다. 그렇지만 그의 후기 시집인『백록담』에 실려 있는 시편 가운데
그 흔적이나마 찾아보려 해도 전혀 불가능한 것이니, 어떤 이유인지 몰라도
그의 작품만을 살펴보면 그가 후기에 와서 그의 신앙을 버리고 전통적 동양
정신으로 회귀해 버리고 만 것이라 판단할 수밖에 없다.

시집『백록담』에 실려 있는 작품들,「장수산」,「백록담」,「비로봉」,「구
성동」,「옥류동」 등에 보이는 산과 자연에 대한 지용의 관심은 이 시집의
주조를 이루고 있는 바, 그것은 그가 이전까지 추구하여 온 서구적 정조와는
전혀 다른 동양적 정서에 다름 아니다. 시적 소재 자체가 한국적 자연이
주조를 이루고 있으며, 흐르는 가락도 전통적이다. 더구나,『백록담』이전에
주조를 이루었던 카토릭적 신앙은 전혀 사라져 버렸다. 오히려 그가 일찍이
동양적 정취는 이미 한시로 끝났다고 주장하였던 바로 그 동양적 세계로
회귀하고 만 것이다.

> 문 열자 선뜻! / 먼 산이 이마에 차다.// 우수절 들어 / 바로 초하로 아츰,//
> 새삼스레 눈이 덮힌 뫼뿌리와 / 서늘옵고 빛난 이마받이하다. // 어름 금가고
> 바람 새로 따르거니 / 흰 옷고름 절로 향긔롭어라. // 웅숭거리고 살어난 양이
> / 아아 꿈 같기에 설어라. // 미나리 파릇한 새순 돋고 / 옴짓 아니긔던 고기입
> 이 오물거리는, // 꽃 피기전 철아닌 눈에 / 도로 칩고 싶어라.

흔히 주장하기를 정지용은 광복 후 시를 버렸다고 한다. 그가 광복 후에
발표한 산문을 살펴보면, 해방 공간에서 당시 한 때 극성을 부렸던 좌익

문인들의, 일제 치하에서의 순수문학에 대한 비판에 변명이라도 하듯 구차한 내용의 글들을 발견할 수 있는 바, 이는 그의 카토릭적 신앙이 사라져 버렸음을 입증해 주고 있다. 이로 미루어 보건대 지용은 이미 1935년에 발표한 신앙시 (「비극」)를 마지막으로 적어도 시에 관한 한 카토릭과 결별하였음이 분명하다.

지용은 광복 후 「민족 해방과 '공식주의'」라는 글에서, 일제 치하에서 함구했던 자본가와 지주 계급을 비판하고 있으며, 소위 인민 진영이라 칭한 프로레타리아 신봉자들 편에 서서 남북통일과 인민민주주의 정부 수립을 부르짖는 등, 극히 정치적인 흥분상태에 빠져 있다. 심지어 그는 지난 날 일제 치하에서의 그의 문학에 대해 다음과 같이 부정하고 있다.[20]

> 일제시대에 내가 시니 산문이니 죄그만치 썼다면 그것은 내가 최소한도의 조선인을 유지하기 위하였던 것 이외의 아무 것도 아니었다.
> 해방덕에 이제는 최대한도로 조선인 노릇을 해야만 하는 것이겠는데 어떻게 8.15 이전같이 왜소구축한 문학을 고집할 수 있는 것이랴?

정지용은 분명히 해방 공간의 정치적 혼돈 가운데에서 지나치게 흥분한 나머지 정치적으로 좌익에 휩쓸려 들고 있었으며, 그 결과 과거의 그의 시작 전부를 모조리 부정하기에 이른다. 일찍이 뛰어난 시인으로 촉망받았던 그가, 지난 날 그토록 문학과 예술에 대한 신념을 지니고 우수한 작품을 창작해 온 그가, 어찌하여 그 스스로 자기의 시 전부를 부정하기에 이르렀는가, 하는 의문에 대한 답을 구할 차례가 되었다.

그 해답을 구하기 위하여 이 지점에서 다시 그의 문학적 생애를 조망해 보면, 초기에 동양적 정조와 함께 서양의 모더니즘을 실험적으로 창작에 도입함으로써 20년대 후반 당시의 문단에 신선한 작품을 선보였던 그가,

---

20) 정지용, 『散文』(동지사, 1949) p.30.

그것에 만족하지 않고, 청소년 시절의 종교였던 카토릭적 세계로 전환하여 그 신앙심을 시적으로 형상화 함으로써, 한 때 심도 있는 신앙시를 남겼으나, 신앙으로부터 멀어지면서 다시 동양적 자연으로 돌아와 『백록담』을 남기게 되었으며, 그 후 해방 공간에서 자연히 무신론적 유물주의에 빠져 정치적 흥분 상태에 빠지게 되었다고 할 수 있다.

결국 시인 정지용의 한계는 신앙에 대한 신념의 부족으로 그의 전 생애에 걸친 창작 과정에서 더욱 심오한 카토릭적 예술 세계를 이룩하지 못하고 그의 정신과 영혼을 키워 온 신앙으로부터 멀어져 다시 그가 과거적 유물로 부정했던 동양적 자연과 정치현실 속으로 회귀하게 되었으며, 마침내 그 스스로 자신의 예술을 부정하기에 이르고 말았던 것이다. 만약 그가 중기에 시도했던 대로 그의 신앙심을 더욱 돈독히 하여 그것을 시적으로 형상화 하는 작업에 변함없이 힘썼다면, 초기에 이양하가 말한 대로 세계에 내놓을 만한 시인이 되었을 것이라 가정해 본다. 이 가정은 근거 없는 가정이 아니고 그가 창작했던 11편의 우수한 신앙시를 근거로 하였다는 점에서, 시인 정지 용의 예술적 실패는 실로 한국 시사에 아쉬운 한 사례라 아니할 수 없다.

(3) 결 론

한국시문학사에는 실로 수많은 기독교 시인이 존재하였고 또 지금도 존재 하고 있다. 그러나, 최근의 몇몇 경우(예를 들면, 김현승, 박두진, 윤동주, 박목월 등)를 제외하고는 아직까지 이들 시인들의 생애에 걸친 전 작품을 연구함에 있어 신앙과의 관계라는 관점에서 시 창작과 신앙이 한 시인에게 어떻게 연관되어 있으며, 그 의미는 무엇인지에 대해 본격적으로 연구된 바가 거의 없다.

본고에서는 1920년대 후반부터 1930년대 후반까지 한국시단을 주도해 왔던 정지용 시인을 예로 삼아, 한 시인이 전 생애를 바쳐 이룩해 온 시 세계를 그의 종교였던 카토릭 신앙과 관련지어 검토해 봄으로써, 시 창작에서 정지용이 신앙을 버림으로 인해 결국 시인으로서 비극적 종말을 맞게 된 점을 규명하고자 하였다. 그 스스로 신의 사랑이야말로 문학의 영원한 자양이라 단언했으면서도 그것을 망각한 나머지, 마침내 비극적으로 정치적 소용돌이에 휩쓸리고만 사실은, 실로 한 시인의 불행이면서 또한 한국시사에도 큰 손실이었다고 아니할 수 없다.

신규호 약력

■서울 출생, 충북 괴산에서 성장, 시인
■동국대학교 국문과 졸업
■단국대학교 대학원 석,박사 과정 수료(문학박사)
■한양대학교, 인천대학교, 동국대 예술대학원 강사 역임
■성결대학교 국문학과 교수, 동교 부총장(현재)
■"현대문학" 시 추천으로 등단 (박목월 시인 추천)
■한국시인협회 심의위원, 한국문협 및 펜클럽 회원
■'진단시동인회' 및 '좋은시문학회' 회장
■저서 : "이상문학연구",
          "한국현대시연구",
          "한국기독교시가연구"
          "한국현대시와 종교"
■시집 : "입추이후",
          "사람아 사람아 슬픈 사람아",
          "맨발의 사람"
          "어둠의 눈",
          "누워서 가는 시계"
          "황홀"
          "평화로운 먼지" 등

한국 현대시와 종교

인쇄일 초판 1쇄   2003년 09월 01일
          2쇄   2015년 07월 23일
발행일 초판 1쇄   2003년 09월 18일
          2쇄   2015년 07월 28일

지은이 신 규 호
발행인 정 구 형
발행처 **국학자료원**
등록일 1994.03.10, 제17-271호

서울시 강동구 성내동 447-11 현영빌딩 2층
Tel : 442-4623~4 Fax : 442-4625
www. kookhak.co.kr
E- mail : kookhak2001@hanmail.net
ISBN 978-89-541-0110-3 (93810)
가 격 27,000원